Der schwarze Obelisk

Erich Maria Remarque, 1898 in Osnabrück geboren, besuchte das katholische Lehrerseminar. 1916 als Soldat eingezogen, wurde er nach dem Krieg zunächst Aushilfslehrer, später Gelegenheitsarbeiter, schließlich Redakteur in Hannover und ab 1924 in Berlin. 1932 verließ Remarque Deutschland, lebte zunächst im Tessin/Schweiz. Seine Bücher *Im Westen nichts Neues* und *Der Weg zurück* wurden 1933 von den Nazis verbrannt, er selber 1938 ausgebürgert. Ab 1941 lebte Remarque offiziell in den USA, erlangte 1947 die amerikanische Staatsbürgerschaft. 1970 starb er in seiner Wahlheimat Tessin.

ERICH MARIA REMARQUE

Der schwarze Obelisk

Geschichte einer verspäteten Jugend

Roman

Herausgegeben von
Tilman Westphalen

Weltbild

Besuchen Sie uns im Internet:
www.weltbild.de

Genehmigte Lizenzausgabe für Verlagsgruppe Weltbild GmbH,
Steinerne Furt, 86167 Augsburg
Copyright © 1956, 1971, 1989, 1998 by Verlag Kiepenheuer & Witsch, Köln
Umschlaggestaltung: bürosüd°, München
Umschlagmotiv: akg-images
Gesamtherstellung: Oldenbourg Taschenbuch GmbH,
Hürderstraße 4, 85551 Kirchheim
ISBN 3-8289-8634-X

2009 2008 2007 2006
Die letzte Jahreszahl gibt die aktuelle Lizenzausgabe an.

Inhalt

Der schwarze Obelisk   11

Nachwort von Tilman Westphalen   395

Anmerkungen   413

Scheltet nicht, wenn ich einmal von alten Zeiten rede. Die Welt liegt wieder im fahlen Licht der Apokalypse, der Geruch des Blutes und der Staub der letzten Zerstörung sind noch nicht verflogen, und schon arbeiten Laboratorien und Fabriken aufs neue mit Hochdruck daran, den Frieden zu erhalten durch die Erfindung von Waffen, mit denen man den ganzen Erdball sprengen kann. –

Den Frieden der Welt! Nie ist mehr darüber geredet und nie weniger dafür getan worden als in unserer Zeit; nie hat es mehr falsche Propheten gegeben, nie mehr Lügen, nie mehr Tod, nie mehr Zerstörung und nie mehr Tränen als in unserem Jahrhundert, dem zwanzigsten, dem des Fortschritts, der Technik, der Zivilisation, der Massenkultur und des Massenmordens. –

Darum schelte nicht, wenn ich einmal zurückgehe zu den sagenhaften Jahren, als die Hoffnung noch wie eine Flagge über uns wehte und wir an so verdächtige Dinge glaubten wie Menschlichkeit, Gerechtigkeit, Toleranz – und auch daran, daß *ein* Weltkrieg genug Belehrung sein müsse für eine Generation. –

1 Die Sonne scheint in das Büro der Grabdenkmalsfirma Heinrich Kroll & Söhne. Es ist April 1923, und das Geschäft geht gut. Das Frühjahr hat uns nicht im Stich gelassen, wir verkaufen glänzend und werden arm dadurch, aber was können wir machen – der Tod ist unerbittlich und nicht abzuweisen, und menschliche Trauer verlangt nun einmal nach Monumenten in Sandstein, Marmor und, wenn das Schuldgefühl oder die Erbschaft beträchtlich sind, sogar nach dem kostbaren schwarzen schwedischen Granit, allseitig poliert. Herbst und Frühjahr sind die besten Jahreszeiten für die Händler mit den Utensilien der Trauer – dann sterben mehr Menschen als im Sommer und im Winter –; im Herbst, weil die Säfte schwinden, und im Frühjahr, weil sie erwachen und den geschwächten Körper verzehren wie ein zu dicker Docht eine zu dünne Kerze. Das wenigstens behauptet unser rührigster Agent, der Totengräber Liebermann vom Stadtfriedhof, und der muß es wissen; er ist achtzig Jahre alt, hat über zehntausend Leichen eingegraben, sich von seiner Provision an Grabdenkmälern ein Haus am Fluß mit einem Garten und einer Forellenzucht gekauft und ist durch seinen Beruf ein abgeklärter Schnapstrinker geworden. Das einzige, was er haßt, ist das Krematorium der Stadt. Es ist unlautere Konkurrenz. Wir mögen es auch nicht. An Urnen ist nichts zu verdienen.

Ich sehe auf die Uhr. Es ist kurz vor Mittag, und da heute Sonnabend ist, mache ich Schluß. Ich stülpe den Blechdeckel auf die Schreibmaschine, trage den Vervielfältigungsapparat »Presto« hinter den Vorhang, räume die Steinproben beiseite und nehme die photographischen Abzüge von Kriegerdenkmälern und künstlerischem Grabschmuck aus dem Fixierbad. Ich bin nicht nur Reklamechef, Zeichner und Buchhalter der Firma; ich bin seit einem Jahr auch ihr einziger Büroangestellter und als solcher nicht einmal vom Fach.

Genießerisch hole ich eine Zigarre aus der Schublade. Es ist eine schwarze Brasil. Der Reisende für die Württembergische Metallwarenfabrik hat sie mir am Morgen gegeben, um hinterher zu versuchen, mir einen Posten Bronzekränze anzudrehen; die Zigarre ist also gut. Ich

suche nach Streichhölzern, aber, wie fast immer, sind sie verlegt. Zum
Glück brennt ein kleines Feuer im Ofen. Ich rolle einen Zehnmark-
schein zusammen, halte ihn in die Glut und zünde mit damit die Zigarre
an. Das Feuer im Ofen ist Ende April eigentlich nicht mehr nötig; es ist
nur ein Verkaufseinfall meines Arbeitgebers Georg Kroll. Er glaubt, daß
Leute in Trauer, die Geld ausgeben müssen, das lieber in einem warmen
Zimmer tun, als wenn sie frieren. Trauer sei bereits ein Frieren der Seele,
und wenn dazu noch kalte Füße kämen, sei es schwer, einen guten Preis
herauszuholen. Wärme taue auf; auch den Geldbeutel. Deshalb ist
unser Büro überheizt, und unsere Vertreter haben als obersten Grund-
satz eingepaukt bekommen, nie bei kaltem Wetter oder Regen zu versuchen, auf dem Friedhof einen Abschluß zu machen – immer nur in der
warmen Bude und, wenn möglich, nach dem Essen. Trauer, Kälte und
Hunger sind schlechte Geschäftspartner.

Ich werfe den Rest des Zehnmarkscheins in den Ofen und richte mich
auf. Im selben Moment höre ich, wie im Hause gegenüber ein Fenster auf-
gestoßen wird. Ich brauche nicht hinzusehen, um zu wissen, was los ist.
Vorsichtig beuge ich mich über den Tisch, als hätte ich noch etwas an der
Schreibmaschine zu tun. Dabei schiele ich verstohlen in einen kleinen
Handspiegel, den ich so gestellt habe, daß ich das Fenster beobachten
kann. Es ist, wie immer, Lisa, die Frau des Pferdeschlächters Watzek, die
nackt dort steht und gähnt und sich reckt. Sie ist erst jetzt aufgestanden.
Die Straße ist alt und schmal, Lisa kann uns sehen und wir sie, und sie
weiß es; deshalb steht sie da. Plötzlich verzieht sie ihren großen Mund,
lacht mit allen Zähnen und zeigt auf den Spiegel. Sie hat ihn mit ihren
Raubvogelaugen entdeckt. Ich ärgere mich, erwischt zu sein, benehme
mich aber, als merke ich nichts und gehe in einer Rauchwolke in den Hintergrund des Zimmers. Nach einer Weile komme ich zurück. Lisa grinst.
Ich blicke hinaus, aber ich sehe sie nicht an, sondern tue, als winke ich
jemand auf der Straße zu. Zum Überfluß werfe ich noch eine Kußhand
ins Leere. Lisa fällt darauf herein. Sie ist neugierig und beugt sich vor, um
nachzuschauen, wer da sei. Niemand ist da. Jetzt grinse ich. Sie deutet
ärgerlich mit dem Finger auf die Stirn und verschwindet.

Ich weiß eigentlich nicht, warum ich diese Komödie aufführe. Lisa ist
das, was man ein Prachtweib nennt, und ich kenne einen Haufen Leute,

12

die gern ein paar Millionen zahlen würden, um jeden Morgen einen solchen Anblick zu genießen. Ich genieße ihn auch, aber trotzdem reizt er mich, weil diese faule Kröte, die erst mittags aus dem Bett klettert, ihrer Wirkung so unverschämt sicher ist. Sie kommt gar nicht auf den Gedanken, daß nicht jeder sofort mit ihr schlafen möchte. Dabei ist ihr das im Grunde ziemlich gleichgültig. Sie steht am Fenster mit ihrer schwarzen Ponyfrisur und ihrer frechen Nase und schwenkt ein Paar Brüste aus erstklassigem Carrara-Marmor herum wie eine Tante vor einem Säugling eine Spielzeugklapper. Wenn sie ein Paar Luftballons hätte, würde sie fröhlich die hinaushalten. Da sie nackt ist, sind es eben ihre Brüste, das ist ihr völlig egal. Sei freut sich ganz einfach darüber, daß sie lebt und daß alle Männer verrückt nach ihr sein müssen, und dann vergißt sie es und fällt mit ihrem gefräßigen Mund über ihr Frühstück her. Der Pferdeschlächter Watzek tötet inzwischen müde, alte Droschkengäule.

Lisa erscheint aufs neue. Sie trägt jetzt einen ansteckbaren Schnurrbart und ist außer sich über diesen geistvollen Einfall. Sie grüßte militärisch, und ich nehme schon an, daß sie so unverschämt ist, damit den alten Feldwebel a.D. Knopf von nebenan zu meinen; dann aber erinnere ich mich, daß Knopfs Schlafzimmer nur ein Fenster nach dem Hof hat. Und Lisa ist raffiniert genug, zu wissen, daß man sie von den paar Nebenhäusern nicht beobachten kann.

Plötzlich, als brächen irgendwo Schalldämme, beginnen die Glocken der Marienkirche zu läuten. Die Kirche steht am Ende der Gasse, und die Schläge dröhnen, als fielen sie vom Himmel direkt ins Zimmer. Gleichzeitig sehe ich vor dem zweiten Bürofenster, das nach dem Hof geht, wie eine geisterhafte Melone den kahlen Schädel meines Arbeitgebers vorübergleiten. Lisa macht eine rüpelhafte Gebärde und schließt ihr Fenster. Die tägliche Versuchung des heiligen Antonius ist wieder einmal überstanden.

Georg Kroll ist knapp vierzig Jahre; aber sein Kopf glänzt bereits wie die Kegelbahn im Gartenrestaurant Boll. Er glänzt, seit ich ihn kenne, und das ist jetzt über fünf Jahre her. Er glänzt so, daß im Schützengraben, wo wir im selben Regiment waren, ein Extrabefehl bestand, daß Georg auch bei ruhigster Front seinen Stahlhelm aufbehalten müsse – so sehr hätte seine Glatze selbst den sanftmütigsten Gegner verlockt, durch einen Schuß festzustellen, ob sie ein riesiger Billardball sei oder nicht.

Ich reiße die Knochen zusammen und melde: »Hauptquartier der Firma Kroll und Söhne! Stab bei Feindbeobachtung. Verdächtige Truppenbewegungen im Bezirk des Pferdeschlächters Watzek.«

»Aha!« sagt Georg. »Lisa bei der Morgengymnastik. Rühren Sie, Gefreiter Bodmer! Warum tragen Sie vormittags keine Scheuklappen wie das Paukenpferd einer Kavalleriekapelle und schützen so Ihre Tugend? Kennen Sie die drei kostbarsten Dinge des Lebens nicht?«

»Wie soll ich sie kennen, Herr Oberstaatsanwalt, wenn ich das Leben selbst noch suche?«

»Tugend, Einfalt und Jugend«, dekretiert Georg. »Einmal verloren, nie wieder zu gewinnen! Und was ist hoffnungsloser als Erfahrung. Alter und kahle Intelligenz?«

»Armut, Krankheit und Einsamkeit«, erwidere ich und rühre.

»Das sind nur andere Namen für Erfahrung, Alter und mißleitete Intelligenz.«

Georg nimmt mir die Zigarre aus dem Mund, betrachtet sie kurz und bestimmt sie wie ein Sammler einen Schmetterling. »Beute von der Metallwarenfabrik.«

Er zieht eine schöne angerauchte, goldbraune Meerschaumspitze aus der Tasche, paßt die Brasil hinein und raucht sie weiter.

»Ich habe nichts gegen die Beschlagnahme der Zigarre«, sage ich. »Es ist rohe Gewalt, und mehr kennst du ehemaliger Unteroffizier ja nicht vom Leben. Aber wozu die Zigarrenspitze? Ich bin kein Syphilitiker.«

»Und ich kein Homosexueller.«

»Georg«, sage ich. »Im Kriege hast du mit meinem Löffel Erbsensuppe gegessen, wenn ich sie in der Küche gestohlen hatte. Und der Löffel wurde in meinen schmutzigen Stiefeln aufbewahrt und nie gewaschen.«

Georg betrachtet die Asche der Brasil. Sie ist schneeweiß.

»Der Krieg ist viereinhalb Jahre vorbei«, doziert er. »Damals sind wir durch maßloses Unglück zu Menschen geworden. Heute hat uns die schamlose Jagd nach Besitz aufs neue zu Räubern gemacht. Um das zu tarnen, brauchen wir wieder den Firnis gewisser Manieren. Ergo! Aber hast du nicht noch eine zweite Brasil? Die Metallwarenfabrik versucht Angestellte nie mit einer einzigen zu bestechen.«

Ich hole die zweite Zigarre aus der Schublade und gebe sie ihm. »Intelligenz, Erfahrung und Alter scheinen doch für etwas gut zu sein«, sage ich.

Er grinst und händigt mir dafür eine Schachtel Zigaretten aus, in der sechs fehlen. »War sonst was los?« fragt er.

»Nichts. Keine Kunden. Aber ich muß dringend um eine Gehaltserhöhung ersuchen.«

»Schon wieder? Du hast doch erst gestern eine gehabt!«

»Nicht gestern. Heute morgen um neun. Lumpige achttausend Mark. Immerhin, heute morgen um neun war das wenigstens noch etwas. Inzwischen ist der neue Dollarkurs herausgekommen, und ich kann nun statt einer neuen Krawatte nur noch eine Flasche billigen Wein dafür kaufen. Ich brauche aber eine Krawatte.«

»Wie steht der Dollar jetzt?«

»Heute mittag sechsunddreißigtausend Mark. Heute morgen waren es noch dreißigtausend.«

Georg Kroll besieht seine Zigarre. »Sechsunddreißigtausend! Das geht ja wie das Katzenrammeln! Wo soll das enden?«

»In einer allgemeinen Pleite, Herr Feldmarschall«, erwidere ich. »Inzwischen aber müssen wir leben. Hast du Geld mitgebracht?«

»Nur einen kleinen Handkoffer voll für heute und morgen. Tausender, Zehntausender, sogar noch ein paar Pakete mit lieben, alten Hundertern. Etwa fünf Pfund Papiergeld. Die Inflation geht ja jetzt so schnell, daß die Reichsbank mit dem Drucken nicht mehr nachkommt. Die neuen Hunderttausendernoten sind erst seit vierzehn Tagen raus – und jetzt müssen bald schon Millionenscheine gedruckt werden. Wann sind wir in den Milliarden?«

»Wenn es so weitergeht, in ein paar Monaten.«

»Mein Gott!« seufzt Georg. »Wo sind die schönen ruhigen Zeiten von 1922? Da stieg der Dollar in einem Jahr nur von zweihundertfünfzig auf zehntausend. Ganz zu schweigen von 1921 – da waren es nur lumpige dreihundert Prozent.«

Ich sehe aus dem Fenster, das zur Straße hinausgeht. Lisa trägt jetzt einen seidenen Schlafrock, mit Papageien bedruckt. Sie hat einen Spiegel an die Fensterklinke gehängt und bürstet ihre Mähne.

»Sieh das da an«, sage ich bitter. »Es sät nicht, es erntet nicht, und der himmlische Vater ernährt es doch. Den Schlafrock hatte sie gestern noch nicht. Seide, meterweise! Und ich kann nicht den Zaster für eine Krawatte zusammenkriegen.«

Georg schmunzelt: »Du bist eben ein schlichtes Opfer der Zeit. Lisa dagegen schwimmt mit vollen Segeln auf den Wogen der deutschen Inflation. Sie ist die Schöne Helena der Schieber. Mit Grabsteinen kann man nun mal nicht reich werden, mein Sohn. Warum gehst du nicht in die Heringsbranche oder in den Aktienhandel, wie dein Freund Willy?«

»Weil ich ein sentimentaler Philosoph bin und den Grabsteinen treu bleibe. Also wie ist es mit der Gehaltserhöhung? Auch Philosophen brauchen einen bescheidenen Aufwand an Garderobe.«

»Kannst du den Schlips nicht morgen kaufen?«

»Morgen ist Sonntag. Und morgen brauche ich ihn.«

Georg holt vom Vorplatz den Koffer mit Geld herein. Er greift hinein und wirft nur zwei Pakete zu. »Reicht das?«

Ich sehe, daß es meistens Hunderter sind. »Gib ein halbes Kilo mehr von dem Tapetenpapier«, sage ich. »Das hier sind höchstens fünftausend. Katholische Schieber legen das sonntags als Meßpfennig auf den Teller und schämen sich, weil sie so geizig sind.«

Georg kratzt sich den kahlen Schädel – eine atavistische Geste, ohne Sinn bei ihm. Dann reicht er mir einen dritten Packen. »Gott sei Dank, daß morgen Sonntag ist«, sagt er. »Da gibt es keine Dollarkurse. Einen Tag in der Woche steht die Inflation still. Gott hat das sicher nicht so gemeint, als er den Sonntag schuf.«

»Wie ist es eigentlich mit uns?« frage ich. »Sind wir pleite, oder geht es uns glänzend?«

Georg tut einen langen Zug aus seiner Meerschaumspitze.

»Ich glaube, das weiß heute keiner mehr von sich in Deutschland. Nicht einmal der göttliche Stinnes. Die Sparer sind natürlich alle pleite. Die Arbeiter und Gehaltsempfänger auch. Von den kleinen Geschäftsleuten die meisten, ohne es zu wissen. Wirklich glänzend geht es nur den Leuten mit Devisen, Aktien oder großen Sachwerten. Also nicht uns. Genügt das zu deiner Erleuchtung?«

»Sachwerte!« Ich sehe hinaus in den Garten, in dem unser Lager steht. »Wir haben wahrhaftig nicht mehr allzu viele. Hauptsächlich Sandstein und gegossenes Zeug. Aber wenig Marmor und Granit. Und das bißchen, was wir haben, verkauft uns dein Bruder mit Verlust. Am besten wäre es, wir verkauften gar nichts, was?«

Georg braucht nicht zu antworten. Eine Fahrradglocke erklingt draußen. Schritte kommen über die alten Stufen. Jemand hustet rechthaberisch. Es ist das Sorgenkind des Hauses, Heinrich Kroll junior, der zweite Inhaber der Firma.

Er ist ein kleiner, korpulenter Mann mit einem strohigen Schnurrbart und staubigen, gestreiften Hosen, die durch Radfahrklammern unten zusammengehalten werden. Mit leichter Mißbilligung streifen seine Augen Georg und mich. Wir sind für ihn die Bürohengste, die den ganzen Tag herumbummeln, während er der Mann der Tat ist, der den Außendienst betreut. Er ist unverwüstlich. Mit dem Morgengrauen zieht er jeden Tag zum Bahnhof und dann mit dem Fahrrad auf die entlegensten Dörfer, wenn unsere Agenten, die Totengräber oder Lehrer, eine Leiche gemeldet haben. Er ist nicht ungeschickt. Seine Korpulenz ist vertrauenswürdig; deshalb hält er sie durch fleißige Früh- und Dämmerschoppen auf der Höhe. Bauern haben kleine Dicke lieber als verhungert aussehende Dünne. Dazu kommt sein Anzug. Er trägt nicht, wie die Konkurrenz bei Steinmeyer, einen schwarzen Gehrock; auch nicht, wie die Reisenden von Hollmann und Klotz, blaue Straßenanzüge – das eine ist zu deutlich, das andere zu unbeteiligt. Heinrich Kroll trägt den kleinen Besuchsanzug, gestreifte Hose mit Marengo-Jackett, dazu einen altmodischen, harten Stehkragen mit Ecken und eine gedämpfte Krawatte mit viel Schwarz darin. Er hat vor zwei Jahren einen Augenblick geschwankt, als er dieses Kostüm bestellte; er überlegte, ob ein Cutaway nicht passender für ihn wäre, entschied sich dann aber dagegen, weil er zu klein ist. Es war ein glücklicher Verzicht; auch Napoleon hätte lächerlich in einem Schwalbenschwanz ausgesehen. So, in der heutigen Aufmachung, wirkt Heinrich Kroll wie ein kleiner Empfangschef des lieben Gottes – und das ist genau, wie es sein soll. Die

Radfahrklammern geben dem Ganzen noch einen heimeligen, aber raffinierten Zug – von Leuten, die sie tragen, glaubt man, im Zeitalter des Autos billiger kaufen zu können.

Heinrich legt seinen Hut ab und wischt sich mit dem Taschentuch über die Stirn. Es ist draußen ziemlich kühl, und er schwitzt nicht; er tut es nur, um uns zu zeigen, was für ein Schwerarbeiter er gegen uns Schreibtischwanzen ist.

»Ich habe das Kreuzdenkmal verkauft«, sagte er mit gespielter Bescheidenheit, hinter der ein gewaltiger Triumph schweigend brüllt.

»Welches? Das kleine aus Marmor?« frage ich hoffnungsvoll.

»Das große«, erwidert er noch schlichter und starrt mich an.

»Was? Das aus schwedischem Granit mit dem Doppelsockel und den Bronzeketten?«

»Das! Oder haben wir noch ein anderes?«

Heinrich genießt deutlich seine blöde Frage als einen Höhepunkt sarkastischen Humors.

»Nein«, sage ich. »Wir haben kein anderes mehr. Das ist ja das Elend! Es war das letzte. Der Felsen von Gibraltar.«

»Wie hoch hast du verkauft?« fragt jetzt Georg Kroll.

Heinrich reckt sich. »Für dreiviertel Millionen, ohne Inschrift, ohne Fracht und ohne Einfassung. Die kommen noch dazu.«

»Großer Gott!« sagen Georg und ich gleichzeitig.

Heinrich spendet uns einen Blick voll Arroganz; tote Schellfische haben manchmal so einen Ausdruck. »Es war ein schwerer Kampf«, erklärt er und setzt aus irgendeinem Grunde seinen Hut wieder auf.

»Ich wollte, Sie hätten ihn verloren«, erwidere ich.

»Was?«

»Verloren! Den Kampf!«

»Was?« wiederholt Heinrich gereizt. Ich irritiere ihn leicht.

»Er wollte, du hättest nicht verkauft«, sagt Georg Kroll.

»Was? Was soll denn das nun wieder heißen? Verdammt noch mal, man plagt sich von morgens bis abends und verkauft glänzend, und dann wird man als Lohn in dieser Bude mit Vorwürfen empfangen! Geht mal selber auf die Dörfer und versucht –«

»Heinrich«, unterbricht Georg ihn milde. »Wir wissen, daß du dich schindest. Aber wir leben heute in einer Zeit, wo Verkaufen arm macht. Wir haben seit Jahren eine Inflation. Seit dem Kriege, Heinrich. Dieses Jahr aber ist die Inflation in galoppierende Schwindsucht verfallen. Deshalb bedeuten Zahlen nichts mehr.«

»Das weiß ich selbst. Ich bin kein Idiot.«

Niemand antwortet darauf etwas. Nur Idioten machen solche Feststellungen. Und denen zu widersprechen ist zwecklos. Ich weiß das von meinen Sonntagen in der Irrenanstalt. Heinrich zieht ein Notizbuch hervor. »Das Kreuzdenkmal hat uns im Einkauf fünfzigtausend gekostet. Da sollte man meinen, daß dreiviertel Millionen ein ganz netter Profit wären.«

Er plätschert wieder in Sarkasmus. Er glaubt, er müsse ihn bei mir anwenden, weil ich einmal Schulmeister gewesen bin. Ich war das kurz nach dem Kriege, in einem verlassenen Heidedorf, für neun Monate, bis ich entfloh, die Wintereinsamkeit wie einen heulenden Hund auf den Fersen.

»Es wäre ein noch größerer Profit, wenn Sie statt des herrlichen Kreuzdenkmals den verdammten Obelisken draußen vor dem Fenster verkauft hätten«, sage ich. »Den hat Ihr verstorbener Herr Vater vor sechzig Jahren bei der Gründung des Geschäftes noch billiger eingekauft – für so etwas wie fünfzig Mark, der Überlieferung zufolge.«

»Den Obelisken? Was hat der Obelisk mit diesem Geschäft zu tun? Der Obelisk ist unverkäuflich, das weiß jedes Kind.«

»Eben deshalb«, sage ich. »Um den wäre es nicht schade gewesen. Um das Kreuz ist es schade. Das müssen wir für teures Geld wiederkaufen.«

Heinrich Kroll schnauft kurz. Er hat Polypen in seiner dicken Nase und schwillt leicht an. »Wollen Sie mir vielleicht erzählen, daß ein Kreuzdenkmal heute dreiviertel Millionen im Einkauf kostet?«

»Das werden wir bald erfahren«, sagt Georg Kroll. »Riesenfeld kommt morgen hier an. Wir müssen bei den Odenwälder Granitwerken neu bestellen; es ist nicht mehr viel auf Lager.«

»Wir haben noch den Obelisken«, erkläre ich tückisch.

»Warum verkaufen Sie den nicht selber?« schnappt Heinrich.

»So, Riesenfeld kommt morgen; da werde ich hierbleiben und auch mal mit ihm reden! Dann werden wir sehen, was Preise sind!«

Georg und ich wechseln einen Blick. Wir wissen, daß wir Heinrich von Riesenfeld fernhalten werden, selbst wenn wir ihn besoffen machen oder ihm Rizinusöl in seinen Sonntagsfrühschoppen mischen müssen. Der treue, altmodische Geschäftsmann würde Riesenfeld zu Tode langweilen mit Kriegserinnerungen und Geschichten aus der guten alten Zeit, als eine Mark noch eine Mark und die Treue das Mark der Ehre war, wie unser geliebter Feldmarschall so treffend geäußert hat. Heinrich hält große Stücke auf solche Plattitüden; Riesenfeld nicht. Riesenfeld hält Treue für das, was man von anderen verlangt, wenn es nachteilig für sie ist – und von sich selbst, wenn man Vorteile davon hat.

»Preise wechseln jeden Tag«, sagt Georg. »Da ist nichts zu besprechen.«

»So? Glaubst du vielleicht auch, daß ich zu billig verkauft habe?«

»Das kommt darauf an. Hast du Geld mitgebracht?«

Heinrich starrt Georg an. »Mitgebracht? Was ist denn das nun wieder? Wie kann ich Geld mitbringen, wenn wir noch nicht geliefert haben? Das ist doch unmöglich!«

»Das ist nicht unmöglich«, erwidere ich. »Es ist im Gegenteil heute recht gebräuchlich. Man nennt das Vorauszahlung.«

»Vorauszahlung!« Heinrichs dicker Zinken zuckt verächtlich. »Was verstehen Sie Schulmeister davon? Wie kann man in unserem Geschäft Vorauszahlungen verlangen? Von den trauernden Hinterbliebenen, wenn die Kränze auf dem Grab noch nicht verwelkt sind? Wollen Sie da Geld verlangen für etwas, was noch nicht geliefert ist?«

»Natürlich! Wann sonst? Dann sind sie schwach und rücken es leichter heraus.«

»Dann sind sie schwach? Haben Sie eine Ahnung! Dann sind sie härter als Stahl! Nach all den Unkosten für den Arzt, den Sarg, den Pastor, das Grab, die Blumen, den Totenschmaus – da kriegen Sie keine zehntausend Vorauszahlung, junger Mann! Die Leute müssen sich erst erholen! Und sie müssen das, was sie bestellen, erst auf dem Friedhof stehen sehen, ehe sie zahlen, und nicht nur auf dem Papier im Katalog, selbst wenn er von Ihnen gezeichnet ist, mit chinesischer Tusche und echtem Blattgold für die Inschriften und ein paar trauernden Hinterbliebenen als Zugabe.«

Wieder eine der persönlichen Entgleisungen Heinrichs! Ich beachte sie nicht. Es ist wahr, ich habe die Grabdenkmäler für unsern Katalog nicht nur gezeichnet und auf dem Presto-Apparat vervielfältigt, sondern sie auch, um die Wirkung zu erhöhen, bemalt und mit Atmosphäre versehen, mit Trauerweiden, Stiefmütterchenbeeten, Zypressen und Witwen in Trauerschleiern, die die Blumen begießen. Die Konkurrenz starb fast vor Neid, als wir mit dieser Neuigkeit herauskamen; sie hatte weiter nichts als einfache Lagerphotographien, und auch Heinrich fand die Idee damals großartig, besonders die Anwendung des Blattgoldes. Um den Effekt völlig natürlich zu machen, hatte ich nämlich die gezeichneten und gemalten Grabsteine mit Inschriften aus in Firnis aufgelösten Blattgold geschmückt. Ich verlebte eine köstliche Zeit dabei; jeden Menschen, den ich nicht leiden konnte, ließ ich sterben und malte ihm seinen Grabstein – meinem Unteroffizier aus der Rekrutenzeit, der heute noch fröhlich lebt, zum Beispiel: Hier ruht nach langem, unendlich qualvollem Leiden, nachdem ihm alle seine Lieben in den Tod vorausgegangen sind, der Schutzmann Karl Flümer. Das war nicht ohne Berechtigung – der Mann hatte mich stark geschunden und mich im Felde zweimal auf Patrouillen geschickt, von denen ich nur durch Zufall lebendig zurückgekommen war. Da konnte man ihm schon allerhand wünschen!

»Herr Kroll«, sage ich, »erlauben Sie, daß wir Ihnen noch einmal kurz die Zeit erklären. Die Grundsätze, mit denen Sie aufgewachsen sind, sind edel, aber sie führen heute zum Bankrott. Geld verdienen kann jetzt jeder; es wertbeständig halten fast keiner. Das Wichtige ist nicht, zu verkaufen, sondern einzukaufen und so rasch wie möglich bezahlt zu werden. Wir leben im Zeitalter der Sachwerte. Geld ist eine Illusion; jeder weiß es, aber viele glauben es trotzdem noch nicht. Solange das so ist, geht die Inflation weiter, bis das absolute Nichts erreicht ist. Der Mensch lebt zu 75 Prozent von seiner Phantasie und nur zu 25 Prozent von Tatsachen – das ist seine Stärke und seine Schwäche, und deshalb findet dieser Hexentanz der Zahlen immer noch Gewinner und Verlierer. Wir wissen, daß wir keine absoluten Gewinner sein können; wir möchten aber auch nicht ganz zu den Verlierern zählen. Die dreiviertel Million, für die Sie heute verkauft haben, ist, wenn sie erst in zwei Monaten bezahlt wird, nicht mehr wert als heute fünfzigtausend Mark. Deshalb –«

Heinrich ist dunkelrot angeschwollen. Jetzt unterbricht er mich. »Ich bin kein Idiot«, erklärt er zum zweiten Male. »Und Sie brauchen mir keine solchen albernen Vorträge zu halten. Ich weiß mehr vom praktischen Leben als Sie. Und ich will lieber in Ehren untergehen als zu fragwürdigen Schiebermethoden greifen, um zu existieren. Solange ich Verkaufsleiter der Firma bin, wird das Geschäft im alten, anständigen Sinne weitergeführt, und damit basta! Ich weiß, was ich weiß, und damit ist es bis jetzt gegangen, und so wird es weitergehen! Ekelhaft, einem die Freude an einem gelungenen Geschäft so verderben zu wollen! Warum sind Sie nicht Arschpauker geblieben?«

Er greift nach seinem Hut und wirft die Tür schmetternd hinter sich zu. Wir sehen ihn auf seinen stämmigen X-Beinen über den Hof stampfen, halbmilitärisch mit seinen Radfahrklammern. Er ist im Abmarsch zu seinem Stammtisch in der Gastwirtschaft Blume.

»Freude am Geschäft will er haben, dieser bürgerliche Sadist«, sage ich ärgerlich. »Auch das noch! Wie kann man unser Geschäft anders als mit frommem Zynismus betreiben, wenn man seine Seele bewahren will? Dieser Heuchler aber will Freude am Schacher mit Toten haben und hält das noch für sein angestammtes Recht!«

Georg lacht. »Nimm dein Geld, und laß uns auch aufbrechen! Wolltest du dir nicht noch eine Krawatte kaufen? Vorwärts damit! Heute gibt es keine Gehaltserhöhungen mehr!«

Er nimmt den Koffer mit dem Geld und stellt ihn achtlos in das Zimmer neben dem Büro, wo er schläft. Ich verstaue meine Packen in einer Tüte mit der Aufschrift: Konditorei Keller – feinste Backwaren, Lieferung auch ins Haus.

»Kommt Riesenfeld tatsächlich?« frage ich.

»Ja, er hat telegraphiert.«

»Was will er? Geld? Oder verkaufen?«

»Das werden wir sehen«, sagt Georg und schließt das Büro ab.

2 Wir treten aus der Tür. Die heftige Sonne des späten Aprils stürzt
auf uns herunter, als würde ein riesiges goldenes Becken mit Licht und
Wind ausgeschüttet. Wir bleiben stehen. Der Garten steht in grünen
Flammen, das Frühjahr rauscht im jungen Laub der Pappel wie eine
Harfe, und der erste Flieder blüht.

»Inflation!« sage ich. »Da hast du auch eine – die wildeste von allen. Es
scheint, daß selbst die Natur weiß, daß nur noch in Zehntausenden und
Millionen gerechnet wird. Sieh dir an, was die Tulpen da machen! Und
das Weiß drüben und das Rot und überall das Gelb! Und wie das riecht!«

Georg nickt, schnuppert und nimmt einen Zug aus der Brasil; Natur
ist für ihn doppelt schön, wenn er dabei eine Zigarre rauchen kann.

Wir fühlen die Sonne auf unseren Gesichtern und blicken auf die
Pracht. Der Garten hinter dem Hause ist gleichzeitig der Ausstellungs-
platz für unsere Denkmäler. Da stehen sie, angeführt wie eine Kompanie von einem dünnen Leutnant, von dem Obelisken Otto, der gleich
neben der Tür seinen Posten hat. Er ist das Stück, das ich Heinrich geraten habe zu verkaufen, das älteste Denkmal der Firma, ihr Wahrzeichen
und eine Monstrosität an Geschmacklosigkeit. Hinter ihm kommen
zuerst die billigen kleinen Hügelsteine aus Sandstein und gegossenem
Zement, die Grabsteine für die Armen, die brav und anständig gelebt
und geschuftet haben und dadurch natürlich zu nichts gekommen sind.
Dann folgen die größeren, schon mit Sockeln, aber immer noch billig,
für die, die schon etwas Besseres sein möchten, wenigstens im Tode, da
es im Leben nicht möglich war. Wir verkaufen mehr davon als von den
ganz einfachen, und man weiß nicht, ob man diesen verspäteten Ehrgeiz
der Hinterbliebenen rührend oder absurd finden soll. Das nächste sind
die Hügelsteine aus Sandstein mit eingelassenen Platten aus Marmor,
grauem Syenit oder schwarzem schwedischem Granit. Sie sind bereits
zu teuer für den Mann, der von seiner Hände Arbeit gelebt hat. Kleine
Kaufleute, Werkmeister, Handwerker, die einen eigenen Betrieb gehabt
haben, sind die Kunden dafür – und natürlich der ewige Unglücksrabe,
der kleine Beamte, der immer mehr vorstellen muß, als er ist, dieser
brave Stehkragenproletarier, von dem keiner weiß, wie er es fertigbringt,
heutzutage noch zu existieren, da seine Gehaltserhöhungen stets viel zu
spät kommen.

Alle diese Denkmäler sind noch das, was man als Kleinvieh bezeichnet – erst hinter ihnen kommen die Klötze aus Marmor und Granit. Zunächst die einseitig polierten, bei denen die Vorderflächen glatt sind, Seiten und Rückenfläche rauh gespitzt und die Sockel allseitig rauh. Das ist bereits die Klasse für den wohlhabenderen Mittelstand, den Arbeitgeber, den Geschäftsmann, den besseren Ladenbesitzer und, natürlich, den tapferen Unglücksraben, den höheren Beamten, der, ebenso wie der kleine, im Tode mehr ausgeben muß, als er im Leben verdient hat, um das Dekorum zu wahren.

Die Aristokratie der Grabsteine jedoch sind der allseitig polierte Marmor und der schwarze schwedische Granit. Da gibt es keine rauhen Seiten und Rückenflächen mehr; alles ist auf Hochglanz gebracht worden, ganz gleich, ob man es sieht oder nicht, sogar die Sockel, und davon gibt es nicht nur einen oder zwei, sondern oft auch einen geschrägten dritten, und oben darauf, wenn es sich um ein Glanzstück im wahren Sinne des Wortes handelt, auch noch ein stattliches Kreuz aus demselben Material. So etwas ist heute natürlich nur noch da für reiche Bauern, große Sachwertbesitzer, Schieber und die geschickten Geschäftsleute, die mit langfristigen Wechseln arbeiten und so von der Reichsbank leben, die alles mit immer neuen, ungedeckten Geldscheinen bezahlt.

Wir blicken gleichzeitig auf das einzige dieser Glanzstücke, das bis vor einer Viertelstunde noch Eigentum der Firma war. Da steht es, schwarz und blitzend wie der Lack eines neuen Automobils, das Frühjahr umduftet es, Fliederblüten neigen sich ihm zu, es ist eine große Dame, kühl, unberührt und noch für eine Stunde jungfräulich – dann wird ihm der Name des Hofbesitzers Heinrich Fleddersen auf den schmalen Bauch gemeißelt werden, in lateinischer, vergoldeter Schrift, der Buchstabe zu achthundert Mark. »Fahre wohl, schwarze Diana!« sage ich. »Dahin!« und lüfte meinen Hut. »Es ist dem Poeten ewig unverständlich, daß auch vollkommene Schönheit den Gesetzen des Schicksals untersteht und elend sterben muß! Fahr wohl! Du wirst nun eine schamlose Reklame für die Seele des Gauners Fleddersen werden, der armen Witwen aus der Stadt ihre letzten Zehntausender für viel zu teure, mit Margarine verfälschter Butter entrissen hat – von seinen

Wucherpreisen für Kalbsschnitzel, Schweinekoteletts und Rinderbraten ganz zu schweigen! Fahr wohl!«

»Du machst mich hungrig«, erklärt Georg. »Auf zur ›Walhalla‹! Oder mußt du vorher noch deinen Schlips kaufen?«

»Nein, ich habe Zeit, bis die Geschäfte schließen. Sonnabends gibt es nachmittags keinen neuen Dollarkurs. Von zwölf Uhr heute mittag bis Montag früh bleibt unsere Währung stabil. Warum eigentlich? Da muß irgendwas mächtig faul dabei sein. Warum fällt die Mark über das Wochenende nicht? Hält Gott sie auf?«

»Weil die Börse dann nicht arbeitet. Sonst noch Fragen?«

»Ja. Lebt der Mensch von innen nach außen oder von außen nach innen?«

»Der Mensch lebt, Punkt. Es gibt Gulasch im ›Walhalla‹, Gulasch mit Kartoffeln, Gurken und Salat. Ich habe das Menü gesehen, als ich von der Bank kam.«

»Gulasch!« Ich pflücke eine Primel und stecke sie mir ins Knopfloch. »Der Mensch lebt, du hast recht! Wer weiter fragt, ist schon verloren. Komm, laß uns Eduard Knobloch ärgern!«

Wir betreten den großen Speisesaal des Hotels »Walhalla«. Eduard Knobloch, der Besitzer, ein fetter Riese mit einer braunen Perücke und einem wehenden Bratenrock, verzieht bei unserem Anblick das Gesicht, als hätte er bei einem Rehrücken auf eine Schrotkugel gebissen.

»Guten Tag, Herr Knobloch«, sagte Georg. »Schönes Wetter heute! Macht mächtigen Appetit!«

Eduard zuckt nervös die Achseln. »Zuviel essen ist ungesund! Schadet der Leber, der Galle, allem.«

»Nicht bei Ihnen, Herr Knobloch«, erwidert Georg herzlich. »Ihr Mittagstisch ist gesund.«

»Gesund, ja. Aber zuviel gesund kann auch schädlich sein. Nach den neuesten wissenschaftlichen Forschungen ist zuviel Fleisch –«

Ich unterbreche Eduard, indem ich ihm einen leichten Schlag auf seinen weichen Bauch versetze. Er fährt zurück, als hätte ihm jemand an die Geschlechtsteile gegriffen. »Gib Ruhe und füge dich in dein

Geschick«, sage ich. »Wir fressen dich schon nicht arm. Was macht die Poesie?«

»Geht betteln. Keine Zeit! Bei diesen Zeiten!«

Ich lache nicht über diese Albernheit. Eduard ist nicht nur Gastwirt, er ist auch Dichter; aber so billig darf er mir nicht kommen. »Wo ist ein Tisch?« frage ich.

Knobloch sieht sich um. Sein Gesicht erhellt sich plötzlich.

»Es tut mir außerordentlich leid, meine Herren, aber ich sehe gerade, daß kein Tisch frei ist.«

»Das macht nichts. Wir warten.«

Eduard blickt noch einmal umher. »Es sieht so aus, als ob auch einstweilen keiner frei würde«, verkündet er strahlend. »Die Herrschaften sind alle erst bei der Suppe. Vielleicht versuchen Sie es heute einmal im ›Altstädter Hof‹ oder im Bahnhofshotel. Man soll dort auch passabel essen.«

Passabel! Der Tag scheint von Sarkasmus zu triefen. Erst Heinrich und jetzt Eduard. Wir aber werden um das Gulasch kämpfen, auch wenn wir eine Stunde warten müssen – es ist ein Glanzpunkt auf der Speisekarte des »Walhalla«.

Doch Eduard ist nicht nur Poet, sondern scheint auch Gedankenleser zu sein. »Keinen Zweck zu warten«, sagt er. »Wir haben nie genug Gulasch und sind immer vorzeitig ausverkauft. Oder möchten Sie ein deutsches Beefsteak? Das können Sie hier an der Theke essen.«

»Lieber tot«, sage ich. »Wir werden Gulasch kriegen, und wenn wir dich selbst zerhacken mässen.«

»Wirklich?« Eduard ist nichts als ein fetter, zweifelnder Triumph.

»Ja«, erwidere ich und gebe ihm einen zweiten Klaps auf den Bauch. »Komm, Georg, wir haben einen Tisch.«

»Wo?« fragt Eduard rasch.

»Dort, wo der Herr sitzt, der aussieht wie ein Kleiderschrank. Ja, der mit dem roten Haar und der eleganten Dame. Der, der aufgestanden ist und uns zuwinkt. Mein Freund Willy, Eduard. Schick den Kellner, wir wollen bestellen!«

Eduard läßt ein zischendes Geräusch hinter uns hören, als wäre er ein geplatzter Autoschlauch. Wir gehen zu Willy hinüber.

Der Grund dafür, daß Eduard das ganze Theater aufführt, ist einfach. Früher konnte man bei ihm auf Abonnement essen. Man kaufte ein Heft mit zehn Eßmarken und bekam die einzelnen Mahlzeiten dadurch etwas billiger. Eduard tat das damals, um das Geschäft zu heben. In den letzten Wochen aber hat ihm die Inflationslawine einen Strich durch die Rechnung gemacht; wenn die erste Mahlzeit eines Heftchens dem Preise noch entsprach, den man gezahlt hatte, so war er bei der zehnten schon erheblich gesunken. Eduard gab deshalb die Abonnementshefte auf; er verlor zuviel dabei. Hier aber waren wir gescheit gewesen. Wir hatten zeitig von seinem Plan gehört und deshalb vor sechs Wochen den gesamten Erlös aus einem Kriegerdenkmal dazu verwendet, im »Walhalla« Eßkarten en gros zu kaufen. Damit es Eduard nicht allzusehr auffiel, hatten wir verschiedene Leute dazu benützt – den Sargtischler Wilke, den Friedhofwärter Liebermann, unseren Bildhauer Kurt Bach, Willy, ein paar andere Kriegskameraden und Geschäftsfreunde, und sogar Lisa. Alle hatten an der Kasse Hefte mit Eßmarken für uns erstanden. Als Eduard dann die Abonnements aufhob, hatte er erwartet, daß binnen zehn Tagen alles erledigt sein würde, weil jedes Heft ja nur zehn Karten enthielt und er annahm, daß ein vernünftiger Mensch nur ein einziges Abonnement habe. Wir aber hatten jeder über dreißig Hefte in unserem Besitz. Vierzehn Tage nach der Aufhebung der Abonnements wurde Eduard unruhig, als wir immer noch mit Marken zahlten; nach vier Wochen hatte er einen leichten Anfall von Panik. Wir aßen um diese Zeit bereits für den halben Preis; nach sechs Wochen für den Preis von zehn Zigaretten. Tag für Tag erschienen wir und gaben unsere Marken ab. Eduard fragte, wieviel wir noch hätten; wir antworteten ausweichend. Er versuchte, die Scheine zu sperren; wir brachten das nächstemal einen Rechtsanwalt mit, den wir zum Wiener Schnitzel eingeladen hatten. Der Anwalt gab Eduard beim Nachtisch eine Rechtsbelehrung über Kontrakte und Verpflichtungen und bezahlte sein Essen mit einem unserer Scheine. Eduards Lyrik nahm dunkle Züge an. Er versuchte, mit uns einen Vergleich zu schließen; wir lehnten ab. Er schrieb ein Lehrgedicht: »Unrecht Gut gedeiht nicht«, und schickte es an das Tageblatt. Der Redakteur zeigte es uns; es war mit scharfen Anspielungen auf die Totengräber des Volkes gespickt; auch Grabsteine kamen darin vor und

das Wort Wucher-Kroll. Wir luden unsern Anwalt zu einem Schweins-
kotelett im »Walhalla« ein. Er machte Eduard den Begriff öffentlicher
Beleidigung und seine Folgen klar und zahlte wieder mit einem unserer
Scheine. Eduard, der früher reiner Blumen-Lyriker gewesen war, fing
an, Haßgedichte zu schreiben. Doch das war auch alles, was er tun
konnte. Der Kampf tobt weiter. Eduard hofft täglich, daß unsere Reser-
ven erschöpft sein werden; er weiß nicht, daß wir noch für über sieben
Monate Marken haben.

Willy erhebt sich. Er trägt einen dunkelgrünen, neuen Anzug aus erstklassigem Stoff und sieht darin aus wie ein rotköpfiger Laubfrosch.
Seine Krawatte ist mit einer Perle geschmückt, und auf dem Zeigefinger
der rechten Hand trägt er einen schweren Siegelring. Vor fünf Jahren
war er Gehilfe unseres Kompaniefouriers. Er ist so alt wie ich – fünfundzwanzig Jahre.

»Darf ich vorstellen?« fragt Willy. »Meine Freunde und Kriegskameraden Georg Kroll und Ludwig Bodmer – Fräulein Renée de la Tour
vom Moulin Rouge, Paris.«

Renée de la Tour nickt reserviert, aber nicht unfreundlich. Wir starren
Willy an. Willy starrt stolz zurück. »Setzen Sie sich, meine Herren«,
sagt er. »Wie ich annehme, hat Eduard euch vom Essen ausschließen
wollen. Das Gulasch ist gut, könnte nur mehr Zwiebeln haben. Kommt,
wir rücken gern zusammen.«

Wir gruppieren uns um den Tisch. Willy kennt unseren Krieg mit
Eduard und verfolgt ihn mit dem Interesse des geborenen Spielers.

»Kellner!« rufe ich.

Ein Kellner, der vier Schritte entfernt auf Plattfüßen an uns vorüber-
watschelt, ist plötzlich taub. »Kellner!« rufe ich noch einmal.

»Du bist ein Barbar«, sagt Georg Kroll. »Du beleidigst den Mann mit
seinem Beruf. Wozu hat er 1918 Revolution gemacht? Herr Ober!«

Ich grinse. Es ist wahr, daß die deutsche Revolution von 1918 die
unblutigste der Welt war. Die Revolutionäre selbst waren von sich so
erschreckt, daß sie sofort die Bonzen und Generäle der alten Regierung
zu Hilfe riefen, um sie vor ihrem eigenen Mutanfall zu schützen. Die
taten es auch großmütig. Eine Anzahl Revolutionäre wurden umge-
bracht, die Fürsten und Offiziere erhielten großartige Pensionen, damit

sie Zeit hatten, Putsche vorzubereiten, Beamte bekamen neue Titel, Oberlehrer wurden Studienräte, Schulinspektoren Schulräte, Kellner erhielten das Recht, mit Oberkellner angeredet zu werden, frühere Parteisekretäre wurden Exzellenzen, der sozialdemokratische Reichswehrminister durfte voller Seligkeit echte Generäle unter sich in seinem Ministerium haben, und die deutsche Revolution versank in rotem Plüsch, Gemütlichkeit, Stammtisch und Sehnsucht nach Uniformen und Kommandos.

»Herr Ober!« wiederholt Georg.

Der Kellner bleibt taub. Es ist der alte, kindische Trick Eduards; er versucht, uns mürbe zu machen, indem er die Kellner instruiert, uns nicht zu bedienen.

»Ober! Kerl, können Sie nicht hören?« brüllt plötzlich eine Donnerstimme in erstklassigem preußischem Kasernenhofton durch den Speisesaal. Sie wirkt auf der Stelle, wie ein Trompetensignal auf alte Schlachtpferde. Der Kellner hält an, als hätte er einen Schuß in den Rükken bekommen, und dreht sich um, zwei andere stürzen von der Seite herbei, irgendwo klappt jemand die Hacken zusammen, ein militärisch aussehender Mann an einem Tisch in der Nähe sagt leise: »Bravo« – und selbst Eduard kommt mit wehendem Bratenrock, um nach dieser Stimme aus höheren Sphären zu forschen. Er weiß, daß weder Georg noch ich so kommandieren können.

Wir sehen uns sprachlos nach Renée de la Tour um. Sie sitzt friedlich und mädchenhaft da, als ginge sie das Ganze nichts an. Dabei kann nur sie es sein, die gerufen hat – wir kennen Willys Stimme.

Der Ober steht am Tisch. »Was befehlen die Herrschaften?«

»Nudelsuppe, Gulasch und rote Grütze für zwei«, erwidert Georg. »Und flott, sonst blasen wir Ihnen die Ohren aus, Sie Blindschleiche!«

Eduard kommt heran. Er versteht nicht, was los ist. Sein Blick gleitet unter den Tisch. Dort ist niemand versteckt, und ein Geist kann nicht so gebrüllt haben. Wir auch nicht, das weiß er. Er vermutet irgendeinen Trick. »Ich muß doch sehr bitten«, sagt er schließlich, »in meinem Lokal kann man nicht solchen Lärm machen.«

Niemand antwortet. Wir sehen ihn nur mit leeren Augen an. Renée de la Tour pudert sich. Eduard dreht sich um und geht.

»Wirt! Kommen Sie mal her!« brüllt plötzlich die Donnerstimme von vorher hinter ihm her.

Eduard schießt herum und starrt uns an. Wir alle haben noch dasselbe leere Lächeln auf unseren Schnauzen. Er faßt Renée de la Tour ins Auge. »Haben Sie da eben –?«

Renée klappt ihre Puderdose zu. »Was?« fragt sie in einem silberhellen, zarten Sopran. »Was wollen Sie?«

Eduard glotzt. Er weiß nicht mehr, was er denken soll.

»Sind Sie vielleicht überarbeitet, Herr Knobloch?« fragt Georg. »Sie scheinen Halluzinationen zu haben.«

»Aber da hat doch jemand gerade –«

»Du bist verrückt, Eduard«, sage ich. »Du siehst auch schlecht aus. Geh auf Urlaub. Wir haben kein Interesse daran, deinen Angehörigen einen billigen Hügelstein aus imitiertem italienischem Marmor zu verkaufen, denn mehr bist du nicht wert –«

Eduard klappert mit den Augen wie ein alter Uhu.

»Sie scheinen ein merkwürdiger Mensch zu sein«, sagt Renée de la Tour in flötenhaftem Sopran. »Dafür, daß Ihre Kellner nicht hören können, machen Sie Ihre Gäste verantwortlich.«

Sie lacht – ein entzückendes, sprudelndes Gequirl von Silber und Wohllaut, wie ein Waldbach im Märchen.

Eduard faßt sich an die Stirn. Sein letzter Halt schwindet. Das Mädchen kann es auch nicht gewesen sein. Wer so lacht, hat keine solche Kommißstimme. »Sie können gehen, Knobloch«, erklärt Georg nachlässig. »Oder haben Sie die Absicht, an der Unterhaltung teilzunehmen?«

»Und iß nicht so viel Fleisch«, sage ich. »Vielleicht kommt es davon! Was hast du uns vorhin noch erklärt? Nach den neuesten wissenschaftlichen Forschungen –«

Eduard dreht sich rasch um und haut ab. Wir warten, bis er weit genug weg ist. Dann beginnt Willys mächtiger Körper in lautlosem Gelächter zu beben. Renée de la Tour lächelt sanft. Ihre Augen funkeln.

»Willy«, sage ich. »Ich bin ein oberflächlicher Mensch, und dieses war deshalb einer der schönsten Momente meines jungen Lebens – aber jetzt erkläre uns, was los ist!«

Willy zeigt, bebend vor schweigendem Gebrüll, auf Renée.

»Excusez, Mademoiselle«, sage ich. »Je me –«

Willys Gelächter verstärkt sich bei meinem Französisch.

»Sag's ihm, Lotte«, prustet er.

»Was?« fragt Renée mit züchtigem Lächeln, aber plötzlich in leisem, grollendem Baß.

Wir starren sie an. »Sie ist Künstlerin«, würgt Willy hervor. »Duettistin. Sie singt Duette. Aber allein. Eine Strophe hoch, eine tief. Eine im Sopran, eine im Baß.«

Das Dunkel lichtet sich. »Aber der Baß –?« frage ich.

»Talent!« erklärt Willy. »Und dann natürlich Fleiß. Ihr solltet mal hören, wie sie einen Ehestreit nachmacht. Lotte ist fabelhaft!«

Wir geben das zu. Das Gulasch erscheint. Eduard umschleicht, von ferne beobachtend, unsern Tisch. Sein Fehler ist, daß er immer herausfinden muß, warum etwas geschieht. Das verdirbt seine Lyrik und macht ihn mißtrauisch im Leben. Augenblicklich grübelt er über den mysteriösen Baß nach. Er weiß nicht, was ihm noch bevorsteht. Georg Kroll, ein Kavalier der alten Schule, hat Renée de la Tour und Willy gebeten, seine Gäste zu sein, um den Sieg zu feiern. Er wird für das vorzügliche Gulasch dem zähneknirschenden Eduard nachher vier Papierstücke einhändigen, für deren Gesamtwert man heute kaum noch ein paar Knochen mit etwas Fleisch daran kaufen kann.

Es ist früher Abend. Ich sitze in meinem Zimmer über dem Büro am Fenster. Das Haus ist niedrig, verwinkelt und alt. Es hat, wie dieser Teil der Straße, früher einmal der Kirche gehört, die am Ende der Straße auf einem Platz steht. Priester und Kirchenangestellte haben in ihm gewohnt; aber seit sechzig Jahren ist es Eigentum der Firma Kroll. Es besteht eigentlich aus zwei niedrigen Häusern, die durch einen Torbogen und den Eingang getrennt sind; in dem zweiten lebt der pensionierte Feldwebel Knopf mit seiner Frau und drei Töchtern. Dann kommt der schöne alte Garten mit unserer Grabsteinausstellung, und links hinten noch eine Art von zweistöckigem hölzernem Schuppen. Unten im Schuppen arbeitet unser Bildhauer Kurt Bach. Er modelliert trauernde Löwen und auffliegende Adler für die Kriegerdenkmäler, die wir verkaufen, und zeichnet die Inschriften auf die Grabsteine, die dann von den Steinmetzen ausgehauen werden. In seiner Freizeit spielt er Gitarre und wandert und träumt von goldenen Medaillen für den berühmten Kurt Bach einer späteren Periode, die nie existieren wird. Er ist zweiunddreißig Jahre alt.

Den oberen Stock des Schuppens haben wir an den Sargtischler Wilke vermietet. Wilke ist ein hagerer Mann, von dem keiner weiß, ob er eine Familie hat oder nicht. Unsere Beziehungen zu ihm sind freundschaftlich, wie alle, die auf gegenseitigem Vorteil beruhen. Wenn wir einen ganz frischen Toten haben, der noch keinen Sarg hat, empfehlen wir Wilke oder geben ihm einen Wink, sich zu kümmern; er tut dasselbe mit uns, wenn er eine Leiche weiß, die noch nicht von den Hyänen der Konkurrenz weggeschnappt worden ist; denn der Kampf um die Toten ist bitter und geht bis aufs Messer. Der Reisende Oskar Fuchs von Hollmann und Klotz, unserer Konkurrenz, benützt sogar Zwiebeln dazu. Bevor er in ein Haus geht, wo eine Leiche liegt, holt er ein paar zerschnittene Zwiebeln aus der Tasche und riecht so lange daran, bis seine Augen voller Tränen stehen – dann marschiert er hinein, markiert Mitgefühl für den teuren Entschlafenen und versucht, das Geschäft zu machen. Er heißt deshalb der Tränen-Oskar. Es ist sonderbar, aber wenn die Hinterbliebenen sich um manchen Toten im Leben nur halb so viel gekümmert hätten wie dann, wenn sie nichts mehr davon haben, hätten die Leichen bestimmt gerne auf das teuerste Mausoleum verzichtet – doch so ist der Mensch: Nur was er nicht hat, schätzt er wirklich.

Die Straße füllt sich leise mit dem durchsichtigen Rauch der Dämmerung. Lisa hat bereits Licht; doch diesmal sind die Vorhänge zugezogen, ein Zeichen, daß der Pferdeschlächter da ist. Neben ihrem Hause beginnt der Garten der Weinhandlung Holzmann. Flieder hängt über die Mauern, und von den Gewölben kommt der frische Essiggeruch der Fässer. Aus dem Tor unseres Hauses tritt der pensionierte Feldwebel Knopf. Er ist ein dünner Mann mit einer Schirmmütze und einem Spazierstock, der, trotz seines Berufes und obschon er außer dem Exerzierreglement nie ein Buch gelesen hat, aussieht wie Nietzsche. Knopf geht die Hakenstraße hinunter und schwenkt an der Ecke der Marienstraße links ab. Gegen Mitternacht wird er wieder zurückkommen, dann von rechts – er hat damit seinen Rundgang durch die Kneipen der Stadt beendet, der, wie es sich für einen alten Militär gehört, methodisch erfolgt. Knopf trinkt nur Schnaps, und zwar Korn, nichts anderes. Darin aber ist er der größte Kenner, den es gibt. In der Stadt existieren etwa drei oder vier Firmen, die Korn brennen. Für uns schmecken ihre Schnäpse alle ungefähr gleich. Nicht so für Knopf; er unterscheidet sie schon am Geruch. Vierzig Jahre unermüdlicher Arbeit haben seine Zunge so verfeinert, daß er sogar bei derselben Kornsorte heraus- schmecken kann, aus welcher Kneipe sie kommt. Er behauptet, die Kel- ler wären verschieden, und er könne das unterscheiden. Natürlich nicht bei Korn in Flaschen; nur bei Korn in Fässern. Er hat schon manche Wette damit gewonnen.

Ich stehe auf und sehe mich im Zimmer um. Die Decke ist niedrig und schräg, und die Bude ist nicht groß, aber ich habe darin, was ich brauche – ein Bett, ein Regal mit Büchern, einen Tisch, ein paar Stühle und ein altes Klavier. Vor fünf Jahren, als Soldat im Felde, hätte ich nie geglaubt, daß ich es wieder einmal so gut haben würde. Wir lagen damals in Flandern, es war der große Angriff am Kemmelberg, und wir verloren drei Viertel unserer Kompanie. Georg Kroll kam mit einem Bauchschuß am zweiten Tag ins Lazarett; aber bei mir dauerte es fast drei Wochen, bis ich mit einem Knieschuß erwischt wurde. Dann kam der Zusammenbruch, ich wurde schließlich Schulmeister, meine kranke Mutter hatte das gewollt, und ich hatte es ihr versprochen, bevor sie starb. Sie war so viel krank gewesen, daß sie dachte, wenn ich einen Beruf mit lebenslänglicher Anstellung als Beamter hätte, könnte wenig- stens mir nichts mehr passieren. Sie starb in den letzten Monaten des Krieges, aber ich machte trotzdem meine Prüfung und wurde auf ein paar Dörfer in der Heide geschickt, bis ich genug davon hatte, Kindern Sachen einzutrichtern, an die ich selbst längst nicht mehr glaubte, und lebendig begraben zu sein zwischen Erinnerungen, die ich vergessen wollte.

Ich versuche zu lesen; aber es ist kein Wetter zum Lesen. Der Frühling macht unruhig, und in der Dämmerung verliert man sich leicht. Alles ist dann gleich ohne Grenzen und macht atemlos und verwirrt. Ich zünde das Licht an und fühle mich sofort geborgener. Auf dem Tisch liegt ein gelber Aktendeckel mit Gedichten, die ich auf der Erika-Schreibmaschine in drei Durchschlägen getippt habe. Ab und zu schicke ich ein paar dieser Durchschläge an Zeitungen. Sie kommen entweder zurück, oder die Zeitungen antworten nicht; dann tippe ich neue Durchschläge und probiere es wieder. Nur dreimal habe ich etwas veröffentlichen können, im Tageblatt der Stadt, allerdings mit Georgs Hilfe, der den Lokalredakteur kennt. Immerhin, das hat dafür genügt, daß ich Mitglied des Werdenbrücker Dichterklubs geworden bin, der bei Eduard Knobloch einmal in der Woche in der Altdeutschen Stube tagt. Eduard hat kürzlich versucht, mich wegen der Eßmarken als moralisch defekt ausschließen zu lassen; aber der Klub hat gegen Eduards Stimme erklärt, ich handle höchst ehrenwert, nämlich so, wie seit Jahren die gesamte Industrie und Geschäftswelt unseres geliebten Vaterlandes – und außerdem habe Kunst mit Moral nichts zu schaffen.

Ich lege die Gedichte beiseite. Sie wirken plötzlich flach und kindisch, wie die typischen Versuche, die fast jeder junge Mensch einmal macht. Im Felde habe ich damit angefangen, aber da hatte es einen Sinn – es nahm mich für Augenblicke weg von dem, was ich sah, und es war eine kleine Hütte von Widerstand und Glauben daran, daß noch etwas jenseits von Zerstörung und Tod existiere. Doch das ist lange her; ich weiß heute, daß noch vieles andere daneben existiert, und ich weiß auch, daß beides sogar zur gleichen Zeit existieren kann. Meine Gedichte brauche ich dazu nicht mehr; in meinen Bücherregalen ist das alles viel besser gesagt. Aber was würde mit einem passieren, wenn das schon ein Grund wäre, etwas aufzugeben? Wo blieben wir alle? So schreibe ich weiter, doch oft genug erscheint es mir grau und papieren gegen den Abendhimmel, der jetzt über den Dächern weit und apfelfarben wird, während der violette Aschenregen der Dämmerung schon die Straßen füllt.

Ich gehe die Treppen hinunter, am dunklen Büro vorbei, in den Garten. Die Haustür der Familie Knopf steht offen. Wie in einer feurigen Höhle sitzen da die drei Töchter Knopfs im Licht an ihren Nähmaschinen und arbeiten. Die Maschinen surren. Ich werfe einen Blick auf das Fenster neben dem Büro. Es ist dunkel; Georg ist also bereits irgendwohin verschwunden. Auch Heinrich ist in den tröstlichen Hafen seines

Stammtisches eingekehrt. Ich mache eine Runde durch den Garten. Jemand hat die Beete begossen, die Erde ist feucht und riecht stark. Wilkes Sargtischlerei ist leer, und auch bei Kurt Bach ist es still. Die Fenster stehen offen; ein halbfertiger trauernder Löwe kauert auf dem Boden, als habe er Zahnschmerzen, und daneben stehen friedlich zwei leere Bierflaschen.

Ein Vogel fängt plötzlich an zu singen. Es ist eine Drossel. Sie sitzt auf der Spitze des Kreuzdenkmals, das Heinrich Kroll verschachert hat, und hat eine Stimme, die viel zu groß ist für den kleinen schwarzen Ball mit dem gelben Schnabel. Sie jubelt und klagt und bewegt mir das Herz. Ich denke einen Augenblick daran, daß ihr Lied, das für mich Leben und Zukunft und Träume und alles Ungewisse, Fremde und Neue bedeutet, für die Würmer, die sich aus der feuchten Gartenerde um das Kreuzdenkmal jetzt heraufarbeiten, ohne Zweifel nichts weiter ist, als das grauenhafte Signal des Todes durch Zerhacken mit fürchterlichen Schnabelhieben – trotzdem kann ich mir nicht helfen, es schwemmt mich weg, es lockert alles auf, ich stehe auf einmal hilflos und verloren da und wundere mich daß ich nicht zerreiße oder wie ein Ballon in den Abendhimmel fliege, bis ich mich schließlich fasse und durch den Garten und den Nachtgeruch zurückstolpere, die Treppen hinauf, zum Klavier, und auf die Tasten haue und sie streichle und versuche, auch so etwas wie eine Drossel zu sein, und herauszuschmettern und zu beben, was ich fühle –: aber es wird dann doch zum Schluß nichts anderes daraus als ein Haufen von Arpeggien und Petzen von ein paar Schmachtschlagern und Volksliedern und etwas aus dem Rosenkavalier und aus Tristan, ein Gemisch und ein Durcheinander, bis jemand von der Straße heraufschreit: »Mensch, lerne doch erst einmal richtig spielen!«

Ich breche ab und schleiche zum Fenster. Im Dunkel verschwindet eine dunkle Gestalt; sie ist bereits zu weit weg, um ihr etwas an den Kopf zu werfen, und wozu auch? Sie hat ja recht. Ich kann nicht richtig spielen, weder auf dem Klavier noch auf dem Leben, nie, nie habe ich es gekonnt, immer war ich zu hastig, immer zu ungeduldig, immer kam etwas dazwischen, immer brach es ab – aber wer kann schon richtig spielen, und wenn er es kann, was nützt es ihm dann? Ist das große Dunkel darum weniger aussichtslos, brennt die Verzweiflung über die ewige

35

Unzulänglichkeit darum weniger schmerzhaft, und ist das Leben dadurch jemals zu erklären und zu fassen und zu reiten wie ein zahmes Pferd, oder ist es immer wie ein mächtiges Segel im Sturm, das uns trägt und uns, wenn wir es greifen wollen, ins Wasser fegt? Da ist manchmal ein Loch vor mir, das scheint bis in den Mittelpunkt der Erde zu reichen. Was füllt es aus? Die Sehnsucht? Die Verzweiflung? Ein Glück? Und welches? Die Müdigkeit? Die Resignation? Der Tod? Wozu lebe ich? Ja, wozu lebe ich?

3 Es ist Sonntag früh. Die Glocken läuten von allen Türmen, und die Irrlichter des Abends sind zerstoben. Der Dollar steht immer noch auf sechsunddreißigtausend, die Zeit hält den Atem an, die Wärme hat den Kristall des Himmels noch nicht geschmolzen, und alles scheint klar und unendlich rein, es ist die eine Stunde am Morgen, wo man glaubt, daß selbst dem Mörder vergeben wird und daß gut und böse belanglose Worte sind.

Ich ziehe mich langsam an. Die kühle, sonnige Luft weht durch das offene Fenster. Schwalben blitzen stählern unter dem Torbogen durch. Mein Zimmer hat, wie das Büro darunter, zwei Fenster, eines zum Hof und eines zur Straße. Ich lehne einen Augenblick im Hoffenster und sehe in den Garten. Plötzlich tönt ein erstickter Schrei durch die Stille, dem ein Gurgeln und Stöhnen folgt. Es ist Heinrich Kroll, der im andern Flügel schläft. Er hat wieder einmal einen seiner Alpträume. 1918 ist er verschüttet worden, und heute, fünf Jahre später, träumt er immer noch ab und zu davon.

Ich koche auf meinem Spirituskocher Kaffee, in den ich einen Schluck Kirsch gieße. Ich habe das in Frankreich gelernt, und Schnaps habe ich trotz der Inflation immer noch. Mein Gehalt reicht zwar nie aus für einen neuen Anzug – ich kann dafür einfach das Geld nicht zusammensparen, es wird zu rasch wertlos –, aber für kleine Sachen genügt es, und darunter natürlich, als Trost, ab und zu für eine Flasche Schnaps.

Ich esse mein Brot mit Margarine und Pflaumenmarmelade. Die Marmelade ist gut, sie stammt aus den Vorräten von Mutter Kroll. Die

Margarine ist ranzig, aber das macht nichts; im Kriege haben wir alle schlechter gegessen. Dann mustere ich meine Garderobe. Ich besitze zwei zu Zivilanzügen umgearbeitete Militäruniformen. Der eine ist blau, der andere schwarz gefärbt – viel mehr war mit dem graugrünen Stoff nicht zu machen. Außerdem habe ich noch einen Anzug aus der Zeit, bevor ich Soldat wurde. Er ist ausgewachsen, aber es ist ein richtiger Zivilanzug, kein umgearbeiteter oder gewendeter, und deshalb ziehe ich ihn heute an. Er paßt zu der Krawatte, die ich gestern nachmittag gekauft habe und die ich heute tragen will, damit Isabelle sie sieht.

Friedlich wandere ich durch die Straßen der Stadt. Werdenbrück ist eine alte Stadt von 60 000 Einwohnern, mit Holzhäusern und Barockbauten und scheußlichen neuen Vierteln dazwischen. Ich durchquere sie und gehe zur anderen Seite hinaus, eine Allee mit Roßkastanien entlang und dann einen kleinen Hügel hinauf, auf dem sich in einem großen Park die Irrenanstalt befindet. Sie liegt still und sonntäglich da, Vögel zwitschern in den Bäumen, und ich gehe hin, um in der kleinen Kirche der Anstalt für die Sonntagsmesse die Orgel zu spielen. Ich habe das während meiner Vorbereitungen zum Schulmeister gelernt und diese Stellung vor einem Jahr als Nebenberuf geschnappt. Ich habe mehrere solcher Nebenberufe. Einmal in der Woche erteile ich den Kindern des Schuhmachermeisters Karl Brill Klavierunterricht und bekomme dafür meine Schuhe besohlt und etwas Geld – und zweimal in der Woche gebe ich dem flegeligen Sohn des Buchhändlers Bauer Nachhilfestunden, ebenfalls für etwas Geld und das Recht, alle neuen Bücher zu lesen und Vorzugspreise zu bekommen, wenn ich welche kaufen will. Diese Vorzugspreise werden natürlich vom gesamten Dichterklub ausgenützt, sogar von Eduard Knobloch, der dann auf einmal mein Freund ist.

Die Messe beginnt um neun Uhr. Ich sitze an der Orgel und sehe die letzten Patienten hereinkommen. Sie kommen leise und verteilen sich auf die Bänke. Ein paar Wärter und Schwestern sitzen zwischen ihnen und an den Seiten. Alles geht sehr behutsam zu, viel lautloser als in den Bauernkirchen, in denen ich zur Zeit meiner Schulmeisterei gespielt habe. Man hört nur das Gleiten der Schuhe auf dem Steinboden; sie gleiten, sie trampeln nicht. Es ist das Geräusch der Schritte von Menschen, deren Gedanken weit weg sind.

Vor dem Altar sind die Kerzen angezündet. Durch das bunte Glas der Fenster fällt das Licht von draußen gedämpft herein und mischt sich mit dem Kerzenschein zu einem sanften, rot und blau überwehten Gold. Darin steht der Priester in seinem brokatenen Meßgewand, und auf den Stufen des Altars knien die Meßdiener in ihren roten Talaren mit den weißen Überwürfen.

Ich ziehe die Register der Flöten und der Vox humana und beginne. Mit einem Ruck wenden sich die Köpfe der Irren in den vorderen Reihen um, alle auf einmal, als würden sie an einer Schnur herumgezogen. Ihre bleichen Gesichter mit den dunklen Augenhöhlen starren ausdruckslos nach oben zur Orgel. Sie schweben wie flache helle Scheiben in dem dämmernden goldenen Licht, und manchmal, im Winter, im Dunkeln, sehen sie aus wie große Hostien, die darauf warten, daß der Heilige Geist in sie einkehre. Sie gewöhnen sich nicht an die Orgel; sie haben keine Vergangenheit und keine Erinnerung, und jeden Sonntag treffen die Flöten und Geigen und die Gamben ihre entfremdeten Gehirne unerwartet und neu. Dann beginnt der Priester im Altar, und sie wenden sich ihm zu.

Nicht alle Irren folgen der Messe. In den hinteren Reihen sitzen viele, die sich nicht bewegen. Sie sitzen da, als wären sie eingehüllt in eine furchtbare Trauer und um sie wäre nichts als Leere – aber vielleicht scheint einem das auch nur so. Vielleicht sind sie in ganz anderen Welten, in die kein Wort des gekreuzigten Heilands klingt, harmlos und ohne Verstehen einer Musik hingegeben, gegen die die Orgel blaß und grob klingt. Und vielleicht auch denken sie gar nichts – gleichgültig wie das Meer, das Leben und der Tod. Nur wir beseelen die Natur. Wie sie sein mag, wenn sie sie selbst ist – vielleicht wissen es die Köpfe da unten; aber sie können das Geheimnis nicht verraten. Was sie sehen, hat sie stumm gemacht. Manchmal ist es, als wären sie die letzten Abkommen der Turmbauer von Babel, ihre Sprache sei verwirrt und sie könnten nicht mehr mitteilen, was sie von der obersten Terrasse aus gesehen haben.

Ich spähe nach der ersten Reihe. An der rechten Seite, in einem Flirren von Rosa und Blau, sehe ich den dunklen Kopf Isabelles. Sie kniet sehr gerade und schlank in der Bank. Ihr schmaler Kopf ist zur Seite geneigt wie bei einer gotischen Statue. Ich stoße die Gamben und die Register der Vox humana zurück und ziehe die Vox celeste. Es ist das sanfteste und entrückteste Register der Orgel. Wir nähern uns der heiligen Wandlung. Brot und Wein werden in den Leib und das Blut Christi verwandelt. Es ist ein Wunder – ebenso wie jenes andere, daß aus Staub und Lehm der Mensch geworden sei. Riesenfeld behauptet, das dritte wäre, daß der Mensch mit diesem Wunder nicht viel mehr anzufangen gewußt habe, als seinesgleichen auf immer großzügigere Weise auszunutzen und umzubringen und die kurze Frist zwischen Geburt und Tod mit soviel Egoismus wie nur möglich vollzustopfen, obschon für jeden doch nur eines absolut sicher sei von Beginn: daß er sterben müsse. Das sagt Riesenfeld von den Odenwälder Granitwerken, einer der schärfsten Kalkulatoren und Draufgänger im Geschäft des Todes. *Agnus Dei qui tollis peccata mundi.*

Ich erhalte nach der Messe von den Schwestern der Anstalt ein Frühstück aus Eiern, Aufschnitt, Bouillon, Brot und Honig. Das gehört zu meinem Vertrag. Ich komme damit gut über das Mittagessen hinweg; denn sonntags gelten Eduards Eßkarten nicht. Außerdem erhalte ich tausend Mark, eine Summe, für die ich gerade mit der Straßenbahn hin- und zurückfahren kann, wenn ich will. Ich habe nie eine Erhöhung verlangt. Warum, weiß ich nicht; bei dem Schuster Karl Brill und den Nachhilfestunden für den Sohn des Buchhändlers Bauer kämpfe ich darum wie ein wilder Ziegenbock.

Nach dem Frühstück gehe ich in den Park der Anstalt. Es ist ein schönes, weitläufiges Gelände mit Bäumen, Blumen und Bänken, umgeben von einer hohen Mauer, und man könnte glauben, in einem Sanatorium zu sein, wenn man nicht die vergitterten Fenster sähe.

Ich liebe den Park, weil er still ist und weil ich hier mit niemand über Krieg, Politik und Inflation zu reden brauche. Ich kann ruhig sitzen und so altmodische Dinge tun wie auf den Wind lauschen, den Vögeln zuhören und das Licht beobachten, wie es durch das helle Grün der Baumkronen filtert.

Die Kranken, die ausgehen dürfen, wandern vorüber. Die meisten sind still, andere reden mit sich selbst, ein paar diskutieren lebhaft mit

Besuchern und Wärtern, und viele hocken schweigend und allein, ohne sich zu rühren, mit gebeugten Köpfen, wie versteinert in der Sonne – bis sie wieder in ihre Zellen zurückgeschafft werden.

Es hat einige Zeit gedauert, ehe ich mich an den Anblick gewöhnt habe, und selbst heute kommt es ab und zu noch vor, daß ich die Irren anstarre wie zu Anfang: mit einem Gemisch aus Neugier, Grauen und etwas namenlosem dritten, das mich an den Augenblick erinnert, als ich meinen ersten Toten sah. Ich war damals zwölf Jahre alt, der Tote hieß Georg Hellmann, eine Woche vorher hatte ich mit ihm noch gespielt, und nun lag er da, zwischen Blumen und Kränzen, etwas unsagbar Fremdes aus gelbem Wachs, das in einer entsetzlichen Weise nichts mehr mit uns zu tun hatte, das fort war für ein unausdenkbares Immer und doch noch da, in einer stummen, seltsam kühlen Drohung. Später, im Kriege, habe ich dann unzählige Tote gesehen und kaum mehr dabei empfunden, als wäre ich in einem Schlachthause – aber diesen ersten habe ich nie vergessen, so wie man alles Erste nicht vergißt. Er war der Tod. Und es ist derselbe Tod, der mich manchmal aus den erloschenen Augen der Irren anblickt, ein lebendiger Tod, unbegreiflicher fast noch und rätselhafter als der andere, stille.

Nur bei Isabelle ist das anders.

Ich sehe sie den Weg vom Pavillon für Frauen herankommen. Ein gelbes Kleid schwingt wie eine Glocke aus Shantungseide um ihre Beine, und in der Hand hält sie einen flachen, breiten Strohhut.

Ich stehe auf und gehe ihr entgegen. Ihr Gesicht ist schmal, und man sieht darin eigentlich nur die Augen und den Mund. Die Augen sind grau und grün und sehr durchsichtig, und der Mund ist rot wie der einer Lungenkranken oder als hätte sie ihn stark geschminkt. Die Augen können aber auch plötzlich flach, schieferfarben und klein werden und der Mund schmal und verbittert wie der einer alten Jungfer, die nie geheiratet worden ist. Wenn sie so ist, ist sie Jennie, eine mißtrauische, unangenehme Person, der man nichts recht machen kann – wenn sie anders ist, ist sie Isabelle. Beides sind Illusionen, denn in Wirklichkeit heißt sie Geneviève Terhoven und leidet an einer Krankheit, die den häßlichen und etwas gespenstischen Namen Schizophrenie führt – Teilung des

Bewußtseins, Spaltung der Persönlichkeit, und das ist auch der Grund, warum sie sich für Isabelle oder Jennie hält – jemand andern, als sie wirklich ist. Sie ist eine der jüngsten Kranken der Anstalt. Ihre Mutter soll im Elsaß leben und ziemlich reich sein, sich aber wenig um sie kümmern – ich habe sie jedenfalls hier noch nicht gesehen, seit ich Geneviève kenne, und das ist schon sechs Wochen her.

Sie ist heute Isabelle, das sehe ich sofort. Sie lebt dann in einer Traumwelt, die nichts mit der Wirklichkeit zu tun hat, und ist leicht und schwerelos, und ich würde mich nicht wundern, wenn die Zitronenfalter, die überall herumspielen, sich ihr auf die Schultern setzten.

»Da bist du!« sagt sie strahlend. »Wo warst du all die Zeit?«

Wenn sie Isabelle ist, sagt sie du zu mir. Das ist keine besondere Auszeichnung; sie sagt dann du zu aller Welt.

»Wo warst du?« fragt sie noch einmal.

Ich mache eine Bewegung in die Richtung des Tores.

»Irgendwo – da draußen –«

Sie sieht mich einen Augenblick forschend an. »Draußen? Warum? Suchst du da etwas?«

»Ich glaube schon – wenn ich nur wüßte, was!«

Sie lacht. »Gib es auf, Rolf. Man findet nie etwas.«

Ich zucke zusammen unter dem Namen Rolf. Leider nennt sie mich öfter so, denn ebenso wie sich selbst hält sie auch mich für jemand andern, und auch nicht immer für denselben. Sie wechselt zwischen Rolf und Rudolf, und einmal kam auch ein gewisser Raoul auf. Rolf ist ein langweiliger Patron, den ich nicht ausstehen kann; Raoul scheint eine Art Verführer zu sein – am liebsten aber ist es mir, wenn sie mich Rudolf nennt, dann ist sie schwärmerisch und verliebt. Meinen wirklichen Namen, Ludwig Bodmer, ignoriert sie. Ich habe ihn ihr oft gesagt; aber sie nimmt ihn einfach nicht zur Kenntnis.

In den ersten Wochen war das alles ziemlich verwirrend für mich; aber jetzt bin ich daran gewöhnt. Damals hatte ich auch noch die landläufige Auffassung von Geisteskrankheiten und stellte mir darunter dauernde Tobsuchtsanfälle, Mordversuche und lallende Idioten vor – um so überraschender hob sich Geneviève davon ab. Ich konnte anfangs kaum glauben, daß sie überhaupt krank war, so spielerisch erschien mir die

Verwechslung von Namen und Identität, und auch jetzt passiert mir das manchmal noch; dann aber begriff ich, daß hinter dieser fragilen Konstruktion trotzdem lautlos das Chaos wehte. Es war noch nicht da, aber es war nahe, und das gab Isabelle, zusammen damit, daß sie erst zwanzig Jahre alt und durch ihre Krankheit oft von einer fast tragischen Schönheit war, eine seltsame Anziehungskraft.

»Komm, Rolf«, sagt sie und nimmt meinen Arm.

Ich versuche noch einmal, dem verhaßten Namen zu entfliehen. »Ich bin nicht Rolf«, erkläre ich, »ich bin Rudolf.«

»Du bist nicht Rudolf.«

»Doch, ich bin Rudolf. Rudolf, das Einhorn.«

Sie hat mich einmal so genannt. Doch ich habe kein Glück. Sie lächelt, so wie man über ein störrisches Kind lächelt. »Du bist nicht Rudolf, und du bist nicht Rolf. Aber du bist auch nicht, was du denkst. Und nun komm, Rolf.«

Ich sehe sie an. Einen Moment habe ich wieder das Gefühl, als wäre sie nicht krank und verstelle sich nur.

»Sei nicht langweilig. Warum willst du immer derselbe sein?«

»Ja, warum?« erwidere ich überrascht. »Du hast recht! Warum will man das? Was ist schon an einem so dringend aufzubewahren? Und wozu nimmt man sich so wichtig?«

Sie nickt. »Du und der Doktor! Der Wind weht zum Schluß doch über alles. Warum wollt ihr es nicht zugeben?«

»Der Doktor auch?« frage ich.

»Ja, der, der sich so nennt. Was der alles von mir will! Dabei weiß er nichts. Nicht einmal, wie Gras aussieht, nachts, wenn man nicht hinsieht.«

»Wie kann das schon aussehen? Grau wahrscheinlich oder schwarz. Und silbern, wenn der Mond scheint.«

Isabelle lacht. »Das dachte ich mir! Du weißt es auch nicht. Genau wie der Doktor!«

»Wie sieht es denn aus?«

Sie bleibt stehen. Ein Windstoß treibt vorüber mit Bienen und dem Geruch von Blüten. Der gelbe Rock weht wie ein Segel. »Es ist gar nicht da«, sagt sie.

Wir gehen weiter. Eine alte Frau in Anstaltskleidern kommt in der Allee an uns vorüber. Ihr Gesicht ist rot und glänzt von Tränen. Zwei ratlose Angehörige gehen neben ihr her. »Was ist denn da, wenn das Gras nicht da ist?« frage ich.

»Nichts. Nur wenn man hinsieht, ist es da. Manchmal, wenn man sich sehr schnell umdreht, kann man es noch erwischen.«

»Was? Daß es nicht da ist?«

»Nein – aber wie es zurücksaust an seinen Platz – das Gras und alles, was hinter dir ist. Wie Dienstboten, die zum Tanz gegangen sind. Du mußt nur sehr rasch sein beim Umdrehen, dann erwischst du sie noch – sonst sind sie schon da und tun unschuldig, als wären sie nie fortgewesen.«

»Wer, Isabelle?« frage ich sehr behutsam.

»Die Dinge. Alles hinter dir. Es wartet doch nur darauf, daß du dich umdrehst, damit es verschwinden kann!«

Ich überlege mir das einen Augenblick. Das wäre ja, als hätte man, dauernd einen Abgrund hinter sich, denke ich.

»Bin ich auch nicht mehr da, wenn du dich umdrehst?« frage ich.

»Du auch nicht. Nichts.«

»Ach so«, sage ich etwas bitter. »Für mich bin ich aber immerfort da. Auch wenn ich mich noch so rasch umdrehe.«

»Du drehst dich nach der falschen Seite um.«

»Gibt es da auch Seiten?«

»Für dich schon, Rolf.«

Ich zucke aufs neue zusammen unter dem verhaßten Namen. »Und für dich? Was ist mit dir?«

Sie sieht mich an und lächelt abwesend, als kenne sie mich nicht: »Ich? Ich bin doch gar nicht da!«

»So? Für mich bist du genug da.«

Ihr Ausdruck verändert sich. Sie erkennt mich wieder.

»Ist das wahr? Warum sagst du mir das nicht öfter?«

»Ich sage es dir doch immerfort.«

»Nicht genug.« Sie lehnt sich an mich. Ich fühle ihren Atem und ihre Brüste unter der dünnen Seide. »Nie genug«, sagt sie mit einem Seufzer. »Warum weiß das niemand? Ach, ihr Statuen!«

Statuen, denke ich. Was bleibt mir denn anders übrig? Ich sehe sie an, sie ist schön und aufregend, ich spüre sie, und jedesmal, wenn ich mit ihr zusammen bin, ist es, als telefonierten tausend Stimmen durch meine Adern, aber dann plötzlich bricht es ab, als hätten alle eine falsche Verbindung, ich finde mich nicht mehr zurecht, und es entsteht nichts als Verwirrung. Man kann eine Irre nicht begehren. Vielleicht kann man es; ich kann es nicht. Es ist, als wollte man eine automatische Puppe begehren. Oder jemand, der hypnotisiert ist. Das aber ändert nichts daran, daß man ihre Nähe nicht doch spürt.

Die grünen Schatten der Allee öffnen sich, und vor uns liegen die Beete der Tulpen und Narzissen in der vollen Sonne. »Du mußt deinen Hut aufsetzen, Isabelle«, sage ich. »Der Doktor will es so.«

Sie wirft den Hut in die Blüten. »Der Doktor! Was der alles will! Er will mich heiraten, aber sein Herz ist verhungert. Er ist eine Eule, die schwitzt.«

Ich glaube nicht, daß Eulen schwitzen können. Aber das Bild überzeugt trotzdem. Isabelle tritt wie eine Tänzerin zwischen die Tulpen und kauert sich nieder. »Hörst du die hier?«

»Natürlich«, sage ich erleichtert. »Jeder kann sie hören. Es sind Glokken. In Fis-Dur.«

»Was ist Fis-Dur?«

»Eine Tonart. Die süßeste von allen.«

Sie wirft ihren weiten Rock über die Blüten. »Läuten sie jetzt in mir?«

Ich nicke und sehe auf ihren schmalen Nacken. Alles läutet in dir, denke ich. Sie bricht eine Tulpe ab und betrachtet die offene Blüte und den fleischigen Stengel, aus dem der Saft quillt.

»Das hier ist nicht süß.«

»Gut – dann sind es Glocken in C-Dur.«

»Muß es Dur sein?«

»Es kann auch Moll sein.«

»Kann es nicht beides zugleich sein?«

»In der Musik nicht«, sage ich, in die Enge getrieben. »Es gibt da Prinzipien. Es kann nur eins oder das andere sein. Oder eins nach dem anderen.«

»Eins nach dem andern!« Isabelle sieht mich mit leichter Verachtung an. »Immer kommst du mit diesen Ausreden, Rolf. Warum?«

»Ich weiß es auch nicht. Ich wollte, es wäre anders.«

Sie richtet sich plötzlich auf und schleudert die Tulpe, die sie abgebrochen hat, von sich. Mit einem Sprung ist sie aus dem Beet heraus und schüttelt heftig ihr Kleid aus. Dann zieht sie es hoch und betrachtet ihre Beine. Ihr Gesicht ist von Ekel verzerrt.

»Was ist passiert?« frage ich erschreckt.

Sie zeigt auf das Beet. »Schlangen –«

Ich blicke auf die Blumen. »Da sind keine Schlangen, Isabelle.«

»Doch! Die da!« Sie deutet auf die Tulpen. »Siehst du nicht, was sie wollen? Ich habe es gespürt.«

»Sie wollen nichts. Es sind Blumen«, sage ich verständnislos.

»Sie haben mich angerührt!« Sie zittert vor Ekel und starrt immer noch auf die Tulpen.

Ich nehme sie bei den Armen und drehe sie so, daß sie das Beet nicht mehr sieht. »Jetzt hast du dich umgedreht«, sage ich. »Jetzt sind sie nicht mehr da.«

Sie atmet heftig. »Laß es nicht zu! Zertritt sie, Rudolf.«

»Sie sind nicht mehr da. Du hast dich umgedreht, und nun sind sie fort. Wie das Gras nachts und die Dinge.«

Sie lehnte sich an mich. Ich bin plötzlich nicht mehr Rolf für sie. Sie legt ihr Gesicht an meine Schulter. Sie braucht mir nichts zu erklären. Ich bin Rudolf und muß es wissen. »Bist du sicher?« fragt sie, und ich fühle ihr Herz neben meiner Hand schlagen.

»Ganz sicher. Sie sind weg. Wie Dienstboten am Sonntag.«

»Laß es nicht zu, Rudolf

»Ich lasse es nicht zu«, sage ich und weiß nicht recht, was sie meint. Doch das ist auch nicht notwendig. Sie beruhigt sich bereits.

Wir gehen langsam zurück. Sie wird fast ohne Übergang müde. Eine Schwester marschiert auf flachen Absätzen heran. »Sie müssen essen kommen, Mademoiselle.«

»Essen«, sagt Isabelle. »Wozu muß man immer essen, Rudolf?«

»Damit man nicht stirbt.«

»Du lügst schon wieder«, sagt sie müde, wie zu einem hoffnungslosen Kinde.

»Diesmal nicht. Diesmal ist es wahr.« »So? Essen Steine auch?«

45

»Leben Steine denn?«

»Aber natürlich. Am stärksten von allem. So stark, daß sie ewig sind. Weißt du nicht, was ein Kristall ist?«

»Nur aus der Physikstunde. Das ist sicher falsch.«

»Reine Ekstase«, flüstert Isabelle. »Nicht, wie das da –« Sie macht eine Bewegung nach rückwärts zu den Beeten.

Die Wärterin nimmt ihren Arm. »Wo haben Sie Ihren Hut, Mademoiselle?« fragt sie nach ein paar Schritten und sieht sich um. »Warten Sie, ich hole ihn.«

Sie geht, um den Hut aus den Blumen zu fischen. Hinter ihr kommt Isabelle hastig, mit aufgelöstem Gesicht zu mir zurück.

»Verlaß mich nicht, Rudolf!« flüstert sie.

»Ich verlasse dich nicht.«

»Und geh nicht weg! Ich muß jetzt fort. Sie holen mich! Aber geh nicht weg!«

»Ich gehe nicht weg, Isabelle.«

Die Wärterin hat den Hut gerettet und marschiert nun auf ihren breiten Sohlen heran wie das Schicksal. Isabelle steht und sieht mich an. Es ist, als wäre es ein Abschied für immer. Es ist jedesmal mit ihr so, als wäre es ein Abschied für immer. Wer weiß, wie sie wiederkommt und ob sie mich dann überhaupt noch erkennt?

»Setzen Sie den Hut auf, Mademoiselle«, sagt die Wärterin.

Isabelle nimmt ihn und läßt ihn schlaff von ihrer Hand herunterhängen. Sie dreht sich um und geht zum Pavillon zurück. Sie sieht nicht zurück.

Es begann damit, daß Geneviève Anfang März plötzlich im Park auf mich zukam und anfing, mit mir zu sprechen, als kennten wir uns schon lange. Das war nichts Ungewöhnliches – in der Irrenanstalt braucht man einander nicht vorgestellt zu werden; hier ist man jenseits von Formalitäten, man spricht miteinander, wenn man will, und braucht keine langen Einleitungen. Man spricht auch sofort über das, was einem in den Sinn kommt, und es stört nicht, wenn der andere es nicht versteht – das ist nebensächlich. Man will nicht überzeugen und nicht erklären: man ist da und man spricht, und oft sprechen zwei Leute über etwas ganz

Verschiedenes miteinander und verstehen sich großartig, weil sie nicht auf das hören, was der andere sagt. Papst Gregor VII. zum Beispiel, ein kleines Männchen mit Säbelbeinen, diskutiert nicht. Er braucht niemand davon zu überzeugen, daß er Papst ist. Er ist es, und damit fertig, und er hat große Sorgen mit Heinrich dem Löwen, Canossa ist nicht fern, und darüber spricht er manchmal. Es stört ihn nicht, daß sein Gesprächspartner ein Mann ist, der glaubt, er wäre ganz aus Glas, und der jeden bittet, ihn nicht anzustoßen, weil er schon einen Sprung habe – die beiden sprechen miteinander, Gregor über den König, der im Hemd büßen soll, und der Glasmann darüber, daß er die Sonne nicht ertragen könne, weil sie sich in ihm spiegele – dann erteilt Gregor den päpstlichen Segen, der Glasmann nimmt das Tuch, das seinen durchsichtigen Kopf vor der Sonne behütet, einen Augenblick ab, und beide trennen sich mit der Höflichkeit vergangener Jahrhunderte. Ich war also nicht erstaunt, als Geneviève mich ansprach; ich war nur erstaunt darüber, wie schön sie war, denn sie war gerade Isabelle.

Sie sprach lange mit mir. Sie trug einen leichten hellen Pelzmantel, der mindestens zehn bis zwanzig Kreuzdenkmäler aus bestem schwedischem Granit wert war, und dazu ein Abendkleid und goldene Sandalen. Es war elf Uhr morgens, und in der Welt jenseits der Mauern wäre das unmöglich gewesen. Hier aber wirkte es nur aufregend; als wäre jemand mit einem Fallschirm von einem fremden Planeten herabgeweht worden.

Es war ein Tag mit Sonne, Regenschauern, Wind und plötzlicher Stille. Sie wirbelten durcheinander, eine Stunde war es März, die andere April, und dann fiel unvermittelt ein Stück Mai und Juni hinein. Dazu kam Isabelle, von irgendwoher, und es war wirklich von irgendwoher – von da, wo die Grenzen aufhören, wo das Licht der Vernunft nur noch verzerrt wie ein wehendes Nordlicht an Himmeln hängt, die keinen Tag und keine Nacht kennen – nur ihre eigenen Strahlen-Echos und die Echos der Echos und das fahle Licht des Jenseits und der zeitlosen Weite.

Sie verwirrte mich von Anfang an, und alle Vorteile waren auf ihrer Seite. Ich hatte zwar viele bürgerliche Begriffe im Kriege verloren, aber das hatte mich nur zynisch und etwas verzweifelt gemacht, aber nicht überlegen und frei. So saß ich da und starrte sie an, als wäre sie ohne

Schwergewicht und schwebe, während ich ihr mühsam nachstolperte. Dazu kam, daß oft eine sonderbare Weisheit durch das schimmerte, was sie sagte; es war nur verschoben und gab dann überraschend einen Fernblick frei, der einem das Herz klopfen ließ; doch wenn man ihn halten wollte, wehten schon wieder Schleier und Nebel darüber, und sie war ganz woanders.

Sie küßte mich am ersten Tage, und sie tat es so selbstverständlich, daß es nichts zu bedeuten schien; aber das änderte nichts daran, daß ich es nicht spürte. Ich spürte es, er erregte mich, doch dann schlug es wie eine Welle gegen die Barriere eines Riffes – ich wußte, sie meinte mich gar nicht, sie meinte jemand anderen, eine Gestalt ihrer Phantasie, einen Rolf oder Rudolf, und vielleicht meinte sie auch die nicht, und es waren nur Namen, die aus dunklen, unterirdischen Strömen hochgeworfen wurden, ohne Wurzeln und ohne Zusammenhang.

Sie kam von da an fast jeden Sonntag in den Garten, und wenn es regnete, kam sie in die Kapelle. Ich hatte von der Oberin die Erlaubnis, nach der Messe Orgel zu üben, wenn ich wollte. Ich tat es bei schlechtem Wetter. Ich übte nicht wirklich, dafür spielte ich zu schlecht; ich tat nur dasselbe wie mit dem Klavier: Ich spielte für mich, irgendwelche lauen Phantasien, so gut es ging, etwas Stimmung und Träumerei und Sehnsucht nach Ungewissem, nach Zukunft, nach Erfüllung und nach mir selbst, und man brauchte nicht besonders gut zu spielen, um das zu können. Isabelle kam manchmal mit mir und hörte zu. Sie saß dann im Halbdunkel unten, der Regen klatschte an die bunten Scheiben, und die Orgeltöne gingen über ihr dunkles Haupt dahin – ich wußte nicht, was sie dachte, und es war sonderbar und etwas sentimental, aber dahinter stand dann plötzlich die Frage nach dem Warum, der Schrei, die Angst und das Verstummen. Ich fühlte das alles, und ich fühlte auch etwas von der unfaßbaren Einsamkeit der Kreatur, wenn wir in der leeren Kirche mit der Dämmerung und den Orgellauten waren, nur wir beide, als wären wir die einzigen Menschen, zusammengehalten vom halben Licht, den Akkorden und dem Regen, und trotzdem für immer getrennt, ohne jede Brücke, ohne Verständnis, ohne Worte, nur mit dem merkwürdigen Glühen der kleinen Wachfeuer an den Grenzen des Lebens in uns, die wir sahen und mißverstanden, sie in ihrer, ich in meiner Weise, wie taubstumme Blinde, ohne taub und stumm und blind zu sein, und deshalb viel ärmer und beziehungsloser. Was war es, das in ihr machte, daß sie zu mir kam? Ich wußte es nicht und würde es nie wissen – es war begraben unter Schutt und einem Bergrutsch –, aber ich verstand auch nicht, warum diese sonderbare Beziehung mich trotzdem so verwirrte, ich wußte doch, was mit ihr war und daß sie mich nicht meinte, und trotzdem machte es mich sehnsüchtig nach etwas, das ich nicht kannte, und bestürzte mich und machte mich manchmal glücklich und unglücklich ohne Grund und ohne Sinn.

Eine kleine Schwester kommt auf mich zu. »Die Oberin möchte gern mit Ihnen sprechen.«

Ich stehe auf und folge ihr. Mir ist nicht ganz wohl zumute. Vielleicht hat eine der Schwestern spioniert, und die Oberin will mir sagen, ich solle nur mit Kranken über sechzig sprechen, oder sie will mir sogar kündigen, obschon der Oberarzt erklärt hat, es sei gut, wenn Isabelle Gesellschaft habe.

Die Oberin empfängt mich in ihrem Besuchszimmer. Es riecht nach Bohnerwachs, Tugend und Seife. Kein Hauch vom Frühling ist hineingedrungen. Die Oberin, eine hagere, energische Frau, empfängt mich freundlich; sie hält mich für einen tadellosen Christen, der Gott liebt und an die Kirche glaubt. »Es ist bald Mai«, sagt sie und sieht mir gerade in die Augen.

»Ja«, erwidere ich und mustere die blütenweißen Gardinen und den kahlen, glänzenden Fußboden.

»Wir haben daran gedacht, ob wir nicht eine Mai-Andacht abhalten könnten.«

Ich schweige erleichtert. »In den Kirchen der Stadt ist im Mai jeden Abend um acht Uhr eine Andacht«, erklärt die Oberin.

Ich nicke. Ich kenne die Mai-Andachten. Weihrauch quillt in die Dämmerung, die Monstranz funkelt, und nach der Andacht treiben sich die jungen Leute noch einige Zeit umher auf den Plätzen mit den alten Bäumen, wo die Maikäfer summen. Ich gehe zwar nie hin, aber ich weiß das noch aus der Zeit, bevor ich Soldat wurde. Damals begannen meine ersten Erlebnisse mit jungen Mädchen. Alles war sehr aufregend

49

und heimlich und harmlos. Aber ich denke nicht daran, jetzt jeden Abend dieses Monats um acht Uhr hier anzutreten und Orgel zu spielen.

»Wir möchten wenigstens sonntags abends eine Andacht haben«, sagt die Oberin. »Eine festliche, mit Orgelmusik und Te Deum. Eine stille wird ohnehin für die Schwestern jeden Abend gehalten.«

Ich überlege. Sonntags abends ist es langweilig in der Stadt, und die Andacht dauert nur eine knappe Stunde.

»Wir können nur wenig zahlen«, erklärt die Oberin. »Soviel wie für die Messe. Das ist jetzt wohl nicht mehr viel, wie?«

»Nein«, sage ich. »Es ist nicht mehr viel. Wir haben draußen eine Inflation.«

»Ich weiß.« Sie steht unentschlossen. »Der Instanzenweg der Kirche ist leider dafür nicht eingerichtet. Sie denkt in Jahrhunderten. Wir müssen das hinnehmen. Man tut es ja schließlich für Gott und nicht für Geld. Oder nicht?«

»Man kann es für beides tun«, erwidere ich. »Das ist dann ein besonders glücklicher Zustand.«

Sie seufzt. »Wir sind gebunden an die Beschlüsse der Kirchenbehörden. Die werden einmal im Jahr gefaßt, und nicht öfter.«

»Auch für die Gehälter der Herren Pastoren, Domkapitulare und das des Herrn Bischofs?« frage ich.

»Das weiß ich nicht«, sagt sie und errötet etwas. »Aber ich glaube schon.«

Ich habe inzwischen meinen Entschluß gefaßt. »Heute abend habe ich keine Zeit«, erkläre ich. »Wir haben eine wichtige geschäftliche Sitzung.«

»Heute ist ja noch April. Aber nächsten Sonntag – oder, wenn Sie sonntags nicht können, vielleicht einmal in der Woche. Es wäre doch schön, ab und zu eine richtige Mai-Andacht zu haben. Die Muttergottes wird es Ihnen sicher lohnen.«

»Das bestimmt. Da ist nur die Schwierigkeit mit dem Abendessen. Acht Uhr liegt gerade so dazwischen. Hinterher ist es zu spät und vorher ist es eine Hetze.«

»Oh, was das betrifft – Sie könnten natürlich hier essen, wenn Sie wollen. Hochwürden ißt ja auch immer hier. Vielleicht ist das ein Ausweg.«

Es ist genau der Ausweg, den ich wollte. Das Essen hier ist fast so gut wie bei Eduard, und wenn ich mit dem Priester zusammen esse, gibt es bestimmt eine Flasche Wein dazu. Da Eduard sonntags das Abonnement gesperrt hat, ist das sogar ein hervorragender Ausweg.

»Gut«, sage ich. »Ich werde es versuchen. Über das Geld brauchen wir weiter nicht zu reden.«

Die Oberin atmet auf. »Gott wird es Ihnen lohnen.«

Ich gehe zurück. Die Wege im Garten sind leer. Ich warte noch eine Zeitlang auf das gelbe Segel aus Shantungseide. Dann läuten die Glocken aus der Stadt zu Mittag, und ich weiß, daß jetzt der Schlaf für Isabelle kommt und dann der Arzt, und vor vier Uhr ist nichts zu machen. Ich gehe durch das große Tor den Hügel hinunter. Unten liegt die Stadt mit ihren grün patinierten Türmen und den rauchenden Schornsteinen. Zu beiden Seiten der Kastanienallee breiten sich die Felder aus, in denen an den Wochentagen die ungefährlichen Irren arbeiten. Die Anstalt ist zum Teil öffentlich, zum Teil privat. Die Privatpatienten brauchen natürlich nicht zu arbeiten. Hinter den Feldern beginnt der Wald mit Bächen, Teichen und Lichtungen. Ich habe dort als Junge Fische, Molche und Schmetterlinge gefangen. Es ist erst zehn Jahre her; aber es scheint in einem anderen Leben gewesen zu sein, in einer verschollenen Zeit, in der das Dasein ruhig ablief und sich organisch entwickelte und in der alles zueinander gehörte, von der Kindheit an. Der Krieg hat das verändert; wir leben seit 1914 Fetzen aus einem und dann Fetzen aus einem zweiten und dritten Leben; sie gehören nicht zusammen, und wir können sie auch nicht zusammenbringen. Deshalb ist es nicht einmal zu schwierig, Isabelle mit ihren verschiedenen Leben zu verstehen. Nur ist sie fast besser dran als wir; sie vergißt, wenn sie in einem ist, alle anderen. Bei uns aber gehen sie durcheinander – die Kindheit, die abgerissen wurde durch den Krieg, die Zeit des Hungers und die des Schwindels, die der Schützengräben und die der Lebensgier – von allen ist etwas geblieben und macht unruhig. Man kann es nicht einfach beiseite schieben. Es taucht immer überraschend wieder auf und steht sich dann unversöhnlich gegenüber: der Himmel der Kindheit und die Kenntnis des Tötens, die verlorene Jugend und der Zynismus zu frühen Wissens.

4 Wir sitzen im Büro und warten auf Riesenfeld. Als Abendessen haben wir eine Erbsensuppe zu uns genommen, die so dick war, daß der Schöpflöffel aufrecht darin stehenblieb – dazu haben wir das Fleisch gegessen, das hineingekocht worden ist – Schweinepfoten, Schweineohren und für jeden ein sehr fettes Stück Schweinebauch. Das Fett brauchen wir, um unsere Mägen gegen den Alkohol zu imprägnieren – wir dürfen heute auf keinen Fall früher betrunken werden als Riesenfeld. Die alte Frau Kroll hat deshalb selbst für uns gekocht und uns zum Nachtisch noch eine Portion fetten Holländer Käse aufgedrängt. Die Zukunft der Firma steht auf dem Spiel. Wir müssen Riesenfeld eine Ladung Granit entreißen, selbst wenn wir dafür auf den Knien vor ihm nach Hause rutschen müssen. Marmor, Muschelkalk und Sandstein haben wir noch – aber Granit, der Kaviar der Trauer, fehlt uns bitter.

Heinrich Kroll ist aus dem Weg geräumt worden. Der Sargtischler Wilke hat uns den Gefallen getan. Wir haben ihm zwei Flaschen Korn gegeben, und er hat Heinrich vor dem Abendessen zu einem Skat mit freiem Schnaps eingeladen. Heinrich ist darauf hereingefallen; er kann nicht widerstehen, wenn er etwas umsonst bekommt, und trinkt dann, so rasch er kann; außerdem hält er sich, wie jeder nationale Mann, für einen sehr widerstandsfähigen Zecher. In Wirklichkeit kann er nicht viel vertragen, und der Rausch holt ihn plötzlich. Ein paar Minuten vorher ist er noch bereit, die sozialdemokratische Partei allein aus dem Reichstag zu prügeln – und gleich darauf schnarcht er mit offenem Munde und ist nicht einmal durch das Kommando: Sprung auf, marsch, marsch! mehr zu erwecken, besonders wenn er, wie wir das arrangiert haben, vor dem Essen auf leeren Magen den Schnaps getrunken hat. Er schläft jetzt unschädlich in Wilkes Werkstatt in einem Sarg aus Eichenholz, weich auf Sägespäne gebettet. In sein Bett haben wir ihn, aus äußerster Vorsicht, da er darüber erwachen könnte, nicht gebracht. Wilke aber sitzt eine Etage tiefer im Atelier unseres Bildhauers Kurt Bach und spielt mit ihm Domino, ein Spiel, das beide lieben, weil es soviel freie Zeit zum Denken gibt. Dazu trinken sie die eineinviertel Flaschen Schnaps, die nach Heinrichs Niederlage übriggeblieben sind und die Wilke als Honorar beansprucht hat.

Die Ladung Granit, die wir Riesenfeld entreißen wollen, können wir ihm natürlich nicht im voraus bezahlen. Soviel Geld haben wir nie zusammen, und es wäre auch Irrsinn, es auf der Bank halten zu wollen – es zerflösse wie Schnee im Juni. Wir wollen Riesenfeld deshalb einen Wechsel geben, der in drei Monaten fällig ist. Das heißt, wir wollen fast umsonst kaufen.

Natürlich kann Riesenfeld dabei nicht der Leidtragende sein. Dieser Hai im Meere menschlicher Tränen will verdienen wie jeder ehrliche Geschäftsmann. Er muß deshalb den Wechsel am Tage, an dem er ihn von uns erhält, seiner oder unserer Bank geben und ihn diskontieren lassen. Die Bank stellt dann fest, daß sowohl Riesenfeld als auch wir gut für den Betrag sind, auf den er lautet, zieht ein paar Prozente für die Diskontierung ab und zahlt ihn aus. Wir geben Riesenfeld die Prozente für die Diskontierung sofort zurück. Er hat damit sein volles Geld für die Ladung erhalten, als hätten wir es ihm vorausgezahlt. Aber auch die Bank verliert nichts. Sie gibt den Wechsel sofort an die Reichsbank weiter, die ihn ihr ebenso auszahlt, wie sie vorher Riesenfeld. Erst bei der Reichsbank bleibt er liegen, bis er fällig ist und zur Einlösung präsentiert wird. Was er dann noch wert ist, läßt sich denken.

Wir kennen alles dieses erst seit 1922. Bis dahin hatten wir gearbeitet wie Heinrich Kroll und waren darüber fast bankrott gegangen. Als wir beinahe das gesamte Lager ausverkauft hatten und zu unserm Erstaunen nichts dafür besaßen als ein wertloses Bankkonto und ein paar Koffer mit Geldscheinen, die nicht einmal gut genug waren, um unsere Bude damit zu tapezieren, versuchten wir zuerst, so rasch wir konnten, zu verkaufen und wieder einzukaufen – aber die Inflation überholte uns dabei mühelos. Es dauerte zu lange, bis wir die Denkmäler bezahlt bekamen – in der Zwischenzeit fiel das Geld so rasch, daß selbst der beste Verkauf zum Verlust wurde. Erst als wir anfingen, mit Wechseln zu zahlen, konnten wir uns halten. Wir verdienen auch jetzt noch nichts Rechtes; aber wir können wenigstens leben. Da jedes Unternehmen Deutschlands sich auf diese Weise finanziert, muß die Reichsbank natürlich immer weiter ungedecktes Geld drucken, und der Kurs fällt dadurch immer schneller. Der Regierung ist das scheinbar auch recht; sie verliert auf diese Weise alle ihre Landesschulden. Wer dabei kaputtgeht, sind die

Leute, die nicht auf Wechsel kaufen können, Leute, die etwas Besitz haben und ihn verkaufen müssen, kleine Ladenbesitzer, Arbeiter, Rentner, die ihre Sparkasseneinlagen und ihre Bankguthaben dahinschmelzen sehen, und Angestellte und Beamte, die ihr Leben von Gehältern fristen müssen, die ihnen nicht mehr erlauben, auch nur ein Paar neue Schuhe zu kaufen. Wer verdient, sind die Schieber, die Wechselkönige, die Ausländer, die für ein paar Dollars, Kronen oder Zlotys kaufen können, was sie wollen, und die großen Unternehmer, Fabrikanten und Börsenspekulanten, die ihre Aktien und ihren Besitz ins Ungemessene vergrößern. Für sie ist alles beinahe umsonst. Es ist der große Ausverkauf des Sparers, des ehrlichen Einkommens und der Anständigkeit. Die Geier flattern von allen Seiten, und nur wer Schulden machen kann, ist fein heraus. Sie verschwinden von selbst.

Riesenfeld war es, der uns alles dies im letzten Augenblick beigebracht und uns zu winzigen Mitschmarotzern an der großen Pleite gemacht hat. Er akzeptierte von uns den ersten Dreimonatswechsel, obwohl zumindest wir damals nicht gut für die Summe waren, die daraufstand. Aber die Odenwälder Werke waren gut, und das genügte. Wir waren natürlich dankbar. Wir versuchten ihn zu unterhalten wie einen indischen Radscha, wenn er nach Werdenbrück kam – das heißt, soweit ein indischer Radscha eben in Werdenbrück unterhalten werden kann. Kurt Bach, unser Bildhauer, machte ein farbiges Porträt von ihm, das wir ihm feierlich in einem stilgemäßen echten Goldrahmen überreichten. Leider freute es ihn nicht. Er sieht darauf aus wie ein Pfarramtskandidat, und gerade das will er nicht. Er will aussehen wie ein dunkler Verführer und nimmt auch an, daß er so wirke – ein bemerkenswertes Beispiel von Selbsttäuschung, wenn man einen Spitzbauch und kurze, krumme Beine hat. Aber wer lebt nicht von Selbsttäuschung? Hege ich mit meinen harmlosen Durchschnittsfähigkeiten nicht auch noch, besonders abends, den Traum, ein besserer Mensch zu werden, mit Talent genug, einen Verleger zu finden? Wer wirft da den ersten Stein nach Riesenfelds O-Beinen, besonders wenn sie, in diesen Zeiten, in echt englischem Kammgarnstoff stecken?

»Was machen wir nur mit ihm, Georg?« sage ich. »Wir haben keine einzige Attraktion! Mit einfachem Saufen ist Riesenfeld nicht zufrieden. Er hat zuviel Phantasie dafür und einen zu ruhelosen Charakter. Er will etwas sehen und hören und, wenn möglich, anfassen. Unsere Auswahl an Damen aber ist trostlos. Die paar hübschen, die wir kennen, haben keine Lust, sich einen ganzen Abend Riesenfeld in seiner Rolle als Don Juan von 1923 anzuhören. Hilfsbereitschaft und Verständnis findet man leider nur bei häßlichen und ältlichen Vögeln.«

Georg grinst. »Ich weiß nicht einmal, ob unser Bargeld für heute abend reicht. Als ich gestern den Zaster holte, habe ich mich im Dollarkurs geirrt; ich dachte, es wäre noch der von vormittags. Als der von zwölf Uhr rauskam, war es zu spät. Die Bank schließt sonnabends mittags.«

»Dafür hat sich heute nichts geändert.«

»In der Roten Mühle schon, mein Sohn. Dort ist man sonntags dem Dollarkurs schon um zwei Tage voraus. Weiß Gott, was eine Flasche Wein da heute abend kosten wird!«

»Gott weiß das auch nicht«, sage ich. »Der Besitzer weiß es ja selbst noch nicht. Er setzt die Preise erst fest, wenn das elektrische Licht angeht. Warum liebt Riesenfeld nicht Kunst, Malerei, Musik oder Literatur? Das käme viel billiger. Im Museum kostet der Eintritt immer noch 250 Mark. Wir könnten ihm dafür stundenlang Bilder und Gipsköpfe zeigen. Oder Musik. Heute ist ein volkstümliches Orgelkonzert in der Katharinenkirche –«

Georg verschluckt sich vor Lachen. »Na, schön«, erkläre ich. »Es ist absurd, sich Riesenfeld dabei vorzustellen; aber warum liebt er nicht wenigstens Operetten und leichte Musik? Wir könnten ihn ins Theater mitnehmen – immer noch billiger als der verdammte Nachtklub!«

»Da kommt er«, sagt Georg. »Frag ihn.«

Wir öffnen die Tür. Durch den frühen Abend segelt Riesenfeld die Treppenstufen herauf. Der Zauber der Frühlingsdämmerung hat keinen Einfluß auf ihn gehabt, das sehen wir sofort. Wir begrüßen ihn mit falscher Kameraderie. Riesenfeld merkt es, schielt uns an und plumpst in einen Sessel. »Sparen Sie sich die Flausen«, brummt er in meine Richtung.

»Das wollte ich sowieso«, erwidere ich. »Es fällt mir nur schwer. Das, was Sie Flausen nennen, heißt anderswo gute Manieren.«

Riesenfeld grinst kurz und böse. »Mit guten Manieren kommt man heutzutage nicht weit –«

»Womit denn?« fragte ich, um ihn zum Reden zu bringen.

»Mit gußeisernen Ellenbogen und einem Gummigewissen.«

»Aber Herr Riesenfeld«, sagt Georg begütigend. »Sie haben doch selbst die besten Manieren der Welt! Nicht die besten im bürgerlichen Sinne vielleicht – aber sicher sehr elegante –«

»So? Wenn Sie sich da nur nicht irren!« Riesenfeld ist trotz seiner Zurückweisung sichtlich geschmeichelt.

»Er hat die Manieren eines Räubers«, werfe ich ein, genau wie Georg es erwartet. Wir spielen dieses Spiel ohne vorherige Proben, als könnten wir es auswendig? »Oder eher die eines Piraten. Leider hat er Erfolg damit.«

Riesenfeld ist bei den Räubern etwas zusammengezuckt; der Schuß war zu nahe. Die Piraten versöhnen ihn wieder. Genau das war beabsichtigt. Georg holt eine Flasche Rothschen Korn aus dem Fach, in dem die Porzellanengel stehen, und schenkt ein. »Worauf wollen wir trinken?« fragt er.

Gewöhnlich trinkt man auf Gesundheit und gute Geschäfte. Das ist bei uns etwas schwierig. Riesenfeld ist dafür zu fein besaitet; er behauptet, so etwas sei bei einem Grabsteingeschäft nicht nur ein Paradoxon, sondern auch der Wunsch, daß möglichst viele Menschen stürben. Ebenso könne man auf Cholera und Krieg trinken. Wir überlassen seitdem ihm die Formulierungen.

Er starrt uns schief an, das Glas in der Hand, redet aber nicht. Nach einer Weile sagt er plötzlich in das Halbdunkel hinein. »Was ist eigentlich Zeit?«

Georg setzt erstaunt sein Glas nieder. »Der Pfeffer des Lebens«, erwidere ich ungerührt. Mich kriegt der alte Halunke nicht so leicht mit seinen Tricks. Ich bin nicht umsonst Mitglied des Dichterklubs Werdenbrück; wir sind große Fragen gewöhnt.

Riesenfeld beachtet mich nicht. »Was meinen Sie, Herr Kroll?« fragt er.

»Ich bin ein einfacher Mensch«, sagt Georg. »Prost!«

»Zeit«, beharrt Riesenfeld, »Zeit, dieses Fließen ohne Halt – nicht unsere lausige Zeit! Zeit, dieser langsame Tod.«

Dieses Mal setze auch ich mein Glas nieder. »Ich glaube, wir machen besser Licht«, sage ich. »Was haben Sie zu Abend gegessen, Herr Riesenfeld?«

»Halten Sie die Klappe, wenn erwachsene Leute reden«, erwidert Riesenfeld, und ich merke, daß ich einen Augenblick nicht aufgepaßt habe. Er wollte uns nicht verblüffen – er meint, was er sagt. Gott weiß, was ihm nachmittags passiert ist! Ich möchte ihm gerne antworten, daß Zeit ein wichtiger Faktor sei auf dem Wechsel, den er unterschreiben soll – aber ich ziehe vor, meinen Schnaps zu trinken.

»Ich bin jetzt sechsundfünfzig«, sagt Riesenfeld. »Aber ich erinnere mich noch der Zeit, als ich zwanzig war, als wäre das erst ein paar Jahre her. Wo ist all das dazwischen geblieben? Was ist los? Man wacht plötzlich auf und ist alt. Wie ist das bei Ihnen, Herr Kroll?«

»Ähnlich«, erwidert Georg friedlich. »Ich bin vierzig, aber ich fühle mich wie sechzig. Bei mir war es der Krieg.«

Er lügt, um Riesenfeld beizustehen. »Bei mir ist es anders«, erkläre ich, um ebenfalls mein Scherflein beizutragen. »Auch durch den Krieg. Ich war siebzehn, als ich hineinging – jetzt bin ich fünfundzwanzig, aber ich fühle mich noch wie siebzehn. Wie siebzehn und siebzig. Mir ist meine Jugend beim Kommiß gestohlen worden.«

»Bei Ihnen ist das nicht der Krieg«, erwidert Riesenfeld, der es anscheinend heute auf mich abgesehen hat, weil Zeit, der langsame Tod, mich noch nicht so erwischt hat wie ihn. »Sie sind nur einfach geistig zurückgeblieben. Im Gegenteil, der Krieg hat Sie sogar frühreif gemacht; ohne ihn ständen Sie heute noch auf der Stufe eines Zwölfjährigen.«

»Danke«, sage ich. »Welch ein Kompliment! Mit zwölf Jahren ist jeder Mensch ein Genie. Er verliert seine Originalität erst mit dem Eintreten der Geschlechtsreife, von der Sie Granit-Casanova ja so übertrieben viel halten. Ein ziemlich einförmiger Ersatz für den Verlust der Freiheit des Geistes!«

Georg schenkt neu ein. Wir sehen, daß es ein schwerer Abend wird. Wir müssen Riesenfeld aus den Schluchten der Weltschwermut hervorholen, und keiner von uns hat Lust, sich heute abend auf philosophische Plattheiten einzulassen. Wir möchten am liebsten unter einem

Kastanienbaum ruhig, ohne zu reden, eine Flasche Moselwein trinken, anstatt in der Roten Mühle mit Riesenfeld über sein verlorenes Mannesalter zu trauern. »Wenn Sie sich für die Realität der Zeit interessieren«, sage ich mit leichter Hoffnung, »dann kann ich Sie in einen Verein einführen, in dem Sie lauter Spezialisten dafür treffen werden – den Dichterklub unserer geliebten Heimatstadt. Der Schriftsteller Hans Hungermann hat das Problem in einem noch ungedruckten Werke auf etwa sechzig Gedichte ausgewalzt. Wir können gleich hingehen; jeden Sonntagabend ist eine Sitzung mit anschließendem gemütlichem Teil.«

»Sind Damen dabei?«

»Natürlich nicht. Dichtende Frauen sind dasselbe wie rechnende Pferde. Ausgenommen natürlich die Schülerinnen Sapphos.«

»Woraus besteht dann der gemütliche Teil?« fragt Riesenfeld logisch.

»Daraus, daß über andere Schriftsteller geschimpft wird. Besonders über erfolgreiche.«

Riesenfeld grunzt verächtlich. Ich will schon aufgeben, da flammt gegenüber das Fenster im Hause Watzek auf wie ein beleuchtetes Bild in einem finsteren Museum. Wir sehen Lisa hinter den Vorhängen. Sie zieht sich gerade an und trägt nichts außer einem Büstenhalter und einem Paar sehr kurzer weißer Seidenhosen.

Riesenfeld stößt einen Pfiff durch die Nase aus wie ein Murmeltier. Seine kosmische Melancholie ist mit einem Schlage verschwunden. Ich erhebe mich, um Licht zu machen. »Kein Licht!« faucht er. »Haben Sie denn keinen Sinn für Poesie?«

Er schleicht ans Fenster. Lisa beginnt, sich ein enges Kleid über den Kopf zu ziehen. Sie windet sich wie eine Schlange. Riesenfeld schnauft laut. »Eine verführerische Kreatur! Donnerwetter, der Hintern! Ein Traum! Wer ist das?«

»Susanna im Bade«, erkläre ich. Ich will ihm damit zart klarmachen, daß wir im Augenblick die Rolle der alten Böcke spielen, die sie beobachten.

»Unsinn!« Der Voyeur mit dem Einsteinkomplex läßt kein Auge von dem goldenen Fenster. »Wie sie heißt, meine ich.«

»Keine Ahnung. Wir sehen sie zum erstenmal. Heute mittag wohnte sie noch nicht drüben.«

»Tatsächlich?« Lisa hat das Kleid übergezogen und streift es mit den Händen glatt. Georg schenkt hinter dem Rücken Riesenfelds sich und mir ein. Wir kippen die Gläser weg. »Eine Frau von Rasse«, sagt Riesenfeld, der weiter am Fenster klebt. »Eine Dame, das sieht man. Wahrscheinlich Französin.«

Lisa ist, soviel wir wissen, Böhmin. »Es könnte Mademoiselle de la Tour sein«, erwidere ich, um Riesenfeld noch mehr zu reizen. »Ich habe gestern irgendwo hier den Namen gehört.«

»Sehen Sie!« Riesenfeld dreht sich einen Augenblick zu uns herum. »Ich sagte ja, Französin! Man sieht das gleich – dieses *je ne sais pas quoi!* Finden Sie nicht auch, Herr Kroll?«

»Sie sind hier der Kenner, Herr Riesenfeld?«

Das Licht in Lisas Zimmer erlischt. Riesenfeld stürzt seinen Schnaps in die zugeschnürte Kehle und preßt sein Gesicht wieder gegen das Fenster. Nach einer Weile erscheint Lisa in der Haustüre und geht die Straße hinunter. Riesenfeld sieht ihr nach. »Bezaubernder Gang! Sie trippelt nicht; sie macht lange Schritte Ein vollschlanker Panther! Frauen, die trippeln, sind Enttäuschungen. Aber diese – für die garantiere ich!«

Ich habe beim vollschlanken Panther rasch noch ein Glas getrunken. Georg ist lautlos grinsend in seinen Stuhl gesunken. Wir haben es geschafft! Jetzt dreht Riesenfeld sich um. Sein Gesicht schimmert wie ein bleicher Mond.

»Licht, meine Herren! Worauf warten wir noch? Rein ins Leben!«

Wir folgen ihm in die milde Nacht. Ich starre auf seinen Froschrücken. Wenn ich doch auch so einfach aus meinen grauen Stunden auftauchen könnte wie dieser Verwandlungskünstler, denke ich mit Neid.

Die Rote Mühle ist bombenvoll. Wir bekommen nur noch einen Tisch, der sehr nahe beim Orchester steht. Die Musik ist ohnehin schon laut, aber an unserm Tisch ist sie geradezu betäubend. Wir schreien uns anfangs unsere Bemerkungen in die Ohren; danach begnügen wir uns mit Zeichen wie ein Trio Taubstummer. Die Tanzfläche ist so voll, daß die Leute sich kaum bewegen können. Aber Riesenfeld ficht das nicht an. Er erspäht an der Bar eine Frau in weißer Seide und stürzt auf sie zu. Stolz stößt er sie mit seinem Spitzbauch über die Tanzfläche. Sie ist einen Kopf größer als er und starrt gelangweilt über ihn in den Raum, der mit Ballons dekoriert ist. Unterhalb aber kocht Riesenfeld wie ein Vesuv. Sein Dämon hat ihn gepackt. »Wie wär' es, wenn wir ihm Schnaps in seinen Wein gössen, damit er rascher voll wird?« sage ich zu Georg. »Der Knabe säuft ja wie ein gefleckter Waldesel! Dies ist unsere fünfte Flasche! In zwei Stunden sind wir bankrott, wenn das so weitergeht. Wir haben schon ein paar Hügelsteine versoffen, schätze ich. Hoffentlich bringt er das weiße Gespenst nicht an den Tisch, so daß wir es auch noch tränken müssen.«

Georg schüttelt den Kopf. »Das ist eine Bardame. Sie muß an die Bar zurück.«

Riesenfeld taucht wieder auf. Er ist rot und schwitzt. »Was ist das alles gegen den Zauber der Phantasie!« brüllt er uns durch den Lärm zu. »Handfeste Wirklichkeit, gut! Aber wo bleibt die Poesie? Heute abend, das Fenster vor dem dunklen Himmel – das war etwas zum Träumen! Eine solche Frau – verstehen Sie, wie ich das meine?«

»Klar«, schreit Georg zurück. »Das, was man nicht kriegt, scheint immer besser als das, was man hat. Darin liegt die Romantik und die Idiotie des menschlichen Lebens. Prost, Riesenfeld!«

»Ich meine es nicht so roh«, heult Riesenfeld gegen den Foxtrott »Ach, wenn das der Petrus wüßte« an. »Ich meine es zarter.«

»Ich auch«, brüllte Georg zurück.

»Ich meine es noch zarter.«

»Gut, so zart, wie Sie wollen!«

Die Musik holt zu einem kräftigen Crescendo aus. Die Tanzfläche ist eine bunte Sardinenbüchse. Ich erstarre plötzlich. In die Pratzen eines angekleideten Affen gepreßt, schiebt sich rechts in dem Tanzhaufen meine Freundin Erna heran. Sie sieht mich nicht; aber ich erkenne ihre roten Haare schon von weitem. Ohne Scham hängt sie an der Schulter eines typischen Schieberjünglings. Ich sitze unbeweglich da – aber ich habe das Gefühl, eine Handgranate verschluckt zu haben. Da tanzt sie, die Bestie, der zehn Gedichte meiner unveröffentlichten Sammlung »Staub und Sterne« gewidmet sind, und mir hat sie seit einer Woche vorgelogen, es sei ihr wegen einer kleinen Gehirnerschütterung verboten, auszugehen. Sie sei im Dunkeln gefallen. Gefallen, ja, aber an die Brust dieses Jünglings, der einen zweireihigen Smoking trägt und einen Siegelring an der Pfote, mit der er Ernas Kreuz stützt. Und ich Kamel habe ihr heute nachmittag noch rosa Tulpen aus unserm Garten mit einem Gedicht von drei Strophen, betitelt »Pans Maiandacht«, geschickt. Wenn sie das nun dem Schieber vorgelesen hat! Ich sehe direkt, wie beide sich vor Lachen krümmen.

»Was ist los?« brüllt Riesenfeld. »Ist Ihnen schlecht?«

»Heiß!« heule ich zurück und fühle, wie mir der Schweiß den Rücken runterläuft. Ich bin wütend; wenn Erna sich umdreht, wird sie mich schwitzend mit rotem Kopf sehen – aber ich möchte jetzt um alles in der Welt überlegen, kalt und gelassen wie ein Weltmann wirken. Rasch fahre ich mir mit dem Taschentuch übers Gesicht. Riesenfeld grinst mitleidlos. Georg sieht es. »Sie schwitzen selbst ganz nett, Riesenfeld«, sagt er.

»Bei mir ist das was anderes! Es ist der Schweiß der Lebenslust?« brüllt Riesenfeld.

»Es ist der Schweiß der dahinfliegenden Zeit«, krächze ich giftig und spüre, wie mir das Wasser salzig in die Mundwinkel läuft.

Erna ist nahe heran. Sie stiert selig zur Musik hinüber. Ich gebe meinem Gesicht einen leicht erstaunten, überlegen lächelnden Ausdruck, während mir der Schweiß jetzt den Kragen aufweicht.

»Was haben Sie denn?« schreit Riesenfeld. »Sie sehen ja aus wie ein mondsüchtiges Känguruh?«

Ich ignoriere ihn. Erna hat sich umgedreht. Ich blicke kühl auf die Tanzenden und mustere sie, bis ich, mit einem Aufdämmern, so tue, als erkenne ich Erna zufällig. Lässig erhebe ich zwei Finger zum Gruß. »Er ist meschugge«, heult Riesenfeld durch die Synkopen des Foxtrotts »Himmelsvater«.

Ich antworte nicht. Ich bin tatsächlich sprachlos. Erna hat mich überhaupt nicht gesehen.

Die Musik hört endlich auf. Die Tanzfläche wird langsam leer. Erna entschwindet in eine Nische. »Waren Sie eben siebzehn oder siebzig?« heult Riesenfeld.

Da die Musik in diesem Augenblick schweigt, schallt seine Frage mächtig durch den Raum. Ein paar Dutzend Leute sehen zu uns her, und selbst Riesenfeld erschrickt. Ich möchte rasch unter den Tisch kriechen; aber dann fällt mir ein, daß die Leute, die hier sind, die Frage einfach für ein Verkaufsangebot halten können, und ich erwidere kalt und laut: »Einundsiebzig Dollar das Stück, und keinen Cent drunter.«

Meine Antwort erweckt augenblicklich Interesse. »Um was handelt es sich?« fragt ein Mann mit einem Kindergesicht vom Nebentisch her. »Habe immer Interesse für gute Objekte. Cash natürlich. Aufstein ist mein Name.«

»Felix Koks«, erwidere ich die Vorstellung, froh, mich sammeln zu können.« Das Objekt waren zwanzig Flaschen Parfüm. Der Herr drüben hat leider schon gekauft.«

»Schschsch –«, macht eine künstliche Blondine.

Die Darbietungen beginnen. Ein Ansager redet Blödsinn und ist wütend, weil seine Witze nicht zünden. Ich ziehe meinen Stuhl zurück und verschwinde hinter Aufstein; für Ansager bin ich ein beliebtes Ziel, und das wäre Ernas wegen heute eine Blamage.

Alles geht gut. Der Ansager zieht mißmutig ab, und wer steht auf einmal in einem weißen Brautkleid mit Schleier da? Renée de la Tour. Erleichtert setze ich mich wieder zurecht.

Renée beginnt ihr Duett. Züchtig und verschämt, in hohem Sopran, tiriliert sie als Jungfrau ein paar Verse – dann kommt der Baß und ist sofort eine Sensation.

»Wie finden Sie die Dame?« frage ich Riesenfeld.

»Dame ist gut –«

»Möchten Sie sie kennenlernen? Mademoiselle de la Tour.«

Riesenfeld stutzt. »La Tour? Sie wollen doch nicht behaupten, daß dieses absurde Naturspiel die Zauberin vom Fenster Ihnen gegenüber ist?«

Ich will es gerade behaupten, um zu sehen, wie er reagiert, da sehe ich etwas wie einen engelhaften Schein um seine Elefantennase wehen. Ohne zu sprechen, deutet er mit dem Daumen zum Eingang. »Da – dort drüben – da ist sie ja! Dieser Gang! Man kennt ihn sofort wieder!«

Er hat recht. Lisa ist hereingekommen. Sie ist in Gesellschaft von zwei älteren Knackern und benimmt sich wie eine Dame feinster Gesellschaft, wenigstens nach Riesenfelds Begriffen. Sie scheint kaum zu atmen und hört ihren Kavalieren zerstreut und hochmütig zu. »Habe ich recht?« fragt Riesenfeld. »Kennt man Frauen nicht gleich am Gang?«

»Frauen und Polizisten«, sagt Georg und grinst; aber er blickt ebenfalls wohlgefällig auf Lisa.

Die zweite Nummer des Programms beginnt. Eine Akrobatin steht auf der Tanzfläche. Sie ist jung, hat ein keckes Gesicht, eine kurze Nase und schöne Beine. Sie tanzt einen akrobatischen Tanz, mit Saltos, Handständen und hohen Sprüngen. Wir beobachten Lisa weiter. Sie scheint am liebsten das Lokal wieder verlassen zu wollen. Das ist natürlich Schwindel; es gibt nur diesen einen Nachtklub in der Stadt; das andere sind Cafés, Restaurants oder Kneipen. Deshalb trifft man hier auch jeden, der genug Zaster hat, herzukommen.

»Champagner!« schmettert Riesenfeld mit Diktatorstimme.

Ich schrecke auf, und auch Georg ist besorgt. »Herr Riesenfeld«, sage ich. »Der Champagner ist hier sehr schlecht.«

In diesem Augenblick schaut mich ein Gesicht vom Boden an. Ich blicke erstaunt zurück und sehe, daß es die Tänzerin ist, die sich so weit nach hinten heruntergebeugt hat, daß ihr Kopf zwischen den Beinen wieder hervorkommt. Sie sieht eine Sekunde aus wie ein äußerst verwachsener Zwerg. »Den Champagner bestelle ich!« erklärt Riesenfeld und winkt dem Kellner.

»Bravo!« sagt das Gesicht von unten.

Georg zwinkert mir zu. Er spielt die Rolle des Kavaliers, während ich da bin für die unbequemen Sachen; das ist so ausgemacht zwischen uns. »Wenn Sie Champagner wollen, Riesenfeld, bekommen Sie Champagner«, sagt er deshalb jetzt. »Aber Sie sind natürlich unser Gast.«

»Ausgeschlossen! Ich übernehme das! Kein Wort mehr darüber!« Riesenfeld ist ganz Don Juan hoher Klasse. Er sieht befriedigt auf die goldene Kapsel im Eiskühler. Verschiedene Damen zeigen sofort starkes Interesse. Ich bin ebenfalls einverstanden. Der Champagner wird Erna lehren, daß sie mich zu früh über Bord geschmissen hat. Mit Genugtuung trinke ich Riesenfeld zu, der feierlich erwidert.

Willy taucht auf. Es war zu erwarten; er ist hier Stammgast. Aufstein bricht mit seiner Gesellschaft auf, und Willy wird unser Nachbar. Er erhebt sich gleich darauf und heißt Renée de la Tour willkommen. Sie hat ein hübsches Mädchen bei sich, das ein schwarzes Abendkleid trägt. Nach einer Weile erkenne ich die Akrobatin. Willy macht uns bekannt. Sie heißt Gerda Schneider und wirft einen abschätzenden Blick auf den Champagner und auf uns drei. Wir passen auf, ob Riesenfeld Interesse faßt; dann wären wir ihn für den Abend los. Aber Riesenfeld ist verkauft an Lisa. »Meinen Sie, daß man sie zum Tanzen auffordern kann?« fragt er Georg.

»Ich würde es Ihnen nicht raten«, erwidert Georg diplomatisch. »Aber wir werden sie vielleicht später noch irgendwie kennenlernen.«

Er sieht mich vorwurfsvoll an. Hätte ich im Büro nicht gesagt, daß wir nicht wüßten, wer Lisa sei, wäre die Sache in Ordnung. Aber wer konnte ahnen, daß Riesenfeld auf die romantische Tour gehen würde? Jetzt ist es zu spät, ihn aufzuklären. Romantiker haben keinen Humor.

»Tanzen Sie nicht?« fragt die Akrobatin mich.

»Schlecht. Ich habe keinen Sinn für Rhythmus.«

»Ich auch nicht. Lassen Sie es uns zusammen probieren. »Wir klemmen uns in die Masse auf der Tanzfläche und werden langsam vorwärts geschoben. »Drei Männer ohne Frauen im Nachtklub«, sagt Gerda. »Warum?«

»Warum nicht? Mein Freund Georg behauptet, wer Frauen in einen Nachtklub mitbringe, lade sie ein, ihm Hörner aufzusetzen.«

»Wer ist Ihr Freund Georg? Der mit der dicken Nase?«

»Der mit dem kahlen Kopf. Er ist Anhänger des Harem-Systems. Frauen soll man nicht vorzeigen, sagt er.«

»Natürlich ... Und Sie?«

»Ich habe kein System. Ich bin wie Spreu im Winde.«

»Treten Sie mir nicht auf die Füße«, sagt Gerda. »Sie sind keine Spreu. Sie wiegen mindestens siebzig Kilo.«

Ich nehme mich zusammen. Wir sind gerade an Ernas Tisch vorbeigeschoben worden, und diesmal hat sie mich Gott sei Dank erkannt, obschon ihr Kopf an der Schulter des Schiebers mit dem Siegelring liegt und er ihre Taille umklammert. Der Teufel soll da auf Synkopen aufpassen! Ich lächle zu Gerda hinunter und ziehe sie enger an mich. Dabei beobachte ich Erna.

Gerda riecht nach Maiglöckchenparfüm. »Lassen Sie mich nur wieder los«, sagt sie. »Damit erreichen Sie nichts bei der Dame mit dem roten Haar. Und das wollen Sie doch, nicht wahr?«

»Nein«, lüge ich.

»Sie hätten sie gar nicht beachten sollen. Statt dessen haben Sie wie hypnotisiert zu ihr rübergestarrt und dann plötzlich dieses Theater mit mir arrangiert. Gott, sind Sie ein Anfänger!«

Ich versuche immer noch, das falsche Lächeln zu halten; ich möchte um alles nicht, daß Erna merkt, daß ich hier ebenfalls reingefallen bin. »Ich habe das nicht arrangiert«, sage ich lahm. »Ich habe nicht tanzen wollen.«

Gerda schiebt mich von sich weg. »Ein Kavalier sind Sie anscheinend auch noch! Hören wir auf. Meine Füße tun mir weh.«

Ich überlege, ob ich ihr erklären soll, daß ich das anders gemeint habe; aber wer weiß, wohin mich das dann wieder bringt! Lieber halte ich den Schnabel und gehe hocherhobenen Kopfes, aber beschämt hinter ihr her zum Tisch.

Dort hat der Alkohol inzwischen gewirkt. Georg und Riesenfeld duzen sich. Riesenfeld hat den Vornamen Alex. In spätestens einer Stunde wird er auch mich auffordern, ihn zu duzen. Morgen früh ist natürlich alles wieder vergessen.

Ich sitze ziemlich trübe da und warte darauf, daß Riesenfeld müde wird. Die Tanzenden gleiten dahin, von der Musik getragen, in einem trägen Fluß von Lärm, Körpernähe und Herdengefühl. Auch Erna kommt herausfordernd vorbei und ignoriert mich. Gerda stößt mich an.

»Das Haar ist gefärbt«, sagt sie, und ich habe das ekelhafte Gefühl, daß sie mich trösten will.

Ich nicke und merke, daß ich genug getrunken habe. Riesenfeld ruft endlich nach dem Kellner. Lisa ist gegangen; jetzt will auch er raus.

Es dauert eine Zeitlang, bis wir fertig sind. Riesenfeld bezahlt tatsächlich den Champagner; ich hatte erwartet, er würde uns mit den vier Flaschen, die er bestellt hat, sitzenlassen. Wir verabschieden uns von Willy, Renée de la Tour und Gerda Schneider. Es ist ohnehin Schluß, auch die Musik packt ein. Alles staut sich an den Ausgängen und der Garderobe.

65

Ich stehe auf einmal neben Erna. Ihr Kavalier rudert mit langen Armen an der Garderobe herum, um ihren Mantel zu holen. Erna mißt mich eisig. »Hier muß ich dich erwischen! Das hättest du wohl nicht erwartet!«

»Du mich erwischen?« sage ich verblüfft. »Ich dich!«

»Und mit was für Subjekten!« fährt sie fort, als hätte ich nicht geantwortet. »Mit Tingeltangelweibern! Rühr mich nicht an! Wer weiß, was du dir schon geholt hast!«

Ich habe keinen Versuch gemacht, sie anzurühren. »Ich bin hier geschäftlich«, sage ich. »Und du? Wie kommst du hierher?«

»Geschäftlich!« Sie lacht schneidend auf. »Geschäftlich! Wer ist denn gestorben?«

»Das Rückgrat des Staates, der kleine Sparer«, erwidere ich und denke, ich sei witzig gewesen. »Er wird täglich hier beerdigt, aber sein Grabdenkmal ist kein Kreuz – es ist ein Mausoleum, genannt die Börse.«

»Und so einem verbummelten Subjekt hat man vertraut!« erklärt Erna, als hätte ich wieder nichts gesagt. »Wir sind fertig miteinander, Herr Bodmer!«

Georg und Riesenfeld kämpfen an der Garderobe um ihre Hüte. Ich merke, daß ich zu Unrecht in der Verteidigung bin. »Hör zu«, fauche ich. »Wer hat mir heute nachmittag noch gesagt, er könne nicht ausgehen, er habe rasende Kopfschmerzen? Und wer schwoft hier herum mit einem dicken Schieber?«

Erna wird weiß um die Nase. »Du pöbelhafter Verseschmierer!« flüstert sie, als spritze sie Vitriol. »Du meinst wohl, weil du Gedichte von toten Leuten abschreiben kannst, wärest du was Besseres, wie? Lerne erst einmal genug Geld zu verdienen, damit du eine Dame standesgemäß ausführen kannst! Du mit deinen Ausflügen ins Grüne! Zu den seidenen Fahnen des Mai! Daß ich nicht schluchze vor Mitleid!«

Die seidenen Fahnen sind ein Zitat aus dem Gedicht, das ich ihr nachmittags geschickt habe. Ich taumele innerlich; äußerlich grinse ich. »Wir wollen einmal bei der Sache bleiben«, sage ich. »Wer geht hier mit zwei ehrbaren Geschäftsmännern nach Hause? Und wer mit einem Kavalier?«

Erna sieht mich groß an. »Soll ich etwa allein nachts auf die Straße gehen wie eine Barhure? Wofür hältst du mich? Glaubst du, ich habe Lust, mich von jedem Flegel anquatschen zu lassen? Was denkst du eigentlich?«

»Du hättest überhaupt nicht zu kommen brauchen!«

»So? Sieh mal an! Auch schon Befehle möchtest du geben, was? Ausgehverbot, aber du treibst dich herum! Sonst noch was? Soll ich dir Strümpfe stricken?« Sie lacht giftig.

»Der Herr trinkt Champagner, für mich aber war Selterswasser und Bier gut genug, oder ein billiger Wein ohne Jahrgang!«

»Ich habe den Champagner nicht bestellt! Das war Riesenfeld!«

»Natürlich! Immer unschuldig, du verkrachter Schulmeister! Was stehst du hier noch herum? Ich habe nichts mehr mit dir zu schaffen! Belästige mich nicht weiter!«

Ich kann vor Wut kaum sprechen. Georg kommt heran und gibt mir meinen Hut. Ernas Schieber erscheint ebenfalls. Beide ziehen ab. »Hast du das gehört?« frage ich Georg.

»Zum Teil. Wozu streitest du mit einer Frau?«

»Ich wollte nicht streiten.«

Georg lacht. Er wird nie ganz betrunken, selbst wenn er Kübel voll herunterschüttet. »Laß dich nie dazu bringen. Du bist immer verloren. Wozu willst du recht haben?«

»Ja«, sage ich. »Wozu? Weil ich ein Sohn deutscher Erde bin, wahrscheinlich. Hast du nie Argumente mit einer Frau?«

»Natürlich. Das hält mich aber nicht davon ab, anderen gute Ratschläge zu geben.«

Die kühle Luft wirkt wie ein weicher Hammer auf Riesenfeld. »Duzen wir uns«, sagt er zu mir. »Wir sind ja Brüder. Nutznießer des Todes.« Er lacht keckernd wie ein Fuchs. »Ich heiße Alex.«

»Rolf«, erwidere ich. Ich denke nicht daran, meinen ehrlichen Vornamen Ludwig für diese Saufbrüderschaften einer Nacht herzugeben. Rolf ist für Alex gut genug.

»Rolf?« sagt Riesenfeld. »Was für ein blöder Name! Hast du den immer?«

»Ich habe das Recht, ihn in Schaltjahren und nach dem Dienst zu tragen. Alex ist auch nichts Besonderes.«

Riesenfeld wankt etwas. »Macht nichts«, sagt er großzügig. »Kinder, ich habe mich lange nicht so wohl gefühlt! Gibt es bei euch noch einen Kaffee?«

»Natürlich«, sagt Georg. »Rolf ist ein erstklassiger Kaffeekoch.«

Wir schwanken durch die Schatten der Marienkirche zur Hakenstraße. Vor uns geht storchenhaft ein einsamer Wanderer und biegt in unser Tor ein. Es ist der Feldwebel Knopf, der von seiner Inspektionsreise durch die Kneipen zurückkehrt. Wir erreichen ihn, während er gerade an dem schwarzen Obelisken neben der Tür sein Wasser läßt.

»Herr Knopf«, sage ich, »das schickt sich nicht!«

»Sie können rühren«, murmelt Knopf, ohne sich umzudrehen.

»Herr Feldwebel«, wiederhole ich. »Das schickt sich nicht! Es ist eine Schweinerei! Warum tun Sie das nicht in Ihrer Wohnung?«

Er wendet flüchtig den Kopf. »Ich soll in meine gute Stube pissen? Sind Sie verrückt?«

»Nicht in Ihre gute Stube! Sie haben eine tadellose Toilette zu Hause. Benützen Sie die doch! Sie ist nur ungefähr zehn Meter von hier entfernt.«

»Quatsch!«

»Sie beschmutzen das Wahrzeichen unseres Hauses! Außerdem begehen Sie ein Sakrileg. Das hier ist ein Grabstein. Eine heilige Sache.«

»Das wird erst ein Grabstein auf dem Friedhof«, sagt Knopf und stelzt auf seine Haustür zu. »Guten Abend, die Herren allerseits.«

Er macht eine halbe Verbeugung und stößt sich dabei den Schädel am Türpfosten. Brummend verschwindet er.

»Wer war das?« fragt Riesenfeld mich, während ich nach Kaffee suche.

»Das Gegenteil von Ihnen. Ein abstrakter Trinker. Trinkt ohne jede Phantasie. Braucht keine Hilfe von außen. Keine Wunschbilder.«

»Auch was!« Riesenfeld nimmt am Fenster Platz. »Ein Alkoholfaß also. Der Mensch lebt von Träumen. Wissen Sie das noch nicht?«

»Nein. Dafür bin ich noch zu jung.«

»Sie sind nicht zu jung. Sie sind nur ein Kriegsprodukt – emotionell unreif und bereits zu erfahren im Morden.«

»*Merci*«, sage ich. »Wie ist der Kaffee?«

Die Schwaden klären sich anscheinend. Wir sind schon wieder beim Sie angelangt. »Meinen Sie, daß die Dame drüben schon zu Hause ist?« fragt Riesenfeld Georg.

»Vermutlich. Es ist ja alles dunkel.«

»Das kann auch so sein, weil sie noch nicht da ist. Wollen wir nicht ein paar Minuten warten?«

»Natürlich.«

»Vielleicht können wir in der Zwischenzeit unsere Geschäfte erledigen«, sage ich. »Der Vertrag braucht ja nur noch unterschrieben zu werden. Ich hole inzwischen frischen Kaffee aus der Küche.«

Ich gehe hinaus und gebe Georg damit Zeit, Riesenfeld zu bearbeiten. So etwas geht besser ohne Zeugen. Ich setze mich auf die Treppenstufen. Aus der Werkstatt des Tischlers Wilke dringt ruhiges Schnarchen. Es muß immer noch Heinrich Kroll sein, denn Wilke wohnt auswärts. Der nationale Geschäftsmann wird einen netten Schreck kriegen, wenn er im Sarg aufwacht! Ich überlege, ob ich ihn wecken soll, aber ich bin zu müde, und es wird ja auch schon hell – da sollte der Schreck für einen so furchtlosen Krieger eher ein Stahlbad sein, das ihn kräftigt und ihm vorführt, was das Endergebnis eines frischfröhlichen Krieges ist. Ich sehe auf die Uhr und warte auf Georgs Signal und starre in den Garten. Lautlos hebt sich der Morgen aus den blühenden Bäumen wie aus einem bleichen Bett. Im erleuchteten Fenster des ersten Stocks gegenüber steht der Feldwebel Knopf im Nachthemd und nimmt einen letzten Schluck aus der Flasche. Die Katze streicht um meine Beine. Gott sei Dank, denke ich, der Sonntag ist zu Ende.

5 Eine Frau in Trauerkleidung drückt sich durch das Tor und bleibt unschlüssig im Hofe stehen. Ich gehe hinaus. Eine Hügelsteinkundin, denke ich und frage: »Möchten Sie unsere Ausstellung sehen?«

Sie nickt, sagt aber gleich darauf: »Nein, nein, das ist noch nicht nötig.«

»Sie können sich ruhig umsehen. Sie brauchen nichts zu kaufen. Wenn Sie wollen, lasse ich Sie auch allein.«

»Nein, nein! Es ist – ich wollte nur –«

Ich warte. Drängen hat in unserem Geschäft keinen Zweck. Nach einiger Zeit sagt die Frau: »Es ist für meinen Mann –«

Ich nicke und warte weiter. Dabei drehe ich mich gegen die Reihe der kleinen belgischen Hügelsteine. »Das hier sind sehr schöne Denkmäler«, sage ich schließlich.

»Ja, sicher, es ist nur –«

Sie stockt wieder und blickt mich fast flehentlich an. »Ich weiß nicht, ob es überhaupt erlaubt ist –«, preßt sie schließlich hervor.

»Was? Einen Grabstein zu setzen? Wer kann das verbieten?«

»Das Grab ist nicht auf dem Kirchhof –«

Ich sehe sie überrascht an. »Der Pastor will nicht, daß mein Mann auf dem Kirchhof beerdigt wird«, sagt sie rasch und leise, mit abgewandtem Gesicht.

»Warum denn nicht?« frage ich erstaunt.

»Er hat – weil er Hand an sich gelegt hat«, stößt sie hervor. »Er hat sich das Leben genommen. Er hat es nicht mehr ausgehalten.«

Sie steht und starrt mich an. Sie ist noch erschrocken von dem, was sie gesagt hat. »Sie meinen, daß er deshalb nicht auf dem Kirchhof beerdigt werden darf?« frage ich.

»Ja. Nicht auf dem katholischen. Nicht in geweihter Erde.«

»Aber das ist doch Unsinn!« sage ich ärgerlich. »Er sollte in doppelt geweihter Erde begraben werden. Niemand nimmt sich ohne Not das Leben. Sind Sie ganz sicher, daß das stimmt?«

»Ja. Der Pastor hat es gesagt.«

»Pastoren reden viel, das ist ihr Geschäft. Wo sollte er denn sonst beerdigt werden?«

»Außerhalb des Friedhofs. Auf der anderen Seite der Mauer. Nicht auf der geweihten Seite. Oder im städtischen Friedhof. Aber das geht doch nicht! Da liegt doch alles durcheinander.«

»Der städtische Friedhof ist viel schöner als der katholische«, sage ich. »Und auf dem städtischen liegen auch Katholiken.«

Sie schüttelt den Kopf. »Das geht nicht. Er war fromm. Er muß –« Ihre Augen sind plötzlich voll Tränen. »Er hat es sicher nicht überlegt, daß er nicht in geweihter Erde liegen darf.«

»Er hat wahrscheinlich überhaupt nicht daran gedacht. Aber grämen Sie sich nicht wegen Ihres Pastors. Ich kenne Tausende von sehr frommen Katholiken, die nicht in geweihter Erde liegen.«

Sie wendet sich mir rasch zu. »Wo?«

»Auf den Schlachtfeldern in Rußland und Frankreich. Sie liegen da beieinander in Massengräbern, Katholiken, Juden und Protestanten, und ich glaube nicht, daß das Gott etwas ausmacht.«

»Das ist etwas anderes. Sie sind gefallen. Aber mein Mann –«

Sie weint jetzt offen. Tränen sind in unserm Geschäft etwas Selbstverständliches; aber diese sind anders als gewöhnlich. Dazu ist die Frau wie ein Bündelchen Stroh; man glaubt, der Wind könne sie wegwehen. »Wahrscheinlich hat er es im letzten Augenblick noch bereut«, sage ich, um etwas zu sagen. »Damit ist dann alles vergeben.«

Sie sieht mich an. Sie ist so hungrig für ein bißchen Trost!

»Meinen Sie das wirklich?«

»Bestimmt. Der Priester weiß das natürlich nicht. Das weiß nur Ihr Mann. Und der kann es nicht mehr sagen.«

»Der Pastor behauptet, die Todsünde –«

»Liebe Frau«, unterbreche ich sie. »Gott ist viel barmherziger als die Priester, das können Sie mir glauben.«

Ich weiß jetzt, was sie quält. Es ist nicht so sehr das ungeweihte Grab; es ist der Gedanke, daß ihr Mann als Selbstmörder für alle Ewigkeit in der Hölle brennen muß und daß er vielleicht gerettet werden und mit ein paar hunderttausend Jahren Fegefeuer davonkommen könnte, wenn er auf dem katholischen Friedhof beerdigt würde.

»Es war wegen des Geldes«, sagt sie. »Es war auf der Sparkasse für fünf Jahre mündelsicher angelegt, und er konnte es deshalb nicht abheben. Es war die Mitgift für meine Tochter aus erster Ehe. Er war der Vormund. Als er es dann vor zwei Wochen abholen konnte, war es nichts mehr wert, und der Bräutigam machte die Verlobung rückgängig. Er hatte erwartet, wir hätten Geld für eine gute Aussteuer. Vor zwei Jahren hätte es noch gereicht, aber jetzt ist es nichts mehr wert. Meine Tochter hat nur noch geweint. Das hat er nicht ausgehalten. Er glaubte, es wäre seine Schuld; er hätte besser aufpassen müssen. Aber es war doch mündelsicher festgelegt, wir konnten es nicht abheben. Die Zinsen waren so höher.«

71

»Wie hätte er denn besser aufpassen sollen? So etwas passiert heute unzähligen Menschen. Er war doch kein Bankier.«

»Nein, Buchhalter. Die Nachbarn –«

»Kümmern Sie sich doch nicht um das, was die Nachbarn sagen. Das ist immer bösartiger Klatsch. Und überlassen Sie alles andere nur Gott.«

Ich fühle, daß ich nicht sehr überzeugend bin; aber was soll man einer Frau in solchen Umständen schon sagen? Das, was ich wirklich denke, bestimmt nicht.

Sie trocknet ihre Augen. »Ich sollte Ihnen das gar nicht erzählen. Was geht es Sie an? Verzeihen Sie! Aber manchmal weiß man nicht, wohin –«

»Das macht nichts«, sage ich. »Wir sind das gewöhnt. Es kommen ja nur Leute hierher, die Angehörige verloren haben.«

»Ja – aber nicht so –«

»Doch«, erkläre ich. »Das passiert in dieser traurigen Zeit viel häufiger, als Sie denken. Sieben allein im letzten Monat. Es sind immer Menschen, die nicht mehr ein noch aus wissen. Anständige Menschen also. Die unanständigen kommen durch.«

Sie sieht mich an. »Glauben Sie, daß man einen Grabstein setzen darf, wenn er nicht in geweihter Erde liegt?«

»Wenn Sie die Erlaubnis für ein Grab haben, dürfen Sie es. Ganz bestimmt auf dem städtischen Friedhof. Wenn Sie wollen, können Sie schon einen Stein aussuchen, Sie brauchen ihn nur zu nehmen, wenn alles in Ordnung ist.«

Sie sieht sich um. Dann zeigt sie auf den drittkleinsten Hügelstein. »Was kostet so einer?«

Es ist immer dasselbe. Nie fragen die Armen sofort, was der kleinste kostet; es ist, als täten sie es nicht aus einer sonderbaren Höflichkeit vor dem Tode und dem Toten. Sie wollen nicht nach dem billigsten zuerst fragen; ob sie ihn dann später doch nehmen, ist eine andere Sache.

Ich kann ihr nicht helfen, aber das Stück Stein kostet hunderttausend Mark. Sie öffnet erschrocken die müden Augen. »Das können wir nicht bezahlen. Das ist ja viel mehr, als –«

Ich kann mir denken, daß es mehr ist als das, was von der Erbschaft übriggeblieben ist. »Nehmen Sie doch den kleinen hier«, sage ich.

72

»Oder einfach eine Grabplatte, keinen Stein. Sehen Sie, hier ist eine – sie kostet dreißigtausend Mark und ist sehr schön. Sie wollen doch nur, daß man weiß, wo Ihr Mann liegt, und da ist eine Platte ebensogut wie ein Stein.«

Sie betrachtet die Sandsteinplatte. »Ja – aber –«

Sie hat wahrscheinlich kaum Geld für die nächste Miete, aber sie möchte trotzdem nicht das Billigste kaufen – als ob das dem armen Teufel jetzt nicht ganz egal wäre. Hätte sie statt dessen früher mehr Verständnis für ihn gehabt und weniger mit der Tochter gejammert, dann lebte er vielleicht noch. »Wir können die Inschrift vergolden«, sage ich. »Das sieht würdig und vornehm aus.«

»Kostet die Inschrift extra?«

»Nein. Sie ist im Preis inbegriffen.«

Es ist nicht wahr. Aber ich kann mir nicht helfen; sie ist so spatzenhaft in ihren schwarzen Kleidern. Wenn sie jetzt einen langen Bibelspruch will, bin ich in der Patsche; den auszuhauen würde mehr als die Platte kosten. Aber sie will nur den Namen und die Zahlen 1875–1923.

Sie zieht aus ihrer Tasche einen Haufen einstmals zerknitterter Scheine, die alle glattgestrichen und gebündelt worden sind. Ich hole tief Luft – Vorauszahlung! Das ist lange nicht mehr dagewesen. Ernsthaft zählt sie drei Päckchen Scheine ab. Sie behält fast nichts übrig. »Dreißigtausend. Wollen Sie es nachzählen?«

»Das brauche ich nicht. Es stimmt schon.«

Es muß stimmen. Sie hat es sicher oft genug gezählt. »Ich will Ihnen etwas sagen«, erkläre ich. »Wir geben Ihnen noch eine Grabeinfassung aus Zement dazu. Das sieht dann sehr ordentlich aus – abgegrenzt.«

Sie sieht mich ängstlich an. »Umsonst«, sage ich.

Der Schein eines kleinen, traurigen Lächelns huscht über ihr Gesicht.

»Das ist das erstemal, daß jemand freundlich zu mir ist, seit es passiert ist. Nicht einmal meine Tochter – sie sagt, die Schande –«

Sie wischt sich die Tränen ab. Ich bin sehr verlegen und komme mir vor wie der Schauspieler Gaston Münch als Graf Trast in der »Ehre« von Sudermann im Stadttheater. Um mir zu helfen, gieße ich mir, als sie gegangen ist, einen Schluck Korn ein. Dann erinnere ich mich, daß Georg immer noch nicht von seiner Besprechung mit Riesenfeld auf der

Bank zurück ist, und ich werde mißtrauisch gegen mich selbst; vielleicht habe ich das mit der Frau nur getan, um Gott zu bestechen. Eine gute Tat gegen die andere – eine Grabeinfassung und eine Inschrift gegen ein Dreimonatsakzept Riesenfelds und eine fette Ladung Granit. Das frischt mich so auf, daß ich einen zweiten Schnaps trinke. Dann sehe ich draußen am Obelisken die Spuren des Feldwebels Knopf, hole einen Eimer Wasser, um sie wegzuschwemmen, und verfluche ihn laut. Knopf aber schläft in seiner Kammer den Schlaf des Gerechten.

»Nur sechs Wochen«, sage ich enttäuscht.

Georg lacht. »Ein Akzept auf sechs Wochen ist nicht zu verachten. Die Bank wollte nicht mehr geben. Wer weiß, wie hoch der Dollar dann schon steht! Dafür hat Riesenfeld versprochen, in vier Wochen wieder vorbeizukommen. Dann können wir einen neuen Abschluß machen.«

»Glaubst du das?«

Georg zuckt die Achseln. »Warum nicht? Vielleicht zieht Lisa ihn wieder her. Er schwärmte auf der Bank noch von ihr wie Petrarca von Laura.«

»Gut, daß er sie nicht bei Tage und aus der Nähe gesehen hat.«

»Das ist bei vielen Dingen gut.« Georg stutzt und sieht mich an. »Wieso bei Lisa? So schlecht sieht sie wahrhaftig nicht aus!«

»Sie hat morgens manchmal schon ganze nette Säcke unter den Augen. Und romantisch ist sie bestimmt nicht. Sie ist ein robuster Feger.«

»Romantisch!« Georg grinst verächtlich. »Was heißt das schon! Es gibt viele Sorten von Romantik. Und Robustheit hat auch ihre Reize!«

Ich sehe ihn scharf an. Sollte er etwa selbst ein Auge auf Lisa geworfen haben? Er ist merkwürdig verschwiegen in seinen persönlichen Angelegenheiten. »Riesenfeld versteht unter Romantik bestimmt ein Abenteuer in der großen Welt«, sage ich. »Nicht eine Affäre mit der Frau eines Pferdemetzgers.«

Georg winkt ab. »Was ist der Unterschied? Die große Welt benimmt sich heute oft vulgärer als ein Pferdemetzger.«

Georg ist unser Fachmann für die große Welt. Er hält das Berliner Tageblatt und liest es hauptsächlich, um den Nachrichten über Kunst und Gesellschaft zu folgen. Er ist ausgezeichnet informiert. Keine Schauspielerin kann heiraten, ohne daß er es weiß; jede wichtige Scheidung in der Aristokratie ist mit Diamanten in sein Gedächtnis eingeritzt. Er verwechselt nichts, selbst nicht nach drei, vier Ehen; es ist, als führe er Buch darüber. Er kennt alle Theateraufführungen, liest die Kritiken, weiß über die Gesellschaft am Kurfürstendamm Bescheid, und nicht nur das: Er verfolgt auch das internationale Leben, die großen Stars und die Königinnen der Gesellschaft – er liest Filmmagazine, und ein Bekannter in England schickt ihm manchmal den »Tatler« und ein paar andere elegante Zeitschriften. Das verklärt ihn dann für Tage. Er selbst ist nie in Berlin gewesen, und im Ausland nur als Soldat, im Kriege in Frankreich. Er haßt seinen Beruf, aber er mußte ihn nach dem Tode seines Vaters übernehmen; Heinrich war zu einfältig dafür. Die Zeitschriften und Bilder helfen ihm etwas über die Enttäuschungen hinweg; sie sind seine Schwäche und seine Erholung.

»Eine vulgäre Dame der großen Welt ist etwas für erlesene Kenner«, sage ich. »Nicht für Riesenfeld. Dieser gußeiserne Satan hat eine mimosenhafte Phantasie.«

»Riesenfeld!« Georg zieht eine geringschätzige Grimasse. Der Herrscher der Odenwaldwerke mit seiner oberflächlichen Lust auf französische Damen ist für ihn ein trostloser Emporkömmling. Was weiß dieser wildgewordene Kleinbürger schon über den deliziösen Skandal bei der Ehescheidung der Gräfin Homburg? Oder über die letzte Premiere der Elisabeth Bergner? Er kennt nicht einmal die Namen! Georg aber weiß den Gotha und das Künstler-Lexikon fast auswendig. »Wir müßten Lisa eigentlich einen Blumenstrauß schicken«, sagt er. »Sie hat uns geholfen, ohne daß sie es weiß.«

Ich sehe ihn wieder scharf an. »Das tu nur selber«, erwidere ich. »Sage mir lieber, ob Riesenfeld ein allseitig poliertes Kreuzdenkmal in die Bestellung hineingeschmissen hat.«

»Zwei. Das zweite verdanken wir Lisa. Ich habe ihm gesagt, wir würden es so aufstellen, daß sie es immer sehen könne. Ihm schien etwas daran zu liegen.«

»Wir können es hier im Büro ans Fenster stellen. Es wird morgens, wenn sie aufsteht, und wenn die Sonne es bescheint, einen starken Eindruck auf sie machen. Ich könnte *Memento mori* in Gold draufpinseln. Was gibt es heute bei Eduard?«

»Deutsches Beefsteak.«

»Gehacktes Fleisch also. Warum ist zerhacktes Fleisch deutsch?«

»Weil wir ein kriegerisches Volk sind und sogar im Frieden unsere Gesichter in Duellen zerhacken. Du riechst nach Schnaps. Warum? Doch nicht wegen Erna?«

»Nein. Weil wir alle sterben müssen. Mich erschüttert das manchmal noch, trotzdem ich es schon seit einiger Zeit weiß.«

»Das ist ehrenwert. Besonders in unserem Beruf. Weißt du, was ich möchte?«

»Natürlich. Du möchtest Matrose auf einem Walfischfänger sein; oder Koprahändler in Tahiti; oder Nordpolentdecker, Amazonasforscher, Einstein und Scheik Ibrahim mit einem Harem von Frauen zwanzig verschiedener Nationen, einschließlich der Zirkassierinnen, die so feurig sein sollen, daß man sie nur mit einer Asbestmaske umarmen kann.

»Das ist selbstverständlich. Aber außerdem möchte ich noch dumm sein; strahlend dumm. Das ist das größte Geschenk für unsere Zeit.«

»Dumm wie Parzival?«

»Weniger erlöserhaft. Gläubig, friedlich, gesund, bukolisch dumm.«

»Komm«, sage ich. »Du bist hungrig. Unser Fehler ist, daß wir weder wirklich dumm noch wirklich gescheit sind. Immer so dazwischen, wie Affen in den Ästen. Das macht müde und manchmal traurig. Der Mensch muß wissen, wohin er gehört.«

»Tatsächlich?«

»Nein«, erwidere ich. »Das macht ihn auch nur seßhaft und dick. Aber wie wäre es, wenn wir heute abend ins Konzert gingen, um für die Rote Mühle einen Ausgleich zu schaffen? Es wird Mozart gespielt.«

»Ich lege mich heute abend früh schlafen«, erklärt Georg. »Das ist mein Mozart. Geh allein hin. Stelle dich mutig und einsam dem Ansturm des Guten. Es ist nicht ohne Gefahr und richtet mehr Zerstörungen an als schlichte Bosheit.«

»Ja«, sage ich und denke an die spatzenhafte Frau vom Vormittag.

Es ist später Nachmittag. Ich lese die Familiennachrichten der Zeitungen und schneide die Todesanzeigen aus. Das gibt mir immer den Glauben an die Menschheit zurück – besonders nach Abenden, an denen wir unsere Lieferanten oder Agenten bewirten mußten. Wenn es nach den Todesanzeigen ginge, wäre der Mensch nämlich absolut vollkommen. Es gibt da nur perfekte Väter, makellose Ehemänner, vorbildliche Kinder, uneigennützige, sich aufopfernde Mütter, allerseits betrauerte Großeltern, Geschäftsleute, gegen die Franziskus von Assisi ein hemmungsloser Egoist gewesen sein muß, gütetriefende Generäle, menschliche Staatsanwälte, fast heilige Munitionsfabrikanten – kurz, die Erde scheint, wenn man den Todesanzeigen glaubt, von einer Horde Engel ohne Flügel bewohnt gewesen zu sein, von denen man nichts gewußt hat. Liebe, die, im Leben wahrhaftig nur selten rein vorkommt, leuchtet im Tode von allen Seiten und ist das häufigste, was es gibt. Es wimmelt nur so von erstklassigen Tugenden, von treuer Sorge, von tiefer Frömmigkeit, von selbstloser Hingabe, und auch die Hinterbliebenen wissen, was sich gehört – sie sind von Kummer gebeugt, der Verlust ist unersetzlich, sie werden den Verstorbenen nie vergessen – es ist erhebend, das zu lesen, und man könnte stolz sein, zu einer Rasse zu gehören, die so noble Gefühle hat.

Ich schneide die Todesanzeige des Bäckermeisters Niebuhr aus. Er wird als gütiger, treubesorgter, geliebter Gatte und Vater geschildert. Ich selbst habe Frau Niebuhr mit aufgelösten Flechten aus dem Hause fliehen sehen, wenn der gütige Niebuhr mit seinem Hosenriemen hinter ihr her war und auf sie einschlug; und ich habe den Arm gesehen, den der treusorgende Vater seinem Sohne Roland gebrochen hat, als er ihn in einem Anfall von Jähzorn aus dem Fenster der Parterrewohnung warf. Es konnte der schmerzgebeugten Witwe gar nichts Besseres passieren, als daß dieser Wüterich endlich, vom Schlag getroffen, beim Backen der Morgenbrötchen und der Hefekuchen dahinsank; trotzdem aber glaubt sie das plötzlich nicht mehr. Alles, was Niebuhr angerichtet hat, ist durch den Tod weggewischt. Er ist ein Ideal geworden. Der Mensch, der immer ein erstaunliches Talent zur Selbsttäuschung und Lüge hat, läßt es bei Todesfällen besonders hell glänzen und nennt es Pietät. Das erstaunlichste aber ist, daß er das, was er dann behauptet, selbst bald so fest glaubt, als hätte er eine Ratte in einen Hut gesteckt und gleich darauf ein schneeweißes Kaninchen herausgezogen.

Frau Niebuhr hat diese magische Verwandlung durchgemacht, als man den backenden Lumpen, der sie täglich verhaute, die Treppe heraufschleppte. Anstatt auf die Knie zu fallen und Gott für die Befreiung zu danken, begann in ihr sofort die Verklärung durch den Tod. Weinend stürzte sie sich auf den Leichnam, und seitdem sind ihre Augen nicht trocken geworden. Ihrer Schwester, die sie an die vielen Prügel und an Rolands falsch geheilten Arm erinnerte, erklärte sie indigniert, das seien Kleinigkeiten, und die Hitze des Backofens sei schuld daran gewesen; Niebuhr, in seiner nie ermüdenden Sorge für die Familie, habe zuviel gearbeitet, und der Backofen habe bei ihm ab und zu wie ein Sonnenstich gewirkt. Damit wies sie ihrer Schwester die Tür und trauerte weiter. Sie ist sonst eine vernünftige, redliche und arbeitsame Frau, die weiß, was los ist, aber jetzt sieht sie Niebuhr auf einmal so, wie er niemals war, und glaubt es fest, und das ist es, was so bewundernswert daran ist. Der Mensch ist nämlich nicht nur ein ewiger Lügner, sondern auch ein ewiger Gläubiger; er glaubt an das Gute und Schöne und Vollkommene, selbst wenn es nicht vorhanden ist oder nur sehr rudimentär – und das ist der zweite Grund dafür, daß mich das Lesen der Todesanzeigen erbaut und zum Optimisten macht.

Ich lege die Anzeige Niebuhrs zu den sieben anderen, die ich herausgeschnitten habe. Montags und dienstags haben wir immer ein paar mehr als sonst. Das Wochenende tut das; es wird gefeiert, gegessen, getrunken, gestritten, sich aufgeregt – und das Herz, die Arterien und der Schädel halten es diesmal nicht mehr aus. Frau Niebuhrs Anzeige lege ich in das Fach für Heinrich Kroll. Es ist ein Fall für ihn. Er ist ein aufrechter Mann ohne Ironie und hat von der verklärenden Wirkung des Todes dieselbe Vorstellung wie sie, solange sie bei ihm einen Grabstein bestellt. Es wird ihm leichtfallen, von dem teuren, unvergeßlichen Dahingegangenen zu reden, zumal Niebuhr ein Stammtischbruder aus der Gastwirtschaft Blume war.

Meine Arbeit ist für heute beendet. Georg Kroll hat sich mit den neuen Nummern des Berliner Tageblattes und der »Eleganten Welt« in seine Koje neben dem Büro zurückgezogen. Ich könnte noch die Zeichnung eines Kriegerdenkmals mit bunter Kreide etwas weiter ausführen; aber dazu ist morgen auch noch Zeit. Ich schließe die Schreibmaschine und öffne das Fenster. Aus Lisas Wohnung tönt ein Grammophon. Sie erscheint, völlig angezogen diesmal, und schwenkt ein mächtiges Bukett roter Rosen aus dem Fenster. Dabei wirft sie mir eine Kußhand zu. Georg! denke ich. Also doch, dieser Schleicher! Ich deute auf sein Zimmer. Lisa lehnt sich aus dem Fenster und krächzt mit ihrer heiseren Stimme über die Straße: »Herzlichen Dank für die Blumen! Ihr Totenvögel seid doch Kavaliere!«

Sie zeigt ihr räuberisches Gebiß und schüttelt sich vor Lachen über ihren Witz. Dann holt sie einen Brief hervor. »Gnädigste«, krächzt sie. »Ein Bewunderer Ihrer Schönheit erlaubt sich, Ihnen diese Rosen zu Füßen zu legen.« Sie holt heulend Atem. »Und die Adresse! An die Circe der Hakenstraße 5. Was ist eine Circe?«

»Eine Frau, die Männer in Schweine verwandelt.«

Lisa bebt, sichtlich geschmeichelt. Das kleine alte Haus scheint mit zu beben. Das ist nicht Georg, denke ich. Er hat nicht völlig den Verstand verloren.

»Von wem ist der Brief?« frage ich.

»Alexander Riesenfeld«, krächzt Lisa. »Per Adresse Kroll & Söhne. Riesenfeld!« Sie schluchzt fast. »Ist das der Kleine, Miese, mit dem ihr in der Roten Mühle wart?«

»Er ist nicht klein und mies«, erwidere ich. »Er ist ein Sitzriese und sehr männlich. Außerdem ist er Billiardär!« Lisas Gesicht wird einen Augenblick nachdenklich. Dann winkt und grüßt sie noch einmal und verschwindet. Ich schließe das Fenster. Ohne Grund fällt mir plötzlich Erna ein. Ich beginne unbehaglich zu pfeifen und schlendere durch den Garten zum Schuppen hinüber, in dem der Bildhauer Kurt Bach arbeitet.

Er sitzt mit seiner Gitarre vor der Tür auf den Stufen. Hinter ihm schimmert der Sandsteinlöwe, den er für ein Kriegerdenkmal zurechthaut. Es ist die übliche sterbende Katze mit Zahnschmerzen.

»Kurt«, sage ich. »Wenn du auf der Stelle einen Wunsch erfüllt bekommen könntest, was würdest du dir wünschen?«

»Tausend Dollar«, erwidert er, ohne nachzudenken, und greift einen schmetternden Akkord auf seiner Gitarre.

»Pfui Teufel! Ich dachte, du wärest ein Idealist.«

»Ich bin ein Idealist. Deshalb wünsche ich mir ja tausend Dollar. Idealismus brauche ich nur nicht zu wünschen. Davon habe ich massenhaft selbst. Was mir fehlt, ist Geld.«

Dagegen ist nichts zu sagen. Es ist fehlerlose Logik. »Was würdest du mit dem Gelde machen?« frage ich, mit noch etwas Hoffnung.

»Ich würde mir einen Häuserblock kaufen und von den Mieten leben.«

»Schäm dich!« sage ich. »Das ist alles? Von den Mieten kannst du übrigens nicht leben, sie sind zu niedrig, und du darfst sie nicht steigern. Du könntest also nicht einmal die Reparaturen davon bezahlen und müßtest die Häuser bald wieder verkaufen.«

»Nicht die Häuser, die ich kaufen würde! Ich würde sie behalten, bis die Inflation vorbei ist. Dann bringen sie wieder richtige Mieten, und ich brauche nur zu kassieren.«

Bach greift einen neuen Akkord. »Häuser«, sagt er versonnen, als spräche er von Michelangelo. »Für hundert Dollar kannst du heute schon eines kaufen, das früher vierzigtausend Goldmark wert war. Was man da verdienen könnte! Warum habe ich keinen kinderlosen Onkel in Amerika?«

»Das ist jammervoll!« sage ich enttäuscht. »Du bist anscheinend über Nacht zu einem ekelhaften Materialisten herabgesunken. Hausbesitzer! Und wo bleibt deine unsterbliche Seele?«

»Hausbesitzer und Bildhauer.« Bach gibt eine Glissando-Passage zum besten. Über ihm hämmert der Tischler Wilke den Takt dazu. Er macht einen eiligen weißen Kindersarg zum Überstundentarif. »Dann brauche ich keine verdammten sterbenden Löwen und auffliegenden Adler mehr für euch zu machen! Keine Tiere! Nie wieder Tiere! Tiere soll man essen oder bewundern. Sonst nichts. Ich habe genug von Tieren. Besonders von heroischen.« Er beginnt den Jäger aus Kurpfalz zu spielen. Ich sehe, daß mit ihm heute abend kein anständiges Gespräch zu führen ist. Besonders nicht eines, bei dem man untreue Frauen vergißt. »Was ist der Sinn des Lebens?« frage ich noch im Gehen.

»Schlaf, Fraß und Beischlaf.«

Ich winke ab und wandere zurück. Unwillkürlich falle ich in Schritt mit dem Hämmern Wilkes; dann merke ich es und wechsle den Rhythmus.

Unter dem Torbogen steht Lisa. Sie hat die Rosen in der Hand. »Hier! Behalte das! Ich kann so was nicht brauchen.«

»Warum nicht? Hast du keinen Sinn für die Schönheit der Natur?«

»Gott sei Dank nicht. Ich bin keine Kuh. Riesenfeld!« Sie lacht mit ihrer Nachtklubstimme. »Sag dem Knaben, daß ich nicht jemand bin, dem man Blumen schenkt.«

»Was denn?«

»Schmuck«, erwidert Lisa. »Was sonst?«

»Keine Kleider?«

»Kleider erst, wenn man intimer ist.« Sie blitzt mich an. »Du siehst jämmerlich aus. Soll ich dich mal munter machen?«

»Danke«, erwidere ich. »Ich bin munter genug. Geh du nur allein zur Cocktailstunde in die Rote Mühle.«

»Ich meine nicht die Rote Mühle. Spielst du immer noch Orgel für die Idioten?«

»Ja«, sage ich überrascht. »Woher weißt du das?«

»Es spricht sich herum. Ich möchte mal mitgehen in die Klapsbude, weißt du.«

»Du kommst noch früh genug hin, ohne mich.«

»Na, wir werden mal sehen, wer von uns der erste ist«, erklärt Lisa lässig und legt die Blumen auf einen Hügelstein. »Hier, nimm das Gemüse! Ich kann es nicht im Hause haben. Mein Alter ist zu eifersüchtig.«

»Was?«

»Klar doch! Wie ein Rasiermesser! Und warum auch nicht?«

Ich weiß nicht, was an einem Rasiermesser eifersüchtig sein kann; aber das Bild überzeugt. »Wenn dein Mann eifersüchtig ist, wie kannst du dann abends dauernd verschwinden?« frage ich.

»Er schlachtet doch nachts. Das richte ich mir schon ein.«

»Und wenn er nicht schlachtet?«

»Dann habe ich eine Anstellung als Garderobiere in der Roten Mühle.«

»Tatsächlich?«

»Mann, bist du doof«, erwidert Lisa. »Wie mein Alter!«

»Und die Kleider und der Schmuck?«

»Alles billig und unecht.« Lisa grinst. »Glaubt jeder Ehemann glatt. Also hier, nimm das Grünzeug. Schick es an irgendein Milchkalb. Du siehst so aus, als ob du Blumen schicktest.«

»Da kennst du mich aber schlecht.«

Lisa wirft mir einen abgründigen Blick über ihre Schulter zu. Dann geht sie auf ihren schönen Beinen, die in schlampigen roten Pantoffeln stecken, über die Straße zurück. Einer der Pantoffeln ist mit einem Pompon geschmückt; beim andern ist er abgerissen.

Die Rosen leuchten durch die Dämmerung. Es ist ein erheblicher Strauß. Riesenfeld hat sich nicht lumpen lassen. Fünfzigtausend Mark, schätze ich, sehe mich vorsichtig um, nehme sie dann wie ein Dieb an mich und gehe auf mein Zimmer.

Oben steht der Abend in blauem Mantel am Fenster. Die Bude ist voll von Reflexen und Schatten, und plötzlich schlägt die Einsamkeit wie mit Keulen aus dem Hinterhalt auf mich ein. Ich weiß, daß es Unsinn ist, ich bin nicht einsamer als ein Ochse in einer Herde Ochsen, aber was soll ich machen? Einsamkeit hat nichts mit Mangel an Gesellschaft zu tun. Mir fällt plötzlich ein, daß ich gestern vielleicht doch zu hastig mit Erna gewesen sein könnte. Es wäre ja möglich gewesen, daß sich alles ganz harmlos aufgeklärt hätte. Sie war zudem eifersüchtig, das sprach aus jedem ihrer Worte. Und Eifersucht ist Liebe, das weiß jeder.

Ich starre aus dem Fenster und weiß, daß Eifersucht nicht Liebe ist. Aber was hat das damit zu tun? Die Dämmerung verdreht einem die Gedanken, und man soll mit Frauen nicht argumentieren, sagt Georg. Genau das aber habe ich getan! Voll Reue spüre ich den Duft der Rosen, der das Zimmer in den Venusberg aus dem Tannhäuser verwandelt. Ich merke, daß ich zerschmelze in All-Vergebung, All-Versöhnung und Hoffnung. Rasch schreibe ich ein paar Zeilen, klebe den Brief zu, ohne ihn noch einmal zu lesen, und gehe ins Büro, um dort das Seidenpapier zu holen, in dem die letzte Sendung von Porzellanengeln angekommen ist. Ich wickle die Rosen hinein und gehe auf die Suche nach Fritz Kroll, dem jüngsten Sproß der Firma. Er ist zwölf Jahre alt. »Fritz«, sage ich. »Willst du dir zwei Tausender verdienen?«

»Weiß schon«, erwidert Fritz. »Geben Sie her. Selbe Adresse?«

»Ja.«

Er entschwindet mit den Rosen – der dritte klare Kopf heute abend. Alle wissen, was sie wollen, Kurt, Lisa, Fritz – nur ich habe keine Ahnung. Das mit Erna ist es auch nicht, das weiß ich im Moment, als ich Fritz nicht mehr zurückrufen kann. Aber was ist es? Wo sind die Altäre, wo die Götter und wo die Opfer? Ich beschließe, doch zum Mozart-Konzert zu gehen – auch wenn ich allein bin und die Musik es noch schlimmer macht.

Die Sterne stehen hoch am Himmel, als ich zurückkomme. Meine Schritte hallen durch die Gassen, und ich bin voll Erregung. Rasch öffne ich die Tür zum Büro, schalte das Licht an und bleibe stehen. Da liegen die Rosen, und da liegt auch mein Brief, ungeöffnet, und daneben ein Zettel mit einer Botschaft von Fritz. »Die Dame sagt, Sie sollten sich begraben lassen. Gruß, Fritz.«

Sich begraben lassen. Ein sinniger Scherz! Da stehe ich, blamiert bis auf die Knochen, voll Beschämung und Wut. Ich stecke den Zettel in den kalten Ofen. Dann setzte ich mich in meinen Stuhl und brüte vor mich hin. Meine Wut überwiegt die Beschämung, wie immer, wenn man wirklich beschämt ist und weiß, daß man es sein sollte. Ich schreibe einen neuen Brief, nehme die Rosen und gehe zur Roten Mühle. »Geben Sie dieses doch bitte Fräulein Gerda Schneider«, sage ich zu dem Portier. »Der Akrobatin.«

Der reichbetreßte Mann sieht mich an, als hätte ich ihm einen unsittlichen Antrag gemacht. Dann deutet er mit dem Daumen hoheitsvoll über die Schulter. »Suchen Sie sich einen Pagen dafür!«

Ich finde einen Pagen und instruiere ihn. »Überreichen Sie den Strauß bei der Vorstellung.«

Er verspricht es. Hoffentlich ist Erna da und sieht es, denke ich. Dann wandere ich eine Zeitlang durch die Stadt, bis ich müde bin, und gehe nach Hause.

Ein melodisches Plätschern empfängt mich. Knopf steht gerade wieder vor dem Obelisken und läßt sich gehen. Ich schweige; ich will nicht mehr diskutieren. Ich nehme einen Eimer, fülle ihn mit Wasser und gieße ihn Knopf vor die Füße. Der Feldwebel glotzt darauf. »Überschwemmung«, murmelt er. »Wußte gar nicht, daß es geregnet hat.« Und wankt ins Haus.

6 Über dem Walde steht ein dunstiger, roter Mond. Es ist schwül und sehr still. Der Mann aus Glas geht lautlos vorüber. Er kann jetzt hinaus; die Sonne macht aus seinem Kopf kein Brennglas mehr. Zur Vorsicht trägt er trotzdem dicke Gummihandschuhe – es könnte ein Gewitter geben, und das ist für ihn noch gefährlicher als die Sonne. Isabelle sitzt neben mir auf einer Bank im Garten vor dem Pavillon für die Unheilbaren. Sie trägt ein enges schwarzes Leinenkleid und hockhackige goldene Schuhe an den nackten Füßen.

»Rudolf«, sagt sie, »du hast mich wieder verlassen. Das letztemal hast du mir versprochen, hierzubleiben. Wo bist du gewesen?«

Rudolf, denke ich, gottlob! Rolf hätte ich heute abend nicht ertragen. Ich habe einen zerrissenen Tag hinter mir und fühle mich, als hätte jemand aus einer Schrotflinte mit Salzpatronen auf mich geschossen.

»Ich habe dich nicht verlassen«, sage ich. »Ich war fort – aber ich habe dich nicht verlassen.«

»Wo bist du gewesen?«

»Draußen, irgendwo –«

Draußen, bei den Verrückten, hätte ich fast gesagt, aber ich unterdrücke es rechtzeitig.

»Warum?«

»Ach, Isabelle, ich weiß es selbst nicht. Man tut so vieles, ohne daß man weiß, warum –«

»Ich habe dich gesucht, diese Nacht. Der Mond war da – nicht der dort drüben, der rote, unruhige, der lügt – nein, der andere, kühle, klare, den man trinken kann.«

»Es wäre sicher besser gewesen, wenn ich hier gewesen wäre«, sage ich und lehne mich zurück und fühle, wie Ruhe von ihr zu mir herüberfließt. »Wie kann man denn den Mond trinken, Isabelle?«

»In Wasser. Es ist ganz einfach. Er schmeckt wie Opal. Du fühlst ihn nicht sehr im Munde; erst später – dann fühlst du, wie er in dir anfängt zu schimmern. Er scheint aus den Augen wieder heraus. Aber du darfst kein Licht machen. Im Licht verwelkt er.«

Ich nehme ihre Hand und lege sie gegen meine Schläfe. Sie ist trocken und kühl. »Wie trinkt man ihn in Wasser?« frage ich.

Isabelle zieht ihre Hand zurück. »Du hältst ein Glas mit Wasser nachts hinaus aus dem Fenster – so.« Sie streckt den Arm aus. »Dann ist er darin. Man kann es sehen, das Glas wird hell.«

»Du meinst, er spiegelt sich darin.«

»Er spiegelt sich nicht. Er ist darin.« Sie sieht mich an. »Spiegeln – was meinst du mit spiegeln?«

»Spiegeln ist das Bild in einem Spiegel. Man kann sich in vielem spiegeln, das glatt ist. Auch in Wasser. Aber man ist trotzdem nicht darin.«

»Das glatt ist!« Isabelle lächelt höflich und ungläubig. »Wirklich? So etwas!«

»Aber natürlich. Wenn du vor dem Spiegel stehst, siehst du dich doch auch.«

Sie zieht einen Schuh aus und betrachtet ihren Fuß. Er ist schmal und lang und nicht mit Druckstellen verunstaltet. »Ja, vielleicht«, sagt sie, immer noch höflich und uninteressiert.

»Nicht vielleicht. Bestimmt. Aber das, was du siehst, bist nicht du. Es ist nur ein Spiegelbild. Nicht du.«

»Nein, nicht ich. Aber wo bin ich, wenn es da ist?«

»Du stehst vor dem Spiegel. Sonst könnte er dich ja nicht spiegeln.«

Isabelle zieht ihren Schuh wieder an und blickt auf. »Bist du sicher, Rudolf?«

»Ganz sicher.«

»Ich nicht. Was machen Spiegel, wenn sie allein sind?«

»Sie spiegeln das, was da ist.«

»Und wenn nichts da ist?«

»Das gibt es nicht. Irgend etwas ist immer da.«

»Und nachts? Bei Neumond – wenn es ganz dunkel ist, was spiegeln sie dann?«

»Die Dunkelheit«, sage ich, nicht mehr so völlig überzeugt, denn wie kann sich tiefste Dunkelheit spiegeln? Zum Spiegeln gehört immer noch etwas Licht.

»Dann sind sie also tot, wenn es ganz finster ist?«

»Sie schlafen vielleicht – und wenn das Licht wiederkommt, erwachen sie.«

Isabelle nickt nachdenklich und zieht ihr Kleid dicht um die Beine. »Und wenn sie träumen?« fragt sie plötzlich. »Was träumen sie?«

»Wer?«

»Die Spiegel.«

»Ich glaube, sie träumen immer«, sage ich. »Das ist es, was sie den ganzen Tag tun. Sie träumen uns. Sie träumen uns nach der anderen Seite herum. Was bei uns rechts ist, ist bei ihnen links, und was links ist, ist rechts.«

Isabelle dreht sich mir zu. »Dann sind sie die andere Seite von uns?«

Ich überlege. Wer weiß wirklich, was ein Spiegel ist? »Da siehst du es«, sagt sie. »Und vorhin behauptetest du, es wäre nichts in ihnen. Dabei haben sie unsere andere Seite in sich.«

»Nur so lange, wie wir vor ihnen stehen. Wenn wir weggehen, nicht mehr.«

»Woher weißt du das?«

»Man sieht es: Wenn man fortgeht und zurücksieht, ist unser Bild schon nicht mehr da.«

»Und wenn sie es nur verstecken?«

»Wie können sie es verstecken? Sie spiegeln doch alles! Deshalb sind sie ja Spiegel. Ein Spiegel kann nichts verstecken.«

Eine Falte steht zwischen Isabelles Brauen. »Wo bleibt es dann?«

»Was?«

»Das Bild! Die andere Seite! Springt es in uns zurück?«

»Das weiß ich nicht.«

»Es kann doch nicht verlorengehen!«

»Es geht nicht verloren.«

»Wo bleibt es denn?« fragt sie drängender. »Im Spiegel?«

»Nein. Im Spiegel ist es nicht mehr.«

»Es wird schon noch dasein! Woher weißt du das so genau? Du siehst es doch nicht.«

»Andere Leute sehen auch, daß es nicht mehr da ist. Sie sehen nur ihr eigenes Bild, wenn sie vor dem Spiegel stehen. Nichts anders.«

»Sie verdecken es. Aber wo bleibt meins? Es muß dasein!«

»Es ist ja da«, sage ich und bereue, daß ich das ganze Gespräch angefangen habe. »Wenn du wieder vor den Spiegel trittst, ist es auch wieder da.«

Isabelle ist plötzlich sehr aufgeregt. Sie kniet auf der Bank und beugt sich vor. Schwarz und schmal steht ihre Silhouette vor den Narzissen, deren Gelb im schwülen Abend aussieht, als wären sie aus Schwefel. »Es ist also darin! Und vorhin sagtest du, es sei nicht da.«

Sie umklammert meine Hand und zittert. Ich weiß nicht, was ich antworten soll, um sie zu beruhigen. Mit physikalischen Gesetzen kann ich ihr nicht kommen; sie würde sie verachtungsvoll ablehnen. Und im Augenblick bin ich der Gesetze auch nicht so ganz sicher. Spiegel scheinen auf einmal wirklich ein Geheimnis zu haben.

»Wo ist es, Rudolf?« flüstert sie und drängt sich gegen mich. »Sag mir, wo es ist! Ist überall von mir ein Stück zurückgeblieben? In all den Spiegeln, die ich gesehen habe? Ich habe viele gesehen, unzählige! Bin ich überall darin verstreut? Hat jeder etwas von mir genommen? Einen dünnen Abdruck, eine dünne Scheibe von mir? Bin ich von Spiegeln zerschnitten worden wie ein Stück Holz von Hobeln? Was ist dann noch von mir da?«

Ich halte ihre Schultern. »Alles ist von dir da«, sage ich. »Im Gegenteil, Spiegel geben noch etwas hinzu. Sie machen es sichtbar und geben es dir zurück – ein Stück Raum, ein beglänztes Stück Selbst.«

»Selbst?« Sie umklammert immer noch meine Hand. »Und wenn es anders ist? Wenn es überall begraben liegt in tausend und tausend Spiegeln? Wie kann man es zurückholen? Ach, man kann es nie zurückholen! Es ist verloren! Verloren! Es ist abgehobelt wie eine Statue, die kein Gesicht mehr hat. Wo ist mein Gesicht? Wo ist mein erstes Gesicht? Das vor allen Spiegeln? Das, bevor sie begannen, mich zu stehlen?«

»Niemand hat dich gestohlen«, sage ich ratlos. »Spiegel stehlen nicht. Sie spiegeln nur.«

Isabelle atmet heftig. Ihr Gesicht ist bleich. In ihren durchsichtigen Augen schimmert der rote Widerschein des Mondes. »Wo ist es geblieben?« flüstert sie. »Wo ist alles geblieben? Wo sind wir überhaupt, Rudolf? Alles läuft und saust und versinkt! Halte mich fest! Laß mich nicht los! Siehst du sie nicht?« Sie starrt zum dunstigen Horizont. »Da fliegen sie! Alle die toten Spiegelbilder! Sie kommen und wollen Blut! Hörst du sie nicht? Die grauen Flügel! Sie flattern wie Fledermäuse! Laß sie nicht heran!«

Sie drückt ihren Kopf gegen meine Schulter und ihren hebenden Körper gegen meinen. Ich halte sie und blicke in die Dämmerung, die tiefer und tiefer wird. Die Luft ist still, aber das Dunkel rückt jetzt aus den Bäumen der Allee langsam vor wie eine lautlose Kompanie von Schatten. Es scheint uns umgehen zu wollen und kommt aus dem Hinterhalt heran, um uns den Weg abzuschneiden. »Komm«, sage ich. »Laß uns gehen! Drüben hinter der Allee ist es heller. Da ist noch viel Licht.«

Sie widerstrebt und schüttelt den Kopf. Ich fühle ihr Haar an meinem Gesicht, es ist weich und riecht nach Heu, und auch ihr Gesicht ist weich, ich fühle die schmalen Knochen, das Kinn und den Bogen der Stirn, und plötzlich bin ich wieder tief verwundert darüber, daß hinter diesem engen Halbkreis eine Welt mit völlig anderen Gesetzen lebt und daß dieser Kopf, den ich mit meinen Händen mühelos umspanne, alles anders sieht als ich, jeden Baum, jeden Stern, jede Beziehung und auch sich selbst. Ein anderes Universum ist in ihm beschlossen, und einen Augenblick lang schwimmt alles durcheinander, und ich weiß nicht mehr, was Wirklichkeit ist – das, was ich sehe, oder das, was sie sieht, oder das, was ohne uns da ist und was wir nie erkennen können, da es mit ihm so ist, wie mit den Spiegeln, die da sind, wenn wir da sind, und die doch immer nichts anderes spiegeln als unser eigenes Bild. Nie, nie wissen wir, was sie sind, wenn sie allein sind, und was hinter ihnen ist; sie sind nichts, und doch können sie spiegeln und müssen etwas sein; aber niemals geben sie ihr Geheimnis preis.

»Komm«, sage ich. »Komm, Isabelle. Keiner weiß, was er ist und wo und wohin er geht – aber wir sind zusammen, das ist alles, was wir wissen können.«

Ich ziehe sie mit mir. Vielleicht gibt es wirklich nichts anderes, wenn alles zerfällt, denke ich, als das bißchen Beieinandersein, und auch das ist noch ein sanfter Betrug, denn da, wo der andere einen wirklich braucht, kann man ihm nicht folgen und ihm nicht beistehen, das habe ich oft genug gesehen, wenn ich im Kriege in die toten Gesichter meiner Kameraden geblickt habe. Jeder hat seinen eigenen Tod und muß ihn allein sterben, und niemand kann ihm dabei helfen.

»Du läßt mich nicht allein?« flüstert sie.

»Ich lasse dich nicht allein.«

»Schwöre es«, sagt sie und bleibt stehen.

»Ich schwöre es«, erwidere ich unbedenklich.

»Gut, Rudolf.« Sie seufzt, als wäre jetzt vieles leichter.

»Aber vergiß es nicht. Du vergißt so oft.«

»Ich werde es nicht vergessen.«

»Küsse mich.«

Ich ziehe sie an mich. Ich fühle ein sehr leichtes Grauen und weiß nicht, was ich tun soll, und küsse sie mit trockenen, geschlossenen Lippen.

Sie hebt ihre Hände um meinen Kopf und hält ihn. Plötzlich spüre ich einen scharfen Biß und stoße sie zurück. Meine Unterlippe blutet. Sie hat hineingebissen. Ich starre sie an. Sie lächelt. Ihr Gesicht ist verändert. Es ist böse und schlau. »Blut!« sagt sie leise und triumphierend. »Du wolltest mich wieder betrügen, ich kenne dich! Aber jetzt kannst du es nicht mehr. Es ist besiegelt. Du kannst nicht mehr weg!«

»Ich kann nicht mehr weg«, sage ich ernüchtert. »Meinetwegen! Darum brauchst du mich aber doch nicht wie eine Katze anzufallen. Wie das blutet! Was soll ich der Oberin sagen, wenn sie mich so sieht?«

Isabelle lacht. »Nichts«, erwidert sie. »Warum mußt du immer etwas sagen? Sei doch nicht so feige!«

Ich spüre das Blut lau in meinem Munde. Mein Taschentuch hat keinen Zweck – die Wunde muß sich von selbst schließen. Geneviève steht vor mir. Sie ist plötzlich Jenny. Ihr Mund ist klein und häßlich, und sie lächelt schlau und boshaft. Dann beginnen die Glocken für die Maiandacht. Eine Pflegerin kommt den Weg entlang. Ihr weißer Mantel schimmert ungewiß im Zwielicht.

Meine Wunde ist während der Andacht getrocknet, ich habe meine tausend Mark empfangen und sitze jetzt mit dem Vikar Bodendiek am Tisch. Bodendiek hat seine seidenen Gewänder in der kleinen Sakristei

abgelegt. Vor fünfzehn Minuten war er noch eine mystische Figur –
weihrauchumdampft stand er in Brokat und Kerzenlicht da und hob die
goldene Monstranz mit dem Leib Christi in der Hostie über die Köpfe
der frommen Schwestern und die Schädel der Irren, die Erlaubnis
haben, bei der Andacht dabeizusein – jetzt aber, im schwarzen abge-
schabten Rock und dem leicht verschwitzten weißen Kragen, der hinten
statt vorne geschlossen ist, ist er nur noch ein einfacher Agent Gottes,
gemütlich, kräftig, mit den roten Backen, der roten Nase und den
geplatzten Äderchen darin, die den Liebhaber des Weines kennzeich-
nen. Er weiß es nicht – aber er war mein Beichtvater für manche Jahre
vor dem Kriege, als wir, auf Anordnung der Schule, jeden Monat beichten und kommunizieren mußten. Wer nicht ganz dumm war, ging zu
Bodendiek. Er war schwerhörig, und da man bei der Beichte flüstert,
konnte er nicht verstehen, was für Sünden man bekannte. Er gab deshalb die leichtesten Bußen auf. Ein paar Vaterunser, und man war aller
Sünden ledig und konnte Fußball spielen gehen oder in der Städtischen
Leihbücherei versuchen, verbotene Bücher zu bekommen. Das war
etwas anderes als beim Dompastor, zu dem ich einmal geriet, weil ich es
eilig hatte und weil vor Bodendieks Beichtstuhl eine lange Schlange War-
tender stand. Der Dompastor gab mir eine heimtückische Buße auf: Ich
mußte in einer Woche wieder zur Beichte kommen, und als ich es tat,
fragte er mich, warum ich da sei. Da man in der Beichte nicht lügen darf,
sagte ich es ihm, und er gab mir als Buße ein paar Dutzend Rosenkränze
zu beten und den Befehl, die folgende Woche ebenfalls wiederzukommen. Das ging so weiter, und ich verzweifelte fast – ich sah mich bereits
mein ganzes Leben an der Kette des Dompastors zu wöchentlichen
Konfessionen verurteilt. Zum Glück bekam der heilige Mann in der
vierten Woche die Masern und mußte im Bett bleiben. Als mein Beicht-
tag herankam, ging ich zu Bodendiek und erklärte ihm mit lauter
Stimme die Lage – der Dompastor habe mich verpflichtet, heute wieder
zu beichten, aber er sei krank. Was ich tun solle? Zu ihm hingehen
könne ich nicht, da Masern ansteckend seien. Bodendiek entschied, daß
ich bei ihm ebensogut beichten könne; Beichte sei Beichte und Priester
Priester. Ich tat es und war frei. Den Dompastor aber mied ich seither
wie die Pest.

Wir sitzen in einem kleinen Zimmer in der Nähe des großen Saales für die freien Kranken. Es ist kein eigentliches Eßzimmer; Bücherregale stehen darin, ein Topf mit weißen Geranien, ein paar Stühle und Sessel und ein runder Tisch. Die Oberin hat uns eine Flasche Wein geschickt, und wir warten auf das Essen. Ich hätte vor zehn Jahren nie geglaubt, einmal mit meinem Beichtvater eine Flasche Wein zu trinken – aber ich hätte damals auch nie geglaubt, daß ich einmal Menschen töten und dafür nicht aufgehängt, sondern dekoriert werden würde, und trotzdem ist es so gekommen.

Bodendiek probiert den Wein. »Ein Schloß Reinhardshausener von der Domäne des Prinzen Heinrich von Preußen«, erklärt er andächtig. »Die Oberin hat uns da etwas sehr Gutes geschickt. Verstehen Sie was von Wein?«

»Wenig«, sage ich.

»Sie sollten es lernen. Speise und Trank sind Gaben Gottes. Man soll sie genießen und verstehen.«

»Der Tod ist sicher auch eine Gabe Gottes«, erwidere ich und blicke durch das Fenster in den dunklen Garten. Es ist windig geworden, und die schwarzen Kronen der Bäume schwanken. »Soll man den auch genießen und verstehen?«

Bodendiek sieht mich über den Rand seines Weinglases belustigt an. »Für einen Christen ist der Tod kein Problem. Er braucht ihn nicht gerade zu genießen; aber verstehen kann er ihn ohne weiteres. Der Tod ist der Eingang zum ewigen Leben. Da ist nichts zu fürchten. Und für viele ist er eine Erlösung.«

»Warum?«

»Eine Erlösung von Krankheit, Schmerz, Einsamkeit und Elend.« Bodendiek nimmt einen genießerischen Schluck und läßt ihn hinter seinen roten Backen im Munde umhergehen.

»Ich weiß«, sage ich. »Die Erlösung vom irdischen Jammertal. Warum hat Gott es eigentlich geschaffen?«

Bodendiek sieht im Augenblick nicht so aus, als könne er das Jammertal nicht ertragen. Er ist rund und voll und hat die Schöße seines Priesterrocks über die Lehne des Stuhls gebreitet, damit sie nicht zerknittern unter dem Druck seines kräftigen Hinterns. So sitzt er da, der Kenner des Jenseits und des Weines, das Glas fest in der Hand.

»Wozu hat Gott eigentlich das irdische Jammertal geschaffen?« wiederhole ich. »Hätte er uns nicht gleich im ewigen Leben lassen können?«

Bodendiek hebt die Schultern. »Sie können das in der Bibel nachlesen. Der Mensch, das Paradies, der Sündenfall –«

»Der Sündenfall, die Vertreibung aus dem Paradiese, die Erbsünde und damit der Fluch über hunderttausend Generationen. Der Gott der längsten Rache, die es je gegeben hat.«

»Der Gott der Vergebung«, erwidert Bodendiek und hält den Wein gegen das Licht. »Der Gott der Liebe und der Gerechtigkeit, der immer wieder bereit ist, zu vergeben, und der seinen eigenen Sohn geopfert hat, um die Menschheit zu erlösen.«

»Herr Vikar Bodendiek«, sagte ich, plötzlich sehr wütend. »Weshalb hat der Gott der Liebe und der Gerechtigkeit eigentlich die Menschen so verschieden erschaffen? Warum den einen elend und krank und den andern gesund und gemein?«

»Wer hier erniedrigt wird, wird im Jenseits erhöht. Gott ist die ausgleichende Gerechtigkeit.«

»Ich bin nicht so sicher«, erwidere ich. »Ich kannte eine Frau, die zehn Jahre Krebs hatte, die sechs fürchterliche Operationen hinter sich brachte, die nie ohne Schmerzen war und die schließlich an Gott verzweifelte, als zwei ihrer Kinder starben. Sie ging nicht mehr zur Messe, zur Beichte und zur Kommunion, und nach den Regeln der Kirche starb sie im Stande der Todsünde. Nach denselben Regeln brennt sie jetzt für alle Ewigkeit in der Hölle, die der Gott der Liebe geschaffen hat. Das ist gerecht, nicht wahr?«

Bodendiek sieht eine Zeitlang in den Wein. »Ist es Ihre Mutter?« fragt er dann.

Ich starre ihn an. »Was hat das damit zu tun?«

»Es ist Ihre Mutter, nicht wahr?«

Ich schlucke. »Und wenn es meine Mutter wäre –«

Er schweigt. »Es genügt eine einzige Sekunde, um sich mit Gott zu versöhnen«, sagt er dann behutsam. »Eine Sekunde vor dem Tode. Ein einziger Gedanke. Er braucht nicht einmal ausgesprochen zu werden.«

»Das habe ich vor ein paar Tagen einer verzweifelten Frau auch gesagt. Aber wenn der Gedanke nicht da war?«

Bodendiek sieht mich an. »Die Kirche hat Regeln. Sie hat Regeln, um zu verhüten und zu erziehen. Gott hat keine. Gott ist die Liebe. Wer von uns kann wissen, wie er richtet?«

»Richtet er?«

»Wir nennen es so. Es ist Liebe.«

»Liebe«, sage ich bitter. »Eine Liebe, die voll Sadismus ist. Eine Liebe, die quält und elend macht und die entsetzliche Ungerechtigkeit der Welt mit dem Versprechen eines imaginären Himmels zu korrigieren glaubt.«

Bodendiek lächelt. »Glauben Sie nicht, daß vor Ihnen schon andere Leute darüber nachgedacht haben?«

»Ja, unzählige. Und klügere als ich.«

»Das glaube ich auch«, erwidert Bodendiek gemütlich.

»Das ändert nichts daran, daß ich es nicht auch tue.«

»Bestimmt nicht.« Bodendiek schenkt sein Glas voll. »Tun Sie es nur gründlich. Zweifel ist die Kehrseite des Glaubens.«

Ich sehe ihn an. Er sitzt da, ein Turm der Festigkeit, und nichts kann ihn erschüttern. Hinter seinem kräftigen Kopf steht die Nacht, die unruhige Nacht Isabelles, die weht und gegen das Fenster stößt und endlos und voller Fragen ohne Antwort ist. Bodendiek aber hat auf alles eine Antwort.

Die Tür öffnet sich. Auf einer großen Platte erscheint das Essen, in runden Schüsseln, die aufeinandergestellt sind. Eine paßt in die andere, es ist die Art, wie in Hospitälern serviert wird. Die Küchenschwester breitet ein Tuch über den Tisch, legt Messer, Löffel und Gabeln darauf und verschwindet.

Bodendiek lüftet die obere Schüssel. »Was haben wir denn heute nacht? Bouillon«, sagt er zärtlich. »Bouillon mit Markklößchen. Erstklassig! Und Rotkohl mit Sauerbraten. Eine Offenbarung!«

Er schöpft die Teller voll und beginnt zu essen. Ich ärgere mich darüber, mit ihm disputiert zu haben, und fühle, daß er klar überlegen ist, obschon es nichts mit dem Problem zu tun hat. Er ist überlegen, weil er

93

nichts sucht. Er weiß. Aber was weiß er schon? Beweisen kann er nichts. Trotzdem kann er mit mir spielen, wie er will.

Der Arzt kommt herein. Es ist nicht der Direktor; es ist der behandelnde Arzt. »Essen Sie mit uns?« fragt Bodendiek. »Dann müssen Sie sich dazuhalten. Wir lassen sonst nichts übrig.«

Der Arzt schüttelt den Kopf. »Ich habe keine Zeit. Es gibt ein Gewitter. Da sind die Kranken immer besonders unruhig.«

»Es sieht nicht nach einem Gewitter aus.«

»Noch nicht. Aber es wird kommen. Die Kranken fühlen das voraus. Wir mußten schon ein paar ins Dauerbad legen. Es wird eine schwierige Nacht werden.«

Bodendiek verteilt den Sauerbraten zwischen uns. Er nimmt sich die größere Portion. »Gut, Doktor«, sagt er.

»Aber trinken Sie wenigstens ein Glas Wein mit uns. Es ist ein Fünfzehner. Eine Gabe Gottes! Sogar für unseren jungen Heiden hier.«

Er zwinkert mir zu, und ich möchte ihm gern meine Sauerbratensauce in seinen leicht speckigen Kragen schütten. Der Doktor setzt sich zu uns und nimmt das Glas an. Die bleiche Schwester steckt den Kopf durch die Tür.

»Ich esse jetzt nicht, Schwester«, sagt der Doktor. »Stellen Sie mir ein paar belegte Brote und eine Flasche Bier in mein Zimmer.«

Er ist ein Mann von etwa fünfunddreißig Jahren, dunkel, mit einem schmalen Gesicht, dicht zusammenstehenden Augen und großen, abstehenden Ohren. Er heißt Wernicke, Guido Wernicke, und haßt seinen Vornamen so, wie ich »Rolf« hasse.

»Wie steht's mit Fräulein Terhoven?« frage ich.

»Terhoven? Ach so – nicht so besonders, leider. Haben Sie nichts bemerkt heute? Eine Änderung?«

»Nein. Sie war so wie immer. Vielleicht etwas erregter; aber Sie sagten ja, das käme vom Gewitter.«

»Wir werden sehen. Man kann nie viel voraussagen hier oben.«

Bodendiek lacht. »Das sicher nicht. Hier nicht.«

Ich sehe ihn an. Was für ein roher Christ, denke ich. Aber dann fällt mir ein, daß er ja berufsmäßiger Seelenpfleger ist; dabei geht immer etwas an Empfindung auf Kosten des Könnens verloren – ebenso wie bei Ärzten, Krankenschwestern und Grabsteinverkäufern.

Ich höre, wie er sich mit Wernicke unterhält. Ich habe plötzlich keine Lust mehr zu essen und stehe auf und gehe ans Fenster. Hinter den bewegten schwarzen Wipfeln ist eine Wolkenwand mit fahlen Rändern emporgewachsen. Ich starre hinaus. Alles scheint auf einmal sehr fremd, und hinter dem vertrauten Gartenbild drängt ein anderes, wilderes schweigend hervor, das das alte wegstößt wie eine leere Hülse. Ich erinnere mich an Isabelles Schrei: »Wo ist mein erstes Gesicht? Mein Gesicht vor allen Spiegeln?« Ja, wo ist das allererste Gesicht? denke ich. Die Urlandschaft, bevor sie zur Landschaft unserer Sinne wurde, zu Park und Wald und Haus und Mensch – wo ist das Gesicht Bodendieks, bevor es Bodendiek wurde, wo das Wernickes, bevor es seinem Namen entsprach? Wissen wir noch etwas davon? Oder sind wir gefangen in einem Netz von Begriffen und Worten, von Logik und täuschender Vernunft, und dahinter stehen die einsam lodernden Urfeuer, zu denen wir keinen Zugang mehr haben, weil wir sie in Nützlichkeit und Wärme verwandelt haben, in Küchenfeuer und Heizung und Schwindel und Gewißheit und Bürgerlichkeit und Mauern und allenfalls in ein türkisches Bad schwitzender Philosophie und Wissenschaft? Wo sind sie? Stehen sie immer noch unfaßbar und rein und unzugänglich hinter Leben und Tod, bevor sie Leben und Tod für uns wurden, und sind vielleicht nur die, die jetzt in diesem Hause in ihren vergitterten Zimmern hocken und schleichen und starren und das Gewitter in ihrem Blut fühlen, ihnen nahe? Wo ist die Grenze, die Chaos von Ordnung scheidet, und wer kann sie überschreiten und zurückkommen, und wenn es ihm gelingt, wer weiß dann noch etwas davon? Löscht das eine nicht die Erinnerung an das andere aus? Wer ist der Gestörte, Gezeichnete, Verbannte, sind wir es mit unseren Grenzen, mit unserer Vernunft, unserem geordneten Weltbild, oder sind es die andern, durch die das Chaos rast und blitzt, und die dem Grenzenlosen preisgegeben sind wie Zimmer ohne Türen, ohne Decke, Räume mit drei Winden, in die es hineinblitzt und stürmt und regnet, während wir andern stolz in unseren geschlossenen Zimmern mit Türen und vier Wänden umhergehen und glauben, wir seien überlegen, weil wir dem Chaos entkommen sind? Aber was ist

95

Chaos? Und was Ordnung? Und wer hat sie? Und warum? Und wer entkommt je?

Ein fahles Leuchten fliegt über dem Parkrand hoch, und nach langer Zeit antwortet ein sehr schwaches Murren. Wie eine Kabine voll Licht scheint unser Zimmer zu schwimmen in der Nacht, die unheimlich wird, als rüttelten irgendwo gefangene Riesen an ihren Ketten, um aufzuspringen und das Geschlecht der Zwerge zu vernichten, das sie für kurze Zeit gefesselt hat. Eine Kabine mit Licht in der Dunkelheit, Bücher und drei geordnete Gehirne in einem Hause, in dem wie in den Waben eines Bienenkorbes das Unheimliche eingesperrt ist, wetterleuchtend in den zerstörten Gehirnen ringsum! Wie, wenn in einer Sekunde ein Blitz der Erkenntnis durch alle schlüge und sie sich zusammenfänden in einer Revolte, wenn sie die Schlösser brächen, die Stangen zersprengten, und wie eine graue Woge die Treppe hinaufschäumten und das erleuchtete Zimmer, diese Kabine begrenzten, festen Geistes wegschwemmten in die Nacht und in das, was ohne Namen mächtiger hinter der Nacht steht?

Ich drehe mich um. Der Mann des Glaubens und der Mann der Wissenschaft sitzen unter dem Licht, das sie bescheint. Die Welt ist keine vage, zitternde Unruhe für sie, kein Murren aus Tiefen, kein Wetterleuchten in eisigen Ätherräumen – sie sind Männer des Glaubens und der Wissenschaft, sie haben Senkblei und Lot und Waage und Maß, jeder ein anderes, aber das ficht sie nicht an, sie sind sicher, sie haben Namen, die sie wie Etiketten auf alles kleben können, sie schlafen gut, sie haben einen Zweck, das genügt ihnen, und selbst das Grauen, der schwarze Vorhang vor dem Selbstmord, hat seinen wohlgeordneten Platz in ihrem Dasein, es hat einen Namen und ist klassifiziert und damit ungefährlich geworden. Nur das Namenlose tötet, oder das, was seinen Namen gesprengt hat.

»Es blitzt«, sage ich.

Der Doktor sieht auf. »Tatsächlich!«

Er erörtert gerade das Wesen der Schizophrenie, der Krankheit Isabelles. Sein dunkles Gesicht ist von Eifer leicht gerötet. Er erklärt, wie Kranke dieser Art blitzartig, in Sekunden, von einer Persönlichkeit in die andere springen und daß man sie in alten Zeiten als Seher und Heilige bezeichnet habe und in anderen als vom Teufel Besessene, vor denen das Volk abergläubischen Respekt hatte. Er philosophiert über die Gründe, und ich wundere mich plötzlich, woher er das alles weiß und warum er es als Krankheit bezeichnet. Könnte man es nicht ebensogut als einen besonderen Reichtum ansehen? Hat nicht jeder normale Mensch auch ein Dutzend Persönlichkeiten in sich? Und ist der Unterschied nicht nur der, daß der Gesunde sie unterdrückt und der Kranke sie freiläßt? Wer ist da krank?

Ich trete an den Tisch und trinke mein Glas aus. Bodendiek betrachtet mich wohlwollend; Wernicke so, wie man einen völlig uninteressanten Fall ansieht. Ich fühle zum erstenmal den Wein; ich fühle, daß er gut ist, in sich geschlossen, gereift und nicht lose. Er hat kein Chaos mehr in sich, denke ich. Er hat es verwandelt. Verwandelt in Harmonie. Aber verwandelt, nicht ersetzt. Er ist ihm nicht ausgewichen. Ich bin plötzlich, eine Sekunde lang, ohne Grund unsagbar glücklich. Man kann das also, denke ich. Man kann es verwandeln! Es ist nicht nur eins oder das andere. Es kann auch eins durch das andere sein.

Ein neuer blasser Schein wirft sich gegen das Fenster und erlischt. Der Doktor erhebt sich. »Es geht los. Ich muß zu den Geschlossenen hinüber.«

Die Geschlossenen sind die Kranken, die nie herauskommen. Sie bleiben eingeschlossen, bis sie sterben, in Zimmern mit festgeschraubten Möbeln, mit vergitterten Fenstern und mit Türen, die man nur von außen mit Schlüsseln öffnen kann. Sie sind in Käfigen wie gefährliche Raubtiere, und niemand spricht gerne von ihnen.

Wernicke sieht mich an. »Was ist mit Ihrer Lippe los?«

»Nichts. Ich habe mich im Traum gebissen.«

Bodendiek lacht. Die Tür öffnet sich, und die kleine Schwester bringt eine neue Flasche Wein herein, mit drei Gläsern dazu. Wernicke verläßt mit der Schwester das Zimmer. Bodendiek greift nach der Flasche und schenkt sich ein. Ich verstehe jetzt, warum er Wernicke angeboten hat, mit uns zu trinken; die Oberin hat daraufhin die neue Flasche geschickt. Eine allein wäre nicht genug für drei Männer. Dieser Schlauberger, denke ich. Er hat das Wunder der Speisung bei der Bergpredigt wiederholt. Aus einem Glas für Wernicke hat er eine ganze Flasche für sich gemacht. »Sie trinken wohl nicht mehr, wie?« fragt er.

»Doch!« erwidere ich und setze mich. »Ich bin auf den Geschmack gekommen. Sie haben ihn mir beigebracht. Danke herzlich.«

Bodendiek zieht mit eitlem sauersüßem Lächeln die Flasche wieder aus dem Eis. Er betrachtet das Etikett einen Augenblick, ehe er mir eingießt – ein viertel Glas. Sein eigenes schenkt er fast bis zum Rande voll. Ich nehme ihm ruhig die Flasche aus der Hand und gieße mein Glas nach, bis es ebenso gefüllt ist wie seines. »Herr Vikar«, sage ich. »In manchen Dingen sind wir gar nicht so verschieden.«

Bodendiek lacht plötzlich. Sein Gesicht entfaltet sich wie eine Pfingstrose. »Zum Wohle«, sagt er salbungsvoll.

Das Gewitter murrt und zieht hin und her. Wie lautlose Säbelhiebe fallen die Blitze. Ich sitze am Fenster meines Zimmers, die Fetzen aller Briefe Ernas vor mir in einem ausgehöhlten Elefantenfuß, den mir der Weltreisende Hans Ledermann, der Sohn des Schneidermeisters Ledermann, vor einem Jahr als Papierkorb geschenkt hat.

Ich bin fertig mit Erna. Ich habe mir alle ihre unangenehmen Eigenschaften aufgezählt; ich habe sie emotionell und menschlich in mir vernichtet und als Dessert ein paar Kapitel Schopenhauer und Nietzsche gelesen. Aber trotzdem möchte ich lieber, daß ich einen Smoking hätte, ein Auto und einen Chauffeur und daß ich, begleitet von zwei bis drei bekannten Schauspielerinnen, einige Hundert Millionen in der Tasche, jetzt in der Roten Mühle auftauchen könnte, um der Schlange dort den Schlag ihres Lebens zu versetzen. Ich träume eine Zeitlang davon, wie es wäre, wenn sie morgen in der Zeitung lesen würde, ich hätte das große Los gewonnen oder wäre schwer verletzt worden, während ich Kinder aus brennenden Häusern gerettet hätte. Dann sehe ich Licht in Lisas Zimmer.

Sie öffnet es und macht Zeichen. Mein Zimmer ist dunkel, sie kann mich nicht sehen; also meint sie nicht mich. Sie sagt lautlos etwas, zeigt auf ihre Brust und dann auf unser Haus und nickt. Darauf erlischt das Licht.

Ich beuge mich vorsichtig hinaus. Es ist zwölf Uhr nachts, und die Fenster rundum sind dunkel. Nur das von Georg Kroll ist offen.

Ich warte und sehe, wie Lisas Haustür sich bewegt. Sie tritt heraus, sieht rasch nach beiden Seiten und läuft über die Straße. Sie trägt ein leichtes buntes Kleid und hat ihre Schuhe in der Hand, um kein Geräusch zu machen. Gleichzeitig höre ich, wie sich die Haustür bei uns vorsichtig öffnet. Es muß Georg sein. Die Haustür hat oben eine Klingel, und um sie ohne Krach zu öffnen, muß man auf einen Stuhl steigen, die Klingel festhalten und mit dem Fuß die Klinke herunterdrücken und aufziehen, eine akrobatische Leistung, zu der man nüchtern sein muß. Ich weiß, daß Georg heute abend nüchtern ist.

Gemurmel ertönt; das Klappern von hohen Absätzen. Lisa, das eitle Biest, hat also ihre Schuhe wieder angezogen, um verführerischer auszusehen. Die Tür zu Georgs Zimmer seufzt leise. Also doch! Wer hätte das erwartet? Georg, dieses stille Wasser! Wann hat er das nur geschafft?

Das Gewitter kommt zurück. Der Donner wird stärker, und plötzlich, wie ein Regen von Silbertalern, stürzt das Wasser auf das Pflaster. Es sprüht als Staubfontäne zurück, und Kühle weht erfrischend herauf. Ich lehne aus dem Fenster und blicke in den nassen Tumult. Das Wasser schießt bereits durch die Abflußrinnen, Blitze leuchten hinein, und im Auf- und Abflammen sehe ich aus Georgs Zimmer die nackten Arme Lisas sich in den Regen strecken, und dann sehe ich ihren Kopf und höre ihre heisere Stimme. Georgs kahlen Kopf sehe ich nicht. Er ist kein Naturschwärmer.

Das Hoftor öffnet sich unter einem Fausthieb. Klatschnaß wankt der Feldwebel Knopf herein. Das Wasser trieft von seiner Kappe. Gottlob, denke ich, bei dem Wetter brauche ich nicht mit einem Wassereimer hinter seinen Schweinereien her zu sein! Aber Knopf enttäuscht mich. Er sieht sein Opfer, den schwarzen Obelisken, überhaupt nicht an. Fluchend und nach dem Regen schlagend wie nach Stechmücken, flüchtet er ins Haus. Wasser ist sein großer Feind.

Ich nehme den Elefantenfuß und leere seinen Inhalt auf die Straße. Der Regen schwemmt Ernas Liebesgeschwätz rasch davon. Das Geld hat gesiegt, denke ich, wie immer, obschon es nichts wert ist. Ich gehe zum anderen Fenster und sehe in den Garten. Das große Regenfest ist dort in vollem Gange, eine grüne Orgie der Begattung, schamlos und unschuldig. Im Aufblitzen des Wetterleuchtens sehe ich die Grabplatte für den Selbstmörder. Sie ist beiseite gestellt, die Inschrift ist eingehauen und leuchtet golden. Ich ziehe das Fenster zu und mache Licht. Unten murmeln Georg und Lisa. Mein Zimmer erscheint mir plötzlich entsetzlich leer. Ich öffne das Fenster wieder, lausche in das anonyme Brausen und beschließe, mir vom Buchhändler Bauer als Honorar für die letzte Woche Nachhilfeunterricht, ein Buch über Yoga, Entsagung und Selbstgenügsamkeit, geben zu lassen. Die Leute sollen darin mit Atemübungen Fabelhaftes erreicht haben.

Bevor ich schlafen gehe, komme ich an meinem Spiegel vorbei. Ich bleibe stehen und sehe hinein. Was ist da wirklich? denke ich. Woher kommt die Perspektive, die keine ist, die Tiefe, die täuscht, der Raum, der Ebene ist? Und wer ist das, der da herausschaut und nicht da ist?

Ich sehe meine Lippe, geschwollen und verkrustet, ich berühre sie, und jemand gegenüber berührt eine Geisterlippe, die nicht da ist. Ich grinse, und der Nicht-Jemand grinst zurück. Ich schüttle den Kopf, und der Nicht-Jemand schüttelt den Nicht-Kopf. Wer von uns ist wer? Und was ist Ich? Das da oder das Fleischumkleidete davor? Oder ist es noch etwas anderes, etwas hinter beiden? Ich spüre einen Schauder und lösche das Licht.

7 Riesenfeld hat Wort gehalten. Der Hof ist voll von Denkmälern und Sockeln. Die allseitig polierten sind in Latten eingeschlagen und in Sackleinen eingehüllt. Sie sind die Primadonnen unter den Leichensteinen und müssen äußerst vorsichtig behandelt werden, damit den Kanten nichts geschieht.

Die ganze Belegschaft steht im Hof, um zu helfen und zuzusehen. Sogar die alte Frau Kroll wandert umher, prüft die Schwärze und Feinheit des Granits und wirft ab und zu einen wehmütigen Blick auf den Obelisken neben der Tür – das einzige, was von den Einkäufen ihres toten Gemahls übriggeblieben ist.

Kurt Bach dirigiert einen mächtigen Block Sandstein in seine Werkstatt. Ein neuer sterbender Löwe wird daraus entstehen, aber dieses Mal nicht gebeugt, mit Zahnschmerzen, sondern mit letzter Kraft brüllend, einen abgebrochenen Speer in der Flanke. Er ist für das Kriegerdenkmal des Dorfes Wüstringen bestimmt, in dem ein besonders zackiger Kriegerverein unter dem Befehl des Majors a.D. Wolkenstein haust. Wolkenstein war der trauernde Löwe zu waschlappig. Er hätte am liebsten einen mit vier feuerspeienden Köpfen bestellt.

Eine Sendung der Württembergischen Metallwarenfabrik, die gleichzeitig angekommen ist, wird ebenfalls ausgepackt. Vier auffliegende Adler werden in einer Reihe nebeneinander auf den Boden gestellt, zwei aus Bronze und zwei aus Gußeisen. Sie sind da, um andere Kriegerdenkmäler zu krönen und die Jugend des Landes für einen neuen Krieg zu begeistern – denn, wie Major a.D. Wolkenstein so überzeugend erklärt: Einmal müssen wir schließlich doch gewinnen, und dann wehe den anderen! Vorläufig sehen die Adler allerdings nur wie riesige Hühner aus, die Eier legen wollen – doch das wird sich schon ändern, wenn sie erst oben auf den Denkmälern thronen. Auch Generäle wirken ohne Uniform leicht wie Heringsbändiger, und sogar Wolkenstein sieht in Zivil nur aus wie ein fetter Sportlehrer. Aufmachung und Distanz sind alles in unserem geliebten Vaterland.

Ich überwache, als Reklamechef, die Anordnung der Denkmäler. Sie sollen nicht beziehungslos nebeneinanderstehen, sondern freundliche Gruppen bilden und künstlerisch durch den Garten verteilt werden. Heinrich Kroll ist dagegen. Er hat lieber, wenn die Steine wie Soldaten ausgerichtet sind; alles andere erscheint ihm verweichlicht. Zum Glück wird er überstimmt. Auch seine Mutter ist gegen ihn. Sie ist eigentlich immer gegen ihn. Sie weiß heute noch nicht, wieso Heinrich ihr Kind ist und nicht das der Majorin a.D. Wolkenstein.

Der Tag ist blau und sehr schön. Der Himmel bauscht sich wie ein riesiges Seidenzelt über der Stadt. Die feuchte Kühle des Morgens hängt noch in den Kronen der Bäume. Die Vögel zwitschern, als gäbe es nur den beginnenden Sommer, die Nester und das junge Leben darin. Es geht sie nichts an, daß der Dollar wie ein häßlicher, schwammiger Pilz auf fünfzigtausend angeschwollen ist. Auch nicht, daß in der Morgenzeitung drei Selbstmorde gemeldet worden sind – alle von ehemaligen kleinen Rentnern; alle auf die Lieblingsart der Armen begangen: mit dem offenen Gashahn. Die Rentnerin Kubalke ist mit dem Kopf im Backofen ihres Herdes gefunden worden; der pensionierte Regierungsrat Hopf frisch rasiert, in seinem letzten, tadellos gebürsteten, stark geflickten Anzug, vier wertlose rotgestempelte Tausendmarkscheine wie Einlaßbillette zum Himmel in der Hand; und die Witwe Glaß auf dem Flur ihrer Küche, ihr Sparkassenbuch, das eine Einlage von fünfzigtausend Mark zeigte, zerrissen neben sich. Die rotgestempelten Tausendmarkscheine Hopfs sind eine letzte Fahne der Hoffnung gewesen; seit langem bestand der Glaube, sie würden irgendwann einmal wieder aufgewertet werden. Woher das Gerücht kam, weiß kein Mensch. Nirgendwo auf ihnen steht, daß sie in Gold auszahlbar sind, und selbst wenn es dastünde: der Staat, dieser immune Betrüger, der selbst Billionen unterschlägt, aber jeden, der ihm nur fünf Mark veruntreut, einsperrt, würde schon einen Kniff finden, sie nicht auszuzahlen. Erst vorgestern hat in der Zeitung eine Erklärung gestanden, daß sie keine Vorzugsbehandlung genießen würden. Dafür steht heute die Todesanzeige Hopfs drin.

Aus der Werkstatt des Sargtischlers Wilke dringt Klopfen, als hause dort ein riesiger fröhlicher Specht. Wilkes Geschäft blüht; einen Sarg braucht schließlich jeder, sogar ein Selbstmörder – die Zeit der Massengräber und der Beerdigungen in Zeltbahnen ist seit dem Krieg vorbei. Man verfault wieder standesgemäß, in langsam morsch werdendem Holz, im Totenhemd oder im Frack ohne Rücken und im Totenkleid aus weißem Crêpe de Chine. Der Bäckermeister Niebuhr sogar im Schmuck aller seiner Orden und Vereinsabzeichen; seine Frau hat darauf bestanden. Auch eine Kopie der Vereinsfahne des Gesangvereins Eintracht hat sie ihm mitgegeben. Er war dort zweiter Tenor. Jeden Samstag brüllte er das »Schweigen im Walde« und »Stolz weht die Flagge schwarzweißrot«, trank genug Bier, um fast zu platzen, und ging dann nach Hause, seine Frau zu verprügeln. Ein aufrechter Mann, wie der Pastor am Grabe sagte.

Heinrich Kroll verschwindet zum Glück um zehn Uhr, mit Fahrrad und gestreifter Hose, um auf die Dörfer zu gehen. So viel frischer Granit macht sein Kaufmannsherz unruhig; er muß los, ihn an die trauernden Hinterbliebenen zu bringen.

Wir können uns jetzt freier entfalten. Zunächst machen wir eine Pause und werden von Frau Kroll mit Leberwurstbutterbroten und Kaffee erquickt. Lisa erscheint am Hoftor. Sie trägt ein knallrotes Seidenkleid. Die alte Frau Kroll verscheucht sie mit einem Blick. Sie kann Lisa nicht ausstehen, obschon sie keine Kirchenläuferin ist.

»Diese dreckige Schlampe«, erklärt sie zielsicher.

Georg fällt prompt darauf herein. »Dreckig? Wieso ist sie dreckig?«

»Sie ist dreckig, siehst du das nicht? Ungewaschen, aber einen Seidenfetzen darüber.«

Ich sehe, daß Georg unwillkürlich nachdenklich wird. Dreck hat keiner gern an der Geliebten, wenn er nicht dekadent ist. Seine Mutter hat eine Sekunde lang eine Art Triumphblitz im Auge; dann wechselt sie das Thema. Ich schaue sie bewundernd an; sie ist ein Feldherr mit mobilen Einheiten – schlägt rasch zu, und wenn der Gegner sich langsam zur Wehr anschickt, ist sie schon ganz woanders. Lisa mag schlampig sein; aber auffallend dreckig ist sie bestimmt nicht.

Die drei Töchter des Feldwebels Knopf schwirren aus dem Hause. Sie sind klein, rundlich und flink, Näherinnen wie ihre Mutter. Den ganzen Tag surren ihre Maschinen. Jetzt zwitschern sie davon, Pakete mit unerschwinglich teuren seidenen Hemden für die Schieber in ihren Händen. Knopf, der alte Militär, gibt von seiner Pension keinen Pfennig an den Haushalt ab; dafür haben die vier Frauen zu sorgen.

Vorsichtig packen wir unsere beiden schwarzen Kreuzdenkmäler aus. Eigentlich sollten sie im Eingang stehen, um einen reichen Effekt zu machen, und im Winter hätten wir sie auch dahin gestellt; aber es ist Mai, und so sonderbar es auch sein mag: Unser Hof ist ein Tummelplatz der Katzen und der Liebenden. Die Katzen schreien bereits im Februar von den Hügelsteinen herab und jagen sich hinter den Grabeinfassungen aus Zement – die Liebenden aber stellen sich prompt ein, wenn es warm genug ist, im Freien zu lieben – und wann ist es dazu zu kalt? Die Hakenstraße ist abgelegen und still, unser Hoftor einladend und der Garten alt und groß. Die etwas makabre Ausstellung stört die Liebespaare nicht; im Gegenteil, sie scheint sie zu besonderem Ungestüm anzufachen. Es ist erst zwei Wochen her, daß ein Kaplan aus dem Dorf Halle, der wie alle Gottesmänner mit den Hühnern aufzustehen gewohnt ist, morgens um sieben bei uns erschien, um vier der kleinsten Hügelsteine für die Gräber von im Laufe des Jahres verstorbenen barmherzigen Schwestern zu kaufen. Als ich ihn schlaftrunken in den Garten führte, konnte ich gerade noch rechtzeitig ein rosa Höschen aus Kunstseide entfernen, das wie eine Fahne am rechten Arm unseres allseitig polierten Kreuzdenkmals flatterte und von einem begeisterten nächtlichen Paar vergessen worden war. Das Leben zu säen an der Stätte des Todes hat sicher etwas im weiten, poetischen Sinne Versöhnliches, und Otto Bambuss, der dichtende Schulmeister unseres Klubs, hat, als ich ihm das erzählte, die Idee sofort gestohlen und zu einer Elegie mit kosmischem Humor verarbeitet – aber sonst kann es doch recht störend wirken, besonders wenn in der Nähe dann noch eine leere Schnapsflasche in der frühen Sonne glänzt.

Ich übersehe die Ausstellung. Sie wirkt gefällig, soweit man das von Leichensteinen sagen kann. Die beiden Kreuze stehen schimmernd auf ihren Sockeln in der Morgensonne, Symbole der Ewigkeit, geschliffene Teile der einst glühenden Erde, erkaltet, poliert und jetzt bereit, für immer den Namen irgendeines erfolgreichen Geschäftsmannes oder reichen Schiebers für die Nachwelt aufzubewahren – denn selbst ein Gauner will nicht gern ganz ohne Spur von diesem Planeten verschwinden.

»Georg«, sage ich, »wir müssen aufpassen, daß dein Bruder unser Werdenbrücker Golgatha nicht an ein paar Mistbauern verkauft, die erst nach der Ernte zahlen. Laß uns an diesem blauen Tag, unter Vogelgesang und Kaffeegeruch, einen heiligen Schwur schwören: Die beiden Kreuze werden nur gegen Barzahlung verkauft!«

Georg schmunzelt. »Es ist nicht ganz so gefährlich. Wir haben unsern Wechsel in drei Wochen einzulösen. Solange wir das Geld früher hereinbekommen, haben wir verdient.«

»Was verdient?« erwidere ich. »Eine Illusion – bis zum nächsten Dollarkurs.«

»Du bist manchmal zu geschäftlich«, Georg zündet sich umständlich eine Zigarre im Werte von fünftausend Mark an. »Anstatt zu jammern, solltest du lieber die Inflation als umgekehrtes Symbol des Lebens auffassen. Jeder gelebte Tag ist ein Tag Dasein weniger. Wir leben vom Kapital, nicht von den Zinsen. Jeden Tag steigt der Dollar; aber jede Nacht fällt der Kurs deines Lebens um einen Tag. Wie wäre es mit einem Sonett darüber?«

Ich betrachte den selbstgefälligen Sokrates der Hakenstraße. Leichter Schweiß ziert seinen kahlen Kopf wie Perlen ein helles Kleid. »Es ist erstaunlich, wie philosophisch man sein kann, wenn man nachts nicht allein geschlafen hat«, sage ich.

Georg zuckt nicht mit der Wimper. »Wann sonst?« erklärt er ruhig. »Philosophie soll heiter sein und nicht gequält. Metaphysische Spekulationen damit zu verknüpfen ist dasselbe, wie Sinnenfreude mit dem, was die Mitglieder eures Dichterklubs ideale Liebe nennen. Es wird ein unerträglicher Mischmasch.«

»Ein Mischmasch?« sage ich, irgendwo getroffen. »Sieh einmal an, du Kleinbürger des Abenteuers! Du Schmetterlingssammler, der alles auf Nadeln spießen will! Weißt du nicht, daß man tot ist ohne das, was du Mischmasch nennst?«

»Nicht die Spur. Ich halte nur die Dinge auseinander.«

Georg bläst mir den Rauch seiner Zigarre ins Gesicht.

»Ich leide lieber würdig und mit philosophischer Schwermut an der Flüchtigkeit des Lebens, als daß ich den vulgären Irrtum mitmache, irgendeine Minna oder Anna mit dem kühlen Geheimnis des Daseins zu verwechseln und anzunehmen, die Welt ende, weil Minna oder Anna einen anderen Karl oder Josef bevorzugen. Oder eine Erna einen riesigen Säugling in englischem Kammgarn.«

Er grinst. Ich sehe ihm kalt in sein verräterisches Auge.

»Ein billiger Schuß, Heinrichs würdig!« sage ich. »Du schlichter Genießer des Erreichbaren! Willst du mir einmal erklären, wozu du denn mit Leidenschaft Zeitschriften liest, in denen es von unerreichbaren Sirenen, Skandalen aus der höchsten Gesellschaft, Damen des Theaters und Herzensbrecherinnen im Film nur so wimmelt?«

Georg bläst mir abermals für dreihundert Mark Rauch in die Augen. »Das tue ich für meine Phantasie. Hast du nie etwas von himmlischer und irdischer Liebe gehört? Du hast doch erst kürzlich versucht, sie in deiner Erna zu vereinigen, und eine schöne Lehre bekommen, du braver Kolonialwarenhändler der Liebe, der Sauerkraut und Kaviar im selben Laden haben möchte! Weißt du denn immer noch nicht, daß dann das Sauerkraut nie nach Kaviar, aber der Kaviar immer nach Sauerkraut schmeckt? Ich halte sie weit auseinander, und du solltest das auch tun! Es macht das Leben bequem. Und nun komm, wir wollen Eduard Knobloch peinigen. Er serviert heute Schmorbraten mit Nudeln.«

Ich nicke und hole wortlos meinen Hut. Georg hat mich, ohne es zu merken, schwer angeschlagen – aber der Teufel soll mich holen, wenn ich es ihn merken lasse.

Als ich zurückkomme, sitzt Gerda Schneider im Büro. Sie trägt einen grünen Sweater, einen kurzen Rock und große Ohrringe mit falschen Steinen. An die linke Seite des Sweaters hat sie eine der Blumen aus Riesenfelds Bukett gesteckt, das außerordentlich dauerhaft gewesen sein muß. Sie deutet darauf und sagt: »*Merci!* Alles war neidisch. Das war ein Busch für eine Primadonna.«

Ich sehe sie an. Da sitzt wahrscheinlich genau das, was Georg unter irdischer Liebe versteht, denke ich – klar, fest, jung und ohne Phrasen. Ich habe ihr Blumen geschickt, und sie ist gekommen, basta. Sie hat die Blumen so aufgefaßt, wie ein vernünftiger Mensch es tun sollte. Anstatt langes Theater zu machen, ist sie da. Sie hat akzeptiert, und jetzt ist eigentlich nichts mehr zu besprechen.

»Was machst du heute nachmittag?« fragt sie.

»Ich arbeite bis fünf. Dann gebe ich einem Idioten eine Nachhilfestunde.«

»Worin? In Idiotie?«

Ich grinse. »Wenn man es richtig ansieht, ja.«

»Das wäre bis sechs. Komm nachher in den Altstädter Hof. Ich trainiere da.«

»Gut«, sage ich, bevor ich nachdenke.

Gerda steht auf. »Also dann –«

Sie hält mir ihr Gesicht hin. Ich bin überrascht. So viel hatte ich mit meiner Blumensendung gar nicht beabsichtigt. Aber warum eigentlich nicht? Georg hat wahrscheinlich recht: Liebesschmerz soll man nicht mit Philosophie bekämpfen – nur mit einer anderen Frau. Vorsichtig küsse ich Gerda auf die Wange. »Dummkopf!« sagt sie und küßt mich

herzhaft auf den Mund. »Reisende Artisten haben nicht viel Zeit übrig
für Firlefanz. In zwei Wochen muß ich weiter. Also bis heute abend.«

Sie geht aufrecht mit ihren festen, kräftigen Beinen und den kräftigen
Schultern hinaus. Auf dem Kopf trägt sie eine rote Baskenmütze. Sie
scheint Farben zu lieben. Draußen bleibt sie neben dem Obelisken stehen und blickt auf unser Golgatha. »Das ist unser Lager«, sage ich.

Sie nickt. »Bringt es was ein?«

»So so – in diesen Zeiten –«

»Und du bist hier angestellt?«

»Ja. Komisch, was?«

»Nichts ist komisch«, sagt Gerda. »Was sollte ich sonst sagen, wenn
ich in der Roten Mühle meinen Kopf von rückwärts durch die Beine
stecke? Glaubst du, Gott hätte das gewollt, als er mich erschuf? Also bis
sechs.«

Die alte Frau Kroll kommt mit einer Gießkanne aus dem Garten.
»Das ist ein ordentliches Mädchen«, sagt sie und blickt Gerda nach.
»Was ist sie?«

»Akrobatin.«

»So, Akrobatin!« erwidert sie überrascht. »Akrobatinnen sind meistens ordentliche Menschen. Sie ist keine Sängerin, was?«

»Nein. Eine richtige Akrobatin. Mit Saltos, Handständen und Verren-
kungen wie ein Schlangenmensch.«

»Sie kennen sie ja ziemlich genau. Wollte sie etwas kaufen?«

»Noch nicht.«

Sie lacht. Ihre Brillengläser glitzern. »Mein lieber Ludwig«, sagt sie.
»Sie glauben nicht, wie närrisch Ihnen Ihr jetziges Leben einmal vorkommen wird, wenn Sie siebzig sind.«

»Dessen bin ich noch gar nicht so sicher«, erkläre ich. »Es kommt mir
nämlich gerade jetzt schon ziemlich närrisch vor. Was halten Sie übrigens von der Liebe?«

»Wovon?«

»Von der Liebe. Der himmlischen und der irdischen Liebe.«

Frau Kroll lacht herzlich. »Das habe ich längst vergessen. Gott sei
Dank!«

Ich stehe in der Buchhandlung Arthur Bauers. Heute ist der Zahlungstag für die Nachhilfestunden, die ich seinem Sohn erteile. Arthur junior hat die Gelegenheit benützt, mir zur Begrüßung ein paar Heftzwecken auf meinen Stuhl zu legen. Ich hätte ihm dafür gerne sein Schafsgesicht in das Goldfischglas getunkt, das den Plüschsalon ziert, aber ich mußte mich beherrschen – Arthur junior weiß das.

»Also Yoga«, sagt Arthur senior jovial und schiebt mir einen Packen Bücher zu. »Ich habe Ihnen hier herausgelegt, was wir haben. Yoga, Buddhismus, Askese, Nabelschau – wollen Sie Fakir werden?«

Ich mustere ihn mißbilligend. Er ist klein, hat einen Spitzbart und flinke Augen. Noch ein Schütze heute, denke ich, der auf mein ramponiertes Herz anlegt! Aber dich billige Spottdrossel werde ich schon kriegen, du bist kein Georg! Scharf sage ich: »Was ist der Sinn des Lebens, Herr Bauer?«

Arthur sieht mich erwartungsvoll wie ein Pudel an.

»Und?«

»Was, und?«

»Wo ist die Pointe? Sie erzählen doch einen Witz – oder nicht?«

»Nein«, erwidere ich kühl. »Dies ist eine Rundfrage zum Heile meiner jungen Seele. Ich stelle sie vielen Menschen, besonders solchen, die es wissen sollten.«

Arthur greift in seinen Bart wie in eine Harfe. »Sie fragen doch nicht im Ernst, an einem Montagnachmittag, mitten in der Hauptgeschäftszeit, so etwas Blödsinniges und wollen auch noch eine Antwort darauf haben?«

»Doch«, sage ich. »Aber bekennen Sie nur gleich! Sie wissen es auch nicht! Sie, trotz aller Ihrer Bücher!«

Arthur gibt seinen Bart frei, um sich in den Locken zu wühlen. »Herrgott, was manche Menschen für Sorgen haben! Erörtern Sie die Sache doch in Ihrem Dichterklub!«

»Im Dichterklub gibt es nur poetische Verbrämungen dafür. Ich aber will die Wahrheit wissen. Wozu existiere ich sonst und bin kein Wurm?«

»Wahrheit!« Arthur meckert. »Das ist was für Pilatus! Mich geht das nichts an. Ich bin Buchhändler, Gatte und Vater, das genügt mir.«

Ich sehe den Buchhändler, Gatten und Vater an. Er hat einen Pickel rechts neben der Nase. »So, das genügt Ihnen«, sage ich schneidend.

»Das genügt«, erwidert Arthur fest. »Manchmal ist es schon zu viel.«

»Genügte es Ihnen auch, als Sie fünfundzwanzig Jahre alt waren?«

Arthur öffnet seine blauen Augen, so weit er kann. »Mit fünfundzwanzig? Nein. Damals wollte ich es noch werden.«

»Was?« frage ich hoffnungsvoll. »Ein Mensch?«

»Besitzer dieser Buchhandlung, Gatte und Vater. Mensch bin ich sowieso. Fakir noch nicht.«

Er schwänzelt nach diesem harmlosen zweiten Schuß eilig davon, einer Dame mit reichem Hängebusen entgegen, die einen Roman von Rudolf Herzog verlangt. Ich blättere flüchtig in den Büchern über das Glück der Askese und lege sie rasch beiseite. Tagsüber ist man zu diesen Dingen bedeutend weniger aufgelegt als nachts, allein, wenn einem nichts anderes übrigbleibt.

Ich gehe zu den Regalen mit den Werken über Religion und Philosophie. Sie sind Arthur Bauers Stolz. Er hat hier so ziemlich alles, was die Menschheit in ein paar tausend Jahren über den Sinn des Lebens zusammengedacht hat. Es müßte also möglich sein, für ein paar hunderttausend Mark ausreichend darüber informiert zu werden – eigentlich bereits für weniger, sagen wir für zwanzig- bis dreißigtausend Mark; denn wenn der Sinn des Lebens erkennbar wäre, sollte schon ein einziges Buch dazu genügen. Aber wo ist es? Ich blicke die Reihen hinauf und hinab. Die Abteilung ist sehr umfangreich, und das macht mich plötzlich stutzig. Es scheint mit der Wahrheit und dem Sinn des Lebens so zu sein, wie mit den Haarwässern – jede Firma preist ihres als das alleinseligmachende an – aber Georg Kroll, der sie alle probiert hat, hat trotzdem einen kahlen Kopf behalten, und er hätte es von Anfang an wissen sollen. Wenn es ein Haarwasser gäbe, das wirklich Haar wachsen ließe, gäbe es nur das eine, und die anderen wären längst pleite.

Bauer kommt zurück. »Na, was gefunden?«

»Nein.«

Er betrachtet die beiseite geschobenen Bände. »Also Fakir hat keinen Zweck, was?«

Ich weise den schlichten Witzbold nicht direkt zurecht.

»Bücher haben überhaupt keinen Zweck«, sage ich statt dessen. »Wenn man sieht, was hier alles geschrieben ist und wie es trotzdem in der Welt aussieht, sollte man nur noch die Speisekarte, im ›Walhalla‹ und die Familiennachrichten im Tageblatt lesen.«

»Wieso?« fragt der Buchhändler, Gatte und Vater leicht erschreckt. »Lesen bildet, das weiß jeder.«

»Wirklich?«

»Natürlich! Wo blieben sonst wir Buchhändler?«

Arthur saust wieder davon. Ein Mann mit kurzgestutztem Schnurrbart verlangt das Werk »Im Felde unbesiegt«.

Es ist der große Schlager der Nachkriegszeit. Ein arbeitsloser General beweist darin, daß das deutsche Heer im Kriege bis zum Ende siegreich war.

Arthur verkauft die Geschenkausgabe in Leder mit Goldschnitt. Besänftigt durch das gute Geschäft kommt er zurück. »Wie wär's mit etwas Klassischem? Antiquarisch natürlich!«

Ich schüttle den Kopf und zeige wortlos ein Buch vor, das ich inzwischen auf dem Auslagetisch gefunden habe. Es ist »Der Mann von Welt«, ein Brevier für gute Manieren in allen Lebenslagen. Geduldig erwarte ich die unumgänglichen schalen Witze über Fakir-Kavaliere und so ähnliches. Aber Arthur witzelt nicht. »Nützliches Buch«, erklärt er sachlich. »Sollte in Massenauflage erscheinen. Also gut, dann sind wir quitt, was?«

»Noch nicht. Ich habe noch etwas zugut.« Ich hebe einen dünnen Band hoch. »Das Gastmahl« von Plato. »Das kommt noch dazu.«

Arthur rechnet im Kopf. »Stimmt nicht ganz, aber meinetwegen. Rechnen wir ›Das Gastmahl‹ antiquarisch.«

Ich lasse mir das Brevier für gute Manieren in Papier einschlagen und mit Bindfaden verknoten. Ich möchte um nichts in der Welt damit von jemand erwischt werden. Trotzdem beschließe ich, es heute abend zu studieren. Etwas Schliff kann niemand schaden, und Ernas Beschimpfungen sitzen mir noch in den Knochen. Der Krieg hat uns ziemlich verwildert, und flegelige Manieren kann man sich heute nur noch leisten, wenn eine dicke Brieftasche sie zudeckt. Die aber habe ich nicht.

Zufrieden trete ich auf die Straße. Lärmend dringt draußen das Dasein sofort auf mich ein. In einem brandroten Kabriolett saust Willy an mir vorüber, ohne mich zu sehen. Ich presse das Brevier für Weltleute fest unter den Arm. Rein ins Leben! denke ich. Hoch die irdische Liebe! Fort mit den Träumen! Fort mit den Gespenstern! Das gilt für Erna sowohl als auch für Isabelle. Für meine Seele habe ich ja immer noch den Plato.

Der Altstädter Hof ist eine Kneipe, in der wandernde Artisten, Zigeuner und Fuhrleute verkehren. Im ersten Stock gibt es ein Dutzend Zimmer zu vermieten, und im Hinterhaus befindet sich ein großer Saal mit einem Klavier und einer Anzahl Turngeräten, in dem die Artisten ihre Nummern üben können. Das Hauptgeschäft aber ist die Kneipe. Sie gilt nicht nur als Treffpunkt der Wanderer vom Variété; auch die Unterwelt der Stadt verkehrt hier.

Ich öffne die Tür zum hinteren Saal. Am Klavier steht Renée de la Tour und übt ein Duett. Im Hintergrund dressiert ein Mann zwei weiße Spitze und einen Pudel. Zwei kräftige Frauen liegen auf einer Matte und rauchen, und am Trapez, die Füße zwischen die Hände unter die Stange gesteckt, den Rücken durchgedrückt, schwingt Gerda auf mich los wie eine fliegende Galionsfigur.

Die beiden kräftigen Frauen sind im Badeanzug. Sie räkeln sich, und ihre Muskeln spielen. Es sind ohne Zweifel die Ringkämpferinnen vom Programm des Altstädter Hofes. Renée brüllt mir mit erstklassiger Kommandostimme guten Abend zu und kommt zu mir herüber. Der Dresseur pfeift. Die Hunde schlagen Saltos. Gerda saust gleichmäßig auf dem Trapez hin und zurück und erinnert mich an den Augenblick, als sie mich in der Roten Mühle zwischen ihren Beinen hindurch ansah. Sie trägt ein schwarzes Trikot und um das Haar ein festgeknotetes rotes Tuch.

»Sie übt«, erklärt Renée. »Sie will zum Zirkus zurück.«

»Zum Zirkus?« Ich sehe Gerda mit neuem Interesse an.

»War sie schon einmal beim Zirkus?«

»Natürlich. Da ist sie ja groß geworden. Aber der Zirkus ist pleite gegangen. Konnte das Fleisch für die Löwen nicht mehr bezahlen.«

»War sie mit den Löwen?«

Renée lacht wie ein Feldwebel und sieht mich spöttisch an. »Das wäre aufregend, was? Nein, sie war Akrobatin.«

Gerda saust wieder über uns hin. Mit starren Augen sieht sie mich an, als wolle sie mich hypnotisieren. Sie meint mich aber gar nicht; sie starrt nur vor Anstrengung.

»Ist Willy eigentlich reich?« fragt Renée de la Tour.

»Ich glaube schon. Was man heute so reich nennt. Er hat Geschäfte und einen Haufen Aktien, die jeden Tag steigen. Warum?«

»Ich habe es gern, wenn Männer reich sind.« Renée lacht mit ihrem Sopran. »Jede Dame hat das gern«, brüllt sie dann wie auf dem Kasernenhof.

»Das habe ich gemerkt«, erkläre ich bitter. »Ein reicher Schieber ist besser als ein ehrenhafter ärmerer Angestellter.«

Renée schüttelt sich vor Lachen. »Reich und ehrlich geht nicht zusammen, Baby! Heute nicht! Wahrscheinlich früher auch nie.«

»Höchstens, wenn man erbt oder das große Los gewinnt.«

»Auch dann nicht. Geld verdirbt den Charakter, wissen Sie das noch nicht?«

»Das weiß ich. Aber weshalb legen Sie soviel Wert darauf?«

»Weil ich mir aus Charakter nichts mache«, zirpte Renée mit einer zimperlichen Altjungfernstimme. »Ich liebe Komfort und Sicherheit.«

Gerda saust mit einem perfekten Salto auf uns zu. Sie kommt einen halben Meter vor mir zum Stehen, wippt ein paarmal auf den Zehen hin und her und lacht. »Renée lügt«, sagt sie.

»Hast du gehört, was sie erzählt hat?«

»Jede Frau lügt«, sagt Renée mit Engelsstimme. »Und wenn sie nicht lügt, ist sie nichts wert.«

»Amen«, erwidert der Hundedresseur.

Gerda streicht die Haare zurück. »Ich bin hier fertig. Warte, bis ich mich umgezogen habe.«

Sie geht zu einer Tür, an der ein Schild mit der Aufschrift »Garderobe« hängt. Renée sieht ihr nach. »Sie ist hübsch«, erklärt sie sachlich. »Schauen Sie, wie sie sich hält. Sie geht richtig, das ist die Hauptsache bei einer Frau. Hintern rein, nicht raus. Akrobaten lernen das.«

»Das habe ich schon einmal gehört«, sage ich. »Von einem Frauen- und Granitkenner. Wie geht man richtig?«

»Wenn man das Gefühl hat, mit dem Hintern ein Fünfmarkstück fest-zuhalten – und es dann vergißt.«

Ich versuche, mir das vorzustellen. Ich kann es nicht; ich habe seit zu langer Zeit kein Fünfmarkstück mehr gesehen. Aber ich kenne eine Frau, die auf diese Weise einen mittleren Nagel aus der Wand reißen kann. Es ist Frau Beckmann, die Freundin des Schusters Karl Brill. Sie ist ein mächtiges Weib, völlig aus Eisen. Karl Brill hat schon manche Wette mit ihr gewonnen, und ich habe ihre Kunst selbst bewundert. Ein Nagel wird in die Wand der Werkstatt eingeschlagen, nicht allzutief natürlich, aber so, daß es eines tüchtigen Ruckes mit der Hand bedürfte, ihn herauszureißen. Dann wird Frau Beckmann geweckt. Sie erscheint unter den Trinkern in der Werkstatt im leichten Morgenrock, ernst, nüchtern und sachlich. Ein bißchen Watte wird um den Nagelkopf gewunden, damit sie sich nicht verletzen kann, dann stellt sich Frau Beckmann hinter einen niedrigen Paravant, mit dem Rücken zur Wand, leicht gebückt, den Morgenrock züchtig umgeschlagen, die Hände auf den Paravant gelegt. Sie manövriert etwas, um den Nagel mit ihren Schinken zu fassen, strafft sich plötzlich, richtet sich auf, entspannt – und der Nagel fällt auf den Boden. Etwas Kalkstaub rieselt gewöhnlich hinterher. Frau Beckmann, wortlos, ohne ein Zeichen von Triumph, dreht sich um, entschwindet die Treppe hinauf, und Karl Brill kassiert von den erstaunten Kegelbrüdern die Wetten ein. Es ist eine streng sportliche Sache; niemand sieht Frau Beckmanns Formen anders als von der rein fachlichen Seite. Und niemand wagt ein loses Wort darüber. Sie würde ihm eine Ohrfeige kleben, die ihm den Kopf losrisse. Sie ist riesenstark; die beiden Ringerinnen sind blutarme Kinder gegen sie.

»Also, machen Sie Gerda glücklich«, sagt Renée lakonisch.

»Für vierzehn Tage. Einfach, was?«

Ich stehe etwas verlegen da. Das Vademekum für guten Ton sieht diese Situation sicher nicht vor. Zum Glück erscheint Willy. Er ist elegant gekleidet, hat einen leichten grauen Borsalino schief auf dem Kopf und wirkt trotzdem wie ein Zementblock, der mit künstlichen Blumen besteckt ist. Mit vornehmer Geste küßt er Renée die Hand; dann greift er in seine Tasche und bringt ein kleines Etui hervor. »Der interessantesten Frau in Werdenbrück«, erklärt er mit einer Verbeugung.

Renée stößt einen Sopranschrei aus und sieht Willy ungläubig an. Dann öffnet sie das Kästchen. Ein goldener Ring mit einem Amethyst funkelt ihr entgegen. Sie schiebt ihn auf ihren linken Mittelfinger, starrt ihn entzückt an und wirft dann ihre Arme um Willy. Willy steht sehr stolz da und lächelt. Er hört sich das Trillern und die Baßstimme an; Renée verwechselt sie in der Aufregung alle Augenblicke. »Willy!« zirpt und donnert sie. »Ich bin ja so glücklich!«

Gerda kommt im Bademantel aus der Garderobe. Sie hat das Geschrei gehört und will sehen, was los ist.

»Macht euch fertig, Kinder«, sagt Willy. »Wir wollen hier raus.« Die beiden Mädchen verschwinden. »Hättest du Kaffer Renée den Ring nicht später geben können, wenn ihr allein seid?« frage ich. »Was mache ich jetzt mit Gerda?«

Willy bricht in ein gutmütiges Gelächter aus. »Verdammt, daran habe ich nicht gedacht! Was machen wir da wirklich? Kommt mit uns essen.«

»Damit wir alle vier dauernd auf Renées Amethyst starren müssen? Ausgeschlossen.«

»Hör zu«, erwidert Willy. »Die Sache mit Renée und mir ist anders als deine mit Gerda. Ich bin seriös. Glaube es oder nicht: Ich bin verrückt nach Renée. Seriös verrückt. Sie ist eine Prachtsnummer!«

Wir setzen uns in zwei alte Rohrstühle an der Wand. Die weißen Spitze üben jetzt, auf den Vorderpfoten zu gehen.

»Stell dir vor«, erklärt Willy. »Was mich verrückt macht, ist die Stimme. Nachts ist das eine tolle Sache. Als ob du zwei verschiedene Frauen hast. Einmal eine zarte und gleich darauf ein Fischweib. Es geht sogar noch weiter. Wenn es dunkel ist und sie auf einmal mit der Kommandostimme loslegt, läuft es mir kalt über den Rücken. Es ist verdammt sonderbar! Ich bin doch nicht schwul, aber manchmal habe ich das Gefühl, ich schände einen General oder dieses Aas, den Unteroffizier Flümer, der dich ja auch gefoltert hat in unserer Rekrutenzeit – es ist nur so ein Augenblick, dann ist alles wieder in Ordnung, aber – du verstehst, was ich meine?«

»So ungefähr.«

»Schön, also sie hat mich erwischt. Ich möchte, daß sie hierbleibt. Werde ihr eine kleine Wohnung einrichten.«

»Glaubst du, daß sie ihren Beruf aufgeben wird?«

»Braucht sie nicht. Ab und zu kann sie ein Engagement annehmen. Dann gehe ich mit. Mein Beruf ist ja beweglich.«

»Weshalb heiratest du sie nicht? Du hast doch Geld genug.«

»Heiraten ist etwas anderes«, erklärt Willy. »Wie kannst du eine Frau heiraten, die jeden Augenblick fähig ist, dich wie ein General anzubrüllen? Man erschrickt doch immer wieder, wenn es unvermutet passiert, das liegt uns so im Blut. Nun, heiraten werde ich mal eine kleine, ruhige Dicke, die erstklassig kochen kann. Renée, mein Junge, ist die typische Mätresse.«

Ich staune den Weltmann an. Er lächelt überlegen. Das Brevier für gute Manieren ist für ihn überflüssig. Ich verzichte auf Spott. Spott wird dünn, wenn jemand Amethystringe verschenken kann. Die Ringerinnen erheben sich lässig und machen ein paar Griffe. Willy sieht interessiert zu. »Kapitale Weiber«, flüstert er, wie ein aktiver Oberleutnant vor dem Kriege.

»Was fällt Ihnen ein? Augen rechts! Stillgestanden!« brüllt eine markige Stimme hinter uns.

Willy fährt zusammen. Es ist Renée, die ringgeschmückt hinter ihm lächelt. »Siehst du jetzt, was ich meine?« fragt Willy mich.

Ich sehe es. Die beiden ziehen ab. Draußen wartet Willys Auto, das rote Kabriolett mit den roten Ledersitzen. Ich bin froh, daß Gerda länger braucht, um sich anzuziehen. Sie sieht so wenigstens das Kabriolett nicht. Ich überlege, was ich ihr heute bieten könnte. Das einzige, was ich außer dem Brevier für Weltleute habe, sind die Eßmarken Eduard Knoblochs, und die sind leider abends nicht gültig. Ich beschließe, es trotzdem mit ihnen zu versuchen, indem ich Eduard vorlüge, es seien die beiden letzten.

Gerda kommt. »Weißt du, was ich möchte, Schatz?« sagt sie, bevor ich den Mund öffnen kann. »Laß uns etwas ins Grüne fahren. Mit der Straßenbahn hinaus. Ich möchte spazierengehen.«

Ich starre sie an und traue meinen Ohren nicht. Ins Grüne spazieren – genau das war es, was Erna, die Schlange, mir in vergifteten Worten vorgeworfen hat. Sollte sie Gerda etwas erzählt haben? Zuzutrauen wäre es ihr.

»Ich dachte, wir könnten zur ›Walhalla‹ gehen«, sage ich vorsichtig und mißtrauisch. »Man ißt dort großartig.«

Gerda winkt ab. »Wozu? Es ist viel zu schön dazu. Ich habe heute nachmittag etwas Kartoffelsalat gemacht. Hier!« Sie hält ein Paket hoch. »Den essen wir draußen und kaufen uns Würstchen und Bier dazu. Recht?«

Ich nicke stumm, argwöhnischer als vorher. Ernas Vorwurf mit dem billigen Wein ohne Jahrgang ist noch unvergessen. »Ich muß ja um neun schon zurück in die ekelhafte Stinkbude, die Rote Mühle«, erklärt Gerda.

Ekelhafte Stinkbude? Ich starre sie wieder an. Aber ihre Augen sind klar und unschuldig, ohne jede Ironie. Und plötzlich begreife ich! Ernas Paradies ist für Gerda nichts anderes als eine Arbeitsstätte! Sie haßt die Bude, die Erna liebt! Gerettet, denke ich. Gottlob! Die Rote Mühle mit ihren Wahnsinnspreisen versinkt, wie Gaston Mönch als Geist Hamlets im Stadttheater, jäh in der Versenkung. Köstlich stille Tage mit belegten Butterbroten und selbstgemachtem Kartoffelsalat tauchen vor mir auf! Das einfache Leben! Die irdische Liebe! Der Friede der Seele! Endlich! Sauerkraut meinetwegen, aber Sauerkraut kann auch etwas Herrliches sein! Mit Ananas zum Beispiel, in Champagner gekocht. Ich habe es zwar noch nie so gegessen, aber Eduard Knobloch behauptet, es sei ein Gericht für regierende Könige und Poeten.

»Gut, Gerda«, sage ich gemessen. »Wenn du es absolut willst, gehen wir im Wald spazieren.«

8 Das Dorf Wüstringen prangt im Flaggenschmuck. Wir sind alle versammelt – Georg und Heinrich Kroll, Kurt Bach und ich. Das Kriegerdenkmal wird eingeweiht, das wir geliefert haben.

Die Pfarrer beider Bekenntnisse haben morgens in der Kirche zelebriert; jeder für seine Toten. Der katholische Pfarrer hat den Vorteil dabei gehabt; seine Kirche ist größer, sie ist bunt bemalt, hat bunte Fenster, Weihrauch, brokatene Meßgewänder und weiß und rot gekleidete

Meßdiener. Der Protestant hat nur eine Kapelle, nüchterne Wände, einfache Fenster, und jetzt steht er neben dem katholischen Gottesmann wie ein armer Verwandter. Der Katholik ist geschmückt mit Spitzenüberwürfen und umringt von seinen Chorknaben; der andere hat einen schwarzen Rock an, und das ist seine ganze Pracht. Als Reklamefachmann muß ich zugeben, daß der Katholizismus Luther in diesen Dingen weit überlegen ist. Er wendet sich an die Phantasie und nicht an den Intellekt. Seine Priester sind angezogen wie die Zauberdoktoren bei den Eingeborenenstämmen; und ein katholischer Gottesdienst mit seinen Farben, seiner Stimmung, seinem Weihrauch, seinen dekorativen Gebräuchen ist als Aufmachung unschlagbar. Der Protestant fühlt das; er ist dünn und trägt eine Brille. Der Katholik ist rotwangig, voll und hat schönes, weißes Haar.

Jeder von beiden hat für seine Toten getan, was er konnte. Leider sind unter den Gefallenen auch zwei Juden, die Söhne des Viehhändlers Levi. Für sie ist kein geistlicher Trost vorhanden. Gegen die Zuziehung des Rabbis haben beide gegnerischen Gottesmänner ihre Stimmen vereint – zusammen mit dem Vorsitzenden des Kriegervereins, Major a.D. Wolkenstein, einem Antisemiten, der fest davon überzeugt ist, daß der Krieg nur durch die Juden verloren wurde. Fragt man ihn warum, dann bezeichnet er einen sofort als Volksverräter. Er war sogar dagegen, daß die Namen der beiden Levis auf die Gedenktafel eingraviert würden. Er behauptet, sie seien bestimmt weit hinter der Front gefallen. Zum Schluß wurde er jedoch überstimmt. Der Gemeindevorsteher hatte seinen Einfluß geltend gemacht. Sein Sohn war 1918 im Reservelazarett Werdenbrück an Grippe gestorben, ohne je im Felde gewesen zu sein. Er wollte ihn auch als Helden auf der Gedenktafel haben und erklärte deshalb, Tod sei Tod und Soldat Soldat – und so bekamen die Levis die untersten zwei Plätze auf der Rückseite des Denkmals, da, wo die Hunde es wahrscheinlich anpissen werden.

Wolkenstein ist in voller kaiserlicher Uniform. Das ist zwar verboten, aber wer tut schon etwas dagegen? Die seltsame Verwandlung, die bald nach dem Waffenstillstand begann, ist immer weitergegangen. Der Krieg, den fast alle Soldaten 1918 haßten, ist für die, die ihn heil überstanden haben, langsam zum großen Abenteuer ihres Lebens geworden. Sie sind in den Alltag zurückgekehrt, der, als sie noch in den Gräben lagen und auf den Krieg fluchten, ihnen als Paradies erschien. Jetzt ist es wieder Alltag geworden, mit Sorgen und Verdruß, und dafür ist allmählich der Krieg am Horizont emporgestiegen, entfernt, überlebt und dadurch ohne ihren Willen und fast ohne ihr Zutun verwandelt, verschönert und verfälscht. Der Massenmord ist zum Abenteuer geworden, dem man entkommen ist. Die Verzweiflung ist vergessen, das Elend ist verklärt, und der Tod, der einen nicht erreicht hat, ist das geworden, was er fast immer im Leben ist: etwas Abstraktes, aber nicht mehr Wirklichkeit. Wirklichkeit ist er nur, wenn er nahe einschlägt oder nach einem greift. Der Kriegerverein, der unter dem Kommando von Wolkenstein vor dem Denkmal aufmarschiert ist, war 1918 pazifistisch; jetzt ist er bereits scharf national. Wolkenstein hat die Erinnerungen an den Krieg und das Kameradschaftsgefühl, das fast jeder hatte, geschickt in Stolz auf den Krieg umgewandelt. Wer nicht nationalistisch ist, beschmutzt das Andenken der gefallenen Helden – dieser armen, mißbrauchten, gefallenen Helden, die alle gern noch gelebt hätten. Wie sie Wolkenstein von seinem Podium herunterfegen würden, auf dem er gerade seine Rede hält, wenn sie es nur noch könnten! Aber sie sind wehrlos und sind das Eigentum von Tausenden von Wolkensteins geworden, die sie für die egoistischen Zwecke benützen, die sie unter Worten wie Vaterlandsliebe und Nationalgefühl verbergen. Vaterlandsliebe! Wolkenstein versteht darunter, wieder Uniform zu tragen, Oberst zu werden und weiter Leute in den Tod zu schicken.

Er donnert mächtig von der Tribüne und ist bereits beim inneren Schweinehund angekommen, beim Dolchstoß in den Rücken, bei der unbesiegten deutschen Armee und beim Gelöbnis für unsere toten Helden, sie zu ehren, sie zu rächen und die deutsche Armee wieder aufzubauen.

Heinrich Kroll hört andächtig zu; er glaubt jedes Wort. Kurt Bach, der als Schöpfer des Löwen mit der Lanze in der Flanke auch eingeladen worden ist, starrt verträumt auf das verhüllte Denkmal. Georg sieht aus, als gäbe er sein Leben für eine Zigarre; und ich, im geborgten kleinen Gesellschaftsanzug, wollte, ich wäre zu Hause geblieben und schliefe mit Gerda in ihrem weinumrankten Zimmer, während das Orchestrion aus dem Altstädter Hof die Siamesische Wachtparade klimpert.

Wolkenstein schließt mit einem dreifachen Hurra. Die Kapelle intoniert das Lied vom guten Kameraden. Der Sängerchor singt es zweistimmig. Wir alle singen mit. Es ist ein neutrales Lied, ohne Politik und Rache – einfach die Klage um einen toten Kameraden.

Die Pastoren treten vor. Die Hülle des Denkmals fällt. Kurt Bachs brüllender Löwe kauert oben darauf. Vier auffliegende Bronzeadler sitzen auf den Stufen. Die Gedenktafeln sind aus schwarzem Granit, die übrigen Steine sind quaderförmig bossiert. Es ist ein sehr teures Denkmal, und wir erwarten die Zahlung dafür heute nachmittag. Sie ist uns versprochen worden, und deshalb sind wir hier. Wenn wir sie nicht bekommen, sind wir nahezu bankrott. Der Dollar ist in der letzten Woche um fast das Doppelte gestiegen.

Die Pastoren segnen das Denkmal ein; jeder für seinen Gott. Ich habe im Felde, wenn wir zum Gottesdienst befohlen wurden und die Pastoren der verschiedenen Bekenntnisse für den Sieg der deutschen Waffen beteten, oft darüber nachgedacht, daß ja ebenso englische, französische, russische, amerikanische, italienische und japanische Geistliche für die Siege der Waffen ihrer Länder beteten, und ich habe mir Gott dann so vorgestellt wie eine Art von eiligem Vereinspräsidenten in Nöten, besonders wenn zwei gegnerische Länder des gleichen Bekenntnisses beteten. Für welches sollte er sich entscheiden? Für das mit den meisten Einwohnern? Oder das mit den meisten Kirchen? Oder wo war seine Gerechtigkeit, wenn er ein Land gewinnen ließ, das andere aber nicht, obschon auch dort fleißig gebetet wurde? Manchmal kam er mir auch vor wie ein abgehetzter alter Kaiser über viele Staaten, der dauernd zu Repräsentationen mußte und immer die Uniform zu wechseln hatte – jetzt die katholische, dann die protestantische, die evangelische, die anglikanische, die episkopalische, die reformierte, je nach dem Gottesdienst, der gerade gehalten wurde, so wie ein Kaiser bei den Paraden von Husaren, Grenadieren, Artillerie und Marine.

Die Kränze werden niedergelegt. Wir haben auch einen dabei, im Namen der Firma. Wolkenstein stimmt mit seiner überschnappenden Stimme das Lied »Deutschland, Deutschland über alles« an. Das scheint im Programm nicht vorgesehen zu sein; die Musik schweigt, und nur ein paar Stimmen fallen ein. Wolkenstein wird rot und dreht sich wütend um. In der Kapelle beginnen der Trompeter und dann das Englischhorn die Melodie zu übernehmen. Beide übertönen Wolkenstein, der jetzt mächtig winkt. Die anderen Instrumente finden sich, und ungefähr die Hälfte aller Versammelten singt allmählich mit; aber Wolkenstein hat zu hoch angefangen, und es wird ein ziemliches Quietschen. Zum Glück greifen die Damen ein. Sie stehen zwar im Hintergrund, doch sie retten die Situation und bringen das Lied sieghaft zu Ende. Ohne zu wissen, warum, fällt mir Renée de la Tour ein – sie hätte es allein gekonnt.

Nachmittags beginnt der gemütliche Teil. Wir müssen noch bleiben, da wir unser Geld noch nicht bekommen haben. Durch die lange patriotische Rede Wolkensteins haben wir den Dollarkurs vom Mittag versäumt – wahrscheinlich ein erheblicher Verlust. Es ist heiß, und der geborgte kleine Besuchsanzug ist mir zu eng um die Brust. Am Himmel stehen dicke weiße Wolken, auf dem Tisch stehen dicke Gläser mit Steinhäger-Schnaps und daneben lange Glasstangen mit Bier. Die Köpfe sind rot, die Gesichter glitzern von Schweiß. Das Festessen für die Toten war fett und reichlich. Am Abend soll großer patriotischer Ball im Niedersächsischen Hof sein. Überall hängen Girlanden aus Papier, Fahnen, natürlich schwarzweißrote, und Kränze aus Tannengrün. Nur am letzten Hause des Dorfes hängt aus dem Bodenfenster eine schwarzrotgoldene Fahne. Es ist die Fahne der deutschen Republik. Die schwarzweißroten sind die des alten Kaiserreiches. Sie sind verboten; aber Wolkenstein hat erklärt, die Toten seien unter den ruhmreichen, alten Farben gefallen, und jeder, der die schwarzrotgoldene aufziehe, sei ein Verräter. Somit ist der Tischler Beste, der dort wohnt, ein Verräter. Er hat zwar einen Lungenschuß im Krieg erhalten, aber er ist ein Verräter. In unserm geliebten Vaterland wird man leicht zum Verräter erklärt. Nur die Wolkensteins sind niemals welche. Sie sind das Gesetz. Sie bestimmen, wer ein Verräter ist.

Die Stimmung steigt. Die älteren Leute verschwinden. Ein Teil des Kriegervereins auch. Die Arbeit auf dem Felde ruft sie ab. Die eiserne Garde, wie Wolkenstein sie nennt, bleibt. Die Pastoren sind längst gegangen. Die eiserne Garde besteht aus den jüngeren Leuten. Wolkenstein, der die Republik verachtet, aber die Pension, die sie ihm gewährt, annimmt und dazu benutzt, gegen die Regierung zu hetzen, hält eine neue Ansprache, die mit dem Worte »Kameraden« beginnt. Das ist zuviel für mich. Kameraden hat uns kein Wolkenstein je genannt, als er noch im Dienst war. Da waren wir Muskoten, Schweinehunde, Idioten, und wenn es hoch kam, Leute. Nur einmal, am Abend vor einem Angriff, nannte uns der Schindler Helle, unser Oberleutnant, der früher Forstrat war, Kameraden. Er hatte Angst, daß ihn am nächsten Morgen eine Kugel von hinten treffen würde.

Wir gehen zum Gemeindevorsteher. Er hockt bei Kaffee, Kuchen und Zigarren in seinem Hause und weigert sich, zu zahlen. Wir haben uns schon so etwas gedacht. Zum Glück ist Heinrich Kroll nicht bei uns; er ist bewundernd bei Wolkenstein geblieben. Kurt Bach ist mit einer kräftigen Dorfschönen in die Getreidefelder gegangen, um die Natur zu genießen. Georg und ich stehen dem Vorsteher Döbbeling gegenüber, der von seinem buckligen Schreiber Westhaus unterstützt wird. »Kommen Sie nächste Woche wieder«, sagt Döbbeling gemütlich und bietet uns Zigarren an. »Dann haben wir alles zusammengerechnet und werden Sie glatt auszahlen. Jetzt in dem Trubel war es noch nicht möglich, fertig zu werden.«

Wir nehmen die Zigarren. »Das mag sein«, erwidert Georg. »Aber wir brauchen das Geld heute, Herr Döbbeling.«

Der Schreiber lacht. »Geld braucht jeder.«

Döbbeling blinzelt und zu. Er schenkt Schnaps ein.

»Nehmen wir einen darauf!«

Er hat uns nicht eingeladen, zur Feier zu kommen. Das war Wolkenstein, der nicht an schnöden Mammon denkt. Döbbeling wäre es lieber gewesen, keiner von uns wäre erschienen – oder höchstens Heinrich Kroll. Mit dem wäre er leicht fertig geworden.

»Es war abgemacht, daß bei der Einweihung gezahlt werden soll«, sagt Georg.

Döbbeling hebt gleichmütig die Schultern. »Das ist ja fast dasselbe – nächste Woche. Wenn Sie überall so prompt Ihr Geld kriegten –«

»Wir kriegen es, sonst liefern wir nicht.«

»Na, dieses Mal haben Sie geliefert. Prost!«

Wir verweigern den Schnaps nicht. Döbbeling blinzelt dem ihn bewundernden Schreiber zu. »Guter Schnaps«, sage ich.

»Noch einen?« fragt der Schreiber.

»Warum nicht?«

Der Schreiber schenkt ein. Wir trinken. »Also – gut«, sagt Döbbeling. »Dann nächste Woche.«

»Also«, sagt Georg. »Heute! Wo ist das Geld?«

Döbbeling ist beleidigt. Wir haben Schnaps und Zigarren angenommen, und nun revoltieren wir. Das ist gegen die Ordnung. »Nächste Woche«, sagte er. »Noch 'nen Schnaps zum Abschied?«

»Warum nicht?«

Döbbeling und der Schreiber werden lebendig. Sie glauben gesiegt zu haben. Ich blicke aus dem Fenster. Draußen liegt, wie ein gerahmtes Bild, die Landschaft des späten Nachmittags – das Hoftor, eine Eiche, und dahinter dehnen sich, unendlich friedlich, Felder in hellem Chromgelb und lichtem Grün. Was zanken wir uns hier herum? denke ich. Ist das dort nicht das Leben, golden und grün und still im steigenden und fallenden Atem der Jahreszeiten? Was haben wir daraus gemacht?

»Es würde mir leid tun«, höre ich Georg sagen. »Aber wir müssen darauf bestehen. Sie wissen, daß nächste Woche das Geld viel weniger wert ist. Wir haben ohnehin schon an dem Auftrag verloren. Er hat drei Wochen länger gedauert, als wir erwartet haben.«

Der Vorsteher sieht ihn listig an. »Nun, da macht eine Woche mehr doch nichts aus.«

Der kleine Schreiber meckert plötzlich. »Was wollen Sie denn machen, wenn Sie das Geld nicht bekommen? Sie können das Denkmal doch nicht wieder mitnehmen!«

»Warum nicht?« erwidere ich. »Wir sind vier Leute, und einer von uns ist der Bildhauer. Wir können mit Leichtigkeit die Adler mitnehmen und sogar den Löwen, wenn es sein muß. Unsere Arbeiter können in zwei Stunden hier sein.«

Der Schreiber lächelt. »Glauben Sie, daß Sie damit durchkämen, ein Denkmal, das eingeweiht ist, wieder abzumontieren? Wüstringen hat einige tausend Einwohner.«

»Und Major Wolkenstein und den Kriegerverein«, fügt der Vorsteher hinzu. »Begeisterte Patrioten.«

»Sollten Sie es versuchen, würde es außerdem schwer für Sie sein, hier jemals wieder einen Grabstein zu verkaufen.«

Der Schreiber grinst jetzt offen.

»Noch einen Schnaps?« fragt Döbbeling und grinst ebenfalls. Sie haben uns in der Falle. Wir können nichts machen.

In diesem Augenblick kommt jemand rasch über den Hof gelaufen. »Herr Vorsteher!« schreit er durchs Fenster. »Sie müssen rasch kommen. Es ist was passiert!«

»Was?«

»Beste! Sie haben den Tischler – sie wollten seine Fahne herunterholen, und da ist es passiert!«

»Was? Hat Beste geschossen? Dieser verdammte Sozialist!«

»Nein! Beste ist – er blutet –«

»Sonst keiner?«

»Nein, nur Beste –«

Das Gesicht Döbbelings wird heiter. »Ach so! Deshalb brauchen Sie doch nicht so zu schreien!«

»Er kann nicht aufstehen. Blutet aus dem Mund.«

»Hat ein paar in seine freche Schnauze gekriegt«, erklärt der kleine Schreiber. »Wozu muß er die andern auch herausfordern? Wir kommen schon. Alles mit der Ruhe.«

»Sie entschuldigen wohl«, sagt Döbbeling würdig zu uns. »Aber dies ist amtlich. Ich muß die Sache untersuchen. Wir müssen Ihre Angelegenheit verschieben.«

Er glaubt, uns jetzt völlig erledigt zu haben, und zieht seinen Rock an. Wir gehen mit ihm hinaus. Er hat keine große Eile. Wir wissen, warum. Niemand wird sich mehr erinnern, wenn er ankommt, wer Beste verprügelt hat. Eine alte Sache.

Beste liegt im engen Flur seines Hauses. Die Fahne der Republik liegt zerrissen neben ihm. Vor dem Hause steht eine Anzahl Leute. Von der eisernen Garde sind keine dabei. »Was ist passiert?« fragt Döbbeling den Gendarmen, der mit einem Notizbuch neben der Tür steht.

Der Gendarm will berichten. »Waren Sie dabei?« fragt er.

»Nein. Ich wurde später geholt.«

»Gut. Dann wissen Sie also nichts. Wer war dabei?«

Niemand antwortet. »Wollen Sie nicht einen Arzt holen lassen?« fragt Georg.

Döbbeling sieht ihn unfreundlich an. »Ist das nötig? Etwas Wasser –«

»Es ist nötig. Der Mann stirbt.«

Döbbeling dreht sich eilig herum und beugt sich über Beste. »Stirbt?«

»Stirbt. Er hat einen schweren Blutsturz. Vielleicht hat er auch Brüche. Es sieht aus, als wäre er die Treppe hinuntergeworfen worden.«

Döbbeling sieht Georg Kroll mit einem langsamen Blick an. »Das dürfte einstweilen wohl nur Ihre Vermutung sein, Herr Kroll, und weiter nichts. Wir wollen dem Kreisarzt überlassen, das festzustellen.«

»Kommt kein Arzt für den Mann hier?«

»Lassen Sie das meine Sorge sein. Einstweilen bin ich der Ortsvorsteher und nicht Sie. Holt Doktor Bredius«, sagt Döbbeling zu zwei Burschen mit Fahrrädern. »Sagt, ein Unglück sei passiert.«

Wir warten. Bredius kommt auf einem der Fahrräder der beiden Burschen. Er springt herunter und geht in den Flur. »Der Mann ist tot«, sagt er, als er wieder aufsteht.

»Tot?«

»Ja, tot. Das ist doch Beste, nicht wahr? Der mit dem Lungenschuß.«

Der Vorsteher nickt unbehaglich. »Es ist Beste. Von einem Lungenschuß weiß ich nichts. Aber vielleicht hat der Schreck – er hatte wohl ein schwaches Herz –«

»Davon bekommt man keinen Blutsturz«, erklärt Bredius trocken. »Was ist denn passiert?«

»Das nehmen wir gerade auf. Bitte nur die Leute hierzubleiben, die als Zeugen aussagen können.« Er sieht Georg und mich an.

»Wir kommen später wieder«, sage ich.

Mit uns gehen fast alle Leute fort, die herumstehen. Es wird wenige Zeugen geben.

Wir sitzen im Niedersächsischen Hof. Georg ist so wütend, wie ich ihn lange Zeit nicht gesehen habe. Ein junger Arbeiter erscheint. Er setzt sich zu uns. »Waren Sie dabei?« fragt Georg.

124

»Ich war dabei, als Wolkenstein die andern aufhetzte, die Fahne herunterzuholen. Den Schmachfleck zu beseitigen, nannte er das.«

»Ging Wolkenstein mit?«

»Nein.«

»Natürlich nicht. Und die andern?«

»Ein ganzer Haufen stürmte zu Beste hinüber. Sie hatten alle getrunken.«

»Und dann?«

»Ich glaube, Beste hat sich gewehrt. Sie wollten ihn wohl nicht richtig totschlagen. Aber es ist dann eben passiert. Beste hat die Fahne festhalten wollen, und dann haben sie ihn damit die Treppe heruntergestoßen. Vielleicht haben sie ihm auch ein paar zu harte Schläge auf den Rücken versetzt. Im Suff kennt man ja oft seine eigene Kraft nicht. Totschlagen wollten sie ihn sicher nicht.«

»Sie wollten ihm nur einen Denkzettel geben?«

»Ja, genau das.«

»So hat Wolkenstein es ihnen gesagt, was?«

Der Arbeiter nickt und stutzt dann. »Woher wissen Sie das?«

»Ich kann es mir denken. Es war doch so, oder nicht?«

Der Arbeiter schweigt. »Wenn Sie es wissen, dann wissen Sie es ja«, sagt er schließlich.

»Es sollte genau festgestellt werden. Totschlag ist eine Sache für den Staatsanwalt. Und Anstiftung dazu auch.«

Der Arbeiter zuckt zurück. »Damit habe ich nichts zu tun. Ich weiß von nichts.«

»Sie wissen eine ganze Menge. Und ebenso wissen noch mehr Leute, was passiert ist.«

Der Arbeiter trinkt sein Bier aus. »Ich habe nichts gesagt«, erklärt er entschlossen. »Und ich weiß von nichts. Was meinen Sie, was mir geschehen würde, wenn ich das Maul nicht halte? Nein, Herr, nicht ich! Ich habe eine Frau und ein Kind und muß leben. Glauben Sie, daß ich noch Arbeit fände, wenn ich quatschte? Nein, Herr, suchen Sie sich einen andern dafür! Nicht mich!«

Er verschwindet. »So wird es mit allen sein«, sagt Georg finster.

Wir warten. Draußen sehen wir Wolkenstein vorbeigehen. Er ist nicht

125

mehr in Uniform und trägt einen braunen Koffer. »Wohin geht er?« frage ich.

»Zum Bahnhof. Er wohnt nicht mehr in Wüstringen. Ist nach Werdenbrück verzogen, als Kreisvorsitzender der Kriegerverbände. Kam nur zur Einweihung hierher. Im Koffer ist seine Uniform.«

Kurt Bach erscheint mit seinem Mädchen. Sie haben Blumen mitgebracht. Das Mädchen ist untröstlich, als es hört, was vorgefallen ist. »Dann wird sicher der Ball abgesagt.«

»Ich glaube nicht«, sage ich.

»Doch, sicher. Wenn ein Toter über der Erde steht. So ein Unglück!«

Georg steht auf. »Komm«, sagt er zu mir. »Es hilft nichts. Wir müssen noch einmal zu Döbbeling.«

Das Dorf ist plötzlich still. Die Sonne steht schräg hinter dem Kriegerdenkmal. Der marmorne Löwe Kurt Bachs leuchtet. Döbbeling ist jetzt nichts mehr als Amtsperson.

»Sie wollen doch nicht im Angesicht des Todes wieder von Geld reden?« erklärt er sofort.

»Doch«, sagt Georg. »Das ist unser Beruf. Wir sind immer im Angesicht des Todes.«

»Sie müssen sich gedulden. Ich habe jetzt keine Zeit. Sie wissen was passiert ist.«

»Das wissen wir. Wir haben auch inzwischen den Rest erfahren. Sie können uns als Zeugen buchen, Herr Döbbeling. Wir bleiben hier, bis wir das Geld bekommen, stehen also der Kriminalpolizei gerne morgen früh zur Verfügung.«

»Zeugen? Was für Zeugen? Sie waren ja gar nicht dabei.«

»Das lassen Sie unsere Sache sein. Sie müssen doch daran interessiert sein, alles festzustellen, was mit dem Totschlag an dem Tischler zu tun hat. An dem Totschlag und der Anstiftung dazu.«

Döbbeling starrt Georg lange an. Dann sagt er langsam:

»Soll das eine Erpressung sein?«

Georg steht auf. »Wollen Sie mir einmal genau erklären, was Sie damit meinen?«

Döbbeling erwidert nichts. Er sieht Georg weiter an. Georg hält den

Blick aus. Dann geht Döbbeling zu einem Geldschrank, öffnet ihn und legt einige Packen Geldscheine auf den Tisch. »Zählen Sie nach, und quittieren Sie.«

Das Geld liegt zwischen den leeren Schnapsgläsern und den Kaffeetassen auf dem rotkarierten Tischtuch. Georg zählt es nach und schreibt die Quittung. Ich blicke zum Fenster hinaus. Die gelben und grünen Felder schimmern immer noch; aber sie sind nicht mehr die Harmonie des Daseins; sie sind weniger und mehr.

Döbbeling nimmt die Quittung Georgs entgegen. »Sie sind sich wohl darüber klar, daß Sie auf unserem Friedhof keinen Grabstein mehr aufstellen werden«, sagt er.

Georg schüttelt den Kopf. »Da irren Sie sich. Wir werden sogar bald einen aufstellen. Für den Tischler Beste. Gratis. Und das hat nichts mit Politik zu tun. Sollten Sie beschließen, den Namen Bestes mit auf das Kriegerdenkmal zu setzen, so sind wir ebenfalls bereit, das umsonst auszuführen.«

»Dazu wird es wohl nicht kommen.«

»Das dachte ich mir.«

Wir gehen zum Bahnhof. »Der Kerl hatte also das Geld da«, sage ich.

»Natürlich. Ich wußte, daß er es hatte. Er hat es schon seit acht Wochen und hat damit spekuliert. Hat glänzend daran verdient. Wollte noch einige Hunderttausende mehr damit machen. Wir hätten es auch nächste Woche nicht gekriegt.«

Am Bahnhof erwarten uns Heinrich Kroll und Kurt Bach. »Habt ihr das Geld?« fragt Heinrich.

»Ja.«

»Dachte ich mir. Sind hochanständige Leute hier. Zuverlässig.«

»Ja. Zuverlässig.«

»Der Ball ist abgesagt«, erklärt Kurt Bach, der Sohn der Natur.

Heinrich zieht seine Krawatte zurecht. »Der Tischler hatte sich das selbst zuzuschreiben. Es war eine unerhörte Herausforderung.«

»Was? Daß er die offizielle Landesflagge heraushängte?«

»Es war eine Herausforderung. Er wußte, wie die andern denken. Er mußte damit rechnen, daß er Krach kriegte. Das ist doch logisch.«

»Ja, Heinrich, es ist logisch«, sagt Georg. »Und nun tu mir den Gefallen und halte deine logische Schnauze.«

Heinrich Kroll steht beleidigt auf. Er will etwas sagen, läßt es aber, als er Georgs Gesicht sieht. Umständlich bürstet er sich mit den Händen den Staub von seinem Marengojackett ab. Dann erspäht er Wolkenstein, der auch auf den Zug wartet. Der Major a.D. sitzt auf einer abgelegenen Bank und möchte am liebsten schon in Werdenbrück sein. Er ist nicht erfreut, als Heinrich auf ihn zutritt. Aber Heinrich läßt sich neben ihm nieder.

»Was wird aus der Sache werden?« frage ich Georg.

»Nichts. Keiner der Täter wird gefunden werden.«

»Und Wolkenstein?«

»Dem passiert auch nichts. Nur der Tischler würde bestraft werden, wenn er noch lebte. Nicht die anderen. Politischer Mord, wenn er von rechts begangen wird, ist ehrenwert und hat alle mildernden Umstände. Wir haben eine Republik; aber wir haben die Richter, die Beamten und die Offiziere der alten Zeit intakt übernommen. Was ist da zu erwarten?«

Wir starren in das Abendrot. Der Zug pufft schwarz und verloren heran wie eine Begräbniskutsche. Sonderbar, denke ich, wir alle haben doch so viele Tote im Kriege gesehen, und wir wissen, daß über zwei Millionen von uns nutzlos gefallen sind – warum sind wir da so erregt wegen eines einzelnen, und die zwei Millionen haben wir schon fast vergessen? Aber das ist wohl so, weil ein einzelner immer der Tod ist – und zwei Millionen immer nur eine Statistik.

9 »Ein Mausoleum!« sagt Frau Niebuhr. »Ein Mausoleum und nichts anderes!«

»Gut«, erwidere ich. »Also ein Mausoleum.«

Die kleine, verschüchterte Frau hat sich in der kurzen Zeit, seit Niebuhr tot ist, stark verändert. Sie ist scharf, redselig und zänkisch geworden und eigentlich bereits eine ziemliche Pest.

Ich verhandle seit zwei Wochen mit ihr über ein Denkmal für den Bäcker und denke jeden Tag milder über den Verstorbenen. Manche

Menschen sind gut und brav, solange es ihnen schlecht geht, und sie werden unausstehlich, wenn sie es besser haben, besonders in unserm geliebten Vaterlande; die unterwürfigsten und schüchternsten Rekruten wurden da später oft die wüstesten Unteroffiziere.

»Sie haben ja keine zur Ansicht«, sagt Frau Niebuhr spitz.

»Mausoleen«, erkläre ich, »gibt es nicht zur Ansicht. Die werden nach Maß angefertigt wie die Ballkleider von Königinnen. Wir haben ein paar Zeichnungen dafür da und müssen vielleicht sogar eine Extrazeichnung für Sie entwerfen.«

»Natürlich! Es muß etwas ganz Besonderes sein. Sonst gehe ich zu Hollmann und Klotz.«

»Ich hoffe, Sie sind schon dort gewesen. Wir haben es gern, wenn unsere Kunden sich bei der Konkurrenz informieren. Bei einem Mausoleum kommt es ja nur auf die Qualität an.«

Ich weiß, daß sie dort gewesen ist. Der Reisende von Hollmann und Klotz, Tränen-Oskar, hat es mir erzählt. Wir haben ihn kürzlich getroffen und versucht, ihn zum Verräter zu machen. Er schwankt noch, aber wir haben ihm höhere Prozente angeboten als Hollmann und Klotz, und um sich während der Bedenkzeit freundlich zu erweisen, arbeitet er einstweilen für uns als Spion. »Zeigen Sie mir Ihre Zeichnungen!« befiehlt Frau Niebuhr wie eine Herzogin.

Wir haben keine, aber ich hole ein paar Kriegerdenkmalsentwürfe hervor. Sie sind effektvoll, einundeinhalb Meter hoch, mit Kohle und bunter Kreide gezeichnet und mit stimmungsvollem Hintergrund geschmückt.

»Ein Löwe«, sagt Frau Niebuhr. »Er war wie ein Löwe! Aber wie ein springender, nicht wie ein sterbender. Es müßte ein springender Löwe sein.«

»Wie wäre es mit einem springenden Pferd?« frage ich. »Unser Bildhauer hat darin vor einigen Jahren den Wanderpreis von Berlin-Teplitz gewonnen.«

Sie schüttelt den Kopf. »Ein Adler«, sagt sie nachdenklich.

»Ein wirkliches Mausoleum sollte eine Art Kapelle sein«, erkläre ich. »Bunte Scheiben wie eine Kirche, ein Marmorsarkophag mit einem bronzenen Lorbeerkranz, eine Marmorbank zum Ausruhen und zum stillen Gebet für Sie, rundherum Blumen, Zypressen, Kieswege, ein Vogelbad für unsere gefiederten Sänger, eine Grabeinfassung von niedrigen Granitsäulen und Bronzeketten, eine schwere Eisentür mit dem Monogramm, dem Familienwappen oder dem Wahrzeichen der Bäckerinnung –«

Frau Niebuhr lauscht, als spiele Moritz Rosenthal ein Nocturne von Chopin. »Klingt ganz gut«, sagt sie dann. »Aber haben Sie nicht etwas Originelles?«

Ich starre sie ärgerlich an. Sie starrt kalt zurück – das Urbild des ewigen Kunden mit Geld.

»Es gibt schon originelle Sachen«, erwidere ich sanft und giftig. »Zum Beispiel solche wie auf dem Campo Santo in Genua. Unser Bildhauer hat dort jahrelang gearbeitet. Eines der Glanzstücke ist von ihm – eine weinende Frauengestalt, über einen Sarg gebeugt, im Hintergrund der auferstandene Tote, der von einem Engel himmelwärts geführt wird. Der Engel sieht zurück und segnet mit der freien Hand die trauernde Hinterbliebene. Alles das in weißem carrarischem Marmor, der Engel entweder mit angelegten oder ausgebreiteten Flügeln –«

»Ganz nett. Was gibt es sonst noch?«

»Man stellt häufig auch den Beruf des Verschiedenen dar. Man könnte zum Beispiel einen Bäckermeister beim Brotkneten aushauen. Hinter ihm steht der Tod und tippt ihm auf die Schulter. Der Tod kann mit oder ohne Sense gezeigt werden, entweder in ein Bahrtuch gekleidet, oder aber nackt, das heißt in diesem Falle als Gerippe, eine sehr schwierige bildhauerische Leistung, besonders bei den Rippen, die ja einzeln sehr vorsichtig ausgemeißelt werden müssen, damit sie nicht brechen.«

Frau Niebuhr schweigt, als erwarte sie mehr. »Die Familie kann natürlich auch noch hinzugefügt werden«, fahre ich fort. »Betend zur Seite oder schreckerfüllt dem Tode wehrend. Das sind aber Objekte, die in die Billionen gehen und ein oder zwei Jahre Arbeit erfordern. Ein großer Vorschuß und Ratenzahlungen wären dazu unerläßlich.«

Ich habe plötzlich Angst, daß sie einen der Vorschläge annehmen könnte. Kurt Bach kann höchstens einen windschiefen Engel modellieren; aber viel weiter geht seine Kunst nicht. Immerhin, zur Not könnten wir die Bildhauerarbeiten anderswo bestellen.

»Und sonst?« fragt Frau Niebuhr unerbittlich.

Ich überlege, ob ich diesem unbarmherzigen Teufel etwas von dem Grabmal in Form eines Sarkophags erzählen soll, dessen Deckel sich etwas verschoben hat und aus dem eine skelettige Hand herausgreift – aber ich lasse es. Unsere Positionen sind zu ungleich; sie ist der Käufer und ich bin der Verkäufer, sie kann mich schikanieren, ich sie nicht – denn vielleicht kauft sie doch etwas.

»Das wäre alles für den Augenblick.«

Frau Niebuhr wartet noch einen Moment. »Wenn Sie weiter nichts haben, muß ich zu Hohmann und Klotz gehen.«

Sie sieht mich mit ihren Käferaugen all. Den Trauerschleier hat sie über den schwarzen Hut emporgeschlagen. Sie erwartet, daß ich jetzt ein wildes Theater mache. Ich tue es nicht. »Sie werden uns damit ein Vergnügen machen«, erkläre ich statt dessen kalt. »Es ist unser Prinzip, die Konkurrenz heranzuziehen, damit man sieht, wie leistungsfähig unsere Firma ist. Bei Aufträgen mit so viel Bildhauerarbeit kommt es natürlich sehr auf den Künstler an, sonst hat man plötzlich, wie kürzlich bei der Arbeit eines unserer Konkurrenten, dessen Namen ich verschweigen möchte, einen Engel mit zwei linken Füßen. Auch schielende Mütter Gottes sind schon dagewesen und ein Christus mit elf Fingern. Als man es merkte, war es dann zu spät.«

Frau Niebuhr läßt den Schleier herunter wie einen Theatervorhang. »Ich werde schon aufpassen!«

Ich bin überzeugt, daß sie das tun wird. Sie ist ein gieriger Genießer ihrer Trauer und schlürft sie in vollen Zügen. Es wird noch lange dauern, bis sie etwas bestellt; denn solange sie sich nicht entscheidet, kann sie alle Grabsteingeschäfte drangsalieren – nachher aber nur noch das eine, bei dem sie bestellt hat. Sie ist jetzt gewissermaßen noch ein flotter Junggeselle der Trauer – später ist sie wie ein verheirateter Mann, der treu sein muß.

Der Sargtischler Wilke kommt aus seiner Werkstatt. In seinem Schnurrbart hängen Hobelspäne. Er hält ein Kistchen appetitlicher Kieler Sprotten in der Hand und ißt sie schmatzend.

»Wie denken Sie über das Leben?« frage ich ihn.

Er hält an. »Morgens anders als abends, im Winter anders als im Sommer, vor dem Essen anders als nachher, und in der Jugend wahrscheinlich anders als im Alter.«

»Richtig. Endlich eine vernünftige Antwort!«

»Na schön, wenn Sie es wissen, weshalb fragen Sie denn noch?«

»Fragen bildet. Außerdem frage ich morgens anders als abends, im Winter anders als im Sommer, und vor dem Beischlaf anders als nachher.«

»Nach dem Beischlaf«, sagt Wilke. »Richtig, da ist immer alles anders! Das hatte ich ganz vergessen.«

Ich verbeuge mich vor ihm wie vor einem Abt. »Gratuliere zur Askese! Sie haben den Stachel des Fleisches also schon überwunden! Wer auch soweit wäre!«

»Unsinn! Ich bin nicht impotent. Aber die Weiber sind komisch, wenn man Sargtischler ist. Grauen sich. Wollen nicht in die Werkstatt rein, wenn ein Sarg drinsteht. Nicht einmal, wenn man Berliner Pfannkuchen und Portwein auftischt.«

»Wo auftischt?« frage ich. »Auf dem unfertigen Sarg? Auf dem polierten doch sicher nicht; Portwein macht Ringe.«

»Auf der Fensterbank. Auf dem Sarg kann man sitzen. Dabei ist es doch noch gar kein Sarg. Ein Sarg wird es erst, wenn ein Toter drin liegt. Bis dahin ist es nur ein Stück Tischlerarbeit.«

»Stimmt. Aber es ist schwer, das immer auseinanderzuhalten!«

»Es kommt darauf an. Einmal, in Hamburg, hatte ich eine Dame, der war es egal. Es machte ihr sogar Spaß. Sie war scharf drauf. Ich füllte den Sarg halbvoll mit weichen weißen Hobelspänen aus Tanne, die riechen immer so romantisch nach Wald. Alles ging gut. Wir hatten mächtigen Spaß, bis sie wieder herauswollte. Da war irgendwo noch etwas von dem verdammten Leim an einer Stelle auf dem Boden nicht ganz trokken gewesen, die Hobelspäne hatten sich verschoben, und die Haare der Dame waren in den Leim geraten und festgeklebt. Sie ruckte ein paarmal, und dann ging das Schreien los. Sie glaubte, es wären Tote, die sie bei den Haaren festhielten. Sie schrie und schrie, und Leute kamen, mein Meister auch, sie wurde freigemacht, und ich flog aus meiner Stellung heraus. Schade – es hätte eine schöne Beziehung werden können; das Leben ist nicht leicht für unsereins.«

Wilke wirft mir einen wilden Blick zu, grinst kurz und scharrt genuß-
voll in seinem Kistchen, ohne es mir anzubieten. »Ich kenne zwei Fälle
von Sprottenvergiftung«, sage ich. »Das ist ein grauenhafter, langwieri-
ger Tod.«

Wilke winkt ab. »Diese hier sind frisch geräuchert. Und sehr zart.
Eine Delikatesse. Ich teile sie mit Ihnen, wenn Sie mir ein nettes, unvor-
eingenommenes Mädchen verschaffen – so wie die mit dem Sweater, die
Sie jetzt öfter abholen kommt.«

Ich starre den Sargtischler an. Er meint zweifellos Gerda. Gerda, auf
die ich gerade warte. »Ich bin kein Mädchenhändler«, sage ich scharf.
»Aber ich will Ihnen einen Rat geben. Führen Sie Ihre Damen anders-
wohin und nicht gerade in Ihre Werkstatt.«

»Wohin denn?« Wilke stochert nach Gräten in seinen Zähnen. »Da
liegt ja der Haken! In ein Hotel? Zu teuer. Dazu die Angst vor Polizei-
Razzien. In die städtischen Anlagen? Wieder die Polizei! Hier in den
Hof? Da ist meine Werkstatt doch noch besser.«

»Haben Sie keine Wohnung?«

»Mein Zimmer ist nicht sturmfrei. Meine Vermieterin ist ein Drache.
Vor Jahren habe ich mal was mit ihr gehabt. In äußerster Not, verstehen
Sie? Nur kurz – aber der Satan ist heute, zehn Jahre später, noch eifersüchtig. Mir bleibt nur die Werkstatt. Also, wie ist es mit einem Freund-
schaftsdienst? Stellen Sie mich der Dame im Sweater vor!«

Ich zeige stumm auf das leergefressene Sprottenkistchen. Wilke wirft
es in den Hof und geht zum Wasserhahn, um sich die Pfoten zu waschen.
»Ich habe oben noch eine Flasche erstklassigen Portwein-Verschnitt.«

»Behalten Sie das Gesöff für Ihre nächste Bajadere.«

»Bis dahin wird Tinte daraus. Aber es gibt noch mehr Sprotten in der
Welt als dieses eine Kistchen.«

Ich zeige auf meine Stirn und gehe ins Büro, um mir einen Zeichenblock und einen Klappsessel zu holen und für Frau Niebuhr ein Mausoleum zu entwerfen. Ich setze mich neben den Obelisken – so kann ich
gleichzeitig das Telefon hören und die Straße und den Hof überblicken.
Die Zeichnung des Denkmals werde ich mit der Inschrift schmücken:
Hier ruht nach langem, schwerem Leiden der Major a.D. Wolkenstein,
gestorben im Mai 1923.

Eines der Knopfmädchen kommt und bestaunt meine Arbeit. Es ist einer der Zwillinge, die kaum zu unterscheiden sind. Die Mutter kann es, am Geruch, Knopf ist es egal, und von uns anderen kann es keiner genau. Ich versinke in Gedanken darüber, wie es sein müßte, wenn man einen Zwilling heiratete und der zweite wohnte im selben Hause.

Gerda unterbricht mich. Sie steht im Hofeingang und lacht. Ich lege meine Zeichnung beiseite. Der Zwilling verschwindet. Wilke hört auf, sich zu waschen. Er zeigt hinter Gerdas Rücken auf das leere Sprottenkistchen, das die Katze durch den Hof schiebt, dann auf sich und hebt zwei Finger. Dazu flüstert er lautlos: »Zwei.«

Gerda trägt heute einen grauen Sweater, einen grauen Rock und eine schwarze Baskenmütze. Sie sieht nicht mehr aus wie ein Papagei; sie ist hübsch und sportlich und guter Laune. Ich blicke sie mit neuen Augen an. Eine Frau, die ein anderer begehrt, auch wenn es nur ein liebestoller Sargtischler ist, wird sofort kostbarer als vorher. Der Mensch lebt nun einmal viel mehr vom relativen als vom absoluten Wert.

»Warst du heute in der Roten Mühle?« frage ich.

Gerda nickt. »Eine Stinkbude! Ich habe da geprobt. Wie ich diese Lokale mit dem kalten Tabakqualm hasse!«

Ich sehe sie beifällig an. Wilke hinter ihr knöpft sein Hemd zu, streicht sich die Hobelspäne aus dem Schnurrbart und fügt seinem Angebot drei Finger hinzu. Fünf Kistchen Sprotten! Ein schönes Angebot, aber ich beachte es nicht. Vor mir steht das Glück einer Woche, klar, fest, ein Glück, das nicht schmerzt – das einfache Glück der Sinne und der gemäßigten Phantasie, das kurze Glück eines Nachtklub-Engagements von vierzehn Tagen, ein Glück, das schon halb vorüber ist, das mich von Erna erlöst hat und das selbst Isabelle zu dem gemacht hat, was sie sein sollte: eine Fata Morgana, die nicht schmerzt und die keine Wünsche weckt, die unerfüllbar sind.

»Komm, Gerda«, sage ich voll plötzlich aufschießender sachlicher Dankbarkeit. »Laß uns heute erstklassig essen gehen! Bist du hungrig?«

»Ja, sehr. Wir können irgendwo –«

»Nichts von Kartoffelsalat heute und nichts von Würstchen! Wir werden hervorragend essen und ein Jubiläum feiern: die Mitte unseres gemeinsamen Lebens. Vor einer Woche warst du zum erstenmal hier; in einer Woche wirst du mir vom Bahnhof aus Lebewohl zuwinken. Laß uns das erste feiern und an das zweite nicht denken!«

Gerda lacht. »Ich habe auch gar keinen Kartoffelsalat machen können. Zuviel Arbeit. Zirkus ist was anderes als blödes Kabarett.«

»Gut, dann gehen wir heute ins ›Walhalla‹. Ißt du gern Gulasch?«

»Ich esse gern«, erwidert Gerda.

»Das ist es! Laß uns dabei bleiben! Und nun auf zum Fest der großen Mitte unseres kurzen Lebens!«

Ich werfe den Zeichenblock durch das offene Fenster auf den Schreibtisch. Im Weggehen sehe ich noch Wilkes maßlos enttäuschte Visage. Mit trostlosem Ausdruck hält er beide Hände hoch – zehn Kistchen Sprotten – ein Vermögen!

»Warum nicht?« sagt Eduard Knobloch kulant zu meinem Erstaunen. Ich hatte erbitterten Widerstand erwartet. Die Eßmarken gelten nur für mittags, aber nach einem Blick auf Gerda ist Eduard nicht nur bereit, sie auch für heute abend zu akzeptieren, er bleibt sogar am Tisch stehen: »Würdest du mich bitte vorstellen?«

Ich bin in einer Zwangslage. Er hat die Eßmarken akzeptiert – also muß ich ihn akzeptieren. »Eduard Knobloch, Hotelier, Restaurateur, Poet, Billionär und Geizhals«, erkläre ich nachlässig. »Fräulein Gerda Schneider.«

Eduard verneigt sich, halb geschmeichelt, halb verärgert.

»Glauben Sie ihm nichts von allem, gnädiges Fräulein.«

»Auch nicht deinen Namen?« frage ich.

Gerda lächelt. »Sie sind Billionär? Wie interessant!«

Eduard seufzt. »Nur ein Geschäftsmann mit allen Sorgen eines Geschäftsmannes. Hören Sie nicht auf diesen leichtfertigen Schwätzer da! Und Sie? Ein schönes, strahlendes Ebenbild Gottes, sorgenlos wie eine Libelle über den dunklen Teichen der Schwermut schwebend –«

Ich glaube, nicht recht gehört zu haben, und glotze Eduard an, als hätte er Gold gespuckt. Gerda scheint heute eine magische Anziehungskraft zu haben. »Laß die Stuckornamente, Eduard«, sage ich. »Die Dame ist selbst Künstlerin. Bin ich der dunkle Teich der Schwermut? Wo bleibt das Gulasch?«

»Ich finde, Herr Knobloch spricht sehr poetisch!« Gerda schaut Eduard mit unschuldiger Begeisterung an. »Wie finden Sie nur Zeit dafür? Mit so einem großen Haus und so vielen Kellnern! Sie müssen ein glücklicher Mensch sein! So reich und begabt dazu.«

»Es geht, es geht!« Eduards Gesicht glänzt. »So, Künstlerin, Sie auch –«

Ich sehe, wie er von einem plötzlichen Mißtrauen erfaßt wird. Der Schatten Renée de la Tours gleitet ohne Zweifel vorüber, wie eine Wolke über den Mond. »Seriöse Künstlerin, nehme ich an«, sagt er.

»Seriöser als du«, erwidere ich. »Fräulein Schneider ist auch keine Sängerin, wie du gerade geglaubt hast. Sie kann Löwen durch Reifen jagen und auf Tigern reiten. Und nun vergiß den Polizisten, der in dir, als echtem Sohn unseres geliebten Vaterlandes, steckt, und tisch auf!«

»So, Löwen und Tiger!« Eduards Augen haben sich geweitet. »Ist das wahr?« fragt er Gerda. »Dieser Mensch dort lügt so oft.«

Ich trete ihr unter dem Tisch auf den Fuß. »Ich war im Zirkus«, erwidert Gerda, die nicht versteht, was dabei so interessant ist. »Und ich gehe wieder zum Zirkus zurück.«

»Was gibt es zu essen, Eduard?« frage ich ungeduldig. »Oder müssen wir erst einen ganzen Lebenslauf in vier Ausfertigungen einreichen?«

»Ich werde einmal persönlich nachsehen«, sagt Eduard galant zu Gerda. »Für solche Gäste! Der Zauber der Manege! Ah! Verzeihen Sie Herrn Bodmer sein erratisches Benehmen. Er ist unter Torfbauern im Kriege aufgewachsen und hat seine Erziehung einem hysterischen Briefträger zu verdanken.«

Er watschelt davon. »Ein stattlicher Mann«, erklärt Gerda. »Ist er verheiratet?«

»Er war es. Seine Frau ist ihm davongelaufen, weil er so geizig ist.«

Gerda befühlt den Damast des Tischtuches. »Sie muß eine dumme Person gewesen sein«, sagt sie träumerisch. »Ich habe sparsame Leute gern. Sie halten ihr Geld zusammen.«

»Das ist in der Inflation das Dümmste, was es gibt.«

»Man muß es natürlich gut anlegen.« Gerda betrachtet die schwer versilberten Messer und Gabeln. »Ich glaube, dein Freund hier macht das schon richtig – auch wenn er ein Poet ist.«

Ich sehe sie leicht überrascht an. »Das mag sein«, sage ich. »Aber andere haben nichts davon. Am wenigsten seine Frau. Die ließ er von morgens bis nachts schuften. Verheiratet sein heißt bei Eduard: umsonst für ihn arbeiten.«

Gerda lächelt ungewiß wie die Mona Lisa. »Jeder Geldschrank hat seine Nummer, weißt du das noch nicht, Baby?«

Ich starre sie an. Was ist hier los? denke ich. Ist das noch dieselbe Person, mit der ich gestern im Gartenrestaurant »Zur schönen Aussicht« für bescheidene fünftausend Mark Butterbrote mit dicker Milch gegessen und über den Zauber des einfachen Lebens gesprochen habe? »Eduard ist fett, schmutzig und unheilbar geizig«, erkläre ich fest. »Und ich weiß das seit vielen Jahren.«

Der Frauenkenner Riesenfeld hat mir einmal gesagt, diese Kombination schrecke jede Frau ab. Aber Gerda scheint keine gewöhnliche Frau zu sein. Sie mustert die großen Kronleuchter, die wie durchsichtige Stalaktiten von der Decke hängen, und bleibt beim Thema. »Wahrscheinlich braucht er jemand, der auf ihn achtgibt. Nicht wie eine Henne natürlich! Er scheint jemand zu brauchen, der seine guten Eigenschaften würdigt.«

Ich bin jetzt offen alarmiert. Geht mein friedliches Zweiwochenglück bereits auf Wanderschaft? Wozu mußte ich es auch an die Stätte des Silbers und Kristalls schleppen!

»Eduard hat keine guten Eigenschaften«, sage ich.

Gerda lächelt wieder. »Jeder Mann hat welche. Man muß sie ihm nur klarmachen.«

In diesem Augenblick erscheint zum Glück der Kellner Freidank und trägt pompös auf einer silbernen Platte eine Pastete heran. »Was ist denn das?« frage ich.

»Leberpastete«, erklärt Freidank hochmütig.

»Auf dem Menü steht aber doch Kartoffelsuppe!«

»Dies ist das Menü, das Herr Knobloch selbst bestimmt hat«, sagt Freidank, der ehemalige Fouriergefreite, und teilt zwei Stücke ab – ein dickes für Gerda, ein dünnes für mich. »Oder wollen Sie lieber die verfassungsgemäße Kartoffelsuppe?« erkundigt er sich kordial. »Kann gemacht werden.«

Gerda lacht. Ich will gerade, erbost über den billigen Versuch Eduards, sie mit Fressen zu kapern, die Kartoffelsuppe verlangen, als Gerda mich unter dem Tisch anstößt. Über dem Tisch wechselt sie graziös die Teller und gibt mir das größte Stück. »So gehört sich das«, sagt sie zu Freidank. »Ein Mann muß immer das größte Stück haben. Oder nicht?«

»Das schon«, stottert Freidank, plötzlich verwirrt. »Zu Hause – aber hier –« Der ehemalige Gefreite weiß nicht, was er machen soll. Er hat den Befehl von Eduard erhalten, Gerda ein generöses Stück, mir aber ein Scheibchen zu geben, und er hat ihn ausgeführt. Jetzt sieht er, daß das Gegenteil daraus geworden ist, und er bricht nahezu zusammen, da er auf einmal selbst die Verantwortung dafür übernehmen muß, was er jetzt tun soll. Das ist in unserm geliebten Vaterlande nicht beliebt. Auf Befehl reagieren wir prompt, das haben wir nun seit Jahrhunderten in unserem stolzen Blut – aber selbst zu entscheiden, das ist eine andere Sache. Freidank tut das einzige, was er kennt: Er blickt um Hilfe nach seinem Meister aus und hofft auf einen neuen Befehl.

Eduard erscheint. »Servieren Sie, was stehen Sie herum?«

Ich greife nach meiner Gabel und hacke rasch ein Stück aus der Pastete, die vor mir steht, gerade als Freidank, getreu seinem ersten Befehl, die Teller wieder umtauschen will.

Freidank erstarrt. Gerda prustet los. Eduard, beherrscht wie ein Feldherr, übersieht die Situation, schieb Freidank beiseite, schneidet ein zweites gutes Stück von der Pastete ab, legt es mit Schwung Gerda vor und fragt mich sauersüß: »Schmeckt's?«

»Es geht«, erwidere ich. »Schade, daß es keine Gänseleber ist.«

»Es ist Gänseleber.«

»Sie schmeckt wie Kalbsleber.«

»Hast du je in deinem Leben Gänseleber gegessen?«

»Eduard«, erwidere ich. »Ich hab' sogar Gänseleber gekotzt, soviel habe ich gegessen.«

Eduard lacht durch die Nase. »Wo?« fragt er verächtlich.

»In Frankreich, beim Vormarsch, während meiner Erziehung zum Mann. Wir haben damals einen ganzen Laden voll Gänseleber erobert. In Terrinen, von Straßburg, mit schwarzen Trüffeln aus Perigord, die in deiner hier fehlen. Du schältest damals in der Küche Kartoffeln.«

Ich erzähle nicht, daß mir schlecht geworden ist, weil wir auch noch die Besitzerin des Ladens gefunden hatten – ein altes Frauchen, das in Fetzen an den Resten der Wände klebte, der graue Kopf abgerissen und am Haken eines Ladenregals aufgespießt, wie von einem barbarischen Stamm an einer Lanze.

»Und wie schmeckt es Ihnen?« fragt Eduard Gerda im schmelzenden Ton eines Frosches, der flott an den dunklen Teichen der Weltschwermut hockt.

»Gut«, erwidert Gerda und haut ein.

Eduard macht eine weltmännische Verbeugung und weht davon wie ein tanzender Elefant. »Siehst du«, sagt Gerda und strahlt mich an. »So geizig ist er gar nicht.«

Ich lege meine Gabel nieder. »Höre, du von Sägespänen umwehtes Zirkuswunder«, erwidere ich. »Du siehst einen Menschen vor dir, dessen Stolz noch schwer verletzt ist, um in Eduards Jargon zu reden, weil ihm eine Dame mit einem reichen Schieber durchgegangen ist. Willst du nun, um wieder Eduards Barockprosa zu kopieren, siedendes Öl in die noch nicht verheilten Wunden gießen und mir dasselbe noch einmal vormachen?«

Gerda lacht und ißt. »Rede keinen Unsinn, Schatz«, erklärt sie mit vollen Backen. »Und sei keine beleidigte Leberwurst. Werde noch reicher als die andern, wenn es dich ärgert.«

»Ein schöner Rat! Wie soll ich das machen? Zaubern?«

»So wie die andern. Die haben es doch auch geschafft.«

»Eduard hat dieses Hotel geerbt«, sage ich bitter.

»Und Willy?«

»Willy ist ein Schieber.«

»Was ist ein Schieber?«

»Ein Mann, der die Konjunktur ausnutzt. Der mit allem handelt, von Heringen bis zu Stahlaktien. Der Geschäfte macht, wo er kann, mit was er kann, wie er kann, wenn er nur gerade noch am Gefängnis vorbeikommt.«

»Na, siehst du!« sagt Gerda und greift nach dem Rest der Pastete.

»Findest du, ich sollte auch einer werden?«

Gerda zerkracht ein Brötchen zwischen ihren gesunden Zähnen.

»Werde einer oder werde keiner. Aber ärgere dich nicht, wenn du keiner werden willst und die andern es sind. Schimpfen kann jeder, Schatz!«

»Stimmt«, sage ich perplex und plötzlich stark ernüchtert. Eine Menge Seifenblasen scheinen auf einmal in meinem Gehirn zu platzen. Ich sehe Gerda an. Sie hat eine verflucht realistische Art, die Dinge zu betrachten. »Du hast eigentlich wirklich recht«, sage ich.

»Natürlich habe ich recht. Aber sieh mal, was da erscheint: Glaubst du, das ist auch für uns?«

Es ist für uns. Ein gebratenes Huhn und Spargel dazu. Ein Essen für Munitionsfabrikanten. Eduard überwacht die Sache selbst. Er läßt Freidank tranchieren. »Die Brust für Madame«, kommandiert er.

»Ich nehme lieber ein Bein«, sagt Gerda.

»Ein Bein und ein Stück Brust für Madame«, erklärt Eduard galant.

»Immer zu«, erwidert Gerda. »Sie sind ein Kavalier, Herr Knobloch! Ich wußte es doch!«

Eduard schmunzelt selbstgefällig. Ich verstehe nicht, wozu er das ganze Theater aufführt. Daß Gerda ihm so gefällt, daß er derartige Opfer bringt, kann ich nicht glauben; eher, daß er aus Wut über unsere Eßmarken versucht, sie mir wegzuschnappen. Ein Racheakt ausgleichender Gerechtigkeit also. »Freidank«, sage ich. »Nehmen Sie das Gerippe von meinem Teller. Ich esse keine Knochen. Geben Sie mir dafür das zweite Bein. Oder handelt es sich bei eurem Huhn um ein amputiertes Kriegsopfer?«

Freidank schaut wie ein Schäferhund auf seinen Herrn.

»Das ist doch das Leckerste«, erklärt Eduard. »Die Brustknochen sind delikat zum Abknabbern.«

»Ich bin kein Knabberer. Ich bin ein Esser.«

Eduard zuckt seine dicken Schultern und gibt mir zögernd das zweite Bein.

»Möchtest du nicht lieber etwas Salat?« fragt er. »Spargel sind sehr schädlich für Trunkenbolde.«

»Gib mir die Spargel. Ich bin ein moderner Mensch und habe einen starken Hang zur Selbstzerstörung.«

Eduard entschwebt wie ein Gummirhinozeros. Mir kommt plötzlich ein Einfall. »Knobloch!« schnauze ich im Generalston Renée de la Tours hinter ihm her.

Er schießt herum, wie von einer Lanze in den Rücken getroffen. »Was soll das?« fragt er mich wütend.

»Was?«

»So zu brüllen.«

»Brüllen? Wer brüllt hier außer dir? Oder ist es zuviel, wenn Miß Schneider etwas Salat haben möchte? Dann biete ihn nicht vorher an!«

Eduards Augen werden enorm. Man sieht einen ungeheuren Verdacht in ihnen aufsteigen und zur Gewißheit werden. »Sie –?« fragt er Gerda. »Sie haben mich gerufen?«

»Wenn Salat da ist, nehme ich gerne welchen«, erklärt Gerda, die nicht errät, was vorgeht. Eduard steht immer noch am Tisch. Er glaubt jetzt fest, daß Gerda die Schwester Renée de la Tours ist. Ich kann sehen, wie er die Leberpastete, das Huhn und die Spargel bereut. Er hat den Eindruck, grauenhaft hereingelegt zu sein. »Es war Herr Bodmer«, sagt Freidank, der herangeschlichen ist. »Ich habe es gesehen.«

Aber Freidanks Worte verhallen ungehört bei Eduard.

»Antworten Sie nur, wenn Sie gefragt werden, Kellner«, sage ich nachlässig zu ihm. »Das sollten Sie bei den Preußen gelernt haben! Und nun gehen Sie, und schütten Sie weiter ahnungslosen Leuten Gulaschsaft in den Nacken. Du aber, Eduard, erkläre mir, ob dieses herrliche Essen eine Einladung war oder ob du dafür unsere Marken kassieren willst?«

Eduard sieht aus, als ob er einen Schlaganfall kriegen wird. »Gib die Marken her, Schuft«, sagt er dumpf.

Ich trenne sie ab und lege die Papierstückchen auf den Tisch. »Wer hier der Schuft war, steht sehr zur Debatte, du verhinderter Don Juan«, sage ich.

Eduard nimmt die Marken nicht selbst auf. »Freidank«, sagt er, diesmal tonlos vor Wut. »Werfen Sie diese Fetzen in den Papierkorb.«

»Halt«, sage ich und greife nach dem Menü. »Wenn wir schon zahlen, haben wir noch das Recht auf ein Dessert. Was möchtest du, Gerda? Rote Grütze oder Kompott?«

»Was empfehlen Sie, Herr Knobloch?« fragt Gerda, die nicht weiß, was für ein Drama in Eduard vorgegangen ist.

Eduard macht eine verzweifelte Geste und geht ab. »Also Kompott!«
rufe ich ihm nach.

Er zuckt kurz und geht dann weiter, als schliche er über Eier. Jede
Sekunde erwartet er die Kasernenhofstimme.

Ich überlege, verzichte aber dann darauf, als noch wirksamere Taktik.
»Was ist auf einmal hier los?« fragt die ahnungslose Gerda.

»Nichts«, erwidere ich unschuldig und teile das Hühnerskelett zwischen uns auf. »Lediglich ein kleines Muster für die These des großen
Clausewitz über Strategie: Greife den Gegner an, wenn er glaubt,
gesiegt zu haben, und dann da, wo er es am wenigsten vermutet.«

Gerda nickt verständnislos und ißt ihr Kompott, das Freidank
respektlos vor uns hinschmeißt. Ich sehe ihr gedankenvoll zu und
beschließe, sie nie wieder in das »Walhalla« zu führen und von nun an
dem eisernen Gesetz Georgs zu folgen: Zeige einer Frau nichts Neues,
dann will sie auch nicht dahin und läuft dir nicht weg.

Es ist Nacht. Ich lehne in meiner Bude am Fenster. Der Mond scheint,
der schwere Geruch des Flieders weht aus den Gärten, und ich bin vor
einer Stunde aus dem Altstädter Hof nach Hause gekommen. Ein ver-
liebtes Paar huscht die Straßenseite entlang, die im Mondschatten liegt,
und verschwindet in unserm Garten. Ich tue nichts dagegen; wer selbst
nicht dürstet, ist friedfertig, und die Nächte sind jetzt unwiderstehlich.
Damit nichts passiert, habe ich allerdings vor einer Stunde an die beiden
kostbaren Kreuzdenkmäler ein Schild gehängt mit der Aufschrift:
»Achtung! Kann umfallen! Zerschmettert die Zehen!« Aus irgendwel-
chen Gründen bevorzugen nämlich die Liebenden die Kreuze, wenn
der Boden zu feucht ist; wahrscheinlich, weil sie sich besser daran festhalten können, obschon man glauben könnte, daß mittlere Hügelsteine
ebenso vorteilhaft wären. Ich hatte den Gedanken, ein zweites Schild
mit einer Empfehlung dafür aufzuhängen, habe es aber nicht getan. Frau
Kroll ist manchmal früh auf, und sie würde mich, bei aller Toleranz, ohrfeigen wegen Frivolität, bevor ich ihr erklären könnte, daß ich vor dem
Kriege ein prüder Mensch war – eine Eigenschaft, die mir bei der Verteidigung unseres geliebten Vaterlandes abhanden gekommen ist.

Plötzlich sehe ich eine quadratische Gestalt schwarz durch den

Mondschein heranstampfen. Ich erstarre. Es ist der Roßschlächter Watzek. Er verschwindet in seiner Wohnung, zwei Stunden zu früh. Vielleicht sind ihm die Gäule ausgegangen; Pferdefleisch ist heute ein sehr beliebter Artikel. Ich beobachte die Fenster. Sie werden hell, und Watzeks Schatten spukt umher. Ich überlege, ob ich Georg Kroll Bescheid sagen soll; aber es ist ein undankbares Geschäft, Liebende zu stören, und außerdem kann es sein, daß Watzek, ohne nachzudenken, schlafen geht. Das scheint aber nicht so zu werden. Der Schlächter öffnet das Fenster und starrt rechts und links die Straße entlang. Ich höre ihn schnaufen. Er schließt die Läden, und nach einer Weile erscheint er vor der Tür, einen Stuhl in der Hand, sein Fleischermesser im Stiefelschaft. Er setzt sich auf den Stuhl, und es sieht aus, als ob er auf Lisas Rückkehr warten will. Ich schaue auf die Uhr; es ist halb zwölf. Die Nacht ist warm, und Watzek kann es Stunden draußen aushalten. Lisa dagegen ist schon ziemlich lange bei Georg; das heisere Fauchen der Liebe ist bereits verstummt, und wenn sie dem Schlächter in die Arme läuft, wird sie zwar eine glaubhafte Erklärung finden, und er wird wahrscheinlich darauf hereinfallen – aber besser ist es doch, wenn das nicht passiert.

Ich schleiche hinunter und klopfe den Anfang des Hohenfriedberger Marsches an Georgs Tür. Sein kahler Kopf erscheint. Ich berichte, was los ist. »Verdammt«, sagte er. »Sieh zu, daß du ihn dort wegbringst.«

»Um diese Zeit?«

»Versuch es! Laß deinen Charme spielen.«

Ich schlendere nach draußen, gähne, bleibe stehen und wandere dann zu Watzek hinüber. »Schöner Abend«, sage ich.

»Schöner Abend, Scheiße«, erwidert Watzek.

»Das auch«, gebe ich zu.

»Es wird nicht mehr lange dauern«, sagt Watzek plötzlich scharf.

»Was?«

»Was? Sie wissen das doch genau! Die Schweinerei! Was sonst?«

»Schweinerei?« frage ich alarmiert. »Wieso?«

»Na, was sonst? Finden Sie das etwa nicht?«

Ich blicke auf das Messer im Stiefel und sehe Georg bereits mit durchschnittener Kehle zwischen den Denkmälern liegen. Lisa natürlich nicht; das ist die alte Idiotie des Mannes. »Wie man es nimmt«, sage ich diplomatisch. Ich verstehe nicht ganz, weshalb Watzek nicht längst in Georgs Fenster geklettert ist. Es liegt im Parterre und ist offen.

»Das alles wird bald anders werden«, erklärt Watzek grimmig. »Blut wird fließen. Die Schuldigen werden büßen.«

Ich sehe ihn an. Er hat lange Arme an seinem gedrungenen Körper und sieht überaus kräftig aus. Ich könnte ihm mit dem Knie gegen das Kinn stoßen und ihm dann, wenn er hochtaumelt, einen zweiten Stoß zwischen die Beine versetzen – oder aber, wenn er losrennt, kann ich ihm ein Bein stellen und seinen Schädel ein paarmal gründlich aufs Pflaster schlagen. Das würde im Augenblick genügen – aber was später?

»Haben Sie ihn gehört?« fragt Watzek.

»Wen?«

»Sie wissen doch! Ihn! Wen sonst? Es gibt doch nur einen!«

Ich lausche. Ich habe nichts gehört. Die Straße ist still. Georgs Fenster ist jetzt vorsichtig zugezogen worden.

»Wen soll ich gehört haben?« frage ich laut, um Zeit zu gewinnen und den andern ein Zeichen zu geben, damit Lisa in den Garten verschwindet.

»Mensch, ihn! Den Führer! Adolf Hitler!«

»Adolf Hitler!« wiederhole ich erlöst. »Den?«

»Was, den?« fragt Watzek herausfordernd. »Sind Sie nicht für ihn?«

»Und wie! Gerade jetzt! Sie können sich gar nicht vorstellen, wie sehr!«

»Warum haben Sie ihn dann nicht gehört?«

»Er war doch nicht hier.«

»Er war am Radio. Wir haben ihn auf dem Schlachthof gehört. Sechsröhrenapparat. Er wird alles ändern! Wunderbare Rede! Der Mann weiß, was los ist. Alles muß anders werden!«

»Das ist klar«, sage ich. In dem einen Satz steckt das gesamte Rüstzeug aller Demagogen der Welt. »Alles muß anders werden! Wie wäre es mit einem Bier?«

»Bier? Wo?«

»Bei Blume, um die Ecke.«

»Ich warte auf meine Frau.«

»Auf die können Sie bei Blume auch warten. Worüber hat Hitler gesprochen? Ich möchte das gerne genau wissen. Mein Radio ist kaputt.«

»Über alles«, sagt der Schlächter und erhebt sich. »Der Mann weiß alles! Alles, sage ich Ihnen, Kamerad!«

Er stellt den Stuhl in den Hausflur, und wir wandern einträchtig dem Dortmunder Bier in der Gartenwirtschaft Blume entgegen.

10 Der Mann aus Glas steht bewegungslos in der milden Dämmerung vor einem Rosenbeet. Gregor der Siebente geht in der Kastanienallee spazieren. Eine ältere Schwester führt einen gebeugten Greis mit langen Haaren herum, der sie immer wieder in den kräftigen Hintern zu kneifen versucht und jedesmal fröhlich kichert. Neben mir auf einer Bank sitzen zwei Männer, von denen jeder dem anderen erklärt, warum der andere verrückt sei, ohne daß sie sich zuhören. Eine Gruppe von drei Frauen in gestreiften Kleidern begießt die Blumen; schweigend gleiten sie mit ihren Zinnkannen durch den Abend.

Ich hocke auf der Bank neben dem Rosenbeet. Alles ist hier friedlich und richtig. Niemand kümmert sich darum, daß der Dollar um zwanzigtausend Mark an einem Tag gestiegen ist. Niemand erhängt sich deswegen, wie in der Stadt gestern nacht ein altes Ehepaar, das heute morgen im Kleiderschrank gefunden wurde – jeder an einem Stück Wäscheleine. Außer den beiden war nichts mehr im Schrank; alles war verkauft und versetzt worden, auch das Bett und der Schrank selbst. Als der Käufer die Möbelstücke abholen wollte, entdeckte er die Toten. Sie hatten sich aneinander geklammert und streckten sich die geschwollenen blauen Zungen entgegen. Sie waren sehr leicht, und man konnte sie rasch abnehmen. Beide waren sauber gewaschen, die Haare waren gebürstet und die Kleider tadellos geflickt und sauber. Der Käufer, ein vollblütiger Möbelhändler, erbrach sich, als er sie sah, und erklärte, den Schrank nicht mehr haben zu wollen. Erst abends änderte er seine Meinung und ließ ihn abholen. Die Toten lagen um diese Zeit auf dem Bett und mußten auch da heruntergenommen werden, weil das Bett ebenfalls abgeholt wurde. Die Nachbarn liehen ein paar Tische, und die alten

Leute wurden nun darauf aufgebahrt, die Köpfe mit Seidenpapier verhüllt. Das Seidenpapier war das einzige gewesen, was ihnen in der Wohnung noch gehört hatte. Sie hinterließen einen Brief, in dem sie erklärten, daß sie sich eigentlich durch Gas hätten töten wollen, aber die Gasgesellschaft hätte es abgestellt gehabt, weil es zu lange nicht bezahlt worden war. Deshalb entschuldigten sie sich bei dem Möbelhändler für die Umstände, die sie ihm machten.

Isabelle kommt heran. Sie trägt eine kurze blaue Hose, die die Knie frei läßt, eine gelbe Bluse und um den Hals eine Bernsteinkette. »Wo warst du?« fragt sie atemlos.

Ich habe sie ein paar Tage nicht gesehen. Jedesmal nach der Andacht bin ich aus der Kirche geschlüpft und nach Hause gegangen. Es war nicht leicht, auf das hervorragende Abendessen und den Wein mit Bodendiek und Wernicke zu verzichten; aber es war mir lieber, bei Butterbroten und Kartoffelsalat mit Gerda meine Ruhe zu haben.

»Wo warst du?« wiederholt Isabelle.

»Draußen« sage ich ablehnend. »Da, wo Geld die Hauptsache ist.«

Sie setzt sich auf die Lehne der Bank. Ihre Beine sind sehr braun, als hätte sie viel in der Sonne gelegen. Die beiden Männer neben mir sehen unmutig auf; dann erheben sie sich und gehen. Isabelle gleitet auf die Bank. »Wozu sterben Kinder, Rudolf?« fragt sie.

»Das weiß ich nicht.«

Ich sehe sie nicht an. Ich will nicht wieder von ihr eingefangen werden; es ist schon genug, wie sie dasitzt mit den langen Beinen und der Tennishose, als hätte sie geahnt, daß ich von jetzt an nach Georgs Rezept leben will.

»Wozu werden sie geboren, wenn sie gleich wieder sterben?«

»Das mußt du den Vikar Bodendiek fragen. Er behauptet, Gott führe Buch über jedes Haar, das von irgendeinem Kopfe fällt, und alles habe einen Sinn und eine Moral.«

Isabelle lacht. »Gott führt Buch? Über wen? Über sich selbst? Wozu? Er weiß doch alles.«

»Ja«, sage ich und bin plötzlich sehr ärgerlich, ohne zu wissen, warum. »Er ist allwissend, allgütig, gerecht und voll Liebe – und trotzdem sterben Kinder und Mütter, die sie brauchen, und niemand weiß, warum so viel Elend in der Welt ist.«

Isabelle wendet sich mir mit einem Ruck zu. Sie lacht nicht mehr. »Warum sind nicht alle Menschen einfach glücklich, Rudolf?« flüstert sie.

»Das weiß ich nicht. Vielleicht, weil Gott sich sonst langweilen würde.«

»Nein«, sagt sie rasch. »Nicht deshalb.«

»Warum denn?«

»Weil er Angst hat.«

»Angst? Wovor?«

»Wenn alle glücklich wären, brauchte man keinen Gott mehr.«

Ich sehe sie jetzt an. Ihre Augen sind sehr durchsichtig. Auch ihr Gesicht ist braun und schmaler als früher. »Er ist nur für das Unglück da«, sagt sie. »Dann braucht man ihn und betet. Deshalb macht er es.«

»Es gibt auch Menschen, die zu Gott beten, weil sie glücklich sind.«

»So?« Isabelle lächelt ungläubig. »Dann beten sie, weil sie Angst haben, daß sie es nicht bleiben werden. Alles ist Angst, Rudolf. Weißt du das nicht?«

Der fröhliche Greis wird von der kräftigen Schwester vorübergeführt. Aus einem Fenster vom Hauptgebäude kommt das hohe Summen eines Staubsaugers. Ich sehe mich um. Das Fenster ist offen, aber vergittert – ein schwarzes Loch, aus dem der Staubsauger schreit wie eine verdammte Seele.

»Alles ist Angst«, wiederholt Isabelle. »Hast du nie Angst?«

»Ich weiß es nicht«, erwidere ich, immer noch auf der Hut. »Ich glaube schon. Ich hatte sehr oft Angst im Kriege.«

»Das meine ich nicht. Das ist vernünftige Angst. Ich meine die ohne Namen.«

»Welche? Angst vor dem Leben?«

Sie schüttelt den Kopf. »Nein. Früher.«

»Vor dem Tode?«

Sie schüttelt wieder den Kopf. Ich frage nicht weiter. Ich will da nicht hinein. Schweigend sitzen wir eine Zeitlang in der Dämmerung. Wieder einmal habe ich das Gefühl, daß Isabelle nicht krank sei; aber ich lasse es nicht aufkommen. Wenn es aufkommt, ist die Verwirrung wieder da, und ich will sie nicht. Isabelle rührt sich schließlich.

»Warum sagst du nichts?« fragt sie.

»Was sind schon Worte?«

»Viel«, flüstert sie. »Alles. Hast du Angst davor?«

Ich denke nach. »Wahrscheinlich haben wir alle etwas Angst vor großen Worten. Es ist so entsetzlich viel damit gelogen worden. Vielleicht haben wir auch Angst vor unsern Gefühlen. Wir trauen ihnen nicht mehr.«

Isabelle zieht die Beine auf die Bank. »Man braucht sie aber, Liebster«, murmelt sie. »Wie kann man sonst leben?«

Der Staubsauger hat aufgehört zu summen. Es ist plötzlich sehr still. Kühl kommt von den Beeten der Hauch der feuchten Erde. Ein Vogel ruft in den Kastanien, immer denselben Ruf. Der Abend ist plötzlich eine Waage, die auf beiden Seiten gleich viel Welt trägt. Ich fühle sie, als balanciere sie ohne Schwere auf meiner Brust. Nichts kann mir geschehen, denke ich, solange ich so ruhig weiteratme.

»Hast du Angst vor mir?« flüstert Isabelle.

Nein, denke ich und schüttle den Kopf; du bist der einzige Mensch, vor dem ich keine Angst habe. Auch nicht mit Worten. Vor dir sind sie nie zu groß und nie lächerlich. Du verstehst sie immer, denn du lebst noch in der Welt, wo Worte und Gefühle eins und Lüge und Vision dasselbe sind.

»Warum sagst du nichts?« fragt sie.

Ich hebe die Schultern. »Manchmal kann man nichts sagen, Isabelle. Und es ist oft schwer, loszulassen.«

»Was loszulassen?«

»Sich selbst. Da sind viele Widerstände.«

»Ein Messer kann sich nicht selbst schneiden, Rudolf. Wozu hast du Angst?«

»Ich weiß es nicht, Isabelle.«

»Warte nicht zu lange, Liebster. Sonst ist es zu spät. Man braucht Worte«, murmelt sie.

Ich antworte nicht. »Gegen die Angst, Rudolf«, sagt sie. »Sie sind wie Lampen. Sie helfen. Siehst du, wie grau alles wird? Kein Blut ist jetzt mehr rot. Warum hilfst du mir nicht?«

Ich gebe meinen Widerstand endlich auf. »Du süßes, fremdes und geliebtes Herz«, sage ich. »Wenn ich dir nur helfen könnte?«

Sie beugt sich vor und legt die Arme um meine Schultern. »Komm mit mir! Hilf mir! Sie rufen!«

»Wer ruft?«

»Hörst du sie nicht? Die Stimmen. Sie rufen immerfort!« »Niemand ruft, Isabelle. Nur dein Herz. Aber was ruft es?«

Ich fühle ihren Atem über mein Gesicht wehen. »Liebe mich, dann ruft es nicht mehr«, sagt sie.

»Ich liebe dich.«

Sie läßt sich neben mich sinken. Ihre Augen sind jetzt geschlossen. Es wird dunkler, und ich sehe den Mann aus Glas langsam wieder vorüberstelzen. Eine Schwester sammelt ein paar alte Leute ein, die gebeugt und unbeweglich wie dunkle Bündel Trauer auf Bänken gesessen haben. »Es ist Zeit«, sagt sie in unsere Richtung.

Ich nicke und bleibe sitzen. »Sie rufen«, flüstert Isabelle. »Man kann sie nie finden. Wer hat so viele Tränen?«

»Niemand«, sage ich. »Niemand in der Welt, geliebtes Herz.«

Sie antwortet nicht. Sie atmet wie ein müdes Kind neben mir. Dann hebe ich sie auf und trage sie durch die Allee zum Pavillon zurück, in dem sie wohnt.

Als ich sie herunterlasse, stolpert sie und hält sich an mir fest. Sie murmelt etwas, daß ich nicht verstehe, und läßt sich hineinführen. Der Eingang ist hell erleuchtet von einem schattenlosen, milchigen Licht. Ich setze sie in einen Korbstuhl in der Halle. Sie liegt mit geschlossenen Augen darin, als wäre sie von einem unsichtbaren Kreuz abgenommen. Zwei Schwestern in schwarzer Tracht kommen vorbei. Sie sind auf dem Wege zur Kapelle. Einen Augenblick sieht es aus, als wollten sie Isabelle abholen und begraben. Dann kommt die weiße Wärterin und nimmt sie mit.

Die Oberin hat uns eine zweite Flasche Mosel gegeben. Bodendiek ist zu meinem Erstaunen trotzdem gleich nach dem Essen verschwunden. Wernicke bleibt sitzen. Das Wetter ist beständig, und die Kranken sind so ruhig, wie sie sein können.

»Warum tötet man die nicht, die völlig hoffnungslos sind?« frage ich.

»Würden Sie sie töten?« fragt Wernicke zurück.

»Das weiß ich nicht. Es ist dieselbe Frage wie bei einem langsam hoffnungslos Sterbenden, von dem man weiß, daß er nur noch Schmerzen haben wird. Würden Sie ihm eine Spritze geben, damit er ein paar Tage weniger leide?«

Wernicke schweigt.

»Zum Glück ist Bodendiek nicht hier«, sage ich. »Wir können uns also die moralische und religiöse Erörterung schenken. Ich hatte einen Kameraden, dem der Bauch aufgerissen war wie ein Fleischerladen. Er flehte uns an, ihn zu erschießen. Wir brachten ihn zum Lazarett. Er schrie dort noch drei Tage; dann starb er. Drei Tage sind eine lange Zeit, wenn man vor Schmerzen brüllt. Ich habe viele Menschen krepieren sehen. Nicht sterben – krepieren. Allen hätte geholfen werden können mit einer Spritze. Meiner Mutter auch.«

Wernicke schweigt.

»Gut«, sage ich. »Ich weiß: Das Leben in einem Geschöpf zu beenden ist immer wie ein Mord. Seit ich im Kriege war, töte ich sogar ungern eine Fliege. Trotzdem hat mir das Stück Kalb heute abend gut geschmeckt, das man getötet hat, damit wir es essen. Das sind die alten Paradoxe und verhinderten Schlußfolgerungen. Das Leben ist ein Wunder, auch in einem Kalb und in einer Fliege. Besonders in einer Fliege – dieser Akrobatin mit ihren Tausenden von Augenfacetten. Es ist immer ein Wunder. Aber es wird immer beendet. Warum töten wir im Frieden einen kranken Hund und nicht einen wimmernden Menschen? Aber wir morden Millionen in nutzlosen Kriegen.«

Wernicke gibt immer noch keine Antwort. Ein großer Käfer summt um die Lampe. Er stößt gegen die Birne, fällt, krabbelt, fliegt wieder hoch und umkreist das Licht aufs neue. Seine Erfahrung benutzt er nicht.

»Bodendiek, der Beamte der Kirche, hat natürlich auf alles eine Antwort«, sage ich. »Tiere haben keine Seele, Menschen haben eine. Aber wo bleibt das Stück Seele, wenn eine Windung des Gehirns beschädigt wird? Wo ist das Stück, wenn jemand ein Idiot wird? Ist es schon im Himmel? Oder wartet es irgendwo auf den verkümmerten Rest, der einen Menschenkörper noch sabbern, essen und ausscheiden läßt? Ich habe einige Ihrer Fälle im geschlossenen Hause gesehen – Tiere sind dagegen Götter. Wo ist die Seele bei den Idioten geblieben? Läßt sie sich teilen? Oder hängt sie wie ein unsichtbarer Ballon über den armen murmelnden Schädeln?«

Wernicke macht eine Bewegung, als scheuche er ein Insekt fort.

»Gut«, sage ich. »Das ist eine Frage für Bodendiek, der sie mit Leichtigkeit lösen wird. Bodendiek kann alles lösen mit dem großen Unbekannten Gott, mit Himmel und Hölle, dem Lohn für die Leidenden und der Strafe für die Bösen. Niemand hat je einen Beweis dafür gehabt – nur der Glaube macht selig, nach Bodendiek. Wozu haben wir dann aber Verstand, Kritik und die Sucht nach Beweisen bekommen? Um sie nicht zu brauchen? Ein sonderbares Spiel für den großen Unbekannten! Und was ist die Ehrfurcht vor dem Leben? Angst vor dem Tode? Angst, immer Angst! Warum? Und warum können wir fragen, wenn es keine Antwort gibt?«

»Fertig?« fragt Wernicke.

»Nein – aber ich werde Sie nicht weiter fragen.«

»Gut. Ich kann Ihnen auch nicht antworten. Soviel wissen Sie ja wenigstens, oder nicht?«

»Natürlich. Warum sollten gerade Sie es können, wenn alle Bibliotheken der Welt nur Spekulationen als Antwort haben?«

Der Käfer ist auf seinem zweiten Rundflug abgestürzt. Er krabbelt wieder auf die Beine und beginnt den dritten. Seine Flügel sind wie polierter blauer Stahl. Er ist eine schöne Zweckmäßigkeitsmaschine; aber Licht gegenüber ist er wie ein Alkoholiker gegenüber einer Flasche Schnaps.

Wernicke gießt den Rest des Mosels in die Gläser. »Wie lange waren Sie im Kriege?«

»Drei Jahre.«

»Merkwürdig!«

Ich antworte nicht. Ich weiß ungefähr, was er meint, und habe keine Lust, das noch einmal durchzukauen. »Glauben Sie, daß der Verstand zur Seele gehört?« fragt Wernicke statt dessen.

»Das weiß ich nicht. Aber glauben Sie, daß die sich beschmutzenden Untertiere, die in der geschlossenen Abteilung herumkriechen, noch eine Seele haben?«

Wernicke greift nach seinem Glas. »Für mich ist das alles einfach«, sagt er. »Ich bin ein Mann der Wissenschaft. Ich glaube gar nichts. Ich beobachte nur. Bodendiek dagegen glaubt *a piori!* Dazwischen flattern Sie unsicher umher. Sehen Sie den Käfer da?«

Der Käfer ist bei seinem fünften Ansturm. Er wird bis zu seinem Tode so weitermachen. Wernicke dreht die Lampe ab. »So, dem wäre geholfen.«

Die Nacht kommt groß und blau durch die offenen Fenster. Sie weht herein mit dem Geruch der Erde, der Blumen und dem Funkeln der Sterne. Alles, was ich gesagt habe, erscheint mir sofort entsetzlich lächerlich. Der Käfer zieht noch eine brummende Runde und steuert dann sicher zum Fenster hinaus. »Chaos«, sagt Wernicke. »Ist es wirklich Chaos? Oder ist es nur eins für uns. Haben Sie schon einmal darüber nachgedacht, wie die Welt wäre, wenn wir einen Sinn mehr hätten?«

»Nein.«

»Aber mit einem Sinn weniger?«

Ich denke nach. »Man wäre blind oder taub; oder könnte nichts schmecken. Es wäre ein großer Unterschied.«

»Und mit einem mehr? Warum sollen wir immer gerade auf fünf Sinne beschränkt bleiben? Warum können wir nicht vielleicht eines Tages sechs entwickeln? Oder acht? Oder zwölf? Würde die Welt dann nicht völlig anders sein? Vielleicht verschwände beim sechsten schon der Begriff Zeit. Oder der des Raumes. Oder der des Todes. Oder der des Schmerzes. Oder der der Moral. Sicher der des heutigen Lebensbegriffes. Wir wandern mit ziemlich beschränkten Organen durch unser Dasein. Ein Hund hört besser als jeder Mensch. Eine Fledermaus fühlt ihren Weg blind durch alle Hindernisse. Ein Schmetterling hat einen Radioempfänger in sich und fliegt damit über viele Kilometer direkt auf sein Weibchen zu. Zugvögel sind uns in der Orientierung weit überlegen. Schlangen hören mit der Haut. Die Naturwissenschaft weiß Hunderte solcher Beispiele. Wie können wir da irgend etwas bestimmt wissen? Eine Ausweitung eines Organs oder die Entwicklung eines neuen – und die Welt verändert sich, und der Gottbegriff verändert sich. Prost!«

Ich hebe mein Glas und trinke. Der Mosel ist herbe und erdig. »Es ist also besser, zu warten, bis wir einen sechsten Sinn haben, was?« sage ich.

»Nicht nötig. Sie können tun, was Sie wollen. Aber es ist gut zu wissen, daß ein Sinn mehr alle Schlüsse über den Haufen werfen würde. Tierischer Ernst schwindet davor dahin. Wie ist der Wein?«

»Gut. Wie ist es mit Fräulein Terhoven? Besser?«

»Schlechter. Ihre Mutter war hier – sie hat sie nicht erkannt.«

»Vielleicht hat sie es nicht gewollt.«

»Das ist fast dasselbe; sie hat sie nicht erkannt. Sie hat sie angeschrien, wegzugehen. Typischer Fall.«

»Warum?«

»Wollen Sie einen langen Vortrag über Schizophrenie, Elternkomplex, Flucht vor sich selbst und Schockwirkung hören?«

»Ja«, sage ich. »Heute ja.«

»Sie werden ihn nicht hören. Nur das Nötigste. Spaltpersönlichkeit ist gewöhnlich Flucht vor sich selbst.«

»Was ist man selbst?«

Wernicke sieht mich an. »Lassen wir das heute. Flucht in eine andere Persönlichkeit. Oder in mehrere. Meistens springt der Patient zwischendurch immer wieder für kurze oder längere Zeit in seine eigene zurück. Geneviève nicht. Seit langem nicht mehr. Sie zum Beispiel kennen sie gar nicht so, wie sie wirklich ist.«

»Sie wirkt ganz vernünftig, so wie sie jetzt ist.«

Wernicke lacht. »Was ist Vernunft? Logisches Denken?«

Ich denke an die kommenden zwei neuen Sinne und antworte nicht. »Ist sie sehr krank?« frage ich.

»Nach unseren Begriffen, ja. Aber es gibt schnelle und oft überraschende Heilungen.«

»Heilungen – wovon?«

»Von ihrer Krankheit.« Wernicke zündet sich eine Zigarette an.

»Sie ist oft ganz glücklich. Warum lassen Sie sie nicht so, wie sie ist?«

»Weil ihre Mutter für die Behandlung zahlt«, erklärt Wernicke trocken. »Außerdem ist sie nicht glücklich.«

»Glauben Sie, daß sie glücklicher wäre, wenn sie gesund würde?«

»Wahrscheinlich nicht. Sie ist empfindlich, intelligent, anscheinend voll Phantasie und wohl erblich belastet. Eigenschaften, die nicht unbedingt glücklich machen. Wenn sie glücklich gewesen wäre, wäre sie kaum geflüchtet.«

»Warum läßt man sie denn nicht in Frieden?«

»Ja, warum nicht?« sagt Wernicke. »Das frage ich mich auch oft. Warum operiert man Kranke, von denen man weiß, daß die Operation doch nicht helfen wird? Wollen wir eine Liste der Warums aufstellen? Sie würde lang werden. Eines der Warums würde sein: Warum trinken Sie nicht Ihren Wein und halten endlich mal die Klappe? Und warum spüren Sie nicht die Nacht statt Ihr unausgewaschenes Gehirn? Warum reden Sie über das Leben, anstatt es zu fühlen?«

Er steht auf und dehnt sich. »Ich muß zur Nachtvisite zu den Geschlossenen. Wollen Sie mitkommen?«

»Ja.«

»Ziehen Sie einen weißen Kittel über. Ich nehme Sie mit in eine besondere Abteilung. Entweder kotzen Sie nachher, oder Sie sind fähig, Ihren Wein mit tiefer Dankbarkeit zu genießen.«

»Die Flasche ist leer.«

»Ich habe noch eine auf meiner Bude. Möglich, daß wir sie brauchen. Wissen Sie, was merkwürdig ist? Daß Sie für Ihre fünfundzwanzig Jahre schon eine erhebliche Menge Tod, Elend und menschliche Idiotie gesehen haben – und trotzdem nichts anderes daraus gelernt zu haben scheinen, als die dämlichsten Fragen zu stellen, die man sich denken kann. Aber das ist wohl der Lauf der Welt – wenn wir endlich wirklich was gelernt haben, sind wir zu alt, es anzuwenden – und so geht das weiter, Welle auf Welle,

Generation auf Generation. Keine lernt das Geringste von der anderen. Kommen Sie!«

Wir sitzen im Café Central – Georg, Willy und ich. Ich wollte heute nicht allein zu Hause bleiben. Wernicke hat mir eine Abteilung der Irrenanstalt gezeigt, die ich noch nicht kannte – die der Kriegsverletzten. Es sind die Kopfschüsse, die Verschütteten und die Zusammengebrochenen. Inmitten des milden Sommerabends stand diese Abteilung da wie ein finsterer Unterstand im Gesang der Nachtigallen ringsum. Der Krieg, der überall bereits fast vergessen ist, geht in diesen Räumen immer noch weiter. Die Explosionen der Granaten sind immer noch in diesen armen Ohren, die Augen spiegeln noch wie vor fünf Jahren das

154

fassungslose Entsetzen, Bajonette bohren sich ohne Unterlaß weiter in weiche Bäuche, Tanks zermalmen jede Stunde schreiende Verwundete und pressen sie flach wie Flundern, das Donnern der Schlacht, das Krachen der Handgranaten, das Splittern der Schädel, das Röhren der Minen, das Ersticken in zusammenstürzenden Unterständen ist durch eine schreckliche schwarze Magie hier präserviert worden und tobt nun schweigend in diesem Pavillon zwischen Rosen und Sommer weiter. Befehle werden gegeben, und unhörbaren Befehlen wird gehorcht, die Betten sind Schützengräben und Unterstände, immer aufs neue werden sie verschüttet und ausgegraben, es wird gestorben und getötet, erwürgt und erstickt, Gas treibt durch die Räume, und Agonien von Angst lösen sich in Brüllen und Kriechen und entsetztem Röcheln und Weinen und oft nur in Kauern und Schweigen in einer Ecke, so klein geduckt wie nur möglich, das Gesicht zur Wand fest angepreßt ...

»Aufstehen!« brüllen plötzlich ein paar jugendliche Stimmen hinter uns. Eine Anzahl Gäste schnellt schneidig von den Tischen hoch. Die Cafékapelle spielt »Deutschland, Deutschland über alles«. Es ist das viertemal heute abend. Es ist nicht die Kapelle, die so nationalistisch ist; auch nicht der Wirt. Es ist eine Anzahl junger Radaubrüder, die sich wichtig machen wollen. Alle halbe Stunde geht einer zur Kapelle und bestellt die Nationalhymne. Er geht hin, als zöge er in die Schlacht. Die Kapelle wagt nicht, sich zu widersetzen, und so erklingt das Deutschlandlied anstatt der Ouvertüre zu »Dichter und Bauer«. »Aufstehen!« schallt es dann jedesmal von allen Seiten, denn beim Klang der Nationalhymne erhebt man sich von den Sitzen, besonders, wenn sie zwei Millionen Tote, einen verlorenen Krieg und die Inflation eingebracht hat.

»Aufstehen!« schreit mir ein etwa siebzehnjähriger Lümmel zu, der bei Ende des Krieges nicht mehr als zwölf Jahre alt gewesen sein kann.

»Leck mich am Arsch«, erwidere ich, »und geh zurück in die Schule.«

»Bolschewist!« schreit der Junge, der sicher noch nicht einmal weiß, was das ist. »Hier sind Bolschewisten, Kameraden!«

Es ist der Zweck dieser Flegel, Radau zu machen. Sie bestellen die Nationalhymne immer wieder, und immer wieder steht eine Anzahl Leute nicht auf, weil es ihnen zu dumm ist. Mit leuchtenden Augen stürzen die Schreihälse dann heran und suchen Streit. Irgendwo sitzen ein paar abgedankte Offiziere, dirigieren sie und fühlen sich patriotisch.

Ein Dutzend steht jetzt um unsern Tisch herum. »Aufstehen, oder es passiert was!«

»Was?« fragt Willy.

»Das werdet ihr bald sehen! Feiglinge! Vaterlandsverräter! Auf!«

»Geht vom Tisch weg«, sagt Georg ruhig. »Glaubt ihr, wir brauchen Befehle von Minderjährigen?«

Ein etwa dreißigjähriger Mann schiebt sich durch die Gesellschaft. »Haben Sie keinen Respekt vor Ihrer Nationalhymne?«

»Nicht in Kaffeehäusern, wenn damit Krach provoziert werden soll«, erwidert Georg. »Und nun lassen Sie uns mit Ihren Albernheiten in Ruhe?«

»Albernheiten? Sie nennen die heiligsten Gefühle eines Deutschen Albernheiten? Das werden Sie büßen müssen! Wo waren Sie im Kriege, Sie Drückeberger?«

»Im Schützengraben«, erwidert Georg. »Leider.«

»Das kann jeder sagen! Beweise!«

Willy steht auf. Er ist ein Riese. Die Musik schweigt gerade. »Beweise?« sagt Willy. »Hier?« Er lüftet ein Bein etwas an, dreht dem Frager leicht den Hintern zu, und ein Geräusch wie ein mittlerer Kanonenschuß erschallt.

»Das«, sagt Willy abschließend, »ist alles, was ich bei den Preußen gelernt habe. Vorher hatte ich nettere Manieren.«

Der Führer der Rotte ist unwillkürlich zurückgesprungen. »Sagten Sie nicht Feigling?« fragt Willy und grinst. »Sie scheinen selbst etwas schreckhaft zu sein!«

Der Wirt ist herangekommen mit drei stämmigen Kellnern. »Ruhe, meine Herrschaften, ich muß dringend bitten! Keine Auseinandersetzungen im Lokal!«

Die Kapelle spielt jetzt »Das Schwarzwaldmädel«. Die Hüter der Nationalhymne ziehen sich unter dunklen Drohungen zurück. Es ist möglich, daß sie draußen über uns herfallen wollen. Wir schätzen sie ab; sie hocken in der Nähe der Tür. Es sind etwa zwanzig. Der Kampf wird ziemlich aussichtslos für uns sein.

Doch auf einmal kommt unerwartet Hilfe. Ein vertrockneter kleiner Mann tritt an unseren Tisch. Es ist Bodo Ledderhose, ein Händler in Häuten und altem Eisen. Wir haben mit ihm in Frankreich gelegen. »Kinder«, sagt er. »Habe gerade gesehen, was los ist. Bin mit meinem Verein hier. Drüben hinter der Säule. Wir sind ein gutes Dutzend. Werden euch helfen, wenn die Arschgesichter was wollen. Gemacht?«

»Gemacht, Bodo. Du bist von Gott gesandt worden.«

»Das nicht. Aber dies ist kein Platz für vernünftige Leute. Wir sind nur für ein Glas Bier hereingekommen. Leider hat der Wirt hier das beste Bier in der ganzen Stadt. Sonst ist er ein charakterloses Arschloch.«

Ich finde, daß Bodo ziemlich weitgeht, in diesen Zeiten selbst von einem so einfachen menschlichen Organ noch Charakter zu verlangen; aber es ist trotzdem erhebend, gerade deswegen. In faulen Zeiten soll man unmögliche Ansprüche stellen.

»Wir gehen bald«, sagt Bodo noch. »Ihr auch?«

»Sofort.«

Wir zahlen und erheben uns. Bevor wir an der Tür sind, sind die Hüter der Nationalhymne bereits draußen. Sie haben wie durch Zauber auf einmal Knüppel, Steine und Schlagringe in den Händen. Im Halbkreis stehen sie vor dem Eingang.

Bodo ist plötzlich zwischen uns. Er schiebt uns zur Seite, und seine zwölf Mann gehen vor uns durch die Tür. Sie bleiben draußen stehen. »Irgendwelche Wünsche, Ihr Rotzköpfe?« fragt Bodo.

Die Hüter des Reiches starren uns an. »Feiglinge!« sagt schließlich der Befehlshabe, der mit zwanzig Mann über uns drei herfallen wollte. »Wir werden euch schon noch erwischen!«

»Sicher«, sagt Willy. »Dafür haben wir ein paar Jahre im Schützengraben gelegen. Seht aber zu, daß ihr immer drei- oder viermal so viele seid. Übermacht gibt Patrioten Zuversicht.«

Wir gehen mit Bodos Verein die Große Straße hinunter. Die Sterne stehen am Himmel. In den Läden brennt Licht. Manchmal, wenn man mit Kameraden vom Kriege zusammen ist, erscheint einem das immer noch sonderbar und herrlich und atemberaubend und unbegreiflich: daß man so dahinschlendern kann und frei ist und lebt. Ich verstehe plötzlich, was Wernicke gemeint hat mit der Dankbarkeit. Es ist eine Dankbarkeit, die sich nicht an jemand richtet – einfach die, davongekommen zu sein für etwas mehr Zeit – denn wirklich davon kommt natürlich keiner.

»Ihr müßt ein anderes Café haben«, sagt Bodo. »Wie ist es mit unserem? Da gibt es keine solchen Brüllaffen. Kommt mit, wir zeigen es euch!«

Sie zeigen es uns. Unten gibt es Kaffee, Selters, Bier und Eis – oben sind die Versammlungsräume. Bodos Verein ist ein Gesangverein. Die Stadt wimmelt von Vereinen, die alle ihre Vereinsabende, ihre Statuten, ihre Tagesordnungen haben und sich sehr wichtig und ernst nehmen. Bodos Verein tagt donnerstags im ersten Stock.

»Wir haben einen schönen vierstimmigen Männerchor«, sagt er. »Nur im ersten Tenor sind wir etwas schwach. Komisch, es sind wohl sehr viele erste Tenöre im Kriege gefallen. Und der Nachwuchs ist erst im Stimmbruch.«

»Willy ist ein erster Tenor«, erkläre ich.

»Tatsächlich?« Bodo sieht ihn interessiert an. »Sing mal diesen Ton nach, Willy.«

Bodo flötet wie eine Drossel. Willy flötet nach. »Gutes Material«, sagt Bodo. »Nun diesen!«

Willy schafft auch den zweiten. »Werde Mitglied«, drängt Bodo jetzt. »Wenn es dir nicht paßt, kannst du ja immer wieder austreten.«

Willy ziert sich etwas, aber zu unserem Erstaunen beißt er an. Er wird sofort zum Schatzmeister des Klubs ernannt. Dafür zahlt er eine doppelte Lage Bier und Schnaps und fügt für alle Erbsensuppe und Eisbein hinzu. Bodos Verein ist politisch demokratisch; nur im ersten Tenor haben sie einen konservativen Spielwarenhändler und einen halbkommunistischen Schuster; aber bei ersten Tenören kann man eben nicht wählerisch sein, es gibt zu wenige. Bei der dritten Lage erzählt Willy, daß er eine Dame kenne, die ebenfalls ersten Tenor singen könne und sogar Baß. Der Verein schweigt, kaut Eisbein und zweifelt. Georg und ich greifen ein und erklären die Duettfähigkeit Renée de la Tours. Willy schwört, daß sie kein wirklicher Baß sei, sondern von Geburt reiner Tenor. Darauf wird mit mächtigem Beifall geantwortet. Renée wird in Abwesenheit zum Mitglied und sofort zum Ehrenmitglied ernannt. Willy spendet die Runden dafür. Bodo träumt von mysteriösen Sopraneinlagen, wodurch andere Gesangvereine bei Sängerfesten wahnsinnig werden sollen, weil sie glauben müssen, daß Bodos Klub einen Eunuchen bei sich habe, zumal Renée natürlich in Männerkleidung auftreten muß, da der Verein sonst als gemischter Chor klassifiziert würde.

»Ich werde es ihr heute abend noch sagen«, erklärt Willy. »Kinder, wird sie lachen! In allen Stimmlagen!«

Georg und ich gehen schließlich. Willy bewacht vom ersten Stock aus den Platz; er rechnet, als alter Soldat, noch mit einem Hinterhalt der Hüter der Nationalhymne. Aber nichts geschieht. Der Marktplatz liegt ruhig unter den Sternen. Rundum stehen die Fenster der Kneipen offen. Gewaltig dringt es aus Bodos Vereinslokal: »Wer hat dich, du schöner Wald, aufgebaut so hoch da droben?«

»Sag mal, Georg«, frage ich, als wir in die Hakenstraße einbiegen. »Bist du eigentlich glücklich?«

Georg Kroll lüftet seinen Hut vor etwas Unsichtbarem in der Nacht. »Eine andere Frage!« sagt er. »Wie lange kann man auf einer Nadelspitze sitzen?«

11 Regen stürzt vom Himmel. Nebel dampfen aus dem Garten dagegen. Der Sommer ist ertrunken, es ist kalt, und der Dollar steht auf hundertzwanzigtausend Mark. Mit mächtigem Krach bricht ein Teil der Dachtraufe nieder, und das Wasser schießt vor unserem Fenster herunter wie ein grauer Glaswall. Ich verkaufe zwei Engel aus Bisquitporzellan und einen Imortellenkranz an eine zarte Frau, deren beide Kinder an Grippe gestorben sind. Nebenan liegt Georg und hustet. Er hat auch die Grippe, aber ich habe ihn mit einer Kanne Glühwein gestärkt. Er hat außerdem ein halbes Dutzend Zeitschriften um sich herumliegen und benutzt die Gelegenheit, sich über die letzten Ehen, Scheidungen und Skandale der großen Welt in Cannes, Berlin, London und Paris zu informieren. Heinrich Kroll, unverwüstlich in gestreiften Hosen, Radfahrerklammern und einem passend gewählten dunklen Regenmantel, tritt ein. »Macht es Ihnen etwas aus, wenn ich Ihnen einige Bestellungen diktiere?« fragt er mit unübertrefflichem Sarkasmus.

»Keineswegs. Immer los.«

Er gibt einige Aufträge an. Es sind kleinere Hügelsteine aus rotem Syenit, eine Marmorplatte, ein paar Grabeinfassungen – der Alltag des Todes, nichts Besonderes. Nachher steht er noch eine Zeitlang unschlüssig herum, wärmt sich am kalten Ofen seinen Hintern, betrachtet eine Anzahl Gesteinsproben, die seit zwanzig Jahren im Büro auf den Regalen liegen, und schießt endlich los: »Wenn einem derartige Schwierigkeiten gemacht werden, ist es kein Wunder, wenn wir bald pleite sind!«

Ich antworte nicht, um ihn zu ärgern.

»Pleite, sage ich«, erklärt er. »Und ich weiß, was ich sage.«

»Wirklich?« Ich blicke ihn freundlich an. »Wozu dann die Verteidigung? Jeder glaubt es Ihnen.«

»Verteidigung? Ich brauche mich nicht zu verteidigen! Aber was da in Wüstringen passiert ist –«

»Hat man die Mörder des Tischlers gefunden?«

»Mörder? Was geht das uns an? Und wer redet bei so was von Mord? Es war ein Unfall. Der Mann hatte sich das selbst zuzuschreiben! Was ich meine, ist, wie Sie mit dem Vorsteher Döbbeling dort umgegangen sind! Und dann noch der Witwe des Tischlers umsonst einen Grabstein anzubieten!«

Ich drehe mich zum Fenster und blicke in den Regen. Heinrich Kroll gehört zu den Menschen, die nie einen Zweifel an ihren Anschauungen haben – das macht sie nicht nur langweilig, sondern auch gefährlich. Sie sind die eherne Masse unseres geliebten Vaterlandes, mit der man immer wieder in einen Krieg ziehen kann. Nichts kann sie belehren, sie sind mit den Händen an der Hosennaht geboren, und sie sind stolz darauf, auch so zu sterben. Ich weiß nicht, ob es den Typ in anderen Ländern auch gibt – sicher aber nicht in solchen Mengen.

Nach einer Weile höre ich wieder, was der kleine Dickkopf redet. Er hat also mit dem Vorsteher eine lange Sitzung gehabt und die Sache bereinigt. Nur seiner Persönlichkeit ist das zu danken. Wir dürfen wieder Grabsteine nach Wüstringen liefern.

»Was sollen wir jetzt tun?« frage ich. »Sie anbeten?«

Er wirft mir einen giftigen Blick zu. »Passen Sie auf, daß Sie nicht einmal zu weit gehen!«

»Wie weit?«

»Zu weit. Vergessen Sie nicht, daß Sie hier Angestellter sind.«

»Ich vergesse das dauernd. Sonst müßten Sie mir dreifaches Gehalt zahlen – als Zeichner, Bürochef und Reklamechef. Im übrigen stehen wir nicht im militärischen Verhältnis zueinander, sonst müßten Sie vor mir strammstehen. Und wenn Sie wollen, kann ich ja einmal mit Ihrer Konkurrenz telefonieren – Hollmann und Klotz nehmen mich sofort.«

Die Tür öffnet sich, und Georg erscheint in einem fuchsroten Pyjama. »Redest du von Wüstringen, Heinrich?«

»Wovon sonst?«

»Dann geh in den Keller und schäme dich. In Wüstringen ist ein Mensch getötet worden! Ein Leben ist untergegangen. Eine Welt ist für jemand zerstört worden. Jeder Mord, jeder Totschlag ist der erste Totschlag der Welt. Kain und Abel, immer wieder! Wenn du und deine Genossen das einmal begreifen würden, gäbe es nicht so viel Kriegsgeschrei auf dieser an sich gesegneten Erde!«

»Sklaven und Knechte gäbe es dann! Kriecher vor dem unmenschlichen Vertrag von Versailles!«

»Der Vertrag von Versailles! Natürlich!« Georg tut einen Schritt vorwärts. Der Duft des Glühweins umschwebt ihn stark. »Hätten wir den Krieg gewonnen, dann hätten wir unsere Gegner natürlich mit Liebe und Geschenken überhäuft, was? Hast du vergessen, was du und deine Genossen alles annektieren wollten? Die Ukraine, Brie, Longwy und das gesamte Erz- und Kohlenbecken Frankreichs? Hat man uns die Ruhr weggenommen? Nein, wir haben sie noch! Willst du behaupten, daß unser Friedensvertrag nicht zehnmal härter geworden wäre, hätten wir nur einen diktieren können? Habe ich deine große Schnauze darüber nicht selbst noch 1917 gehört? Frankreich sollte ein Staat dritten Ranges werden, riesige Stücke Rußlands müßten annektiert werden, und alle Gegner hätten zu zahlen und Sachwerte abzuliefern bis zum Weißbluten! Das warst du, Heinrich! Jetzt aber brüllst du im Chor mit über die Ungerechtigkeit, die uns angetan wurde. Es ist zum Kotzen mit eurem Selbstmitleid und eurem Rachegeschrei! Immer ist ein anderer schuld! Ihr stinkt vor Selbstgerechtigkeit, ihr Pharisäer! Wißt ihr nicht, daß das erste Zeichen eines Mannes darin besteht, daß er dafür einsteht, was er getan hat? Euch aber ist nie etwas anderes als das größte Unrecht geschehen, und ihr unterscheidet euch nur in einem von Gott – Gott weiß alles, aber ihr wißt alles besser.«

Georg sieht sich um, als erwache er. Sein Gesicht ist jetzt so rot wie sein Pyjama, und sogar die Glatze hat eine rosige Farbe. Heinrich ist erschreckt zurückgewichen. Georg folgt ihm. Er ist sehr wütend. Heinrich weicht weiter zurück. »Steck mich nicht an?« schreit er. »Du bläst mir ja deine Bazillen ins Gesicht! Wohin soll das führen, wenn wir beide die Grippe haben?«

»Niemand dürfte mehr sterben«, sage ich.

Es ist ein schönes Bild, die kämpfenden Brüder zu sehen. Georg im roten Satinpyjama, schwitzend vor Wut, und Heinrich im kleinen Gesellschaftsanzug, voller Sorge, die Grippe zu erwischen. Die Szene wird außer mir noch von Lisa beobachtet, die in einem Morgenrock mit eingedruckten Segelschiffen trotz des Wetters weit aus dem Fenster hängt. Im Hause Knopf steht die Tür offen. Der Regen hängt wie ein Vorhang von Glasperlen davor. Es ist so dunkel drinnen, daß die Mädchen bereits Licht gemacht haben. Man könnte glauben, sie schwämmen da herum wie die Rheintöchter Wagners. Unter einem riesigen Schirm wandelt der Tischler Wilke wie ein schwarzer Pilz über den Hof. Heinrich Kroll verschwindet, buchstäblich von Georg aus dem Büro gedrängt. »Gurgeln Sie mit Salzsäure«, rufe ich ihm nach. »Grippe ist bei Leuten Ihres Schlages tödlich.«

Georg bleibt stehen und lacht. »Was bin ich für ein Idiot«, sagt er. »Als ob die Sorte je etwas lernen würde!«

»Woher hast du das Pyjama?« frage ich. »Bist du in die kommunistische Partei eingetreten?«

Händeklatschen kommt von gegenüber. Lisa überschüttet Georg mit Beifall – ein starkes Stück von Disloyalität gegen Watzek, den aufrechten Nationalsozialisten und künftigen Schlachthofdirektor. Georg verneigt sich, die Hand aufs Herz gedrückt. »Leg dich ins Bett«, sage ich. »Du bist ja ein Springbrunnen, so schwitzest du!«

»Schwitzen ist gesund! Schau dir den Regen an! Da schwitzt der Himmel. Und drüben das Stück Leben, in seinem offenen Morgenrock, mit weißen Zähnen und voll von Gelächter! Was tun wir hier? Warum zerspringen wir nicht wie Feuerwerk? Wenn wir einmal richtig wüßten, was Leben ist, würden wir zerspringen! Wozu verkaufe ich Denkmäler? Warum bin ich nicht eine Sternschnuppe? Oder ein Vogel Greif, der über Hollywood hinstreicht und die wunderbarsten Frauen aus ihren Swimmingpools raubt? Weshalb müssen wir in Werdenbrück leben und Kämpfe im Café Central haben, anstatt eine Karawane nach Timbuktu auszurüsten und mit mahagonifarbenen Trägern in den weiten afrikanischen Morgen zu ziehen? Warum haben wir kein Bordell in Yokohama? Antworte! Es ist wichtig, das sofort zu wissen! Warum schwimmen wir nicht mit purpurnen Fischen um die Wette in den roten Abenden von Tahiti? Antworte!«

Er greift nach der Flasche Kornschnaps. »Halt!« sage ich. »Es ist noch Wein da. Ich werde ihn sofort auf dem Spirituskocher heiß machen. Keinen Schnaps jetzt! Du hast Fieber! Roten, heißen Wein, gewürzt mit den Spezereien Indiens und der Sundainseln!«

»Gut! Erhitze ihn! Aber warum sind wir nicht selbst auf den Inseln der Hoffnung und schlafen mit Frauen, die nach Zimt riechen und deren Augen weiß werden, wenn wir sie unter dem südlichen Kreuz begatten, und die Schreie ausstoßen wie die Papageien und die Tiger? Antworte!«

Die blaue Flamme des Spirituskochers brennt wie das blaue Licht des Abenteuers im Halbdunkel des Büros. Der Regen rauscht wie das Meer. »Wir sind auf dem Weg, Kapitän«, sage ich und nehme einen gewaltigen Zug Kornschnaps, um Georg nachzukommen. »Die Karavelle passiert gerade Santa Cruz, Lissabon und die Goldküste. Die Sklavinnen des Arabers Mohammed ben Hassan ben Watzek starren aus ihren Kajüten und winken. Hier ist Eure Wasserpfeife!«

Ich reiche Georg eine Zigarre aus der Kiste für die besten Agenten. Er entzündet sie und bläst ein paar tadellose Rauchringe. Sein Pyjama zeigt dunkle Wasserflecke. »Auf dem Wege«, sagt er. »Warum sind wir noch nicht da?«

»Wir sind da. Man ist immer und überall da. Zeit ist ein Vorurteil. Das ist das Geheimnis des Lebens. Man weiß es nur nicht. Man bemüht sich immer, irgendwo anzukommen!«

»Warum weiß man es nicht?« fragt Georg.

»Zeit, Raum und das Kausalgesetz sind der Schleier der Maja, der die freie Sicht behindert.«

»Warum?«

»Sie sind die Peitschen, mit denen Gott verhindert, daß wir ihm gleich werden. Er jagt uns mit ihnen durch ein Panorama von Illusionen und durch die Tragödie der Dualität.«

»Welcher Dualität?«

»Der von Ich und Welt. Von Sein und Leben. Objekt und Subjekt sind nicht mehr eins. Geburt und Tod sind die Folgen. Die Kette klirrt. Wer sie zerreißt, zerreißt auch Geburt und Tod. Laßt es uns versuchen, Rabbi Kroll!«

Der Wein dampft. Er riecht nach Gewürznelken und Zitronen. Ich gebe Zucker hinein, und wir trinken. Beifall kommt aus der Kabine des Sklavenschiffes Mohammed ben Hassan ben Jussuf ben Watzek auf der anderen Seite des Golfes. Wir verneigen uns und setzen die Gläser nieder. »Wir sind also unsterblich?« fragt Georg kurz und ungeduldig.

»Nur hypothetisch«, erwidere ich. »In der Theorie – denn unsterblich ist der Gegensatz zu sterblich – also bereits eine Dualitätshälfte. Erst wenn der Schleier der Maja völlig reißt, geht die Dualität zum Teufel. Dann ist man heimgekehrt, nicht mehr Objekt und Subjekt, sondern beides in einem, und alle Fragen sterben.«

»Das ist nicht genug!«

»Was gibt es weiter?«

»Man ist. Punkt.«

»Auch das ist der Teil eines Paares: Man ist, man ist nicht. Immer noch Dualität, Kapitän! Wir müssen darüber hinaus!«

»Wie? Wenn wir die Schnauze aufmachen, haben wir sofort wieder den Teil eines anderen Paares am Wickel. Das geht nicht so weiter! Sollen wir stumm durchs Leben gehen?«

»Das wäre der Gegensatz zu nicht-stumm.«

»Verflucht! Wieder eine Falle! Was tun, Steuermann?«

Ich schweige und hebe das Glas hoch. Rot leuchtet der Reflex des Weines. Ich zeige auf den Regen und hebe ein Stück Granit von den Gesteinsproben hoch. Dann zeige ich auf Lisa, auf den Reflex im Glase, das Flüchtigste der Welt, auf den Granit, das Beständigste der Welt, stelle das Glas und den Granit fort und schließe die Augen. Etwas wie ein Schauer läuft mir bei all dem Hokuspokus plötzlich den Rücken entlang. Sind wir vielleicht unwissentlich auf eine Spur geraten? Haben wir im Suff einen magischen Schlüssel erwischt? Wo ist auf einmal das Zimmer? Treibt es im Universum? Wo ist die Welt? Passiert sie gerade die Plejaden? Und wo ist der rote Reflex des Herzens? Ist er Polarstern, Achse und Zentrum in einem?

Frenetisches Beifallsklatschen von gegenüber. Ich öffne die Augen. Einen Moment ist keine Perspektive da. Alles ist flach und weit und nah und rund zur selben Zeit und hat keinen Namen. Dann wirbelt es zurück und steht still und ist wieder das, was es heißt. Wann war das schon einmal so? Es war schon einmal so! Ich weiß es irgendwoher, aber es fällt mir nicht ein.

Lisa schwenkt eine Flasche Kakaolikör aus dem Fenster. In diesem Augenblick geht die Türglocke. Wir winken Lisa hastig zu und schließen das Fenster. Bevor Georg verschwinden kann, öffnet sich die Bürotür, und Liebermann, der Friedhofswärter des Stadtfriedhofes, tritt ein. Er umfaßt mit einem Blick den Spirituskocher, den Glühwein und Georgs Pyjama und krächzt: »Geburtstag?«

»Grippe«, erwidert Georg.

»Gratuliere!«

»Was ist da zu gratulieren?«

»Grippe bringt Geschäft. Ich merke es draußen. Bedeutend mehr Tote.«

»Herr Liebermann«, sage ich zu dem rüstigen Achtzigjährigen. »Wir sprechen nicht vom Geschäft. Herr Kroll hat einen schweren kosmischen Grippeanfall, den wir soeben heroisch bekämpfen. Wollen Sie auch ein Glas Medizin?«

»Ich bin Schnapstrinker. Wein macht mich nur nüchtern.«

»Wir haben auch Schnaps.«

Ich schenke ihm ein Wasserglas voll ein. Er trinkt einen guten Schluck, nimmt dann seinen Rucksack ab und holt vier Forellen hervor, die in große grüne Blätter eingeschlagen sind. Sie riechen nach Fluß und Regen und Fisch.

»Ein Geschenk«, sagt Liebermann.

Die Forellen liegen mit gebrochenen Augen auf dem Tisch. Ihre grüne und graue Haut ist voll roter Flecken. Wir starren sie an. Sanft ist der Tod plötzlich wieder in den Raum eingebrochen, in dem soeben noch die Unsterblichkeit schwang – sanft und schweigend, mit dem Vorwurf der Kreatur gegen den Mörder und Allesesser Mensch, der von Frieden und Liebe redet und Lämmern die Kehle zerschneidet und Fische ersticken läßt, um Kraft genug zu haben, weiter über Frieden und Liebe zu reden – Bodendiek, den Mann Gottes und saftigen Fleischesser, nicht ausgenommen.

»Ein schönes Abendessen«, sagt Liebermann. »Besonders für Sie, Herr Kroll. Leichte Krankenkost.«

Ich trage die toten Fische in die Küche und übergebe sie Frau Kroll, die sie fachkundig betrachtet. »Mit frischer Butter, gekochten Kartoffeln und Salat«, erklärt sie.

Ich sehe mich um. Die Küche glänzt, Licht strahlt aus den Kochtöpfen zurück, eine Pfanne zischt, und es riecht gut. Küchen sind immer ein Trost. Der Vorwurf schwindet aus den Augen der Forellen. Aus toten Kreaturen wird plötzlich Nahrung, die man verschiedenartig zubereiten kann. Fast scheint es, als wären sie nur deswegen geboren worden. Was für Verräter wir doch sind, denke ich, an unseren edleren Gefühlen!

Liebermann hat einige Adressen gebracht. Die Grippe wirkt sich tatsächlich bereits aus. Leute sterben, weil sie nicht viel Widerstandskraft haben. Der Hunger während des Krieges hat sie ohnehin schon geschwächt. Ich beschließe plötzlich, mir einen anderen Beruf zu suchen. Ich bin des Todes müde. Georg hat sich seinen Bademantel geholt. Er sitzt wie ein schwitzender Buddha da. Der Bademantel ist giftgrün. Georg liebt zu Hause scharfe Farben. Ich weiß jetzt auf einmal, woran mich unser Gespräch vorhin erinnert hat. An etwas, was Isabelle vor einiger Zeit gesagt hat. Ich erinnere mich nicht mehr genau daran – aber es hatte mit dem Betrug der Dinge zu tun. Doch war es bei uns wirklich ein Betrug? Oder waren wir Gott einen Augenblick um einen Zentimeter näher?

Die Dichterklause im Hotel »Walhalla« ist ein kleiner getäfelter Raum. Eine Büste Goethes steht auf einem Regal mit Büchern, und Photographien und Stiche von deutschen Klassikern, Romantikern und ein paar modernen Schriftstellern hängen herum. Die Klause ist der Versammlungsort für den Dichterklub und die geistige Elite der Stadt. Jede Woche ist eine Sitzung. Selbst der Redakteur des Tageblattes erscheint ab und zu und wird offen umschmeichelt und geheim gehaßt, je nachdem, ob er Beiträge angenommen oder abgelehnt hat. Er macht sich nichts daraus. Wie ein milder Onkel schwebt er durch den Tabakrauch, verlästert, angegriffen und verehrt – nur in einem sind sich alle über ihn einig: daß er nichts von moderner Literatur versteht. Hinter Theodor Storm, Eduard Mörike und Gottfried Keller beginnt für ihn die große Wüste.

Außer ihm kommen noch ein paar Landgerichtsräte und pensionierte Beamte, die an Literatur interessiert sind; Arthur Bauer und einige seiner Kollegen; die Poeten der Stadt, ein paar Maler und Musiker, und ab und zu als Gast ein Außenseiter. Arthur Bauer wird gerade von dem Speichellecker Matthias Grund umkrochen, der hofft, Arthur werde sein »Buch vom Tode in sieben Abteilungen« verlegen. Eduard Knobloch, der Gründer des Klubs, erscheint. Er wirft einen raschen Blick durch den Raum und heitert sich auf. Einige seiner Kritiker und Feinde sind nicht da. Er setzt sich zu meinem Erstaunen neben mich. Ich habe das nach dem Abend mit dem Huhn nicht erwartet. »Wie geht's?« fragt er zudem ganz menschlich, nicht in seinem Speisesaalton.

»Brillant«, sage ich, weil ich weiß, daß ihn das ärgert.

»Ich habe eine neue Sonett-Serie vor«, erklärt er, ohne darauf einzugehen. »Ich hoffe doch, du hast nichts dagegen.«

»Was soll ich dagegen haben? Ich hoffe, sie reimen sich.«

Ich bin Eduard überlegen, weil ich bereits zwei Sonette im Tageblatt veröffentlicht habe; er jedoch nur zwei Lehrgedichte. »Es ist ein Zyklus«, sagt er, zu meiner Überraschung leicht verlegen. »Die Sache ist: Ich möchte ihn ›Gerda‹ nennen.«

»Nenne ihn, wie du –« Ich unterbreche mich. »Gerda, sagst du? Warum Gerda? Gerda Schneider?«

»Unsinn! Einfach Gerda.«

Ich mustere den fetten Riesen argwöhnisch. »Was soll denn das heißen?«

Eduard lacht falsch. »Nichts. Nur eine poetische Lizenz. Die Sonette haben etwas mit Zirkus zu tun. Entfernt, natürlich. Wie du weißt, belebt es die Phantasie, wenn sie – auch nur theoretisch – konkret fixiert wird.«

»Laß die Faxen«, sage ich. »Komm raus mit der Sprache! Was soll das heißen, du Falschspieler?«

»Falschspieler?« erwidert Eduard mit gespielter Empörung. »Das kann man wohl eher von dir sagen! Hast du nicht getan, als wäre die Dame eine Sängerin wie die ekelhafte Freundin von Willy?«

»Nie. Du hast es nur geglaubt.«

»Na schön«, erklärt Eduard. »Die Sache hat mir keine Ruhe gegeben. Ich bin ihr nachgegangen. Und ich habe herausgefunden, daß du gelogen hast. Sie ist gar keine Sängerin.«

»Habe ich das denn gesagt? Habe ich dir nicht gesagt, sie sei beim Zirkus?«

»Das hast du. Aber du hast mit der Wahrheit so gelogen, daß ich sie nicht geglaubt habe. Und dann hast du die andere Dame imitiert.«

»Wie hast du das alles herausgefunden?«

»Ich habe Mademoiselle Schneider zufällig auf der Straße getroffen und sie gefragt. Das darf man ja wohl noch, was?«

»Und wenn sie dich angeschwindelt hat?«

Eduard hat plötzlich ein ekelhaft süffisantes Lächeln auf seinem Babygesicht und schweigt. »Hör zu«, sage ich alarmiert und sehr ruhig. »Diese Dame ist nicht mit Sonetten zu gewinnen.«

Eduard reagiert darauf nicht. Er zeigt weiter die Überlegenheit eines Poeten, der außer Gedichten noch ein erstklassiges Restaurant besitzt, und ich habe gesehen, daß Gerda da sterblich ist.

»Du Schurke«, erkläre ich wütend. »Das alles nützt dir nichts. Die Dame fährt in ein paar Tagen ab.«

»Sie fährt nicht ab«, erwidert Eduard und entblößt zum ersten Male, seit ich ihn kenne, sein Gebiß. »Ihr Vertrag ist heute verlängert worden.«

Ich starre ihn an. Der Lump weiß mehr als ich. »Du hast sie also heute auch getroffen?«

Eduard beginnt etwas zu stottern. »Zufällig heute – das war es doch! Nur heute.«

Die Lüge steht groß auf seinen dicken Backen geschrieben.

»So, und da hattest du gleich die Inspiration mit der Widmung?« sage ich. »So vergiltst du mir unsere treue Kundschaft? Mit einem Küchenmesserstich in die Richtung der Geschlechtsteile, du Tellerwäscher?«

»Eure verdammte Kundschaft kann mir –«

»Hast du ihr die Sonette nicht auch schon geschickt, du impotenter Pfau?« unterbreche ich ihn. »Laß nur, du brauchst es nicht abzuleugnen! Ich werde sie schon ohnehin sehen, du Bettenmacher für fremde Schmutzfinken!«

»Was? Wie?«

»Deine Sonette, du Muttermörder! Habe ich dir nicht beigebracht, wie man überhaupt welche schreibt? Ein schöner Dank! Hättest du noch wenigstens den Anstand besessen, ihr Ritornelle oder Oden zu schicken! Aber nein, meine eigenen Waffen – na, Gerda wird mir das Zeug ja zeigen, damit ich es ihr übersetze!«

»Das wäre doch –«, stottert Eduard, zum ersten Male aus der Fassung gebracht.

»Es wäre gar nichts«, erwidere ich. »Frauen tun so etwas. Ich weiß das. Aber da ich dich als Restaurateur schätze, will ich dir noch etwas anderes verraten: Gerda hat einen herkulischen Bruder, der über die Familienehre wacht. Er hat bereits zwei ihrer Verehrer zu Krüppeln geschlagen. Er bricht besonders gern Plattfüße. Und die hast du ja.«

»Quatsch«, sagt Eduard, aber ich sehe, daß er trotzdem scharf nachdenkt. Eine Behauptung kann noch so unwahrscheinlich sein, wenn man nur fest darauf besteht, bleibt immer etwas hängen – das habe ich von Watzeks politischem Vorbild gelernt.

Der Dichter Hans Hungermann tritt zu uns an das Sofa. Er ist der Verfasser des ungedruckten Romans »Wotans Ende« und der Dramen »Saul«, »Baldur« und »Mohammed«. »Was macht die Kunst, Gesellen?« fragt er. »Habt ihr den Mist gelesen, den Otto Bambuss gestern im Tecklenburger Kreisblatt zum besten gegeben hat? Buttermilch und Spucke! Daß Bauer diesen Schleimscheißer druckt!«

Otto Bambuss ist der erfolgreichste Poet der Stadt. Wir sind alle auf
ihn neidisch. Er verfaßt stimmungsvolle Verse über stimmungsvolle
Winkel, umliegende Dörfer, Straßenecken am Abend und seine weh-
mütige Seele. Er hat zwei dünne broschierte Gedichtbände bei Arthur
Bauer herausgebracht – einen sogar in zweiter Auflage. Hungermann,
der markige Runendichter, haßt ihn, versucht aber, seine Beziehungen
auszunützen. Matthias Grund verachtet ihn. Ich dagegen bin Ottos Ver-
trauter. Er möchte gern einmal in ein Bordell gehen, wagt es aber nicht.
Er erwartet davon einen mächtigen bluthaften Aufschwung seiner
etwas bleichsüchtigen Lyrik. Als er mich sieht, kommt er gleich auf
mich los. »Ich habe gehört, du kennst eine Dame vom Zirkus! Zirkus,
das wäre was! Da könnte man farbig sein! Kennst du wirklich eine?«

»Nein, Otto. Eduard hat renommiert. Ich kenne nur eine, die vor drei
Jahren Billetts im Zirkus verkauft hat.«

»Billetts – immerhin, sie war dabei! Sie muß noch etwas davon haben.
Den Raubtiergeruch, die Manege. Könntest du mich nicht einmal mit
ihr bekannt machen?«

Gerda hat wahrhaftig Chancen in der Literatur! Ich sehe Bambuss an.
Er ist hochgeschossen, blaß, hat kein Kinn, kein Gesicht und trägt einen
Kneifer. »Sie war im Flohzirkus«, sage ich.

»Schade!« Er tritt enttäuscht zurück. »Ich muß etwas tun«, murmelt
er dann. »Ich weiß, daß es das ist, was mir fehlt – das Blut.«

»Otto«, erwidere ich. »Kann es nicht jemand sein, der nicht vom Zirkus ist? Irgendein netter Betthase?«

Er schüttelt seinen schmalen Kopf. »Das ist nicht so einfach, Ludwig.
Über Liebe weiß ich alles. Seelische Liebe, meine ich. Da brauche ich
nichts mehr, das habe ich. Was ich brauche, ist Leidenschaft, brutale,
wilde Leidenschaft. Purpurnes, rasendes Vergessen. Delirium!«

Er knirscht beinahe mit seinen kleinen Zähnen. Er ist Lehrer in einem
winzigen Dorf in der Nähe der Stadt, und da findet er das natürlich
nicht. Jeder will dort heiraten oder meint, Otto solle heiraten, ein braves
Mädchen, das gut kocht, mit einer schönen Aussteuer. Das will Otto
aber nicht. Er findet, als Dichter müsse er sich ausleben. »Das Schwierige ist, daß ich die beiden nicht zusammenkriegen kann«, erklärt er
düster. »Die himmlische und die irdische Liebe. Liebe ist für mich sofort

sanft, voll Hingabe, Opfer und Güte. Der Geschlechtstrieb wird dabei auch sanft und häuslich. Jeden Sonnabendabend, du verstehst, damit man sonntags ausschlafen kann. Ich brauche aber etwas, das nur Geschlechtstrieb ist, ohne alles andere, etwas, in das man sich verbeißen kann. Schade, ich hörte, du hättest eine Trapezkünstlerin.«

Ich betrachte Bambuss mit neuem Interesse. Himmlische und irdische Liebe – er also auch! Die Krankheit scheint verbreiteter zu sein, als ich dachte. Otto trinkt ein Glas Waldmeisterlimonade und sieht mich mit seinen blassen Augen an. Wahrscheinlich hat er erwartet, daß ich auf Gerda sofort verzichten würde, um seiner Kunst Geschlechtsteile wachsen zu lassen. »Wann gehen wir einmal ins Freudenhaus?« fragt er wehmütig. »Du hast mir das doch versprochen.«

»Bald. Aber es ist kein purpurner Pfuhl der Sünde, Otto.«

»Ich habe nur noch zwei Wochen Ferien. Dann muß ich wieder auf mein Dorf zurück, und alles ist aus.«

»Wir machen es vorher. Hungermann möchte auch hin. Er braucht es für sein neues Drama ›Casanova‹. Wie wäre es mit einem gemeinsamen Ausflug?«

»Um Gottes willen! Ich darf nicht gesehen werden! Bei meinem Beruf!«

»Gerade deshalb! Ein Ausflug ist harmlos. Der Puff hat eine Art Kneipe in den unteren Räumen. Da verkehrt, wer will.«

»Natürlich gehen wir«, sagt Hungermann hinter mir. »Alle zusammen. Wir machen eine Studienexpedition. Rein wissenschaftlich. Eduard will auch mit.«

Ich drehe mich nach Eduard um, um den überlegenen Sonettkoch mit sarkastischer Soße zu übergießen – aber das ist schon nicht mehr notwendig. Eduard sieht plötzlich aus, als hätte er eine Schlange vor sich. Ein schlanker Mensch hat ihm soeben auf die Schulter geklopft. »Eduard, alter Kamerad?« sagt er jetzt freundschaftlich. »Wie geht es dir? Freust dich, daß du noch lebst, was?«

Eduard starrt den schlanken Mann an. »Heutzutage?« würgt er heraus.

Er ist erblaßt. Seine feisten Backen hängen plötzlich herunter, seine Schultern hängen, seine Lippen, seine Locken, ja selbst sein

Bauch hängt. Er ist im Handumdrehen eine fette Trauerweide geworden.

Der Mann, der das alles verursacht hat, heißt Valentin Busch. Er ist neben Georg und mir die dritte Pest in Eduards Dasein, und nicht nur das – er ist Pest, Cholera und Paratyphus zusammen. »Du siehst blühend aus, mein Junge«, erklärt Valentin Busch herzlich.

Eduard lacht hohl. »Aussehen macht es nicht. Man wird aufgefressen von Steuern, Zinsen und Dieben –«

Er lügt. Steuern und Zinsen bedeuten im Zeitalter der Inflation überhaupt nichts; man zahlt sie nach einem Jahr, das heißt, so gut wie überhaupt nicht. Sie sind dann längst entwertet. Und der einzige Dieb, den Eduard kennt, ist er selbst.

»An dir ist wenigstens was dran zu fressen«, erwidert Valentin lächelnd und erbarmungslos.« Das dachten die Würmer in Flandern auch, als sie schon auszogen, dich zu holen.«

Eduard windet sich. »Was soll es sein, Valentin?« fragt er. »Ein Bier? Bier ist das beste gegen die Hitze.«

»Mir ist es nicht zu heiß. Aber das Beste ist gerade gut genug, um zu feiern, daß du noch lebst, da hast du recht. Gib mir eine Flasche Johannisberger Langenberg, Wachstum Mumm, Eduard.«

»Der ist ausverkauft.«

»Er ist nicht ausverkauft. Ich habe mich bei deinem Kellermeister erkundigt. Du hast noch über hundert Flaschen davon. Welch ein Glück, daß es meine Lieblingsmarke ist!«

Ich lache. »Was lachst du?« schreit Eduard wütend. »Gerade du hast keinen Grund dazu. Blutegel! Blutegel seid ihr alle! Blutet mich weiß! Du, dein Bonvivant von Grabsteinhändler und du, Valentin! Blutet mich weiß! Ein Kleeblatt von Schmarotzern!«

Valentin blinzelt mir zu und bleibt ernst. »So, das ist also der Dank, Eduard! Und so hältst du dein Wort! Hätte ich das gewußt, damals –«

Er krempelt seinen Ärmel hoch und betrachtet eine lange, zackige Narbe. Er hat Eduard 1917 im Kriege das Leben gerettet. Eduard, der Küchenunteroffizier gewesen war, war damals plötzlich abgelöst und an die Front geschickt worden. Schon in den ersten Tagen erwischte der Elefant auf einer Patrouille im Niemandsland einen Schuß durch die

Wade und gleich darauf einen zweiten, bei dem er viel Blut verlor. Valentin fand ihn, band ihn ab und schleppte ihn in den Graben zurück. Dabei erhielt er selbst einen Splitter in den Arm. Aber er rettete Eduards Leben, der sonst sicher verblutet wäre. Eduard, in überströmender Dankbarkeit, bot Valentin damals an, er könne sein Leben lang im »Walhalla« essen und trinken, was er wolle. Valentin schlug mit der linken, unverwundeten Hand ein. Georg Kroll und ich waren Zeugen.

Das alles sah 1917 noch harmlos aus. Werdenbrück war weit, der Krieg nah, und wer wußte schon, ob Valentin und Eduard jemals wieder zum »Walhalla« zurückkommen würden? Sie kamen; Valentin, nachdem er noch zweimal verwundet worden war, Eduard fett und rund, als wiedereingesetzter Küchenbulle. Im Anfang war Eduard tatsächlich dankbar und spendierte, wenn Valentin zu Besuch kam, ab und zu sogar deutschen Sekt, der nicht mehr schäumte. Doch die Jahre begannen zu zehren. Valentin etablierte sich nämlich in Werdenbrück. Er hatte vorher in einer anderen Stadt gelebt; jetzt zog er in eine kleine Bude nahe beim »Walhalla« und erschien pünktlich zum Frühstück, zum Mittagessen und zum Abendbrot bei Eduard, der bald sein leichtfertiges Versprechen bitter bereute. Valentin war ein guter Esser, besonders deshalb, weil er ja keine Sorgen mehr hatte. Eduard hätte sich vielleicht noch halbwegs über das Futter hinweggetröstet; doch Valentin trank auch, und allmählich entwickelte er Kennerschaft und feinen Geschmack für Wein. Vorher hatte er Bier getrunken; jetzt trank er nur noch Kellerabzüge und brachte Eduard dadurch natürlich ganz anders zur Verzweiflung als wir mit unseren armseligen Eßmarken.

»Also schön«, sagt Eduard trostlos, als Valentin ihm seine Narbe entgegenhält. »Aber Essen und Trinken heißt Trinken zum Essen, nicht zwischendurch. Trinken zwischendurch habe ich nicht versprochen.«

»Sieh dir diesen erbärmlichen Krämer an«, erwidert Valentin und stößt mich an. »1917 hat er nicht so gedacht. Da hieß es: Valentin, liebster Valentin, rette mich, ich gebe dir auch alles, was ich habe!«

»Das ist nicht wahr! Das habe ich nie gesagt!« schreit Eduard im Falsett.

»Woher weißt du das? Du warst doch halb verrückt vor Angst und halb verblutet, als ich dich zurückschleppte.«

»Ich hätte es nicht sagen können! Das nicht! Selbst wenn es mein sofortiger Tod gewesen wäre. Es liegt nicht in meinem Charakter.«

»Das stimmt«, sage ich. »Der Geizknochen wäre lieber verreckt.«

»Das meine ich«, erklärt Eduard, aufatmend, Hilfe gefunden zu haben. Er wischt sich die Stirn. Seine Locken sind naß, so hat ihn die letzte Drohung Valentins erschreckt. Er sah schon einen Prozeß um das »Walhalla« vor sich. »Also meinetwegen, für dieses Mal«, sagt er rasch, um nicht weiter bedrängt zu werden. »Kellner, eine halbe Flasche Mosel.«

»Johannisberger Langenberg, eine ganze Flasche«, korrigiert Valentin und wendet sich an mich. »Darf ich dich zu einem Glas einladen?«

»Und ob!« erwidere ich.

»Halt!« sagt Eduard. »Das war bestimmt nicht in der Abmachung! Sie war nur für Valentin allein! Ludwig kostet mich ohnehin schon jeden Tag schweres Geld, der Blutsauger mit den entwerteten Eßmarken!«

»Sei ruhig, du Giftmischer«, erwidere ich. »Dies ist geradezu eine Karma-Verknüpfung. Du schießt auf mich mit Sonetten, ich bade meine Wunden dafür in deinem Rheinwein. Willst du, daß ich einer gewissen Dame einen Zwölfzeiler in der Art des Aretino über diese Situation zuschicke, du Wucherer an deinem Lebensretter?«

Eduard verschluckt sich. »Ich brauche frische Luft«, murmelt er wütend. »Erpresser! Zuhälter! Schämt ihr euch eigentlich nie?«

»Wir schämen uns über schwierigere Dinge, du harmloser Millionenzähler.« Valentin und ich stoßen an. Der Wein ist hervorragend.

»Wie ist es mit dem Besuch im Haus der Sünde?« fragt Otto Bambuss, scheu vorübergleitend.

»Wir gehen bestimmt, Otto. Wir sind es der Kunst schuldig.«

»Warum trinkt man eigentlich am liebsten bei Regen?« fragt Valentin und schenkt neu ein. »Es müßte doch umgekehrt sein.«

»Möchtest du für alles immer eine Erklärung haben?«

»Natürlich nicht. Wo bliebe sonst die Unterhaltung? Mir ist das nur aufgefallen.«

»Vielleicht ist es der Herdentrieb, Valentin. Flüssigkeit zu Flüssigkeit.«

»Mag sein. Aber ich pisse auch öfter an Tagen, wenn es regnet. Das ist doch zumindest sonderbar.«

»Du pißt mehr, weil du mehr trinkst. Was ist daran sonderbar?«

»Stimmt.« Valentin nickt erleichtert. »Daran habe ich nicht gedacht. Führt man auch mehr Kriege, weil mehr Menschen geboren werden?«

12 Bodendiek streicht wie eine große schwarze Krähe durch den Nebel. »Nun«, fragt er jovial. »Verbessern Sie noch immer die Welt?«

»Ich betrachte sie«, erwidere ich.

»Aha! Der Philosoph! Und was finden Sie?«

Ich schaue in sein munteres Gesicht, das rot und naß vom Regen unter dem Schlapphut leuchtet. »Ich finde, daß das Christentum die Welt in zweitausend Jahren nicht wesentlich weitergebracht hat«, erwidere ich.

Einen Augenblick verändert sich die wohlwollend überlegene Miene; dann ist sie wieder wie vorher. »Meinen Sie nicht, daß Sie ein bißchen jung für solche Urteile sind?«

»Ja – aber finden Sie nicht, daß es ein trostloses Argument ist, jemand seine Jugend vorzuwerfen? Haben Sie nichts anderes?«

»Ich habe eine ganze Menge anderes. Aber nicht gegen solche Albernheiten. Wissen Sie nicht, daß jede Verallgemeinerung ein Zeichen von Oberflächlichkeit ist?«

»Ja«, sage ich müde. »Ich habe das auch nur gesagt, weil es regnet. Im übrigen ist etwas daran. Ich studiere seit einigen Wochen Geschichte, wenn ich nicht schlafen kann.«

»Warum? Auch weil es ab und zu regnet?«

Ich ignoriere den harmlosen Schuß. »Weil ich mich vor vorzeitigem Zynismus und lokaler Verzweiflung bewahren möchte. Es ist nicht jedermanns Sache, mit einfachem Glauben an die heilige Dreifaltigkeit darüber hinwegzusehen, daß wir mitten drin sind, einen neuen Krieg vorzubereiten – nachdem wir gerade einen verloren haben, den Sie und Ihre Herren Kollegen von den verschiedenen protestantischen Bekenntnissen im Namen Gottes und der Liebe zum Nächsten gesegnet und geweiht haben – ich will zugeben, Sie etwas gedämpfter und verlegener – Ihre Kollegen dafür um so munterer, in Uniform, mit den Kreuzen rasselnd und siegschnaubend.«

Bodendiek schüttelt den Regen von seinem schwarzen Hut. »Wir haben den Sterbenden im Felde den letzten Trost gespendet – das scheinen Sie völlig vergessen zu haben.«

»Sie hätten es nicht dazu kommen lassen sollen! Warum haben Sie nicht gestreikt? Warum haben Sie Ihren Gläubigen den Krieg nicht verboten? Das wäre Ihre Aufgabe gewesen. Aber die Zeiten der Märtyrer sind vorbei. Dafür habe ich oft genug, wenn ich zum Feldgottesdienst mußte, die Gebete um die Siege unserer Waffen gehört. Glauben Sie, daß Christus für den Sieg der Galiläer gegen die Philister gebetet hätte?«

»Der Regen«, erwidert Bodendiek gemessen, »scheint Sie ungewöhnlich emotionell und demagogisch zu machen. Sie wissen anscheinend schon recht gut, daß man auf geschickte Weise, mit Auslassungen, Umdrehungen und einseitiger Darstellung, alles in der Welt angreifen und angreifbar machen kann.«

»Das weiß ich. Deshalb studiere ich ja Geschichte. Man hat uns in der Schule und im Religionsunterricht immer von den dunklen, primitiven, grausamen vorchristlichen Zeiten erzählt. Ich lese das nach und finde, daß wir nicht viel besser sind – abgesehen von den Erfolgen in Technik und Wissenschaft. Die aber benutzen wir zum größten Teil nur, um mehr Menschen töten zu können.«

»Wenn man etwas beweisen will, kann man alles beweisen, lieber Freund. Das Gegenteil auch. Für jede vorgefaßte Meinung lassen sich Beweise erbringen.«

»Das weiß ich auch«, sage ich. »Die Kirche hat das auf das brillanteste vorgemacht, als sie die Gnostiker erledigte.«

»Die Gnostiker! Was wissen denn Sie von denen?« fragt Bodendiek mit beleidigendem Erstaunen.

»Genug, um den Verdacht zu haben, daß sie der tolerantere Teil des Christentums waren. Und alles, was ich bis jetzt in meinem Leben gelernt habe, ist, Toleranz zu schätzen.«

»Toleranz –«, sagt Bodendiek.

»Toleranz!« wiederhole ich. »Rücksicht auf den anderen. Verständnis für den anderen. Jeden auf seine Weise leben lassen. Toleranz, die in unserm geliebten Vaterlande ein Fremdwort ist.«

»Mit einem Wort, Anarchie«, erwidert Bodendiek leise und plötzlich sehr scharf.

Wir stehen vor der Kapelle. Die Lichter sind angezündet, und die bunten Fenster schimmern tröstlich in den wehenden Regen. Aus der offenen Tür kommt der schwache Geruch von Weihrauch. »Toleranz, Herr Vikar«, sage ich. »Nicht Anarchie, und Sie wissen den Unterschied. Aber Sie dürfen ihn nicht zugeben, weil Ihre Kirche ihn nicht hat. Sie sind alleinseligmachend! Niemand besitzt den Himmel, nur Sie! Keiner kann lossprechen, nur Sie! Sie haben das Monopol. Es gibt keine Religion außer der Ihren! Sie sind eine Diktatur! Wie können Sie da tolerant sein?«

»Wir brauchen es nicht zu sein. Wir haben die Wahrheit.«

»Natürlich«, sage ich und zeige auf die erleuchteten Fenster. »Das dort! Trost für Lebensangst. Denke nicht mehr; ich weiß alles für dich! Die Versprechung des Himmels und die Drohung mit der Hölle – spielen auf den einfachsten Emotionen – was hat das mit der Wahrheit zu tun, dieser Fata Morgana unseres Gehirns?«

»Schöne Worte«, erklärt Bodendiek, längst wieder friedlich, überlegen und leicht spöttisch.

»Ja, das ist alles, was wir haben – schöne Worte«, sage ich, ärgerlich über mich selbst. »Und Sie haben auch nichts anderes – schöne Worte.«

Bodendiek tritt in die Kapelle. »Wir haben die heiligen Sakramente –«

»Ja –«

»Und den Glauben, der nur Schwachköpfen, denen ihr bißchen Schädel Verdauungsbeschwerden macht, als Dummheit und Weltflucht erscheint, Sie harmloser Regenwurm im Acker der Trivialität.«

»Bravo!« sage ich. »Endlich werden auch Sie poetisch. Allerdings stark spätbarock.«

Bodendiek lacht plötzlich. »Mein lieber Bodmer«, erklärt er. »In den fast zweitausend Jahren des Bestehens der Kirche ist schon aus manchem Saulus ein Paulus geworden. Und wir haben in dieser Zeit größere Zwerge gesehen und überstanden als Sie. Krabbeln Sie nur munter weiter. Am Ende jedes Weges steht Gott und wartet auf Sie.«

Er verschwindet mit seinem Regenschirm in der Sakristei, ein wohlgenährter Mann im schwarzen Gehrock. In einer halben Stunde wird er, phantastischer gekleidet als ein Husarengeneral, wieder heraustreten und ein Vertreter Gottes sein. Es sind die Uniformen, sagte Valentin Busch nach der zweiten Flasche Johannisberger, während Eduard Knobloch in Melancholie und Mordgedanken versank, nur die Uniformen. Nimm ihnen die Kostüme weg, und es gibt keinen Menschen mehr, der Soldat sein will.

Ich gehe nach der Andacht mit Isabelle in der Allee spazieren. Es regnet hier unregelmäßiger – als hockten Schatten in den Bäumen, die sich mit Wasser besprengen. Isabelle trägt einen hochgeschlossenen dunklen Regenmantel und eine kleine Kappe, die das Haar verdeckt. Nichts ist von ihr zu sehen als das Gesicht, das durch das Dunkel schimmert wie ein schmaler Mond. Das Wetter ist kalt und windig, und niemand außer uns ist mehr im Garten. Ich habe Bodendiek und den schwarzen Ärger, der manchmal grundlos wie eine schmutzige Fontäne aus mir hervorschießt, längst vergessen. Isabelle geht dicht neben mir, ich höre ihre Schritte durch den Regen und spüre ihre Bewegungen und ihre Wärme, und es scheint die einzige Wärme zu sein, die in der Welt übriggeblieben ist.

Sie bleibt plötzlich stehen. Ihr Gesicht ist blaß und entschlossen, und ihre Augen scheinen fast schwarz zu sein.

»Du liebst mich nicht genug«, stößt sie hervor.

Ich sehe sie überrascht an. »Es ist, soviel ich kann«, sage ich.

Sie steht eine Weile schweigend. »Nicht genug«, murmelt sie dann. »Nie genug! Es ist nie genug!«

»Ja«, sage ich. »Wahrscheinlich ist es nie genug. Nie im Leben, nie, mit niemandem. Wahrscheinlich ist es immer zu wenig, und das ist das Elend der Welt.«

»Es ist nicht genug«, wiederholt Isabelle, als hätte sie mich nicht gehört. »Sonst wären wir nicht noch zwei.«

»Du meinst, sonst wären wir eins?«

Sie nickt.

Ich denke an das Gespräch mit Georg, während wir den Glühwein tranken. »Wir werden immer zwei bleiben müssen, Isabelle«, sage ich vorsichtig. »Aber wir können uns lieben und glauben, wir wären nicht mehr zwei.«

»Glaubst du, wir sind schon einmal eins gewesen?«

»Das weiß ich nicht. Niemand könnte so etwas wissen. Man würde keine Erinnerung haben.«

Sie sieht mich starr aus dem Dunkel an. »Das ist es, Rudolf«, flüstert sie. »Man hat keine. An nichts. Warum nicht? Man sucht und sucht. Warum ist alles fort? Es ist doch so viel dagewesen! Nur das weiß man noch! Aber nichts anderes mehr. Warum weiß man es nicht mehr? Du und ich, war das nicht einmal schon? Sag es! Sag es doch! Wo ist es jetzt, Rudolf?«

Der Wind wirft einen Schwall Wasser klatschend über uns weg. Vieles ist so, als wäre es schon einmal gewesen, denke ich. Es kommt oft ganz nahe wieder heran und steht vor einem, und man weiß, es war schon einmal da, genauso, man weiß sogar einen Augenblick fast noch, wie es weitergehen muß, aber dann entschwindet es, wenn man es fassen will, wie Rauch oder eine tote Erinnerung.

»Wir könnten uns nie erinnern, Isabelle«, sage ich. »Es wäre so wie mit dem Regen. Er ist auch etwas, das eins geworden ist, aus zwei Gasen, Sauerstoff und Wasserstoff, die nun nicht mehr wissen, daß sie einmal Gase waren. Sie sind jetzt nur noch Regen und haben keine Erinnerung an das Vorher.«

»Oder wie Tränen«, sagt Isabelle. »Aber Tränen sind voll von Erinnerungen.«

Wir gehen eine Zeitlang schweigend weiter. Ich denke an die sonderbaren Momente, wenn einen unvermutet das Doppelgängergesicht einer scheinbaren Erinnerung über viele Leben hinweg jäh anzusehen scheint. Der Kies knirscht unter unseren Schuhen. Hinter der Mauer des Gartens hupt langgezogen ein Auto, als warte es auf jemand, der entfliehen will. »Dann ist sie wie Tod«, sagt Isabelle schließlich.

»Was?«

»Liebe. Vollkommene Liebe.«

»Wer weiß das, Isabelle? Ich glaube, niemand kann das jemals wissen. Wir erkennen immer nur etwas, solange wir jeder noch ein Ich sind. Wenn unsere Ichs miteinander verschmölzen, so wäre es wie beim Regen. Wir wären ein neues Ich und könnten uns an die einzelnen früheren Ichs nicht mehr erinnern. Wir wären etwas anderes – so verschieden wie Regen von Luft – nicht mehr ein gesteigertes Ich – durch ein Du.«

»Und wenn Liebe vollkommen wäre, so daß wir verschmölzen, dann wäre es wie Tod?«

»Vielleicht«, sage ich zögernd. »Aber nicht so wie Vernichtung. Was Tod ist, weiß niemand, Isabelle. Man kann ihn deshalb mit nichts vergleichen. Aber wir würden uns sicher nicht mehr als Selbst fühlen. Wir würden nur wieder ein anderes einsames Ich werden.«

»Dann muß Liebe immer unvollkommen sein?«

»Sie ist vollkommen genug«, sage ich und verfluche mich, weil ich mit meiner pedantischen Schulmeisterei wieder so weit in ein Gespräch hineingeraten bin.

Isabelle schüttelt den Kopf. »Weiche nicht aus, Rudolf! Sie muß unvollkommen sein, ich sehe das jetzt. Wenn sie vollkommen wäre, gäbe es einen Blitz, und nichts wäre mehr da.«

»Es wäre noch etwas da – aber jenseits von unserer Erkenntnis.«

»So wie der Tod?«

Ich sehe sie an. »Wer weiß das?« sage ich vorsichtig, um sie nicht weiter zu erregen. »Vielleicht hat der Tod einen ganz falschen Namen. Wir sehen ihn immer nur von einer Seite. Vielleicht ist er die vollkommene Liebe zwischen Gott und uns.«

Der Wind wirft einen Schwall Regen durch die Blätter der Bäume, die ihn mit Geisterhänden weiterwerfen. Isabelle schweigt eine Weile. »Ist Liebe deshalb so traurig?« fragt sie dann.

»Sie ist nicht traurig. Sie macht nur traurig, weil sie unerfüllbar und nicht zu halten ist.«

Isabelle bleibt stehen. »Warum, Rudolf?« sagt sie plötzlich sehr heftig und stampft mit den Füßen. »Warum muß das so sein?«

Ich sehe in das blasse, gespannte Gesicht. »Es ist das Glück«, sage ich.

Sie starrt mich an. »Das ist das Glück?«

Ich nicke.

»Das kann nicht sein! Es ist doch nichts als Unglück!«

Sie wirft sich gegen mich, und ich halte sie fest. Ich fühle, wie das Schluchzen gegen ihre Schultern stößt. »Weine nicht«, sage ich. »Was würde sein, wenn man um so etwas schon weinen wollte?«

»Um was denn sonst?«

Ja, um was sonst, denke ich. Um alles andere, um das Elend auf diesem verfluchten Planeten, aber nicht um das. »Es ist kein Unglück, Isabelle«, sage ich. »Es ist das Glück. Wir haben nur so törichte Namen wie ›vollkommen‹ und ›unvollkommen‹ dafür.«

»Nein, nein!« Sie schüttelt heftig den Kopf und läßt sich nicht trösten. Sie weint und klammert sich an mich, und ich halte sie in den Armen und fühle, daß nicht ich recht habe, sondern sie, daß sie es ist, die keine Kompromisse kennt, daß in ihr noch das erste, einzige Warum brennt, das vor aller Verschüttung durch den Mörtel des Daseins da war, die erste Frage des erwachten Selbst.

»Es ist kein Unglück«, sage ich trotzdem. »Unglück ist etwas ganz anderes, Isabelle.«

»Was?«

»Unglück ist nicht, daß man nie ganz eins werden kann. Unglück ist, daß man sich immerfort verlassen muß, jeden Tag und jede Stunde. Man weiß es und kann es nicht aufhalten, es rinnt einem durch die Hände und ist das Kostbarste, was es gibt, und man kann es doch nicht halten. Immer stirbt einer zuerst. Immer bleibt einer zurück.«

Sie sieht auf. »Wie kann man verlassen, was man nicht hat?«

»Man kann es«, erwidere ich bitter. »Und wie man es kann! Es gibt viele Stufen des Verlassens und des Verlassenwerdens, und jede ist schmerzlich, und viele sind wie der Tod.«

Isabelles Tränen haben aufgehört. »Woher weißt du das?« sagt sie. »Du bist doch noch nicht alt.«

Ich bin alt genug, denke ich. Ein Stück von mir ist alt geworden, als ich aus dem Kriege zurückkam. »Ich weiß es«, sage ich. »Ich habe es erfahren.«

Ich habe es erfahren, denke ich. Wie oft habe ich den Tag verlassen müssen, und die Stunde, und das Dasein, und den Baum im Morgenlicht, und meine Hände, und meine Gedanken, und es war jedesmal für immer, und wenn ich zurückkam, war ich ein anderer. Man kann viel verlassen und muß stets alles hinter sich lassen, wenn man dem Tode entgegentreten muß, man ist immer nackt vor ihm, und wenn man zurückfindet, muß man alles neu erwerben, was man zurückgelassen hat.

Isabelles Gesicht schimmert vor mir in der Regennacht, und eine plötzliche Zärtlichkeit überströmt mich. Ich spüre wieder, in welcher Einsamkeit sie lebt, unerschrocken, allein mit ihren Geschichten, bedroht von ihnen und ihnen hingegeben, ohne Dach, unter das sie flüchten könnte, ohne Entspannung und ohne Ablenkung, ausgesetzt allen Winden des Herzens, ohne Hilfe von irgend jemand, ohne Klage und ohne Mitleid mit sich selbst. Du süßes, furchtloses Herz, denke ich, unberührt und pfeilgerade zum Wesentlichen allein hinzielend, auch wenn du es nicht erreichst und dich verirrst – aber wer verirrte sich nicht? Und haben nicht fast alle längst aufgegeben? Wo beginnt der Irrtum, das Narrentum, die Feigheit, und wo die Weisheit und wo der letzte Mut?

Eine Glocke läutet. Isabelle erschrickt. »Es ist Zeit«, sage ich. »Du mußt hineingehen. Sie warten auf dich.«

»Kommst du mit?«

»Ja.«

Wir gehen dem Hause zu. Als wir aus der Allee treten, empfängt uns ein Sprühregen, den der Wind in kurzen Stößen wie einen nassen Schleier umherfegt. Isabelle drückt sich an mich. Ich blicke den Hügel hinunter zur Stadt. Nichts ist zu sehen. Nebel und Regen haben uns isoliert. Nirgendwo sieht man mehr ein Licht, wir sind ganz allein. Isabelle geht neben mir, als gehörte sie für immer zu mir und als hätte sie kein Gewicht, und es scheint mir wieder, als habe sie wirklich keines und sei wie die Figuren in Legenden und Träumen, bei denen auch andere Gesetze gelten als im täglichen Dasein.

Wir stehen unter der Tür. »Komm!« sagt sie.

Ich schüttle den Kopf. »Ich kann nicht. Heute nicht.«

Sie schweigt und sieht mich an, gerade und klar, ohne Vorwurf und ohne Enttäuschung; aber etwas in ihr scheint auf einmal erloschen zu sein. Ich senke die Augen. Mir ist, als hätte ich ein Kind geschlagen oder eine Schwalbe getötet. »Heute nicht«, sage ich. »Später. Morgen.«

Sie dreht sich wortlos um und geht in die Halle. Ich sehe die Schwester mit ihr die Treppe hinaufsteigen und habe plötzlich das Gefühl, etwas, das man nur einmal im Leben findet, unwiederbringlich verloren zu haben.

Verwirrt stehe ich herum. Was hätte ich schon tun können? Und wie bin ich in all dieses wieder hineingeraten? Ich wollte es doch nicht! Dieser verfluchte Regen!

Langsam gehe ich dem Haupthause zu. Wernicke kommt im weißen Mantel mit einem Regenschirm heraus. »Haben Sie Fräulein Terhoven abgeliefert?«

»Ja.«

»Gut. Kümmern Sie sich doch weiter etwas um sie. Besuchen Sie sie auch einmal tagsüber, wenn Sie Zeit haben.«

»Warum?«

»Darauf kriegen Sie keine Antwort«, erwidert Wernicke. »Aber sie ist ruhig, wenn sie mit Ihnen zusammen war. Es ist gut für sie. Genügt das?«

»Sie hält mich für jemand anders.«

»Das macht nichts. Mir kommt es nicht auf Sie an – nur auf meine Kranken.« Wernicke blinzelt durch die Sprühnässe. »Bodendiek hat Sie heute abend gelobt.«

»Was? – Dazu hatte er wahrhaftig keinen Grund!«

»Er behauptet, Sie seien auf dem Weg zurück. Zum Beichtstuhl und zur Kommunion.«

»So etwas!« erkläre ich, ehrlich entrüstet.

»Verkennen Sie die Weisheit der Kirche nicht! Sie ist die einzige Diktatur, die seit zweitausend Jahren nicht gestürzt worden ist.«

Ich gehe zur Stadt hinunter. Nebel weht seine grauen Fahnen durch den Regen. Isabelle geistert durch meine Gedanken. Ich habe sie im Stich gelassen; das ist es, was sie jetzt glaubt, ich weiß es. Ich sollte überhaupt nicht mehr hinaufgehen, denke ich. Es verwirrt mich nur, und ich bin ohnehin verwirrt genug. Aber was wäre, wenn sie nicht mehr da wäre? Würde es nicht so sein, als fehle mir das Wichtigste, das, was nie alt und verbraucht und alltäglich werden kann, weil man es nie besitzt?

Ich komme zum Hause des Schuhmachermeisters Karl Brill. Aus der Schuhbesohlanstalt dringen die Klänge eines Grammophons. Ich bin heute abend hier zu einem Herrenabend eingeladen. Es ist einer der berühmten Abende, an denen Frau Beckmann ihre akrobatische Kunst zum besten gibt. Ich zögere einen Augenblick – ich fühle mich wahrhaftig nicht danach –, aber dann trete ich ein. Gerade deshalb.

Ein Schwall von Tabaksrauch und Biergeruch empfängt mich. Karl Brill steht auf und umarmt mich, leicht schwankend. Er hat einen ebenso kahlen Kopf wie Georg Kroll, aber er trägt dafür alle seine Haare unter der Nase in einem mächtigen Walroßschnurrbart. »Sie kommen zur rechten Zeit«, erklärt er. »Die Wetten sind gelegt. Wir brauchen nur bessere Musik als dieses dumme Grammophon! Wie wäre es mit dem Donauwellenwalzer?«

»Gemacht!«

Das Klavier ist bereits in die Schnellbesohlanstalt geschafft worden. Es steht vor den Maschinen. Im vorderen Teil des Raumes sind die Schuhe und das Leder beiseite geschoben worden, und überall, wo es geht, sind Stühle und ein paar Sessel verteilt. Ein Faß Bier ist aufgelegt, und ein paar Flaschen Schnaps sind schon leer. Eine zweite Batterie steht auf dem Ladentisch. Auf dem Tisch liegt auch ein großer, mit Watte umwickelter Nagel neben einem kräftigen Schusterhammer.

Ich schmettere den Donauwellenwalzer herunter. Im Qualm schwanken die Bundesbrüder von Karl Brill umher. Sie sind bereits gut geladen. Karl stellt ein Glas Bier und einen doppelten Steinhäger Schnaps auf das Klavier.

»Klara bereitet sich vor«, sagt er. »Wir haben über drei Millionen in Wetten zusammen. Hoffentlich ist sie in Höchstform; sonst bin ich halb bankrott.«

Er blinzelt mir zu. »Spielen Sie etwas sehr Schmissiges, wenn es soweit ist. Das facht sie immer mächtig an. Sie ist ja verrückt mit Musik.«

»Ich werde den ›Einzug der Gladiatoren‹ spielen. Aber wie wäre es mit einer kleinen Seitenwette für mich?«

Karl blickt auf. »Lieber Herr Bodmer«, sagt er verletzt. »Sie wollen doch nicht gegen Klara wetten! Wie können Sie dann überzeugend spielen?«

»Nicht gegen sie. Mit ihr. Eine Seitenwette.«

»Wieviel?« fragt Karl rasch.

»Lumpige achtzigtausend«, erwidere ich. »Es ist mein ganzes Vermögen.«

Karl überlegt einen Augenblick. Dann dreht er sich um.

»Ist noch jemand da, der achtzigtausend wetten will? Gegen unseren Klavierspieler?«

»Ich!« Ein dicker Mann tritt vor, holt Geld aus einem kleinen Köfferchen und knallt es auf den Ladentisch.

Ich lege mein Geld daneben. »Der Gott der Diebe beschütze mich«, sage ich. »Sonst bin ich morgen aufs Mittagessen allein angewiesen.«

»Also los!« sagt Karl Brill.

Der Nagel wird herumgezeigt. Dann tritt Karl an die Wand, setzt ihn in der Höhe eines menschlichen Gesäßes an und schlägt ihn zu einem Drittel ein. Er schlägt weniger stark, als seine Gebärden es vermuten lassen. »Sitzt gut und fest«, sagt er und tut, als rüttele er kräftig an dem Nagel.

»Das werden wir erst einmal prüfen.«

Der Dicke, der gegen mich gewettet hat, tritt vor. Er bewegt den Nagel und grinst. »Karl«, sagt er hohnlachend. »Den blase ich ja aus der Wand. Gib mal den Hammer her.«

»Blase ihn erst aus der Wand.«

Der Dicke bläst nicht. Er zerrt kräftig, und der Nagel ist draußen. »Mit meiner Hand«, sagt Karl Brill, »kann ich einen Nagel durch eine Tischplatte schlagen. Mit meinem Hintern nicht. Wenn ihr solche Bedingungen stellt, lassen wir das Ganze lieber sein.«

Der Dicke antwortet nicht. Er nimmt den Hammer und schlägt den Nagel an einer anderen Stelle der Wand ein.

»Hier, wie ist das?«

Karl Brill prüft. Etwa sechs oder sieben Zentimeter des Nagels ragen noch aus der Wand. »Zu fest. Den kann man nicht einmal mit der Hand mehr herausreißen.«

»Entweder – oder«, erklärt der Dicke.

Karl prüft noch einmal. Der Dicke legt den Hammer auf den Ladentisch und merkt nicht, daß Karl jedesmal, wenn er probiert, wie fest der Nagel sei, ihn dadurch lockert.

»Ich kann keine Wette eins zu eins darauf annehmen«, sagt Karl schließlich. »Nur zwei zu eins, und auch da muß ich verlieren.«

Sie einigen sich auf sechs zu vier. Ein Haufen Geld türmt sich auf dem Ladentisch. Karl hat noch zweimal entrüstet an dem Nagel gezerrt, um zu zeigen, wie unmöglich die Wette sei. Jetzt spiele ich den »Einzug der Gladiatoren«, und bald darauf rauscht Frau Beckmann in die Werkstatt, in einen losen, lachsroten chinesischen Kimono gekleidet, mit eingestickten Päonien und einem Phönix auf dem Rücken.

Sie ist eine imposante Figur mit dem Kopf eines Bullenbeißers, aber eines eher hübschen Bullenbeißers. Sie hat reiches, krauses schwarzes Haar und glänzende Kirschenaugen – der Rest ist bullenbeißerisch, besonders das Kinn. Der Körper ist mächtig und völlig aus Eisen. Ein Paar steinharter Brüste ragt wie ein Bollwerk hervor, dann kommt eine im Verhältnis zierliche Taille und dann das berühmte Gesäß, um das es hier geht. Es ist gewaltig und ebenfalls steinhart. Selbst einem Schmied soll es angeblich unmöglich sein, hineinzukneifen, wenn Frau Beckmann es anspannt; er bricht sich eher die Finger. Karl Brill hat auch damit schon Wetten gewonnen, allerdings nur im intimsten Freundeskreise. Heute, wo der Dicke dabei ist, wird nur das andere Experiment gemacht – den Nagel mit dem Gesäß aus der Wand zu reißen.

Alles geht sehr sportlich und kavaliersmäßig zu; Frau Beckmann grüßt zwar, ist aber sonst reserviert und beinahe abweisend. Sie betrachtet die Angelegenheit nur von der sportlich-geschäftlichen Seite. Ruhig stellt sie sich mit dem Rücken zur Wand, hinter einen niedrigen Paravent, macht ein paar fachmännische Bewegungen und steht dann still, das Kinn gereckt, bereit, und ernst, wie es sich bei einer großen sportlichen Leistung geziemt.

Ich breche den Marsch ab und beginne zwei tiefe Triller, die klingen sollen wie die Trommeln beim Todessprung im Zirkus Busch. Frau Beckmann strafft sich und entspannt sich. Sie strafft sich noch zweimal. Karl Brill wird nervös. Frau Beckmann erstarrt wieder, die Augen zur Decke gerichtet, die Zähne zusammengebissen. Dann klappert es, und sie tritt von der Wand weg. Der Nagel liegt auf dem Boden.

Ich spiele »Das Gebet einer Jungfrau«, eine ihrer Lieblingsnummern. Sie dankt mit einem graziösen Neigen ihres starken Hauptes, wünscht eine wohlklingende »Gute Nacht allerseits«, rafft den Kimono enger um sich herum und entschwindet.

Karl Brill kassiert. Er reicht mir mein Geld herüber. Der Dicke inspiziert den Nagel und die Wand. »Fabelhaft«, sagt er.

Ich spiele das »Alpenglühen« und das »Weserlied«, zwei weitere Favoriten Frau Beckmanns. Sie kann sie im oberen Stock hören. Karl blinzelt mir stolz zu; er ist ja schließlich der Besitzer dieser imposanten Kneifzange. Steinhäger, Bier und Korn fließen. Ich trinke ein paar mit und spiele weiter. Es paßt mir, jetzt nicht allein zu sein. Ich möchte nachdenken, und trotzdem auf keinen Fall nachdenken. Meine Hände sind voll einer unbekannten Zärtlichkeit, etwas weht und scheint sich an mich zu drängen, die Werkstatt verschwindet, der Regen ist wieder da, der Nebel und Isabelle und das Dunkel. Sie ist nicht krank, denke ich und weiß doch, daß sie es ist – aber wenn sie krank ist, dann sind wir alle noch kränker –

Ein lauter Streit weckt mich. Der Dicke hat Frau Beckmanns Formen nicht vergessen können. Angefeuert durch eine Anzahl Schnäpse hat er Karl Brill ein dreifaches Angebot gemacht: fünf Millionen für einen Nachmittag mit Frau Beckmann zum Tee – eine Million für ein kurzes Gespräch jetzt, bei dem er sie wahrscheinlich zu einem ehrenhaften Abendessen ohne Karl Brill einladen möchte – und zwei Millionen für ein paar gute Griffe an das Prachtstück der Beckmannschen Anatomie, hier in der Werkstatt, unter Brüdern in fröhlicher Gesellschaft, also durchaus ehrenhaft.

Jetzt aber zeigt sich der Charakter Karls. Wenn der Dicke nur sportlich interessiert wäre, könnte er die Griffe vielleicht haben, schon gegen eine Wette von solch einer Lumperei wie hunderttausend Mark – aber in bockhafter Lust wird sogar der Gedanke an einen solchen Griff von Karl als schwere Beleidigung empfunden. »So eine Schweinerei!« brüllt er. »Ich dachte, ich hätte nur Kavaliere hier!«

»Ich bin Kavalier«, lallt der Dicke. »Deshalb ja mein Angebot.«

»Sie sind ein Schwein.«

»Das auch. Sonst wäre ich ja kein Kavalier. Sie sollten stolz sein, bei einer solchen Dame – haben Sie denn kein Herz in der Brust? Was kann ich machen, wenn meine Natur sich in mir aufbäumt? Wozu sind Sie beleidigt? Sie sind doch nicht mit ihr verheiratet!«

Ich sehe, wie Karl Brill zuckt, als hätte man ihn angeschossen. Er lebt in wilder Ehe mit Frau Beckmann, die eigentlich seine Haushälterin ist.

Warum er sie nicht heiratet, weiß niemand – höchstens aus derselben Hartnäckigkeit seines Charakters heraus, mit der er auch im Winter ein Loch ins Eis haut, um schwimmen zu können. Trotzdem ist dies seine schwache Stelle.

»Ich«, stottert der Dicke, »würde ein solches Juwel auf Händen tragen und sie in Samt und Seide hüllen – Seide, rote Seide –«, er schluchzt fast und malt üppige Formen in die Luft. Die Flasche neben ihm ist leer. Es ist ein tragischer Fall von Liebe auf den ersten Blick. Ich spiele weiter. Die Vorstellung, daß der Dicke Frau Beckmann auf Händen tragen könnte, ist zuviel für mich.

»Raus!« erklärt Karl Brill. »Es ist genug. Ich hasse es, Gäste rauszuschmeißen, aber –«

Ein furchtbarer Schrei ertönt aus dem Hintergrund. Wir springen auf. Ein kleiner Mann tanzt dort herum. Karl stürzt auf ihn zu, greift nach einer Schere und stellt eine Maschine ab. Der kleine Mann wird ohnmächtig.

»Verdammt! Wer kann auch wissen, daß er im Suff an der Schnellbesohlmaschine herumspielt!« flucht Karl.

Wir besichtigen die Hand. Ein paar Fäden hängen heraus. Es hat ihn zwischen Zeigefinger und Daumen im weichen Fleisch erwischt – ein Glück. Karl gießt Schnaps auf die Wunde, und der kleine Mann kommt zu sich.

»Amputiert?« fragt er voll Grauen, als er seine Hand in Karls Pfoten sieht.

»Unsinn, der Arm ist noch dran.«

Der Mann seufzt erleichtert, als Karl ihm den Arm vor seinen Augen schüttelt. »Blutvergiftung, was?« fragt er.

»Nein. Aber die Maschine wird rostig von deinem Blut. Wir werden deine Flosse mit Alkohol waschen, Jod draufschmieren und sie verbinden.«

»Jod? Tut das nicht weh?«

»Es beißt eine Sekunde. So, als ob deine Hand einen sehr scharfen Schnaps trinkt.«

Der kleine Mann reißt seine Hand weg. »Den Schnaps trinke ich lieber selbst.«

Er holt ein nicht zu sauberes Taschentuch hervor, wickelt es um die Pfote und greift nach der Flasche. Karl grinst. Dann sieht er umher und wird unruhig. »Wo ist der Dicke?«

Keiner weiß es. »Vielleicht hat er sich dünne gemacht«, sagt jemand und bekommt einen Schluckauf vor Lachen über seinen Witz.

Die Tür öffnet sich. Der Dicke erscheint; waagerecht vornübergebeugt stolpert er herein, hinter ihm, im lachsfarbenen Kimono, Frau Beckmann. Sie hat ihm die Arme nach hinten hochgedreht und stößt ihn in die Werkstatt. Mit einem kräftigen Schubs läßt sie los. Der Dicke fällt vornüber in die Abteilung für Damenschuhe. Frau Beckmann macht eine Bewegung, als stäube sie sich die Hände ab, und geht hinaus. Karl Brill tut einen riesigen Satz. Er zerrt den Dicken hoch. »Meine Arme!« wimmert der verschmähte Liebhaber. »Sie hat sie mir ausgedreht! Und mein Bauch! Oh, mein Bauch! Was für ein Schlag!«

Er braucht uns nichts zu erklären. Frau Beckmann ist ein ebenbürtiger Gegner für Karl Brill, den Winterschwimmer und erstklassigen Turner, und hat ihm bereits zweimal einen Arm gebrochen, ganz zu schweigen von dem, was sie mit einer Vase oder einem Schüreisen anrichten kann. Es ist noch kein halbes Jahr her, daß zwei Einbrecher von ihr nachts in der Werkstatt überrascht wurden. Beide lagen hinterher wochenlang im Krankenhaus, und einer hat sich nie von einem Hieb mit einem eisernen Fußmodell über den Schädel erholt, bei dem er gleichzeitig ein Ohr verlor. Er redet wirr seitdem.

Karl schleppt den Dicken ans Licht. Er ist weiß vor Wut, aber er kann nichts mehr tun – der Dicke ist fertig. Es ist, als wolle er einen schwer Typhuskranken verprügeln. Der Dicke muß einen fürchterlichen Schlag in die Organe erhalten haben, mit denen er sündigen wollte. Er ist unfähig zu gehen. Karl kann ihn nicht einmal rauswerfen. Wir legen ihn in den Hintergrund auf das Abfalleder.

»Das Schöne bei Karl ist, daß es immer so gemütlich ist«, sagt jemand, der versucht, das Klavier mit Bier zu tränken.

Ich gehe durch die Große Straße nach Hause. Mein Kopf schwimmt; ich habe zuviel getrunken, aber das wollte ich auch. Der Nebel treibt über die vereinzelten Lichter, die noch in den Schaufenstern brennen,

und webt goldene Schleier um die Laternen. Im Fenster eines Schläch-
terladens blüht ein Alpenrosenstock neben einem geschlachteten Ferkel, dem eine Zitrone in die blasse Schnauze geklemmt worden ist. Wür-
ste liegen traulich im Kreise herum. Es ist ein Stimmungsbild, das
Schönheit und Zweck harmonisch vereint. Ich stehe eine Zeitlang davor
und wandere dann weiter.

Auf dem dunklen Hof pralle ich im Nebel gegen einen Schatten. Es
ist der alte Knopf, der wieder einmal vor dem schwarzen Obelisken
steht. Ich bin mit voller Wucht gegen ihn gerannt, und er taumelt und
schlingt beide Arme um den Obelisken, als wolle er ihn erklettern. »Es
tut mir leid, daß ich Sie gestoßen habe«, sage ich. »Aber weshalb stehen
Sie auch hier? Können Sie Ihre Geschäfte denn wirklich nicht in Ihrer
Wohnung erledigen? Oder, wenn Sie schon ein Freiluftakrobat sind,
warum nicht an einer Straßenecke?«

Knopf läßt den Obelisken los. »Verdammt, jetzt ist es in die Hose
gegangen«, murmelt er.

»Das schadet Ihnen nichts. Nun erledigen Sie den Rest meinetwegen
schon hier.«

»Zu spät.«

Knopf stolpert zu seiner Tür hinüber. Ich gehe die Treppen hinauf und
beschließe, Isabelle von dem Geld, das ich bei Karl Brill gewonnen habe,
morgen einen Strauß Blumen zu schicken. Zwar bringt mir so etwas
gewöhnlich nur Unglück, aber ich weiß nun einmal nichts anderes. Eine
Zeitlang stehe ich noch am Fenster und sehe hinaus in die Nacht und
beginne dann etwas beschämt und sehr leise, Worte und Sätze zu flüstern,
die ich gerne einmal jemandem sagen möchte, aber für die ich niemanden
habe, außer vielleicht Isabelle – doch die weiß ja nicht einmal, wer ich
überhaupt bin. Doch wer weiß das schon von irgend jemand?

13 Der Reisende Oskar Fuchs, genannt Tränen-Oskar, sitzt im
Büro. »Was gibt es, Herr Fuchs?« frage ich. »Wie steht es mit der Grippe
in den Dörfern?«

»Ziemlich harmlos. Die Bauern sind gut im Futter. In der Stadt ist es
anders. Ich habe zwei Fälle, wo Hollmann und Klotz vor dem Abschluß

stehen. Ein roter Granit, einseitig poliert, Hügelstein, zwei bossierte Sockel, ein Meter fünfzig hoch, zwei Millionen zweihunderttausend Mark – ein kleiner, eins zehn hoch, eine Million dreihunderttausend Eier. Gute Preise. Wenn Sie hunderttausend weniger verlangen, haben Sie sie. Meine Provision ist zwanzig Prozent.«

»Fünfzehn«, erwidere ich automatisch.

»Zwanzig«, erklärt Tränen-Oskar. »Fünfzehn kriege ich bei Hollmann und Klotz auch. Wozu da der Verrat?«

Er lügt. Hollmann und Klotz, deren Reisender er ist, zahlen ihm zehn Prozent und Spesen. Die Spesen bekommt er ohnehin; er macht also bei uns ein Geschäft von zehn Prozent extra.

»Barzahlung?«

»Das müssen Sie selbst sehen. Die Leute sind gut situiert.«

»Herr Fuchs«, sage ich. »Warum kommen Sie nicht ganz zu uns? Wir zahlen besser als Hollmann und Klotz und können einen erstklassigen Reisenden brauchen.«

Fuchs zwinkert. »Es macht mir so mehr Spaß. Ich bin ein gefühlsmäßiger Mensch. Wenn ich mich über den alten Hollmann ärgere, schiebe ich Ihnen einen Abschluß zu, als Rache. Wenn ich ganz für Sie arbeitete, würde ich mich über Sie ärgern.«

»Da ist was dran«, sage ich.

»Das meine ich. Ich würde dann Sie an Hollmann und Klotz verraten. Reisen in Grabsteinen ist langweilig; man muß es etwas beleben.«

»Langweilig? Für Sie? Wo Sie doch jedesmal eine artistische Vorstellung geben?«

Fuchs lächelt wie Gaston Münch im Stadttheater, nachdem er den Karl-Heinz in »Alt-Heidelberg« gespielt hat.

»Man tut, was man kann«, erklärt er mit tobender Bescheidenheit.

»Sie sollen sich großartig entwickelt haben. Ohne Hilfsmittel. Rein intuitiv. Stimmt das?«

Oskar, der früher mit rohen Zwiebelscheiben gearbeitet hat, bevor er die Trauerhäuser betrat, behauptet jetzt, die Tränen frei wie ein großer Schauspieler erzeugen zu können. Das ist natürlich ein riesiger Fortschritt. Er braucht so nicht weinend das Haus zu betreten, wie bei der Zwiebeltechnik, wo dann, wenn das Geschäft länger dauert, die Tränen

191

versiegen, weil er ja die Zwiebel nicht anwenden kann, solange die Trauernden dabeisitzen – im Gegenteil, er kann jetzt trockenen Auges hineingehen und während des Gespräches über den Abgeschiedenen in natürliche Tränen ausbrechen, was selbstverständlich von ganz anderer Wirkung ist. Es ist ein Unterschied wie zwischen echten und künstlichen Perlen. Oskar behauptet, so überzeugend zu sein, daß er sogar oft von den Hinterbliebenen getröstet und gelabt wird.

Georg Kroll kommt aus seiner Bude. Eine Fehlfarben-Havanna dampft unter seiner Nase, und er ist die Zufriedenheit selbst. Geradewegs geht er aufs Ziel los.

»Herr Fuchs«, sagt er. »Ist es wahr, daß Sie auf Befehl weinen können, oder ist das eine niederträchtige Schreckpropaganda unserer Konkurrenz?«

Statt einer Antwort starrt Oskar ihn an. »Nun?« fragt Georg. »Was ist? Fühlen Sie sich nicht gut?«

»Einen Augenblick! Ich muß erst in Stimmung kommen.« Oskar schließt die Augen. Als er die Lider wieder öffnet, wirken sie schon etwas wäßrig. Er starrt Georg weiter an, und nach einer Weile stehen ihm tatsächlich dicke Tränen in den blauen Augen. Noch eine Minute, und sie rollen ihm über die Wangen. Oskar zieht ein Taschentuch heraus und tupft sie auf. »Wie war das?« fragt er und zieht die Uhr. »Knappe zwei Minuten. Manchmal schaffe ich es in einer, wenn eine Leiche im Hause ist.«

»Großartig.«

Georg schenkt von dem Kundenkognak ein. »Sie sollten Schauspieler werden, Herr Fuchs.«

»Daran habe ich auch schon gedacht; aber es gibt zu wenige Rollen, in denen männliche Tränen verlangt werden. Othello natürlich, aber sonst –«

»Wie machen Sie es? Irgendein Trick?«

»Imagination«, erwidert Fuchs schlicht. »Starke, bildhafte Vorstellungskraft.«

»Was haben Sie sich denn jetzt vorgestellt?«

Oskar trinkt sein Glas aus. »Offen gestanden, Sie, Herr Kroll. Mit zersplitterten Beinen und Armen und einem Schwarm Ratten, der

Ihnen langsam das Gesicht abfrißt, während Sie noch leben, wegen der gebrochenen Arme die Nager aber nicht abwehren können. Entschuldigen Sie, aber für eine so rasche Vorstellung brauchte ich ein sehr starkes Bild.«

Georg fährt sich mit der Hand über das Gesicht. Es ist noch da. »Stellen Sie sich auch ähnliche Sachen von Hollmann und Klotz vor, wenn Sie für die arbeiten?« frage ich.

Fuchs schüttelt den Kopf. »Bei denen stelle ich mir vor, daß sie hundert Jahre alt werden und reich und gesund bleiben, bis sie an einem Herzschlag im Schlaf schmerzlos abfahren – dann strömen mir die Tränen nur so vor Wut.«

Georg zahlt ihm die Provisionen für die letzten beiden Verrätereien aus. »Ich habe neuerdings auch einen künstlichen Schluckauf entwickkelt«, sagt Oskar. »Sehr wirksam. Beschleunigt den Abschluß. Die Leute fühlen sich schuldig, weil sie glauben, es sei eine Folge der Teilnahme.«

»Herr Fuchs, kommen Sie zu uns!« sage ich impulsiv. »Sie gehören in ein künstlerisch geleitetes Unternehmen, nicht zu kahlen Geldschindern.«

Tränen-Oskar lächelt gütig, schüttelt das Haupt und verabschiedet sich. »Ich kann nun mal nicht. Ohne etwas Verrat würde ich ja nichts sein als ein flennender Waschlappen. Der Verrat balanciert mich. Verstehen Sie?«

»Wir verstehen«, sagt Georg. »Von Bedauern zerrissen, aber wir respektieren Persönlichkeit über alles.«

Ich notiere die Adressen für die Hügelsteine auf ein Blatt und übergebe sie Heinrich Kroll, der im Hof seine Fahrradreifen aufpumpt. Er sieht die Zettel verächtlich an. Für ihn als alten Nibelungen ist Oskar ein gemeiner Lump, obschon er von ihm, ebenfalls als alter Nibelunge, nicht ungern profitiert. »Früher hatten wir so etwas nicht nötig«, erklärt er. »Gut, daß mein Vater das nicht mehr erlebt hat.«

»Ihr Vater wäre nach allem, was ich über diesen Pionier des Grabsteinwesens gehört habe, außer sich vor Freude gewesen, seinen Konkurrenten einen solchen Streich zu spielen«, erwidere ich. »Er war eine Kämpfernatur – nicht wie Sie auf dem Felde der Ehre, sondern in den Schützengräben rücksichtslosen Geschäftslebens. Kriegen wir übrigens bald die Restzahlung für das allseitig polierte Kreuzdenkmal, das Sie im April verkauft haben? Die zweihunderttausend, die noch fehlen? Wissen Sie, was die jetzt wert sind? Nicht einmal einen Sockel.«

Heinrich brummt etwas und steckt den Zettel ein. Ich gehe zurück, zufrieden, ihn etwas gedämpft zu haben. Vor dem Hause steht das Stück Dachröhre, das beim letzten Regen abgebrochen ist. Die Handwerker sind gerade fertig; sie haben das abgebrochene Stück erneuert. »Wie ist es mit der alten Röhre?« fragt der Meister. »Die können Sie doch nicht mehr brauchen. Sollen wir sie mitnehmen?«

»Klar«, sagt Georg.

Die Röhre steht an den Obelisken gelehnt, Knopfs Freiluft-Pissoir. Sie ist einige Meter lang und am Ende rechtwinklig gebogen. Ich habe plötzlich einen Einfall. »Lassen Sie sie hier stehen«, sage ich. »Wir brauchen sie noch.«

»Wofür?« fragt Georg.

»Für heute abend. Du wirst es sehen. Es wird eine interessante Vorstellung werden.«

Heinrich Kroll radelt davon. Georg und ich stehen vor der Tür und trinken ein Glas Bier, das Frau Kroll uns durch das Küchenfenster herausreicht. Es ist sehr heiß. Der Tischler Wilke schleicht vorbei. Er trägt ein paar Flaschen und wird in einem mit Hobelspänen ausgepolsterten Sarg seinen Mittagsschlaf halten. Schmetterlinge spielen um die Kreuzdenkmäler. Die bunte Katze der Familie Knopf ist trächtig. »Wie steht der Dollar?« frage ich. »Hast du telefoniert?«

»Fünfzehntausend Mark höher als heute morgen. Wenn es so weitergeht, können wir Riesenfelds Wechsel mit dem Wert eines kleinen Hügelsteins bezahlen.«

»Wunderbar. Schade, daß wir nichts davon behalten haben. Nimmt einem etwas vom nötigen Enthusiasmus, was?«

Georg lacht. »Auch vom Ernst des Geschäftes. Abgesehen von Heinrich natürlich. Was machst du heute abend?«

»Ich gehe nach oben; zu Wernicke. Da weiß man wenigstens nichts vom Ernst und von der Lächerlichkeit des Geschäftslebens. Dort oben geht es nur ums Dasein. Immer um das ganze Sein, um die volle Existenz, um das Leben und nichts als das Leben. Darunter gibt es nichts. Wenn man längere Zeit da lebte, würde einem unser läppisches Geschacher um Kleinigkeiten verrückt vorkommen.«

»Bravo«, erwidert Georg. »Für diesen Unsinn verdienst du ein zweites Glas eiskaltes Bier.« Er nimmt unsere Gläser und reicht sie ins Küchenfenster hinein. »Gnädige Frau, bitte noch einmal dasselbe.«

Frau Kroll streckt ihren grauen Kopf heraus. »Wollt ihr einen frischen Rollmops und eine Gurke dazu?«

»Unbedingt! Mit einem Stück Brot. Das kleine Dejeuner für jede Art von Weltschmerz«, erwidert Georg und reicht mir mein Glas. »Hast du welchen?«

»Ein anständiger Mensch in meinem Alter hat immer Weltschmerz«, erwidere ich fest. »Es ist das Recht der Jugend.«

»Ich dachte, man hätte dir die Jugend beim Militär gestohlen?«

»Stimmt. Ich bin immer noch auf der Suche nach ihr, finde sie aber nicht. Deshalb habe ich einen doppelten Weltschmerz. So wie ein amputierter Fuß doppelt schmerzt.«

Das Bier ist wunderbar kalt. Die Sonne brennt uns auf die Schädel, und auf einmal ist, trotz allen Weltschmerzes, wieder einer der Augenblicke da, wo man dem Dasein sehr dicht in die grüngoldenen Augen starrt. Ich trinke mein Bier andächtig aus. Alle meine Adern scheinen plötzlich ein Sonnenbad genommen zu haben. »Wir vergessen immer wieder, daß wir nur kurze Zeit diesen Planeten bewohnen«, sage ich. »Deshalb haben wir einen völlig irrigen Weltkomplex. Den von Menschen, die ewig leben. Hast du das schon gemerkt?«

»Und wie! Es ist der Kardinalfehler der Menschheit. An sich ganz vernünftige Leute lassen grauenhaften Verwandten auf diese Weise Millionen von Dollars zukommen, anstatt sie selbst zu verbrauchen.«

»Gut! Was würdest du tun, wenn du wüßtest, daß du morgen sterben müßtest?«

»Keine Ahnung.«

»Nein? Gut, ein Tag ist vielleicht eine zu kurze Zeit. Was würdest du tun, wenn du wüßtest, daß du in einer Woche dahin wärest?«

»Immer noch keine Ahnung.«

»Irgendwas müßtest du doch tun! Wie wäre es, wenn du einen Monat Zeit hättest?«

»Ich würde wahrscheinlich so weiterleben wie jetzt«, sagt Georg. »Ich hätte sonst den ganzen Monat durch das elende Gefühl, mein Leben bisher falsch gelebt zu haben.«

»Du hättest einen Monat Zeit, es zu korrigieren.«

Georg schüttelt den Kopf. »Ich hätte einen Monat Zeit, es zu bereuen.«

»Du könntest unser Lager verkaufen an Hollmann und Klotz, nach Berlin fahren und einen Monat mit Schauspielern, Künstlern und eleganten Huren ein atemberaubendes Leben führen.«

»Der Zaster würde nicht für acht Tage reichen. Und die Damen würden nur Barmädchen sein. Außerdem lese ich lieber darüber. Phantasie enttäuscht nie. Aber wie ist es mit dir? Was würdest du machen, wenn du wüßtest, daß du in vier Wochen sterben würdest?«

»Ich?« sage ich betroffen.

»Ja, du.«

Ich blicke in die Runde. Da ist der Garten, grün und heiß, in allen Farben des Hochsommers, da segeln die Schwalben, da ist das endlose Blau des Himmels, und oben aus seinem Fenster glotzt der alte Knopf, der gerade aus seinem Rausch erwacht ist, in Hosenträgern und einem karierten Hemd auf uns herab. »Ich muß darüber nachdenken«, sage ich. »Sofort kann ich es nicht sagen. Es ist zuviel. Ich habe jetzt nur das Gefühl, daß ich explodieren würde, wenn ich es so wüßte, daß es mir als genug erschiene.«

»Denke nicht zu stark nach; sonst müssen wir dich zu Wernicke bringen. Aber nicht zum Orgelspielen.«

»Das ist es«, sage ich. »Wahrhaftig, das ist es! Wenn wir es ganz erkennen könnten, würden wir verrückt.«

»Noch ein Glas Bier?« fragt Frau Kroll durch das Küchenfenster. »Es ist auch Himbeerkompott da. Frisches.«

»Gerettet!« sage ich. »Sie haben mich soeben gerettet, gnädige Frau. Ich war wie ein Pfeil auf dem Wege zur Sonne und zu Wernicke. Gott sei Dank, alles ist noch da! Nichts ist verbrannt! Das süße Leben spielt noch mit Schmetterlingen und Fliegen um uns herum, es ist nicht in

Asche zerstäubt, es ist da, es hat noch alle seine Gesetze, auch die, die wir ihm angelegt haben wie einem Vollblut ein Geschirr! Trotzdem, kein Himbeerkompott zu Bier, bitte! Dafür aber ein Stück fließenden Harker Käse. Guten Morgen, Herr Knopf! Ein schöner Tag! Was halten Sie vom Leben?«

Knopf starrt mich an. Sein Gesicht ist grau, und unter seinen Augen hängen Säcke. Nach einer Weile winkt er verärgert ab und schließt sein Fenster. »Wolltest du nicht noch was von ihm?« fragt Georg.

»Ja, aber erst heute abend.«

Wir treten bei Eduard Knobloch ein. »Sieh da«, sage ich und bleibe stehen, als wäre ich gegen einen Baum gerannt. »So spielt das Leben scheinbar auch! Ich hätte es ahnen sollen!«

In der Weinabteilung sitzt Gerda an einem Tisch, auf dem ein Bukett Tigerlilien steht. Sie ist allein und hackt gerade auf ein Stück Rehrücken ein, das fast so groß ist wie der Tisch. »Was sagst du dazu?« frage ich Georg. »Riecht das nicht nach Verrat?«

»War etwas zu verraten?« fragt Georg zurück.

»Nein. Aber wie wäre es mit Vertrauensbruch?«

»War ein Vertrauen zu brechen?«

»Laß das, Sokrates!« erwidere ich. »Siehst du nicht, daß Eduards dicke Pfoten hier im Spiele sind?«

»Das sehe ich. Aber wer hat dich verraten? Eduard oder Gerda?«

»Gerda! Wer sonst? Der Mann hat nie etwas damit zu tun.«

»Die Frau auch nicht.«

»Wer denn?«

»Du. Wer sonst?«

»Gut«, sage ich. »Du hast leicht reden. Du wirst nicht betrogen. Du betrügst selbst.«

Georg nickt selbstgefällig. »Liebe ist eine Sache des Gefühls«, doziert er. »Keine der Moral. Gefühl aber kennt keinen Verrat. Es nimmt zu, schwindet oder wechselt – wo ist da Verrat? Es ist kein Kontrakt. Hast du Gerdas Ohren nicht mit deinem Schmerz um Erna vollgeheult?«

»Nur im Anfang. Sie war ja dabei, als der Krach in der Roten Mühle passierte.«

»Dann jammere jetzt nicht. Verzichte oder handle.«

Ein Tisch neben uns wird frei. Wir setzen uns. Der Kellner Freidank räumt ab. »Wo ist Herr Knobloch?« frage ich.

Freidank sieht sich um. »Ich weiß nicht – er war die ganze Zeit an dem Tisch mit der Dame drüben.«

»Einfach, was?« sage ich zu Georg. »Soweit wären wir. Ich bin ein natürliches Opfer der Inflation. Schon wieder. Erst Erna, jetzt Gerda. Bin ich ein geborener Hahnrei? Dir passiert so was nicht.«

»Kämpfe!« erwidert Georg. »Noch ist nichts verloren. Geh zu Gerda hinüber!«

»Womit soll ich kämpfen? Mit Grabsteinen? Eduard gibt ihr Rehrücken und widmet ihr Gedichte. Bei den Gedichten kennt sie den Unterschied in der Qualität nicht – beim Eisen leider. Und ich Esel habe mir das selbst zuzuschreiben! Ich habe sie hierhergebracht und ihren Appetit geweckt. Buchstäblich!«

»Dann verzichte«, sagt Georg. »Wozu kämpfen? Um Gefühle kann man sowieso nicht kämpfen.«

»Nein? Weshalb rätst du mir dann vor einer Minute, ich solle es tun?«

»Weil heute Dienstag ist. Da kommt Eduard – in seinem Sonntagsgehrock und mit einer Rosenknospe im Knopfloch. Du bist erledigt.«

Eduard stutzt, als er uns sieht. Er schielt zu Gerda hinüber und begrüßt uns dann mit der Herablassung des Siegers.

»Herr Knobloch«, sagt Georg. »Ist Treue das Mark der Ehre, wie unser geliebter Feldmarschall es verkündet hat, oder nicht?«

»Es kommt darauf an«, erwidert Eduard vorsichtig. »Heute gibt es Königsberger Klops mit Tunke und Kartoffeln. Ein gutes Essen.«

»Darf der Soldat dem Kameraden in den Rücken fallen?« fragt Georg weiter. »Der Bruder dem Bruder? Der Poet dem Poeten?«

»Poeten greifen sich dauernd an. Sie leben davon.«

»Sie leben vom offenen Kampf; nicht vom Dolchstoß in den Magen«, erkläre ich.

Eduard schmunzelt breit. »Der Sieg dem Sieger, mein lieber Ludwig, *catch as catch can*. Jammere ich, wenn ihr mit Eßmarken kommt, die keine Nuß mehr wert sind?«

»Ja«, sage ich, »und wie!«

Eduard wird in diesem Augenblick beiseite geschoben. »Kinder, da seid ihr ja«, sagt Gerda herzlich. »Laßt uns zusammen essen! Ich habe gehofft, ihr würdet kommen!«

»Du sitzest in der Weinabteilung«, erwidere ich giftig. »Wir trinken Bier.«

»Ich trinke auch lieber Bier. Ich setze mich zu euch.«

»Erlaubst du, Eduard?« frage ich. *Catch as catch can?*«

»Was hat Eduard da zu erlauben?« fragt Gerda. »Er freut sich doch, wenn ich mit seinen Freunden esse. Nicht wahr, Eduard?«

Die Schlange nennt ihn bereits beim Vornamen. Eduard stottert. »Natürlich, nichts dagegen, selbstverständlich, eine Freude –«

Er bietet ein schönes Bild, rot, wütend und verbissen lächelnd. »Eine hübsche Rosenknospe trägst du da«, sage ich. »Bist du auf Freiersfüßen? Oder ist das einfache Freude an der Natur?«

»Eduard hat ein sehr feines Gefühl für Schönheit«, erwidert Gerda.

»Das hat er«, bestätige ich. »Hattest du das gewöhnliche Mittagessen? Lieblose Königsberger Klopse in irgendeiner geschmacklosen deutschen Tunke?«

Gerda lacht. »Eduard, zeig, daß du ein Kavalier bist! Laß mich deine beiden Freunde zum Essen einladen! Sie behaupten dauernd, du wärest entsetzlich geizig. Laß uns ihnen das Gegenteil beweisen. Wir haben –«

»Königsberger Klops«, unterbricht Eduard sie. »Gut, laden wir sie zum Klops ein. Ich werde für einen extra guten sorgen.«

»Rehrücken«, sagt Gerda.

Eduard ähnelt einer defekten Dampfmaschine. »Das da sind keine Freunde«, erklärt er.

»Was?«

»Wir sind Blutsfreunde, wie Valentin«, sage ich. »Erinnerst du dich noch an unser letztes Gespräch im Dichterklub? Soll ich es laut wiederholen? In welcher Versform dichtest du jetzt?«

»Über was habt ihr gesprochen?« fragt Gerda.

»Über nichts«, erwidert Eduard rasch. »Die beiden hier sagen nie ein wahres Wort! Witzbolde, trostlose Witzbolde sind sie! Wissen nichts vom Ernst des Lebens.«

»Ich möchte wissen, wer außer Totengräbern und Sargtischlern mehr vom Ernst des Lebens weiß als wir«, sage ich.

»Ach ihr! Ihr wißt nur was von der Lächerlichkeit des Todes«, erklärt Gerda plötzlich aus heiterem Himmel. »Und deshalb versteht ihr nichts mehr vom Ernst des Lebens.«

Wir starren sie maßlos verblüfft an. Das ist bereits unverkennbar Eduards Stil! Ich fühle, daß ich auf verlorenem Boden kämpfe, gebe aber noch nicht auf.

»Von wem hast du das?« frage ich. »Du Sybille über den dunklen Teichen der Schwermut!«

Gerda lacht. »Für euch ist das Leben immer gleich beim Grabstein. So schnell geht das nicht für andere Menschen. Eduard zum Beispiel ist eine Nachtigall!«

Eduard blüht über seine fetten Backen. »Wie ist es also mit dem Rehrücken?« fragt Gerda ihn.

»Nun, schließlich, warum nicht?«

Eduard entschwindet. Ich sehe Gerda an. »Bravo!« sage ich. »Erstklassige Arbeit. Was sollen wir davon halten?«

»Mach nicht ein Gesicht wie ein Ehemann«, erwidert sie. »Freue dich einfach deines Lebens, fertig.«

»Was ist das Leben?«

»Das, was gerade passiert.«

»Bravo,« sagt Georg. »Und herzlichen Dank für die Einladung. Wir lieben Eduard wirklich sehr; er versteht uns nur nicht.«

»Liebst du ihn auch?« frage ich Gerda.

Sie lacht. »Wie kindisch er ist«, sagt sie zu Georg. »Können Sie ihm nicht ein bißchen die Augen darüber öffnen, daß nicht alles immer sein Eigentum ist? Besonders, wenn er selbst nichts dazu tut?«

»Ich versuche fortwährend, ihn aufzuklären«, erwidert Georg. »Er hat nur einen Haufen Hindernisse in sich, die er Ideale nennt. Wenn er erst einmal merkt, daß das euphemistischer Egoismus ist, wird er sich schon bessern.«

»Was ist euphemistischer Egoismus?«

»Jugendliche Wichtigtuerei.«

Gerda lacht derartig, daß der Tisch zittert. »Ich habe das nicht ungern«, erklärt sie. »Aber ohne Abwechslung ermüdet es. Tatsachen sind nun einmal Tatsachen.«

Ich hüte mich zu fragen, ob Tatsachen wirklich Tatsachen seien. Gerda sitzt da, ehrlich und fest, und wartet mit aufgestemmtem Messer auf die zweite Portion Rehrücken. Ihr Gesicht ist runder als früher; sie hat schon zugenommen bei Eduards Kost und strahlt mich an und ist nicht im mindesten verlegen. Weshalb sollte sie auch? Was für Rechte habe ich tatsächlich schon an ihr? Und wer betrügt im Augenblick wen? »Es ist wahr«, sage ich. »Ich bin mit egoistischen Atavismen behangen wie ein Fels mit Moos. *Mea culpa!*«

»Recht, Schatz«, erwidert Gerda. »Genieße dein Leben und denke nur, wenn es nötig ist.«

»Wann ist es nötig?«

»Wenn du Geld verdienen mußt oder vorwärtskommen willst.«

»Bravo«, sagt Georg wieder. In diesem Augenblick erscheint der Rehrücken, und das Gespräch stockt. Eduard überwacht uns wie eine Bruthenne ihre Küken. Es ist das erstemal, daß er uns unser Essen gönnt. Er hat ein neues Lächeln, aus dem ich nicht klug werde. Es ist voll von feister Überlegenheit, und er steckt es Gerda ab und zu heimlich zu wie ein Verbrecher jemandem einen Kassiber im Gefängnis. Aber Gerda hat immer noch ihr altes, völlig offenes Lächeln, das sie unschuldig wie ein Kommunionkind mir zustrahlt, wenn Eduard wegsieht. Sie ist jünger als ich, aber ich habe das Gefühl, daß sie mindestens vierzig Jahre mehr Erfahrung hat. »Iß, Baby«, sagt sie.

Ich esse mit schlechtem Gewissen und starkem Mißtrauen, und der Rehbraten, eine Delikatesse ersten Ranges, schmeckt mir plötzlich nicht. »Noch ein Stückchen?« fragt Eduard mich. »Oder noch etwas Preiselbeersoße?«

Ich starre ihn an. Ich habe das Gefühl, als habe mein früherer Rekrutenunteroffizier mir vorgeschlagen, ihn zu küssen. Auch Georg ist alarmiert. Ich weiß, daß er nachher behaupten wird, der Grund für Eduards unglaubliche Freigebigkeit sei die Tatsache, daß Gerda mit ihm bereits geschlafen habe – aber das weiß ich dieses Mal besser. Rehrücken kriegt sie nur so lange, wie sie das noch nicht getan hat. Wenn er sie erst hat, gibt es nur noch Königsberger Klopse mit deutscher Tunke. Und ich habe keine Sorge, daß Gerda das nicht auch weiß.

Trotzdem beschließe ich, mit ihr nach dem Essen zusammen wegzugehen. Vertrauen ist zwar Vertrauen, aber Eduard hat zuviel verschiedene Liköre in der Bar.

Still und mit allen Sternen hängt die Nacht über der Stadt. Ich hocke am Fenster meines Zimmers und warte auf Knopf, für den ich die Regenröhre vorbereitet habe. Sie reicht gerade ins Fenster hinein und läuft von da über den Toreingang bis an das Knopfsche Haus. Dort macht das kurze Stück eine rechtwinklige Biegung zum Hof hin. Man kann aber die Röhre vom Hof aus nicht sehen.

Ich warte und lese die Zeitung. Der Dollar ist um weitere zehntausend Mark hinaufgeklettert. Gestern gab es nur einen Selbstmord, dafür aber zwei Streiks. Die Beamten haben nach langem Verhandeln endlich eine Lohnerhöhung erhalten, die inzwischen bereits so entwertet ist, daß sie jetzt kaum noch einen Liter Milch in der Woche dafür kaufen können. Nächste Woche wahrscheinlich nur noch eine Schachtel Streichhölzer. Die Arbeitslosenziffer ist um weitere hundertfünfzigtausend gestiegen. Unruhen mehren sich im ganzen Reich. Neue Rezepte für die Verwertung von Abfällen in der Küche werden angepriesen. Die Grippewelle steigt weiter. Die Erhöhung der Renten für die Alters- und Invalidenversicherung ist einem Komitee zum Studium überwiesen worden. Man erwartet in einigen Monaten einen Bericht darüber. Die Rentner und Invaliden versuchen sich in der Zwischenzeit durch Betteln oder durch Unterstützungen von Bekannten und Verwandten vor dem Verhungern zu schützen.

Draußen kommen leise Schritte heran. Ich luge vorsichtig aus dem Fenster. Es ist nicht Knopf; es ist ein Liebespaar, das auf Zehenspitzen durch den Hof in den Garten schleicht. Die Saison ist jetzt in vollem Gange, und die Not der Liebenden ist größer als je. Wilke hat recht: Wohin sollen sie gehen, um ungestört zu sein? Wenn sie versuchen, in ihre möblierten Zimmer zu schleichen, liegt die Wirtin auf der Lauer, um sie im Namen der Moral und des Neides wie ein Engel mit dem Schwert auszutreiben – in öffentlichen Anlagen und Gärten werden sie von Polizisten angebrüllt und festgenommen – für Hotelzimmer haben sie kein Geld – wohin sollen sie also gehen? In unserem Hof sind sie ungestört. Die größeren Denkmäler bieten Schutz vor anderen Paaren; man wird nicht gesehen, und man kann sich an sie anlehnen und in ihrem Schatten flüstern und sich umarmen, und die großen Kreuzdenkmäler sind nach wie vor für die stürmisch Liebenden an feuchten Tagen da, wenn sie sich nicht am Boden lagern können; dann halten die Mädchen sich an ihnen fest und werden von ihren Bewerbern bedrängt, der Regen schlägt in ihre heißen Gesichter, der Nebel weht, ihr Atem fliegt stoßweise, und die Köpfe, deren Haar ihr Geliebter mit seinen Fäusten gepackt hat, sind hochgerissen wie die wiehernder Pferde. Die Schilder, die ich neulich angebracht habe, haben nichts genützt. Wer denkt schon an seine Zehen, wenn sein ganzes Dasein in Flammen steht?

Plötzlich höre ich Knopfs Schritte in der Gasse. Ich sehe auf die Uhr. Es ist halb drei; der Schleifer vieler Generationen unglücklicher Rekruten muß also schwer geladen haben. Ich drehe das Licht ab. Zielbewußt steuert Knopf sofort auf den schwarzen Obelisken zu. Ich nehme das Ende der Regenröhre, das in mein Fenster ragt, presse meinen Mund dicht an die Öffnung und sage: »Knopf!«

Es klingt hohl am anderen Ende, im Rücken des Feldwebels, aus der Röhre, als käme es aus einem Grabe. Knopf blickt um sich; er weiß nicht, woher die Stimme kommt. »Knopf!« wiederhole ich. »Schwein! Schämst du dich nicht? Habe ich dich deshalb erschaffen, damit du säufst und Grabsteine anpißt, du Sau?«

Knopf fährt wieder herum. »Was?« lallt er. »Wer ist da?«

»Dreckfink!« sage ich, und es klingt geisterhaft und unheimlich. »Fragen stellst du auch noch? Hast du einen Vorgesetzten zu fragen? Steh stramm, wenn ich mit dir rede!«

Knopf starrt sein Haus an, von dem die Stimme kommt. Alle Fenster darin sind dunkel und geschlossen. Auch die Tür ist zu. Das Rohr auf der Mauer sieht er nicht. »Steh stramm, du pflichtvergessener Lump von einem Feldwebel!« sage ich. »Habe ich dir dafür Litzen am Kragen und einen langen Säbel verliehen, damit du Steine beschmutzest, die für den Gottesacker bestimmt sind?« Und schärfer, zischend, im Kommandoton: »Knochen zusammen, würdeloser Grabsteinnässer!«

Das Kommando wirkt. Knopf steht stramm, die Hände an der Hosennaht. Der Mond spiegelt sich in seinen weit aufgerissenen Augen. »Knopf«, sage ich mit Gespensterstimme. »Du wirst zum Soldaten zweiter Klasse degradiert, wenn ich dich noch einmal erwische! Du Schandfleck auf der Ehre des deutschen Soldaten und des Vereins aktiver Feldwebel a. D.«

Knopf horcht, den Kopf etwas seitlich hochgereckt, wie ein mondsüchtiger Hund. »Der Kaiser?« flüstert er.

»Knöpfe deine Hose zu und verschwinde!« flüstere ich hohl zurück. »Und merke dir: Riskiere deine Sauerei noch einmal, und du wirst degradiert und kastriert! Kastriert auch! Und nun fort, du liederlicher Zivilist, marsch-marsch!«

Knopf stolpert benommen auf seine Haustür los. Gleich darauf bricht das Liebespaar wie zwei aufgescheuchte Rehe aus dem Garten und saust auf die Straße hinaus. Das hatte ich natürlich nicht gewollt.

14 Der Dichterklub ist bei Eduard versammelt. Der Ausflug zum Bordell ist beschlossen. Otto Bambuss erhofft davon eine Durchblutung seiner Lyrik; Hans Hungermann will sich Anregungen holen für seinen »Casanova« und einen Zyklus in freien Rhythmen: »Dämon Weib«, und selbst Matthias Grund, der Dichter des Buches vom Tode, glaubt für das letzte Delirium eines Paranoikers ein paar flotte Details erhaschen zu können. »Warum kommst du nicht mit, Eduard?« frage ich.

»Kein Bedürfnis«, erklärt er überlegen. »Habe alles, was ich brauche.«

»So? Hast du?« Ich weiß, was er vorspiegeln will, und ich weiß auch, daß er lügt.

»Er schläft mit allen Zimmermädchen seines Hotels«, erklärt Hans Hungermann. »Wenn sie sich weigern, entläßt er sie. Er ist ein wahrhafter Volksfreund.«

»Zimmermädchen! Das würdest du tun! Freie Rhythmen, freie Liebe! Ich nicht! Nie etwas im eigenen Hause! Alter Wahlspruch.«

»Mit Gästen auch nicht?«

»Gäste.« Eduard richtet die Augen zum Himmel. »Da kann man sich natürlich oft nicht helfen. Die Herzogin von Bell-Armin zum Beispiel –«

»Was zum Beispiel?« frage ich, als er schweigt.

Eduard ziert sich. »Ein Kavalier ist diskret.«

Hungermann bekommt einen Hustenanfall. »Schöne Diskretion! Wie alt war sie? Achtzig?«

Eduard lächelt verächtlich – aber im nächsten Moment fällt das Lächeln von ihm ab wie eine Maske, deren Knoten gerissen ist; Valentin Busch ist eingetreten. Er ist zwar kein literarischer Mann, aber er hat trotzdem beschlossen, mitzumachen. Er will dabeisein, wenn Otto Bambuss seine Jungfernschaft verliert. »Wie geht es, Eduard?« fragt er. »Schön, daß du noch am Leben bist, was? Das mit der Herzogin hättest du sonst nicht genießen können.«

»Woher weißt du, daß es wahr ist?« frage ich völlig überrascht.

»Habe es nur draußen im Gang gehört. Ihr redet ziemlich laut. Habt wohl schon allerlei getrunken. Immerhin, ich gönne Eduard die Herzogin von Herzen. Freue mich, daß ich es war, der ihn dafür retten konnte.«

»Es war lange vor dem Kriege«, erklärt Eduard eilig. Er wittert einen neuen Anschlag auf seinen Weinkeller.

»Gut, gut«, erwidert Valentin nachgiebig. »Nach dem Kriege wirst du auch schon deinen Mann gestanden und Schönes erlebt haben.«

»In diesen Zeiten?«

»Gerade in diesen Zeiten! Wenn der Mensch verzweifelt ist, ist er leichter dem Abenteuer zugänglich. Und gerade Herzoginnen, Prinzessinnen und Gräfinnen sind in diesen Jahren sehr verzweifelt. Inflation, Republik, keine kaiserliche Armee mehr, das kann ein Aristokratenherz schon brechen! Wie ist es mit einer guten Flasche, Eduard?«

»Ich habe jetzt keine Zeit«, erwidert Eduard geistesgegenwärtig. »Tut mir leid, Valentin, aber heute geht es nicht. Wir machen mit dem Klub einen Ausflug.«

»Gehst du denn mit?« frage ich.

»Natürlich! Als Schatzmeister! Muß ich doch! Dachte vorhin nicht daran! Pflicht ist Pflicht.«

Ich lache. Valentin zwinkert mir zu und sagt nicht, daß auch er mitkommt. Eduard lächelt, weil er glaubt, eine Flasche gespart zu haben. Alles ist damit in schönster Harmonie.

Wir brechen auf. Es ist ein herrlicher Abend. Wir gehen zur Bahnstraße 12. Die Stadt hat zwei Puffs, aber das an der Bahnstraße ist das elegantere. Es liegt außerhalb der Stadt und ist ein kleines Haus, das von Pappeln umgeben ist. Ich kenne es gut; ich habe dort einen Teil meiner Jugend verbracht, ohne zu wissen, was dort los war. An den schulfreien Nachmittagen pflegten wir in den Bächen und Teichen vor der Stadt Molche und Fische zu fangen und auf den Wiesen Schmetterlinge und Käfer. An einem besonders heißen Tage gerieten wir auf der Suche nach einens Gasthaus, um Limonade zu trinken, in die Bahnstraße 12. Die große Gaststube im Parterre sah aus wie andere Gaststuben auch. Sie war kühl, und als wir nach Selterswasser fragten, bekamen wir es vorgesetzt. Nach einer Weile kamen ein paar Frauen in Morgenröcken und blumigen Kleidern dazu. Sie fragten uns, was wir machten und in welcher Schulklasse wir wären. Wir bezahlten unsere Selters und kamen am nächsten heißen Tage wieder, diesmal mit unseren Büchern, die wir mitgebracht hatten, um im Freien am Bach unsere Aufgaben zu lernen. Die freundlichen Frauen waren wieder da und interessierten sich mütterlich für uns. Wir fanden es kühl und behaglich, und da nachmittags niemand außer uns kam, blieben wir sitzen und begannen unsere Schularbeiten zu machen. Die Frauen sahen uns über die Schultern und halfen uns, als wären sie unsere Lehrer. Sie achteten darauf, daß wir unsere schriftlichen Arbeiten machten, sie kontrollierten unsere Zensuren, sie hörten uns ab, was wir auswendig lernen mußten, und gaben uns Schokolade, wenn wir gut waren, oder gelegentlich auch eine mittlere Ohrfeige, wenn wir faul waren. Wir dachten uns nichts dabei; wir waren noch in dem glücklichen Alter, wo Frauen einem nichts bedeuten. Nach kurzer Zeit nahmen die nach Veilchen und Rosen duftenden Damen Mutter- und Erzieherstellen bei uns ein; sie waren voll bei der Sache, und wenn wir nur in der Tür erschienen, kam es schon vor, daß ein paar Göttinnen in Seide und Lackschuhen uns aufgeregt fragten: »Was war mit der Klassenarbeit in Geographie? Gut oder schlecht?« Meine Mutter lag damals schon sehr viel im Krankenhaus, und so geschah es, daß ich einen Teil meiner Erziehung im Puff von Werdenbrück erhielt, und ich kann nur sagen, daß sie strenger war, als wenn ich sie zu Hause gehabt hätte. Wir kamen für zwei Sommer, dann begannen wir zu wandern und hatten weniger Zeit, und meine Familie zog in einen anderen Teil der Stadt.

Ich bin dann noch einmal im Kriege in der Bahnstraße gewesen. Das war am Tage, bevor wir ins Feld mußten. Wir waren knapp achtzehn Jahre alt, einige noch unter achtzehn, und die meisten von uns hatten noch nie mit einer Frau etwas gehabt. Wir wollten aber nicht erschossen werden, ohne etwas davon zu kennen, und deshalb gingen wir zu fünft in die Bahnstraße, die wir ja noch von früher kannten. Es war großer Betrieb, und wir bekamen unseren Schnaps und unser Bier. Nachdem wir uns genügend Mut angetrunken hatten, wollten wir unser Heil versuchen. Willy, der frechste von uns, war der erste. Er hielt Fritzi, die verführerischste von allen anwesenden Damen, an. »Schatz, wie wäre es denn?«

»Klar«, erwiderte Fritzi durch den Lärm und Rauch, ohne ihn richtig anzusehen. »Hast du Geld?«

»Mehr als genug.« Willi zeigte seine Löhnung und das Geld vor, das ihm seine Mutter gegeben hatte, damit er dafür eine Messe für eine glückliche Rettung aus dem Kriege lesen lassen sollte.

»Na, also! Hoch das Vaterland!« sagte Fritzi ziemlich geistesabwesend und sah in die Richtung des Bierausschanks. »Komm nach oben!«

Willy stand auf und legte seine Mütze ab. Fritzi stutzte und starrte auf sein brandrotes Haar. Es war von einzigartiger Leuchtkraft, und sie kannte es natürlich, selbst nach sieben Jahren, sofort wieder. »Einen Augenblick«, sagte sie. »Heißen Sie nicht Willy?«

»Absolut!« erklärte Willy strahlend.

»Und hast du nicht einmal hier deine Schularbeiten gemacht?« »Richtig!«

»So – und du willst jetzt mit mir aufs Zimmer gehen?«

»Natürlich! Wir kennen uns ja doch schon.«

Willy grinste über das ganze Gesicht. Im nächsten Augenblick hatte er eine Ohrfeige kleben. »Du Ferkel!« sagte Fritzi. »Du willst mit mir ins Bett? Das ist doch das Letzte an Frechheit!«

»Wieso?« stotterte Willy. »Alle andern hier –«

»Alle andern! Was gehen mich die andern an? Habe ich den anderen ihren Katechismus abgehört? Habe ich ihnen den Aufsatz gemacht? Habe ich aufgepaßt, daß sie sich nicht erkälten, du verfluchter Rotzbengel?«

»Aber ich bin jetzt siebzehneinhalb –«

»Halt die Klappe! Das ist ja, als ob du Lümmel deine Mutter vergewaltigen wolltest! Raus hier, du minderjähriger Flegel!«

»Er geht morgen in den Krieg«, sage ich. »Haben Sie kein patriotisches Verständnis?« Sie faßte mich ins Auge.

»Bist du nicht der, der die Kreuzottern hier losgelassen hat? Drei Tage mußten wir das Etablissement schließen, bis wir die Biester gefunden hatten!«

»Ich habe sie nicht losgelassen«, verteidigte ich mich. »Sie sind mir entkommen.« Bevor ich noch mehr sagen konnte, hatte ich ebenfalls eine Ohrfeige sitzen. »Lausebengels! Raus mit euch!«

Der Lärm brachte die Puffmutter herbei. Sie ließ sich von der empörten Fritzi die Sache erklären. Sie erkannte Willy auch sofort wieder. »Der Rote!« keuchte sie. Sie wog zweihundertvierzig Pfund und zitterte vor Lachen wie ein Berg von Gelee im Erdbeben.

»Und du! Heißt du nicht Ludwig?«

»Ja«, sagte Willy. »Aber wir sind jetzt Soldaten und haben ein Recht auf Geschlechtsverkehr.«

»So, ihr habt ein Recht!« Die Puffmutter schüttelte sich erneut. »Weißt du noch, Fritzi, wie er Angst hatte, daß sein Vater erfahren würde, er habe die Stinkbomben in der Religionsstunde geworfen? Jetzt hat er ein Recht auf Geschlechtsverkehr! Hohoho!«

Fritzi sah den Humor der Sache nicht. Sie war ehrlich wütend und beleidigt. »Als wenn mein eigener Sohn –«

Die Puffmutter mußte von zwei Mann aufrecht gehalten werden. Tränen strömten über ihr Gesicht. Speichelblasen formten sich an ihren Mundwinkeln. Sie hielt sich mit beiden Händen den schwabbelnden Bauch. »Limonade«, würgte sie heraus. »Waldmeisterlimonade! War das nicht« – Keuchen, Ersticken – »euer Lieblingsgetränk?«

»Jetzt trinken wir Schnaps und Bier«, erwiderte ich. »Jeder wird mal erwachsen.«

»Erwachsen!« Erneuter Erstickungsanfall der Puffmutter, Toben der beiden Doggen, die ihr gehörten und glaubten, sie würde attackiert. Wir zogen uns vorsichtig zurück. »Raus, ihr undankbaren Schweine!« rief Fritzi unversöhnlich.

»Schön«, sagte Willy an der Tür. »Dann gehen wir eben zur Rollstraße.«

Wir standen mit unseren Uniformen, unseren Mordwaffen und den Ohrfeigen draußen. Aber wir kamen nicht zur Rollstraße, zum zweiten Puff der Stadt. Es war ein Weg von über zwei Stunden, quer durch ganz Werdenbrück, und wir ließen uns lieber statt dessen rasieren. Auch das war das erstemal in unserem Leben, und da wir den Beischlaf nicht kannten, schien uns der Unterschied nicht so groß wie später, zumal uns auch der Friseur beleidigte und uns Radiergummi für unsere Bärte empfahl. Nachher trafen wir dann weitere Bekannte, und bald hatten wir genug getrunken und vergaßen alles. So kam es, daß wir als Jungfrauen ins Feld fuhren und daß siebzehn von uns fielen, ohne je gewußt zu haben, was eine Frau ist. Willy und ich verloren unsere Jungfernschaft dann in Houthoulst in Flandern in einem Estaminet. Willy holte sich dabei einen Tripper, kam ins Lazarett und entging so der Flandernschlacht, in der die siebzehn Jungfrauen fielen. Wir sahen daran bereits damals, daß Tugend nicht immer belohnt wird.

Wir wandern durch die laue Sommernacht. Otto Bambuss hält sich an mich als den einzigen, der zugibt, den Puff zu kennen. Die anderen kennen ihn auch, tun aber unschuldig, und der einzige, der behauptet, ein fast täglicher Gast dort zu sein, der Dramatiker und Schöpfer des Monowerkes »Adam«, Paul Schneeweiß, lügt; er ist nie dort gewesen.

Ottos Hände schwitzen. Er erwartet Priesterinnen der Lust, Bacchantinnen und dämonische Raubtiere, und ist nicht ganz sicher, ob er nicht mit herausgerissener Leber oder zumindest ohne Hoden in Eduards Opel zurücktransportiert wird. Ich tröste ihn.

»Verletzungen kommen höchstens ein-, zweimal in der Woche vor, Otto! Und dann sind sie fast immer viel harmloser. Vorgestern wurde einem Gast von Fritzi ein Ohr abgerissen; aber soviel ich weiß, kann man Ohren wieder annähen oder durch Zelluloidohren von täuschender Ähnlichkeit ersetzen.«

»Ein Ohr?« Otto bleibt stehen.

»Es gibt natürlich Damen, die keine abreißen«, erwidere ich. »Aber die willst du ja nicht kennenlernen. Du willst doch das Urweib in seiner ganzen Pracht haben.«

»Ein Ohr ist ein ziemlich großes Opfer«, erklärt Otto, die schwitzende Bohnenstange, und reibt die Gläser seines Kneifers trocken.

»Die Poesie verlangt Opfer. Du würdest mit einem abgerissenen Ohr im wahrsten Sinne ein blutdurchströmter Lyriker sein. Komm!«

»Ja, aber ein Ohr! Etwas, was man so deutlich sieht!«

»Wenn ich die Wahl hätte«, sagt Hans Hungermann, »ich würde mir lieber ein Ohr abreißen lassen als kastriert zu werden, offen gestanden.«

»Was?« Otto bleibt wieder stehen. »Ihr macht Witze! Das kommt doch nicht vor!«

»Es kommt vor«, erklärt Hungermann. »Leidenschaft ist zu allem fähig. Aber beruhige dich, Otto. Kastration steht unter dem Strafgesetz. Die Frau bekommt dafür mindestens ein paar Monate Gefängnis – du wirst also gerächt.«

»Unsinn!« stammelt Bambuss, mühsam lächelnd. »Ihr macht eure blöden Witze mit mir!«

»Wozu sollen wir Witze machen?« sage ich. »Das wäre gemein. Ich empfehle dir gerade deswegen Fritzi. Sie ist Ohrenfetischistin. Wenn die Passion über sie kommt, hält sie sich mit beiden Händen krampfhaft an den Ohren ihres Partners fest. Du bist so absolut sicher, daß du nicht anderswo beschädigt wirst. Eine dritte Hand hat sie nicht.«

»Aber noch zwei Füße«, erklärt Hungermann. »Mit den Füßen verrichten sie manchmal wahre Wunder. Sie lassen die Nägel lang wachsen und schärfen sie.«

»Ihr schwindelt«, sagt Otto gequält. »Laßt doch den Unsinn!«

»Hör zu«, erwidere ich. »Ich will nicht, daß du verstümmelt wirst. Du würdest dann emotionell gewinnen, aber seelisch stark verlieren, und deine Lyrik würde schlecht dabei fahren. Ich habe hier eine Taschennagelfeile, klein, handlich, gemacht für den adretten Lebemann, der immer elegant sein muß. Steck sie ein. Halte sie in der hohlen Hand verborgen oder verstecke sie in der Matratze, bevor es losgeht. Wenn du merkst, daß es zu gefährlich wird, genügt ein kleiner, ungefährlicher Stich in den Hintern Fritzis. Es braucht kein Blut dabei zu fließen. Jeder Mensch läßt los, wenn er gestochen wird, sogar von einer Mücke, und greift nach dem Orte des Stichs, das ist ein Grundgesetz der Welt. In der Zwischenzeit entkommst du.«

Ich nehme ein rotledernes Taschenetui hervor, in dem ein Kamm und eine Nagelfeile stecken. Es ist noch ein Geschenk Ernas, der Verräterin. Der Kamm ist aus simuliertem Schildpatt. Eine Welle später Wut steigt in mir auf, als ich ihn herausnehme. »Gib mir auch den Kamm«, sagt Otto.

»Damit kannst du nicht nach ihr hacken, du unschuldiger Satyr«, erklärt Hungermann. »Das ist keine Waffe im Kampf der Geschlechter. Er zerbricht an geballtem Mänadenfleisch.«

»Ich will damit nicht hacken. Ich will mich nachher damit kämmen.«

Hungermann und ich sehen uns an. Bambuss scheint uns nicht mehr zu glauben. »Hast du ein paar Verbandspäckchen bei dir?« fragt Hungermann mich.

»Die brauchen wir nicht. Die Puffmutter hat eine ganze Apotheke.«

Bambuss bleibt wieder stehen. »Das ist doch alles Unsinn! Aber wie ist es mit den Geschlechtskrankheiten?«

»Es ist heute Sonnabend. Alle Damen sind heute nachmittag untersucht worden. Keine Gefahr, Otto.«

»Ihr wißt alles, was?«

»Wir wissen das, was zum Leben nötig ist«, erwidert Hungermann. »Das ist gewöhnlich etwas ganz anderes, als man in Schulen und Erziehungsinstituten lehrt. Deshalb bist du so ein Unikum, Otto.«

»Ich bin zu fromm erzogen worden«, seufzt Bambuss. »Ich bin mit der Angst vor der Hölle und der Syphilis groß geworden. Wie kann man da bodenständige Lyrik entwickeln?«

»Du könntest heiraten.«

»Das ist mein dritter Komplex. Angst vor der Ehe. Meine Mutter hat meinen Vater kaputtgemacht. Durch nichts als Weinen. Ist das nicht merkwürdig?«

»Nein«, sagen Hungermann und ich unisono und schütteln uns darauf die Hand. Es bedeutet sieben weitere Jahre Leben. Schlecht oder gut,

Leben ist Leben – das merkt man erst, wenn man gezwungen wird, es zu riskieren.

Bevor wir in das traulich wirkende Haus mit seinen Pappeln, der roten Laterne und den blühenden Geranien am Fenster eintreten, stärken wir uns durch ein paar Schlucke Schnaps. Wir haben eine Flasche mitgebracht und lassen sie reihum gehen. Sogar Eduard, der mit seinem Opel vorgefahren ist und auf uns gewartet hat, trinkt mit; es ist selten, daß er etwas umsonst bekommt, und so genießt er es. Der gleiche Schluck, den wir jetzt zu etwa zehntausend Mark Selbstkosten das Glas trinken, wird in einer Sekunde im Puff vierzigtausend kosten – deshalb haben wir die Flasche bei uns. Bis zur Türschwelle leben wir sparsam – danach sind wir in den Händen der Madame.

Otto ist anfangs stark enttäuscht. Er hat statt der Gaststube eine orientalische Szenerie erwartet, mit Leopardenfellen, Moschee-Ampeln und schwerem Parfüm; statt dessen sind die Damen zwar leicht bekleidet, nähern sich aber mehr dem Dienstmädchentyp. Er fragt mich leise, ob es keine Negerinnen oder Kreolinnen gäbe. Ich zeige auf ein dürres, schwarzhaariges Ding. »Die dort hat Kreolenblut. Sie kommt frisch aus dem Zuchthaus. Hat ihren Mann ermordet.«

Otto bezweifelt es. Er wird erst munter, als das Eiserne Pferd eintritt. Es ist eine imposante Erscheinung, mit hohen Schnürstiefeln, schwarzer Wäsche, einer Art Löwenbändigeruniform, einer grauen Astrachan-Fellkappe und einem Mund voller Goldzähne. Generationen junger Lyriker und Redakteure haben auf ihr das Examen des Lebens gemacht, und sie ist auch für Otto durch Vorstandsbeschluß bestimmt worden. Sie oder Fritzi. Wir haben darauf bestanden, daß sie in großer Aufmachung käme – und sie hat uns nicht im Stich gelassen. Sie stutzt, als wir sie mit Otto bekanntmachen. Sie hat wohl geglaubt, etwas Frischeres, Jüngeres vorgeworfen zu bekommen. Bambuss sieht papieren aus, blaß, dünn, mit Pickeln, einem dürftigen Schnurrbärtchen, und er ist bereits sechsundzwanzig Jahre alt. Außerdem schwitzt er im Augenblick wie ein Rettich im Salz. Das Eiserne Pferd reißt seinen goldenen Rachen zu einem gutmütigen Grinsen auf und pufft den erschauernden Bambuss in die Seite. »Komm, schmeiß einen Kognak«, sagt es friedlich.

»Was kostet ein Kognak?« fragt Otto das Serviermädchen.

»Sechzigtausend.«

»Was?« fragt Hungermann alarmiert. »Vierzigtausend, keinen Pfennig mehr!«

»Pfennig«, sagt die Puffmutter. »Das Wort habe ich lange nicht mehr gehört.«

»Vierzigtausend war gestern, Schatz«, erklärt das Eiserne Pferd.

»Vierzigtausend war heute morgen. Ich war heute morgen hier im Auftrage des Komitees.«

»Von was für einem Komitee?«

»Vom Komitee für die Erneuerung der Lyrik durch direkte Erfahrung.«

»Schatz«, sagt das Eiserne Pferd. »Das war vor dem Dollarkurs.«

»Es war nach dem Elf-Uhr-Dollarkurs.«

»Es war vor dem Nachmittagskurs«, erklärt die Puffmutter. »Seid nicht solche Geizhälse!«

»Sechzigtausend ist bereits nach dem Dollarkurs für übermorgen berechnet«, sage ich.

»Nach dem für morgen. Jede Stunde bist du etwas näher dran. Beruhige dich! Der Dollarkurs ist wie der Tod. Du kannst ihm nicht entgehen. Heißt du nicht Ludwig?«

»Rolf«, erwidere ich fest. »Ludwig ist nicht aus dem Kriege zurückgekommen.«

Hungermann wird plötzlich von einer bösen Ahnung ergriffen. »Und die Taxe?« fragt er. »Wie ist die? Zwei Millionen war abgemacht. Mit Ausziehen und einem halbstündigen Gespräch nachher. Das Gespräch ist wichtig für unseren Kandidaten.«

»Drei«, erwidert das Eiserne Pferd phlegmatisch. »Und das ist billig.«

»Kameraden, wir sind verraten!« schmettert Hungermann.

»Weißt du, was hohe Stiefel bis fast zum Hintern heute kosten?« fragt das Eiserne Pferd.

»Zwei Millionen und keinen Centime mehr. Wenn selbst hier Abmachungen nicht mehr gelten, was soll dann aus der Welt werden?«

»Abmachungen! Was sind Abmachungen, wenn der Kurs schwankt wie besoffen?«

Matthias Grund, der als Dichter des Buches vom Tode naturgemäß bis jetzt geschwiegen hat, erhebt sich. »Dies ist das erste Puff, das nationalsozialistisch verseucht ist«, erklärt er wütend. »Verträge sind Fetzen Papier, was?«

»Verträge und Geld«, erwidert das Eiserne Pferd unerschütterlich. »Aber hohe Stiefel sind hohe Stiefel, und schwarze Reizwäsche ist schwarze Reizwäsche. Nämlich blödsinnig teuer. Warum nehmt ihr keine mittlere Klasse für euren Konfirmanden? So wie bei Beerdigungen – da gibt's auch mit und ohne Federbusch. Zweite Klasse genügt für den da!«

Dagegen ist nichts zu sagen. Die Diskussion hat einen toten Punkt erreicht. Plötzlich entdeckt Hungermann, daß Bambuss heimlich nicht nur seinen eigenen, sondern auch den Kognak des Eisernen Pferdes ausgetrunken hat.

»Wir sind verloren«, sagt er. »Wir müssen bezahlen, was diese Wallstreethyänen hier von uns verlangen. Das hättest du uns nicht antun sollen, Otto! Jetzt müssen wir deine Einführung ins Leben einfacher gestalten. Ohne Federbusch und nur mit einem gußeisernen Pferd.«

Zum Glück kommt Willy in diesem Moment herein. Er ist an Ottos Verwandlung zum Manne aus reiner Neugierde interessiert und zahlt, ohne mit der Wimper zu zucken, die Differenz. Dann bestellt er Schnaps für alle und erklärt, daß er heute fünfundzwanzig Millionen an seinen Aktien verdient habe. Einen Teil davon will er versaufen. »Fort mit dir nun, Knabe«, sagt er zu Otto.

»Und komm als Mann wieder!« Otto verschwindet.

Ich setze mich zu Fritzi. Die alten Dinge sind längst vergessen; sie betrachtet uns nicht mehr als halbe Kinder, seit ihr Sohn im Kriege gefallen ist. Er war Unteroffizier und erhielt seinen Schuß drei Tage vor dem Waffenstillstand. Wir unterhalten uns über die Zeiten vor dem Kriege. Sie erzählt mir, daß ihr Sohn in Leipzig Musik studiert habe. Er wollte Oboebläser werden. Neben uns döst die gewaltige Puffmutter, eine Dogge auf den Knien. Plötzlich ertönt von oben ein Schrei. Getöse folgt, und dann erscheint Otto in Unterhosen, verfolgt von dem wütenden Eisernen Pferd, das mit einer blechernen Waschschale auf ihn einschlägt. Otto hat einen schönen Stil im Laufen, er rast durch die Tür nach draußen, und wir halten zu dritt das Eiserne Pferd an. »Diese verdammte halbe Portion!« keucht es. »Sticht mit einem Messer auf mich los!«

»Es war kein Messer«, sage ich ahnungsvoll.

»Was?« Das Eiserne Pferd dreht sich um und deutet auf einen roten Fleck über der schwarzen Wäsche.

»Es blutet ja nicht. Es war nur eine Nagelfeile.«

»Eine Nagelfeile?« Das Pferd starrt mich an. »Das habe ich noch nicht gekannt! Und dieser Jammerprinz sticht mich statt ich ihn! Habe ich meine hohen Stiefel umsonst? Habe ich meine Peitschensammlung für nichts? Ich will anständig sein und ihm als Zugabe eine leichte Probe von Sadismus geben, ziehe ihm nur so spielerisch einen kleinen Schlag über seine mageren Keulen, und die heimtückische Brillenschlange geht mit einer Taschenfeile auf mich los! Ein Sadist! Brauche ich Sadisten? Ich, der Traum der Masochisten? So eine Beleidigung!«

Wir beruhigen sie mit einem Doppelkümmel. Dann halten wir Ausschau nach Bambuss. Er steht hinter einem Fliederbusch und befühlt seinen Kopf.

»Komm, Otto, die Gefahr ist vorüber«, ruft Hungermann.

Bambuss weigert sich. Er verlangt, daß wir ihm seine Kleider rauswerfen. »Das gibt es nicht«, erklärt Hungermann. »Drei Millionen sind drei Millionen! Wir haben für dich bezahlt.«

»Verlangt das Geld zurück! Ich lasse mich nicht verhauen.«

»Geld verlangt ein Kavalier nie von einer Dame zurück. Und wir werden aus dir einen Kavalier machen, selbst wenn wir dir den Schädel einschlagen müssen. Der Peitschenhieb war eine Freundlichkeit. Das Eiserne Pferd ist eine Sadistin.«

»Was?«

»Eine strenge Masseuse. Wir haben nur vergessen, es dir zu sagen. Aber du solltest froh sein, so etwas zu erleben. Es ist selten in Kleinstädten!«

»Ich bin nicht froh. Werft mir meine Sachen rüber.«

Es gelingt uns, ihn wieder hereinzubekommen, nachdem er sich hinter dem Fliederbusch angezogen hatte. Wir geben ihm etwas zu trinken, aber er ist nicht zu bewegen, den Tisch zu verlassen. Er behauptet, die Stimmung sei weg. Hungermann macht schließlich einen Vertrag mit dem Eisernen Pferd und der Madame. Bambuss soll das Recht haben, innerhalb einer Woche wiederzukommen, ohne daß eine Nachzahlung verlangt wird.

Wir trinken weiter. Nach einiger Zeit merke ich, daß Otto trotz allem Feuer gefangen zu haben scheint. Er schielt jetzt ab und zu nach dem Eisernen Pferd hinüber und kümmert sich um keine der anderen Damen. Willy läßt weiteren Kümmel anfahren. Nach einer Weile vermissen wir Eduard. Er taucht eine halbe Stunde später schwitzend wieder auf und beteuert, spazierengegangen zu sein. Der Kümmel tut allmählich seine Wirkung.

Otto Bambuss zieht plötzlich Papier und Bleistift heraus und macht heimlich Notizen. Ich sehe ihm über die Schulter. »Die Tigerin«, lautet die Überschrift. »Willst du nicht noch etwas warten mit den freien Rhythmen und Hymnen?« frage ich.

Er schüttelt den Kopf. »Der frische erste Eindruck ist das Wichtigste.«

»Aber du hast doch nur eins mit der Peitsche über den Hintern gekriegt und dann ein paar mit der Waschschüssel über den Schädel! Was ist da Tigerisches dran?«

»Das überlaß nur mir!« Bambuss gießt einen Kümmel durch seinen zerfransten Schnurrbart. »Jetzt kommt die Macht der Phantasie! Ich blühe bereits von Versen wie ein Rosenbusch. Was heißt Rosenbusch? Wie eine Orchidee im Dschungel!«

»Du glaubst, du hättest schon Erfahrung genug?«

Otto schießt einen Blick voll Lust und Grausen zum Eisernen Pferd hinüber. »Das weiß ich nicht. Für ein kleines kartoniertes Bändchen aber sicher schon.«

»Sprich dich aus! Es sind drei Millionen für dich angelegt. Wenn du sie nicht brauchst, versaufen wir sie lieber.«

»Versaufen wir sie lieber.«

Bambuss schüttet wieder einen Kümmel in sich hinein. Es ist das erstemal, daß wir ihn so sehen. Er hat Alkohol vorher wie die Pest gemieden, vor allem Schnaps. Seine Lyrik gedieh bei Kaffee und Johannisbeerwein.

»Was sagst du zu Otto?« frage ich Hungermann. »Es waren die Schläge auf den Kopf mit der Blechschüssel.«

»Es war gar nichts«, erwidert Otto johlend. Er hat einen weiteren
Doppelkümmel hinter sich und kneift das Eiserne Pferd, das gerade
vorübergeht, in den Hintern. Das Pferd bleibt wie vom Blitz getroffen
stehen. Dann dreht es sich langsam um und besichtigt Otto wie ein
seltenes Insekt. Wir strecken unsere Arme vor, um den Schlag abzu-
schwächen, den wir erwarten. Für Damen mit hohen Stiefeln ist ein
Kniff dieser Art eine obszöne Beleidigung. Otto steht torkelnd auf,
lächelt abwesend aus seinen kurzsichtigen Augen, geht um das Roß
herum und knallt ihr unversehens noch einen saftigen Schlag auf die
schwarze Reizwäsche.

Es wird still. Jeder erwartet Mord. Aber Otto setzt sich unbekümmert wieder hin, legt den Kopf auf die Arme und schläft augenblicklich
ein. »Töte nie einen Schlafenden«, beschwört Hungermann das Roß.
»Das elfte Gebot Gottes!«

Das Eiserne Pferd öffnet seinen mächtigen Mund zu einem lautlosen
Grinsen. Alle seine Goldplomben schimmern. Dann streicht es über
Ottos dünnes, weiches Haar.

»Menschenkinder«, sagt es, »noch einmal so jung und so dämlich sein
können!«

Wir brechen auf. Hungermann und Bambuss werden von Eduard zur
Stadt zurückgefahren. Die Pappeln rauschen. Die Doggen bellen. Das
Eiserne Pferd steht im ersten Stock am Fenster und winkt mit der Kosakenmütze. Hinter dem Puff steht bleich der Mond. Matthias Grund, der
Dichter des Buches vom Tode, arbeitet sich plötzlich vor uns aus einem
Graben hervor. Er hatte geglaubt, er könne ihn überqueren wie Christus
den See Genezareth. Es war ein Irrtum. Willy geht neben mir her. »Was
für ein Leben!« sagt er träumerisch. »Und zu denken, daß man tatsächlich sein Geld im Schlafe verdient! Morgen ist der Dollar wieder weiter
rauf, und die Aktien klettern wie muntere Affen hinterher!«

»Verdirb uns den Abend nicht. Wo ist dein Auto? Kriegt es auch Junge
wie deine Aktien?«

»Renée hat es. Macht sich gut vor der Roten Mühle. Zwischen den
Vorstellungen fährt sie Kollegen darin spazieren. Platzen vor Neid.«

»Heiratet ihr?«

»Wir sind verlobt«, erklärt Willy. »Wenn du weißt, was das heißt.«

»Ich kann es mir denken.«

»Komisch!« sagt Willy. »Sie erinnert mich jetzt oft auch stark an unsern Oberleutnant Helle, diesen verdammten Menschenschinder, der uns das Leben so schwer gemacht hat, bevor wir zum Heldentod zugelassen wurden. Genauso, im Dunkeln. Ein schauriger Hochgenuß, Helle am Genick zu haben und ihn zu schänden. Habe nie gewußt, daß mir das Spaß machen würde, das kannst du mir glauben!«

»Ich glaube es dir.«

Wir gehen durch die dunklen, blühenden Gärten. Geruch von unbekannten Blumen weht herüber. »Wie süß das Mondlicht auf den Hügeln schläft«, sagt jemand und hebt sich wie ein Gespenst vom Boden auf.

Es ist Hungermann. Er ist naß wie Matthias Grund. »Was ist los?« frage ich. »Bei uns hat es nicht geregnet.«

»Eduard hat uns ausgesetzt. Wir sangen ihm zu laut. Der respektable Hotelwirt! Als ich Otto dann etwas erfrischen wollte, sind wir beide in den Bach gefallen.«

»Ihr auch? Wo ist Otto? Sucht er nach Matthias Grund?«

»Er fischt.« – »Was?«

»Verdammt!« sagt Hungermann. »Hoffentlich ist er nicht umgefallen. Er kann nicht schwimmen.«

»Unsinn. Der Bach ist doch nur einen Meter tief.«

»Otto könnte auch in einer Pfütze ertrinken. Er liebt seine Heimat.«

Wir finden Bambuss, wie er sich an einer Brücke über den Bach festhält und den Fischen predigt.

»Ist dir schlecht, Franziskus?« fragt Hungermann.

»Jawohl«, erwidert Bambuss und kichert, als wäre das irrsinnig komisch. Dann klappert er mit den Zähnen.

»Kalt«, stammelt er. »Ich bin kein Freiluftmensch.«

Willy zieht eine Flasche Kümmel aus der Tasche. »Wer rettet euch mal wieder? Onkel Willy, der Umsichtige. Rettet euch vor Lungenentzündung und kühlem Tod.«

»Schade, daß wir Eduard nicht dabeihaben«, sagt Hungermann. »Sie könnten ihn dann auch retten und mit Herrn Valentin Busch ein Kompaniegeschäft aufmachen. Die Retter Eduards. Das würde ihn töten.«

»Lassen Sie die faulen Witze«, sagt Valentin, der hinter ihm steht.

»Kapital sollte Ihnen heilig sein, oder sind Sie Kommunist? Ich teile mit niemandem. Eduard gehört mir.«

Wir trinken alle. Der Kümmel funkelt wie ein gelber Diamant im Mondlicht. »Wolltest du noch irgendwohin?« frage ich Willy.

»Zu Bodo Ledderhoses Gesangverein. Kommt mit. Ihr könnt euch da trocknen.«

»Großartig«, sagt Hungermann.

Es kommt keinem in den Sinn, daß es einfacher wäre, nach Hause zu gehen. Nicht einmal dem Dichter des Todes. Flüssigkeit scheint heute abend eine mächtige Anziehungskraft zu haben.

Wir gehen weiter, den Bach entlang. Der Mond schimmert im Wasser. Man kann ihn trinken – wer hat das noch irgendwann einmal gesagt?

15 Der späte Sommer hängt schwül über der Stadt, der Dollar ist um weitere zweihunderttausend Mark gestiegen, der Hunger hat sich gemehrt, die Preise haben sich erhöht, und das Ganze ist sehr einfach: Die Preise steigen schneller als die Löhne – also versinkt der Teil des Volkes, der von Löhnen, Gehältern, Einkommen, Renten lebt, mehr und mehr in hoffnungsloser Armut, und der andere erstickt in ungewissem Reichtum. Die Regierung sieht zu. Sie wird durch die Inflation ihre Schulden los; daß sie gleichzeitig das Volk verliert, sieht niemand.

Das Mausoleum für Frau Niebuhr ist fertig. Es ist scheußlich, eine Steinbude mit farbigem Glas, Bronzeketten und Kieswegen, obschon keine der Bildhauerarbeiten gemacht worden ist, die ich ihr geschildert habe; aber jetzt will sie es plötzlich nicht abnehmen. Sie steht im Hof, einen bunten Sonnenschirm in der Hand, einen Strohhut mit lackierten Kirschen auf dem Kopf und eine Kette von falschen Perlen um den Hals. Neben ihr steht ein Individuum in einem etwas zu engen karierten Anzug, das Gamaschen über den Schuhen trägt. Der Blitz hat eingeschlagen, die Trauer ist vorbei, Frau Niebuhr hat sich verlobt. Niebuhr ist ihr mit einem Schlage gleichgültig geworden. Das Individuum heißt Ralph Lehmann und nennt sich Industrieberater. Für den eleganten Vornamen und den Beruf ist der Anzug ziemlich stark abgetragen. Die Krawatte ist neu; ebenso die orangefarbenen Strümpfe – wahrscheinlich sind es die ersten Geschenke der glücklichen Braut.

Der Kampf wogt hin und her. Frau Niebuhr behauptet anfangs, das Mausoleum überhaupt nicht bestellt zu haben. »Haben Sie etwas Schriftliches?« fragt sie triumphierend.

Wir haben nichts Schriftliches. Georg erklärt milde, das sei nicht nötig in unserem Beruf. Beim Tode sei Treu und Glauben noch gültig. Wir hätten außerdem ein Dutzend Zeugen. Frau Niebuhr habe unsere Steinmetzen, unseren Bildhauer und uns selbst verrückt genug gemacht mit all ihren Ansprüchen. Außerdem habe sie ja eine Anzahlung geleistet.

»Das ist es ja gerade«, erklärt Frau Niebuhr mit schöner Logik. »Die Anzahlung wollen wir zurückhaben.«

»Sie haben das Mausoleum also bestellt?«

»Ich habe es nicht bestellt. Ich habe es nur anbezahlt.«

»Was sagen Sie zu dieser Erklärung, Herr Lehmann?« frage ich. »In Ihrer Eigenschaft als Industrieberater.«

»Das gibt's«, erwidert Ralph als Kavalier und will uns den Unterschied erklären. Georg unterbricht ihn. Er erklärt, daß über die Vorauszahlung auch nichts Schriftliches vorliege. »Was?« Ralph wendet sich an Frau Niebuhr. »Emilie! Du hast keine Quittung?«

»Ich weiß nicht«, stottert Frau Niebuhr. »Wer kann denn wissen, daß die hier auf einmal behaupten, ich hätte nichts bezahlt! Solche Betrüger!«

»So eine Dämlichkeit!«

Emilie verkleinert sich. Ralph starrt sie wütend an. Er ist plötzlich kein Kavalier mehr. Lieber Gott, denke ich, vorher hatte sie einen Walfisch – jetzt hat sie einen Hai gefangen.

»Niemand behauptet, Sie hätten nichts bezahlt«, sagt Georg. »Wir haben nur gesagt, es liege ebensowenig etwas Schriftliches darüber vor wie über die Bestellung.«

Ralph erholt sich. »Na also.«

»Im übrigen«, erklärt Georg, »sind wir bereit, das Denkmal zurückzunehmen, wenn Sie es nicht haben wollen.«

»Na also«, wiederholt Ralph. Frau Niebuhr nickt eifrig. Ich starre Georg an. Das Mausoleum wird ein zweiter Ladenhüter werden; ein Bruder des Obelisken.

»Und die Anzahlung?« fragt Ralph.

»Die Anzahlung verfällt natürlich«, sage ich. »Das ist immer so.«

»Was?« Ralph zieht die Weste herunter und strafft sich. Ich sehe, daß auch seine Hosen zu kurz und zu eng sind. »Das wäre ja gelacht!« sagt er. »So wird bei uns nicht geschossen.«

»Bei uns auch nicht. Gewöhnlich haben wir Kunden, die abnehmen, was sie bestellen.«

»Wir haben ja gar nichts bestellt«, mischt sich Emilie mit neuem Mut ein. Die Kirschen auf ihrem Hut wippen. »Außerdem war der Preis viel zu hoch.«

»Ruhe, Emilie!« schnauzt Ralph. Sie duckt sich, erschreckt und selig über so viel Männlichkeit. »Es gibt noch Gerichte«, fügt Ralph drohend hinzu.

»Das hoffen wir.«

»Führen Sie Ihre Bäckerei auch nach Ihrer Ehe weiter?« fragt Georg Emilie.

Die ist so erschrocken, daß sie wortlos ihren Verlobten anblickt.

»Klar«, erwidert Ralph. »Neben unseren Industriegeschäften natürlich. Warum?«

»Die Brötchen und der Kuchen waren immer besonders gut.«

»Danke«, sagt Emilie geziert. »Und wie ist es mit der Anzahlung?«

»Ich mache Ihnen einen Vorschlag«, erklärt Georg und läßt plötzlich seinen Charme spielen. »Liefern Sie uns einen Monat lang jeden Morgen zwölf Brötchen und jeden Nachmittag sechs Stücke Obstkuchen gratis – dann zahlen wir Ihnen am Ende des Monats die Anzahlung zurück, und Sie brauchen das Mausoleum nicht zu nehmen.«

»Gemacht«, sagt Frau Niebuhr sofort.

»Ruhe, Emilie!« Ralph knufft sie in die Rippen. »Das möchten Sie wohl«, sagt er giftig zu Georg. »In einem Monat zurückzahlen! Und was ist dann das Geld noch wert?«

»Nehmen Sie das Denkmal«, erwidere ich. »Uns soll es recht sein.«

Der Kampf dauert noch eine Viertelstunde. Dann schließen wir einen Vergleich. Wir zahlen die Hälfte der Anzahlung sofort zurück. Den Rest in zwei Wochen. Die Lieferung in Naturalien bleibt bestehen. Ralph kann nichts gegen uns machen. Die Inflation ist für einmal auf unserer

Seite. Zahlen sind Zahlen vor Gericht, immer noch, ganz gleich, was sie bedeuten. Wollte er auf Rückzahlung klagen, so würde Emilie ihr Geld vielleicht in einem Jahr zugesprochen bekommen – immer noch dieselbe, dann völlig wertlose Summe. Ich verstehe Georg jetzt – wir kommen gut bei dem Geschäft weg. Die Anzahlung gilt nur noch ein Bruchteil von dem, was sie wert war, als wir sie erhielten.

»Was machen wir aber mit dem Mausoleum?« frage ich ihn, nachdem die Verlobten fort sind. »Wollen wir es als Privatkapelle benutzen?«

»Wir ändern das Dach etwas. Kurt Bach kann einen trauernden Löwen draufsetzen oder einen marschierenden Soldaten – zur Not auch einen Engel oder die weinende Germania –, zwei der Fenster nehmen wir raus und ersetzen sie durch Marmorplatten, auf die Namen eingemeißelt werden können – und damit ist das Mausoleum –«

Er hält inne. »Ein kleineres Kriegerdenkmal«, ergänze ich. »Aber Kurt Bach kann keine frei stehenden Engel modellieren – auch keine Soldaten und keine Germania. Er kann sie höchstens im Relief. Wir müssen bei unserem alten Löwen bleiben. Dafür ist aber das Dach zu schmal. Ein Adler wäre besser.«

»Wozu? Der Löwe kann eine Pfote über das Postament herunterhängen lassen. Dann geht es.«

»Wie wäre es mit einem Bronzelöwen? Die Metallwarenfabriken liefern Bronzetiere in allen Größen.«

»Eine Kanone«, sagt Georg sinnend. »Eine zerschossene Kanone wäre mal was Neues.«

»Nur für ein Dorf, in dem nichts anderes als Artilleristen gefallen sind.«

»Hör zu«, sagt Georg. »Laß deine Phantasie spielen. Mach ein paar Zeichnungen, möglichst groß und am besten farbig. Wir werden dann sehen!«

»Wie wäre es, wenn wir den Obelisken in das Arrangement hineinarbeiten könnten? Dann schlügen wir zwei Fliegen mit einer Klappe.«

Georg lacht. »Wenn du das fertigbringst, bestelle ich für dich als Bonus eine ganze Kiste Reinhardtshauser 1921. Ein Wein zum Träumen.«

»Es wäre besser, wenn du ihn in einzelnen Flaschen auf Vorschuß lieferst. Die Inspiration kommt dann leichter.«

»Gut, fangen wir mit einer an. Gehen wir zu Eduard.«

Eduard bewölkt sich wie üblich, als er uns sieht. »Freuen Sie sich, Herr Knobloch«, sagt Georg und zieht eine Handvoll Geldscheine aus der Tasche. »Bares Geld lacht Sie heute an!«

Eduard entwölkt sich. »Tatsächlich? Na ja, es mußte ja endlich einmal kommen. Einen Fensterplatz?«

In der Weinabteilung sitzt schon wieder Gerda. »Bist du hier Dauergast?« frage ich sauer.

Sie lacht unbefangen. »Ich bin hier geschäftlich.«

»Geschäftlich?«

»Geschäftlich, Herr Untersuchungsrichter«, wiederholt Gerda.

»Dürfen wir Sie dieses Mal zum Essen einladen?« fragt Georg und gibt mir einen Stoß mit dem Ellbogen, mich nicht wie ein Maultier zu benehmen.

Gerda sieht uns an. »Noch einmal kommen wir sicher nicht damit durch, daß ich euch einlade, was?«

»Bestimmt nicht«, sage ich, kann mich aber nicht enthalten, hinzuzufügen: »Eduard würde lieber die Verlobung auflösen.«

Sie lacht und äußert sich nicht dazu. Sie trägt ein sehr hübsches Kleid aus tabakfarbener Rohseide. Was für ein Esel bin ich gewesen! denke ich. Da sitzt ja das Leben selbst, und ich habe es in meinem konfusen Größenwahn nicht kapiert!

Eduard erscheint und bewölkt sich wieder, als er uns mit Gerda sieht. Ich merke, wie er kalkuliert. Er glaubt, daß wir gelogen haben und erneut schmarotzen wollen. »Wir haben Fräulein Schneider zum Essen eingeladen«, sagt Georg. »Wir feiern Ludwigs Konfirmation. Er reift langsam zum Manne heran. Nimmt nicht mehr an, daß die Welt nur seinetwegen existiere.«

Georg hat mehr Autorität als ich. Eduard erhellt sich wieder. »Es gibt köstliche Hühnchen!« Er spitzt den Mund, als wollte er pfeifen.

»Bring ruhig das normale Mittagessen«, sage ich. »Bei dir ist immer alles vorzüglich. Und dazu eine Flasche Schloß Reinhardtshausener 1921!«

Gerda blickt auf. »Wein am Mittag? Habt ihr in der Lotterie gewonnen? Warum kommt ihr dann nie mehr in die Rote Mühle?«

»Wir haben nur ein kleines Los gewonnen«, erwidere ich. »Trittst du denn da immer noch auf?«

»Das weißt du nicht? Schäme dich! Eduard weiß es. Ich habe allerdings vierzehn Tage ausgesetzt. Aber am Ersten fange ich ein neues Engagement an.«

»Dann kommen wir«, erklärt Georg. »Und wenn wir ein Mausoleum beleihen müssen!«

»Deine Freundin war gestern abend auch da«, sagt Gerda zu mir.

»Erna? Das ist nicht meine Freundin. Mit wem war sie da?«

Gerda lacht. »Was geht es dich an, wenn sie nicht mehr deine Freundin ist?«

»Sehr viel«, erwidere ich. »Es dauert lange, bis man ausgezuckt hat, auch wenn es nur noch mechanisch ist, wie bei Froschbeinen und dem galvanischen Strom. Erst wenn man ganz getrennt ist, wird man wirklich interessiert an allem, was den anderen angeht. Eines der Paradoxe der Liebe.«

»Du denkst zu viel. Das ist immer schädlich.«

»Er denkt nicht richtig«, sagt Georg. »Sein Intellekt ist eine Bremse für seine Emotionen – anstatt ein Vorspann zu sein.«

»Kinder, seid ihr alle klug!« erklärt Gerda. »Kommt ihr dabei zwischendurch auch zu etwas Spaß im Leben?«

Georg und ich sehen uns an. Georg lacht. Ich bin betroffen. »Denken ist unser Spaß, sage ich und weiß, daß ich lüge.

»Ihr armen Würmer! Dann eßt wenigstens ordentlich.«

Der Reinhardtshausener hilft uns wieder heraus. Eduard öffnet ihn selbst und verkostet ihn. Er markiert den Weinkenner, der probiert, ob der Wein korkig sei. Dazu gießt er sich ein mittleres Glas voll ein. »Exzellent!« sagt er mit französischem Auslaut und gurgelt und schlägt mit den Augenlidern.

»Echte Weinkenner brauchen zum Probieren nur ein paar Tropfen«, sage ich.

»Ich nicht. Nicht bei so einem Wein. Ich möchte euch doch nur das Beste servieren!«

Wir erwidern nichts; wir haben unseren Trumpf in Reserve. Wir werden das Essen für Gerda und uns mit den unerschöpflichen Marken bezahlen.

Eduard schenkt ein. »Wollt ihr mich nicht auch zu einem Gläschen einladen?« fragt er frech.

»Nachher«, erwidere ich. »Wir trinken mehr als eine Flasche. Beim Essen aber störst du, weil du einem wie ein Bernhardiner die Bissen in den Mund zählst.«

»Nur, wenn ihr als Parasiten mit euren Marken ankommt.« Eduard tänzelt um Gerda herum wie ein Mittelschullehrer, der Walzer übt.

Gerda unterdrückt einen Lachanfall. Ich habe sie unter dem Tisch angestoßen, und sie hat sofort begriffen, was wir für Eduard in Reserve haben.

»Knobloch!« brüllt plötzlich eine markige Kommandostimme.

Eduard fährt hoch, als hätte er einen Tritt in den Hintern bekommen. Hinter ihm steht diesmal, unschuldig lächelnd, Renée de la Tour selbst. Er unterdrückt einen Fluch. »Daß ich auch immer wieder darauf reinfalle!«

»Ärgere dich nicht«, sage ich. »Das ist dein treudeutsches Blut. Das edelste Vermächtnis deiner gehorsamen Vorfahren.«

Die Damen begrüßen sich wie lächelnde Kriminalpolizisten.

»Welch hübsches Kleid, Gerda«, gurrt Renée. »Schade, daß ich so etwas nicht tragen kann! Ich bin zu dünn dazu.«

»Das macht nichts«, erwidert Gerda. »Ich fand die vorjährige Mode auch eleganter. Besonders die entzückenden Eidechsenschuhe, die du trägst. Ich liebe sie jedes Jahr mehr.«

Ich sehe unter den Tisch. Renée trägt tatsächlich Schuhe aus Eidechsenleder. Wie Gerda das im Sitzen sehen konnte, gehört zu den ewigen Rätseln der Frau. Es ist unverständlich, daß diese Gaben des Geschlechts nie besser praktisch ausgenützt worden sind – zur Beobachtung des Feindes in Fesselballons bei der Artillerie oder für ähnliche kulturelle Zwecke.

Willy unterbricht das Geplänkel. Er ist eine Vision in Hellgrau. Anzug, Hemd, Krawatte, Strümpfe, Wildlederhandschuhe – und darüber, wie ein Ausbruch des Vesuvs, die roten Haare. »Wein!« sagt er. »Die Totengräber zechen! Sie versaufen den Schmerz einer Familie! Bin ich eingeladen?«

»Wir haben unseren Wein nicht an der Börse verdient, du Parasit am Volksvermögen«, erwidere ich. »Trotzdem wollen wir ihn gerne mit Mademoiselle de la Tour teilen. Jeder Mensch, der Eduard erschrecken kann, ist uns willkommen.«

Das erweckt einen Heiterkeitsausbruch bei Gerda. Sie stößt mich erneut unter dem Tisch an. Ich fühle, daß ihr Knie an meinem liegen bleibt. Wärme steigt mir in den Nacken. Wir sitzen plötzlich da wie Verschwörer.

»Ihr werdet Eduard bestimmt heute auch noch erschrecken«, sagt Gerda. »Wenn er mit der Rechnung kommt. Ich fühle es. Ich habe das Zweite Gesicht.«

Alles, was sie sagt, hat wie durch einen Zauberschlag einen neuen Klang. Was ist los? denke ich. Steigt mir die Liebe schaudernd in die Schilddrüse, oder ist es eher die alte Freude, einem anderen etwas abspenstig zu machen? Der Speisesaal ist auf einmal nicht mehr eine nach Essen riechende Bude – er ist etwas, das mit ungeheurer Geschwindigkeit wie eine Schaukel durch das Universum fliegt. Ich sehe aus dem Fenster und bin erstaunt, daß die Städtische Sparkasse noch immer an derselben Stelle steht. Sie sollte, auch ohne Gerdas Knie, ohnehin längst verschwunden sein; weggewaschen von der Inflation. Aber Stein und Beton überdauern einen Haufen Menschenwerk und Menschen.

»Ein großartiger Wein«, sage ich. »Wie der erst in fünf Jahren sein wird!«

»Älter«, erklärt Willy, der nichts von Wein versteht. »Noch zwei Flaschen, Eduard!«

»Warum zwei? Laß uns eine nach der anderen trinken.«

»Gut! Trinkt ihr eure! Mir, Eduard, so schnell wie möglich eine Flasche Champagner!«

Eduard schießt davon wie ein geölter Blitz. »Was ist los, Willy?« fragt Renée. »Glaubst du, du kommst um den Pelzmantel herum, wenn du mich betrunken machst?«

»Du bekommst den Pelzmantel! Dieses jetzt hier hat einen höheren Zweck. Erzieherisch! Siehst du ihn nicht, Ludwig?«

»Nein. Ich trinke lieber Wein als Champagner.«

»Du siehst ihn wirklich nicht? Drüben, drei Tische hinter der Säule? Den borstigen Schweinskopf, die tückischen Hyänenaugen und die vorstehende Hühnerbrust? Den Mörder unserer Jugend?«

Ich suche nach dieser zoologischen Merkwürdigkeit und entdecke sie gleich darauf. Es ist der Direktor unseres Gymnasiums, älter und ruppiger geworden, aber er ist es. Vor sieben Jahren noch hat er Willy erklärt, er würde am Galgen enden, und mir, lebenslängliches Zuchthaus sei mir sicher. Er hat uns auch bemerkt. Die roten Augen blinzeln zu uns herüber, und ich weiß jetzt, warum Willy den Sekt bestellt hat.

»Laß den Pfropfen knallen, so laut es geht, Eduard!« befiehlt Willy.

»Das ist nicht vornehm.«

»Man trinkt Sekt nicht, um vornehm zu sein; man trinkt ihn, um sich wichtig zu machen.«

Willy nimmt Eduard die Flasche aus der Hand und schüttelt sie. Der Pfropfen knallt wie ein Pistolenschuß. Im Lokal entsteht einen Augenblick Schweigen. Der borstige Schweinskopf reckt sich. Willy steht in voller Größe am Tisch, die Flasche in der Rechten, und schenkt Glas auf Glas ein. Der Sekt schäumt, Willys Haar leuchtet, und sein Gesicht strahlt. Er starrt auf Schimmel, unseren Direktor, und Schimmel starrt wie hypnotisiert zurück.

»Es funktioniert«, flüstert Willy. »Ich dachte schon, er würde uns ignorieren.«

»Er ist ein leidenschaftlicher Schulmann«, antworte ich.

»Er kann uns nicht ignorieren. Für ihn bleiben wir Schüler, auch wenn wir sechzig sind. Sieh nur, wie seine Nase arbeitet!«

»Benehmt euch nicht wie Zwölfjährige«, sagt Renée.

»Warum nicht?« fragt Willy. »Älter werden können wir immer noch.«

Renée hebt resigniert die Hände mit dem Amethystring.

»Und so was hat das Vaterland verteidigt!«

»Hat geglaubt, das Vaterland zu verteidigen«, sage ich. »Bis es herausfand, daß es nur den Teil des Vaterlandes verteidigte, der gern zum Teufel gehen konnte – darunter den nationalistischen Schweinskopf da drüben.«

Renée lacht. »Ihr habt das Land der Dichter und Denker verteidigt, vergeßt das nicht.«

»Das Land der Dichter und Denker braucht nie verteidigt zu werden – höchstens gegen den Schweinskopf drüben und seinesgleichen, die Dichter und Denker ins Gefängnis sperren, solange sie leben, und mit ihnen, wenn sie tot sind, Reklame für sich machen.«

Gerda reckt den Kopf. »Heute wird scharf geschossen, was?«

Sie stößt mich wieder unter dem Tisch an. Ich klettere vom Rednerpult herunter und sitze sofort aufs neue in der Schaukel, die über die Erde hinwegfliegt. Der Speisesaal ist ein Teil des Kosmos, und selbst Eduard, der den Sekt säuft wie Wasser, um die Zeche zu erhöhen, hat einen staubigen Heiligenschein um seinen Kopf.

»Kommst du nachher mit?« flüstert Gerda.

Ich nicke.

»Er kommt!« wispert Willy entzückt. »Ich wußte es!«

Das Warzenschwein hat es nicht ausgehalten. Es hat sich hochgewuchtet und nähert sich zwinkernd unserem Tisch. »Hohmeyer, nicht wahr?« sagt es.

Willy sitzt jetzt. Er steht nicht auf. »Bitte?« fragt er.

Schimmel ist bereits irritiert. »Sie sind doch der frühere Schüler Hohmeyer!«

Willy stellt die Flasche vorsichtig hin. »Verzeihen Sie, Baronin«, sagt er zu Renée. »Ich glaube, der Mann dort meint mich.« Er wendet sich zu Schimmel. »Womit kann ich Ihnen dienen? Was möchten Sie, mein guter Mann?« Schimmel ist einen Augenblick perplex. Er hat wohl selbst nicht genau gewußt, was er sagen wollte. Schlichte, überquellende Empörung hat den biederen Schulfuchs an unseren Tisch geschwemmt.

»Ein Glas Champagner?« fragte Willy zuvorkommend. »Auch mal kosten, wie die andere Hälfte lebt?«

»Was fällt Ihnen ein? Ich bin kein Wüstling!«

»Schade«, erklärt Willy. »Aber was wollen Sie wirklich hier? Sie stören, sehen Sie das nicht?«

Schimmel schießt einen Wutblick auf ihn ab. »Ist es absolut nötig«, krächzt er, »daß ehemalige Schüler meines Gymnasiums am hellichten Tage Orgien feiern?«

»Orgien?« Willy sieht ihn erstaunt an. »Entschuldigen Sie nochmals, Baronin«, sagt er dann zu Renée. »Dieser manierenlose Mann – ein Herr

Schimmel übrigens, jetzt erkenne ich ihn« – stellt er graziös vor – »die
Baronin de la Tour« – Renée neigt huldvoll das Lockenhaupt – »glaubt,
wir feiern eine Orgie, weil wir an Ihrem Geburtstag ein Glas Sekt trinken –«

Schimmel ist, soweit es bei ihm möglich ist, etwas verwirrt. »Geburtstag?« knarrt er. »Nun ja – immerhin, dies ist eine kleine Stadt – als ehemalige Schüler könnten Sie –«

Es sieht aus, als wolle er uns eine widerwillige Absolution erteilen.
Die Baronin de la Tour hat auf den alten Kastenanbeter ihre Wirkung
nicht verfehlt. Willy greift eilig ein. »Als ehemaliger Schüler von Ihnen
sollten wir schon morgens einen Schnaps oder zwei zum Kaffee nehmen«, erklärt er, »damit wir endlich einmal wissen, was das Wort
Freude bedeutet. Das stand nämlich nie in Ihrem Lehrplan, Sie Jugend-
mörder! Sie alter Pflichtenbock haben uns unser Dasein so versaut, daß
wir glaubten, die Preußen wären eine Befreiung, Sie trostloser Feldwebel des deutschen Aufsatzes! Nur durch Sie sind wir zu Wüstlingen
geworden! Sie allein tragen die Verantwortung für alles! Und nun schieben Sie ab, Sie Unteroffizier der Langeweile!«

»Das ist doch –« Schimmel stottert. Er ist jetzt tomatenrot.

»Gehen Sie nach Hause, und nehmen Sie endlich einmal ein Bad, Sie
Schweißfuß des Lebens!«

Schimmel ringt nach Atem. »Die Polizei!« würgt er hervor. »Flegelige
Beleidigungen – ich werde Ihnen schon –«

»Sie werden gar nichts«, erklärt Willy. »Sie glauben immer noch, wir
wären Ihre Sklaven für Lebenszeit. Alles, was Sie tun werden, ist, die
Verantwortung beim Jüngsten Gericht dafür zu übernehmen, daß Sie
zahllosen Generationen von jungen Menschen einen Haß auf Gott und
alles Gute und Schöne beigebracht haben! Ich möchte bei der Auferste-
hung der Toten nicht in Ihren Knochen stecken, Schimmel! Die Fuß-
tritte, die Sie allein von unserer Klasse bekommen werden! Und dann
natürlich das Pech und Feuer der Hölle hinterher! Sie können das ja so
gut beschreiben!«

Schimmel erstickt. »Sie werden von mir hören!« stößt er hervor und
wendet wie eine Korvette im Sturm.

»Schimmel!« brüllt eine markige Kommandostimme hinter ihm her.

Renée wirkt, wie immer. Schimmel wird herumgerissen vom trauten Kommandolaut. »Was? Wie bitte? Wer –?« Seine Augen suchen die nächsten Tische ab. »Sind Sie verwandt mit dem Selbstmörder Schimmel?« zwitschert Renée.

»Selbstmörder? Was soll denn das? Wer hat mich gerufen?«

»Ihr Gewissen, Schimmel«, sage ich.

»Das ist doch –!«

Ich erwarte weißen Schaum auf Schimmels Lippen. Es ist ein Genuß, diesen Meister unzähliger Anklagen endlich einmal sprachlos zu sehen. Willy trinkt ihm zu. »Auf Ihr Wohl, Sie brave Kathederhyäne! Und gehen Sie nicht mehr zu fremden Leuten an den Tisch, sie zu zensieren. Besonders nicht, wenn Damen dabei sind.«

Schimmel entschwindet mit einem sonderbar klackenden Laut – als wäre nicht Champagner, sondern ein Selterswasserverschluß in ihm geplatzt. »Ich wußte, daß er es nicht lassen würde«, sagt Willy selig.

»Du warst erstklassig«, sage ich. »Wieso kam der Geist so gewaltig über dich?«

Willy grinst. »Diese Rede habe ich schon mindestens hundertmal gehalten! Leider immer allein, ohne Schimmel. Deshalb weiß ich sie auswendig. Prost, Kinder!«

»Ich kann nicht!« Eduard schüttelt sich. »Schweißfuß des Lebens! Das ist ein zu grauenhaftes Bild! Der Sekt schmeckt plötzlich wie eingeschlafene Füße.«

»Das tat er vorher auch schon«, sage ich geistesgegenwärtig.

»Was für Kinder ihr seid!« erklärt Renée kopfschüttelnd.

»Wir wollen es bleiben. Altwerden ist einfach.« Willy grinst. »Eduard, die Rechnung!«

Eduard bringt die Rechnung. Eine für Willy, eine für uns.

Gerdas Gesicht wird gespannt. Sie erwartet eine zweite Explosion heute. Georg und ich ziehen schweigend unsere Marken heraus und legen sie auf den Tisch. Aber Eduard explodiert nicht – er lächelt. »Macht nichts«, sagt er. »Bei so einem Weinkonsum!«

Wir sitzen enttäuscht da. Die Damen erheben sich und schütteln sich leicht, wie Hühner, die aus einer Sandgrube kommen. Willy klopft Eduard auf die Schulter.

»Sie sind ein Kavalier! Andere Wirte hätten gejammert, daß wir ihnen einen Gast vertrieben hätten.«

»Ich nicht.« Eduard lächelt. »Der Rohrstockschwinger hat hier noch nie eine anständige Zeche gemacht. Läßt sich nur einladen.«

»Komm«, flüstert Gerda mir zu.

Das tabakfarbene Kleid liegt irgendwo. Die braunen Wildlederschuhe stehen unter dem Stuhl. Einer ist umgefallen. Das Fenster steht offen. Weinlaub hängt herein. Von unten, aus dem Altstätter Hof, kommen gedämpft die Töne des elektrischen Klaviers. Es spielt den Walzer »Die Schlittschuhläufer«. Die Musik wird ab und zu von einem dumpfen Fall unterbrochen; das sind die Ringkämpferinnen, die trainieren.

Neben dem Bett stehen zwei eiskalte Flaschen Bier. Ich öffne sie und gebe eine Gerda. »Woher bist du so braun?« frage ich.

»Von der Sonne. Sie scheint schon seit Monaten. Hast du das nicht gemerkt?«

»Doch. Aber im Büro kann man nicht braun werden.« Gerda lacht. »Wenn man im Nachtklub arbeitet, ist es einfacher. Man hat tagsüber frei. Wo warst du all die Zeit?«

»Irgendwo«, sage ich, und mir fällt ein, daß Isabelle mich auch immer so fragt. »Ich dachte, du wärest mit Eduard.«

»Ist das ein Grund, wegzubleiben?«

»Ist es keiner?«

»Nein, du Dummkopf«, sagt Gerda. »Das sind zwei verschiedene Dinge.«

»Das ist mir zu schwierig«, erwidere ich.

Gerda antwortet nicht. Sie streckt sich und nimmt einen Schluck Bier. Ich sehe mich um. »Es ist schön hier«, sage ich. »Als wären wir im Oberstock einer Südseekneipe. Und du bist braun wie eine Eingeborene.«

»Bist du dann der weiße Händler mit Kattun, Glasperlen, Bibeln und Schnaps?«

»Richtig«, erwidere ich überrascht. »Genau das habe ich immer geträumt, als ich sechzehn Jahre alt war.«

»Nachher nicht mehr?«

»Nachher nicht mehr.«

Ich liege ruhig und entspannt neben ihr. Blau steht der späte Nachmittag im Fenster zwischen den Dachfirsten. Ich denke an nichts, ich will nichts, und ich hüte mich, irgend etwas zu fragen. Der Friede der gestillten Haut ist da, das Leben ist einfach, die Zeit steht still, und wir sind in der Nähe irgendeines Gottes und trinken kaltes, würziges Bier.

Gerda gibt mir ihr Glas zurück. »Glaubst du, daß Renée ihren Pelzmantel kriegt?« fragt sie träge.

»Warum nicht? Willy ist jetzt Billionär.«

»Ich hätte sie fragen sollen, was für einen sie haben will. Wahrscheinlich Bisam oder Biber.«

»Fuchs«, sage ich interesselos. »Oder Leopard meinetwegen.«

»Leopard ist zu dünn für den Winter. Seal macht zu alt. Und Silberfuchs macht dick. Der Traum ist natürlich Nerz.«

»So?«

»Ja. Der ist fürs Leben. Aber mächtig teuer. Sündhaft teuer.« Ich stelle meine Flasche zu Boden. Das Gespräch beginnt etwas unbequem zu werden. »Das geht über meinen Horizont«, sage ich. »Ich kann nicht einmal einen Kaninchenkragen bezahlen.«

»Du?« erwidert Gerda überrascht. »Wer spricht denn von dir?«

»Ich. Jeder Mann mit etwas Zartgefühl bezieht in einer Situation wie der unseren das Gespräch auf sich. Und ich habe bedeutend zuviel Zartgefühl für ein Leben in unserer Zeit.«

Gerda lacht. »Hast du das, mein Kleiner? Aber ich rede wirklich nicht von dir.«

»Von wem denn?«

»Von Eduard. Von wem sonst?«

Ich richte mich auf. »Du denkst daran, dir von Eduard einen Pelzmantel schenken zu lassen?«

»Natürlich, Schäfchen. Wenn ich ihn nur soweit kriegen könnte! Aber vielleicht, wenn Renée einen kriegt – Männer sind so –«

»Und das erzählst du mir hier, während wir noch zusammen im Bett liegen?«

»Warum nicht? Ich habe dann immer besonders gute Gedanken.«

Ich erwidere nichts. Ich bin verblüfft. Gerda dreht ihren Kopf zu mir herüber. »Bist du etwa beleidigt?«

»Ich bin zumindest verdutzt.«

»Warum? Du solltest nur beleidigt sein, wenn ich einen Mantel von dir haben wollte.«

»Soll ich stolz drauf sein, wenn du ihn von Eduard haben willst?«

»Natürlich! Das zeigt dir doch, daß du kein Freier bist.«

Ich kenne den Ausdruck nicht. »Was sind Freier?« frage ich.

»Leute mit Geld. Leute, die einem helfen können. Eduard.«

»Ist Willy ein Freier?«

Gerda lacht. »Ein halber. Für Renée.«

Ich schweige und komme mir ziemlich dumm vor. »Habe ich nicht recht?« fragt Gerda.

»Recht? Was hat Recht damit zu tun?«

Gerda lacht wieder. »Ich glaube, du bist wirklich eingeschnappt. Was für ein Kind du noch bist!«

»Darin möchte ich auch ganz gerne eins bleiben«, sage ich. »Sonst –«

»Sonst?« fragt Gerda.

»Sonst –« Ich überlege. Mir ist nicht ganz klar, was ich meine, aber ich versuche es trotzdem. »Sonst käme ich mir wie ein halber Zuhälter vor.«

Gerda lacht jetzt schallend. »Dazu fehlt dir aber noch vieles, mein Kleiner.«

»Ich hoffe, das bleibt auch so.«

Gerda wendet mir ihr Gesicht zu. Ihr beschlagenes Glas steht zwischen ihren Brüsten. Sie hält es mit einer Hand fest und genießt die Kälte auf ihrer Brust. »Mein armer Kleiner«, sagt sie immer noch lachend, mit fatalem, halb mütterlichem Mitleid. »Du wirst noch oft betrogen werden!«

Verflucht, denke ich, wo ist der Friede des tropischen Eilands geblieben? Ich komme mir auf einmal vor, als wäre ich nackt und würde von Affen mit stacheligen Kakteen beworfen. Wer hört schon gerne, daß er ein zukünftiger Hahnrei ist? »Das werden wir sehen«, sage ich.

»Meinst du, es sei so einfach, ein Zuhälter zu sein?«

»Das weiß ich nicht. Aber es ist sicher nichts besonders Ehrenhaftes darin.«

Gerda explodiert mit einem kurzen, scharfen Zischen.

»Ehre«, japst sie. »Was noch? Sind wir beim Militär? Wir sprechen von Frauen. Mein armer Kleiner, Ehre ist da sehr langweilig.«

Sie nimmt wieder einen Schluck Bier. Ich sehe zu, wie es durch ihre gewölbte Kehle rinnt. Wenn sie mich noch einmal armer Kleiner nennt, werde ich ihr wortlos meine Flasche über den Kopf gießen, um ihr zu beweisen, daß ich auch wie ein Zuhälter handeln kann – oder wenigstens so, wie ich mir vorstelle, daß er handeln würde.

»Ein schönes Gespräch« sage ich. »Gerade jetzt.«

Ich scheine versteckte humoristische Eigenschaften zu haben. Gerda lacht wieder. »Ein Gespräch ist wie das andere«, sagt sie. »Wenn man so nebeneinanderliegt, ist es doch egal, wovon man spricht. Oder gibt es da auch Gesetze, mein –«

Ich greife nach der Bierflasche und warte auf den armen Kleinen; aber Gerda hat einen sechsten Sinn – sie nimmt einen neuen Schluck und schweigt.

»Wir brauchten vielleicht nicht gerade von Pelzmänteln, Zuhältern und Hahnreis zu reden«, sage ich. »Es gibt in solchen Augenblicken doch auch noch andere Themen.«

»Klar«, stimmt Gerda zu. »Aber wir reden doch auch gar nicht davon.« – »Wovon?«

»Von Pelzmänteln, Zuhältern und Hahnreis.«

»Nein? Wovon reden wir denn?«

Gerda beginnt wieder zu lachen. »Von der Liebe, mein Süßer. So, wie vernünftige Menschen davon reden. Was möchtest du denn? Gedichte aufsagen?«

Ich greife, schwer getroffen, nach der Bierflasche. Bevor ich sie heben kann, hat Gerda mich geküßt. Es ist ein nasser Bierkuß, aber ein so strahlend gesunder, daß die Tropeninsel einen Augenblick wieder da ist. Eingeborene trinken ja auch Bier.

»Weißt du, das habe ich gern an dir«, erklärt Gerda. »Daß du ein so vorurteilsvolles Schaf bist! Wo hast du nur all diesen Unsinn gelernt? Du gehst an die Liebe heran wie ein bewaffneter Korpsstudent, der glaubt, es ginge zum Duell anstatt zum Tanz.« Sie schüttelt sich vor Lachen. »Du Knalldeutscher!« sagt sie zärtlich.

»Ist das wieder eine Beleidigung?« frage ich.

»Nein, eine Feststellung. Nur Idioten glauben, daß eine Nation besser sei als die andere.«

»Bist du keine Knalldeutsche?«

»Ich habe eine tschechische Mutter; das erleichtert mein Los etwas.«

Ich sehe das nackte, unbekümmerte Geschöpf neben mir an und habe plötzlich das Verlangen, zumindest eine oder zwei tschechische Großmütter zu haben. »Schatz«, sagt Gerda. »Liebe kennt keine Würde. Aber ich fürchte, du kannst nicht einmal pissen ohne Weltanschauung.«

Ich greife nach einer Zigarette. Wie kann eine Frau so etwas sagen? denke ich. Gerda hat mich beobachtet. »Wie kann eine Frau so etwas sagen, was?« sagt sie.

Ich hebe die Schultern. Sie dehnt sich und blinzelt mir zu. Dann schließt sie langsam ein Auge. Ich komme mir vor dem starren, geöffneten anderen auf einmal wie ein Provinzschulmeister vor. Sie hat recht – wozu muß man immer alles mit Prinzipien aufblasen? Warum es nicht nehmen, wie es ist? Was geht mich Eduard an? Was ein Wort? Was ein Nerzmantel? Und wer betrügt wen? Eduard mich, oder ich ihn, oder Gerda uns beide, oder wir beide Gerda, oder keiner keinen? Gerda allein ist natürlich, wir aber sind Wichtigtuer und Nachschwätzer abgestandener Phrasen. »Du glaubst, daß ich als Zuhälter hoffnungslos wäre?« frage ich.

Sie nickt. »Frauen werden nicht deinetwegen mit einem anderen schlafen und dir das Geld dafür bringen. Aber mach dir nichts daraus; die Hauptsache ist, daß sie mit dir schlafen.«

Ich will es vorsichtig dabei bewenden lassen, frage aber doch. »Und Eduard?«

»Was geht dich Eduard an? Ich habe dir das doch gerade erklärt.«

»Was?«

»Daß er ein Freier ist. Ein Mann mit Geld. Du hast keins. Ich aber brauche welches. Verstanden?«

»Nein.«

»Das brauchst du auch nicht, Schäfchen. Und beruhige dich – noch ist nichts los, und es wird auch noch lange nichts los sein. Ich sage es dir schon zur Zeit. Und nun mach kein Drama draus. Das Leben ist anders, als du denkst. Merk dir nur eins: Recht hat immer der, der mit der Frau im Bett liegt. Weißt du, was ich jetzt möchte?«

»Was?«

»Noch eine Stunde schlafen – und dann ein Hammelragout mit Knoblauch für uns kochen, mit viel Knoblauch –«

»Kannst du das hier?«

Gerda zeigt auf einen alten Gasherd, der auf der Kommode steht. »Ich koche dir darauf ein Diner für sechs Personen, wenn's sein muß. Tschechisch! Du wirst staunen! Dazu holen wir uns Bier vom Faß aus der Kneipe unten. Geht das mit deiner Illusion über die Liebe zusammen? Oder zerbricht der Gedanke an Knoblauch etwas Wertvolles in dir?«

»Nichts«, erwidere ich und fühle mich korrumpiert, aber auch so leicht wie lange nicht.

16 »So eine Überraschung!« sage ich. »Und das am frühen Sonntagmorgen!«

Ich habe geglaubt, einen Räuber in der Dämmerung herumrumoren zu hören; aber als ich herunterkomme, sitzt da, um fünf Uhr früh, Riesenfeld von den Odenwälder Granitwerken. »Sie müssen sich geirrt haben«, erkläre ich. »Heute ist der Tag des Herrn. Da arbeitet selbst die Börse nicht. Noch weniger wir schlichten Gottesleugner. Wo brennt es? Brauchen Sie Geld für die Rote Mühle?«

Riesenfeld schüttelt den Kopf. »Einfacher Freundschaftsbesuch. Habe einen Tag zwischen Löhne und Hannover. Bin gerade angekommen. Wozu jetzt noch ins Hotel gehen? Kaffee gibt es ja bei Ihnen auch. Was macht die scharmante Dame von drüben? Steht sie früh auf?«

»Aha!« sage ich. »Die Brunst hat Sie also hergetrieben! Gratuliere zu soviel Jugend. Aber Sie haben Pech. Sonntags ist der Ehemann zu Hause. Ein Athlet und Messerwerfer.«

»Ich bin Weltchampion im Messerwerfen«, erwidert Riesenfeld ungerührt. »Besonders, wenn ich zum Kaffee etwas Bauernspeck und einen Korn gehabt habe.«

»Kommen Sie mit nach oben. Meine Bude sieht zwar noch wüst aus, aber ich kann Ihnen dort Kaffee machen. Wenn Sie wollen, können Sie auch Klavier spielen, bis das Wasser kocht.«

Riesenfeld wehrt ab. »Ich bleibe hier. Die Mischung von Hochsommer, Morgenfrühe und Denkmälern gefällt mir. Macht hungrig und lebenslustig. Außerdem steht hier der Schnaps.«

»Ich habe viel besseren oben.«

»Mir genügt dieser.«

»Gut, Herr Riesenfeld, wie Sie wollen!«

»Was schreien Sie so?« fragt Riesenfeld. »Ich bin inzwischen nicht taub geworden.«

»Es ist die Freude, Sie zu sehen, Herr Riesenfeld«, erwidere ich noch lauter und lache scheppernd.

Ich kann ihm nicht gut erklären, daß ich hoffe, Georg mit meinem Geschrei zu wecken und ihn darüber zu orientieren, was los ist. Soviel ich weiß, ist der Schlächter Watzek gestern abend zu irgendeiner Tagung der Nationalsozialisten gefahren, und Lisa hat die Gelegenheit benutzt, herüberzukommen, um einmal durchzuschlafen im Arm ihres Geliebten. Riesenfeld sitzt, ohne daß er es weiß, als Wächter vor der Tür zum Schlafzimmer. Lisa kann nur noch durchs Fenster raus.

»Gut, dann hole ich den Kaffee herunter«, sage ich, laufe die Treppe hinauf, nehme die »Kritik der reinen Vernunft«, schlinge einen Bindfaden darum, lasse sie aus meinem Fenster heraus und pendele damit vor Georgs Fenster. Inzwischen schreibe ich mit Buntstift auf ein Blatt die Warnung: »Riesenfeld im Büro«, mache ein Loch in den Zettel und lasse ihn über den Bindfaden auf den Band Kant hinunterflattern. Kant klopft ein paarmal, dann sehe ich von oben Georgs kahlen Kopf. Er macht mir Zeichen. Wir vollführen eine kurze Pantomime. Ich mache ihm mit den Händen klar, daß ich Riesenfeld nicht loswerden kann. Rauswerfen kann ich ihn nicht; dazu ist er zu wichtig für unser tägliches Brot.

Ich ziehe die »Kritik der reinen Vernunft« wieder hoch und lasse meine Flasche Schnaps hinab. Ein schöner, gerundeter Arm greift danach, bevor Georg sie fassen kann, und zieht sie hinein. Wer weiß, wann Riesenfeld verschwindet? Die Liebenden sind inzwischen dem scharfen Morgenhunger nach durchwachter Nacht ausgesetzt. Ich lasse deshalb meine Butter, mein Brot und ein Stück Leberwurst hinunter. Der Bindfaden kommt, mit Lippenstift rot am Ende verschmiert, wieder hoch. Ich höre den seufzenden Laut, mit dem der Kork die Flasche freigibt. Romeo und Julia sind für den Augenblick gerettet.

Als ich Riesenfeld seinen Kaffee präsentiere, sehe ich Heinrich Kroll über den Hof kommen. Der nationale Geschäftsmann hat neben seinen übrigen verwerflichen Eigenschaften auch noch die, früh aufzustehen. Er nennt das: die Brust Gottes freier Natur darzubieten. Unter »Gott« versteht er selbstverständlich nicht ein gütiges Fabelwesen mit einem langen Bart, sondern einen preußischen Feldmarschall.

Bieder schüttelt er Riesenfeld die Hand. Riesenfeld ist nicht übermäßig erfreut. »Lassen Sie sich durch mich von nichts abhalten«, erklärt er. »Ich trinke hier nur meinen Kaffee und döse dann ein bißchen, bis es Zeit für mich wird.«

»Aber das wäre doch! Ein so seltener und lieber Gast!« Heinrich wendet sich mir zu. »Haben wir denn keine frischen Brötchen für Herrn Riesenfeld?«

»Da müssen Sie die Witwe des Bäckers Niebuhr oder Ihre Mutter fragen«, erwidere ich. »Anscheinend wird in der Republik sonntags nicht gebacken. Eine unerhörte Schlamperei! Im kaiserlichen Deutschland war das anders.«

Heinrich schießt mir einen bösen Blick zu. »Wo ist Georg?« fragt er kurz.

»Ich bin nicht der Hüter Ihres Bruders, Herr Kroll«, antworte ich bibelfest und laut, um Georg über die neue Gefahr zu informieren.

»Nein, aber Sie sind Angestellter meiner Firma! Ich ersuche Sie, entsprechend zu antworten.«

»Es ist Sonntag. Sonntags bin ich kein Angestellter. Ich bin heute nur freiwillig, aus überschäumender Liebe zu meinem Beruf und aus freundschaftlicher Verehrung für den Beherrscher des Odenwälder Granits, so früh heruntergekommen. Unrasiert, wie Sie vielleicht bemerken, Herr Kroll.«

»Da sehen Sie es«, sagt Heinrich bitter zu Riesenfeld. Dadurch haben wir den Krieg verloren. Durch die Schlamperei der Intellektuellen und durch die Juden.«

»Und die Radfahrer«, ergänzt Riesenfeld.

»Wieso die Radfahrer?« fragt Heinrich erstaunt.

»Wieso die Juden?« fragt Riesenfeld zurück.

Heinrich stutzt. »Ach so«, sagt er dann lustlos. »Ein Witz. Ich werde Georg wecken.«

»Ich würde das nicht tun«, erkläre ich laut.

»Geben Sie mir gefälligst keine Ratschläge!«

Heinrich nähert sich der Tür. Ich halte ihn nicht ab. Georg müßte taub sein, wenn er inzwischen nicht abgeschlossen hätte. »Lassen Sie ihn schlafen«, sagt Riesenfeld. »Ich habe keine Lust auf große Unterhaltungen so früh.«

Heinrich hält inne. »Warum machen Sie nicht einen Spaziergang durch Gottes freie Natur mit Herrn Riesenfeld?« frage ich. »Wenn Sie dann zurückkommen, ist der Haushalt aufgewacht, Speck und Eier brodeln in der Pfanne, Brötchen sind extra für Sie gebacken worden, ein Bukett frisch gepflückter Gladiolen ziert die düsteren Paraphernalien des Todes, und Georg ist da, rasiert und nach Kölnisch Wasser duftend.«

»Gott soll mich schützen«, murmelt Riesenfeld. »Ich bleibe hier und schlafe.«

Ich zucke ratlos die Achseln. Ich kriege ihn nicht aus der Bude. »Meinetwegen«, sage ich. »Dann gehe ich inzwischen Gott loben.«

Riesenfeld gähnt. »Ich wußte nicht, daß die Religion hier in so hohem Ansehen steht. Sie werfen ja mit Gott herum wie mit Kieselsteinen.«

»Das ist das Elend! Wir sind alle zu intim mit ihm geworden. Gott war immer der Duzbruder aller Kaiser, Generäle und Politiker. Dabei sollten wir uns fürchten, seinen Namen zu nennen. Aber ich gehe nicht beten, nur Orgel spielen. Kommen Sie mit!«

Riesenfeld winkt ab. Ich kann jetzt nichts weiter mehr tun. Georg muß sich selber helfen. Ich kann nur noch gehen – vielleicht gehen die andern beiden dann auch. Um Heinrich habe ich keine Sorge; Riesenfeld wird ihn schon loswerden.

Die Stadt ist taufrisch. Ich habe noch über zwei Stunden Zeit bis zur Messe. Langsam gehe ich durch die Straßen. Es ist ein ungewohntes Erlebnis. Der Wind ist milde und so sanft, als wäre der Dollar gestern um zweihundertfünfzigtausend Mark gefallen und nicht gestiegen. Eine Zeitlang starre ich in den friedlichen Fluß; dann in das Schaufenster der

Firma Bock und Söhne, die Senf produziert und ihn in Miniaturfäßchen ausstellt.

Ein Schlag auf die Schulter weckt mich auf. Hinter mir steht mit verquollenen Augen ein langer, dünner Mann. Es ist die Brunnenpest Herbert Scherz. Ich blicke ihn mißvergnügt an. »Guten Morgen oder guten Abend?« frage ich. »Sind Sie vor oder nach dem Schlaf?«

Herbert stößt geräuschvoll auf. Eine scharfe Wolke treibt mir fast die Tränen in die Augen. »Gut, also noch vor dem Schlaf«, sage ich. »Schämen Sie sich nicht? Was war der Grund? Scherz, Ernst, Ironie oder einfache Verzweiflung?«

»Ein Stiftungsfest«, sagt Herbert.

Ich mache ungern Witze mit Namen; aber Herbert tut man damit einen Gefallen. »Scherz beiseite!« sage ich.

»Stiftungsfest«, wiederholt Herbert selbstgefällig. »Mein Einstand als neues Mitglied in einem Verein. Mußte den Vorstand freihalten.« Er sieht mich eine Weile an und stößt dann triumphierend hervor: »Schützenverein Alte Kameraden! Verstehen Sie?«

Ich verstehe. Herbert Scherz ist ein Vereinssammler. Andere Leute sammeln Briefmarken oder Kriegsandenken – Herbert sammelt Vereine. Er ist bereits Mitglied in über einem Dutzend – nicht weil er soviel Unterhaltung braucht, sondern weil er ein leidenschaftlicher Anhänger des Todes und des dabei gezeigten Pomps ist. Er hat sich darauf kapriziert, einmal das pompöseste Begräbnis der Stadt haben zu wollen. Da er nicht genügend Geld dafür hinterlassen kann und niemand sonst es bezahlen würde, ist er auf die Idee gekommen, allen möglichen Vereinen beizutreten. Er weiß, daß Vereine beim Tode eines Mitglieds einen Kranz mit Schleife stiften, und das ist sein erstes Ziel. Außerdem aber geht immer auch eine Abordnung mit der Vereinsfahne hinter dem Sarge her, und darauf vertraut er ebenfalls. Er hat ausgerechnet, daß er jetzt schon durch seine Mitgliedschaft mit zwei Wagen Kränzen rechnen kann, und das ist noch lange nicht das Ende. Er ist knapp sechzig und hat noch eine schöne Zeit vor sich, anderen Vereinen beizutreten. Selbstverständlich ist er in Bodo Ledderhoses Gesangverein, ohne je eine Note gesungen zu haben. Er ist dort sympathisierendes, inaktives Mitglied, ebenso wie im Schachklub Springerheil, im Kegelklub Alle Neune und im Aquarienklub und

Terrarienverein Pterophyllum scalare. In den Aquarienklub habe ich ihn hineingebracht, weil ich glaubte, er würde dafür im voraus sein Denkmal bei uns bestellen. Er hat es nicht getan. Jetzt also hat er es geschafft, auch in einen Schützenverein zu kommen.

»Waren Sie denn je Soldat?« frage ich.

»Wozu? Ich bin Mitglied, das genügt. Ein Hauptschlag, was? Wenn Schwarzkopf das erfährt, wird er sich krümmen vor Wut.«

Schwarzkopf ist Herberts Konkurrent. Er hat vor zwei Jahren von Herberts Leidenschaft erfahren und aus Witz erklärt, ihm Konkurrenz machen zu wollen. Scherz hatte das damals so ernst genommen, daß Schwarzkopf voll Vergnügen tatsächlich ein paar Vereinen beitrat, um Herberts Reaktion zu beobachten. Mit der Zeit aber geriet er in sein eigenes Netz, er fand Freude an dem Gedanken, und jetzt ist er selbst ein Sammler geworden – nicht ganz so offen wie Scherz, aber heimlich und von hinten herum, eine Schmutzkonkurrenz, die Scherz viel Sorge macht.

»Schwarzkopf krümmt sich nicht so leicht«, sage ich, um Herbert zu reizen.

»Er muß! Es ist diesmal nicht nur der Kranz und die Vereinsfahne – es sind auch die Vereinsbrüder in Uniform –«

»Uniformen sind verboten«, sage ich milde. »Wir haben den Krieg verloren, Herr Scherz, haben Sie das übersehen? Sie hätten in einen Polizistenverein eintreten sollen; da sind Uniformen noch erlaubt.«

Ich sehe, daß Scherz die Polizistenidee im Geiste notiert, und werde nicht überrascht sein, wenn er in ein paar Monaten im Schupoklub »Zur treuen Handfessel« als stilles Mitglied erscheinen wird. Im Augenblick lehnt er erst einmal meine Zweifel ab. »Bis ich sterbe, ist Uniformtragen längst wieder erlaubt! Wo blieben sonst die vaterländischen Belange? Man kann uns nicht für immer versklaven!«

Ich sehe in das verschwollene Gesicht mit den geplatzten Äderchen. Sonderbar, wie verschieden die Ideen über Sklaverei sind! Ich finde, ich kam ihr am nächsten als Rekrut in Uniform. »Außerdem«, sage ich, »wird man beim Tode eines Zivilisten zweifellos nicht in Wichs mit Säbeln, Helm und Präservativ antreten. So was ist nur für aktive Militärhengste.«

»Für mich auch! Es ist mir diese Nacht ausdrücklich zugesagt worden! Vom Präsidenten persönlich!«

»Zugesagt! Was wird einem im Suff nicht alles zugesagt!«

Herbert scheint mich nicht gehört zu haben. »Nicht allein das«, flüstert er in dämonischem Triumph. »Dazu kommt noch das Größte: die Ehrensalve über dem Grab!«

Ich lache in sein übernächtigtes Gesicht. »Eine Salve? Womit? Mit Selterswasserflaschen? Waffen sind auch verboten in unserem geliebten Vaterlande! Versailler Vertrag, Herr Scherz. Die Ehrensalve ist ein Wunschtraum, den Sie begraben können!«

Aber Herbert ist nicht zu erschüttern. Er schüttelt schlau den Kopf. »Haben Sie eine Ahnung! Wir haben längst wieder eine geheime Armee! Schwarze Reichswehr.« Er kichert. »Ich kriege meine Salve! In ein paar Jahren haben wir sowieso alles wieder. Allgemeine Wehrpflicht und Armee. Wie sollten wir sonst leben?«

Der Wind bringt einen würzigen Senfgeruch um die Ecke, und der Fluß wirft plötzlich Silber von unten über die Straße. Die Sonne ist aufgegangen. Scherz niest. »Schwarzkopf ist endgültig geschlagen«, sagt er selbstzufrieden.

»Der Präsident hat mir versprochen, daß er nie in den Verein reingelassen wird.«

»Er kann in einen Verein ehemaliger schwerer Artillerie eintreten«, erwidere ich. »Dann wird über seinem Grab mit Kanonen geschossen.«

Scherz zuckt einen Moment nervös mit dem rechten Auge. Dann winkt er ab. »Das sind Witze. Es gibt nur den einen Schützenverein in der Stadt. Nein, Schwarzkopf ist fertig. Ich komme morgen einmal bei Ihnen vorbei, Denkmäler ansehen. Irgendwann muß ich mich ja doch mal entscheiden.«

Er entscheidet sich schon, seit ich im Geschäft bin. Das hat ihm den Namen Brunnenpest eingetragen. Er ist eine ewige Frau Niebuhr und wandert von uns zu Hollmann und Klotz und von da weiter zu Steinmeyer und läßt sich überall alles zeigen und handelt für Stunden und kauft trotzdem nichts. Wir sind solche Typen gewöhnt; es gibt immer wieder Leute, meistens Frauen, die eine sonderbare Lust dabei empfinden, zu Lebzeiten ihren Sarg, ihr Sterbehemd, ihre Grabstätte und ihr

Denkmal zu bestellen – aber Herbert hat es darin zur Weltmeisterschaft gebracht. Seine Grabstelle hat er endlich vor sechs Monaten gekauft. Sie ist sandig, hochgelegen, trocken und hat eine schöne Aussicht. Herbert wird langsamer und etwas ordentlicher darin verwesen als in den niedriger gelegenen, feuchten Teilen des Friedhofs, und er ist stolz darauf. Jeden Sonntagnachmittag verbringt er dort mit einer Thermosflasche Kaffee, einem Klappsessel und einem Paket Streuselkuchen genießerische Stunden und beobachtet, wie der Efeu wächst. Den Denkmalsauftrag aber läßt er immer noch vor den Mäulern der Grabsteinfirmen pendeln wie ein Reiter die Karotte vor der Schnauze seines Esels. Wir galoppieren, aber wir erwischen sie nie. Herbert kann sich nicht entscheiden. Er hat immer Angst, irgendeine fabelhafte Neuerung zu verpassen, wie elektrische Klingeln zum Sarg, Telefon oder so was.

Ich sehe ihn voll Abneigung an. Er hat mir die Kanonen rasch heimgezahlt. »Haben Sie irgend etwas Neues hereingekriegt?« fragt er herablassend.

»Nichts, was Sie interessieren könnte – abgesehen von – aber das ist ja bereits so gut wie verkauft«, erwidere ich mit der plötzlichen Hellsicht der Rache und des jäh aufflammenden Geschäftssinnes.

Herbert beißt an. »Was?«

»Nichts für Sie. Etwas ganz Großartiges. Und auch so gut wie verkauft.« – »Was?«

»Ein Mausoleum. Ein sehr bedeutendes Kunstobjekt. Schwarzkopf ist äußerst interessiert –«

Scherz lacht. »Haben Sie keinen älteren Verkaufstrick auf Lager?«

»Nein. Nicht bei einem solchen Stück. Es ist eine Art Postmortem-Klubhaus. Schwarzkopf denkt daran, am Todestage jährlich eine kleine intime Feier darin testamentarisch festzulegen. Das ist dann, als hätte er jedes Jahr eine neue Beerdigung. Der Raum des Mausoleums ist stimmungsvoll dafür, mit Bänken und bunten Scheiben. Man kann auch kleine Erfrischungen nach jeder Feier reichen. Schwer zu übertreffen, was? Eine ewige Gedenkfeier, während kein Mensch die alten Gräber mehr ansieht!«

Scherz lacht weiter, aber gedankenvoller. Ich lasse ihn lachen. Die Sonne wirft gewichtsloses bleiches Silber vom Fluß zwischen uns.

Scherz hört auf. »So, ein solches Mausoleum haben Sie?« sagt er, bereits mit der leichten Sorge des echten Sammlers, der fürchtet, ihm könnte eine große Gelegenheit entgehen.

»Vergessen Sie es! Es ist so gut wie verkauft an Schwarzkopf. Sehen wir lieber die Enten auf dem Fluß an! Was für Farben!«

»Ich mag keine Enten. Schmecken zu muffig. Na, ich komme mal, mir Ihr Mausoleum anzuschauen.«

»Beeilen Sie sich nicht. Sehen Sie es sich lieber an, wie es in natürlicher Umgebung wirkt – wenn Schwarzkopf es aufgestellt hat.«

Scherz lacht wieder, aber ziemlich hohl jetzt. Ich lache auch. Keiner glaubt dem anderen; aber jeder hat einen Haken geschluckt. Er Schwarzkopf, und ich, daß ich ihn vielleicht diesmal doch erwischen werde.

Ich gehe weiter. Aus dem Altstädter Hof kommt der Geruch von Tabak und abgestandenem Bier. Ich wandere durch das Tor in den Hinterhof der Kneipe. Dort bietet sich ein Bild des Friedens. Die Schnapsleichen vom Samstagabend liegen da in der frühen Sonne. Fliegen summen in den röchelnden Atemzügen der Kirsch-, Steinhäger- und Korntrinker herum, als wären es aromatische Passatwinde von den Gewürzinseln; Spinnen steigen aus dem Laub des wilden Weins auf ihren Seilen über den Gesichtern auf und ab wie Trapezakrobaten, und im Schnurrbart eines Zigeuners turnt ein Käfer, als wäre es ein Bambushain. Da ist es, denke ich, wenigstens im Schlaf, das verlorene Paradies, die große Verbrüderung!

Ich blicke zu Gerdas Fenster hinauf. Das Fenster steht offen.

»Hilfe!« sagt plötzlich eine der Gestalten auf dem Boden. Sie sagt es ruhig, leise und resigniert – sie schreit nicht, und gerade das trifft mich wie der Ätherschlag eines Strahlenwesens. Es ist ein gewichtsloser Schlag auf die Brust, der durch die Brust geht wie Röntgenlicht, der aber dann den Atem trifft, daß er sich staut. Hilfe! denke ich. Was rufen wir anders, hörbar, unhörbar, immerfort?

Die Messe ist vorbei. Die Oberin übergibt mir mein Honorar. Es lohnt sich nicht, es einzustecken; aber ich kann es nicht zurückweisen, das würde sie kränken. »Ich habe Ihnen eine Flasche Wein zum Frühstück geschickt«, sagt sie. »Wir haben nichts anderes, um es Ihnen zu geben. Aber wir beten für Sie.«

»Danke«, erwidere ich. »Aber wie kommen Sie an diese ausgezeichneten Weine? Die kosten doch auch Geld.«

Die Oberin lächelt über ihr zerknittertes Elfenbeingesicht, das die blutlose Haut hat, die Klosterinsassen, Zuchthäusler, Kranke und Bergwerksarbeiter haben. »Wir bekommen sie geschenkt. Es gibt einen frommen Weinhändler in der Stadt. Seine Frau war lange hier. Er schickt uns seitdem jedes Jahr ein paar Kisten.«

Ich frage nicht, warum er sie schickt. Ich erinnere mich daran, daß der Streiter Gottes, Bodendiek, auch nach der Messe sein Frühstück ißt, und ich gehe rasch los, um noch etwas zu retten.

Die Flasche ist natürlich schon halb leer. Auch Wernicke ist da; aber er trinkt nur Kaffee. »Die Flasche, aus der Sie sich soeben so freigebig einschenken, Hochwürden«, sage ich zu Bodendiek, »ist von der Oberin für mich privat als Gehaltszulage heraufgeschickt worden.«

»Das weiß ich«, erwidert der Vikar. »Aber sind Sie nicht der Apostel der Toleranz, Sie munterer Atheist? Gönnen Sie Ihren Freunden also nur ruhig einen Tropfen. Eine ganze Flasche zum Frühstück wäre für Sie höchst ungesund.«

Ich antworte nicht. Der Kirchenmann hält das für Schwäche und holt sofort zur Attacke aus. »Was macht die Lebensangst?« fragt er und nimmt einen herzhaften Schluck.

»Was?«

»Die Lebensangst, die Ihnen aus allen Knochen dampft, wie –«

»Wie Ektoplasma«, wirft Wernicke hilfreich ein.

»Wie Schweiß«, sagt Bodendiek, der dem Arzt nicht traut.

»Wenn ich Lebensangst hätte, wäre ich gläubiger Katholik«, erkläre ich und ziehe die Flasche an mich.

»Unsinn! Wenn Sie gläubiger Katholik wären, hätten Sie keine Lebensangst.«

»Das ist kirchenväterliche Haarspalterei.«

Bodendiek lacht. »Was wissen denn Sie schon von der exquisiten Geistigkeit unserer Kirchenväter, Sie junger Barbar?«

»Genug, um aufzuhören bei dem jahrelangen Streit, den die Väter darüber hatten, ob Adam und Eva einen Nabel gehabt hätten oder nicht.«

Wernicke grinst. Bodendiek macht ein angewidertes Gesicht. »Billigste Unwissenheit und platter Materialismus, traut verbündet wie immer«, sagt er in die Richtung von Wernicke und mir.

»Sie sollten nicht mit der Wissenschaft auf einem so hohen Roß sitzen«, erwidere ich. »Was würden Sie machen, wenn Sie einen hochentzündeten Blinddarm hätten, und weit und breit wäre nur ein einziger, erstklassiger, aber atheistischer Arzt zur Hilfe da? Beten oder sich von einem Heiden operieren lassen?«

»Beides, Sie Anfänger in der Dialektik – es würde dem heidnischen Arzt eine Gelegenheit geben, sich Verdienst vor Gott zu erwerben.«

»Sie sollten sich überhaupt nicht von einem Arzt behandeln lassen«, sage ich. »Wenn es Gottes Wille wäre, so müßten Sie eben sterben, aber nicht versuchen, das zu korrigieren.«

Bodendiek winkt ab. »Jetzt kommt bald die Sache mit dem freien Willen und der Allmacht Gottes. Findige Untersekundaner glauben damit die gesamte Kirchenlehre zu widerlegen.« Er erhebt sich wohlwollend. Sein Schädel leuchtet vor Gesundheit. Wernicke und ich sehen schmächtig gegen diesen Glaubensprotz aus. »Gesegnete Mahlzeit!« sagt er. »Ich muß noch zu meinen anderen Pfarrkindern.«

Niemand antwortet auf das Wort »andere«. Er rauscht ab. »Haben Sie schon beobachtet, daß Priester und Generäle meistens steinalt werden?« frage ich Wernicke.

»Der Zahn des Zweifels und der Sorge nagt nicht an ihnen. Sie sind viel in frischer Luft, sind auf Lebenszeit angestellt und brauchen nicht zu denken. Der eine hat den Katechismus, der andere das Exerzierreglement. Außerdem genießen beide größtes Ansehen. Der eine ist hoffähig bei Gott, der andere beim Kaiser.«

Wernicke zündet sich eine Zigarette an. »Haben Sie auch bemerkt, wie vorteilhaft der Vikar kämpft?« frage ich.

»Wir müssen seinen Glauben respektieren – er unsern Unglauben nicht.«

Wernicke bläst den Rauch in meine Richtung. »Er macht Sie ärgerlich – Sie ihn nicht.«

»Das ist es!« sage ich. »Das macht mich ja so ärgerlich!«

»Er weiß es. Das macht ihn so sicher.«

Ich schenke mir den Rest des Weines ein. Kaum anderthalb Glas – das andere hat der Streiter Gottes getrunken – einen Forster Jesuitengarten 1915 – Wein, den man nur abends mit einer Frau trinken sollte. »Und Sie?« frage ich.

»Mich geht das alles nichts an«, sagt Wernicke. »Ich bin eine Art Verkehrspolizist des Seelenlebens. Ich versuche es an dieser Kreuzung hier etwas zu dirigieren – aber ich bin nicht für den Verkehr verantwortlich.«

»Ich fühle mich immerfort für alles in der Welt verantwortlich. Bin ich eigentlich ein Psychopath?«

Wernicke bricht in ein beleidigendes Gelächter aus. »Das möchten Sie wohl! So einfach ist das nicht! Sie sind völlig uninteressant. Ein ganz normaler Durchschnittsadoleszent!«

Ich komme auf die Große Straße. Langsam schiebt sich ein Demonstrationszug vom Markt her heran. Wie Möwen vor einer dunklen Wolke flattern hastig noch eine Anzahl hellgekleideter Sonntagsausflügler mit Kindern, Eßpaketen, Fahrrädern und buntem Krimskrams vor ihm her – dann ist er da und versperrt die Straße.

Es ist ein Zug von Kriegskrüppeln, die gegen ihre niedrigen Renten protestieren. Voran fährt auf einem kleinen Rollwagen der Stumpf eines Körpers mit einem Kopf. Arme und Beine fehlen. Es ist nicht mehr möglich, zu sehen, ob der Stumpf früher ein großer oder ein kleiner Mann gewesen ist. Selbst an den Schultern kann man es nicht mehr abschätzen, da die Arme so hoch amputiert worden sind, daß kein Platz für Prothesen mehr da war. Der Kopf ist rund, der Mann hat lebhafte braune Augen und trägt einen Schnurrbart. Jemand muß jeden Tag auf ihn achtgeben – er ist rasiert, das Haar ist geschnitten und der Schnurrbart gestutzt. Der kleine Wagen, der eigentlich nur ein Brett mit Rollen ist, wird von einem Einarmigen gezogen. Der Amputierte sitzt sehr gerade und aufmerksam darauf. Ihm folgen die Wagen mit den Beinamputierten; je drei nebeneinander. Es sind Wagen mit großen Gummirädern, die mit den Händen vorwärtsbewegt werden. Die Lederschürzen, die die Stellen zudecken, wo Beine sein müßten, und die gewöhnlich geschlossen sind, sind heute offen. Man sieht die Stümpfe. Die Hosen sind sorgfältig darumgefaltet.

Als nächste kommen Amputierte mit Krücken. Es sind die sonderbar schiefen Silhouetten, die man so oft gesehen hat – die geraden Krücken und dazwischen der etwas schräghängende Körper. Dann folgen Blinde und Einäugige. Man hört die weißen Stäbe auf das Pflaster tappen und sieht an den Armen die gelben Binden mit den drei Punkten. Die Augenlosen sind dadurch so bezeichnet, wie man die geschlossenen Einfahrten von Einbahnstraßen oder Sackgassen markiert – mit den drei schwarzen runden Bällen des verbotenen Verkehrs. Viele der Verletzten tragen Schilder mit Aufschriften. Auch die Blinden tragen welche, wenn sie sie auch nie mehr lesen können. »Ist das der Dank des Vaterlandes?« steht auf einem. »Wir verhungern«, auf einem anderen.

Dem Mann auf dem kleinen Wagen hat man einen Stock mit einem Zettel vorn in seine Jacke gesteckt. Darauf steht: »Meine Monatsrente ist eine Goldmark wert.« Zwischen zwei anderen Wagen flattert eine weiße Fahne: »Unsere Kinder haben keine Milch, kein Fleisch, keine Butter. Haben wir dafür gekämpft?«

Es sind die traurigsten Opfer der Inflation. Ihre Renten sind so entwertet, daß sie kaum noch etwas damit anfangen können. Ab und zu werden ihre Bezüge von der Regierung erhöht – viel zu spät, denn am Tage der Erhöhung sind sie schon wieder um ein Vielfaches zu niedrig. Der Dollar ist zu wild geworden; er springt jetzt nicht mehr um Tausende und Zehntausende, sondern um Hunderttausende täglich. Vorgestern stand er auf einer Million zweihunderttausend – gestern auf einer Million vierhunderttausend. Morgen erwartet man ihn auf zwei Millionen – und am Ende des Monats auf zehn. Die Arbeiter bekommen jetzt zweimal am Tage Geld – morgens und nachmittags –, und jedesmal eine halbe Stunde Pause, damit sie losrennen und einkaufen können; denn wenn sie bis nachmittags damit warten, haben sie schon soviel verloren, daß ihre Kinder nicht halb mehr satt werden. Satt – nicht gut genährt. Satt mit allem, was man in den Magen stopfen kann – nicht mit dem, was der Körper braucht.

Der Zug ist viel langsamer als alle anderen Demonstrationszüge. Hinter ihm stauen sich die Autos der Sonntagsausflügler. Es ist ein sonderbarer Kontrast – die graue, fast anonyme Masse der schweigend sich dahinschleppenden Kriegsopfer, und dahinter die zurückgestauten Autos der Kriegsgewinnler, murrend, fauchend, ungeduldig, dicht auf den Fersen der Kriegerwitwen, die mit ihren Kindern den Schluß des Zuges bilden, dünn, verhungert, verhärmt und ängstlich. In den Autos prangen die Farben des Sommers, Leinen, Seide, volle Wangen, runde Arme und Gesichter, die verlegen sind, weil sie in diese unangenehme Situation geraten sind. Die Fußgänger auf den Trottoirs sind besser dran; sie schauen einfach weg und zerren ihre Kinder mit, die stehenbleiben und die Verstümmelten erklärt haben wollen. Wer kann, verschwindet durch die Seitenstraßen.

Die Sonne steht hoch, es ist heiß, und die Verwundeten fangen an zu schwitzen. Es ist der ungesunde käsige Schweiß der Blutarmen, der ihnen über die Gesichter rinnt. Hinter ihnen plärrt plötzlich eine Hupe. Jemand hat es nicht ausgehalten; er glaubt, er müsse einige Minuten sparen, und versucht deshalb, halb auf dem Trottoir vorbeizufahren. Alle Verwundeten drehen sich um. Keiner sagt etwas, aber sie ziehen sich auseinander und sperren die Straße. Das Auto müßte sie überfahren, wenn es passieren wollte. Ein junger Mann in einem hellen Anzug, mit einem Strohhut, sitzt mit einem Mädchen darin. Er macht ein paar albern-verlegene Gesten und zündet sich eine Zigarette an. Jeder der Verletzten, der an ihm vorbeikommt, sieht ihn an. Nicht aus Vorwurf – er sieht nach der Zigarette, deren würziger Duft über die Straße treibt. Es ist eine sehr gute Zigarette, und keiner der Verwundeten kann sich oft erlauben, überhaupt noch zu rauchen. Deshalb schnuppern sie wenigstens, soviel sie können.

Ich folge dem Zug bis zur Marienkirche. Dort stehen zwei Nationalsozialisten in Uniform mit einem großen Schild: »Kommt zu uns, Kameraden! Adolf Hitler wird Euch helfen!« Der Zug zieht um die Kirche herum.

Wir sitzen in der Roten Mühle. Eine Flasche Champagner steht vor uns. Sie kostet zwei Millionen Mark – soviel wie ein Beinamputierter mit Familie in zwei Monaten an Rente erhält. Riesenfeld hat sie bestellt.

Er sitzt so, daß er die Tanzfläche voll übersehen kann.

»Ich wußte es von Anfang an«, erklärt er mir. »Wollte nur mal sehen, wie ihr mich anschwindeln würdet. Aristokratinnen wohnen nicht gegenüber von kleinen Grabsteingeschäften und nicht in solchen Häusern!«

»Das ist ein erstaunlicher Trugschluß für einen Weltmann wie Sie«, erwidere ich. »Sie sollten wissen, daß Aristokraten fast nur noch so wohnen. Die Inflation hat dafür gesorgt. Es ist aus mit den Palästen, Herr Riesenfeld. Und wenn jemand noch einen hat, vermietet er Zimmer darin. Das ererbte Geld ist dahingeschwunden. Königliche Hoheiten wohnen in möblierten Zimmern, säbelrasselnde Obersten sind zähneknirschend Versicherungsagenten geworden, Gräfinnen –«

»Genug!« unterbricht mich Riesenfeld. »Mir kommen die Tränen! Weitere Aufklärungen sind unnötig. Aber die Sache mit Frau Watitek habe ich immer gewußt. Es hat mich nur amüsiert, euch bei euren plumpen Schwindelversuchen zuzusehen.«

Er schaut hinter Lisa her, die mit Georg einen Foxtrott tanzt. Ich vermeide es, den Odenwald-Casanova daran zu erinnern, daß er Lisa als Französin mit dem Gang eines vollschlanken Panthers klassifiziert hat – es würde den sofortigen Abbruch unserer Beziehungen bedeuten, und wir brauchen dringend Granit.

»Übrigens tut das dem Ganzen keinen Abbruch«, erklärt Riesenfeld versöhnlich. »Ist im Gegenteil noch höher anzusetzen! Diese Rasse, ganz aus dem Volke! Sehen Sie nur, wie sie tanzt! Wie ein – ein –«

»Ein vollschlanker Panther«, half ich aus.

Riesenfeld schielt mich an. »Manchmal verstehen Sie ein bißchen von Frauen«, knurrt er.

»Gelernt – von Ihnen!«

Er prostet mir zu, ahnungslos geschmeichelt. »Ich möchte gern eines von Ihnen wissen«, sage ich. »Ich habe das Gefühl, daß Sie zu Hause im Odenwald ein erstklassiger, ruhiger Bürger und Familienvater sind – Sie haben uns ja vorhin die Fotos Ihrer drei Kinder und Ihres rosenumblühten Hauses gezeigt, zu dessen Mauern Sie aus Prinzip kein Stück Granit verwendet haben, was ich, als verkrachter Poet, Ihnen hoch anrechne – warum verwandeln Sie sich dann draußen in einen solchen König der Nachtklubs?«

»Um zu Hause mit um so mehr Genuß Bürger und Familienvater zu sein«, erwidert Riesenfeld prompt.

»Das ist ein guter Grund. Aber warum erst der Umweg?«

Riesenfeld grinst. »Es ist mein Dämon. Die doppelte Natur des Menschen. Nie davon gehört, was?«

»Ich nicht? Ich bin eines der Musterbeispiele dafür.«

Riesenfeld lacht beleidigend, ungefähr wie Wernicke morgens. »Sie?«

»Es gibt so etwas auch auf einer etwas geistigeren Ebene«, erkläre ich.

Riesenfeld nimmt einen Schluck und seufzt. »Wirklichkeit und Phantasie! Die ewige Jagd, der ewige Zwiespalt! Oder –« fügt er, sich wiederfindend, mit Ironie hinzu »– in Ihrem Falle, als dem eines Poeten, natürlich Sehnsucht und Erfüllung, Gott und Fleisch, Kosmos und Lokus –«

Zum Glück setzen die Trompeten wieder ein. Georg kommt mit Lisa von der Tanzfläche zurück. Lisa ist eine Vision in aprikosenfarbenem Crêpe de Chine. Riesenfeld hat, nachdem er über ihren plebejischen Hintergrund aufgeklärt worden ist, als Sühne verlangt, daß wir alle als seine Gäste mit ihm zur Roten Mühle gehen müssen. Er verbeugt sich jetzt vor Lisa. »Einen Tango, gnädige Frau. Würden Sie –«

Lisa ist einen Kopf größer als Riesenfeld, und wir erwarten eine interessante Vorstellung. Aber zu unserm Erstaunen erweist sich der Granitkaiser als hervorragender Tangomeister. Er beherrscht nicht nur den argentinischen, sondern auch den brasilianischen und anscheinend auch noch ein paar andere Varianten. Wie ein Kunstschlittschuhläufer pirouettiert er mit der fassungslosen Lisa auf dem Parkett umher. »Wie fühlst du dich?« frage ich Georg. »Nimm es nicht zu schwer. Mammon gegen Gefühl! Ich habe vor ein paar Tagen auch eine Anzahl Lehren darüber bekommen. Sogar von dir, pikanterweise. Wie ist Lisa heute morgen aus deiner Bude entwichen?«

»Es war schwer. Riesenfeld wollte das Büro als Beobachtungsposten übernehmen. Er wollte ihr Fenster beobachten. Ich dachte, ich könnte ihn verscheuchen, wenn ich ihm enthüllte, wer Lisa ist. Es nützte nichts.

Er trug es wie ein Mann. Es gelang mir schließlich, ihn für ein paar Minuten in die Küche zum Kaffee zu schleppen. Das war der Moment für Lisa. Als Riesenfeld wieder ins Büro auf Ausguck ging, lächelte sie huldvoll aus ihrem eigenen Fenster.«

»In dem Kimono mit den Störchen?«

»In einem mit Windmühlen.«

Ich sehe ihn an. Er nickt. »Eingetauscht gegen einen kleinen Hügelstein. Es war notwendig. Immerhin, Riesenfeld, unter Verbeugungen, rief ihr über die Straße die Einladung für heute abend hinüber.«

»Das hätte er nicht gewagt, als sie noch ›de la Tour‹ hieß.«

»Er tat es mit Respekt. Lisa akzeptierte. Sie dachte, es würde uns geschäftlich helfen.«

»Und das glaubst du?«

»Ja«, erwidert Georg fröhlich.

Riesenfeld und Lisa kommen von der Tanzfläche zurück. Riesenfeld schwitzt. Lisa ist kühl wie eine Klosterlilie. Zu meinem ungeheuren Erstaunen sehe ich plötzlich im Hintergrund der Bar zwischen den Luftballons eine neue Gestalt erscheinen. Es ist Otto Bambuss. Er steht etwas verloren im Gewühl und paßt ungefähr so hierher, wie Bodendiek passen würde. Dann taucht neben ihm der rote Schädel Willys auf, und ich höre von irgendwoher die Kommandostimme Renée de la Tours: »Bodmer, Sie können rühren!«

Ich erwache. »Otto«, sage ich zu Bambuss, »was hat denn dich hierher verschlagen?«

»Ich«, antwortet Willy. »Ich will etwas für die deutsche Literatur tun. Otto muß bald in sein Dorf zurück. Da hat er dann Zeit, Gedichte über die sündige Welt zu drechseln. Vorläufig aber soll er sie noch sehen.«

Otto lächelt sanft. Seine kurzsichtigen Augen zwinkern. Leichter Schweiß steht auf seiner Stirn. Willy läßt sich mit Renée und ihm am Nebentisch nieder. Zwischen Lisa und Renée hat ein rasantes, sekundenkurzes Blickgefecht stattgefunden. Beide wenden sich ungeschlagen, üppig und lächelnd wieder ihren Tischen zu.

Otto lehnt sich zu mir herüber. »Ich habe den Zyklus ›Die Tigerin‹ fertig«, flüstert er. »Gestern nacht beendet. Bin bereits bei einer neuen Serie: ›Das scharlachne Weib‹. Werde es vielleicht auch ›Das große Tier der Apokalypse‹ nennen und zu freien Rhythmen übergehen. Es ist großartig. Der Geist ist über mich gekommen!«

»Gut! Aber was erwartest du dann noch hier?«

»Alles«, erwidert Otto glückstrahlend. »Ich erwarte immer alles, das ist das Schöne, wenn man noch nichts kennt. Übrigens, du kennst doch eine Dame vom Zirkus!«

»Damen, die ich kenne, sind nicht für Anfänger da, um damit zu trainieren«, sage ich. »Du scheinst wirklich noch nichts zu wissen, du naives Kamel, sonst wärest du nicht so dummdreist! Merke dir deshalb Gesetz Nummer eins: Laß die Finger von den Damen anderer Leute – du hast nicht den nötigen Körperbau dazu.«

Otto hüstelt. »Aha«, sagt er dann. »Bürgerliche Vorurteile! Ich spreche doch nicht von Ehefrauen.«

»Ich auch nicht, du Riesenroß. Bei Ehefrauen sind die Regeln nicht so streng. Warum soll ich denn mit aller Gewalt eine Dame vom Zirkus kennen? Ich habe dir doch schon einmal gesagt, daß sie Billettverkäuferin in einem Flohzirkus war.«

»Willy hat mir erzählt, das wäre nicht wahr. Sie sei beim Zirkus Akrobatin.«

»So, Willy!« Ich sehe den roten Schädel wie einen Kürbis auf dem Meer der Tanzfläche schwanken. »Hör zu, Otto«, sage ich. »Es ist ganz anders. Willys Dame ist vom Zirkus. Die mit dem blauen Hut. Und sie liebt die Literatur. Also da ist die Chance! Immer feste drauf los!«

Bambuss sieht mich mißtrauisch an. »Ich spreche aufrichtig mit dir, du vertrottelter Idealist!« sage ich.

Riesenfeld ist schon wieder mit Lisa unterwegs. »Was ist los mit uns, Georg?« frage ich. »Dort drüben sucht dir ein Geschäftsfreund deine Dame auszuspannen, und hier habe ich gerade eine Anfrage gehabt, im Interesse der deutschen Dichtkunst Gerda auszuleihen. Sind wir solche Schafe, oder sind unsere Damen so begehrenswert?«

»Beides. Außerdem ist die Frau eines anderen immer fünfmal begehrenswerter als eine, die zu haben ist. Ein altes Sittengesetz. Lisa wird aber in wenigen Minuten an schweren Kopfschmerzen erkranken, hinausgehen, um in der Garderobe Aspirin zu holen, und dann einen Kellner herschicken mit der Nachricht, sie hätte nach Hause gehen müssen, wir sollten uns weiter amüsieren.«

»Ein Schlag für Riesenfeld. Er wird uns morgen nichts mehr verkaufen.«

»Er wird uns mehr verkaufen. Du solltest das wissen. Gerade deshalb. Wo ist Gerda?«

Ihr Engagement beginnt erst in drei Tagen. Ich hoffe, sie ist im Altstädter Hof. Aber ich fürchte, sie sitzt in der Walhalla Eduards. Sie nennt das ein Abendessen sparen. Ich kann wenig dagegen machen. Sie hat so erstklassige Gründe, daß ich dreißig Jahre älter werden muß, um antworten zu können. Paß du lieber auf Lisa auf. Vielleicht kriegt sie keine Kopfschmerzen, um uns wieder weiter im Geschäft zu helfen.«

Otto Bambuss lehnt sich wieder zu mir herüber. Seine Augen sind wie die eines erschreckten Herings hinter den Brillengläsern.

»›Manege‹ wäre ein guter Titel für einen Band Zirkusgedichte, was? Mit Abbildungen von Toulouse-Lautrec.«

»Warum nicht von Rembrandt, Dürer und Michelangelo?«

Gibt es von denen Zirkuszeichnungen?« fragt Otto ernsthaft.

Ich gebe ihn auf. »Trink, mein Junge«, sage ich väterlich. »Und freue dich deines kurzen Lebens, denn irgendwann wirst du mal ermordet. Aus Eifersucht, du Mondkalb!«

Er prostet mir geschmeichelt zu und sieht dann nachdenklich zu Renée hinüber, die einen sehr kleinen eisvogelblauen Hut auf ihren blonden Löckchen schaukelt und aussieht wie eine Dompteuse am Sonntag.

Lisa und Riesenfeld kommen zurück. »Ich weiß nicht, was los ist«, sagt Lisa. »Ich habe plötzlich solche Kopfschmerzen. Ich gehe mal ein Aspirin nehmen –«

Bevor Riesenfeld aufspringen kann, ist sie schon vom Tisch weg. Georg sieht mich entsetzlich selbstgefällig an und greift nach einer Zigarre.

17 »Das süße Licht«, sagte Isabelle. Warum wird es schwächer? Weil wir ermatten? Wir verlieren es jeden Abend. Wenn wir schlafen, ist die Welt fort. Wo sind wir dann? Kommt die Welt immer wieder, Rudolf?«

Wir stehen am Rande des Gartens und sehen durch das Gittertor in die

Landschaft draußen. Der frühe Abend liegt auf den reifenden Feldern, die sich zu beiden Seiten der Kastanienallee bis zum Walde hinabziehen.

»Sie kommt immer wieder«, sage ich und füge vorsichtig hinzu: »Immer, Isabelle.«

»Und wir? Wir auch?«

Wir? denke ich. Wer weiß das? Jede Stunde gibt und nimmt und verändert. Aber ich sage es nicht. Ich will in kein Gespräch geraten, das plötzlich in einen Abgrund rutscht.

Von draußen kommen die Anstaltsinsassen zurück, die auf den Äckern gearbeitet haben. Sie kommen zurück wie müde Bauern, und auf ihren Schultern liegt das erste Abendrot.

»Wir auch«, sage ich. »Immer, Isabelle. Nichts, was da ist, kann verlorengehen. Nie.«

»Glaubst du das?«

»Es bleibt uns doch nichts anderes übrig, als es zu glauben.«

Sie dreht sich zu mir um. Sie ist außerordentlich schön an diesem frühen Abend mit dem ersten klaren Gold des Herbstes in der Luft.

»Sind wir sonst verloren?« flüstert sie.

Ich starre sie an. »Das weiß ich nicht«, sage ich schließlich. Verloren – was kann das alles heißen! So vieles!

»Sind wir sonst verloren, Rudolf?«

Ich schweige unschlüssig. »Ja«, sage ich dann. »Aber da erst beginnt das Leben, Isabelle.«

»Welches?«

»Unser eigenes. Da erst beginnt alles – der Mut, das große Mitleid, die Menschlichkeit, die Liebe und der tragische Regenbogen der Schönheit. Da, wo wir wissen, daß nichts bleibt.«

Ich sehe in ihr vom untergehenden Licht bestrahltes Gesicht. Einen Augenblick steht die Zeit still.

Du und ich, wir bleiben auch nicht?« fragt sie.

»Nein, wir bleiben auch nicht«, erwidere ich und sehe an ihr vorbei in die Landschaft voll Blau und Rot und Ferne und Gold. »Auch nicht, wenn wir uns lieben?«

»Auch nicht, wenn wir uns lieben«, sage ich und füge zögernd und vorsichtig hinzu: »Ich glaube, deshalb liebt man sich. Sonst könnte man sich vielleicht nicht lieben. Lieben ist etwas weitergeben zu wollen, das man nicht halten kann.«

»Was?«

Ich hebe die Schultern. »Dafür gibt es viele Namen. Unser Selbst vielleicht, um es zu retten. Oder unser Herz. Sagen wir: Unser Herz. Oder unsere Sehnsucht. Unser Herz.«

Die Leute von den Feldern sind herangekommen. Die Wärter öffnen die Tore. Plötzlich drängt sich seitlich von der Mauer, wo er versteckt hinter einem Baum gestanden haben muß, jemand rasch an uns vorbei, schiebt sich durch die Feldarbeiter und rennt hinaus. Einer der Wärter bemerkt ihn und läuft ziemlich gemächlich hinter ihm her; der zweite bleibt ruhig stehen und läßt die anderen Patienten weiter passieren. Dann schließt er das Tor ab. Unten sieht man den Ausbrecher laufen. Er ist viel schneller als der Wärter, der ihn verfolgt. »Glauben Sie, daß Ihr Kollege ihn in dem Tempo einholt?« frage ich den zweiten Wärter.

»Er wird schon mit ihm zurückkommen.«

»Es sieht nicht so aus.«

Der Wärter hebt die Schultern. »Es ist Guido Timpe. Er versucht jeden Monat mindestens einmal auszubrechen. Läuft immer bis zum Restaurant Forsthaus. Trinkt dort ein paar Biere. Wir finden ihn jedesmal da. Er läuft nie weiter und nie irgendwoanders hin. Just für die zwei, drei Biere. Er trinkt immer Dunkles.«

Er zwinkert mir zu. »Darum läuft mein Kollege nicht schneller. Er will ihn nur im Auge behalten, für den Fall eines Falles. Wir lassen Timpe immer soviel Zeit, daß er seine Biere verquetschen kann. Warum nicht? Nachher kommt er dann zurück wie ein Lamm.«

Isabelle hat nicht zugehört. »Wohin will er?« fragt sie jetzt. »Er will Bier trinken«, sage ich. »Weiter nichts. Wer auch so ein Ziel haben könnte!«

Sie hört mich nicht. Sie sieht mich an. »Willst du auch weg?«

Ich schüttle den Kopf.

»Es gibt nichts, um wegzulaufen, Rudolf«, sagt sie. »Und nichts, um anzukommen. Alle Türen sind dieselben. Und dahinter –«

Sie stockt. »Was ist dahinter, Isabelle?« frage ich.

»Nichts. Es sind nur Türen. Es sind immer nur Türen, und nichts ist dahinter.«

Der Wärter schließt das Tor und zündet sich eine Pfeife an. Der würzige Geruch des billigen Knasters trifft mich und zaubert ein Bild hervor: ein einfaches Leben, ohne Probleme, mit einem braven Beruf, einer braven Frau, braven Kindern, einem braven Abdienen der Existenz und einem braven Tod – alles als selbstverständlich hingenommen, Tag, Feierabend und Nacht, ohne Frage, was dahinter sei. Eine scharfe Sehnsucht danach packt mich einen Augenblick, und etwas wie Neid. Dann sehe ich Isabelle. Sie steht am Tor, die Hände um die eisernen Stäbe des Gitters gelegt, den Kopf daran gepreßt, und blickt hinaus. Sie steht lange so. Das Licht wird immer voller und röter und goldener, die Wälder verlieren die blauen Schatten und werden schwarz, und der Himmel über uns ist apfelgrün und voll von rosa angestrahlten Segelbooten.

Endlich dreht sie sich um. Ihre Augen sehen in diesem Licht fast violett aus.

»Komm«, sagt sie und nimmt meinen Arm.

Wir gehen zurück. Sie lehnt sich an mich. »Du mußt mich nie verlassen.«

»Ich werde dich nie verlassen.«

»Nie«, sagt sie. »Nie ist so kurz.«

Der Weihrauch wirbelt aus den silbernen Kesseln der Meßdiener. Bodendiek dreht sich um, die Monstranz in seinen Händen. Die Schwestern knien in ihren schwarzen Trachten wie dunkle Häufchen Ergebung in den Bänken; die Köpfe sind gesenkt, die Hände klopfen an die verdeckten Brüste, die nie Brüste werden durften, die Kerzen brennen, und Gott ist in einer Hostie, von goldenen Strahlen umgeben, im Raum. Eine Frau steht auf, geht durch den Mittelgang nach vorn bis zur Kommunionbank und wirft sich dort auf den Boden. Die meisten Kranken starren regungslos auf das goldene Wunder. Isabelle ist nicht da. Sie hat sich geweigert, in die Kirche zu gehen. Früher ist sie gegangen; jetzt, seit einigen Tagen will sie nicht mehr. Sie hat es mir erklärt. Sie sagt, sie wolle den Blutigen nicht mehr sehen.

Zwei Schwestern heben die Kranke auf, die sich hingeworfen hat und mit den Händen den Boden schlägt. Ich spiele das *Tantum ergo*. Die weißen Gesichter der Irren heben sich mit einem Ruck der Orgel entgegen. Ich ziehe die Gamben und die Violinen. Die Schwestern singen.

Die weißen Spiralen des Weihrauches wirbeln. Bodendiek stellt die Monstranz zurück in das Tabernakel. Das Licht der Kerzen flackert über den Brokat seines Meßgewandes, auf das ein großes Kreuz gestickt ist, und weht aufwärts mit dem Rauch zu dem großen Kreuz, an dem blutüberströmt seit fast zweitausend Jahren der Heiland hängt. Ich spiele mechanisch weiter und denke an Isabelle und das, was sie gesagt hat, und dann an die Beschreibung der vorchristlichen Religionen, die ich gestern abend gelesen habe. Die Götter waren damals heiter in Griechenland, sie wandelten von Wolke zu Wolke, sie waren leicht schurkisch und immer treulos und wandelbar wie die Menschen, zu denen sie gehörten. Sie waren Verkörperungen und Übertreibungen des Lebens in seiner Fülle und Grausamkeit und Unbedenklichkeit und Schönheit. Isabelle hat recht: Der bleiche Mann über mir mit dem Bart und den blutigen Gliedern ist es nicht. Zweitausend Jahre, denke ich, zweitausend Jahre, und immer ist das Leben mit Lichtern, Brunstschreien, Tod und Verzückung um die Steinbauten gewirbelt, in denen die Abbilder des blassen Sterbenden aufgerichtet waren, düster, blutig, von Millionen von Bodendieks umgeben – und bleifarben ist der Schatten der Kirchen über den Ländern gewachsen und hat die Lebensfreude erdrosselt, er hat aus Eros, dem heiteren, eine heimliche, schmutzige, sündhafte Bettgeschichte gemacht und nichts vergeben, trotz aller Predigten über Liebe und Vergebung – denn wirklich vergeben heißt, den anderen zu bestätigen, wie er ist, nicht aber Buße zu verlangen und Gefolgschaft und Unterwerfung, bevor das *Ego te absolvo* ausgesprochen wird.

Isabelle hat draußen gewartet. Wernicke hat ihr erlaubt, daß sie abends im Garten sein darf, wenn jemand bei ihr ist. »Was hast du drinnen getan?« fragt sie feindlich. »Mitgeholfen, alles zuzudecken?«

»Ich habe Musik gemacht.«

»Musik deckt auch zu. Mehr als Worte.«

»Es gibt auch Musik, die aufreißt«, sage ich. »Musik von Trommeln und Trompeten. Sie hat viel Unglück in die Welt gebracht.«

Isabelle dreht sich um. »Und dein Herz? Ist es nicht auch eine Trommel?«

Ja, denke ich, eine langsame und leise, aber es wird trotzdem genug Lärm machen und genug Unglück bringen, und vielleicht werde auch ich darüber den süßen, anonymen Ruf des Lebens überhören, der denen geblieben ist, die kein pomphaftes Selbst dem Leben gegenübersetzen und keine Erklärungen fordern, als wären sie rechthaberische Gläubiger und nicht flüchtige Wanderer ohne Spur.

»Fühle meines«, sagt Isabelle und nimmt meine Hand und legt sie auf ihre dünne Bluse, unter die Brust. »Fühlst du es?«

»Ja, Isabelle.«

Ich ziehe meine Hand weg, aber es ist, als hätte ich sie nicht weggezogen. Wir gehen um eine kleine Fontäne herum, die im Abend plätschert, als sei sie vergessen worden. Isabelle taucht ihre Hände in das Becken und wirft das Wasser hoch. »Wo bleiben die Träume am Tag, Rudolf?« fragt sie.

Ich sehe ihr zu. »Vielleicht schlafen sie«, sage ich vorsichtig, denn ich weiß, wohin solche Fragen bei ihr führen können. Sie taucht ihre Arme in das Becken und läßt sie liegen. Sie schimmern silbern, mit kleinen Luftperlen besetzt, unter dem Wasser, als wären sie aus einem fremden Metall. »Wie können sie schlafen?« sagt sie. »Sie sind doch lebendiger Schlaf. Man sieht sie nur, wenn man schläft. Aber wo bleiben sie am Tage?«

»Vielleicht hängen sie wie Fledermäuse in großen unterirdischen Höhlen – oder wie junge Eulen in tiefen Baumlöchern und warten auf die Nacht.«

»Und wenn keine Nacht kommt?«

»Nacht kommt immer, Isabelle.«

»Bist du sicher?«

Ich sehe sie an. »Du fragst wie ein Kind«, sage ich.

»Wie fragen Kinder?«

»So wie du. Sie fragen immer weiter. Und sie kommen bald zu einem Punkt, wo die Erwachsenen keine Antwort mehr wissen und verlegen oder ärgerlich werden.«

»Warum werden sie ärgerlich?«

»Weil sie plötzlich merken, daß etwas mit ihnen entsetzlich falsch ist und weil sie nicht daran erinnert werden wollen.«

»Ist bei dir auch etwas falsch?«

»Beinahe alles, Isabelle.«

»Was ist falsch?«

»Das weiß ich nicht. Darin liegt es gerade. Wenn man es wüßte, wäre es schon nicht mehr so falsch. Man fühlt es nur.«

»Ach, Rudolf«, sagt Isabelle, und ihre Stimme ist plötzlich tief und weich. »Nichts ist falsch.«

»Nein?«

»Natürlich nicht. Falsch und Richtig weiß nur Gott. Wenn er aber Gott ist, gibt es kein Falsch und Richtig. Alles ist Gott. Falsch wäre es nur, wenn es außer ihm wäre. Wenn aber etwas außer oder gegen ihn sein könnte, wäre er nur ein beschränkter Gott. Und ein beschränkter Gott ist kein Gott. Also ist alles richtig, oder es gibt keinen Gott. So einfach ist das.«

Ich sehe sie überrascht an. Was sie sagt, klingt tatsächlich einfach und einleuchtend. »Dann gäbe es auch keinen Teufel und keine Hölle?« sage ich. »Oder wenn es sie gäbe, gäbe es keinen Gott.«

Isabelle nickt. »Natürlich nicht, Rudolf. Wir haben so viele Worte. Wer hat die nur alle erfunden?«

»Verwirrte Menschen«, erwidere ich.

Sie schüttelt den Kopf und zeigt auf die Kapelle. »Die dort! Und sie haben ihn darin gefangen«, flüstert sie. »Er kann nicht heraus. Er möchte es. Aber sie haben ihn ans Kreuz genagelt.«

»Wer?«

»Die Priester Sie halten ihn fest.«

»Das waren andere Priester«, sage ich. »Vor zweitausend Jahren. Nicht diese.«

Sie lehnt sich an mich. »Es sind immer dieselben, Rudolf«, flüstert sie dicht vor mir, »weißt du das nicht? Er möchte hinaus; aber sie halten ihn gefangen. Er blutet und blutet und will vom Kreuz herunter. Sie aber lassen ihn nicht. Sie halten ihn fest in ihren Gefängnissen mit den hohen Türmen und geben ihm Weihrauch und Gebete und lassen ihn nicht hinaus. Weißt du, warum nicht?«

»Nein.«

Der Mond hängt jetzt blaß über den Wäldern im aschefarbenen Blau.

»Weil er sehr reich ist«, flüsterte Isabelle.

»Er ist sehr, sehr reich. Sie aber wollen sein Vermögen behalten. Wenn er herauskäme, würde er es zurückbekommen, und dann wären sie alle plötzlich arm. Es ist wie mit jemand, den man hier oben einsperrt; andere verwalten dann sein Vermögen und tun damit, was sie wollen, und leben wie reiche Leute. So wie bei mir.«

Ich starre sie an. Ihr Gesicht ist angespannt, aber es verrät nichts. »Was meinst du damit?« frage ich.

Sie lacht. »Alles, Rudolf. Du weißt es doch auch! Man hat mich hierhergebracht, weil ich im Wege war. Sie wollen mein Vermögen behalten. Wenn ich herauskäme, müßten sie es mir zurückgeben. Es macht nichts; ich will es nicht haben.«

Ich starre sie immer noch an. »Wenn du es nicht haben willst, kannst du es ihnen doch erklären; dann wäre kein Grund mehr da, dich hierzuhalten.«

»Hier oder anderswo – das ist doch alles dasselbe. Warum dann nicht hier? Hier sind sie wenigstens nicht. Sie sind wie die Mücken. Wer will mit Mücken leben?« Sie beugt sich vor. »Deshalb verstelle ich mich«, flüstert sie.

»Du verstellst dich?«

»Natürlich! Weißt du das nicht? Man muß sich verstellen, sonst schlagen sie einen ans Kreuz. Aber sie sind dumm. Man kann sie täuschen.«

»Täuschst du auch Wernicke?«

»Wer ist das?«

»Der Arzt.«

»Ach der! Der will mich nur heiraten. Er ist wie die anderen. Es gibt so viele Gefangene, Rudolf, und die draußen haben Angst davor. Aber drüben der am Kreuz – vor dem haben sie die meiste Angst.« – »Wer?«

»Alle, die ihn benützen und von ihm leben. Es sind unzählige. Sie sagen, sie wären gut. Aber sie richten viel Böses an. Wer einfach böse ist, kann wenig tun. Man sieht es und nimmt sich vor ihm in acht. Aber die Guten – was die alles tun! Ach, sie sind blutig!«

»Das sind sie«, sage ich, selbst merkwürdig erregt durch die flüsternde Stimme im Dunkel. »Sie haben entsetzlich viel angerichtet. Wer selbstgerecht ist, ist unbarmherzig.«

»Geh nicht mehr hin, Rudolf«, flüstert Isabelle weiter. »Sie sollen ihn freilassen! Den am Kreuz. Er möchte auch einmal lachen und schlafen und tanzen.«

»Glaubst du?«

»Jeder möchte das, Rudolf. Sie sollen ihn freilassen. Aber er ist zu gefährlich für sie. Er ist nicht wie sie. Er ist der Gefährlichste von allen – er ist der Gütigste.«

»Halten sie ihn deshalb fest?«

Isabelle nickt. Ihr Atem streift mich. »Sie müßten ihn sonst wieder ans Kreuz schlagen.«

»Ja«, sage ich, »das glaube ich auch. Sie würden ihn wieder töten; dieselben, die ihn heute anbeten. Sie würden ihn töten, so wie man Unzählige in seinem Namen getötet hat. Im Namen der Gerechtigkeit und der Nächstenliebe.«

Isabelle fröstelt. »Ich gehe nicht mehr hin«, sagt sie und deutet auf die Kapelle. »Sie sagen immer, man müsse leiden. Die schwarzen Schwestern. Warum, Rudolf?«

Ich antworte nicht.

»Wer macht, daß wir leiden müssen?« fragt sie und drängt sich gegen mich.

»Gott«, sage ich bitter. »Wenn es ihn gibt. Gott, der uns alle geschaffen hat.«

»Und wer bestraft Gott dafür?«

»Was?«

»Wer bestraft Gott dafür, daß er uns leiden macht? Hier bei den Menschen kommt man ins Gefängnis oder wird aufgehängt, wenn man das tut. Wer hängt Gott auf?«

»Darüber habe ich noch nicht nachgedacht«, sage ich. »Ich werde das einmal den Vikar Bodendiek fragen.«

Wir gehen durch die Allee zurück. Ein paar Glühwürmchen fliegen durch das Dunkel. Isabelle bleibt plötzlich stehen.

»Hast du das gehört?« fragt sie.

»Was?«

»Die Erde. Sie hat einen Sprung gemacht, wie ein Pferd. Als Kind hatte ich Angst, ich würde herunterfallen, wenn ich schliefe. Ich wollte festgebunden werden in meinem Bett. Kann man der Schwerkraft trauen?«

»Ja. Ebenso wie dem Tod.«

»Ich weiß es nicht. Bist du noch nie geflogen?«

»In einem Flugzeug?«

»Flugzeug«, sagt Isabelle mit leichter Verachtung. »Das kann jeder. Im Traum.«

»Ja. Aber kann das nicht auch jeder?«

»Nein.«

»Ich glaube, jeder Mensch träumt einmal, daß er fliegt. Es ist einer der häufigsten Träume, die es gibt.«

»Siehst du!« sagt Isabelle. »Und du traust der Schwerkraft. Wenn sie nun eines Tages aufhört? Was dann? Dann fliegen wir herum wie Seifenblasen! Wer ist dann Kaiser? Der, der am meisten Blei an die Füße gebunden hat, oder der mit den längsten Armen? Und wie kommt man von einem Baum herunter?«

»Das weiß ich nicht. Aber selbst Blei hülfe nicht. Es wäre dann auch leicht wie Luft.«

Sie ist plötzlich ganz spielerisch. Der Mond scheint in ihre Augen, als brenne hinter ihnen ein bleiches Feuer. Sie wirft das Haar zurück, das in dem kalten Licht aussieht, als hätte es keine Farbe.

»Du siehst aus wie eine Hexe«, sage ich. »Eine junge und gefährliche Hexe!«

Sie lacht. »Eine Hexe«, flüstert sie. »Hast du es endlich erkannt? Wie lange das gedauert hat!«

Mit einem Ruck reißt sie den blauen weiten Rock auf, der um ihre Hüften schwingt, läßt ihn fallen und steigt heraus. Sie trägt nichts als Schuhe und eine kurze weiße Bluse, die sich öffnet. Schmal und weiß steht sie in der Dunkelheit, mehr Knabe als Frau, mit fahlem Haar und fahlen Augen. »Komm«, flüstert sie.

Ich sehe mich um. Verdammt, denke ich, wenn Bodendiek jetzt käme! Oder Wernicke oder eine der Schwestern, und ich ärgere mich, daß ich es denke. Isabelle würde es nie denken. Sie steht vor mir wie ein Luftgeist, der einen Körper angenommen hat, bereit, wegzufliegen.

»Du mußt dich anziehen«, sage ich.

Sie lacht. »Muß ich das, Rudolf?« fragt sie spöttisch und hat keine Schwerkraft, ich aber habe alle Schwerkraft der Welt.

Langsam kommt sie näher. Sie greift nach meiner Krawatte und zerrt sie los. Ihre Lippen sind ohne Farbe, graublau im Mond, ihre Zähne sind kalkweiß, und selbst ihre Stimme hat ihre Farbe verloren. »Nimm das weg!« flüstert sie und reißt mir den Kragen und das Hemd auf. Ich fühle ihre Hände kühl auf meiner nackten Brust. Sie sind nicht weich; sie sind schmal und hart und greifen mich fest an. Ein Schauer läuft über meine Haut. Etwas, was ich nie in Isabelle vermutet habe, bricht plötzlich aus ihr heraus, ich spüre es wie einen heftigen Wind und einen Stoß, es kommt von weit her und hat sich in ihr zusammengedrängt, wie der sanfte Wind weiter Ebenen in einem Engpaß zu einem jähen Sturm. Ich versuche ihre Hände festzuhalten und sehe mich um. Sie stößt meine Hände beiseite. Sie lacht nicht mehr; in ihr ist auf einmal der tödliche Ernst der Kreatur, für die Liebe überflüssiges Beiwerk ist, die nur ein Ziel kennt und der es nicht zuviel erscheint, zu sterben, um es zu erreichen.

Ich kann sie nicht weghalten. Von irgendwo ist ihr eine Stärke zugeweht, gegen die ich nur Gewalt anwenden könnte, um sie abzuwehren. Um es zu vermeiden, ziehe ich sie an mich. Sie ist so hilfloser, aber sie ist jetzt näher bei mir, ihre Brüste drängen sich gegen meine Brust, ich fühle ihren Körper in meinen Armen, und ich spüre, wie ich sie dichter an mich ziehe. Es geht nicht, denke ich, sie ist krank, es ist Vergewaltigung, aber ist nicht alles Vergewaltigung, immer? Ihre Augen sind dicht vor mir, leer und ohne Erkennen, starr und durchsichtig. »Angst«, flüstert sie. »Immer hast du Angst!«

»Ich habe keine Angst«, murmele ich.

»Wovor? Wovor hast du Angst?«

Ich antworte nicht. Es ist plötzlich keine Angst mehr da. Isabelles graublaue Lippen pressen sich gegen mein Gesicht, kühl, nichts an ihr ist heiß, ich aber fröstle von einer kalten Hitze, meine Haut zieht sich zusammen, nur mein Kopf glüht, ich spüre Isabelles Zähne, sie ist ein schmales, aufgerichtetes Tier, sie ist ein Schemen, ein Geist aus Mondlicht und Gier, eine Tote, eine lebende, auferstandene Tote, ihre Haut und ihre Lippen sind kalt, Grauen und eine verbotene Lust wirbeln durcheinander, ich reiße mich mit Gewalt los und stoße sie zurück, daß sie fällt –

Sie steht nicht auf. Sie kauert am Boden, eine weiße Eidechse, und zischt Flüche gegen mich, Beleidigungen, einen Strom von geflüsterten Fuhrmannsflüchen, Soldatenflüchen, Hurenflüchen, Flüchen, die ich nicht einmal alle kenne, Beleidigungen, die treffen wie Messer und Peitschenhiebe, Worte, die ich nie bei ihr vermutet hätte, Worte, auf die man nur mit den Fäusten antwortet.

»Sei ruhig«, sage ich.

Sie lacht. »Sei ruhig!« macht sie mich nach. »Das ist alles, was du weißt! Sei ruhig! Geh zum Teufel!« zischt sie plötzlich lauter. »Geh, du Jammerlappen, du Eunuch –«

»Halt den Mund«, sage ich aufgebracht. »Oder –«

»Was, oder? Versuch es doch!« Sie wölbt sich mir entgegen wie ein Bogen, auf dem Boden, die Hände rückwärts gestützt, in einer schamlosen Gebärde, den Mund geöffnet zu einer verächtlichen Grimasse.

Ich starre sie an. Sie sollte mich anwidern, aber sie widert mich nicht an. Sie hat selbst in dieser obszönen Stellung nichts mit Hurentum zu tun, trotz allem, was sie ausspeit und tut, es ist etwas Verzweifeltes und Wildes und Unschuldiges darin und in ihr, ich liebe sie, ich möchte sie hochnehmen und forttragen, aber ich weiß nicht, wohin, ich hebe meine Hände, sie sind schwer, ich fühle mich trostlos und hilflos und kleinbürgerlich und provinziell.

»Scher dich weg!« flüstert Isabelle vom Boden her. »Geh! Geh! Und komm nie wieder! Wage nicht, wiederzukommen, du Greis, du Kirchendiener, du Plebejer, du Kastrat! Geh, du Tölpel, du Narr, du Krämerseele! Wage nicht wiederzukommen!«

Sie sieht mich an, auf den Knien jetzt, der Mund ist klein geworden, die Augen sind flach und schieferfarben und böse. Mit einem schwerelosen Satz springt sie auf, greift den weiten blauen Rock und geht davon, rasch und schwebend, sie tritt aus der Allee in das Mondlicht auf hohen Beinen, eine nackte Tänzerin, den blauen Rock wie eine Fahne schwenkend.

Ich will ihr nachlaufen, ihr zurufen, sich anzuziehen; aber ich bleibe stehen. Ich weiß nicht, was sie als nächstes tun wird – und mir fällt ein, daß es nicht das erstemal ist, daß jemand hier oben nackt an der Eingangstür erscheint. Besonders Frauen tun das oft.

Langsam gehe ich durch die Allee zurück. Ich ziehe mein Hemd zurecht und fühle mich schuldig, ich weiß nicht, warum.

Spät höre ich Knopf kommen. Sein Schritt beweist, daß er ziemlich voll ist. Mir ist wahrhaftig nicht danach zumute, aber gerade deshalb begebe ich mich an das Regenrohr. Knopf bleibt in der Hoftür stehen und überblickt als alter Soldat zuerst einmal das Gelände. Alles ist still. Vorsichtig nähert er sich dem Obelisken. Ich habe nicht erwartet, daß der Feldwebel a.D. seine Gewohnheit schon nach einem einzigen Schreckschuß aufgeben würde. Er steht jetzt in Bereitschaftsstellung vor dem Grabstein und wartet wieder. Vorsichtig geht Knopf noch einmal umher. Darauf macht der gewiegte Taktiker ein Scheinmanöver; die Hände gehen herunter, aber es ist Bluff, er horcht nur. Dann, als wieder alles still bleibt, stellt er sich genießerisch hin, ein Lächeln des Triumphes um seinen Nietzscheschnurrbart, und läßt sich gehen.

»Knopf!« heule ich gedämpft durch die Dachröhre. »Du Schwein, bist du wieder da? Habe ich dich nicht gewarnt?«

Der Wechsel in Knopfs Gesicht ist nicht schlecht. Ich habe immer dem Ausdruck mißtraut, daß jemand vor Entsetzen die Augen aufreiße; ich dachte, man kniffe sie eher zu, um schärfer zu sehen; aber Knopf reißt sie tatsächlich auf wie ein erschrecktes Pferd bei einem schweren Granateinschlag. Er rollt sie sogar.

»Du bist nicht würdig, ein Feldwebel der Pioniere a.D. zu sein«, erkläre ich hohl. »Hiermit degradiere ich dich! Ich degradiere dich zum Soldaten zweiter Klasse, du Pisser! Tritt ab!«

Ein heiseres Bellen entringt sich Knopfs Kehle. »Nein! Nein!« krächzt er und sucht die Stelle zu erkennen, von wo Gott spricht. Es ist die Ecke zwischen dem Tor und seiner Hauswand. Kein Fenster ist dort, keine Öffnung, er begreift nicht, woher die Stimme kommt.

»Aus ist es mit dem langen Säbel, der Schirmmütze und den Litzen!«

flüstere ich. »Aus mit der Extrauniform! Von jetzt an bist du Pionier zweiter Klasse, Knopf, du Saubesen!«

»Nein!« heult Knopf, ins Kerngehäuse getroffen. Eher kann man einem echten Teutonen einen Finger abschneiden, als ihm seinen Titel nehmen. »Nein! Nein!« flüstert er und hebt die Pfoten ins Mondlicht.

»Zieh dich anständig an«, kommandiere ich und denke plötzlich an all das, was Isabelle mir zugerufen hat, und fühle einen Stich im Magen, und das heulende Elend stürzt wie Hagel auf mich los.

Knopf hat gehorcht. »Nur nicht das!« krächzt er noch einmal, den Kopf weit zurückgelegt zu den mondbeschienenen Schäferwolken hinauf. »Nicht das, Herr!«

Ich sehe ihn dastehen wie das Mittelstück der Laokoongruppe, ringend mit den unsichtbaren Schlangen der Ehrlosigkeit und der Degradierung. Er steht so ähnlich da wie ich vor einer Stunde, fällt mir ein, während mein Magen wieder zu sieden beginnt. Unerwartetes Mitleid erfaßt mich; für Knopf und für mich. Ich werde menschlicher. »Also gut«, flüstere ich. »Du verdienst es nicht, aber ich will dir noch eine Chance geben. Du wirst nur zum Gefreiten degradiert, und auch das auf Probe. Wenn du bis Ende September pißt wie ein zivilisierter Mensch, wirst du zum Unteroffizier zurückbefördert; bis Ende Oktober zum Sergeanten; Ende November zum Vizefeldwebel; zu Weihnachten dann wieder zum etatmäßigen Kompaniefeldwebel a.D., verstanden?«

»Jawohl, Herr – Herr –« Knopf sucht nach der richtigen Anrede. Ich fürchte, daß er zwischen Majestät und Gott schwankt, und unterbreche ihn rechtzeitig. »Das ist mein letztes Wort, Gefreiter Knopf! Und glaube nicht, du Schwein, daß du nach Weihnachten wieder anfangen kannst! Dann ist es kalt, und du kannst deine Spuren nicht verwischen. Sie frieren fest. Stell dich nur noch einmal an den Obelisken, und du wirst einen elektrischen Schlag und eine Prostata-Entzündung bekommen, daß du krumme Beine vor Schmerz kriegst. Und nun fort mit dir, du Misthaufen mit Tressen!«

Knopf verschwindet mit ungewöhnlicher Schnelle im Dunkel seiner Haustürhöhle. Ich höre leises Gelächter aus dem Büro. Lisa und Georg haben die Vorstellung beobachtet. »Misthaufen mit Tressen«, kichert

Lisa heiser. Ein Stuhl fällt um, es rumpelt, und die Tür zu Georgs Meditationszimmer schließt sich. Ich habe einmal von Riesenfeld eine Flasche holländischen Genever geschenkt bekommen mit der Widmung: Für sehr schwierige Stunden. Ich hole sie jetzt heraus. Auf der viereckigen Flasche prangt das Etikett: Friesscher Genever van P. Bokma, Leeuwarden. Ich öffne sie und schenke mir ein großes Glas ein. Der Genever ist stark und würzig und beschimpft mich nicht.

18

Der Sargtischler Wilke sieht die Frau verwundert an.

»Warum nehmen Sie nicht zwei kleine?« fragt er. »Es kostet nicht so viel mehr.« Die Frau schüttelt den Kopf.

»Sie sollen zusammenliegen.«

»Aber Sie können sie doch in einer Grabstelle beerdigen«, sage ich. »Dann sind sie zusammen.«

»Nein, nicht richtig.«

Wilke kratzt sich den Kopf. »Was meinen Sie dazu?« fragt er mich.

Die Frau hat zwei Kinder verloren. Beide sind am gleichen Tag gestorben. Sie will für sie nun nicht nur einen gemeinsamen Grabstein haben – sie will auch für beide nur einen Sarg haben, eine Art Doppelsarg. Deshalb habe ich Wilke ins Büro geholt.

»Für uns ist die Sache einfach«, sage ich. »Ein Grabstein mit zwei Inschriften kommt alle Tage vor. Es gibt sogar Familiengrabsteine mit sechs, acht Inschriften.«

Die Frau nickt. »So soll es sein! Sie sollen zusammenliegen. Sie waren immer zusammen.«

Wilke holt einen Zimmermannsbleistift aus seiner Westentasche. »Es würde merkwürdig aussehen. Der Sarg würde zu breit werden. Fast quadratisch; die Kinder sind ja noch sehr klein. Wie alt?«

»Viereinhalb.«

Wilke zeichnet. »Wie eine quadratische Kiste«, erklärt er dann. »Wollen Sie nicht doch –«

»Nein«, unterbricht die Frau. »Sie sollen zusammenbleiben. Es sind Zwillinge.«

»Man kann auch für Zwillinge sehr hübsche kleine Einzelsärge machen, weiß lackiert. Die Form ist gefälliger. Ein so kurzer Doppelsarg wirkt plump –«

»Das ist mir egal«, sagt die Frau störrisch. »Sie haben eine Doppelwiege gehabt und einen Doppelkinderwagen, und jetzt sollen sie auch einen Doppelsarg haben. Sie sollen beieinander bleiben.«

Wilke zeichnet wieder. Es kommt nichts anderes heraus als eine quadratische Kiste, selbst mit Ranken aus Efeu am Deckel. Bei Erwachsenen hätte er noch mehr Spielraum; aber Kinder sind zu kurz. »Ich weiß nicht einmal, ob es erlaubt ist«, versucht er als letztes.

»Warum soll es nicht erlaubt sein?«

»Es ist ungewöhnlich.«

»Es ist auch ungewöhnlich, daß zwei Kinder am selben Tage sterben«, sagt die Frau.

»Das ist wahr, besonders, wenn es Zwillinge sind.« Wilke ist plötzlich interessiert. »Haben sie auch dieselbe Krankheit gehabt?«

»Ja«, erwidert die Frau hart. »Dieselbe Krankheit. Geboren nach dem Kriege, als es nichts zu essen gab. Zwillinge – ich hatte nicht einmal Milch für einen –«

Wilke beugt sich vor. »Dieselbe Krankheit!« In seinen Augen flackert wissenschaftliche Neugier. »Man sagt ja, daß bei Zwillingen so etwas öfter vorkommt. Astrologisch –«

»Wie ist es mit dem Sarg?« frage ich. Die Frau sieht nicht so aus, als ob sie ein längeres Gespräch über dieses Wilke faszinierende Thema führen möchte.

»Ich kann es versuchen«, sagt Wilke. »Aber ich weiß nicht, ob es erlaubt ist. Wissen Sie es?« fragt er mich.

»Man kann beim Friedhofsamt anfragen.«

»Wie ist es mit den Priestern? Wie sind die Kinder getauft worden?«

Die Frau zögert. »Einer ist katholisch und einer evangelisch«, sagt sie dann. »Wir hatten das so abgemacht. Mein Mann ist katholisch; ich bin evangelisch. Da haben wir abgemacht, daß die Zwillinge geteilt würden.«

»Also haben Sie einen katholisch und den anderen evangelisch taufen lassen?« fragt Wilke.

»Ja.«

»Am selben Tag?«

»Am selben Tag.«

Wilkes Interesse an den Merkwürdigkeiten des Daseins ist aufs neue entfacht. »In zwei verschiedenen Kirchen natürlich?«

»Natürlich«, sage ich sehr ungeduldig. »Wo sonst? Und nun –«

»Aber wie konnten Sie sie auseinanderhalten?« unterbricht Wilke mich. »Ich meine, all die Zeit? Waren es ähnliche Zwillinge?«

»Ja«, sagt die Frau. »Wie ein Ei dem andern.«

»Das eben meine ich! Wie kann man das auseinanderhalten, besonders, wenn sie so klein sind? Konnten Sie das? Gerade in den ersten Tagen, wenn alles durcheinandergeht?«

Die Frau schweigt.

»Das ist doch jetzt egal«, erkläre ich und mache Wilke ein Zeichen, aufzuhören.

Doch Wilke hat die unsentimentale Neugier des Wissenschaftlers. »Das ist gar nicht egal«, erwidert er. »Sie müssen ja beerdigt werden! Der eine katholisch, der andere evangelisch. Wissen Sie, welcher katholisch ist?«

Die Frau schweigt. Wilke erhitzt sich an seinem Thema.

»Glauben Sie, daß Sie die Beerdigung zur gleichen Zeit machen dürfen? Wenn Sie einen Doppelsarg haben, müssen Sie das ja. Dann müßten ja auch zwei Pfarrer am Grabe sein, ein katholischer und ein evangelischer! Das machen die sicher nicht! Die sind eifersüchtiger auf den lieben Gott als wir auf unsere Frauen.«

»Wilke, das geht Sie doch alles nichts an«, sage ich und gebe ihm hinter dem Tisch einen Fußtritt.

»Und die Zwillinge«, ruft Wilke, ohne mich zu beachten.

»Der katholische würde dann ja gleichzeitig evangelisch beerdigt werden und der evangelische katholisch! Stellen Sie sich das Durcheinander vor! Nein, Sie werden mit dem Doppelsarg nicht durchkommen! Zwei Einzelsärge, das wird es sein müssen! Dann hat jede Religion ihren. Die Geistlichen können einander dann den Rücken drehen und sie so einsegnen.«

Wilke stellt sich offenbar vor, daß eine Religion Gift für die andere sei. »Haben Sie schon mit den Priestern gesprochen?« fragt er.

»Das tut mein Mann«, sagt die Frau.

»Da bin ich doch wirklich neugierig –«

»Wollen Sie den Doppelsarg machen?« fragt die Frau.

»Machen schon, aber ich sage Ihnen –«

»Was kostet er?« fragt die Frau.

Wilke kratzt sich den Schädel. »Wann muß er fertig sein?«

»So bald wie möglich.«

»Dann muß ich die Nacht durcharbeiten. Überstunden. Er muß extra angefertigt werden.«

»Was kostet er?« fragt die Frau.

»Ich werde es Ihnen bei der Ablieferung sagen. Ich mache es billig, der Wissenschaft wegen. Ich kann ihn nur nicht zurücknehmen, wenn er Ihnen verboten wird.«

»Er wird nicht verboten.«

Wilke sieht die Frau erstaunt an. »Woher wissen Sie das?«

»Wenn die Priester sie so nicht einsegnen wollen, beerdigen wir sie ohne Priester«, sagt die Frau hart. »Sie waren immer zusammen, und sie sollen zusammen bleiben.«

Wilke nickt. »Abgemacht, also – der Sarg wird fest geliefert. Zurücknehmen kann ich ihn nicht.«

Die Frau zieht ein schwarzes Lederportemonnaie mit einem Nickelschnapper aus ihrer Handtasche. »Wollen Sie eine Anzahlung?«

»Es ist üblich. Für das Holz.«

Die Frau sieht Wilke an. »Eine Million«, sagt er etwas verlegen.

Die Frau gibt ihm die Scheine. Sie sind klein zusammengefaltet. »Die Adresse«, sagt sie.

»Ich gehe mit«, erklärt Wilke. »Ich nehme Maß. Sie sollen einen guten Sarg bekommen.«

Die Frau nickt und sieht mich an. »Und der Stein? Wann liefern Sie ihn?«

»Wann Sie wollen. Im allgemeinen wartet man damit bis ein paar Monate nach der Beerdigung.«

»Können wir ihn nicht gleich haben?«

»Das schon. Aber es ist besser, zu warten. Das Grab senkt sich nach einiger Zeit. Es ist zweckmäßiger, erst dann den Stein aufzustellen, sonst muß er noch einmal gesetzt werden.«

»Ach so«, sagt die Frau. Ihre Pupillen scheinen einen Augenblick zu zittern. »Wir möchten den Stein trotzdem gleich haben. Kann man ihn nicht – kann man ihn nicht so setzen, daß er nicht einsinkt?«

»Wir müssen dann ein Extra-Fundament machen. Eins für den Stein, vor der Beerdigung. Wollen Sie das?«

Die Frau nickt. »Sie sollen ihre Namen drauf haben«, sagt sie. »Sie sollen nicht einfach so daliegen. Es ist besser, wenn sie ihre Namen gleich darauf haben.«

Sie gibt mir die Nummer der Grabstelle. »Ich möchte das sofort bezahlen«, sagt sie. »Wieviel macht es?«

Sie öffnet das schwarze Lederportemonnaie wieder. Ich sage ihr, verlegen wie Wilke, den Preis. »Heute ist gleich alles in Millionen und Milliarden«, füge ich hinzu.

Es ist sonderbar, wie man manchmal schon an der Art, wie sie Geld zusammenfalten, sehen kann, ob Leute ordentlich und ehrlich sind oder nicht. Die Frau öffnet einen Schein nach dem anderen und legt ihn auf den Tisch neben die Granit- und Kalksteinmuster. »Wir hatten das Geld beiseite gelegt für die Schule«, sagt sie. »Es hätte jetzt längst nicht mehr gereicht – hierfür reicht es gerade noch –«

»Ausgeschlossen!« sagt Riesenfeld. »Haben Sie denn überhaupt eine Ahnung, was schwarzer schwedischer Granit kostet? Der kommt von Schweden, junger Mann, und kann nicht mit Wechseln auf deutsche Mark bezahlt werden! Der kostet Devisen! Schwedische Kronen! Wir haben nur noch ein paar Blöcke, für Freunde! Die letzten! Sie sind wie blauweiße Diamanten. Ich gebe euch einen für den Abend mit Madame Watzek – aber zwei! Sind Sie verrückt geworden? Ebenso könnte ich von Hindenburg verlangen, daß er Kommunist würde.«

»Welch ein Gedanke!«

»Na also! Nehmen Sie die Rarität, und versuchen Sie nicht, mehr aus mir herauszuholen als Ihr Chef. Da Sie Laufjunge und Bürodirektor in einem sind, brauchen Sie sich ja nicht ums Avancement zu kümmern.«

»Das sicher nicht. Ich tue es aus reiner Liebe zum Granit. Aus platonischer Liebe sogar. Ich will ihn nicht einmal selbst verkaufen.«

»Nein?« fragt Riesenfeld und schenkt sich ein Glas Schnaps ein.

»Nein«, erwidere ich. »Ich will nämlich meinen Beruf wechseln.«

»Schon wieder?« Riesenfeld schiebt seinen Sessel so, daß er Lisas Fenster vor sich hat.

»Dieses Mal wirklich.«

»Zurück zur Schulmeisterei?«

»Nein«, sage ich, »soviel Einfalt habe ich nicht mehr. Soviel Einbildung auch nicht. Wissen Sie nichts für mich? Sie kommen doch viel herum.«

»Was?« fragt Riesenfeld uninteressiert.

»Irgend etwas in einer großen Stadt. Laufjunge bei einer Zeitung meinetwegen.«

»Bleiben Sie hier«, sagt Riesenfeld. »Hier passen Sie her. Ich würde Sie vermissen. Warum wollen Sie weg?«

»Das kann ich Ihnen nicht genau erklären. Wenn ich es könnte, wäre es nicht so notwendig. Ich weiß es auch nicht immer; nur ab und zu. Dann aber weiß ich es verdammt klar.«

»Und jetzt wissen Sie es?«

»Jetzt weiß ich es.«

»Mein Gott!« sagt Riesenfeld. »Sie werden sich noch mal hierher zurücksehnen!«

»Bestimmt. Deshalb will ich fort.«

Riesenfeld zuckt plötzlich zusammen, als hätte er einen elektrischen Kontakt mit nassen Pfoten angefaßt. Lisa hat in ihrem Zimmer Licht gemacht und ist ans Fenster getreten. Sie scheint uns in unserm halbdunklen Büro nicht zu sehen und zieht sich gemächlich die Bluse aus. Unter der Bluse trägt sie nichts.

Riesenfeld schnauft laut. »Himmel, Donnerschlag, was für Brüste! Darauf kann man ja glatt ein Halblitermaß Bier stellen, und das Glas würde nicht runterfallen!«

»Auch ein Gedanke!« sage ich.

Riesenfelds Augen funkeln. »Macht Frau Watzek so was dauernd?«

»Sie ist ziemlich unbekümmert. Niemand kann sie sehen – außer uns hier, natürlich.«

»Mensch!« sagt Riesenfeld. »Und so eine Position wollen Sie aufgeben, Sie Riesenroß?«

»Ja«, sage ich und schweige, während Riesenfeld wie ein württembergischer Indianer zum Fenster schleicht, sein Glas in einer, die Flasche Korn in der andern Hand.

Lisa kämmt ihre Haare. »Ich wollte mal Bildhauer werden«, sagt Riesenfeld, ohne einen Blick von ihr zu lassen. »Bei so was hätte es sich gelohnt! Verflucht, was man alles versäumt hat!«

»Wollten Sie Bildhauer in Granit werden?«

»Was hat das damit zu tun?«

»Bei Granit werden die Modelle schneller älter, als die Kunstwerke fertig«, sage ich. »Er ist so hart. Bei Ihrem Temperament hätten Sie höchstens in Ton arbeiten können. Sonst hätten Sie nur unvollendete Werke hinterlassen.«

Riesenfeld stöhnt. Lisa hat den Rock ausgezogen, aber gleich darauf das Licht ausgedreht, um in ein anderes Zimmer zu gehen. Der Chef der Odenwald-Werke klebt noch eine Weile am Fenster, dann dreht er sich um. »Sie haben es leicht!« knurrt er. »Ihnen sitzt kein Dämon im Nakken. Höchstens ein Milchschaf.«

»Merci«, sage ich. »Bei Ihnen ist es auch kein Dämon, sondern ein Bock. Sonst noch was?«

»Ein Brief«, erklärt Riesenfeld. »Wollen Sie einen Brief von mir überbringen?«

»Wem?«

»Frau Watzek! Wem sonst?« – Ich schweige.

»Ich werde mich auch nach einer Position für Sie umsehen«, sagt Riesenfeld.

Ich schweige weiter und sehe den leicht schwitzenden verhinderten Bildhauer an. Ich halte Georg die Nibelungentreue, auch wenn es mich meine Zukunft kostet.

»Ich hätte das ohnehin getan«, erklärt Riesenfeld heuchlerisch.

»Das weiß ich«, sage ich. »Aber wozu wollen Sie schreiben? Schreiben hilft nie. Außerdem fahren Sie doch heute abend weg. Verschieben Sie die Sache, bis Sie zurückkommen.«

Riesenfeld trinkt seinen Korn aus. »Es mag Ihnen komisch vorkommen – aber Sachen solcher Art verschiebt man höchst ungern.«

In diesem Augenblick tritt Lisa aus ihrer Haustür. Sie trägt ein enganliegendes schwarzes Kostüm und Schuhe mit den höchsten Absätzen, die ich je gesehen habe. Riesenfeld erspäht sie zur gleichen Zeit wie ich. Er reißt seinen Hut vom Tisch und stürmt hinaus. »Dies ist der Augenblick!«

Ich sehe ihn die Straße hinunterschießen. Den Hut in der Hand, wandert er respektvoll neben Lisa her, die sich zweimal umsieht. Dann verschwinden beide um die Ecke. Ich wundere mich, wie das ausgehen wird. Georg Kroll wird es mir sicher berichten. Möglich, daß der Glückspilz dabei noch ein zweites Denkmal in schwedischem Granit herausholt.

Draußen kommt der Tischler Wilke über den Hof. »Wie wäre es mit einer Sitzung heute abend?« ruft er durchs Fenster.

Ich nicke. Ich habe schon erwartet, daß er das vorschlagen würde. »Kommt Bach auch?« frage ich.

»Klar. Ich hole gerade Zigaretten für ihn.«

Wir sitzen in der Werkstatt Wilkes zwischen Hobelspänen, Särgen, Blumentöpfen mit Geranien und Leimtöpfen. Es riecht nach Harz und frischgeschnittenem Tannenholz. Wilke hobelt den Deckel des Zwillingssarges zurecht. Er hat sich entschlossen, eine Blumengirlande umsonst dreinzugeben, sogar vergoldet, mit Blattgoldersatz. Wenn er interessiert ist, ist der Verdienst ihm gleichgültig. Und hier ist er interessiert.

Kurt Bach sitzt auf einem schwarzlackierten Sarg mit falschen Bronzebeschlägen; ich auf einem Prachtstück aus Natureiche, matt gebeizt. Wir haben Bier, Wurst, Brot, Käse und sind entschlossen, mit Wilke die Geisterstunde zu überstehen. Der Sargtischler wird nämlich gewöhnlich zwischen zwölf und ein Uhr nachts melancholisch, schläfrig und ängstlich. Es ist seine schwache Stunde. Man sollte es nicht glauben, aber er fürchtet sich dann vor Gespenstern, und der Kanarienvogel, den er in einem Papageienkäfig über seiner Hobelbank hängen hat, ist um diese Zeit nicht genug Gesellschaft für ihn. Er ist dann verzagt, spricht von der Zwecklosigkeit des Daseins und greift zum Schnaps. Wir haben ihn schon öfter morgens besoffen auf einem Bett von Hobelspänen schnarchend in seinem größten Sarg gefunden, mit dem er vor vier Jahren elend hereingefallen ist. Der Sarg war für den Riesen vom Zirkus

Bleichfeld angefertigt worden, der plötzlich bei einem Gastspiel in Werdenbrück nach einer Mahlzeit von Limburger Käse, harten Eiern, Mettwurst, Kommißbrot und Schnaps gestorben war – scheinbar gestorben, denn während Wilke die Nacht durch, allen Gespenstern zum Trotz, an dem Sarg für den Riesen schuftete, hatte der sich plötzlich mit einem Seufzer vom Totenbett erhoben und anstatt, wie es anständig gewesen wäre, Wilke auf der Stelle zu verständigen, eine halbe Flasche Korn ausgesoffen, die noch übriggeblieben war, und sich schlafen gelegt. Am nächsten Morgen behauptete er, kein Geld zu haben und außerdem keinen Sarg für sich bestellt zu haben, ein Einwand, gegen den nichts zu machen war. Der Zirkus zog weiter, und da niemand den Sarg bestellt haben wollte, blieb Wilke damit sitzen und bekam dadurch für einige Zeit eine etwas bittere Weltanschauung. Besonders ärgerlich war er auf den jungen Arzt Wüllmann, den er für alles verantwortlich machte. Wüllmann hatte zwei Jahre als Feldunterarzt gedient und war dadurch abenteuerlich geworden. Er hatte so viele halbtote und dreivierteltote Muschkoten im Lazarett zur Behandlung gehabt, ohne daß ihn irgend jemand für ihren Tod oder ihre schiefgeheilten Knochen verantwortlich machte, daß er zum Schluß einen Haufen interessante Erfahrungen sammeln konnte. Deshalb war er nachts noch einmal zu dem Riesen geschlichen und hatte ihm irgendeine Spritze verabreicht – er hatte öfters im Lazarett gesehen, daß Tote wieder erwacht waren –, und der Riese war auch prompt wieder ins Leben zurückgewandert. Wilke hatte seitdem, ohne daß er es wollte, eine gewisse Abneigung gegen Wüllmann, die dieser später auch nicht dadurch aus der Welt schaffen konnte, daß er sich wie ein vernünftiger Arzt benahm und die Hinterbliebenen seiner Fälle zu Wilke schickte. Für Wilke war der Sarg des Riesen eine ständige Mahnung, nicht zu leichtgläubig zu sein, und ich glaube, das war auch der Grund, warum er mit der Zwillingsmutter in ihre Wohnung gegangen ist – er wollte sich selbst davon überzeugen, daß die Toten inzwischen nicht schon wieder auf Holzpferden herumritten. Es wäre für Wilkes Selbstachtung zuviel gewesen, neben dem unverkäuflichen Riesensarg auch noch mit dem quadratischen Zwillingssarg hängenzubleiben und so eine Art Barnum in der Zunft der Sargtischler darzustellen. Am meisten hatte ihn bei der Sache mit Wüllmann geärgert, daß er keine Gelegenheit gehabt hatte, mit dem Riesen ein längeres Privatgespräch zu führen. Er hätte ihm alles vergeben, wenn er mit ihm ein Interview über das Jenseits hätte haben können. Der Riese war schließlich einige Stunden lang so gut wie tot gewesen, und Wilke, als Amateurwissenschaftler und Gespensterfürchter, hätte viel darum gegeben, Auskunft über das Dasein auf der anderen Seite zu erhalten.

Kurt Bach ist für all das nicht zu haben. Der Sohn der Natur ist immer noch Mitglied der Freireligiösen Gemeinde Berlin, deren Wahlspruch ist: »Macht hier das Leben gut und schön, kein Jenseits gibt's, kein Wiedersehn.« Es ist sonderbar, daß er trotzdem ein Bildhauer fürs Jenseits, mit Engeln, sterbenden Löwen und Adlern geworden ist, aber das war ja nicht immer seine Absicht. Als er jünger war, hielt er sich für eine Art Neffen von Michelangelo.

Der Kanarienvogel singt. Das Licht hält ihn wach. Wilkes Hobel macht ein zischendes Geräusch. Die Nacht steht vor dem offenen Fenster. »Wie fühlen Sie sich?« frage ich Wilke. »Klopft das Jenseits bereits?«

»Halb und halb. Es ist ja erst halb zwölf. Um die Zeit fühle ich mich, als ginge ich spazieren mit einem Vollbart in einem ausgeschnittenen Damenkleid. Unbehaglich.«

»Werden Sie Monist«, schlägt Kurt Bach vor. »Wenn man an nichts glaubt, fühlt man sich nie besonders schlecht. Auch nicht lächerlich.«

»Auch nicht gut«, sagt Wilke.

»Mag sein. Aber bestimmt nicht so, als hätte man einen Vollbart und trüge ein ausgeschnittenes Damenkleid. So fühle ich mich nur, wenn ich nachts aus dem Fenster sehe, und da ist der Himmel mit den Sternen und den Millionen Lichtjahren, und ich soll glauben, daß über all dem eine Art Übermensch sitzt, dem es wichtig sein soll, was aus Kurt Bach wird.«

Der Sohn der Natur schneidet sich behaglich ein Stück Wurst ab und verzehrt es. Wilke wird nervöser. Die Mitternacht ist schon zu nahe, und um diese Zeit liebt er solche Gespräche nicht. »Kalt, was?« sagt er. »Schon Herbst.«

»Lassen Sie das Fenster nur ruhig offen«, erwidere ich, als er es schließlich will. »Es nützt Ihnen nichts, Geister gehen durch Glas.

Blicken Sie lieber auf die Akazie draußen! Sie ist die Lisa Watzek der Akazien. Hören Sie, wie der Wind in ihr rauscht! Wie ein Walzer in den seidenen Unterröcken einer jungen Frau. Eines Tages aber wird sie gefällt werden, und Sie werden Särge daraus machen –«

»Nicht aus Akazienholz. Särge macht man aus Eiche, Tanne, Mahagoni furniert –«

»Gut, gut, Wilke! Ist noch etwas Schnaps da?«

Kurt Bach reicht mir die Flasche herüber. Wilke zuckt plötzlich zusammen und hobelt sich fast einen Finger ab.

»Was war das?« fragt er erschreckt.

Ein Käfer ist gegen die Lampe geflogen. »Ruhig Blut, Alfred«, sage ich. »Keine Botschaft aus dem Jenseits. Lediglich ein schlichtes Drama der Tierwelt. Ein Mistkäfer, der zur Sonne strebt – verkörpert für ihn in einer Hundertwattbirne im Hinterhaus der Hakenstraße drei.«

Es ist eine Verabredung, daß wir von kurz vor Mitternacht bis zum Ende der Geisterstunde Wilke duzen. Er fühlt sich dadurch geschützter. Nach ein Uhr sind wir wieder formell.

»Ich verstehe nicht, wie man ohne Religion leben kann«, sagt Wilke zu Kurt Bach. »Was macht man da, wenn man nachts im Dunkeln aufwacht bei einem Gewitter?«

»Im Sommer?«

»Natürlich, im Sommer. Im Winter gibt's keine Gewitter.«

»Man trinkt etwas Kaltes«, erwidert Kurt Bach. »Dann schläft man weiter.«

Wilke schüttelt den Kopf. Er wird um die Geisterstunde nicht nur ängstlich, sondern auch sehr religiös.

»Ich kannte jemand, der beim Gewitter ins Bordell ging«, sage ich. »Es zwang ihn direkt dazu. Er war sonst impotent; nur bei Gewitter änderte sich das. Eine Gewitterwolke sehen und zum Telefon greifen, um eine Reservation bei Fritzi zu machen, war eins für ihn. Der Sommer 1920 war sein schönstes Lebensjahr; da wimmelte es von Gewittern. Manchmal vier, fünf am Tage.«

»Was macht er jetzt?« fragt Wilke, der Amateur-Wissenschaftler, interessiert.

»Er ist tot«, sage ich. »Gestorben während der letzten großen Gewitter im Oktober 1920.«

Der Nachtwind wirft eine Tür im Hause gegenüber zu. Von den Türmen schlagen die Glocken. Es ist Mitternacht. Wilke kippt einen Schnaps herunter.

»Wie wäre es jetzt mit einem Spaziergang zum Friedhof?« fragt der manchmal etwas gefühlsrohe Gottesleugner Bach.

Wilkes Schnurrbart bebt vor Entsetzen im Winde, der durchs Fenster weht. »Und so was nennt man nun Freunde!« sagt er vorwurfsvoll. Gleich darauf erschrickt er wieder. »Was war das?«

»Ein Liebespaar, draußen. Mach jetzt eine Pause im Hobeln, Alfred. Iß! Gespenster lieben keine Menschen, die essen. Hast du keine Sprotten hier?«

Alfred wirft mir den Blick eines Hundes zu, den man tritt, während er gerade dem Ruf der Natur folgt. »Mußt du mich daran jetzt erinnern? An mein elendes Liebesleben und die Einsamkeit eines Mannes im besten Alter?«

»Du bist ein Opfer deines Berufs«, sage ich. »Nicht jeder kann das von sich sagen. Komm zum Souper! So nennt man diese Mahlzeit in der eleganten Welt.«

Wir greifen zu Wurst und Käse und öffnen die Bierflaschen. Der Kanarienvogel bekommt ein Salatblatt und bricht in Lebensjubel aus, ohne zu wissen, ob er Atheist ist oder nicht. Kurt Bach hebt das erdfarbene Gesicht und schnuppert. »Es riecht nach Sternen«, erklärt er.

»Was?« Wilke setzt seine Flasche in die Hobelspäne. »Was soll denn das nun wieder?«

»Um Mitternacht riecht die Welt nach Sternen.«

»Laß doch die Witze! Wie kann jemand nur leben wollen, wenn er an nichts glaubt und dann noch so redet?«

»Willst du mich bekehren?« fragt Kurt Bach. »Du Erbschleicher des Himmels?«

»Nein, nein! Oder ja, meinetwegen. Hat da nicht was geraschelt?«

»Ja«, sagt Kurt. »Die Liebe.«

Wir hören draußen wieder ein behutsames Schleichen. Ein zweites

Liebespaar verschwindet im Denkmalswald. Man sieht den weißen Fleck des wandernden Mädchenkleides.

»Warum sehen eigentlich die Menschen so anders aus, wenn sie tot sind?« fragt Wilke. »Sogar Zwillinge.«

»Weil sie nicht mehr entstellt sind«, erwidert Kurt Bach. Wilke hält im Kauen inne. »Wieso denn das?«

»Vom Leben«, sagt der Monist.

Wilke klappt den Schnurrbart herunter und kaut weiter. »Um diese Zeit könntet ihr doch wohl mit dem Blödsinn aufhören! Ist euch denn nichts heilig?«

Kurt Bach lacht lautlos. »Du arme Ranke! Immer mußt du was haben, um dich dran festzuhalten.«

»Und du?«

»Ich auch.« Die Augen in dem Gesicht aus Lehm glänzen, als wären sie aus Glas. Der Sohn der Natur ist gewöhnlich verschlossen und nichts anderes als ein gescheiterter Bildhauer mit gescheiterten Träumen; aber manchmal brechen die Urbilder dieser Träume aus ihm heraus, so wie sie vor zwanzig Jahren waren, und dann ist er auf einmal ein verspäteter Faun mit Visionen.

Auf dem Hof knistert und flüstert und schleicht es wieder. »Vor vierzehn Tagen gab es draußen mal einen Streit«, sagt Wilke. »Ein Schlosser hatte vergessen, seine Werkzeuge aus der Tasche zu nehmen, und während des stürmischen Aktes müssen sie sich so unglücklich verlagert haben, daß die Dame plötzlich von einer spitzen Ahle gestochen wurde. Sie mit einem Sprung auf, ergreift einen kleinen Bronzekranz, schlägt ihn dem Mechaniker über den Schädel – haben Sie denn das nicht gehört?« fragt er mich.

»Nein.«

»Haut ihm also den Bronzekranz so über die Ohren, daß er ihn nicht herunterkriegen kann. Ich mache Licht, frage, was los ist. Der Kerl, voll Angst, galoppiert los, den Bronzekranz wie ein römischer Staatsmann um den Schädel – habt ihr denn den Bronzekranz nicht vermißt?«

»Nein.«

»So was! Er also raus, als wenn ein Wespenschwarm hinter ihm wäre. Ich runter. Das Fräulein steht noch da, sieht auf ihre Hand. ›Blut!‹ sagt sie. ›Er hat mich gestochen! Und das in einem solchen Moment!‹

Ich sehe am Boden die Ahle und reime mir zusammen, was passiert ist. Ich hebe die Ahle auf. ›Das kann Blutvergiftung geben‹, sage ich. ›Sehr gefährlich! Einen Finger kann man abbinden; einen Hintern nicht. Selbst nicht einen so reizenden.‹ Sie errötet –«

»Wie konntest du das im Dunkeln sehen?« fragt Kurt Bach. – »Es war Mond.«

»Bei Mond sieht man Erröten auch nicht.«

»Man fühlt es«, erklärt Wilke. »Sie errötet also, hält aber ihr Kleid immer weg vom Körper. Sie trug ein helles Kleid, und Blut macht Flekken, die schwer zu entfernen sind, deshalb. ›Ich habe Jod und Heftpflaster‹, sage ich. ›Und ich bin diskret. Kommen Sie!‹ Sie kommt und erschrickt nicht einmal.« Wilke wendet sich mir zu. »Das ist das Schöne an eurem Hof«, sagt er begeistert. »Wer zwischen Denkmälern liebt, hat auch keine Angst vor Särgen. So kam es, daß nach Jod und Pflaster und einem Schluck Portwein-Verschnitt der Sarg des Riesen doch noch einen Zweck erfüllte.«

»Er wurde zur Liebeslaube?« frage ich, um sicher zu sein.

»Der Kavalier genießt und schweigt«, erwidert Wilke.

In diesem Augenblick tritt der Mond zwischen den Wolken hervor. Weiß leuchtet unten der Marmor, schwarz schimmern die Kreuze, und verstreut dazwischen sehen wir vier Liebespaare, zwei im Marmorlager, zwei im Granit. Einen Augenblick ist alles still und erstarrt in Überraschung – es gibt jetzt nur die Flucht oder das völlige Ignorieren der veränderten Situation. Flucht ist nicht so ungefährlich; man entkommt zwar im Augenblick, holt sich dafür aber einen solchen neurotischen Schock, daß er zur Impotenz führen kann. Ich weiß das von einem Gefreiten, der einmal von einem Vizefeldwebel der Pioniere im Wald mit einer Köchin überrascht wurde – er war erledigt fürs Leben, und seine Frau ließ sich zwei Jahre später von ihm scheiden.

Die Liebespaare tun das Richtige. Wie sichernde Hirsche werfen sie die Köpfe herum – dann, die Augen auf das einzige erleuchtete Fenster gerichtet, unseres, das ja auch schon vorher da war, verharren sie, als hätte Kurt Bach sie ausgehauen. Es ist ein Bild der Unschuld, höchstens etwas lächerlich, auch wie bei Bachs Skulpturen. Gleich darauf wischt ein Wolkenschatten den Mond so hinweg, daß dieser Teil des Gartens dunkel ist und nur der Obelisk noch Licht hat. Aber wer steht dort, ein glitzernder Springbrunnen? Der pissende Knopf, wie die Statue in Brüssel, die jeder Soldat kennt, der in Belgien Urlaub hatte.

Es ist zu weit, um etwas zu tun. Ich fühle mich heute auch nicht so. Wozu soll ich wie eine Hausfrau reagieren? Ich habe heute nachmittag beschlossen, diesen Platz zu verlassen, und darum strömt mir das Leben jetzt doppelt stark zu, ich fühle es überall, im Geruch der Hobelspäne und im Mond, im Huschen und Rascheln im Hof und in dem unsäglichen Wort September, in meinen Händen, die sich bewegen und es fassen können, und in meinen Augen, ohne die alle Museen der Welt leer wären, in Geistern, Gespenstern, Vergänglichkeit und der wilden Jagd der Erde vorbei an Cassiopeia und den Plejaden, in der Ahnung von endlosen fremden Gärten unter fremden Sternen, von Stellungen in großen fremden Zeitungen und von Rubinen, die jetzt in der Erde zu rotem Leuchten zusammenwachsen, ich fühle es, und das verhindert mich, eine leere Bierflasche in die Richtung der Dreißigsekundenfontäne Knopf zu werfen –

In diesem Augenblick schlagen die Uhren. Es ist eins. Die Geisterstunde ist vorüber, wir können zu Wilke wieder Sie sagen und uns entweder weiterbetrinken oder in den Schlaf hinabsteigen wie in ein Bergwerk, in dem es Kohle, Leichen, weiße Salzpaläste und begrabene Diamanten gibt.

19 Sie sitzt in einer Ecke ihres Zimmers, neben das Fenster gedrückt. »Isabelle«, sage ich.

Sie antwortet nicht. Ihre Augenlider flattern wie Schmetterlinge, die von Kindern lebend auf Nadeln gespießt sind.

»Isabelle«, sage ich. »Ich bin gekommen, um dich abzuholen.«

Sie erschrickt und drückt sich gegen die Wand. Sie sitzt steif und verkrampft da. »Kennst du mich nicht mehr?« frage ich.

Sie bleibt still sitzen; nur die Augen drehen sich zu mir herüber, wachsam und sehr dunkel. »Der, der sich als Doktor ausgibt, hat dich geschickt«, flüstert sie.

Es ist wahr. Wernicke hat mich geschickt. »Er hat mich nicht geschickt«, sage ich. »Ich bin heimlich gekommen. Keiner weiß, daß ich hier bin.«

Sie löst sich langsam von der Wand. »Du hast mich auch verraten.«

»Ich habe dich nicht verraten. Ich konnte dich nicht erreichen. Du bist nicht herausgekommen.«

»Ich konnte doch nicht«, flüstert sie. »Sie standen alle draußen und warteten. Sie wollten mich fangen. Sie haben herausbekommen, daß ich hier bin.«

»Wer?«

Sie sieht mich an und antwortet nicht. Wie schmal sie ist! denke ich. Wie schmal und wie allein in diesem kahlen Zimmer! Sie hat nicht einmal sich selbst. Nicht einmal das Alleinsein ihres Ichs. Sie ist zersprengt wie eine Granate in lauter scharfkantige Stücke von Angst in einer fremden, drohenden Landschaft unfaßbarer Schrecken.

»Niemand wartet auf dich«, sage ich.

»Doch.«

»Woher weißt du das?«

»Die Stimmen. Hörst du sie nicht?«

»Nein.«

»Die Stimmen wissen alles. Hörst du sie nicht?«

»Es ist der Wind, Isabelle.«

»Ja«, sagt sie ergeben. »Meinetwegen ist es der Wind. Wenn es nur nicht so weh täte!«

»Was tut weh?«

»Das Sägen. Sie könnten doch schneiden, das ginge schneller. Aber dieses stumpfe, langsame Sägen! Alles wächst immer schon wieder zusammen, wenn sie so langsam sind! Dann fangen sie wieder von vorne an, und so hört es nie auf. Sie sägen durch das Fleisch, und das Fleisch wächst dahinter zusammen, und es hört nie auf.«

»Wer sägt?«

»Die Stimmen.«

»Stimmen können nicht sägen.«

»Diese sägen.«

»Wo sägen sie?«

Isabelle macht eine Bewegung, als habe sie heftige Schmerzen. Sie preßt ihre Hände zwischen die Oberschenkel.

»Sie wollen es heraussägen. Ich soll nie Kinder haben.«

»Wer?«

»Die draußen. Sie sagt, sie hätte mich geboren. Jetzt will sie mich wieder in sich zurückreißen. Sie sägt und sägt. Und er hält mich fest.« Sie schauert. »Er – der in ihr ist –«

»In ihr?«

Sie stöhnt. »Sag es nicht – sie will mich töten – ich darf es nicht wissen –«

Ich gehe zu ihr hinüber, um einen Lehnstuhl mit einem fahlen Rosenmuster herum, der sonderbar beziehungslos mit seiner Imitation des süßen Lebens in diesem kahlen Raum steht. »Was darfst du nicht wissen?«

»Sie will mich töten. Ich darf nicht schlafen. Warum wacht niemand mit mir? Alles muß ich allein tun. Ich bin so müde«, klagt sie, wie ein Vogel. »Es brennt, und ich kann nicht schlafen, und ich bin so müde. Aber wer kann schlafen, wenn es brennt und niemand wacht? Auch du hast mich verlassen.«

»Ich habe dich nicht verlassen.«

»Du hast mit ihnen gesprochen. Sie haben dich bestochen. Warum hast du mich nicht gehalten? Die blauen Bäume und der Silberregen. Du aber hast nicht gewollt. Nie! Du hättest mich retten können.«

»Wann?« frage ich und spüre, daß etwas in mir bebt, und ich will nicht, daß es bebt, und es bebt doch, und das Zimmer scheint nicht mehr fest zu sein, es ist, als bebten die Mauern und bestünden nicht mehr aus Stein und Mörtel und Verputz, sondern aus Schwingungen, dick konzentrierten Schwingungen aus Billionen von Fäden, die von Horizont zu Horizont und darüber hinaus fließen und hier verdickt sind zu einem viereckigen Gefängnis aus Hängestricken, Galgenstricken, in denen etwas Sehnsucht und Lebensangst zappelt.

Isabelle wendet ihr Gesicht zurück zur Mauer. »Ach, es ist verloren – so viele Leben lang schon.«

Die Dämmerung fällt plötzlich in das Fenster. Sie verhängt es mit einem Schleier aus fast unsichtbarem Grau. Alles ist noch da wie vorher, das Licht draußen, das Grün, das Gelb der Wege, die zwei Palmen in den großen Majolikatöpfen, der Himmel mit den Wolkenfeldern, das ferne, graue und rote Dächergewimmel in der Stadt hinter den Wäldern – und nichts ist mehr da wie vorher, die Dämmerung hat es isoliert, sie hat es mit dem Lack der Vergänglichkeit überzogen, es zum Fraß vorbereitet, wie Hausfrauen einen Sauerbraten mit Essig, für die Schattenwölfe der Nacht. Nur Isabelle ist noch da, geklammert an das letzte Seil des Lichtes, aber auch sie ist schon hineingezogen an ihm in das Drama des Abends, das nie ein Drama war und nur eines ist, weil wir wissen, daß es Vergehen heißt. Erst seit wir wissen, daß wir sterben müssen, und weil wir es wissen, wurde Idyll zu Drama, Kreis zur Lanze, Werden zu Vergehen und Schrei zu Furcht und Flucht zu Urteil.

Ich halte sie fest in den Armen. Sie zittert und sieht mich an und drückt sich an mich, und ich halte sie, wir halten uns – zwei Fremde, die nichts voneinander wissen und sich halten, weil sie sich mißverstehen und sich für etwas anderes halten, als sie sind, und die doch flüchtigen Trost aus diesem Mißverständnis schöpfen, einem doppelten und dreifachen und endlosen Mißverständnis, und doch dem einzigen, das wie ein Regenbogen eine Brücke vorgaukelt, wo niemals eine sein kann, ein Reflex zwischen zwei Spiegeln, weitergeworfen in eine immer fernere Leere. »Warum liebst du mich nicht?« flüstert Isabelle.

»Ich liebe dich. Alles in mir liebt dich.«

»Nicht genug. Die anderen sind immer noch da. Wenn es genug wäre, würdest du sie töten.«

Ich halte sie in den Armen und sehe über sie hinweg in den Park, wo die Schatten wie amethystene Wellen von der Ebene und von den Alleen heraufwehen. Alles in mir ist scharf und klar, aber gleichzeitig ist mir, als stände ich auf einer schmalen Plattform sehr hoch über einer murmelnden Tiefe. »Du würdest es nicht ertragen, daß ich außer dir lebte«, flüstert Isabelle.

Ich weiß nichts zu antworten. Immer rührt mich etwas an, wenn sie solche Sätze sagt – als wäre eine tiefere Wahrheit dahinter, als ich erkennen kann – als käme sie vom Jenseits der Dinge, von da, wo es keine Namen gibt. »Fühlst du, wie es kalt wird?« fragt sie an meiner Schulter. »Jede Nacht stirbt alles. Das Herz auch. Sie zersägen es.«

»Nichts stirbt, Isabelle. Nie.«

»Doch! Das steinerne Gesicht – es zerspringt in Stücke. Morgen ist es wieder da. Ach, es ist kein Gesicht! Wie wir lügen, mit unseren armen Gesichtern! Du lügst auch –«

»Ja –«, sage ich. »Aber ich will es nicht.«

»Du mußt das Gesicht herunterscheuern, bis nichts mehr da ist. Nur glatte Haut. Nichts mehr! Aber dann ist es immer noch da. Es wächst nach. Wenn alles stillstände, hätte man keine Schmerzen. Warum wollen sie mich lossägen von allem? Warum will sie mich zurück? Ich verrate doch nichts!«

»Was könntest du verraten?«

»Das, was blüht. Es ist voll Schlamm. Es kommt aus den Kanälen.«

Sie zittert wieder und drückt sich an mich. »Sie haben meine Augen festgeklebt. Mit Leim, und dann haben sie Nadeln hindurchgesteckt. Aber ich kann trotzdem nicht wegsehen.«

»Wegsehen wovon?«

Sie stößt mich von sich. »Sie haben dich auch ausgeschickt! Ich verrate nichts! Du bist ein Spion. Sie haben dich gekauft! Wenn ich es sage, töten sie mich.«

»Ich bin kein Spion. Warum sollten sie dich töten, wenn du es mir sagst? Sie könnten das doch ohne das viel besser. Wenn ich es weiß, müßten sie mich ja auch töten. Es wüßte dann einer mehr.«

Es dringt durch zu ihr. Sie sieht mich wieder an. Sie überlegt. Ich halte mich so still, daß ich kaum atme. Ich spüre, daß wir vor einer Tür stehen und daß dahinter die Freiheit sein könnte. Das, was Wernicke Freiheit nennt. Die Rückkehr aus dem Irrgarten in normale Straßen, Häuser und Beziehungen. Ich weiß nicht, ob es soviel besser sein wird, aber darüber kann ich nicht nachdenken, wenn ich diese gequälte Kreatur vor mir sehe. »Wenn du es mir erklärst, werden sie dich in Ruhe lassen«, sage ich. »Und wenn sie dich nicht in Ruhe lassen, werde ich Hilfe holen. Von der Polizei, von Zeitungen. Sie werden Angst bekommen. Und du brauchst dann keine mehr zu haben.«

Sie preßt die Hände zusammen. »Es ist nicht das allein«, bringt sie schließlich hervor.

»Was ist es noch?«

Ihr Gesicht wird in einer Sekunde hart und verschlossen. Wie weggewischt ist die Qual und die Unentschlossenheit. Der Mund wird klein und schmal, und das Kinn tritt hervor. Sie hat jetzt etwas von einer dünnen, puritanischen, bösen Jungfer. »Laß nur!« sagt sie. Auch ihre Stimme ist verändert.

»Schön, lassen wir es. Ich brauche es nicht zu wissen.«

Ich warte. Ihre Augen glitzern flach, wie nasser Schiefer im letzten Licht. Alles Grau des Abends scheint sich in ihnen zu sammeln; sie sieht mich überlegen und spöttisch an. »Das möchtest du wohl, was? Vorbeigelungen, Spion!«

Ich werde ohne Grund wütend, obschon ich weiß, daß sie krank ist und daß diese Bewußtseinsbrüche blitzartig kommen. »Geh zum Teufel«, sage ich ärgerlich. »Was geht mich das alles an!«

Ich sehe, daß ihr Gesicht sich wieder verändert; aber ich gehe rasch hinaus, voll unbegreiflichen Aufruhrs.

»Und?« fragt Wernicke.

»Das ist alles. Warum haben Sie mich zu ihr hineingeschickt? Es hat nichts gebessert. Ich tauge nicht zum Krankenpfleger. Sie sehen ja – als ich vorsichtig mit ihr hätte reden sollen, habe ich sie angeschrien und bin weggelaufen.«

»Es war besser, als Sie ahnen.« Wernicke holt hinter seinen Büchern eine Flasche und zwei Gläser hervor und schenkt ein. »Kognak«, sagt er. »Ich möchte nur eins wissen – woher sie spürt, daß ihre Mutter wieder hier ist.«

»Ihre Mutter ist hier?«

Wernicke nickt. »Seit vorgestern. Sie hat sie noch nicht gesehen. Auch nicht vom Fenster aus.«

»Warum sollte sie nicht?«

»Sie müßte dazu weit aus dem Fenster hängen und Augen wie ein Scherenfernrohr haben.« Wernicke betrachtet die Farbe seines Kognaks. »Aber manchmal spüren Kranke dieser Art so etwas. Vielleicht hat sie es auch erraten. Ich habe sie in die Richtung getrieben.«

»Wozu?« sage ich. »Sie ist kränker, als ich sie je gesehen habe.«

»Nein«, erwidert Wernicke.

Ich stelle mein Glas zurück und blicke auf die dicken Bücher seiner Bibliothek. »Sie ist so elend, daß einem der Magen hochkommt.«

»Elend schon; aber nicht kränker.«

»Sie hätten sie in Ruhe lassen sollen – so, wie sie im Sommer war. Sie war glücklich. Jetzt – das ist entsetzlich.«

»Ja, es ist entsetzlich«, sagt Wernicke. »Es ist fast so, als ob all das wirklich geschähe, was sie sich einbildet.«

»Sie sitzt da wie in einer Folterkammer.«

Wernicke nickt. »Man glaubt draußen immer, so etwas existiere nicht mehr. Es existiert noch. Hier. Jeder hat seine eigene Folterkammer im Schädel.«

»Nicht nur hier.«

»Nicht nur hier«, gibt Wernicke bereitwillig zu und nimmt einen Schluck Kognak. »Aber viele hier haben sie. Wollen Sie sich überzeugen? Nehmen Sie einen weißen Kittel. Es ist bald Zeit für den Abendrundgang.«

»Nein«, sage ich. »Ich erinnere mich an das letztemal.«

»Das war der Krieg, der immer noch hier tobt. Wollen Sie eine andere Abteilung sehen?«

»Nein. Ich erinnere mich auch daran.«

»Nicht an alle, Sie haben nur einige gesehen.«

»Es waren genug.«

Ich erinnere mich an die Geschöpfe, die Wochen hindurch in verkrampften Haltungen erstarrt in Ecken stehen oder ruhelos gegen die Wände rennen, über die Betten klettern und mit weißen Augen in Zwangsjacken röcheln und schreien. Die lautlosen Gewitter des Chaos prasseln auf sie hernieder, und Wurm, Klaue, Schuppe, die schleimige, fußlose, sich windende Vorexistenz, das Kriechen vor dem Denken, daß Aas-Dasein greifen von unten herauf nach ihren Gedärmen und Hoden und Rückenwirbeln, um sie herabzuziehen in die graue Zersetzung des Anfangs, zurück zu Schuppenleibern und augenlosem Würgen – schreiend wie panikbefallene Affen retten sie sich auf die letzten kahlen Äste ihres Gehirns, schnatternd, gebannt von dem höhersteigenden Geschlinge, in der letzten grauenhaften Furcht, nicht des Gehirns, schlimmer, der der Zellen vor dem Untergang, dem Schrei über allen Schreien, der Angst der Ängste, der Todesfurcht, nicht des Individuums, sondern der Adern, der Zellen, des Blutes, der unterbewußten Intelligenzen, die Leber, Drüsen, Kreislauf schweigend regieren und das Feuer unter dem Schädel.

»Gut«, sagt Wernicke. »Dann trinken Sie Ihren Kognak. Unterlassen Sie Ihre Ausflüge ins Unterbewußtsein, und loben Sie das Leben.«

»Warum? Weil alles so wunderbar eingerichtet ist? Weil einer den anderen frißt und dann sich selbst?«

»Weil Sie leben, Sie harmloser Klabautermann! Für das Problem des Mitleids sind Sie noch viel zu jung und unerfahren. Wenn Sie dazu einmal alt genug sein werden, werden Sie merken, daß es nicht existiert.«

»Ich habe eine gewisse Erfahrung.«

Wernicke winkt ab. »Machen Sie sich nicht wichtig, Sie Kriegsteilnehmer! Was Sie wissen, gehört nicht in das metaphysische Problem des Mitleids – es gehört in die allgemeine Idiotie der menschlichen Rasse. Das große Mitleid beginnt anderswo – und es hört auch anderswo auf – jenseits der Klageböcke wie Sie und auch jenseits der Trosthändler wie Bodendiek –«

»Gut, Sie Übermensch«, sage ich. »Gibt Ihnen das aber ein Recht, in den Köpfen Ihres Bezirkes nach Belieben die Hölle, das Fegefeuer oder den phlegmatischen Tod aufzurühren?«

»Recht –«, erwidert Wernicke mit abgrundtiefer Verachtung. »Wie angenehm ist doch ein ehrlicher Mörder gegen einen Rechtsanwalt wie Sie! Was wissen Sie von Recht? Noch weniger als von Mitleid, Sie scholastischer Sentimentalist!«

Er hebt sein Glas, grinst und blickt friedlich in den Abend. Das künstliche Licht im Zimmer wird immer goldener auf den braunen und bunten Rücken der Bücher. Es erscheint nie so kostbar und so symbolisch wie hier oben, wo die Nacht auch eine Polarnacht der Gehirne ist. »Weder das eine noch das andere ist im Weltenplan vorgesehen«, sage ich. »Aber ich finde mich nicht damit ab, und wenn das für Sie menschliche Unzulänglichkeit bedeutet, so will ich gerne mein Leben lang so bleiben.«

Wernicke erhebt sich, nimmt seinen Hut vom Haken, setzt ihn auf, grüßt mich, indem er ihn abnimmt, hängt ihn dann zurück an den Haken und setzt sich wieder. »Es lebe das Gute und Schöne!« sagt er. »Das eben meinte ich. Und nun hinaus mit Ihnen! Es ist Zeit für die Abendrunde.«

»Können Sie Geneviève Terhoven kein Schlafmittel geben?« frage ich.

»Das kann ich; aber das heilt sie nicht.«

»Warum geben Sie ihr nicht wenigstens heute etwas Ruhe?«

»Ich gebe ihr Ruhe. Und ich werde ihr auch ein Schlafmittel geben.«
Er zwinkerte mir zu. »Sie waren heute besser als ein ganzes Kollegium
von Ärzten. Besten Dank.«

Ich sehe ihn unentschlossen an. Zur Hölle mit seinen Aufträgen,
denke ich. Zur Hölle mit seinem Kognak! Und zur Hölle mit seinen
gottähnlichen Redensarten! »Ein kräftiges Schlafmittel«, sage ich.

»Das beste, was es gibt. Waren Sie jemals im Orient? China?«

»Wie sollte ich nach China kommen?«

»Ich war dort«, sagt Wernicke. »Vor dem Kriege. Zur Zeit der Über-
schwemmungen und der Hungersnöte.«

»Ja«, sage ich. »Ich kann mir denken, was jetzt kommt, und ich will es
nicht hören. Ich habe genug darüber gelesen. Gehen Sie gleich zu Geneviève Terhoven? Als erstes?«

»Als erstes. Und ich lasse sie in Ruhe.« Wernicke lächelt. »Dafür
werde ich jetzt ihre Mutter einmal etwas aus der Ruhe bringen.«

»Was willst du, Otto?« frage ich. »Ich habe heute keine Lust, über das
Versmaß der Ode zu diskutieren! Geh zu Eduard!«

Wir sitzen im Zimmer des Dichterklubs. Ich bin hingegangen, um an
etwas anderes zu denken als an Isabelle; aber plötzlich widert mich alles
hier an. Wozu das Reimgeklingel? Die Welt dampft von Angst und Blut.
Ich weiß, daß das eine verdammt billige Folgerung ist, und überdies ist
sie noch falsch – aber ich bin müde, mich selbst dauernd bei dramatisier-
ten Banalitäten zu erwischen. »Also, was ist los?« frage ich.

Otto Bambuss sieht mich an wie eine Eule, die mit Buttermilch gefüttert ist. »Ich war dort«, sagt er vorwurfsvoll. »Noch einmal. Zuerst jagt
ihr einen hin, und dann wollt ihr nichts mehr davon wissen!«

»Das ist immer so im Leben. Wo warst du?«

»In der Bahnstraße. Im Bordell.«

»Was ist daran Neues?« frage ich, ohne recht hinzuhören.

»Wir waren alle zusammen dort, wir haben für dich bezahlt, und du
bist ausgerissen. Sollen wir dir dafür ein Standbild setzen?«

»Ich war noch einmal dort«, sagt Otto. »Allein. Hör doch endlich einmal zu!«

»Wann?«

»Nach dem Abend in der Roten Mühle.«

»Na, und?« frage ich lustlos. »Bist du wieder vor den Tatsachen des Lebens geflüchtet?«

»Nein«, erklärt Otto. »Dieses Mal nicht.«

»Alle Achtung! War es das Eiserne Pferd?«

Bambuss errötet. »Das ist doch egal.«

»Gut«, sage ich. »Wozu redest du denn darüber? Es ist keine einzigartige Erfahrung. Ziemlich viele Leute in der Welt schlafen mit Frauen.«

»Du verstehst mich nicht. Es sind die Folgen.«

»Was für Folgen? Ich bin überzeugt, daß das Eiserne Pferd nicht krank ist. Man bildet sich so etwas immer leicht ein, besonders im Anfang.«

Otto macht ein gequältes Gesicht. »So meine ich das nicht! Du kannst dir doch denken, weshalb ich es getan habe. Es ging alles ganz gut mit meinen beiden Zyklen, besonders mit dem ›Weib in Scharlach‹, aber ich dachte, ich brauchte noch mehr Inspiration. Ich wollte den Zyklus beenden, bevor ich aufs Dorf zurückmuß. Deshalb ging ich noch einmal in die Bahnstraße. Dieses Mal richtig. Und stell dir vor, seitdem: nichts! Nicht eine Zeile. Es ist wie abgeschnitten! Das Gegenteil sollte doch der Fall sein.«

Ich lache, obschon mir nicht danach zumute ist. »Das ist aber verdammtes Künstlerpech!«

»Du kannst gut lachen«, sagt Bambuss aufgeregt. »Aber ich sitze da! Elf Sonette tadellos fertig, und beim zwölften dieses Unglück! Es geht einfach nicht mehr! Die Phantasie setzt aus! Schluß! Fertig!«

»Es ist der Fluch der Erfüllung«, sagt Hungermann, der herangekommen ist und anscheinend die Sache schon kennt. »Sie läßt nichts übrig. Ein hungriger Mann träumt vom Fressen. Einem satten ist es zuwider.«

»Er wird wieder hungrig werden, und die Träume werden wiederkommen«, erwidere ich.

»Bei dir; nicht bei Otto«, erklärt Hungermann sehr zufrieden. »Du bist oberflächlich und normal, Otto ist tief. Er hat einen Komplex durch einen anderen ersetzt. Lach nicht – es ist vielleicht sein Ende als Schriftsteller. Es ist, könnte man sagen, ein Begräbnis im Freudenhaus.«

»Ich bin leer«, sagt Otto verloren. »So leer wie noch nie. Ich habe mich ruiniert. Wo sind meine Träume? Erfüllung ist der Feind der Sehnsucht. Ich hätte das wissen sollen!«

»Schreib was darüber«, sage ich.

»Keine schlechte Idee!« Hungermann zieht sein Notizbuch hervor. »Ich hatte sie übrigens zuerst. Es ist auch nichts für Otto; sein Stil ist dazu nicht hart genug.«

»Er kann es als Elegie schreiben. Oder als Lament. Kosmische Trauer, Sterne tropfen wie goldene Tränen, Gott selbst schluchzt, weil er die Welt so verpfuscht hat, Herbstwind harft ein Requiem dazu –«

Hungermann schreibt eifrig. »Welch ein Zufall«, sagt er zwischendurch. »Genau dasselbe mit fast denselben Worten habe ich vor einer Woche gesagt. Meine Frau ist Zeuge.«

Otto hat leicht die Ohren gespitzt. »Dazu kommt noch die Angst, daß ich mir was geholt habe«, sagt er. »Wie lange dauert es, bis man es erkennen kann?«

»Bei Tripper drei Tage, bei Lues vier Wochen«, erwidert der Ehemann Hungermann prompt.

»Du wirst dir nichts geholt haben«, sage ich. »Sonette kriegen keine Lues, Aber du kannst die Stimmung ausnutzen. Wirf das Steuer herum! Wenn du nicht dafür schreiben kannst, schreibe dagegen! Anstatt einer Hymne auf das Weib in Scharlach und Purpur eine ätzende Klage. Eiter träuft aus den Sternen, in Geschwüren liegt Hiob, anscheinend der erste Syphilitiker, auf den Scherben des Weltalls, das Janusgesicht der Liebe, süßes Lächeln auf der einen, eine zerfressene Nase auf der anderen Seite –«

Ich sehe, daß Hungermann wieder schreibt. »Hast du das auch deiner Frau vor einer Woche erzählt?« frage ich.

Er nickt strahlend.

»Weshalb schreibst du es dann auf?«

»Weil ich es wieder vergessen hatte. Kleinere Einfälle vergesse ich oft.«

»Ihr liebt es leicht, euch über mich lustig zu machen«, sagt Bambuss gekränkt. »Ich kann doch gar nicht gegen etwas schreiben. Ich bin Hymniker.«

»Schreib eine Hymne dagegen.«

»Hymnen kann man nur auf etwas schreiben«, belehrt mich Otto. »Nicht dagegen.«

»Dann schreib Hymnen auf die Tugend, die Reinheit, das mönchische Leben, die Einsamkeit, die Versenkung in das Nächste und Fernste, was es gibt: das eigene Selbst.«

Otto horcht einen Augenblick mit schrägem Kopf wie ein Jagdhund. »Hab' ich schon«, sagt er dann niedergeschlagen. »Es ist auch nicht ganz meine Art.«

»Zum Teufel mit deiner Art! Mach nicht so viele Ansprüche!«

Ich stehe auf und gehe in den Nebenraum. Valentin Busch sitzt dort. »Komm«, sagt er. »Trink mit mir eine Flasche Johannisberger. Das wird Eduard ärgern.«

»Ich will heute keinen Menschen ärgern«, erwidere ich.

Als ich auf die Straße komme, steht Otto Bambuss schon da und starrt schmerzlich auf die Gipswalküren, die den Eingang des »Walhalla« zieren. »So etwas«, sagt er ziellos.

»Weine nicht«, erkläre ich, um ihn mir vom Halse zu schaffen. »Du gehörst offenbar zu den Frühvollendeten, Kleist, Bürger, Rimbaud, Büchner – den schönsten Gestalten im Dichterhimmel – nimm es dir also nicht zu Herzen.«

»Aber die sind doch auch früh gestorben!«

»Du kannst das auch noch, wenn du willst. Rimbaud hat übrigens noch viele Jahre gelebt, nachdem er aufhörte zu schreiben. Als Abenteurer in Abessinien. Wie wäre das?«

Otto sieht mich an wie ein Reh mit drei Beinen. Dann starrt er wieder auf die dicken Hintern und Brüste der Gipswalküren. »Hör zu«, sage ich ungeduldig. »Schreib doch einen Zyklus: ›Die Versuchungen des heiligen Antonius‹! Da hast du beides, Lust und Entsagung, und noch einen Haufen nebenbei.«

Ottos Gesicht belebt sich. Gleich darauf wird es konzentriert, soweit das bei einem Astralschaf mit sinnlichen Ambitionen möglich ist. Die deutsche Literatur scheint für den Augenblick gerettet zu sein, denn ich bin ihm bereits bedeutend gleichgültiger. Abwesend winkt er mir zu und strebt die Straße hinab, dem heimatlichen Schreibtisch zu. Neidisch sehe ich ihm nach.

Das Büro liegt in schwarzem Frieden. Ich knipse das Licht an und finde einen Zettel: »Riesenfeld abgereist. Du bist also heute abend dienstfrei. Benütze die Zeit zum Knöpfeputzen, Gehirnappell, Nägelschneiden und Gebet für Kaiser und Reich. gez. Kroll, Feldwebel und Mensch. PS.: Wer schläft, sündigt auch.«

Ich gehe hinauf zu meiner Bude. Das Klavier bleckt mich mit weißen Zähnen an. Kalt starren die Bücher der Toten von den Wänden. Ich werfe eine Garbe von Septimen-Akkorden über die Straße. Lisas Fenster öffnet sich. Sie steht vor dem warmen Licht in einem Frisiermantel, der offen hängt, und hält ein Wagenrad von einem Blumenstrauß hoch. »Von Riesenfeld«, krächzt sie. »Was für ein Idiot! Kannst du das Gemüse brauchen?«

Ich schüttle den Kopf. Isabelle würde glauben, ihre Feinde beabsichtigen damit irgend etwas Niederträchtiges, und Gerda habe ich so lange nicht gesehen, daß auch sie es falsch auffassen würde. Sonst weiß ich niemand.

»Tatsächlich nicht?« fragt Lisa.

»Tatsächlich nicht.«

»Unglücksrabe! Aber sei froh! Ich glaube, du wirst erwachsen!«

»Wann ist man erwachsen?«

Lisa überlegt einen Augenblick. »Wenn man mehr an sich denkt als an die anderen«, krächzt sie dann und schmettert das Fenster zu.

Ich werfe eine zweite Garbe von Septimen-Akkorden, diesmal von verminderten, aus dem Fenster. Sie haben keine sichtbaren Folgen. Ich schließe dem Klavier den Rachen und wandere die Treppen hinunter. Bei Wilke ist noch Licht. Ich klettere zu ihm hinauf.

»Wie ist die Sache mit den Zwillingen ausgegangen?« frage ich.

»Tiptop. Die Mutter hat gesiegt. Die Zwillinge sind in ihrem Doppelsarg beerdigt worden. Allerdings auf dem Stadtfriedhof, nicht auf dem katholischen. Komisch, daß die Mutter auf dem katholischen zuerst ein Grab gekauft hat – sie hätte doch wissen müssen, daß es da nicht ging, wenn einer der Zwillinge evangelisch war. Nun hat sie das erste Grab an der Hand.«

»Das auf dem katholischen Friedhof?«

»Klar. Es ist tadellos, trocken, sandig, etwas erhöht – sie kann froh sein, daß sie es hat!«

»Warum? Für sich und ihren Mann? Sie wird doch wegen der Zwillinge jetzt auch auf den Stadtfriedhof wollen, wenn sie stirbt.«

»Als Kapitalanlage«, sagt Wilke, ungeduldig über meine Stumpfsinnigkeit. »Ein Grab ist heute eine erstklassige Kapitalanlage, das weiß doch jeder! Sie kann jetzt schon ein paar Millionen daran verdienen, wenn sie es verkaufen will. Sachwerte steigen ja wie verrückt!«

»Richtig. Ich hatte das einen Moment lang vergessen. Weshalb sind Sie noch hier?«

Wilke zeigt auf einen Sarg. »Für Werner, den Bankier. Gehirnblutung. Darf kosten, was es will, echtes Silber, feinstes Holz, echte Seide, Überstundentarif – wie wäre es mit etwas Hilfe? Kurt Bach ist nicht da. Sie können dafür morgen früh das Denkmal verkaufen. Keiner weiß es bis jetzt. Werner ist nach Geschäftsschluß umgefallen.«

»Heute nicht. Ich bin todmüde. Gehen Sie doch kurz vor Mitternacht in die Rote Mühle, und kommen Sie nach eins zurück, um weiterzuarbeiten – dann ist das Problem der Geisterstunde gelöst.«

Wilke denkt nach. »Nicht schlecht«, erklärt er. »Aber brauche ich da nicht einen Smoking?«

»Nicht einmal im Traum.«

Wilke schüttelt den Kopf. »Ausgeschlossen, trotzdem! Die eine Stunde würde mich mehr kosten, als ich in der ganzen Nacht verdienen würde. Aber ich könnte in eine kleine Kneipe gehen.« Er schaut mich dankbar an. »Notieren Sie die Adresse Werners«, sagt er dann.

Ich schreibe sie auf. Sonderbar, denke ich, das ist schon der zweite heute abend, der einen Rat von mir befolgt – nur für mich selbst weiß ich keinen. »Komisch, daß Sie soviel Angst vor Gespenstern haben«, sage ich. »Dabei sind Sie doch gemäßigter Freidenker.«

»Nur tagsüber. Nicht nachts. Wer ist nachts schon Freidenker?«

Ich mache ein Zeichen zu Kurt Bachs Bude hinunter. Wilke winkt ab. »Es ist leicht, Freidenker zu sein, wenn man jung ist. Aber in meinem Alter, mit einem Leistenbruch und einer verkapselten Tuberkulose –«

»Schwenken Sie um. Die Kirche liebt bußfertige Sünder.«

Wilke hebt die Schultern. »Wo bliebe da mein Selbstrespekt?«

Ich lache. »Nachts haben Sie keinen, was?«

»Wer hat nachts schon welchen? Sie?«

»Nein. Aber vielleicht ein Nachtwächter. Oder ein Bäcker, der nachts Brot bäckt. Müssen Sie denn unbedingt Selbstrespekt haben?«

»Natürlich. Ich bin doch ein Mensch. Nur Tiere und Selbstmörder haben keinen. Es ist schon ein Elend, dieser Zwiespalt! Immerhin, ich werde heute nacht mal zur Gastwirtschaft Blume gehen. Das Bier ist da prima.«

Ich wandere zurück über den dunklen Hof. Vor dem Obelisken schimmert es bleich. Es ist Lisas Blumenstrauß. Sie hat ihn dort deponiert, bevor sie zur Roten Mühle gegangen ist. Ich stehe einen Augenblick unschlüssig; dann nehme ich ihn auf. Der Gedanke, daß Knopf ihn schänden könnte, ist zuviel. Ich nehme ihn mit auf meine Bude und stelle ihn in eine Terrakotta-Urne, die ich aus dem Büro heraufhole. Die Blumen bemächtigen sich sofort des ganzen Zimmers. Da sitze ich nun, mit braunen und gelben und weißen Chrysanthemen, die nach Erde und Friedhof riechen, als würde ich begraben! Aber habe ich nicht wirklich etwas begraben?

Um Mitternacht halte ich den Geruch nicht mehr aus. Ich sehe, daß Wilke fortgeht, um die Geisterstunde in der Kneipe zu überstehen, und nehme die Blumen und bringe sie in seine Werkstatt. Die Tür steht offen; das Licht brennt noch, damit der Gespensterfürchter keinen Schreck bekommt, wenn er zurückkehrt. Eine Flasche Bier steht auf dem Sarg des Riesen. Ich trinke sie aus, stelle Glas und Flasche auf das Fensterbrett und öffne das Fenster, damit es aussieht, als hätte ein Geist Durst gehabt. Dann streue ich die Chrysanthemen vom Fenster her zum halbfertigen Sarg des Bankiers Werner und lege an das Ende eine Handvoll wertloser Tausendmarkscheine. Soll Wilke sich irgendeinen Reim darauf machen! Wenn Werners Sarg deswegen nicht fertig wird, so ist das kein Unglück – der Bankier hat Dutzende von kleinen Hausbesitzern mit Inflationsgeld um ihr bißchen Besitz gebracht.

20

Möchtest du etwas sehen, das fast so ans Herz greift wie ein Rembrandt?« fragt Georg.

»Immer los.«

Er nimmt etwas aus seinem Taschentuch und läßt es auf den Tisch fallen, daß es klingt. Es dauert eine Weile, bis ich es erkenne. Gerührt schauen wir es an. Es ist ein goldenes Zwanzigmarkstück. Das letztemal, daß ich eines gesehen habe, war vor dem Kriege. »Das waren Zeiten!« sage ich. »Frieden herrschte, Sicherheit regierte, Majestätsbeleidigungen wurden noch mit Festungshaft gesühnt, der Stahlhelm war unbekannt, unsere Mütter trugen Korsetts und hohe Kragen an ihren Blusen mit eingenähten Fischbeinstäbchen, Zinsen wurden gezahlt, die Mark war ebenso unantastbar wie Gott, und vierteljährlich schnitt man geruhsam die Coupons von den Staatsanleihen ab und bekam sie in Gold ausbezahlt. Laß dich küssen, du gleißendes Symbol einer versunkenen Zeit!«

Ich wiege das Geldstück in der Hand. Es trägt das Bildnis Wilhelms des Zweiten, der jetzt in Holland Holz sägt und sich einen Spitzbart hat wachsen lassen. Auf dem Konterfei trägt er noch den stolz aufgezwirbelten Schnurrbart, der damals hieß: Es ist erreicht. Es war tatsächlich erreicht. »Woher hast du es?« frage ich.

»Von einer Witwe, die einen ganzen Kasten voll davon geerbt hat.«

»Guter Gott! Was ist es wert?«

»Vier Milliarden Papiermark. Ein kleines Haus. Oder ein Dutzend herrlicher Frauen. Eine Woche in der Roten Mühle. Acht Monate Pension für einen Schwerkriegsverletzten –«

»Genug –«

Heinrich Kroll tritt ein, die Fahrradspangen an den gestreiften Hosen. »Dies hier muß Ihr treues Untertanenherz entzücken«, sage ich und wirble den goldenen Vogel vor ihm durch die Luft. Er fängt ihn auf und starrt ihn mit wäßrigen Augen an. »Seine Majestät«, sagt er ergriffen. »Das waren noch Zeiten! Wir hatten noch unsere Armee!«

»Es waren anscheinend für jeden verschiedene Zeiten«, erwidere ich.

Heinrich blickt mich strafend an. »Sie werden doch wohl zugeben, daß es damals bessere Zeiten waren als heute!«

»Möglich!«

»Nicht möglich! Bestimmt! Wir hatten Ordnung, wir hatten eine stabile Währung, wir hatten keine Arbeitslosen, aber dafür eine blühende Wirtschaft, und wir waren ein geachtetes Volk. Oder wollen Sie das auch nicht zugeben?«

»Ohne weiteres.«

»Na, also! Und was haben wir heute?«

»Unordnung, fünf Millionen Arbeitslose, eine Schwindelwirtschaft, und wir sind ein besiegtes Volk«, erwidere ich.

Heinrich ist verblüfft. So leicht hat er sich das nicht gedacht. »Na also«, wiederholt er. »Heute sitzen wir im Dreck, und damals saßen wir im Fett. Die Schlußfolgerung werden ja wohl auch Sie ziehen können, wie?«

»Ich bin nicht sicher. Was ist sie?«

»Das ist doch verdammt einfach! Daß wir wieder einen Kaiser und eine anständige nationale Regierung haben müssen!«

»Halt!« sage ich. »Sie haben etwas vergessen. Sie haben das wichtige Wort ›weil‹ vergessen. Das aber ist der Kern des Übels. Es ist der Grund dafür, daß heute Millionen wie Sie mit hocherhobenen Rüsseln wieder solchen Unsinn herumtrompeten. Das kleine Wort ›weil‹.«

»Was?« fragt Heinrich verständnislos.

»Weil!« wiederhole ich. »Das Wort: ›weil‹! Wir haben heute fünf Millionen Arbeitslose, eine Inflation, und wir sind besiegt worden, *weil* wir vorher Ihre geliebte nationale Regierung hatten! *Weil* diese Regierung in ihrem Größenwahn Krieg gemacht hat! *Weil* sie diesen Krieg verloren hat! Deshalb sitzen wir heute in der Scheiße! *Weil* wir Ihre geliebten Holzköpfe und Uniformpuppen als Regierung hatten! Und wir müssen sie nicht zurückhaben, damit es uns bessergehe, sondern wir müssen verhüten, daß sie wiederkommen, *weil* sie uns sonst noch einmal in Krieg und Scheiße jagen. Sie und Ihre Genossen sagen: Früher ging's uns gut, heute geht's uns schlecht – also wieder her mit der alten Regierung! In Wirklichkeit heißt es aber: Heute geht's uns schlecht, *weil* wir früher die alte Regierung hatten – also zum Teufel mit ihr! Kapiert! Das Wörtchen: Weil! Das wird gern von Ihren Genossen vergessen! Weil!«

»Blödsinn!« poltert Heinrich aufgebracht. »Sie Kommunist!«

Georg bricht in ein wildes Gelächter aus. »Für Heinrich ist jeder ein Kommunist, der nicht stramm rechts ist.«

Heinrich wölbt die Brust zu einer geharnischten Antwort. Das Bild seines Kaisers hat ihn stark gemacht. In diesem Augenblick tritt Kurt

Bach ein. »Herr Kroll«, fragt er, »soll der Engel rechts oder links vom Text: ›Hier ruht Spenglermeister Quartz‹ stehen?«

»Was?«

»Der Engel im Relief auf dem Grabstein Quartz.«

»Rechts natürlich«, sagt Georg. »Engel stehen immer rechts.« Heinrich wird aus einem nationalen Propheten wieder ein Grabsteinverkäufer. »Ich komme mit Ihnen«, erklärt er mißmutig und legt das Goldstück zurück auf den Tisch. Kurt Bach sieht es und greift danach. »Das waren Zeiten«, sagt er schwärmerisch.

»Für Sie also auch«, erwidert Georg. »Was für Zeiten waren es denn für Sie?«

»Die Zeiten der freien Kunst! Brot kostete Pfennige, ein Schnaps einen Fünfer, das Leben war voller Ideale, und mit ein paar solcher Goldfüchse konnte man ins gelobte Land Italia reisen, ohne Furcht, daß sie bei der Ankunft nichts mehr wert seien.«

Bach küßt den Adler, legt ihn zurück und wird wieder zehn Jahre älter. Heinrich und er entschwinden. Heinrich ruft zum Abschied, düstere Drohung auf seinem verfetteten Gesicht: »Köpfe werden noch rollen!«

»Was war das?« frage ich Georg erstaunt. »Ist das nicht eine der vertrauten Phrasen Watzeks? Stehen wir etwa vor einer Verbrüderung der feindlichen Cousins?«

Georg sieht nachdenklich hinter Heinrich her. »Vielleicht«, sagt er. »Dann wird es gefährlich. Weißt du, was so hoffnungslos ist? Heinrich war 1918 ein rabiater Kriegsgegner. Inzwischen hat er alles vergessen, was ihn dazu machte, und der Krieg ist für ihn wieder ein frischfröhliches Abenteuer geworden.« Er steckt das Zwanzigmarkstück in die Westentasche. »Alles wird zum Abenteuer, was man überlebt. Das ist so zum Kotzen! Und je schrecklicher es war, um so abenteuerlicher wird es in der Erinnerung. Wirklich über den Krieg könnten nur die Toten urteilen; sie allein haben ihn ganz erlebt.«

Er sieht mich an. »Erlebt?« sage ich, »erstorben.«

»Sie und die, die das nicht vergessen«, erwidert er. »Aber das sind wenige. Unser verdammtes Gedächtnis ist ein Sieb. Es will überleben. Und überleben kann man nur durch Vergessen.«

Er setzt seinen Hut auf. »Komm«, sagt er. »Wir wollen sehen, was für Zeiten unser goldener Vogel in Eduard Knoblochs Gedächtnis hervorruft.«

»Isabelle!« sage ich tief erstaunt.

Ich sehe sie auf der Terrasse vor dem Pavillon für die Unheilbaren sitzen. Nichts ist mehr da von der zuckenden, gequälten Kreatur, die ich das letztemal gesehen habe. Ihre Augen sind klar, ihr Gesicht ist ruhig, und sie scheint mir schöner, als ich sie je vorher gekannt habe – aber das kann auch durch den Gegensatz zum letzten Mal kommen.

Es hat nachmittags geregnet, und der Garten blinkt von Feuchtigkeit und Sonne. Über der Stadt schwimmen Wolken vor einem reinen, mittelalterlichen Blau, und ganze Fensterfronten sind in Spiegelgalerien verwandelt. Isabelle trägt ein Abendkleid, unbekümmert um die Zeit, aus einem sehr weichen schwarzen Stoff, und ihre goldenen Schuhe. Am rechten Arm hängt eine Kette aus Smaragden – sie muß mehr wert sein als unsere gesamte Firma, einschließlich des Lagers, der Häuser und des Einkommens der nächsten fünf Jahre. Sie hat sie vorher noch nie getragen. Es ist ein Tag der Kostbarkeiten, denke ich. Zuerst der goldene Wilhelm II., und jetzt dieses! Aber die Kette rührt mich nicht.

»Hörst du sie?« fragt Isabelle. »Sie haben getrunken, tief und viel, und nun sind sie ruhig und satt und zufrieden. Sie summen tief, wie Millionen Bienen.«

»Wer?«

»Die Bäume und all die Büsche. Hast du sie gestern nicht schreien gehört, als es so trocken war?«

»Können sie schreien?«

»Natürlich. Kannst du das nicht hören?«

»Nein«, sage ich und sehe auf das Armband, das funkelt, als hätte es grüne Augen.

Isabelle lacht. »Ach, Rudolf, du hörst so wenig!« sagt sie zärtlich. »Deine Ohren sind zugewachsen wie Buchsbaumgebüsch. Und dann machst du auch so viel Lärm – deshalb hörst du nichts.«

»Ich mache Lärm? Wieso?«

»Nicht mit Worten. Aber sonst machst du einen furchtbaren Lärm, Rudolf. Oft bist du kaum zu ertragen. Du machst mehr Lärm als die Hortensien, wenn sie durstig sind, und das sind doch wahrhaftig mächtige Schreier.«

»Was macht denn Lärm bei mir?«

»Alles. Deine Wünsche. Dein Herz. Deine Unzufriedenheit. Deine Eitelkeit. Deine Unentschlossenheit –«

»Eitelkeit?« sage ich. »Ich bin nicht eitel.«

»Natürlich –«

»Ausgeschlossen!« erwidere ich und weiß, daß es nicht stimmt, was ich sage.

Isabelle küßt mich rasch. »Mach mich nicht müde, Rudolf! Du bist immer so genau mit Namen. Du heißt auch eigentlich nicht Rudolf, wie? Wie heißt du denn?«

»Ludwig«, sage ich überrascht. Es ist das erstemal, daß sie mich danach fragt.

»Ja, Ludwig. Bist du deines Namens niemals müde?«

»Das schon. Meiner selber auch.«

Sie nickt, als wäre das das Selbstverständlichste der Welt.

»Dann wechsle ihn doch. Warum willst du nicht Rudolf sein? Oder jemand anders. Reise doch weg. Geh in ein anderes Land. Jeder Name ist eines.«

»Ich heiße nun einmal Ludwig. Was ist da zu ändern? Jeder weiß es hier.«

Sie scheint mich nicht gehört zu haben. »Ich werde auch bald weggehen«, sagt sie. »Ich fühle es. Ich bin müde und meiner Müdigkeit müde. Es ist alles schon etwas leer und voll Abschied und Schwermut und Warten.«

Ich sehe sie an und spüre plötzlich eine jähe Angst. Was mag sie meinen? »Ändert sich nicht jeder immerfort?« frage ich.

Sie blickt zur Stadt hinüber. »Das meine ich nicht, Rudolf. Ich glaube, es gibt noch ein anderes Ändern. Ein größeres. Eines, das wie Sterben ist. Ich glaube, es ist Sterben.«

Sie schüttelt den Kopf, ohne mich anzusehen. »Es riecht überall danach«, flüstert sie. »Auch in den Bäumen und im Nebel. Es tropft nachts vom Himmel. Die Schatten sind voll davon. Und in den

Gelenken ist die Müdigkeit. Sie hat sich hineingeschlichen. Ich gehe nicht mehr gern, Rudolf. Es war schön mit dir, auch wenn du mich nicht verstanden hast. Du warst doch wenigstens da. Sonst wäre ich ganz allein gewesen.«

Ich weiß nicht, was sie meint. Es ist ein sonderbarer Augenblick. Alles ist auf einmal sehr still, kein Blatt regt sich, nur Isabelles Hand mit den langen Fingern schwingt über den Rand des Korbsessels, und leise klirrt das Armband mit den grünen Steinen. Die untergehende Sonne gibt ihrem Gesicht eine Farbe von solcher Wärme, daß es der Gegensatz von jedem Gedanken an Sterben ist – aber trotzdem ist mir, als breite sich wirklich eine Kühle aus wie eine lautlose Furcht, als könnte es sein, daß Isabelle nicht mehr da wäre, wenn der Wind wieder beginnt – aber dann weht er plötzlich in den Kronen, er rauscht, der Spuk ist vorbei, und Isabelle richtet sich auf und lächelt. »Es gibt viele Wege, zu sterben«, sagt sie. »Armer Rudolf! Du kennst nur einen. Glücklicher Rudolf! Komm, laß uns ins Haus gehen.«

»Ich liebe dich sehr«, sage ich.

Sie lächelt stärker. »Nenne es, wie du willst. Was ist der Wind und was ist die Stille? So verschieden sind sie und doch beide dasselbe. Ich bin eine Weile auf den bunten Pferden des Karussells geritten und habe in den goldenen Gondeln mit blauem Samt gesessen, die sich nicht nur drehen, sondern auch noch auf und nieder schweben. Du liebst sie nicht, wie?«

»Nein. Ich habe früher lieber auf den lackierten Hirschen und Löwen gesessen. Aber mit dir würde ich auch in Gondeln fahren.«

Sie küßt mich. »Die Musik!« sagt sie leise. »Und das Licht der Karussells im Nebel! Wo ist unsere Jugend geblieben, Rudolf?«

»Ja, wo?« sage ich und spüre plötzlich Tränen hinter meinen Augen und begreife nicht, warum. »Haben wir eine gehabt?«

»Wer weiß das?«

Isabelle steht auf. Über uns im Laub raschelt es. Im glühenden Licht der späten Sonne sehe ich, daß ein Vogel mir auf das Jackett geschissen hat. Ungefähr dahin, wo das Herz ist. Isabelle sieht es und biegt sich vor Lachen. Ich tupfe mit meinem Taschentuch die Losung des sarkastischen Buchfinken fort. »Du bist meine Jugend«, sage ich. »Ich weiß es jetzt. Du bist alles, was dazugehört. Das eine und das andere und noch vieles mehr. Auch das, daß man erst weiß, was es war, wenn es einem entgleitet.«

Entgleitet sie mir denn? denke ich. Was rede ich daher? Hatte ich sie denn je? Und warum sollte sie entgleiten? Weil sie es sagt? Oder weil da plötzlich diese kühle, lautlose Angst ist? Sie hat schon so vieles gesagt, und ich habe schon so oft Angst gehabt. »Ich liebe dich, Isabelle«, sage ich. »Ich liebe dich mehr, als ich je gewußt habe. Es ist wie ein Wind, der sich erhebt und von dem man glaubt, er sei nur ein spielerisches Wehen, und auf einmal biegt sich das Herz darunter wie eine Weide im Sturm. Ich liebe dich, Herz meines Herzens, einzige Stille in all dem Aufruhr, ich liebe dich, die du hörst, ob die Blume dürstet und ob die Zeit müde ist wie ein Jagdhund am Abend, ich liebe dich, und es strömt aus mir heraus wie aus einem soeben aufgeschlossenen Tor, hinter dem ein unbekannter Garten sich öffnet, ich verstehe es noch nicht ganz und bin erstaunt darüber und schäme mich noch etwas meiner großen Worte, aber sie poltern heraus und hallen und fragen mich nicht, jemand redet aus mir, den ich nicht kenne, und ich weiß nicht, ob es ein viertklassiger Melodramatiker ist oder mein Herz, das keine Angst mehr hat –«

Isabelle ist mit einem Ruck stehengeblieben. Wir sind in derselben Allee wie damals, als sie nackt durch die Nacht zurückging; aber alles ist jetzt anders. Die Allee ist voll vom roten Licht des Abends, voll von ungelebter Jugend, von Schwermut und von einem Glück, das zwischen Schluchzen und Jubel schwankt. Es ist auch keine Allee von Bäumen mehr; es ist eine Allee aus unwirklichem Licht, in dem die Bäume wie dunkle Fächer sich zueinander neigen, um es zu halten, einem Licht, in dem wir stehen, als wögen wir fast nichts, durchdrungen von ihm wie Silvesterkarpfen vom Geiste des Rums, in dem sie baden und der sie durchdringt, bis sie beinahe zerfallen.

»Du liebst mich?« flüstert Isabelle.

»Ich liebe dich, und ich weiß, ich werde nie wieder einen Menschen so lieben wie dich, weil ich nie wieder so sein werde wie jetzt in diesem Augenblick, der vergeht, während ich von ihm spreche, und den ich nicht halten kann, selbst wenn ich mein Leben gäbe –«

Sie sieht mich mit großen, strahlenden Augen an. »Jetzt weißt du es endlich!« flüstert sie. »Jetzt hast du es endlich gefühlt – das Glück ohne Namen und die Trauer und den Traum und das doppelte Gesicht! Es ist der Regenbogen, Rudolf, und man kann über ihn gehen, aber wenn man zweifelt, stürzt man ab! Glaubst du es nun endlich?«

»Ja«, murmle ich und weiß, daß ich es glaube und vor einem Augenblick auch geglaubt habe und schon nicht mehr ganz glaube. Noch ist das Licht stark, aber an den Rändern wird es bereits grau, dunkle Flekken schieben sich langsam hervor, und der Aussatz der Gedanken bricht darunter wieder aus, nur verdeckt, aber nicht geheilt. Das Wunder ist an mir vorübergegangen, es hat mich berührt, aber nicht verändert, ich habe noch denselben Namen und weiß, daß ich ihn wohl bis ans Ende meiner Tage mit mir herumschleppen werde, ich bin kein Phönix, die Neugeburt ist nicht für mich, ich habe zu fliegen versucht, doch nun taumele ich wie ein geblendetes schwerfälliges Huhn wieder zur Erde, zwischen die Stacheldrähte zurück.

»Sei nicht traurig«, sagt Isabelle, die mich beobachtet hat.

»Ich kann nicht auf Regenbögen gehen, Isabelle«, sage ich. »Aber ich möchte es gerne. Wer kann es?«

Sie nähert ihr Gesicht meinem Ohr. »Niemand«, flüstert sie.

»Niemand? Du auch nicht?«

Sie schüttelt den Kopf. »Niemand«, wiederholt sie. »Aber es ist genug, wenn man Sehnsucht hat.«

Das Licht wird jetzt schnell grau. Irgendwann war das alles schon einmal so, denke ich, doch ich kann mich nicht erinnern, wann. Ich fühle Isabelle nahe bei mir und halte sie plötzlich in den Armen. Wir küssen uns wie Verfluchte und Verzweifelte, wie Menschen, die für immer auseinandergerissen werden. »Ich habe alles versäumt«, sage ich atemlos. »Ich liebe dich, Isabelle.«

»Still!« flüstert sie. »Sprich nicht –«

Der fahle Fleck am Ausgang der Allee beginnt zu glühen. Wir gehen auf ihn zu und bleiben am Tor des Parkes stehen. Die Sonne ist verschwunden, und die Felder sind ohne Farbe; dafür aber steht ein mächtiges Abendrot über dem Walde, und die Stadt wirkt, als brenne es in den Straßen.

Wir stehen eine Weile still. »Welch ein Hochmut«, sagt Isabelle dann plötzlich. »Zu glauben, daß ein Leben einen Anfang und ein Ende hat!«

Ich verstehe sie nicht gleich. Hinter uns bereitet sich der Garten bereits für die Nacht; aber vor uns, auf der anderen Seite des eisernen Gitters, flammt und brodelt es in einer wilden Alchimie. Ein Anfang und ein Ende? denke ich, und dann begreife ich, was sie meint; daß es Hochmut sei, ein kleines Dasein aus diesem Brodeln und Zischen herausschneiden und abgrenzen zu wollen und unser bißchen Bewußtsein zum Richter zu machen über seine Dauer, während es doch höchstens eine Flocke ist, die kurze Zeit darin schwimmt. Anfang und Ende, erfundene Worte eines erfundenen Begriffes Zeit und der Eitelkeit eines Amöben-Bewußtseins, das nicht untergehen will in einem größeren.

»Isabelle«, sage ich. »Du süßes und geliebtes Leben, ich glaube, ich habe endlich gefühlt, was Liebe ist! Es ist Leben, nichts als Leben, der höchste Griff der Welle nach dem Abendhimmel, nach den verblassenden Sternen und nach sich selbst – der Griff, der immer wieder vergeblich ist, der des Sterblichen nach dem Unsterblichen – aber manchmal kommt der Himmel der Welle entgegen, und sie begegnen sich für einen Augenblick, und dann ist es nicht mehr Piraterie des einen und Versagen des andern, nicht mehr Mangel und Überfluß und Verfälschung durch Poeten, es ist –«

Ich breche ab. »Ich weiß nicht, was ich rede«, sage ich dann. »Es strömt und strömt, und vielleicht ist Lüge dabei, aber dann ist es Lüge, weil Worte lügnerisch sind und wie Tassen, mit denen man Springbrunnen auffangen will – aber du wirst mich auch ohne Worte verstehen, es ist noch so neu für mich, daß ich es nicht ausdrücken kann; ich wußte nicht, daß auch mein Atem lieben kann und meine Nägel lieben können und sogar mein Tod lieben kann, und zum Teufel damit, wie lange es dauert und ob ich es halten kann oder nicht und ob ich es ausdrücken kann oder nicht –«

»Ich verstehe es«, sagt Isabelle.

»Du verstehst es?«

Sie nickt. »Ich hatte schon Sorge um dich, Rudolf.«

Warum sollte sie Sorge um mich haben, denke ich. Ich bin doch nicht krank. »Sorge?« sage ich. »Warum Sorge um mich?«

»Sorge«, wiederholt sie. »Aber jetzt habe ich keine mehr. Leb wohl, Rudolf.«

Ich sehe sie an und halte ihre Hände fest. »Warum willst du weg? Habe ich etwas Falsches gesagt?«

Sie schüttelt den Kopf und versucht, ihre Hände loszumachen. »Doch!« sage ich. »Es war falsch! Es war Hochmut, es waren Worte, es war Gerede –«

»Mach es doch nicht kaputt, Rudolf! Warum mußt du etwas, was du haben willst, immer gleich kaputtmachen, wenn du es hast?«

»Ja«, sage ich. »Warum?«

»Das Feuer ohne Rauch und Asche. Mach es nicht kaputt. Leb wohl, Rudolf.«

Was ist das? denke ich. Es ist wie auf dem Theater, aber es kann doch nicht sein! Ist das ein Abschied? Aber wir haben doch schon so oft Abschied genommen, jeden Abend! Ich halte Isabelle fest. »Wir bleiben zusammen«, sage ich.

Sie nickt und legt den Kopf an meine Schulter, und ich fühle plötzlich, daß sie weint. »Wozu weinst du?« frage ich. »Wir sind doch glücklich!«

»Ja«, sagt sie und küßt mich und macht sich los. »Lebe wohl, Rudolf.«

»Wozu sagst du Lebewohl? Dies ist doch kein Abschied! Ich komme morgen wieder.«

Sie sieht mich an. »Ach, Rudolf«, sagt sie, als könne sie mir wieder etwas nicht klarmachen. »Wie soll man denn sterben können, wenn man nicht Abschied nehmen kann?«

»Ja«, sage ich. »Wie? Ich verstehe das auch nicht. Weder das eine noch das andere.«

Wir stehen vor dem Pavillon, in dem sie wohnt. Niemand ist in der Halle. Auf einem der Korbsessel liegt ein sehr buntes Tuch. »Komm«, sagt Isabelle plötzlich.

Ich zögere einen Augenblick, aber ich kann um nichts in der Welt jetzt wieder nein sagen und gehe mit ihr deshalb die Treppe hinauf. Sie geht, ohne sich umzusehen, in ihr Zimmer. Ich bleibe in der Tür stehen. Sie schleudert mit einer raschen Bewegung die leichten goldenen Schuhe von ihren Füßen und legt sich aufs Bett. »Komm!« sagt sie. »Rudolf!«

Ich setze mich zu ihr. Ich will sie nicht noch einmal enttäuschen, aber ich weiß auch nicht, was ich tun soll, und ich wüßte nicht, was ich sagen sollte, wenn eine Schwester oder Wernicke hereinkäme. »Komm«, sagt Isabelle.

Ich lege mich zurück, und sie legt sich in meinen Arm.

»Endlich«, murmelt sie. »Rudolf«, und schläft nach wenigen tiefen Atemzügen ein.

Es wird dunkel im Zimmer. Bleich steht das Fenster in der beginnenden Nacht. Ich höre Isabelle atmen und ab und zu Murmeln aus den Nachbarzimmern. Plötzlich wacht sie mit einem Ruck auf. Sie stößt mich von sich, und ich spüre, wie ihr Körper steif wird. Sie hält den Atem an. »Ich bin es«, sage ich. »Ich, Rudolf.«

»Wer?«

»Ich, Rudolf. Ich bin bei dir geblieben.«

»Du hast hier geschlafen?«

Ihre Stimme ist verändert. Sie ist hoch und atemlos. »Ich bin hiergeblieben«, sage ich.

»Geh!« flüstert sie. »Geh sofort!«

Ich weiß nicht, ob sie mich erkennt. »Wo ist das Licht?«

»Kein Licht! Kein Licht! Geh! Geh!«

Ich stehe auf und taste mich zur Tür. »Habe keine Angst, Isabelle«, sage ich.

Sie regt sich auf ihrem Bett, als versuche sie, die Decke über sich zu ziehen. »So geh doch!« flüstert sie mit ihrer hohen, veränderten Stimme. »Sie sieht dich sonst, Ralph! Rasch!«

Ich ziehe die Tür hinter mir zu und gehe die Treppe hinunter. Unten sitzt die Nachtschwester. Sie weiß, daß ich Erlaubnis habe, Isabelle zu besuchen. »Ist sie ruhig?« fragt sie.

Ich nicke und gehe durch den Garten dem Tor zu, durch das die Gesunden herein- und hinausgehen. Was war nun das wieder? denke ich. Ralph, wer mag das sein? Sie hat mich noch nie so genannt. Und was meinte sie damit, daß man mich nicht sehen sollte? Ich bin doch schon öfter abends in ihrem Zimmer gewesen.

Ich gehe zur Stadt hinunter. Liebe, denke ich, und meine hochtrabenden Redensarten fallen mir wieder ein. Ich fühle eine fast unerträgliche Sehnsucht und ein fernes Grauen und etwas wie Flucht und gehe

307

schneller und schneller, der Stadt entgegen mit ihrem Licht, ihrer Wärme, ihrer Vulgarität, ihrem Elend, ihrer Alltäglichkeit und ihrer gesunden Abkehr von Geheimnissen und vom Chaos, was für einen Namen man ihm auch geben mag.

Nachts erwache ich von vielen Stimmen. Ich öffne das Fenster und sehe, daß der Feldwebel Knopf nach Hause gebracht wird. Das ist bisher noch nie geschehen; er ist bisher immer noch mit eigener Kraft zurückgekommen, wenn ihm der Schnaps auch aus den Augen lief. Er stöhnt stark. Rundum werden einige Fenster hell.

»Verfluchter Saufbold!« kreischt es aus dem einen. Es ist die Witwe Konersmann, die dort auf der Lauer liegt. Sie hat nichts zu tun und ist die Klatschtante der Straße. Ich habe sie in Verdacht, daß sie auch Georg und Lisa längst beobachtet.

»Halten Sie die Schnauze!« antwortet von der dunklen Straße ein anonymer Held.

Ich weiß nicht, ob er die Witwe Konersmann kennt. Auf jeden Fall ergießt sich nach einer Sekunde stummer Empörung ein solches Schimpfspülwasser über den Mann, über Knopf, über die Sitten der Stadt, des Landes und der Menschheit, daß die Straße widerhallt. Endlich schweigt die Witwe. Ihre letzten Worte sind, daß sie Hindenburg, den Bischof, die Polizei und die Arbeitgeber des unbekannten Helden informieren werde. »Halten Sie die Schnauze, Sie ekelhafte Beißzange!« erwidert der Mann, der ungewöhnlich widerstandsfähig zu sein scheint, unter dem Schutz der Dunkelheit. »Herr Knopf ist schwer krank. Es wäre besser, Sie wären es.«

Die Witwe tobt sofort wieder los, mit doppelter Kraft, was keiner für möglich gehalten hätte. Sie versucht, mit einer elektrischen Taschenlampe den Missetäter vom Fenster aus zu erkennen; aber das Licht ist zu schwach.

»Ich weiß, wer Sie sind!« zetert sie. »Sie sind Heinrich Brüggemann! Zuchthaus werden Sie dafür bekommen, eine schutzlose Witwe zu beleidigen, Sie Mörder! Schon Ihre Mutter –«

Ich höre nicht weiter zu. Die Witwe hat ein gutes Publikum. Fast alle Fenster sind jetzt offen. Grunzen und Beifall tönen heraus. Ich gehe nach unten.

Knopf wird gerade hereingeschleppt. Er ist weiß, Wasser läuft ihm über das Gesicht, und der Nietzsche-Schnauzbart hängt feucht über die Lippen. Mit einem Schrei macht er sich plötzlich frei, torkelt ein paar Schritte vorwärts und springt unversehens auf den Obelisken zu. Er umklammert ihn mit beiden Armen und Beinen wie ein Frosch, preßt sich gegen den Granit und heult.

Ich sehe mich um. Hinter mir steht Georg in seinem purpurnen Pyjama, dahinter die alte Frau Kroll ohne Zähne, in einem blauen Schlafrock, mit Lockenwicklern im Haar, dahinter Heinrich, der zu meinem Erstaunen im Pyjama, ohne Stahlhelm und Orden auftaucht. Immerhin, der Pyjama ist in den preußischen Farben gestreift, schwarz und weiß.

»Was ist los?« fragt Georg. »Delirium tremens? Wieder mal?«

Knopf hat es schon ein paarmal gehabt. Er kennt weiße Elefanten, die aus der Wand kommen, und Luftschiffe, die durch Schlüssellöcher fahren. »Schlimmer«, sagt der Mann, der der Witwe Konersmann standgehalten hat. Es ist tatsächlich Heinrich Brüggemann, der Installateur.

»Die Leber und die Nieren. Er glaubt, sie wären geplatzt.«

»Warum schleppt ihr ihn dann hierher? Warum nicht zum Marienhospital?«

»Er will nicht ins Hospital.«

Die Familie Knopf erscheint. Voran Frau Knopf, hinter ihr die drei Töchter, alle vier zerzaust, verschlafen und erschreckt. Knopf heult unter einem neuen Anfall auf.

»Habt ihr einem Arzt telefoniert?« fragt Georg.

»Noch nicht. Wir hatten alle Hände voll zu tun, ihn hierherzubringen. Er wollte in den Fluß springen.«

Die vier weiblichen Knopfs bilden einen Klagechor um den Feldwebel. Heinrich ist ebenfalls zu ihm herangetreten und versucht, ihn als Mann, Kameraden, Soldaten und Deutschen zu beeinflussen, den Obelisken loszulassen und zu Bett zu gehen, um so mehr, als der Obelisk unter Knopfs Gewicht schwankt. Nicht nur Knopf sei in Gefahr durch den Obelisken, erklärt Heinrich, sondern die Firma müsse umgekehrt auch Knopf dafür verantwortlich machen, wenn dem Obelisken etwas passiere. Es sei wertvoller, hochpolierter S.-S.-Granit, der beim Fallen bestimmt beschädigt würde.

Knopf versteht ihn nicht; er wiehert mit aufgerissenen Augen wie ein Pferd, das Geister sieht. Ich höre Georg aus dem Büro nach einem Arzt telefonieren. In einem Abendkleid aus leicht zerknittertem weißem Satin betritt Lisa den Hof. Sie blüht vor Gesundheit und riecht stark nach Kümmel. »Herzliche Grüße von Gerda«, sagt sie zu mir. »Du sollst dich mal melden.«

In diesem Augenblick schießt ein Liebespaar im Galopp hinter den Kreuzen hervor und heraus. Im Regenmantel und Nachthemd erscheint Wilke; Kurt Bach, der zweite Freidenker, folgt in schwarzem Pyjama mit russischer Bluse und Gürtel. Knopf heult weiter.

Gottlob ist es nicht weit vom Hospital. Der Arzt kommt bald. Er wird in Eile aufgeklärt. Es ist unmöglich, Knopf von dem Obelisken zu lösen. Deshalb werden ihm von seinen Kameraden die Hosen so weit heruntergezogen, daß seine mageren Arschbacken frei sind. Der Arzt, der aus dem Kriege schwierigere Situationen gewöhnt ist, tupft Knopf mit einem Wattebausch ab, der in Alkohol getränkt ist, gibt Georg eine kleine Taschenlampe und jagt eine Spritze in Knopfs grell beleuchtetes Hinterteil. Knopf sieht sich halb um, läßt einen knatternden Furz fahren und gleitet am Obelisken herab. Der Arzt ist zurückgesprungen, als hätte Knopf ihn erschossen.

Die Begleiter Knopfs heben ihn auf. Er hält den Fuß des Obelisken noch mit den Händen fest; aber sein Widerstand ist gebrochen. Ich verstehe, daß er in seiner Angst auf den Obelisken losgestürmt ist; er hat hier schöne, sorglose Augenblicke ohne Nierenkoliken verbracht.

Man bringt ihn ins Haus. »Es war zu erwarten«, sagt Georg zu Brüggemann. »Wie kam es?«

Brüggemann schüttelt den Kopf. »Keine Ahnung. Er hatte gerade eine Wette gegen einen Mann aus Münster gewonnen. Hatte einen Korn vom Spatenbräu und einen vom Restaurant Blume richtig geraten. Der Mann aus Münster hatte sie im Auto geholt. Ich war Vertrauensmann. Während nun der Mann aus Münster seine Brieftasche zückt, wird Knopf plötzlich schneeweiß und fängt an zu schwitzen. Gleich darauf liegt er schon auf der Erde und krümmt sich und kotzt und heult. Den Rest haben Sie ja gesehen. Und wissen Sie, was das Schlimmste ist? Der Kerl aus Münster ist in der Aufregung durchgebrannt, ohne die Wette zu

310

bezahlen. Und keiner kennt ihn, und wir haben uns auch in der Aufregung die Autonummer des Kerls nicht gemerkt.«

»Das ist natürlich grauenhaft«, sagt Georg.

»Wie man es nimmt. Schicksal möchte ich sagen.«

»Schicksal«, sage ich »Wenn Sie etwas gegen Ihr Schicksal tun wollen, Herr Brüggemann, dann gehen Sie nicht über die Hakenstraße zurück. Die Witwe Konersmann kontrolliert dort den Verkehr mit einer starken Taschenlampe, die sie sich ausgeborgt hat, in der einen und einer Bierflasche als Waffe in der anderen Hand. Nicht wahr, Lisa?«

Lisa nickt lebhaft. »Es ist eine volle Bierflasche. Wenn sie an Ihrem Schädel zerspringt, haben Sie gleich etwas Kühlung.«

»Verdammt!« sagt Brüggemann. »Wie komme ich hier raus? Ist dies eine Sackgasse?«

»Zum Glück nein«, erwidere ich. »Sie können hinten herum durch die Gärten zur Bleibtreustraße entkommen. Ich rate Ihnen, bald aufzubrechen; es wird hell.«

Brüggemann entschwindet. Heinrich Kroll besichtigt den Obelisken auf Schäden und verschwindet ebenfalls.

»So ist der Mensch«, sagt Wilke etwas allgemein, nickt zu den Knopfschen Fenstern empor, zum Garten hinüber, durch den Brüggemann schleicht, und wandert die Treppe zu seiner Werkstatt wieder empor. Er scheint diese Nacht dort zu schlafen und nicht zu arbeiten.

»Haben Sie wieder eine spiritistische Blumen-Manifestation gehabt?« frage ich.

»Nein, aber ich habe Bücher darüber bestellt.«

Frau Kroll hat plötzlich bemerkt, daß sie ihre Zähne vergessen hat, und ist längst geflüchtet. Kurt Bach verschlingt Lisas nackte braune Schultern mit Kennerblicken, schiebt aber ab, als er keine Gegenliebe findet.

»Stirbt der Alte?« fragt Lisa.

»Wahrscheinlich«, erwidert Georg. »Es ist ein Wunder, daß er nicht schon lange tot ist.«

Der Arzt kommt aus dem Hause Knopf. »Was ist es?« fragt Georg.

»Die Leber. Er ist schon seit langem fällig. Ich glaube nicht, daß er es diesmal schafft. Alles kaputt. Ein, zwei Tage, dann wird es vorbei sein.«

Knopfs Frau erscheint. »Also keinen Tropfen Alkohol!« sagt der Arzt zu ihr. »Haben Sie sein Schlafzimmer kontrolliert?«

»Genau, Herr Doktor. Meine Töchter und ich. Wir haben noch zwei Flaschen von dem Teufelszeug gefunden. Hier!«

Sie holt die Flaschen, entkorkt sie und will sie auslaufen lassen.

»Halt«, sage ich. »Das ist nun nicht gerade nötig. Die Hauptsache ist, daß Knopf sie nicht kriegt, nicht wahr, Doktor?«

»Natürlich.«

Ein kräftiger Geruch nach gutem Korn verbreitet sich.

»Was soll ich denn damit im Hause machen?« klagt Frau Knopf. »Er findet sie überall. Er ist ein kolossaler Spürhund.«

»Die Sorge kann Ihnen abgenommen werden.«

Frau Knopf händigt dem Arzt und mir je eine Flasche aus. Der Arzt wirft mir einen Blick zu. »Was dem einen sein Verderben, ist dem andern seine Nachtigall«, sagt er und geht.

Frau Knopf schließt die Tür hinter sich. Nur noch Lisa, Georg und ich stehen draußen. »Der Arzt glaubt auch, daß er stirbt, was?« fragt Lisa.

Georg nickt. Sein purpurner Pyjama wirkt schwarz in der späten Nacht. Lisa fröstelt und bleibt stehen. »Servus«, sage ich und lasse sie allein.

Von oben sehe ich die Witwe Konersmann als Schatten vor ihrem Hause patrouillieren. Sie lauert immer noch auf Brüggemann. Nach einer Weile höre ich, wie unten leise die Tür zugezogen wird. Ich starre in die Nacht und denke an Knopf und dann an Isabelle. Gerade als ich schläfrig werde, sehe ich die Witwe Konersmann die Straße kreuzen. Sie glaubt wahrscheinlich, daß Brüggemann sich versteckt habe, und leuchtet unsern Hof nach ihm ab. Vor mir am Fenster liegt immer noch das alte Regenrohr, mit dem ich Knopf einst erschreckt habe. Fast bereue ich es jetzt, aber dann erblicke ich den wandernden Lichtkreis auf dem Hof und kann nicht widerstehen. Vorsichtig beuge ich mich vor und hauche mit tiefer Stimme hinein: »Wer stört mich hier?« und füge einen Seufzer hinzu. Die Witwe Konersmann steht bocksteif. Dann zittert der Lichtkreis frenetisch über Hof und Denkmäler. »Gott sei auch deiner Seele gnädig –«, hauche ich. Ich hätte gern in Brüggemanns Tonart geredet, beherrsche mich aber – auf das, was ich bis jetzt gesagt habe, kann mich die Konersmann nicht verklagen, wenn sie rausfindet, was los ist.

Sie findet es nicht heraus. Sie schleicht an der Mauer entlang zur Straße und rast zu ihrer Haustür hinüber. Ich höre noch, daß sie einen Schluckauf bekommt, dann ist alles still.

21 Ich vertreibe vorsichtig den ehemaligen Briefträger Roth, einen kleinen Mann, dessen Amtsbezirk während des Krieges unser Stadtteil gewesen ist. Roth war ein empfindsamer Mensch und nahm es sich sehr zu Herzen, daß er damals so oft zum Unglücksboten werden mußte. In all den Jahren des Friedens hatte man ihm immer freudig entgegengesehen, wenn er Post brachte; im Kriege aber wurde er mehr und mehr eine Gestalt, die fast nurmehr Furcht einflößte. Er brachte die Einziehungsbefehle der Armee und die gefürchteten amtlichen Kuverts mit dem Inhalt. »Auf dem Felde der Ehre gefallen«, und je länger der Krieg dauerte, um so öfter brachte er sie, und sein Kommen weckte Jammer, Flüche und Tränen. Als er dann eines Tages sich selbst eines der gefürchteten Kuverts zustellen mußte und eine Woche später ein zweites, da war es aus mit ihm. Er wurde still und auf eine sanfte Weise verrückt und mußte von der Postverwaltung pensioniert werden. Damit war er, wie so viele andere, zum langsamen Hungertode während der Inflation verurteilt, da alle Pensionen immer viel zu spät aufgewertet wurden. Ein paar Bekannte nahmen sich des einsamen alten Mannes an, und ein paar Jahre nach dem Kriege begann er wieder auszugehen; doch sein Geist blieb verwirrt. Er glaubt, immer noch Briefträger zu sein, und geht mit einer alten Berufskappe umher, um den Leuten weiter Nachrichten zu bringen; aber nach all den Unglücksmeldungen will er jetzt gute bringen. Er sammelt alte Briefumschläge und Postkarten, wo er sie findet, und teilt sie dann aus als Nachrichten aus russischen Gefangenenlagern. Die Totgeglaubten seien noch am Leben, erklärt er dazu. Sie seien nicht gefallen. Bald kämen sie heim.

Ich betrachte die Karte, die er mir dieses Mal in die Hand gedrückt hat. Es ist eine uralte Drucksache mit der Aufforderung, an der Preußischen Kassenlotterie teilzunehmen; ein blödsinniger Witz heute, in der

Inflation. Roth muß sie irgendwo aus einem Papierkorb gefischt haben; sie ist an einen Schlächter Sack gerichtet, der lange tot ist. »Danke vielmals«, sage ich. »Das ist eine rechte Freude!«

Roth nickt. »Sie kommen jetzt bald heim aus Rußland, unsere Soldaten.«

»Ja, natürlich.«

»Sie kommen alle heim. Es dauert nur etwas lange. Rußland ist so groß.«

»Ihre Söhne auch, hoffe ich.«

Roths verwaschene Augen beleben sich. »Ja, meine auch. Ich habe schon Nachricht.«

»Noch einmal vielen Dank«, sage ich.

Roth lächelt, ohne mich anzusehen, und geht weiter. Die Postverwaltung hat anfangs versucht, ihn von seinen Gängen abzuhalten, und sogar seine Einsperrung beantragt; doch die Leute haben sich widersetzt, und man läßt ihn jetzt in Ruhe. In einer rechtspolitischen Kneipe sind allerdings ein paar Stammgäste vor kurzem einmal auf die Idee gekommen, Roth mit Briefen, in denen unflätige Beschimpfungen standen, zu politischen Gegnern zu schicken – ebenso mit zweideutigen Briefen zu alleinstehenden Frauen. Sie fanden das zwerchfellerschütternd. Auch Heinrich Kroll fand, es sei kerniger, volkstümlicher Humor. Heinrich ist in der Kneipe, unter seinesgleichen, überhaupt ein ganz anderer Mann als bei uns; er gilt da sogar als Witzbold.

Roth hat natürlich längst vergessen, in welchen Häusern Leute gefallen sind. Er verteilt seine Karten wahllos, und obschon ein Beobachter der nationalen Biertrinker mitging und aufpaßte, daß die beleidigenden Briefe des Stammtisches an die richtigen Adressen gelangten, indem er Roth die Häuser zeigte und sich dann versteckte, passierte doch ab und zu ein Irrtum, und Roth verwechselte ein paar Briefe. So kam einer, der an Lisa gerichtet war, an den Vikar Bodendiek. Er enthielt eine Aufforderung zum Geschlechtsverkehr um ein Uhr nachts im Gebüsch hinter der Marienkirche gegen das Entgelt von zehn Millionen Mark. Bodendiek beschlich die Beobachter wie Indianer, trat plötzlich zwischen sie, schlug zweien, ohne zu fragen, die Schädel zusammen und gab dem flüchtenden Dritten einen so furchtbaren Fußtritt, daß er in die Luft gehoben wurde und nur mit Mühe entkommen konnte. Erst dann stellte Bodendiek, ein Meister in der Kunst, rasche Beichten zu erzielen, an die beiden Gefangenen seine Fragen, die durch Ohrfeigen mit seinen riesigen Bauernpfoten unterstützt wurden. Die Bekenntnisse kamen bald, und da die beiden Erwischten katholisch waren, stellte er ihre Namen fest und befahl sie am nächsten Tag entweder zur Beichte oder zur Polizei. Sie kamen natürlich lieber zur Beichte. Bodendiek gab ihnen das *Ego te absolvo*, befolgte dabei aber das Rezept des Dompastors mit mir – er befahl ihnen, als Buße eine Woche nicht zu trinken und dann wieder zum Beichten zu kommen. Da beide fürchteten, exkommuniziert zu werden, wenn sie die Buße nicht ausführten, und da sie es nicht soweit kommen lassen wollten, mußten sie wieder erscheinen, und Bodendiek verdonnerte sie erbarmungslos, jede folgende Woche wieder zu beichten und nicht zu trinken, und machte so aus ihnen zähneknirschende, abstinente, erstklassige Christen. Er erfuhr nie, daß der dritte Sünder der Major Wolkenstein war, der nach dem Fußtritt eine Prostatakur durchmachen mußte, dadurch politisch noch bedeutend schärfer wurde und schließlich zu den Nazis überging.

Die Türen zum Hause Knopf stehen offen. Die Nähmaschinen summen. Am Morgen sind Stöße von schwarzem Tuch hereingeschafft worden, und Mutter und Töchter arbeiten jetzt an ihren Trauerkleidern. Der Feldwebel ist noch nicht tot, aber der Arzt hat erklärt, daß es nur noch eine Sache von Stunden oder höchstens Tagen sein könne. Er hat Knopf aufgegeben. Da die Familie es als schweren Reputationsverlust betrachten würde, in hellen Kleidern dem Tode zu begegnen, wird eilig vorgesorgt. Im Augenblick, wo Knopf den letzten Atemzug tut, wird die Familie gerüstet sein mit schwarzen Kleidern, einem Trauerschleier für Frau Knopf, schwarzen, undurchsichtigen Strümpfen für alle vier, und sogar mit schwarzen Hüten. Der kleinbürgerlichen Ehrbarkeit wird Genüge getan sein.

Georgs kahler Kopf schwimmt wie ein halber Käse über den Fensterrand heran. Er ist begleitet von Tränen-Oskar.

»Wie steht der Dollar?« frage ich, als sie eintreten.

»Genau eine Milliarde heute um zwölf Uhr«, erwidert Georg. »Wir können es als Jubiläum feiern, wenn wir wollen.«

»Das können wir. Und wann sind wir pleite?«

»Wenn wir ausverkauft haben. Was trinken Sie, Herr Fuchs?«

»Was Sie haben. Schade, daß es hier in Werdenbrück keinen Wodka gibt!«

»Wodka? Waren Sie im Kriege in Rußland?«

»Und wie! Ich war sogar Friedhofskommandant in Rußland. Was waren das für herrliche Zeiten!«

Wir blicken Oskar überrascht an. »Herrliche Zeiten?« sage ich. »Das behaupten Sie, der Sie so feinfühlig sind, daß Sie sogar auf Befehl weinen können?«

»Es waren herrliche Zeiten«, erklärt Tränen-Oskar fest und beriecht seinen Korn, als hätten wir vor, ihn zu vergiften. »Reichlich zu essen, gut zu trinken, angenehmer Dienst, weit hinter der Front – was will man mehr? An den Tod gewöhnt der Mensch sich ja wie an eine ansteckende Krankheit.«

Er probiert dandyhaft seinen Korn. Wir sind etwas perplex über die Tiefe seiner Philosophie. »Manche Leute gewöhnen sich an den Tod auch wie an einen vierten Mann beim Skatspielen«, sage ich. »Zum Beispiel der Totengräber Liebermann. Für den ist es so, als ob er auf dem Friedhof einen Garten bearbeitet. Aber ein Künstler wie Sie –!«

Oskar lächelt überlegen. »Da ist noch ein Riesenunterschied! Liebermann fehlt das wirkliche metaphysische Feingefühl: das ewige Stirb und Werde.«

Georg und ich sehen uns betroffen an. Sollte Tränen-Oskar ein verhinderter Poet sein? »Haben Sie das dauernd?« frage ich. »Dieses Stirb und Werde?«

»Mehr oder minder. Zumindest unbewußt. Haben Sie es hier denn nicht, meine Herren?«

»Wir haben es mehr sporadisch«, erwidere ich. »Hauptsächlich vor dem Essen.«

»Einmal war der Besuch Seiner Majestät bei uns angesagt«, sagt Oskar träumerisch. »Gott, war das eine Aufregung! Zum Glück waren noch zwei andere Friedhöfe in der Nähe, und wir konnten ausborgen.«

»Was ausborgen?« fragt Georg. »Grabschmuck? Oder Blumen?«

»Ach, das war alles in Ordnung. Echt preußisch, verstehen Sie? Nein, Leichen.«

»Leichen?«

»Natürlich, Leichen! Nicht als Leichen, selbstverständlich, sondern als das, was sie vorher gewesen waren. Musketiere hatte jeder Friedhof natürlich übergenug, Gefreite, Unteroffiziere, Vizefeldwebel und Leutnants auch – aber dann, bei den höheren Chargen, begannen die Schwierigkeiten. Mein Kollege auf dem Nachbarfriedhof hatte zum Beispiel drei Majore; ich hatte keinen. Dafür aber hatte ich zwei Oberstleutnants und einen Oberst. Ich tauschte mit ihm einen Oberstleutnant gegen zwei Majore. Außerdem bekam ich bei dem Handel noch eine fette Gans dazu, so eine Schande schien es meinem Kollegen zu sein, keinen Oberstleutnant zu haben. Er wußte nicht, wie er Seiner Majestät ohne toten Oberstleutnant entgegentreten sollte.«

Georg bedeckt sein Gesicht mit der Hand. »Ich wage nicht einmal jetzt, darüber nachzudenken.«

Oskar nickt und zündet sich eine dünne Zigarette an. »Das war noch gar nichts gegen den dritten Friedhofskommandanten«, erklärt er behaglich. »Der hatte überhaupt kein höheres Gemüse. Nicht einmal einen Major. Leutnants natürlich in rauhen Mengen. Er war verzweifelt. Ich war gut assortiert und tauschte schließlich einen der Majore, die ich für meinen Oberstleutnant erhalten hatte, gegen zwei Hauptleute und einen etatmäßigen Feldwebel um, eigentlich mehr aus Kulanz. Hauptleute hatte ich selbst; nur der etatmäßige Spieß war selten. Sie wissen, diese Schweine sitzen immer weit hinter der Front und kommen fast nie ins Feuer; dafür sind sie dann auch solche Leuteschinder – also ich nahm die drei aus Kulanz und weil es mir Freude machte, einen etatmäßigen Spieß zu haben, der nicht mehr brüllen konnte.«

»Hatten Sie keinen General?« frage ich.

Oskar winkt ab. »General! Ein gefallener General ist so selten wie –«, er sucht nach einem Vergleich. »Sind Sie Käfersammler?«

»Nein«, erwidern Georg und ich unisono.

»Schade«, sagt Oskar. »Also wie ein Riesenhirschkäfer, *Lucanus Cervus,* oder, wenn Sie Schmetterlingssammler sind, wie ein Totenkopfschwärmer. Wie sollte es sonst Kriege geben? Schon mein Oberst war vom Schlag getroffen worden. Aber dieser Oberst –«

Tränen-Oskar grinst plötzlich. Es ist ein sonderbarer Effekt; er hat vom vielen Weinen so viele Falten im Gesicht wie ein Bluthund und auch gewöhnlich denselben trübfeierlichen Ausdruck. »Also der dritte Kommandant mußte natürlich einen Stabsoffizier haben. Er bot mir dafür alles an, was ich wollte, aber ich war komplett; ich hatte sogar meinen etatmäßigen Spieß, dem ich ein schönes Eckgrab an auffallender Stelle gegeben hatte. Schließlich gab ich nach – für sechsunddreißig Flaschen besten Wodka. Allerdings gab ich dafür meinen Obersten, nicht meinen Oberstleutnant. Sechsunddreißig Flaschen! Daher, meine Herren, heute noch meine Vorliebe für Wodka. Man kriegt ihn hier natürlich nirgendwo.«

Oskar läßt sich herbei, als Ersatz noch einen Korn zu nehmen. »Wozu haben Sie sich mit den Leichen soviel Arbeit gemacht?« fragt Georg. »Sie mußten sie doch alle umbetten. Warum haben Sie nicht einfach ein paar Kreuze mit fingierten Namen und Chargen aufgestellt, und damit fertig? Sie hätten dann sogar einen Generalleutnant haben können.«

Oskar ist schockiert. »Aber Herr Kroll!« sagt er milde vorwurfsvoll. »Das wäre doch eine Fälschung gewesen. Vielleicht sogar Leichenschändung –«

»Leichenschändung nur dann, wenn Sie einen toten Major für einen niedrigeren Rang ausgegeben hätten«, sage ich. »Nicht aber bei einem Musketier, den Sie für einen Tag zum General gemacht hätten.«

»Sie hätten die fingierten Kreuze auf leeren Gräbern aufstellen können«, fügt Georg hinzu. »Dann wäre es keine Leichenschändung gewesen.«

»Es wäre Fälschung geblieben. Und es hätte rauskommen können«, erwidert Oskar. »Schon durch die Totengräber. Und was dann? Außerdem – ein falscher General?« Er schüttelt sich innerlich. »Seine Majestät kannten doch bestimmt ihre Generäle.«

Wir lassen das auf sich beruhen. Oskar auch. »Wissen Sie, was das Komische bei der Sache war?« Wir schweigen. Die Frage kann nur rhetorisch gemeint sein und erfordert keine Antwort.

»Einen Tag vor der Besichtigung wurde alles abgesagt. Seine Majestät kamen überhaupt nicht. Ein Meer von Primeln und Narzissen hatten wir gepflanzt.«

»Haben Sie die Austauschtoten dann zurückgegeben?« fragt Georg.

»Das hätte zuviel Arbeit gemacht. Die Papiere waren auch schon geändert. Und die Angehörigen waren informiert worden, daß ihre Toten verlegt worden seien. Das kam ja öfter vor. Friedhöfe gerieten in die Kampfzone, und nachher mußte alles neu angelegt werden. Wütend war nur der Kommandant mit dem Wodka. Er versuchte sogar, bei mir mit seinem Fahrer einzubrechen, um die Kisten zurückzuholen; aber ich hatte sie längst glänzend versteckt. In einem leeren Grab.« Oskar gähnt. »Ja, das waren Zeiten, damals! Ein paar tausend Gräber hatte ich unter mir. Heute« – er zieht einen Zettel aus der Tasche – »zwei mittlere Hügelsteine mit Marmorplatten, Herr Kroll, das ist leider alles.«

Ich gehe durch den eindunkelnden Garten der Anstalt. Isabelle ist heute zum ersten Male seit langem wieder in der Andacht gewesen. Ich suche sie, kann sie aber nicht finden. Statt dessen begegne ich Bodendiek, der nach Weihrauch und Zigarren riecht.

»Was sind Sie augenblicklich?« fragt er. »Atheist, Buddhist, Zweifler oder schon auf dem Wege zu Gott zurück?«

»Jeder befindet sich immer auf dem Wege zu Gott«, antworte ich kampfmüde. »Es kommt nur darauf an, was er darunter versteht.«

»Bravo«, sagt Bodendiek. »Wernicke sucht Sie übrigens. Warum kämpfen Sie eigentlich so verbissen um so etwas Einfaches wie den Glauben?«

»Weil im Himmel mehr Freude ist über einen kämpfenden Zweifler als über neunundneunzig Vikare, die von Kindheit an Hosianna singen«, erwidere ich.

Bodendiek schmunzelt. Ich will nicht mit ihm streiten; ich erinnere mich an seine Leistung im Gebüsch der Marienkirche. »Wann sehe ich Sie im Beichtstuhl?« fragt er.

»So wie die zwei Sünder von der Marienkirche?«

Er stutzt. »So, Sie wissen das? Nein, nicht so. Sie kommen freiwillig! Warten Sie nicht zu lange!«

Ich erwidere nichts darauf, und wir verabschieden uns herzlich.

Auf dem Wege zu Wernickes Zimmer flattern die Blätter der Bäume wie Fledermäuse durch die Luft. Es riecht überall nach Erde und Herbst. Wo ist der Sommer geblieben? denke ich. Er war doch kaum da!

Wernicke packt einen Haufen Papiere beiseite. »Haben Sie Fräulein Terhoven gesehen?« fragt er.

»In der Kirche. Sonst nicht.«

Er nickt. »Kümmern Sie sich vorläufig nicht um sie.«

»Schön«, sage ich. »Weitere Befehle?«

»Seien Sie nicht albern! Es sind keine Befehle. Ich tue, was ich für meine Kranken für richtig halte.« Er sieht mich genauer an. »Sie sind doch nicht etwa verliebt?«

»Verliebt? In wen?«

»In Fräulein Terhoven. In wen sonst? Eine hübsche Krabbe ist sie ja. Verdammt, daran habe ich bei der ganzen Sache überhaupt nicht gedacht.«

»Ich auch nicht. Bei was für einer Sache?«

»Dann ist es ja gut.« Er lacht. »Außerdem hätte es Ihnen gar nichts geschadet.«

»So?« erwidere ich. »Ich dachte bisher, nur Bodendiek wäre hier der Stellvertreter Gottes. Jetzt haben wir auch noch Sie. Sie wissen genau, was schadet und was nicht, wie?«

Wernicke schweigt einen Augenblick. »Also doch«, sagt er dann. »Na, wenn schon! Schade, daß ich nicht mal zuhören konnte! Gerade bei Ihnen! Müssen schöne Mondkalbdialoge gewesen sein! Nehmen Sie eine Zigarre. Haben Sie gemerkt, daß es Herbst ist?«

»Ja«, sage ich. »Darin kann ich Ihnen beistimmen.«

Wernicke hält mir die Kiste mit den Zigarren hin. Ich nehme eine, um nicht zu hören, daß, wenn ich sie zurückweise, das ein weiteres Zeichen von Verliebtheit sei. Mir ist plötzlich so elend, daß ich kotzen möchte. Trotzdem zünde ich die Zigarre an.

»Ich bin Ihnen wohl eine Erklärung schuldig«, sagt Wernicke. »Die Mutter! Ich habe sie wieder zwei Abende hier gehabt. Sie ist endlich niedergebrochen. Mann früh gestorben; Mutter hübsch, jung; Hausfreund, in den die Tochter offenbar auch stark verschossen war; Mutter und Hausfreund unvorsichtig, Tochter eifersüchtig, überrascht sie in einer sehr intimen Situation, hatte sie vielleicht schon länger beobachtet – verstehen Sie?«

»Nein«, sage ich. Mir ist das alles ebenso widerlich wie Wernickes stinkende Zigarre.

»Also soweit sind wir«, fährt Wernicke mit Gusto fort. »Haß der Tochter, Ekel, Komplex, Rettung in Spaltung der Persönlichkeit, speziell den Typ, der alle Realität flieht und ein Traumleben führt. Mutter hat den Hausfreund später noch geheiratet, das brachte es dann ganz zur Krise – verstehen Sie jetzt?«

»Nein.«

»Aber es ist doch so einfach«, sagt Wernicke ungeduldig. »Schwer war nur, an den Kern heranzukommen, aber jetzt –« Er reibt sich die Hände. »Dazu haben wir nun noch das Glück, daß der zweite Mann, der vorherige Hausfreund, Ralph oder Rudolph oder so ähnlich hieß er, jetzt nicht mehr blockierend da ist. Geschieden vor drei Monaten, vor zwei Wochen Autounfall, tot – die Ursache ist also beseitigt, der Weg ist frei – jetzt müssen Sie doch endlich kapieren?«

»Ja«, sage ich und möchte dem fröhlichen Wissenschaftler einen Chloroformlappen in den Rachen stopfen.

»Na, sehen Sie! Jetzt kommt es auf die Auslösung an. Die Mutter, die plötzlich keine Rivalin mehr ist, die Begegnung, sorgfältig vorbereitet – ich arbeite schon seit einer Woche daran, und alles geht sehr gut, Sie haben ja gesehen, daß Fräulein Terhoven heute abend schon wieder zur Andacht gegangen ist –«

»Sie meinen, Sie haben sie bekehrt? Sie, der Atheist, und nicht Bodendiek?«

»Unsinn!« sagt Wernicke, etwas ärgerlich über meinen Stumpfsinn. »Darauf kommt es doch nicht an! Ich meine, daß sie aufgeschlossener wird, zugänglicher, freier – haben Sie das denn nicht auch gemerkt, als Sie das letztemal hier waren?«

»Ja.«

»Na sehen Sie!« Wernicke reibt sich wieder die Hände.

»Das war nach dem ersten starken Schock doch ein recht erfreuliches Ergebnis –«

321

»War der Schock nun auch ein Ergebnis Ihrer Behandlung?«

»Er gehört dazu.«

Ich denke an Isabelle in ihrem Zimmer. »Gratuliere«, sage ich.

Wernicke merkt die Ironie nicht, so sehr ist er bei der Sache. »Die erste flüchtige Begegnung und die Behandlung haben natürlich alles zurückgebracht; das war ja auch die Absicht – aber seitdem – ich habe große Hoffnungen! Sie verstehen, daß ich jetzt nichts brauchen kann, was ablenken könnte –«

»Das verstehe ich. Nicht mich.«

Wernicke nickt. »Ich wußte, daß Sie es verstehen würden! Sie haben ja auch etwas von der Neugier des Wissenschaftlers. Eine Zeitlang waren Sie sehr brauchbar, aber jetzt – was ist los mit Ihnen? Ist Ihnen zu heiß?«

»Es ist die Zigarre. Zu stark.«

»Im Gegenteil!« erklärt der unermüdliche Wissenschaftler. »Diese Brasils sehen stark aus – sind aber das Leichteste, was es gibt.«

Das ist manches, denke ich, und lege das Kraut weg. »Das menschliche Gehirn!« sagt Wernicke fast schwärmerisch.

»Früher wollte ich mal Matrose und Abenteurer und Forscher im Urwald werden – lachhaft! Das größte Abenteuer steckt hier!« Er klopft sich an die Stirn. »Ich glaube, ich habe Ihnen das schon früher einmal erklärt.«

»Ja«, sage ich. »Schon oft.«

Die grünen Schalen der Kastanien rascheln unter meinen Füßen. Verliebt wie ein Mondkalb, denke ich, was versteht dieser Tatsachenkaffer schon darunter? Wenn es so einfach wäre! Ich gehe zum Tor und streife fast an eine Frau, die mir langsam entgegenkommt. Sie trägt eine Pelzstola und gehört nicht zur Anstalt. Ich sehe ein blasses verwischtes Gesicht im Dunkeln, und ein Ruch von Parfüm weht hinter ihr her. »Wer war das?« frage ich den Wächter am Ausgang.

»Eine Dame für Doktor Wernicke. War schon ein paarmal hier. Hat, glaub' ich, einen Patienten hier.«

Die Mutter, denke ich und hoffe, daß es nicht so sei. Ich bleibe draußen stehen und starre zur Anstalt hinüber. Wut packt mich, Zorn, lächerlich gewesen zu sein, und dann ein erbärmliches Mitleid mit mir selber – aber schließlich bleibt nichts als Hilflosigkeit. Ich lehne mich an eine Kastanie und fühle den kühlen Stamm und weiß nicht, was ich will und was ich möchte.

Ich gehe weiter, und während ich gehe, wird es besser. Laß sie reden, Isabelle, denke ich, laß sie lachen über uns als Mondkälber! Du süßes, geliebtes Leben, du fliegendes, ungehemmtes, das da sicher trat, wo andere versinken, das schwebte, wo andere mit Kanonenstiefeln trampeln, aber das sich verstrickte und blutig riß in Spinnenfäden und an Grenzen, die die anderen nicht sehen – was wollen sie nur von dir? Wozu müssen sie dich so gierig zurückreißen wollen in ihre Welt, in unsere Welt, warum lassen sie dir nicht dein Schmetterlingsdasein jenseits von Ursache und Wirkung und Zeit und Tod? Ist es Eifersucht? Ist es Ahnungslosigkeit? Oder ist es wahr, was Wernicke sagt, daß er dich retten muß davor, daß es schlimmer wird, vor den namenlosen Ängsten, die noch gekommen wären, stärker als die, die er selbst beschworen hat, und schließlich vor dem krötenhaften Dahindämmern in Stumpfsinn? Aber ist er sicher, daß er das kann? Ist er sicher, daß er nicht gerade mit seinen Rettungsversuchen dich zerbricht oder dich rascher dahin stößt, wovor er dich retten will? Wer weiß das? Was weiß dieser Wissenschaftler, dieser Schmetterlingssammler schon vom Fliegen, vom Wind, von den Gefahren und dem Entzücken der Tage und Nächte ohne Raum und Zeit? Kennt er die Zukunft? Hat er den Mond getrunken? Weiß er, daß Pflanzen schreien? Er lacht darüber. Für ihn ist das alles nur eine Ausweichreaktion auf ein brutales Erlebnis. Aber ist er ein Prophet, der voraussieht, was geschehen wird? Ist er Gott, daß er weiß, was geschehen muß? Was hat er schon von mir gewußt? Daß es ganz gut wäre, wenn ich etwas verliebt gewesen wäre? Aber was weiß ich selbst davon? Es ist aufgebrochen und strömt und hat kein Ende, was habe ich davon geahnt? Wie kann man so hingegeben sein an jemand? Habe ich es nicht selbst immer wieder fortgewiesen in den Wochen, die nun wie ein unerreichbarer Sonnenuntergang fern am Horizont liegen? Aber was klage ich? Worum habe ich Angst? Kann nicht alles gut werden und Isabelle gesund und –

Da stocke ich. Was dann? Wird sie nicht fortgehen? Und ist dann nicht plötzlich eine Mutter mit einer Pelzstola da, mit diskretem Parfüm, mit Verwandten im Hintergrund und Ansprüchen für ihre Tochter? Ist sie dann nicht verloren für mich, der nicht einmal genug Geld zusammenbringen kann, um sich einen Anzug zu kaufen? Und bin ich vielleicht nur deshalb so verwirrt? Aus stumpfem Egoismus, und alles andere ist nur Dekoration?

Ich trete in eine Kellerkneipe. Ein paar Chauffeure sitzen da, ein welliger Spiegel wirft mir vom Büfett her mein verzogenes Gesicht zurück, und vor mir, in einem Glaskasten, liegt ein halbes Dutzend vertrockneter Brötchen mit Sardinen, die vor Alter die Schwänze hochkrümmen. Ich trinke einen Korn und habe das Gefühl, daß mein Magen ein tiefes, reißendes Loch hat. Ich esse die Brötchen mit den Sardinen und noch einige andere mit altem, hochgewölbtem Schweizer Käse; sie schmecken scheußlich, aber ich stopfe sie in mich hinein und esse Würstchen hinterher, die so rot sind, daß sie fast wiehern, und ich werde immer unglücklicher und hungriger und könnte das Büfett anfressen.

»Mensch, Sie haben aber einen schönen Appetit«, sagte der Wirt.

»Ja«, sage ich. »Haben Sie noch irgend etwas?«

»Erbsensuppe. Dicke Erbsensuppe, wenn Sie da noch Brot reinbrocken –«

»Gut, geben Sie mir die Erbsensuppe.«

Ich schlinge die Erbsensuppe hinunter, und der Wirt bringt mir freiwillig, als Zugabe, noch einen Kanten Brot mit Schweineschmalz. Ich verputze ihn auch und bin hungriger und unglücklicher als vorher. Die Chauffeure fangen an, sich für mich zu interessieren. »Ich kannte mal jemand, der konnte dreißig harte Eier auf einen Sitz essen«, sagt einer.

»Das ist ausgeschlossen. Da stirbt er; das ist wissenschaftlich nachgewiesen.«

Ich starre den Wissenschaftler böse an. »Haben Sie es gesehen?« frage ich.

»Es ist sicher«, erwidert er.

»Es ist gar nicht sicher. Wissenschaftlich nachgewiesen ist nur, daß Chauffeure früh sterben.«

»Wieso denn das?«

»Wegen der Benzindämpfe. Langsame Vergiftung.«

Der Wirt erscheint mit einer Art italienischem Salat. Er hat seine Schläfrigkeit gegen ein sportliches Interesse eingetauscht. Woher er den Salat mit der Mayonnaise hat, ist ein Rätsel. Der Salat ist sogar frisch. Vielleicht hat er ihn von seinem eigenen Abendessen geopfert. Ich vertilge ihn noch und breche auf – mit brennendem Magen, der immer noch leer scheint und um nichts getröstet.

Die Straßen sind grau und trübe beleuchtet. Bettler stehen überall herum. Es sind nicht die Bettler, die man früher kannte – es sind jetzt Amputierte und Schüttler und Arbeitslose und alte, stille Leute mit Gesichtern wie aus zerknittertem farblosem Papier. Ich schäme mich plötzlich, daß ich so sinnlos gefressen habe. Hätte ich das, was ich hinuntergeschlungen habe, an zwei oder drei dieser Leute gegeben, so wären sie für einen Abend satt geworden, und ich wäre nicht hungriger, als ich es jetzt noch bin. Ich nehme das Geld, das ich noch bei mir habe, aus der Tasche und gebe es weg. Es ist nicht mehr viel, und ich beraube mich nicht damit; morgen um zehn Uhr früh wird es ohnehin ein Viertel weniger wert sein, wenn der Dollarkurs herauskommt. Die deutsche Mark hat zum Herbst hin die zehnfache galoppierende Schwindsucht bekommen. Die Bettler wissen es und verschwinden sofort, da jede Minute kostbar ist; der Preis für die Suppe kann in einer Stunde schon um einige Millionen Mark gestiegen sein. Das richtet sich danach, ob der Wirt morgen wieder einkaufen muß oder nicht – und auch danach, ob er ein Geschäftemacher ist oder selbst ein Opfer. Wenn er selbst ein Opfer ist, ist er Manna für die kleineren Opfer und erhöht seine Preise zu spät.

Ich gehe weiter. Aus dem Stadtkrankenhaus kommen ein paar Leute. Sie umgeben eine Frau, die ihren rechten Arm in einer Schiene hochgebunden hat. Ein Geruch von Verbandsmitteln weht mit ihr vorbei. Das Krankenhaus steht wie eine Lichtburg in der Dunkelheit. Fast alle Fenster sind erleuchtet; jedes Zimmer scheint besetzt zu sein. In der Inflation sterben die Leute schnell. Wir wissen das auch.

Ich gehe in der Großen Straße noch zu einem Kolonialwarengeschäft, das oft noch nach dem offiziellen Ladenschluß offen ist. Wir haben mit der Besitzerin ein Abkommen getroffen. Sie hat für ihren Mann von uns einen mittleren Hügelstein geliefert bekommen, und wir haben dafür das Recht, zum Dollarkurs vom zweiten September für Mark im Werte von sechs Dollar Waren bei ihr zu entnehmen. Es ist ein verlängertes Tauschgeschäft. Das Tauschen ist ohnehin längst überall Mode. Man tauscht alte Betten gegen Kanarienvögel und Nippsachen, Porzellan gegen Wurst, Schmuck gegen Kartoffeln, Möbel gegen Brot, Klaviere gegen Schinken, gebrauchte Rasierklingen gegen Gemüseabfall, alte Pelze gegen umgearbeitete Militärjacken und den Nachlaß Verstorbener gegen Lebensmittel. Georg hatte vor vier Wochen sogar eine Chance, einen fast neuen Smoking beim Verkauf einer abgebrochenen Marmorsäule mit Fundament einzuhandeln. Er hat nur schweren Herzens darauf verzichtet, da er abergläubisch ist und glaubt, in den Sachen der Toten bleibe lange Zeit noch etwas von den Toten zurück. Die Witwe erklärte ihm, sie habe den Smoking chemisch reinigen lassen; er sei damit also eigentlich vollkommen neu, und man hätte annehmen können, daß die Chlordämpfe den Verstorbenen aus jeder Falte vertrieben hätten. Georg schwankte sehr, denn der Smoking paßte ihm; er verzichtete dann aber trotzdem.

Ich drücke die Klinke des Ladens nieder. Die Tür ist verschlossen. Natürlich, denke ich und starre hungrig durch das Fenster auf die Auslagen. Müde gehe ich schließlich nach Hause. Auf dem Hof stehen sechs kleine Sandsteinplatten. Sie sind noch jungfräulich, kein Name ist auf sie eingehauen. Kurt Bach hat sie angefertigt. Es ist zwar eine Schändung seines Talentes, da es gewöhnliche Steinmetzarbeit ist, aber wir haben im Augenblick keine Aufträge für sterbende Löwen und Kriegerdenkmäler – deshalb arbeitet Kurt auf Vorrat sehr kleine, billige Platten, die wir immer brauchen, zumal jetzt bis im Herbst, wo es, wie im Frühjahr, wieder ein großes Sterben geben wird. Grippe, Hunger, schlechte Kost und mangelnde Widerstandskraft werden dafür sorgen.

Gedämpft summen die Nähmaschinen hinter der Haustür der Familie Knopf. Durch das Glasfenster der Tür dringt das Licht vom Wohnzimmer, in dem die Trauerkleider genäht werden. Das Fenster des alten Knopf ist dunkel. Wahrscheinlich ist er schon tot. Wir sollten ihm den schwarzen Obelisken aufs Grab setzen, denke ich, diesen finsteren Steinfinger, der aus der Erde in den Himmel zeigt. Für Knopf war er eine zweite Heimat, und verkaufen haben ja bereits zwei Generationen von Krolls den dunklen Ankläger nicht können.

Ich gehe ins Büro. »Komm herein!« ruft Georg, der mich gehört hat, aus seinem Zimmer.

Ich öffne die Tür und staune. Georg sitzt im Lehnstuhl, wie üblich, die Zeitschriften mit Bildern vor sich. Der wöchentliche Lesezirkel der eleganten Welt, dem er angehört, hat ihm gerade neues Futter gebracht. Das aber ist nicht alles – er sitzt da im Smoking, mit einem gestärkten Hemd und sogar einer weißen Weste, ein Bild wie aus der Zeitschrift: Der Junggeselle. »Also doch!« sage ich. »Du hast die Mahnung deiner Instinkte der Vergnügungssucht geopfert. Der Smoking der Witwe!«

»Keineswegs!« Georg räkelt sich selbstgefällig. »Was du hier siehst, ist ein Beispiel dafür, wie sehr uns Frauen im Einfall überlegen sind. Es ist ein anderer Smoking. Die Witwe hat den ihren bei einem Schneider dafür eingetauscht und auf diese Weise gezahlt, ohne mein Zartgefühl zu verletzen – du siehst es hier – der Smoking der Witwe war auf Satin gefüttert, dieser hier hat reine Seide. Er paßt mir auch unter den Ärmeln besser. Der Preis ist, durch die Inflation, in Goldmark derselbe; das Stück eleganter. So macht sich Zartgefühl ausnahmsweise einmal sogar bezahlt.«

Ich betrachte ihn. Der Smoking ist gut, aber auch nicht ganz neu. Ich vermeide es, Georgs Zartgefühl zu verwirren und zu behaupten, daß auch dieses Stück wahrscheinlich von einem Toten stamme. Was stammt schließlich nicht von Toten? Unsere Sprache, unsere Gewohnheiten, unser Wissen, unsere Verzweiflung – was nicht? Georg allerdings hat im Kriege, besonders im letzten Jahr, so viele Uniformen von Toten getragen, manchmal noch mit fahlen Blutflecken und den gestopften Einschußlöchern, daß es nicht nur neurotisches Zartgefühl bei ihm ist, wenn er das jetzt nicht mehr will – es ist Rebellion und der Wunsch nach Frieden. Und Frieden symbolisiert sich für ihn darin, nicht mehr Anzüge von Toten tragen zu müssen.

»Was machen die Filmschauspielerinnen Henny Porten, Erna Morena und die unvergeßliche Lia de Putti?« frage ich.

»Sie haben dieselben Sorgen wie wir!« erklärt Georg.

»Sich so schnell wie möglich in Sachwerte zu flüchten, Autos, Pelze, Tiaras, Hunde, Häuser, Aktien und Filmproduzenten – nur fällt es ihnen leichter als uns.«

Er schaut liebevoll auf das Bild einer Hollywood-Party. In unbeschreiblicher Eleganz sieht man dort das Bild eines Balles. Die Herren sind, wie Georg, im Smoking oder im Frack. »Wann bekommst du einen Frack?« frage ich.

»Nachdem ich mit meinem Smoking auf dem ersten Ball gewesen bin. Ich werde dazu nach Berlin ausreißen! Drei Tage! Irgendwann, wenn die Inflation zu Ende ist und Geld wieder Geld ist und kein Wasser. Inzwischen bereite ich mich vor, wie du siehst.«

»Dir fehlen die Lackschuhe«, sage ich, zu meinem Erstaunen irritiert über den selbstzufriedenen Mann von Welt.

Georg holt das goldene Zwanzigmarkstück aus der Westentasche, wirft es hoch, fängt es auf und steckt es wortlos wieder ein. Ich betrachte ihn mit fressendem Neid. Da sitzt er, ohne viel Sorgen, eine Zigarre steckt in seiner Brusttasche, sie wird nicht bitter wie Galle schmecken wie mir Wernickes Brasil, drüben haust Lisa und ist vernarrt in ihn, einfach, weil er der Sohn einer Familie ist, die bereits ein Geschäft hatte, während ihr Vater noch ein Gelegenheitsarbeiter war. Sie hat ihn als Kind angestaunt, wenn er einen weißen Umlegekragen trug und auf den Locken, die er damals noch besaß, eine Matrosenmütze, während sie ein Kleid aus dem alten Rock ihrer Mutter schleppte – und bei diesem Staunen ist es geblieben. Georg braucht nichts weiter zu seiner Glorie zu tun. Lisa weiß nicht einmal, glaube ich, daß er kahl ist – für sie ist er immer noch der bürgerliche Prinz im Matrosenanzug.

»Du hast es gut«, sage ich.

»Ich verdiene es auch«, erwidert Georg und klappt die Hefte des Lesezirkels Modernitas zu. Dann holt er ein Kistchen Sprotten von der Fensterbank und zeigt auf ein halbes Brot und ein Stück Butter. »Wie wäre es mit einem schlichten Nachtessen mit Blick auf das abendliche Leben einer mittleren Stadt?«

Es sind dieselben Sprotten, bei denen mir auf der Großen Straße vor dem Laden das Wasser im Munde zusammengelaufen ist. Jetzt kann ich sie plötzlich nicht mehr sehen.

»Du erstaunst mich«, sage ich. »Warum ißt du zu Abend? Warum dinierst du nicht in deiner Kluft im ehemaligen Hotel Hohenzollern, im jetzigen Reichshof? Kaviar und Seetiere?«

»Ich liebe Kontraste«, erwidert Georg. »Wie sollte ich sonst leben, als Grabsteinhändler in einer Kleinstadt mit der Sehnsucht nach der großen Welt?«

Er steht in voller Pracht am Fenster. Über die Straße kommt plötzlich ein heiserer Bewunderungsruf. Georg stellt sich *en face,* die Hände in den Hosentaschen, so daß die weiße Weste zur Geltung kommt. Lisa zerschmilzt, soweit das bei ihr möglich ist. Sie zieht den Kimono um sich, vollführt eine Art arabischen Tanz, wickelt sich heraus, steht plötzlich nackt und dunkel als Silhouette vor ihrer Lampe, wirft den Kimono wieder um, stellt die Lampe neben sich und ist aufs neue warm und braun, von Kranichen überflogen, ein weißes Lachen wie eine Gardenie im gierigen Mund. Georg, wie ein Pascha, nimmt die Huldigung hin und läßt mich wie einen Eunuchen, der nicht zählt, daran teilnehmen. Er hat durch diesen Augenblick für lange Zeit hinaus den Knaben im Matrosenanzug, der dem zerlumpten Mädel imponiert hat, aufs neue in seiner Stellung gefestigt. Dabei ist ein Smoking für Lisa, die unter den Schiebern der Roten Mühle zu Hause ist, wahrhaftig nichts Neues; aber bei Georg ist das natürlich etwas ganz anderes. Reines Gold. »Du hast es gut«, sage ich noch einmal. »Und einfach! Riesenfeld könnte sich Arterien aufbeißen, Gedichte machen und seine Granitwerke ruinieren – er würde nicht schaffen, was du als Mannequin erreichst.«

Georg nickt. »Es ist ein Geheimnis! Aber dir will ich es verraten. Tue nie etwas kompliziert, was auch einfach geht. Es ist eine der größten Lebensweisheiten, die es gibt. Sehr schwer anzuwenden. Besonders für Intellektuelle und Romantiker.«

»Sonst noch was?«

»Nein. Aber produziere dich nie als geistiger Herkules, wenn eine neue Hose dasselbe erreicht. Du irritierst so deinen Partner nicht, er braucht sich nicht anzustrengen, dir zu folgen, du bleibst ruhig und gelassen, und das, was du willst, fällt dir, bildlich gesprochen, in den Schoß.«

»Mach dir keinen Fettfleck auf die Seidenaufschläge«, sage ich. »Sprotten tropfen leicht.«

»Du hast recht.« Georg zieht den Rock aus. »Man soll sein Glück nie forcieren. Ein weiteres beachtenswertes Motto.«

Er greift wieder nach den Sprotten. »Warum schreibst du nicht Motto-Serien für Kalenderfirmen?« frage ich erbittert den leichtfertigen Bauchredner der Lebensweisheit. »Es ist schade, solche Platitüden nur so in das Universum hineinzureden.«

»Ich schenke sie dir. Für mich ist das ein Stimulans, keine Platitüde. Wer von Natur schwermütig ist und noch einen solchen Beruf hat, muß alles tun, um sich zu erheitern, und soll dabei nicht wählerisch sein. Abermals ein Motto.«

Ich sehe, daß ich ihm nicht beikommen kann, und verschwinde deshalb, als die Sprottenkiste leer ist, in meiner Bude. Aber auch da kann ich mich nicht austoben – nicht einmal auf dem Klavier, des sterbenden oder toten Feldwebels wegen –, und Trauermärsche, das einzig Mögliche, habe ich ohnedem genug im Kopf.

22 Im Schlafzimmer des alten Knopf taucht plötzlich ein Gespenst auf. Es dauert eine Weile, ehe ich im spiegelnden Mittagslicht den Feldwebel erkenne. Er lebt also noch und hat sich aus dem Bett ans Fenster geschleppt. Grau stiert der Kopf über dem grauen Nachthemd in die Welt.

»Sieh an«, sage ich zu Georg. »Er will nicht in den Sielen sterben. Das alte Schlachtroß will einen letzten Blick in die Richtung der Werdenbrücker Schnapsfabriken tun.«

Wir betrachten ihn. Der Schnurrbart hängt als trauriges Gestrüpp vom Munde. Die Augen sind bleifarben. Er glotzt noch eine Zeitlang, dann kehrt er sich ab.

»Das war sein letzter Blick«, sage ich. »Rührend, daß selbst eine so abgehärtete Seele von einem Menschenschinder noch einmal die Welt anschauen will, bevor sie sie für immer verläßt. Ein Stoff für Hungermann, den sozialen Dichter.«

»Er tut einen zweiten Blick«, erwidert Georg.

Ich verlasse den Vervielfältigungsapparat Presto, an dem ich Katalogblätter für unsere Vertreter hektographiere, und komme zum Fenster zurück. Der Feldwebel steht wieder da. Er hebt hinter den spiegelnden Fensterscheiben etwas hoch und trinkt. »Seine Medizin!« sage ich. »Wie doch selbst die wüsteste Ruine am Leben hängt! Ein zweiter Stoff für Hungermann.«

»Das ist keine Medizin«, erwidert Georg, der schärfere Augen hat als ich. »Medizin kommt nicht in Schnapsflaschen.«

»Was?«

Wir öffnen unser Fenster. Die Spiegelung verschwindet, und ich sehe, daß Georg recht hat: Der alte Knopf säuft aus einer unverkennbaren Schnapspulle. »Ein guter Einfall seiner Frau«, sage ich, »ihm Wasser in eine Schnapsflasche zu füllen, damit er es so leichter trinkt. Denn Schnaps hat er nicht mehr in der Bude; alles ist ja durchsucht worden.«

Georg schüttelt den Kopf. »Wenn das Wasser wäre, hätte er die Flasche längst durchs Fenster geschmissen. Solange ich den Alten kenne, hat er Wasser nur zum Waschen benützt – und das auch nicht gern. Das da ist Schnaps, den er trotz der Haussuchung noch irgendwo versteckt gehabt hat, und du, Ludwig, hast das erhabene Schauspiel vor dir, einen Menschen mutig seinem Schicksal gegenübertreten zu sehen. Der alte Feldwebel will auf dem Felde der Ehre fallen, die Hand an der Gurgel des Feindes.«

»Sollen wir nicht seine Frau rufen?«

»Glaubst du, sie könne ihm die Flasche wegnehmen?«

»Nein.«

»Der Arzt hat ihm höchstens ein paar Tage gegeben. Was ist da der Unterschied?«

»Der des Christen und der des Fatalisten. Herr Knopf!« rufe ich. »Herr Feldwebel!«

Ich weiß nicht, ob er mich gehört hat, aber er macht eine Bewegung, die wie ein Gruß mit der Flasche aussieht. Dann setzt er aufs neue an. »Herr Knopf!« rufe ich. »Frau Knopf!«

»Zu spät!« sagt Georg.

Knopf hat abgesetzt. Er macht noch eine zweite kreisende Bewegung mit der Flasche. Wir erwarten, daß er zusammenbricht. Der Arzt hat erklärt, jeder Tropfen Alkohol sei tödlich für ihn. Nach einer Weile verschwindet er im Hintergrund des Zimmers wie eine Leiche, die langsam im Wasser versinkt. »Ein schöner Tod«, sagt Georg.

»Wir sollten es der Familie sagen.«

»Laß sie in Ruhe. Der Alte war eine Pest. Sie sind froh, daß es soweit ist.«

»Das weiß ich nicht. Anhänglichkeit geht sonderbare Wege. Sie könnten ihm den Magen auspumpen lassen.«

»Er wird dagegen so kämpfen, daß ihn der Schlag trifft oder daß ihm die Leber platzt. Aber telefoniere dem Arzt, wenn es dein Gewissen beruhigt. Hirschmann.«

Ich erreiche den Arzt. »Der alte Knopf hat gerade eine kleine Flasche Korn ausgetrunken«, sage ich. »Wir haben es vom Fenster aus gesehen.«

»In einem Zug?«

»In zwei Zügen, glaube ich. Was hat das damit zu tun?«

»Nichts. Es war nur Neugierde. Er ruhe in Frieden.«

»Kann man nichts tun?«

»Nichts«, sagt Hirschmann. »Er würde so und so eingehen. Mich wundert, daß er überhaupt bis heute durchgehalten hat. Setzen Sie ihm einen Grabstein in Form einer Flasche.«

»Sie sind ein herzloser Mensch«, sage ich.

»Nicht herzlos, zynisch. Sie sollten den Unterschied kennen! Sie sind ja aus der Branche! Zynismus ist Herz mit negativem Vorzeichen, wenn Sie das tröstet. Trinken Sie einen Gedächtnisschluck auf die heimgefahrene Schnapsdrossel.«

Ich lege das Telefon auf. »Ich glaube, Georg«, sage ich, »es wird wirklich höchste Zeit, daß ich unsern Beruf verlasse. Er verroht zu sehr.«

»Er verroht nicht. Er stumpft ab.«

»Noch schlimmer. Er ist nichts für ein Mitglied der Werdenbrücker Dichterakademie. Wo bleibt das tiefe Erstaunen, das Grauen, die Ehrfurcht vor dem Tode, wenn man sie kassenmäßig oder in Denkmälern auswertet?«

»Es bleibt genug davon«, sagt Georg. »Aber ich verstehe dich. Laß uns jetzt zu Eduard gehen und dem alten Zwölfender ein stilles Glas weihen.«

Wir kommen nachmittags zurück. Eine Stunde später tönt Lärm und Geschrei aus der Knopfschen Wohnung.

»Friede seiner Asche«, sagt Georg. »Komm, wir müssen rübergehen und die üblichen Trostworte sagen.«

»Hoffentlich haben sie alle ihre Trauerkleidung fertig. Das wird der einzige Trost sein, den sie im Augenblick brauchen.«

Die Tür ist unverschlossen. Wir öffnen sie, ohne zu klingeln, und bleiben stehen. Ein unerwartetes Bild empfängt uns. Der alte Knopf steht im Zimmer, seinen Spazierstock in der Hand, angezogen, um auszugehen. Hinter den drei Nähmaschinen drängen sich seine Frau und seine drei Töchter. Knopf schlägt mit dem Stock auf sie ein. Mit einer Hand hält er sich am Hals der vorderen Nähmaschine fest, um einen guten Stand zu haben, mit der anderen prügelt er. Die Schläge sind nicht besonders stark, aber Knopf tut, was er kann. Rundum liegen die Trauerkleider am Boden.

Es ist einfach, die Lage zu übersehen. Anstatt ihn zu töten, hat der Kornschnaps den Feldwebel so belebt, daß er sich angezogen hat, um wahrscheinlich auf die übliche Runde durch die Kneipen zu gehen. Da niemand ihm gesagt hat, daß er todkrank sei, und seine Frau aus Angst vor ihm auch keinen Geistlichen geholt hat, der ihn auf die ewige Seligkeit hätte vorbereiten können, ist Knopf gar nicht auf den Gedanken gekommen, zu sterben. Er hat schon viele Anfälle überstanden, und dies ist für ihn einer von vielen. Daß er jetzt wütend ist, ist zu begreifen – kein Mensch jubelt, wenn er sieht, daß seine Familie ihn schon so völlig abgeschrieben hat, daß sie teures Geld für Trauerkleider ausgibt.

»Verfluchte Bande!« krächzt er. »Habt euch wohl schon gefreut, was? Ich will euch lehren!«

Er verfehlt seine Frau und zischt vor Wut. Sie hält den Stock fest. »Aber Vater, wir mußten uns doch vorsehen, der Arzt –«

»Der Arzt ist ein Idiot! Laß den Stock los, du Satan! Laß den Stock los, sage ich, du Bestie!«

Die kleine, runde Frau läßt den Stock tatsächlich los. Der zischende Enterich vor ihr schwingt ihn und trifft eine seiner Töchter. Die drei Frauen könnten den schwachen Alten mühelos entwaffnen; aber er hat sie unter der Fuchtel wie eben ein Feldwebel seine Rekruten. Die Töchter halten jetzt den Stock fest und versuchen tränenvolle Erklärungen. Knopf hört nicht zu. »Laßt den Stock los, ihr Satansbrut!

Geld verschwenden und aus dem Fenster werfen, ich werde euch lehren!«

Der Stock wird losgelassen, Knopf haut aufs neue ein, vorbei, und fällt durch den Schwung ins Leere auf die Knie. Der Speichel steht ihm in Blasen in seinem Nietzscheschnurrbart, als er sich aufrichtet, um nach Zarathustras Gebot seinen Harem weiterzuprügeln. »Vater, du stirbst, wenn du dich so aufregst!« schrien die Töchter unter Tränen. »Beruhige dich doch! Wir sind glücklich, daß du lebst! Sollen wir dir Kaffee machen?«

»Kaffee? Ich werde euch Kaffee machen! Totschlagen werde ich euch Satansbrut! So viel Geld herauszuschmeißen –«

»Aber Vater, wir können die Sachen doch wieder verkaufen!«

»Verkaufen! Ich werde euch verkaufen, ihr verdammten Luder –«

»Aber Vater, es ist doch noch gar nicht bezahlt!« schreit Frau Knopf in höchster Seelennot.

Das dringt durch. Knopf läßt den Stock sinken. »Was?«

Wir treten vor. »Herr Knopf«, sagt Georg. »Meinen Glückwunsch!«

»Lecken Sie mich am Arsch!« erwidert der Feldwebel. »Sehen Sie nicht, daß ich beschäftigt bin?«

»Sie überanstrengen sich.«

»So? Was geht Sie das an? Ich werde hier ruiniert von meiner Familie.«

»Ihre Frau hat ein glänzendes Geschäft gemacht. Wenn sie die Trauerkleider morgen verkauft, wird sie einige Milliarden daran verdient haben durch die Inflation – besonders, wenn sie den Stoff noch nicht bezahlt hat.«

»Nein, wir haben ihn noch nicht bezahlt!« schreit das Quartett.

»Da sollten Sie froh sein, Herr Knopf! Der Dollar ist während Ihrer Krankheit erheblich gestiegen. Sie haben, ohne es zu wissen, im Schlaf an Sachwerten verdient.«

Knopf horcht auf. Daß eine Inflation besteht, weiß er aus der Tatsache, daß der Schnaps immer teurer geworden ist. »So, verdient«, murmelt er. Dann wendet er sich zu seinen vier aufgeplusterten Spatzen. »Habt ihr auch schon einen Grabstein für mich gekauft?«

»Nein, Vater!« schreit das Quartett erleichtert, mit einem beschwörenden Blick auf uns.

»Und warum nicht?« krächzt Knopf wütend.

Sie starren ihn an.

»Ihr Gänse!« schreit er. »Wir hätten ihn jetzt wieder verkaufen können! Mit Verdienst, was?« fragt er Georg.

»Nur, wenn er bezahlt gewesen wäre. Sonst hätten wir ihn lediglich zurückgenommen.«

»Ach was! Dann hätten wir ihn an Hollmann und Klotz verkauft und Sie davon ausgezahlt!« Der Feldwebel wendet sich wieder seiner Brut zu. »Ihr Gänse! Wo ist das Geld? Wenn ihr nicht bezahlt habt für den Stoff, habt ihr doch noch Geld! Her damit!«

»Komm«, sagt Georg. »Der emotionelle Teil ist vorbei. Beim geschäftlichen haben wir nichts zu suchen.«

Er irrt sich. Eine Viertelstunde später steht Knopf im Büro. Ein würziger Duft von Korn umschwebt ihn. »Ich habe alles rausgekriegt«, sagt er. »Lügen nützt nichts. Meine Frau hat gestanden. Sie hat bei Ihnen einen Grabstein gekauft.«

»Sie hat ihn nicht bezahlt. Vergessen Sie es. Jetzt brauchen Sie ihn doch nicht mehr.«

»Sie hat ihn gekauft«, erklärt der Feldwebel drohend. »Es sind Zeugen da. Versuchen Sie nicht, sich rauszuwinden! Ja oder nein?«

Georg sieht mich an. »Also gut. Ihre Frau hat sich allerdings eher erkundigt als gekauft.«

»Ja oder nein?« schnauzt Knopf.

»Weil wir uns so lange kennen, können Sie es nehmen, wie Sie wollen, Herr Knopf«, sagt Georg, um den Alten zu beruhigen.

»Also ja. Geben Sie mir das schriftlich.«

Wir sehen uns wieder an. Der alte, ausgediente Militärknochen hat rasch gelernt. Er will uns hochnehmen.

»Wozu schriftlich?« sage ich. »Bezahlen Sie den Stein, und er gehört Ihnen.«

»Seien Sie ruhig, Sie Betrüger!« fährt Knopf mich an. »Schriftlich!« krächzt er. »Für acht Milliarden! Viel zu teuer! Für ein Stück Stein!«

»Wenn Sie ihn haben wollen, müssen Sie ihn auch sofort bezahlen«, sage ich.

Knopf kämpft heldenhaft. Erst nach zehn Minuten ist er geschlagen. Er holt acht Milliarden von dem Geld, das er den Frauen abgenommen hat, heraus und zahlt. »Schriftlich, jetzt!« knurrt er.

Er bekommt es schriftlich. Durch das Fenster sehe ich die Damen seiner Familie in der Tür stehen. Verschüchtert blicken sie herüber und machen Zeichen. Knopf hat sie bis auf die letzte lausige Million ausgeraubt. Er hat inzwischen seine Quittung bekommen. »So«, sagt er zu Georg. »Und was zahlen Sie jetzt für den Stein? Ich verkaufe ihn.«

»Acht Milliarden.«

»Was? Sie Gauner! Acht Milliarden habe ich doch selbst bezahlt. Wo bleibt die Inflation?«

»Die Inflation ist da. Der Stein ist heute achteinhalb Milliarden wert. Acht zahle ich ihnen als Einkaufspreis, eine halbe müssen wir verdienen am Verkaufspreis.«

»Was? Sie Wucherer! Und ich? Wo bleibt mein Verdienst? Den stecken Sie ein, was?«

»Herr Knopf«, sage ich. »Wenn Sie ein Fahrrad kaufen und es eine Stunde später weiterverkaufen, bekommen Sie nicht den vollen Einkaufspreis zurück. Das ist eine Sache von Kleinhandel, Großhandel und Käufer; darauf beruht unsere Wirtschaft.«

»Die Wirtschaft kann mich am Arsch lecken!« erklärt der aufrechte Feldwebel. »Ein gekauftes Fahrrad ist ein gebrauchtes Fahrrad, auch wenn man es nicht fährt. Mein Grabstein aber ist neu.«

»Er ist theoretisch auch gebraucht«, sage ich. »Gewissermaßen wirtschaftlich. Außerdem können Sie nicht verlangen, daß wir daran verlieren, nur weil Sie weiter am Leben geblieben sind.«

»Gaunerei! Nichts als Gaunerei!«

»Behalten Sie doch den Grabstein«, rät Georg. »Es ist ein schöner Sachwert. Irgendwann werden Sie ihn schon noch gebrauchen können. Keine Familie ist unsterblich.«

»Ich werde ihn an Ihre Konkurrenz verkaufen. An Hollmann und Klotz, wenn Sie nicht sofort zehn Milliarden dafür geben!«

Ich hebe das Telefon ab. »Kommen Sie, wir nehmen Ihnen die Arbeit ab. Hier, rufen Sie an. Nummer 624.«

Knopf wird unsicher und winkt ab. »Ebensolche Gauner wie Sie! Was ist der Stein morgen wert?«

»Vielleicht eine Milliarde mehr. Vielleicht zwei oder drei Milliarden.«

»Und in einer Woche?«

»Herr Knopf«, sagt Georg. »Wenn wir den Dollarkurs im voraus wüßten, säßen wir nicht hier und schacherten um Grabsteine mit Ihnen.«

»Es ist leicht möglich, daß Sie in einem Monat Billionär sind«, erkläre ich.

Knopf überlegt das. »Ich behalte den Stein«, knurrt er dann. »Schade, daß ich ihn schon bezahlt habe.«

»Wir kaufen ihn jederzeit wieder.«

»Das möchten Sie wohl! Ich denke nicht daran, ohne Verdienst! Ich behalte ihn als Spekulation. Geben Sie ihm einen guten Platz.« Knopf schaut besorgt aus dem Fenster. »Vielleicht gibt es Regen.«

»Grabsteine halten Regen aus.«

»Unsinn! Dann sind sie nicht mehr neu! Ich verlange, daß meiner in den Schuppen gestellt wird. Auf Stroh.«

»Warum stellen Sie ihn nicht in Ihre Wohnung?« fragt Georg. »Da ist er im Winter auch vor Kälte geschützt.«

»Sie sind wohl verrückt, was?«

»Nicht im geringsten. Es gibt viele hochachtbare Leute, die sogar ihren Sarg in der Wohnung haben. Heilige hauptsächlich und Süditaliener. Viele benutzen ihn sogar jahrelang als Bett. Wilke oben schläft immer in seinem Riesensarg, wenn er so viel getrunken hat, daß er nicht nach Hause gehen kann.«

»Geht nicht!« entscheidet Knopf. »Die Weiber! Der Stein bleibt hier. Tadellos! Sie sind verantwortlich. Versichern Sie ihn! Auf Ihre Kosten!«

Ich habe genug von diesem Feldwebelton. »Wie wäre es, wenn Sie jeden Morgen einen Appell mit Ihrem Grabstein abhielten?« frage ich. »Ob die Politur erstklassig ist, ob er genau in Richtung und auf Vordermann steht, ob der Sockel wie ein Bauch gut eingezogen ist, ob die Büsche rundum strammstehen, und wenn Sie darauf bestehen, könnte Herr Heinrich Kroll jeden Morgen in Uniform Ihren Grabstein angetreten melden. Dem würde das sicher Spaß machen.«

Knopf schaut mich finster an. »Es würde besser in der Welt aussehen, wenn mehr preußische Zucht herrschte«, erwidert er und rülpst furchtbar. Der Geruch nach Rothschem Korn wird durchdringend. Der Feldwebel hat wahrscheinlich tagelang nicht gegessen. Knopf rülpst ein zweites Mal, diesmal weicher und melodischer, starrt uns noch einmal mit den erbarmungslosen Augen eines etatmäßigen Feldwebels im Ruhestand an, dreht sich um, fällt beinahe, fängt sich und wandert dann zielbewußt zum Hof hinaus nach links – in die Richtung der ersten Kneipe, in der Tasche die restlichen Milliarden der Familie.

Gerda steht vor ihrem Kocher und macht Kohlrouladen. Sie ist nackt, hat ein Paar grüne ausgetretene Pantoffeln an den Füßen und ein rotkariertes Küchenhandtuch über die rechte Schulter geworfen. Es riecht nach Kohl, Fett, Puder und Parfüm, draußen hängen die Blätter des wilden Weins rot vor dem Fenster, und der Herbst starrt mit blauen Augen herein.

»Schön, daß du noch einmal gekommen bist«, sagt sie. »Morgen ziehe ich hier aus.«

»Ja?«

Sie steht unbefangen und ihres Körpers sicher vor dem Kocher. »Ja«, sagt sie. »Interessiert dich das?«

Sie dreht sich um und sieht mich an. »Es interessiert mich, Gerda«, erwidere ich. »Wohin gehst du?«

»Ins Hotel ›Walhalla‹.«

»Zu Eduard?«

»Ja, zu Eduard.«

Sie schüttelt die Kohlrouladen. »Hast du etwas dagegen?« fragt sie dann.

Ich sehe sie an. Was kann ich dagegen haben? denke ich. Ich wollte, ich hätte etwas dagegen! Einen Augenblick will ich lügen – aber ich weiß, daß sie mich durchschaut.

»Bleibst du auch nicht mehr in der Roten Mühle?« frage ich.

»Ich habe längst Schluß gemacht in der Roten Mühle. Du hast dich nur nicht darum gekümmert. Nein, ich bleibe nicht dabei. Man verhungert in unserem Beruf. Ich bleibe in der Stadt.«

»Bei Eduard«, sage ich.

»Ja, bei Eduard«, wiederholt sie. »Er gibt mir die Bar. Ich werde Bardame.«

»Und du wohnst dann im ›Walhalla‹?«

»Ich wohne im ›Walhalla‹, oben unter dem Dachstuhl, und ich arbeite im ›Walhalla‹. Ich bin nicht mehr so jung, wie du glaubst; ich muß sehen, daß ich etwas Festes habe, bevor ich keine Engagements mehr finde. Mit dem Zirkus ist es auch nichts. Da war nur so ein letzter Versuch.«

»Du kannst noch viele Jahre Engagements finden, Gerda«, sage ich.

»Davon verstehst du nichts. Ich weiß, was ich tue.«

Ich blicke auf die roten Weinreben, die vor dem Fenster pendeln. Ich habe keinen Grund dazu, aber ich fühle mich wie ein Drückeberger. Meine Beziehung zu Gerda ist nicht mehr gewesen als die eines Soldaten auf Urlaub; aber für einen von zweien ist sie wohl immer etwas mehr als das.

»Ich wollte es dir selbst sagen«, sagt Gerda.

»Du wolltest mir sagen, daß es mit uns vorbei ist?«

Sie nickt. »Ich spiele ehrlich. Eduard hat mir als einziger etwas Festes angeboten – eine Stellung –, und ich weiß, was das heißt. Ich will keinen Schwindel.«

»Weshalb –« Ich breche ab.

»Weshalb hast du dann jetzt noch mit mir geschlafen, wolltest du fragen«, antwortet Gerda. »Weißt du nicht, daß alle wandernden Artisten sentimental sind?« Sie lacht plötzlich. »Abschied von der Jugend. Komm, die Kohlrouladen sind fertig.«

Sie stellt die Teller auf den Tisch. Ich sehe ihr zu und bin plötzlich traurig. »Nun, was macht deine große himmlische Liebe?« fragt sie.

»Nichts, Gerda. Nichts.«

Sie füllt die Teller. »Wenn du mal wieder ein kleines Verhältnis hast«, sagt sie, »erzähl dem Mädchen nie etwas von deinen anderen Lieben. Verstehst du?«

»Ja«, erwidere ich. »Es tut mir leid, Gerda.«

»Um Gottes willen, halt den Schnabel und iß!«

Ich sehe sie an. Sie ißt ruhig und sachlich, ihr Gesicht ist klar und fest, sie ist von Kindheit an gewöhnt, unabhängig zu leben, sie kennt ihr

Dasein und hat sich damit abgefunden. Sie hat all das, was ich nicht habe, und ich wollte, ich liebte sie, und das Leben wäre klar und übersehbar, und man wüßte immer alles darüber, was man braucht, nicht allzuviel, aber das unanfechtbar.

»Weißt du, ich will nicht viel«, sagt Gerda. »Ich bin mit Prügeln aufgewachsen und dann von zu Hause weggelaufen. Jetzt habe ich genug von meinem Beruf und werde seßhaft. Eduard ist nicht der Schlechteste.«

»Er ist eitel und geizig«, erkläre ich und ärgere mich sofort darüber, es gesagt zu haben.

»Das ist besser als schlampig und verschwenderisch, wenn man jemanden heiraten will.«

»Ihr wollt heiraten?« frage ich überrascht. »Glaubst du ihm das wirklich? Er wird dich ausnützen und dann irgendeine Hoteliertochter mit Geld heiraten.«

»Er hat mir nichts versprochen. Ich habe nur einen Kontrakt mit ihm für die Bar gemacht, für drei Jahre. Er wird in den drei Jahren merken, daß er mich nicht entbehren kann.«

»Du hast dich verändert«, sage ich.

»Ach, du Schaf! Ich habe nur einen Entschluß gefaßt.«

»Bald wirst du mit Eduard auf uns schimpfen, weil wir immer noch die billigen Eßmarken haben.«

»Habt ihr noch welche?«

»Noch für ein und einen halben Monat.«

Gerda lacht. »Ich werde nicht schimpfen. Außerdem habt ihr sie ja seinerzeit richtig bezahlt.«

»Es war unser einziges gelungenes Börsengeschäft.« Ich sehe Gerda nach, während sie die Teller abräumt. »Ich werde sie Georg lassen«, sage ich. »Ich komme nicht mehr ins ›Walhalla‹.«

Sie dreht sich um. Sie lächelt, aber ihre Augen lächeln nicht. »Warum nicht?« fragt sie.

»Ich weiß nicht. Mir ist so. Aber vielleicht komme ich doch.«

»Natürlich kommst du! Warum solltest du nicht kommen?«

»Ja, warum nicht?« sage ich mutlos.

Von unten tönt gedämpft das elektrische Klavier. Ich stehe auf und gehe ans Fenster. »Wie schnell dieses Jahr vorbeigegangen ist«, sage ich.

»Ja«, erwidert Gerda und lehnt sich an mich. »Typisch«, murmelt sie.
»Gefällt einem schon einmal jemand, da muß es ausgerechnet so einer
sein wie du – der nicht zu einem paßt.« Sie stößt mich weg. »Nun geh
schon – geh zu deiner himmlischen Liebe – was verstehst du schon von
Frauen?«

»Nichts.«

Sie lächelt. »Versuch es auch gar nicht erst, Baby. Es ist besser. Und
nun geh! Hier, nimm das mit.«

Sie holt eine Münze und gibt sie mir. »Was ist das?« frage ich.

»Ein Mann, der Leute durchs Wasser trägt. Er bringt Glück.«

»Hat er dir Glück gebracht?«

»Glück?« erwidert Gerda. »Das kann eine Menge sein. Vielleicht.
Und nun geh.«

Sie schiebt mich hinaus und schließt die Tür hinter mir. Ich gehe die
Treppe hinunter. Auf dem Hof begegnen mir zwei Zigeunerinnen. Sie
gehören jetzt zum Programm in der Kneipe. Die Ringkämpferinnen
sind längst fort. »Die Zukunft, junger Herr?« fragt die jüngere Zigeune-
rin. Sie riecht nach Knoblauch und Zwiebeln.

»Nein«, sage ich. »Heute nicht.«

Bei Karl Brill herrscht höchste Spannung. Ein Haufen Geld liegt auf
dem Tisch; es müssen Billionen sein. Der Gegner ist ein Mann mit dem
Kopf eines Seehundes und sehr kleinen Händen. Er hat soeben den
Nagel in der Wand probiert und kehrt zurück. »Noch zweihundert Milliarden«, erklärt er mit heller Stimme.

»Angenommen«, erwidert Karl Brill.

Die Duellanten deponieren den Zaster. »Noch jemand?« fragt Karl.
Niemand meldet sich. Das Spiel ist für alle zu hoch. Karl schwitzt
klare Perlen, ist aber zuversichtlich. Die Einsätze stehen vierzig zu sechzig für ihn. Er hat erlaubt, daß der Seehund dem Nagel noch einen kleinen letzten Hammerschlag geben darf; dafür ist der Einsatz von fünfzig-
fünfzig für ihn auf vierzig-sechzig festgesetzt worden. »Würden Sie ›Der
Vöglein Abendlied‹ spielen?« fragt Karl mich.

Ich setze mich ans Klavier. Bald darauf erscheint Frau Beckmann im
lachsroten Kimono. Sie ist nicht so statuenhaft wie sonst; das Gebirge

ihrer Brüste bewegt sich, als tobe darunter ein Erdbeben, und auch die Augen sind anders als sonst. Sie sieht Karl Brill nicht an.

»Klara«, sagt Karl. »Du kennst die Herren bis auf Herrn Schweizer.« Er macht eine elegante Geste. »Herr Schweizer –«

Der Seehund verneigt sich mit erstauntem und etwas besorgtem Ausdruck. Er schielt auf das Geld und dann auf die Kubikbrünhilde. Der Nagel wird wattiert, und Klara stellt sich in Positur. Ich spiele die Doppeltriller und breche ab. Alles schweigt.

Frau Beckmann steht ruhig und konzentriert da. Dann geht zweimal ein Zucken durch ihren Körper. Sie schießt plötzlich einen wilden Blick auf Karl Brill. »Bedaure!« knirscht sie durch die Zähne. »Es geht nicht.«

Sie tritt von der Wand hinweg und verläßt die Werkstatt.

»Klara!« schreit Karl.

Sie antwortet nicht. Der Seehund stößt ein fettes Gelächter aus und beginnt zu kassieren. Die Saufbrüder sind wie vom Blitz getroffen. Karl Brill stöhnt, stürzt zu dem Nagel und kommt zurück. »Einen Augenblick!« sagt er zu dem Seehund. »Einen Augenblick, wir sind noch nicht fertig! Wir haben auf drei Versuche gewettet. Es waren aber erst zwei!«

»Es waren drei.«

»Das können Sie nicht so beurteilen! Sie sind neu auf diesem Gebiet. Es waren zwei!«

Karl rinnt jetzt das Wasser vom Schädel. Die Saufbrüder haben die Sprache wiedergefunden. »Es waren zwei«, bestätigen sie.

Es entsteht ein Streit. Ich höre nicht zu. Ich fühle mich, als säße ich auf einem fremden Planeten. Es ist ein kurzes, intensives und entsetzliches Gefühl, und ich bin froh, als ich wieder den Stimmen folgen kann. Der Seehund hat die Situation ausgenutzt; er will den dritten Versuch anerkennen, wenn ein weiterer Betrag gesetzt wird, dreißig zu siebzig für den Seehund. Karl geht schwitzend auf alles ein. Soviel ich sehe, hat er die halbe Werkstatt gesetzt, einschließlich der Schnellbesohlmaschine. »Kommen Sie!« flüstert er mir zu. »Gehen Sie mit mir rauf! Wir müssen sie umstimmen! Sie hat es absichtlich getan.«

Wir klettern die Treppe hinauf, Frau Beckmann hat Karl erwartet. Sie liegt im Kimono mit dem Phönix auf dem Bett, erregt, wunderbar schön für jemand, der dicke Frauen liebt, und kampfbereit. »Klara!« flüstert Karl. »Wozu das? Du hast es mit Absicht getan!«

»So?« sagt Frau Beckmann.

»Bestimmt! Ich weiß es! Ich schwöre dir –«

»Schwöre keinen Meineid! Du Lump hast mit der Kassiererin vom Hotel Hohenzollern geschlafen! Du ekelerregendes Schwein!«

»Ich? So eine Lüge! Woher weißt du das?«

»Siehst du, du gibst es zu?«

»Ich gebe es zu?«

»Du hast es gerade zugegeben! Du hast gefragt, woher ich es weiß. Wie kann ich es wissen, wenn es nicht wahr ist?«

Ich sehe den Brustschwimmer Karl Brill mitleidig an. Er fürchtet kein noch so eisiges Wasser, aber hier ist er ohne Zweifel verloren. Auf der Treppe habe ich ihm geraten, sich nicht auf einen Wortwechsel einzulassen, sondern Frau Beckmann einfach auf den Knien anzubeten und sie um Verzeihung zu bitten, ohne natürlich das Geringste zuzugeben. Statt dessen wirft er ihr jetzt einen gewissen Herrn Kletzel vor. Die Antwort ist ein furchtbarer Schlag auf die Nase. Karl prallt zurück, faßt an seinen Zinken, um zu prüfen, ob Blut kommt, und duckt sich mit einem Wutschrei, um als alter Kämpfer Frau Beckmann an den Haaren aus dem Bett zu rei- ßen, ihr einen Fuß auf den Nacken zu stellen und ihre gewaltigen Schin- ken mit seinem schweren Hosengürtel zu bearbeiten. Ich gebe ihm einen mittelstarken Tritt in den Hintern. Er dreht sich um, bereit, auch mich anzufallen, sieht meine beschwörenden Augen, meine aufgehobenen Hände und meinen lautlos flüsternden Mund und erwacht aus seinem Blutrausch. Menschliches Verstehen glänzt wieder in seinen braunen Augen auf. Er nickt kurz, während ihm nunmehr das Blut aus der Nase sprudelt, dreht sich wieder um und sinkt mit dem Ruf:

»Klara! Ich habe nichts getan, aber verzeih mir!« an Frau Beckmanns Bett nieder.

»Du Ferkel!« schreit sie. »Du Doppelferkel! Mein Kimono!«

Sie zerrt das kostbare Stück beiseite. Karl blutet ins Bettlaken.

»Verfluchter Lügner!« erklärt sie. »Auch noch das!«

Ich merke, daß Karl, ein ehrlicher, einfacher Mann, der eine sofortige Belohnung für seinen Kniefall erwartet hat, wieder wütend hoch will.

Wenn er mit der blutenden Nase einen Ringkampf beginnt, ist alles verloren. Frau Beckmann wird ihm vielleicht die Kassiererin aus dem »Hohenzollern«, aber nie den verdorbenen Kimono verzeihen. Ich trete ihm von hinten auf den Fuß, halte mit einer Hand seine Schulter herunter und sage: »Frau Beckmann, er ist unschuldig! Er hat sich für mich geopfert.«

»Was?«

»Für mich«, wiederhole ich. »Unter Kameraden aus dem Kriege kommt so was vor –«

»Was? Ihr mit eurer verfluchten Kriegskameradschaft, ihr Lügenhälse und Gauner – und so was soll ich glauben!«

»Geopfert!« sage ich. »Er hat mich mit der Kassiererin bekanntgemacht, das war alles.«

Frau Beckmann richtet sich mit flammenden Augen auf.

»Was? Sie wollen mir doch nicht einreden, daß ein junger Mann wie Sie auf so ein altes, abgetakeltes Stück fliegt wie diesen Kadaver im ›Hohenzollern‹!«

»Nicht fliegen, gnädige Frau«, sage ich. »Aber in der Not frißt der Teufel Fliegen. Wenn einen die Einsamkeit an der Gurgel hat –«

»Ein junger Mann wie Sie kann doch andere kriegen!«

»Jung, aber arm«, erwidere ich. »Frauen wollen heutzutage in Bars geführt werden, und wenn wir schon davon reden, dann werden Sie mir doch zugeben, daß, wenn Sie schon mir, einem alleinstehenden Junggesellen im Sturm der Inflation, die Kassiererin nicht glauben, es doch völlig absurd wäre, so etwas von Karl Brill anzunehmen, der sich der Gunst der schönsten und interessantesten Frau von ganz Werdenbrück erfreut, unverdientermaßen, zugegeben –«

Das letzte saß. »Er ist ein Lump!« sagt Frau Beckmann. »Und unverdient ist wahr.«

Karl regt sich. »Klara, du bist doch mein Leben!« heult er dumpf aus den blutigen Bettlaken.

»Ich bin dein Bankkonto, du kalter Stein!« Frau Beckmann wendet sich mir zu. »Und wie war es mit der halbtoten Ziege vom ›Hohenzollern‹?«

Ich winke ab. »Es ist zu nichts gekommen! Ich habe mich geekelt.«

»Das hätte ich Ihnen im voraus sagen können!« erklärte sie tief befriedigt.

Der Kampf ist entschieden. Wir sind beim Rückzugsgeplänkel. Karl verspricht Klara einen seegrünen Kimono mit Lotosblumen und Bettschuhe mit Schwanenflaum. Dann geht er, kaltes Wasser in die Nase hochzuziehen, und Frau Beckmann erhebt sich. »Wie hoch ist die Wette?« fragt sie.

»Hoch«, erwidere ich. »Billionen.«

»Karl!« ruft sie. »Beteilige Herrn Bodmer mit 250 Milliarden.«

»Selbstverständlich, Klara!«

Wir schreiten die Treppe hinunter. Unten sitzt der Seehund, bewacht von den Freunden Karls. Wir erfahren, daß er versucht hat zu schwindeln, während wir fort waren, aber Karls Saufbrüder haben ihm den Hammer rechtzeitig entrissen. Frau Beckmann lächelt verächtlich, und dreißig Sekunden später liegt der Nagel auf dem Fußboden. Majestätisch entwandelt sie, von den Klängen des »Alpenglühens« geleitet.

»Ein Kamerad ist ein Kamerad«, sagt Karl Brill später gerührt zu mir.

»Ehrensache! Aber wie war das mit der Kassiererin?«

»Was soll man machen?« erwidert Karl. »Sie wissen, wie einem manchmal abends zumute ist! Aber daß das Luder auch reden muß! Ich werde den Leuten meine Kundschaft entziehen. Sie aber, lieber Freund – wählen Sie, was Sie wollen!« Er zeigt auf die Lederstücke. »Ein Paar Maßschuhe erster Qualität als Geschenk – was Sie wollen: Boxcalf schwarz, braun, gelb, Lack, Wildleder – ich werde sie selbst anfertigen –«

»Lack«, sage ich.

Ich komme nach Hause und sehe im Hof eine dunkle Gestalt. Es ist tatsächlich der alte Knopf, der gerade vor mir eingetroffen ist und sich, als wäre er nicht schon toterklärt, bereit macht, den Obelisken zu schänden. »Herr Feldwebel«, sage ich und nehme ihn am Arm. »Sie haben für Ihre kindischen Äußerungen jetzt Ihren eigenen Grabstein. Benützen Sie den!«

Ich führe ihn zu dem Hügelstein, den er gekauft hat, und warte vor der Haustür, damit er nicht noch den Obelisken benutzt.

345

Knopf starrt mich an. »Meinen eigenen Stein? Sind Sie verrückt. Was ist er jetzt wert?«

»Nach dem Dollarkurs von heute abend neun Milliarden?«

»Und daran soll ich pissen?«

Knopfs Augen irren ein paar Sekunden umher – dann wankt er knurrend ins Haus. Was niemand zuwege gebracht hat, hat der schlichte Begriff des Eigentums erreicht! Der Feldwebel benützt seine eigene Toilette. Da komme noch einer mit Kommunismus! Eigentum gibt Sinn für Ordnung!

Ich stehe noch eine Weile da und denke darüber nach, daß die Natur von der Amöbe her Millionen von Jahren gebraucht hat, um über Fisch, Frosch, Wirbeltier und Affen den alten Knopf hervorzubringen, ein Geschöpf, vollgestopft mit physikalischen und chemischen Wunderwerken, einem Blutkreislauf von höchster Genialität, einer Herzmaschine, die man nur anbeten kann, einer Leber und zwei Nieren, gegen die die IG Farbenfabriken lächerliche Pfuscherwerkstätten sind – und das alles, dieses über Millionen von Jahren sorgfältig vervollkommnete Wunderwerk, etatmäßiger Feldwebel Knopf genannt, nur dazu, um für eine kurze Zeit auf Erden armselige Bauernjungens zu schinden und sich dann mit einer mäßigen Staatspension dem Trunke zu ergeben! Gott macht sich wirklich manchmal viel Mühe um nichts!

Kopfschüttelnd drehe ich das Licht in meinem Zimmer an und starre in den Spiegel. Da ist ein anderes Wunderwerk der Natur, das auch nicht viel mit sich anzufangen weiß. Ich drehe das Licht ab und ziehe mich im Dunkeln aus.

22 In der Allee kommt mir eine junge Dame entgegen. Es ist Sonntag morgen, und ich habe sie bereits in der Kirche gesehen. Sie trägt ein hellgraues, gut sitzendes Jackenkleid, einen kleinen Filzhut, graue Wildlederschuhe, heißt Geneviève Terhoven und ist mir sonderbar fremd.

Sie war mit ihrer Mutter in der Kirche. Ich habe sie gesehen, und ich habe Bodendiek gesehen und auch Wernicke, dem der Erfolg nur so von den Mundwinkeln trieft. Ich habe den Garten umkreist und auf nichts mehr gehofft, und nun kommt Isabelle plötzlich allein durch die Allee, die schon fast kahl ist. Ich bleibe stehen. Sie kommt, schmal und leicht und elegant, und mit ihr kommt auf einmal alle Sehnsucht wieder, der Himmel und mein eigenes Blut. Ich kann nicht sprechen. Ich weiß von Wernicke, daß sie gesund ist, daß die Schatten verweht sind, und ich spüre es selbst; sie ist auf einmal da, anders als früher, aber ganz da, nichts von Krankheit steht mehr zwischen uns, voll springt die Liebe aus meinen Händen und Augen, und ein Schwindel steigt wie ein lautloser Wirbelsturm die Adern empor ins Gehirn. Sie sieht mich an.

»Isabelle«, sage ich.

Sie sieht mich wieder an, eine schmale Falte zwischen den Brauen. »Ja?« fragt sie.

Ich fasse es nicht sofort. Ich glaube, ich müsse sie erinnern.

»Isabelle«, wiederhole ich. »Erkennst du mich nicht? Ich bin doch Rudolf.«

»Rudolf?« wiederholt sie. »Rudolf – wie, bitte?«

Ich starre sie an. »Wir haben oft miteinander gesprochen«, sage ich dann.

Sie nickt. »Ja, ich war lange hier. Ich habe vieles davon vergessen, entschuldigen Sie. Sind Sie auch schon lange hier?«

»Ich? Ich war doch nie hier oben! Ich habe hier doch nur Orgel gespielt. Und dann –«

»Orgel, ja, so«, erwidert Geneviève Terhoven höflich. »In der Kapelle. Ja, ich erinnere mich. Entschuldigen Sie, daß es mir im Augenblick entfallen war. Sie haben sehr schön gespielt. Vielen Dank.«

Ich stehe da wie ein Idiot. Ich verstehe nicht, warum ich nicht gehe. Geneviève versteht es offenbar auch nicht.

»Verzeihen Sie«, sagt sie. »Ich habe noch viel zu tun; ich reise bald.«

»Sie reisen bald?«

»Ja«, erwidert sie erstaunt.

»Und Sie erinnern sich an nichts? Nicht an die Namen, die in der Nacht abfallen und an die Blumen, die Stimmen haben?«

Isabelle hebt verständnislos die Schultern. »Gedichte«, erklärt sie dann lächelnd. »Ich habe sie immer geliebt. Aber es gibt so viele! Man kann sich nicht an alle erinnern.«

Ich gebe auf. Es ist so, wie ich es geahnt habe! Sie ist gesund geworden, und ich bin aus ihren Händen geglitten wie aus den Händen einer schlafenden Bäuerin eine Zeitung. Sie erinnert sich an nichts mehr. Es ist, als wäre sie aus einer Narkose erwacht. Die Zeit hier oben ist aus ihrem Gedächtnis entschwunden. Sie hat alles vergessen. Sie ist Geneviève Terhoven und weiß nicht mehr, wer Isabelle war. Sie lügt nicht, das sehe ich. Ich habe sie verloren, nicht so, wie ich fürchtete, weil sie einem anderen Kreise als ich entstammt und in ihn zurückgeht, sondern schlimmer, gründlicher und unabänderlicher. Sie ist gestorben. Sie lebt und atmet noch und ist schön, aber in dem Augenblick, wo die Fremde der Krankheit weggenommen wurde, ist sie gestorben, ertrunken für immer. Isabelle, deren Herz flog und blühte, ist ertrunken in Geneviève Terhoven, einem wohlerzogenen Mädchen besserer Kreise, das sicher einmal wohlhabend heiraten und sogar eine gute Mutter sein wird.

»Ich muß fort«, sagt sie. »Vielen Dank noch einmal für das Orgelspiel.«

»Nun?« fragt mich Wernicke. »Was sagen Sie dazu?«

»Wozu?«

»Stellen Sie sich nicht so dumm. Zu Fräulein Terhoven. Sie müssen doch zugeben, daß sie in den drei Wochen, die Sie sie nicht gesehen haben, ein ganz anderer Mensch geworden ist. Voller Erfolg!«

»So was nennen Sie Erfolg?«

»Was denn sonst? Sie kehrt ins Leben zurück, alles ist in Ordnung, die Zeit vorher ist versunken wie ein böser Traum, sie ist wieder ein Mensch geworden, was wollen Sie mehr? Sie haben sie ja gesehen. Nun?«

»Ja«, sage ich. »Nun?«

Eine Schwester mit einem roten Bauerngesicht bringt eine Flasche Wein und Gläser. »Haben wir auch noch die Freude, Seine Hochwürden, Herrn Vikar Bodendiek zu sehen?« frage ich. »Ich weiß nicht, ob Fräulein Terhoven katholisch getauft ist, nehme es aber an, da sie aus dem Elsaß kommt, da wird Seine Hochwürden doch auch voller Jubel sein, daß Sie ein Schäflein für seine Herde zurückgefischt haben aus dem großen Chaos!«

Wernicke feixt. »Seine Hochwürden haben bereits ihrer Befriedigung Ausdruck gegeben. Fräulein Terhoven besucht seit einer Woche täglich die heilige Messe.«

Isabelle! denke ich. Sie wußte einmal, daß Gott immer noch am Kreuze hing und daß nicht nur die Ungläubigen ihn marterten. Sie kannte und verachtete auch die satten Gläubigen, die aus seinem Leiden eine fette Sinekure machten. »Hat sie auch schon gebeichtet?« frage ich.

»Das weiß ich nicht. Es ist möglich. Muß eigentlich jemand das, was er getan hat, während er geisteskrank war, beichten? Es wäre eine Interessante Frage für mich unaufgeklärten Protestanten.«

»Es kommt darauf an, was man unter Geisteskrankheiten versteht«, sage ich bitter und schaue zu, wie der Seeleninstallateur ein Glas Schloß Reinhardtshauser heruntergießt. »Wir haben da zweifellos verschiedene Auffassungen. Im übrigen: Wie kann man beichten, was man vergessen hat? Denn vergessen hat Fräulein Terhoven ja wohl manches plötzlich.«

Wernicke schenkt sich und mir ein Glas ein. »Trinken wir den, bevor Hochwürden erscheint. Weihrauchduft mag heilig sein, aber er verdirbt die Blume eines solchen Weines.« Er nimmt einen Schluck, rollt die Augen und sagt: »Plötzlich vergessen? War es so plötzlich? Es kündigte sich doch schon länger an.«

Er hat recht. Ich habe es auch schon früher gemerkt. Es waren manchmal Augenblicke da, wo Isabelle mich nicht zu erkennen schien. Ich erinnere mich an das letzte Mal und trinke wütend den Wein aus. Er schmeckt mir heute nicht.

»Das ist wie ein unterirdisches Beben«, erklärt der erfolgstrotzende Wernicke. »Ein Seebeben. Inseln, sogar Kontinente, die vorher da waren, verschwinden, und andere tauchen wieder auf.«

»Und wie ist es mit einem zweiten Seebeben? Geht es dann umgekehrt?«

»Es kann auch das vorkommen. Aber das sind dann fast immer andere Fälle; solche, die mit zunehmender Verblödung Hand in Hand gehen. Sie haben ja die Beispiele davon hier gesehen. Wünschen Sie das für Fräulein Terhoven?«

»Ich wünsche ihr das Beste«, sage ich.

»Na, also!«

Wernicke schenkt den Rest des Weines ein. Ich denke an die trostlosen Kranken, die in den Ecken herumstehen und -liegen, denen der

Speichel aus dem Munde läuft und die sich beschmutzen. »Natürlich wünsche ich ihr, daß sie nie wieder krank wird«, sage ich.

»Es ist nicht anzunehmen. Wir hatten bei ihr einen der Fälle vor uns, die geheilt werden können, wenn die Ursachen beseitigt worden sind. Alles ging sehr gut. Mutter und Tochter haben das Gefühl, das manchmal durch den Tod in solchen Situationen entsteht: in einer fernen Weise betrogen worden zu sein, und so sind beide wie verwaist und dadurch enger zusammen als je vorher.«

Ich starre Wernicke an. So poetisch habe ich ihn noch nie gehört. Er meint es auch nicht ganz ernst. »Sie haben heute mittag Gelegenheit, sich davon zu überzeugen«, erklärt er. »Mutter und Tochter kommen zu Tisch.«

Ich will weggehen; aber etwas zwingt mich, zu bleiben. Wenn der Mensch sich selbst quälen kann, versäumt er so leicht keine Gelegenheit dazu. Bodendiek erscheint und ist überraschend menschlich. Dann kommen Mutter und Tochter, und es beginnt ein plattes, zivilisiertes Gespräch. Die Mutter ist etwa fünfundvierzig Jahre alt, etwas voll, belanglos hübsch und angefüllt mit leichten, runden Phrasen, die sie mühelos verteilt. Sie weiß auf alles sofort eine Antwort, ohne nachzudenken.

Ich betrachte Geneviève. Manchmal, ganz kurz, glaube ich in ihren Zügen wie eine Ertrinkende das geliebte, wilde und verstörte andere Gesicht auftauchen zu sehen; aber es verschwimmt gleich wieder im Plätschern des Gespräches über die moderne Anlage des Sanatoriums, beide Damen gebrauchen kein anderes Wort, die hübsche Aussicht, die alte Stadt, verschiedene Onkel und Tanten in Straßburg und in Holland, über die schwere Zeit, die Notwendigkeit, zu glauben, die Qualität der Lothringer Weine und das schöne Elsaß. Nicht ein Wort von dem, was mich einst so bestürzt und erregt hat. Es ist versunken, als wäre es nie dagewesen.

Ich verabschiede mich bald. »Leben Sie wohl, Fräulein Terhoven«, sage ich. »Wie ich höre, reisen Sie diese Woche.«

Sie nickt. »Kommen Sie heute abend nicht noch einmal?« fragt Wernicke mich.

»Ja, zur Abendandacht.«

»Dann kommen Sie doch auf einen kleinen Trunk herüber zu mir. Nicht wahr, meine Damen?«

»Gerne«, erwidert Isabelles Mutter. »Wir gehen ohnehin zur Abend-andacht.«

Der Abend ist noch schlimmer als der Mittag. Das weiche Licht trügt. Ich habe in der Kapelle Isabelle gesehen. Der Schein der Kerzen wehte über ihr Haar. Sie bewegte sich kaum. Die Gesichter der Kranken kamen beim Klang der Orgel herum wie helle, flache Monde. Isabelle betete; sie war gesund.

Nachher wird es nicht besser. Es gelingt mir, Geneviève am Ausgang der Kapelle zu treffen und mit ihr ein Stück allein vorauszugehen. Wir kommen durch die Allee. Ich weiß nicht, was ich sagen soll. Geneviève zieht ihren Mantel um sich.

»Wie kalt es abends schon ist.«

»Ja. Fahren Sie diese Woche ab?«

»Ich möchte schon. Ich war lange nicht zu Hause.«

»Freuen Sie sich?«

»Gewiß.«

Es ist nichts mehr zu sagen. Aber ich kann mir nicht helfen, der Schritt ist derselbe, das Gesicht im Dunkel, die weiche Ahnung. »Isa-belle«, sage ich, bevor wir aus der Allee treten.

»Wie, bitte?« fragt sie erstaunt.

»Ach«, sage ich. »Es war nur ein Name.«

Sie verhält einen Augenblick den Schritt. »Sie müssen sich irren«, erwidert sie dann. »Mein Vorname ist Geneviève.«

»Ja, natürlich. Isabelle war nur der Name für jemand anderen. Wir haben manchmal darüber gesprochen.«

»So? Vielleicht. Man spricht über so vieles«, erklärt sie entschuldi-gend. »Da vergißt man dies und jenes.«

»O ja.«

»War es jemand, den Sie kannten?«

»Ja, so ungefähr.«

Sie lacht leise. »Wie romantisch. Verzeihen Sie, daß ich mich nicht gleich erinnerte. Jetzt fällt es mir ein.«

Ich starre sie an. Sie erinnert sich an nichts, ich sehe es. Sie lügt, um nicht unhöflich zu sein. »Es ist so viel in den letzten Wochen vorgefal-len«, sagt sie leicht und etwas überlegen. »Da geht einem alles ein wenig durcheinander.« Und dann, um die Unhöflichkeit wiedergutzumachen, fragt sie: »Wie ist es denn weiter geworden in der letzten Zeit?«

»Was?«

»Das, was Sie von Isabelle erzählt haben.«

»Oh, das! Nichts weiter! Sie ist gestorben.«

Sie bleibt erschreckt stehen. »Gestorben? Wie leid mir das tut! Verzeihen Sie, ich wußte nicht . . .«

»Das macht nichts. Ich kannte sie auch nur flüchtig.«

»Plötzlich gestorben?«

»Ja«, erwidere ich. »Aber so, daß sie es gar nicht gemerkt hat. Das ist ja auch etwas wert.«

»Natürlich«, sie reicht mir die Hand. »Es tut mir aufrichtig leid.«

Ihre Hand ist fest und schmal und kühl. Sie fiebert nicht mehr. Es ist die Hand einer jungen Dame, die einen kleinen Fauxpas gemacht und wieder geordnet hat. »Ein schöner Name, Isabelle«, sagt sie. »Ich habe meinen eigenen Namen früher immer gehaßt.«

»Jetzt nicht mehr?«

»Nein«, erwidert Geneviève freundlich.

Sie bleibt es auch weiter. Es ist die fatale Höflichkeit, die man für Leute in einer kleineren Stadt hat, die man vorübergehend trifft und bald wieder vergessen wird. Ich spüre auf einmal, daß ich einen schlecht sitzenden, umgearbeiteten Militäranzug trage, den der Schneider Sulzblick aus einer alten Uniform angefertigt hat. Geneviève dagegen ist sehr gut angezogen. Sie war es immer; aber es ist mir nie so sehr aufgefallen. Geneviève und ihre Mutter haben beschlossen, zuerst einmal nach Berlin zu fahren für einige Wochen. Die Mutter ist ganz verbindliche Herzlichkeit. »Die Theater und die Konzerte! Man lebt immer so auf, wenn man in eine wirkliche Großstadt kommt. Und die Geschäfte! Die neuen Moden!«

Sie tätschelt Genevièves Hand. »Wir werden uns da einmal gründlich verwöhnen, wie?«

Geneviève nickt. Wernicke strahlt. Sie haben sie zur Strecke gebracht. Aber was ist es, das sie zur Strecke gebracht haben? denke ich. Ist es vielleicht in jedem von uns, verschüttet, verborgen, und was ist es wirklich?

Ist es dann nicht auch in mir? Und ist es da auch schon zur Strecke gebracht worden, oder war es nie frei? Ist es da, ist es etwas, das vor mir da war, das nach mir dasein wird, etwas, das wichtiger ist als ich? Oder ist alles nur ein bißchen tiefgründig scheinendes Durcheinander, eine Verschiebung der Sinne, eine Täuschung, Unsinn, der wie Tiefsinn aussieht, wie Wernicke behauptet? Aber warum habe ich es dann geliebt, warum hat es mich angesprungen wie ein Leopard einen Ochsen, warum kann ich es nicht vergessen? War es nicht trotz Wernicke, als ob in einem geschlossenen Raum eine Tür geöffnet worden wäre, und man hätte Regen und Blitze und Sterne gesehen?

Ich stehe auf. »Was ist los mit Ihnen?« fragt Wernicke. »Sie sind ja unruhig wie –« Er hält ein und fährt dann fort: »Wie der Dollarkurs.«

»Ach der Dollar«, sagt Genevièves Mutter und seufzt.

»Ein Unglück! Zum Glück hat Onkel Gaston –«

Ich höre nicht mehr, was Onkel Gaston getan hat. Ich bin plötzlich draußen und weiß nur noch, daß ich zu Isabelle gesagt habe: »Danke, für alles«, und sie verwundert gefragt hat: »Aber wofür nur?«

Ich gehe langsam den Hügel hinunter. Gute Nacht, du süßes, wildes Herz, denke ich. Leb wohl, Isabelle! Du bist nicht ertrunken, ich weiß das plötzlich. Du bist nicht untergegangen und nicht gestorben! Du hast dich nur zurückgezogen, du bist fortgeflogen, und nicht einmal das: Du bist plötzlich unsichtbar geworden wie die alten Götter, eine Wellenlänge hat sich geändert, du bist noch da, aber du bist nicht mehr zu fassen, du bist immer da, und du wirst nie untergehen, alles ist immer da, nichts geht jemals unter, Licht und Schatten nur ziehen darüber hin, es ist immer da, das Antlitz vor der Geburt und nach dem Tode, und manchmal scheint es durch in dem, was wir für Leben halten, und blendet uns eine Sekunde, und wir sind nie ganz dieselben danach!

Ich merke, daß ich rascher gehe. Ich atme tief, und dann laufe ich. Ich bin naß von Schweiß, mein Rücken ist naß, ich komme zum Tor und gehe wieder zurück, ich habe immer noch das Gefühl, es ist wie eine mächtige Befreiung, alle Achsen laufen plötzlich durch mein Herz, Geburt und Tod sind nur Worte, die wilden Gänse über mir fliegen seit dem Beginn der Welt, es gibt keine Fragen und keine Antworten mehr!

Leb wohl, Isabelle! Sei gegrüßt, Isabelle! Leb wohl, Leben! Sei gegrüßt, Leben!

Viel später merke ich, daß es regnet. Ich hebe mein Gesicht gegen die Tropfen und schmecke sie. Dann gehe ich zum Tor. Nach Wein und Weihrauch duftend wartet dort eine große Gestalt. Wir gehen zusammen durchs Tor. Der Wärter schließt es hinter uns. »Nun?« fragt Bodendiek. »Wo kommen Sie her? Haben Sie Gott gesucht?«

»Nein. Ich habe ihn gefunden.«

Er blinzelt argwöhnisch unter seinem Schlapphut hervor.

»Wo? In der Natur?«

»Ich weiß nicht einmal, wo. Ist er an bestimmten Plätzen zu finden?«

»Am Altar«, brummt Bodendiek und deutet nach rechts. »Ich gehe diesen Weg. Und Sie?«

»Jeden«, erwidere ich. »Jeden, Herr Vikar.«

»So viel haben Sie doch gar nicht getrunken«, knurrt er etwas überrascht hinter mir her.

Ich komme nach Hause. Hinter der Tür springt jemand auf mich los. »Habe ich dich endlich, du Schweinehund?«

Ich schüttle ihn ab und glaube an irgendeinen Witz. Aber er ist im Augenblick wieder hoch und rennt mir den Kopf gegen den Magen. Ich falle gegen den Obelisken, kann dem Angreifer aber gerade noch einen Tritt in den Bauch geben. Der Tritt ist nicht kräftig genug, da ich schon im Fallen bin. Der Mann stürzt sich wieder auf mich, und ich erkenne den Pferdeschlächter Watzek.

»Sie sind verrückt geworden?« frage ich. »Sehen Sie nicht, wen Sie anfallen?«

»Ich sehe es schon!« Watzek packt mich an der Kehle. »Ich sehe dich Aas schon! Aber mit dir ist jetzt Schluß.«

Ich weiß nicht, ob er besoffen ist. Ich habe auch keine Zeit mehr, darüber nachzudenken. Watzek ist kleiner als ich, aber er hat Muskeln wie ein Bulle. Es gelingt mir, mich nach rückwärts zu überschlagen und ihn gegen den Obelisken zu drücken. Er läßt halb los, ich werfe mich mit ihm zur Seite und schlage seinen Kopf dabei gegen den Sockel des Obelisken. Watzek läßt ganz los. Ich gebe ihm zur Sicherheit noch einen

Stoß mit der Schulter unter das Kinn, stehe auf, gehe zum Tor und mache Licht. »Und was soll das alles?« sage ich.

Watzek erhebt sich langsam. Er ist noch etwas betäubt und schüttelt den Kopf. Ich beobachte ihn. Plötzlich rennt er wieder mit dem Kopf voran auf meinen Magen los. Ich trete zur Seite, stelle ihm ein Bein, und er schlägt mit einem dumpfen Aufschlag aufs neue gegen den Obelisken, diesmal gegen den polierten Zwischensockel. Jeder andere wäre bewußtlos gewesen; Watzek taumelt kaum. Er dreht sich um und hat ein Messer in der Hand. Es ist ein langes scharfes Schlachtermesser, das sehe ich im elektrischen Licht. Er hat es aus dem Stiefel gezogen und rennt auf mich los. Ich versuche keine unnötigen Heldentaten; gegen einen Mann, der mit einem Messer umzugehen weiß wie ein Pferdeschlächter, wäre das Selbstmord. Ich springe hinter den Obelisken; Watzek mir nach. Zum Glück bin ich schneller und behender als er.

»Sind Sie verrückt?« zische ich. »Wollen Sie für Mord gehängt werden?«

»Ich werde dir beibringen, mit meiner Frau zu schlafen!« keucht Watzek. »Blut muß fließen!«

Jetzt weiß ich endlich, was los ist. »Watzek!« rufe ich. »Sie begehen einen Justizmord!«

»Scheiße! Die Gurgel werde ich dir durchschneiden!«

Wir sausen um den Obelisken herum. Mir kommt nicht der Gedanke, um Hilfe zu rufen; es geht alles zu schnell; wer kann mir da schon wirklich helfen? »Sie sind belogen worden!« rufe ich unterdrückt. »Was geht mich Ihre Frau an?«

»Du schläfst mit ihr, du Satan!«

Wir rennen weiter, einmal rechts, einmal links herum. Watzek, in seinen Stiefeln, ist schwerfälliger als ich. Verdammt! denke ich. Wo ist Georg? Ich werde hier für ihn geschlachtet, und er hockt mit Lisa in seiner Bude. »Fragen Sie doch Ihre Frau, Sie Idiot!« keuche ich.

»Hinschlachten werde ich dich!«

Ich sehe mich nach einer Waffe um. Nichts ist da. Bevor ich einen kleinen Hügelstein anheben könnte, hätte Watzek mir längst die Kehle durchgeschnitten. Plötzlich sehe ich ein Stück Marmor, etwa faustgroß, auf der Fensterbank schimmern. Ich reiße es an mich, tanze um den

Obelisken und werfe es Watzek an den Schädel. Es trifft ihn links. Er blutet sofort über dem Auge und kann nur noch mit einen, Auge sehen. »Watzek! Sie irren sich!« rufe ich. »Ich habe nichts mit Ihrer Frau! Ich schwöre es Ihnen!«

Watzek ist jetzt langsamer; aber er ist immer noch gefährlich. »Und das einem Kameraden!« faucht er. »So eine Gemeinheit!«

Er macht einen Ausfall wie ein Miniaturbulle. Ich springe beiseite, erwische das Stück Marmor wieder und werfe es zum zweitenmal nach ihm. Leider verfehlt es ihn und landet in einem Fliederbusch. »Ihre Frau ist mir scheißegal!« zische ich. »Verstehen Sie das, Mensch! Scheißegal!«

Watzek rennt stumm weiter. Er blutet jetzt links stark, und ich laufe deshalb nach links. Er sieht mich so nicht so gut, und ich kann ihm in einem gefährlichen Augenblick einen schönen Fußtritt gegen das Knie geben. Er sticht im selben Moment zu, aber streift nur meine Sohle. Der Fußtritt hilft. Watzek steht still, blutend, das Messer bereit. »Hören Sie zu!« sage ich. »Bleiben Sie da stehen! Machen wir eine Minute Waffenstillstand! Sie können ja gleich wieder loslegen, dann werde ich Ihnen das andere Auge ausschlagen! Passen Sie auf, Mensch! Ruhe, Sie Kaffer!« Ich starre Watzek an, als wollte ich ihn hypnotisieren. »Ich – habe – mit – Ihrer Frau – nichts«, skandiere ich scharf und langsam. »Sie interessiert mich nicht! Halt!« zische ich, als Watzek eine Bewegung macht. »Ich habe selbst eine Frau –«

»Um so schlimmer, du Bock!«

Watzek stürmt los, stößt sich aber am Sockel des Obelisken, da er die Kurve zu eng nimmt, taumelt, und ich gebe ihm wieder einen Fußtritt, diesmal gegen das Schienbein. Er trägt zwar Stiefel, aber auch dieser Tritt wirkt. Watzek steht wieder still, die Beine breit auseinander, leider immer noch mit dem Messer in der Hand. »Hören Sie zu, Sie Esel!« sage ich mit eindringlicher Hypnotiseurstimme. »Ich bin verliebt in eine ganz andere Frau! Warten Sie! Ich zeige sie Ihnen! Ich habe ein Foto hier!«

Watzek macht einen schweigenden Ausfall. Wir umkreisen den Obelisken in einer halben Runde. Ich kann meine Brieftasche herausholen. Gerda hat mir zum Abschied ein Bild von sich gegeben. Rasch fühle ich danach. Ein paar Milliarden Mark flattern bunt zu Boden; dann habe ich das Foto. »Hier!« sage ich und strecke es ihm an dem Obelisken vorbei vorsichtig so weit entgegen, daß er mir nicht in die Hand hacken kann. »Ist das Ihre Frau? Sehen Sie sich das an! Lesen Sie die Unterschrift!«

Watzek schielt mich mit dem gesunden Auge an. Ich lege das Bild Gerdas auf den Sockel des Obelisken. »So, da haben Sie es! Ist das Ihre Frau?«

Watzek macht einen trübseligen Versuch, mich zu erwischen. »Sie Kamel!« sage ich. »Sehen Sie sich doch das Foto an! Wer so jemand hat, soll hinter Ihrer Frau herlaufen?«

Ich bin fast zu weit gegangen. Watzek macht einen lebhaften Beleidigungsausfall. Dann steht er still. »Einer schläft mit ihr!« erklärt er unentschlossen.

»Unsinn!« sage ich. »Ihre Frau ist Ihnen treu.«

»Was tut sie dann dauernd hier?«

»Wo?«

»Hier!«

»Ich habe keine Ahnung, was Sie meinen«, sage ich. »Sie mag ein paarmal telefoniert haben, das kann sein. Frauen telefonieren gern, besonders, wenn sie viel allein sind. Kaufen Sie ihr doch ein Telefon!«

»Sie ist auch nachts hier!« sagt Watzek.

Wir stehen uns immer noch gegenüber, den Obelisken zwischen uns. »Sie war neulich nachts ein paar Minuten hier, als man den Feldwebel Knopf schwerkrank nach Hause brachte«, erwidere ich. »Sonst arbeitet sie doch nachts in der Roten Mühle.«

»Das sagte sie, aber –«

Das Messer hängt herab. Ich nehme das Foto Gerdas auf und trete um den Obelisken zu Watzek heran. »So«, sage ich. »Jetzt können Sie auf mich losstechen, soviel Sie wollen. Wir können aber auch miteinander reden. Was wollen Sie? Einen Unbeteiligten erstechen?«

»Das nicht«, erwidert Watzek nach einer Pause. »Aber –«

Es stellt sich heraus, daß die Witwe Konersmann ihn aufgeklärt hat. Es schmeichelt mir leicht, daß sie geglaubt hat, nur ich könne im ganzen Hause der Verbrecher sein. »Mann«, sage ich zu Watzek. »Wenn Sie wüßten, wonach mir der Kopf steht! Sie würden mich nicht verdächtigen. Und übrigens, vergleichen Sie einmal die Figur. Fällt Ihnen was auf?«

Watzek glotzt auf das Foto von Gerda, auf dem steht: »Für Ludwig in Liebe von Gerda.« Was soll ihm mit seinem einen Auge schon auffallen? »Ähnlich der Ihrer Frau«, sage ich. »Gleiche Größe. Übrigens, hat Ihre Frau vielleicht einen rostroten weiten Mantel, ungefähr wie ein Cape?«

»Klar«, erwidert Watzek, wieder gefährlich. »Hat sie. Wieso?«

»Diese Dame hat auch einen. Man kann sie in allen Größen bei Max Klein an der Großen Straße kaufen. Sind gerade jetzt Mode. Na, und die alte Konersmann ist ja halb blind, da haben wir die Lösung.«

Die alte Konersmann hat Sinne wie ein Habicht; aber was glaubt ein Hahnrei nicht alles, wenn er es glauben will. »Sie hat sie verwechselt«, sage ich. »Diese Dame hier ist nämlich ein paarmal gekommen, um mich zu besuchen. Und dazu hat sie ja wohl noch das Recht, oder nicht?«

Ich mache es Watzek leicht. Er braucht nur ja oder nein zu antworten. Diesmal braucht er sogar nur zu nicken.

»Gut«, sage ich. »Und deshalb wird man nachts fast erstochen.«

Watzek läßt sich mühsam auf die Treppenstufen nieder.

»Kamerad, du hast mir auch schwer zugesetzt. Sieh mich an.«

»Das Auge ist noch da.«

Watzek betastet das trocknende schwarze Blut. »Sie werden bald im Zuchthaus sitzen, wenn Sie so weitermachen«, sage ich.

»Was soll ich tun? Es ist meine Natur.«

»Erstechen Sie sich selbst, wenn Sie schon erstechen müssen. Das erspart Ihnen eine Menge Unannehmlichkeiten.«

»Manchmal möchte man das schon! Kamerad, was soll ich machen? Ich bin verrückt nach der Frau. Und sie kann mich nicht ausstehen.«

Ich fühle mich plötzlich gerührt und müde und lasse mich neben Watzek auf der Treppe nieder. »Es ist der Beruf«, sagt er verzweifelt. Sie haßt den Geruch, Kamerad. Aber man riecht doch nach Blut, wenn man dauernd Pferde schlachtet.«

Haben Sie keinen zweiten Anzug? Einen, den Sie anziehen können, wenn Sie vom Schlachthof weggehen?«

358

»Das geht schlecht. Die anderen Schlächter würden denken, ich wolle besser sein als sie. Der Geruch geht auch durch.

»Wie ist es mit Baden?«

»Baden?« fragt Watzek. »Wo? Im Städtischen Hallenbad? Das ist doch geschlossen, wenn ich um sechs Uhr früh vom Schlachthof komme.«

»Gibt es keine Duschen auf dem Schlachthof?«

Watzek schüttelt den Kopf. »Nur Schläuche, um den Boden abzuspülen. Um darunter zu gehen, ist es jetzt schon zu herbstlich.«

Ich sehe das ein. Eiskaltes Wasser im November ist kein Vergnügen. Wenn Watzek Karl Brill wäre, hätte er allerdings da keine Sorgen. Karl ist der Mann, der im Winter das Eis des Flusses aufhackt und mit seinem Klub darin schwimmt. »Wie ist es mit Toilettenwasser?« frage ich.

»Das kann ich nicht versuchen. Die anderen würden mich für einen schwulen Bruder halten. Sie kennen die Leute vom Schlachthof nicht!«

»Wie wäre es, wenn Sie Ihren Beruf änderten?«

»Ich kann nichts anderes«, sagt Watzek trübe.

»Pferdehändler«, schlage ich vor. »Das ist so ähnlich.«

Watzek winkt ab. Wir sitzen eine Weile. Was geht mich das an? denke ich. Und wie kann man ihm schon helfen? Lisa liebt die Rote Mühle. Es ist nicht so sehr Georg; es ist der Drang über ihren Pferdeschlächter hinaus. »Sie müssen ein Kavalier werden«, sage ich schließlich. »Verdienen Sie gut?«

»Nicht schlecht.«

»Dann haben Sie Chancen. Alle zwei Tage ins Stadtbad, und einen neuen Anzug, den Sie nur zu Hause anziehen. Ein paar Hemden, eine oder zwei Krawatten, können Sie das schaffen?«

Watzek grübelt darüber nach. »Sie meinen, das könnte helfen?« Ich denke an meinen Abend unter den prüfenden Augen von Frau Terhoven. »Man fühlt sich besser in einem neuen Anzug«, erwidere ich. »Ich habe das selbst erfahren.«

»Tatsächlich?«

»Tatsächlich.«

Watzek sieht mit Interesse auf. »Aber Sie sind doch tadellos in Schale.«

»Das kommt darauf an. Für Sie. Für andere Leute nicht. Ich habe das gemerkt.«

»Wirklich? Kürzlich?«

»Heute«, sage ich.

Watzek reißt das Maul auf. »So was! Da sind wir ja fast wie Brüder. Da staunt man!«

»Ich habe mal irgendwo gelesen, alle Menschen wären Brüder. Da staunt man noch mehr, wenn man sich die Welt ansieht.«

»Und wir hätten uns fast erschlagen«, sagt Watzek glücklich. »Das tun Brüder häufig.«

Watzek erhebt sich. »Ich gehe morgen baden.« Er tastet nach dem linken Auge. »Eigentlich wollte ich mir ja eine SA-Uniform bestellen. Die sind gerade herausgekommen in München.«

»Ein flotter, zweireihiger, dunkelgrauer Anzug ist besser. Ihre Uniform hat keine Zukunft.«

»Vielen Dank«, sagt Watzek. »Aber vielleicht schaffe ich beides. Und nimm's nicht übel, Kamerad, daß ich dich abstechen wollte. Morgen schicke ich dir dafür auch eine schöne Portion erstklassiger Pferdewurst.«

24 »Der Hahnrei«, sagt Georg, »gleicht einem eßbaren Haustier, sagen wir, einem Huhn oder einem Kaninchen. Man verspeist es mit Genuß, solange man es nicht persönlich kennt. Wächst man aber damit auf, spielt mit ihm, hegt und pflegt es – dann kann nur ein Rohling sich einen Braten daraus machen. Man soll Hahnreis deshalb niemals kennen.«

Ich deute wortlos auf den Tisch. Dort liegt zwischen den Steinproben eine dicke rote Wurst – Pferdewurst, ein Geschenk Watzeks, der sie morgens für mich hinterlassen hat. »Ißt du sie?« fragte Georg.

»Selbstverständlich esse ich sie. Ich habe schon schlechteres Pferdefleisch in Frankreich gegessen. Aber weiche nicht aus! Dort liegt die Spende Watzeks. Ich bin in einem Dilemma.«

»Nur durch deine Lust an dramatischen Situationen.«

»Gut«, sage ich. »Ich gebe das zu. Immerhin habe ich dir das Lehen gerettet. Die alte Konersmann wird weiter aufpassen. Ist dir die Sache das wert?«

Georg holt sich eine Brasil aus dem Schrank. »Watzek hält dich jetzt für seinen Bruder«, erwidert er. »Ist das dein Gewissenskonflikt?«

»Nein. Er ist außerdem noch Nazi – das löscht die einseitige Bruderschaft wieder aus. Aber bleiben wir einmal dabei.«

»Watzek ist auch mein Bruder«, erklärt Georg und bläst den weißen Rauch der Brasil in das Gesicht einer heiligen Katharina aus bemaltem Gips. »Lisa betrügt mich nämlich ebenso wie ihn.«

»Erfindest du das jetzt?« frage ich überrascht.

»Nicht im geringsten. Woher soll sie sonst all ihre Kleider haben? Watzek, als Ehemann, macht sich darüber keine Gedanken, wohl aber ich.«

»Du?«

»Sie hat es mir selbst gestanden, ohne daß ich sie gefragt habe. Sie erklärte, sie wollte nicht, daß irgendein Betrug zwischen uns bestehe. Sie meinte das ehrlich – nicht witzig.«

»Und du? Du betrügst sie mit den Fabelfiguren deiner Phantasie und deiner Magazine.«

»Selbstverständlich. Was heißt überhaupt betrügen? Das Wort wird immer nur von denen gebraucht, denen es gerade passiert. Seit wann hat Gefühl etwas mit Moral zu tun? Habe ich dir dafür hier, unter den Sinnbildern der Vergänglichkeit, deine Nachkriegserziehung gegeben? Betrügen – was für ein vulgäres Wort für die feinste, letzte Unzufriedenheit, das Suchen nach mehr, immer mehr –«

»Geschenkt!« unterbreche ich ihn. »Der kurzbeinige, aber sehr kräftige Mann, den du soeben draußen mit einer Beule am Kopf in die Tür einbiegen siehst, ist der frisch gebadete Schlächter Watzek. Sein Haar ist geschnitten und noch naß von Bay Rum. Er will seiner Frau gefallen. Rührt dich das nicht?«

»Natürlich; aber er wird seiner Frau nie gefallen.«

»Warum hat sie ihn denn geheiratet?«

»Sie ist inzwischen sechs Jahre älter geworden. Geheiratet hat sie ihn im Kriege, als sie sehr hungrig war und er viel Fleisch besorgen konnte.«

»Warum geht sie nicht von ihm weg?«

»Weil er droht, daß er dann die ganze Familie umbringen will.«

»Hat sie dir das alles erzählt?«

»Ja.«

»Lieber Gott«, sage ich. »Und du glaubst das!«

Georg bläst einen kunstvollen Rauchring. »Wenn du stolzer Zyniker einmal so alt bist wie ich, wirst du hoffentlich auch herausgefunden haben, daß Glauben nicht nur bequem ist, sondern oft sogar stimmt.«

»Gut«, sage ich. »Wie ist es dabei aber mit dem Schlachtmesser Watzeks? Und mit den Augen der Witwe Konersmann?«

»Betrüblich«, erwidert er. »Und Watzek ist ein Idiot. Er hat augenblicklich ein besseres Leben als je zuvor – weil Lisa ihn betrügt und ihn deshalb besser behandelt. Warte ab, wie er schreien wird, wenn sie ihm wieder treu ist und ihre Wut darüber an ihm ausläßt. Und nun komm essen! Nachdenken können wir über den Fall immer noch.«

Eduard trifft fast der Schlag, als er uns sieht. Der Dollar ist nahe an die Billion herangeklettert, und wir scheinen immer noch eine unerschöpfliche Menge von Essenmarken zu haben. »Ihr druckt sie!« behauptet er. »Ihr seid Falschmünzer! Ihr druckt sie geheim!«

»Wir möchten eine Flasche Forster Jesuitengarten nach dem Essen«, sagt Georg würdig.

»Wieso nach dem Essen?« fragt Eduard mißtrauisch. »Was heißt das schon wieder?«

»Der Wein ist zu gut für das, was du als Essen in den letzten Wochen servierst«, erkläre ich.

Eduard schwillt an. »Auf Eßmarken vom vorigen Winter zu essen, für sechstausend lumpige Mark die Mahlzeit, und dann noch das Essen kritisieren – das geht zu weit! Man sollte die Polizei holen!«

»Hole sie! Noch ein Wort, und wir essen nur hier und trinken den Wein im Hotel Hohenzollern!«

Eduard wirkt, als müsse er platzen; aber er beherrscht sich, des Weines wegen. »Magengeschwüre«, murmelt er und entfernt sich eiligst. »Magengeschwüre habe ich gekriegt, euretwegen! Nur noch Milch darf ich trinken!«

Wir lassen uns nieder und sehen uns um. Ich spähe verstohlen und mit schlechtem Gewissen nach Gerda aus, sehe sie aber nicht. Dafür gewahre ich, munter und grinsend, eine vertraute Figur, die mitten durch den Saal auf uns los steuert. »Siehst du, was ich sehe?« frage ich Georg.

»Riesenfeld! Schon wieder hier! Nur wer die Sehnsucht kennt –«

Riesenfeld begrüßt uns. »Sie kommen gerade zur rechten Zeit, sich zu bedanken«, sagt Georg zu ihm. »Unser junger Idealist dort hat sich gestern für Sie duelliert. Amerikanisches Duell, Messer gegen Marmorbrocken.«

»Was?« Riesenfeld setzt sich und ruft nach einem Glas Bier. »Wieso?«

»Herr Watzek, der Mann der Dame Lisa, die Sie mit Blumen und Pralinés verfolgen, hat angenommen, daß diese Sachen von meinem Kameraden drüben kämen, und ihm dafür mit einem langen Messer aufgelauert.«

»Verletzt?« fragt Riesenfeld kurz und mustert mich.

»Nur seine Schuhsohle«, sagt Georg. »Watzek ist leicht verletzt.«

»Lügt ihr wieder einmal?«

»Dieses Mal nicht.«

Ich sehe Georg mit Bewunderung an. Seine Frechheit geht weit. Aber Riesenfeld ist nicht leicht zu schlagen.

»Er muß weg!« entscheidet er, wie ein römischer Kaiser.

»Wer?« frage ich. »Watzek?«

»Sie!«

»Ich? Warum nicht Sie? Oder Sie beide?«

»Watzek wird wieder kämpfen. Sie sind ein natürliches Opfer. Auf uns verfällt er nicht. Wir haben Glatzen. Also müssen Sie weg. Verstanden?«

»Nein«, sage ich.

»Wollten Sie nicht sowieso weg?«

»Nicht Lisas wegen.«

»Ich habe gesagt sowieso«, erklärt Riesenfeld. »Wollten Sie nicht ins wilde Leben einer großen Stadt?«

»Als was? Man wird in großen Städten nicht umsonst gefüttert.«

»Als Zeitungsangestellter in Berlin. Sie werden da im Anfang nicht viel verdienen, aber genug, daß Sie knapp leben können. Dann können Sie weitersehen.«

»Was?« sage ich atemlos.

»Sie haben mich doch ein paarmal gefragt, ob ich nichts wüßte für Sie! Nun, Riesenfeld hat seine Beziehungen. Ich weiß etwas für Sie. Kam deswegen vorbei. Am ersten Januar vierundzwanzig können Sie anfangen. Ein kleiner Posten, aber in Berlin. Gemacht?«

»Halt!« sagt Georg. »Er hat fünfjährige Kündigung.«

»Dann läuft er eben weg, ohne zu kündigen. Erledigt?«

»Wieviel verdient er?« fragt Georg.

»Zweihundert Mark«, erwidert Riesenfeld ruhig.

»Ich dachte mir doch, daß es falscher Zauber wäre«, sage ich. Macht es Ihnen Spaß, Leute zum besten zu halten? Zweihundert Mark! Gibt es so eine lächerliche Summe überhaupt noch?«

»Es gibt sie wieder«, sagt Riesenfeld.

»Ja?« frage ich. »Wo? In Neuseeland?«

»In Deutschland! Roggenmark. Nichts davon gehört?« Georg und ich sehen uns an. Es hat Gerüchte darüber gegeben, daß eine neue Währung geschaffen werden solle. Eine Mark soll dabei soviel wert sein wie ein bestimmtes Quantum Roggen; aber es hat in diesen Jahren so viele Gerüchte gegeben, das keiner es geglaubt hat.

»Diesmal ist es wahr«, erklärt Riesenfeld. »Ich habe es aus bester Quelle. Aus der Roggenmark wird dann eine Goldmark. Die Regierung steht dahinter.«

»Die Regierung! Die ist doch an der ganzen Abwertung schuld!«

»Mag sein. Aber jetzt ist es soweit. Sie hat keine Schulden mehr. Eine Billion Inflationsmark wird eine Goldmark werden.«

»Und die Goldmark wird dann wieder runtergehen, was? So geht der Tanz noch einmal los.«

Riesenfeld trinkt sein Bier aus. »Wollen Sie oder wollen Sie nicht?« fragt er.

Das Lokal scheint plötzlich sehr still zu sein. »Ja«, sage ich. Es ist, als sage es jemand neben mir. Ich traue mich nicht, Georg anzusehen.

»Das ist vernünftig«, erklärt Riesenfeld.

Ich blicke auf das Tischtuch. Es scheint zu schwimmen. Dann höre ich, wie Georg sagt: »Kellner, bringen Sie die Flasche Forster Jesuitengarten sofort.«

Ich blicke auf. »Du hast uns doch das Leben gerettet«, sagt er. »Deshalb!«

»Uns? Wieso uns?« fragt Riesenfeld.

»Ein Leben wird nie allein gerettet«, erwidert Georg geistesgegenwärtig. »Es ist immer mit ein paar anderen verbunden.«

Der Augenblick ist vorbei. Ich sehe Georg dankbar an. Ich habe ihn verraten, weil ich ihn verraten mußte, und er hat es verstanden. Er bleibt zurück. »Du besuchst mich«, sage ich. »Dann mache ich dich mit den großen Damen und Filmschauspielerinnen Berlins bekannt.«

»Kinder, das sind Pläne«, sagt Riesenfeld zu mir. »Wo bleibt der Wein? Ich habe Ihnen ja soeben das Leben gerettet.«

»Wer rettet hier eigentlich wen?« frage ich.

»Jeder einmal irgendeinen«, sagt Georg. »Genau, wie er immer einmal irgendeinen tötet. Auch, wenn er es nicht weiß.«

Der Wein steht auf dem Tisch. Eduard erscheint. Er ist blaß und verstört. »Gebt mir auch ein Glas.«

»Verschwinde!« sage ich. »Schmarotzer! Wir können unsern Wein allein trinken.«

»Nicht deswegen. Die Flasche geht auf mich. Ich zahle sie. Aber geht mir ein Glas. Ich muß etwas trinken.«

»Du willst die Flasche spendieren? Überlege, was du sagst!«

»Ich meine es.« Eduard setzt sich. »Valentin ist tot«, erklärt er.

»Valentin? Was ist ihm denn passiert?«

»Herzschlag. Habe es gerade am Telefon gehört.«

Er greift nach seinem Glas. »Und du willst darauf trinken, du Lump?« sage ich empört. »Weil du ihn los bist?«

»Ich schwöre euch, nein! Nicht deshalb! Er hat mir doch das Leben gerettet.«

»Was«, sagt Riesenfeld. »Ihnen auch?«

»Natürlich mir, wem sonst?«

»Was ist hier los?« fragt Riesenfeld. »Sind wir ein Klub von Lebensrettern?«

»Es liegt an der Zeit«, erwidert Georg. »Es ist in diesen Jahren vielen gerettet worden. Und vielen nicht.«

Ich starre Eduard an. Er hat tatsächlich Tränen in den Augen; aber was weiß man bei ihm? »Ich glaube dir nicht«, sage ich. »Du hast ihm das an den Hals gewünscht! Ich habe es zu oft gehört. Du wolltest deinen verdammten Wein sparen.«

»Ich schwöre euch, nein! Ich habe es manchmal so gesagt, wie man etwas sagt. Aber doch nicht im Ernst!« Die Tropfen in Eduards Augen werden dicker. »Er hat mir ja tatsächlich das Leben gerettet.«

Riesenfeld steht auf. »Ich habe jetzt genug von diesem Lebensretter-Quatsch! Sind Sie nachmittags im Büro? Gut!«

»Schicken Sie keine Blumen mehr, Riesenfeld«, warnt Georg.

Riesenfeld winkt ab und verschwindet mit einem undefinierbaren Gesicht.

»Laßt uns ein Glas auf Valentin trinken«, sagt Eduard. Seine Lippen zittern. »Wer hätte das gedacht! Durch den ganzen Krieg ist er gekommen, und jetzt auf einmal liegt er da, von einer Sekunde zur anderen.«

»Wenn du schon sentimental sein willst, dann sei es richtig«, erwidere ich. »Hole eine Flasche von dem Wein, den du ihm nie gegönnt hast.«

»Den Johannisberger, jawohl.« Eduard erhebt sich eifrig und watschelt davon.

»Ich glaube, er ist ehrlich traurig«, sagt Georg.

»Ehrlich traurig und ehrlich erleichtert.«

»Das meine ich. Mehr kann man meistens nicht verlangen.«

Wir sitzen eine Weile. »Es passiert eigentlich etwas viel im Augenblick, was?« sage ich schließlich.

Georg sieht mich an. »Prost! Einmal mußt du ja gehen. Und Valentin? Er hat ein paar Jahre länger gelebt, als man 1917 hätte vermuten sollen.«

»Das haben wir alle.«

»Ja, und deshalb sollten wir was draus machen.«

»Tun wir das nicht?«

Georg lacht. »Man tut es, wenn man nichts anderes im Augenblick will, als was man gerade tut.«

Ich salutiere. »Dann habe ich nichts aus meinem gemacht. Und du?«

Er blinzelt. »Komm, laß uns hier verschwinden, ehe Eduard zurückkehrt. Zum Teufel mit seinem Wein!«

»Sanfte«, sage ich gegen die Mauer in das Dunkel. »Sanfte und Wilde, Mimose und Peitsche, wie töricht war ich, dich besitzen zu wollen! Kann man den Wind einschließen? Was wird dann aus ihm? Verbrauchte Luft. Geh, geh deinen Weg, geh zu den Theatern und Konzerten, heirate einen Reserveoffizier und Bankdirektor, einen Inflationssieger, geh, Jugend, die du nur den verläßt, der dich verlassen will, Fahne, die flattert, aber nicht einzufangen ist, Segel vor vielen Blaus, Fata Morgana, Spiel der bunten Worte, geh, Isabelle, geh, meine späte, nachgeholte, über einen Krieg zurückgerissene, etwas zu wissende, etwas zu altkluge Jugend, geh, geht beide, und auch ich werde gehen, wir haben uns nichts vorzuwerfen, die Richtungen sind verschieden, aber auch das ist nur scheinbar, denn den Tod kann man nicht betrügen, man kann ihn nur bestehen. Lebt wohl! Wir sterben jeden Tag etwas mehr, aber wir leben auch jeden Tag etwas länger, ihr habt mich das gelehrt, und ich will es nicht vergessen, es gibt keine Vernichtung, und wer nichts halten will, besitzt alles, lebt wohl, ich küsse euch mit meinen leeren Lippen, ich umarme euch mit meinen Armen, die euch nicht halten können, lebt wohl, lebt wohl, ihr in mir, die ihr bleibt, solange ich euch nicht vergesse –«

Ich trage in meiner Hand eine Flasche Rothschen Korn und sitze auf der letzen Bank der Allee mit dem vollen Blick auf die Irrenanstalt. In meiner Tasche knistert ein Scheck auf harte Devisen: dreißig volle Schweizer Franken. Die Wunder haben nicht aufgehört. Eine Schweizer Zeitung, die ich seit zwei Jahren mit meinen Gedichten bombardiert habe, hat in einem Anfall von Raserei eines angenommen und mir gleich den Scheck geschickt. Ich war bereits auf der Bank, mich zu erkundigen – die Sache stimmt. Der Bankvorsteher hat mir sofort einen Preis in schwarzer Mark dafür angeboten. Ich trage den Scheck in der Brusttasche, nahe dem Herzen. Er ist ein paar Tage zu spät gekommen. Ich hätte mir für ihn einen Anzug und ein weißes Hemd kaufen und damit eine repräsentable Figur vor den Damen Terhoven machen können. Dahin! Der Dezemberwind pfeift, der Scheck knistert, und ich sitze hier unten in einem imaginären Smoking, ein Paar imaginärer Lackschuhe, die Karl Brill mir noch schuldet, an den Füßen, und lobe Gott und bete dich an, Isabelle! Ein Taschentuch aus feinstem Batist flattert in meiner Brusttasche, ich bin ein Kapitalist auf der Wanderschaft, die Rote

Mühle liegt mir zu Füßen, wenn ich will, in meiner Hand blinkt der Champagner des furchtlosen Trinkers, des Nie-genug-Trinkers, der Trank des Feldwebels Knopf, mit dem er den Tod in die Flucht schlug – und ich trinke gegen die graue Mauer mit dir dahinter, Isabelle, Jugend, mit deiner Mutter dahinter, mit dem Bankbuchhalter Gottes, Bodendiek, dahinter, mit dem Major der Vernunft, Wernicke, dahinter, mit der großen Verwirrung dahinter und dem ewigen Krieg, ich trinke und sehe gegenüber, links von mir, die Kreis-Hebammenanstalt, in der noch ein paar Fenster hell sind und in der Mütter gebären, und es fällt mir erst jetzt auf, daß sie so nahe bei der Irrenanstalt liegt – dabei kenne ich sie und sollte sie auch kennen, denn ich bin in ihr geboren worden und habe bis heute kaum je daran gedacht! Sei gegrüßt auch du, trautes Heim, Bienenstock der Fruchtbarkeit, man hat meine Mutter zu dir gebracht, weil wir arm waren und das Gebären dort umsonst war, wenn es vor einem Lehrgang werdender Hebammen geschah, und so diente ich schon bei meiner Geburt der Wissenschaft! Gegrüßt sei der unbekannte Baumeister, der dich so sinnvoll nahe dem anderen Gebäude gesetzt hat! Wahrscheinlich hat er es ohne Ironie getan, denn die besten Witze der Welt werden immer von ernsthaften Vordergrundmenschen gemacht. Immerhin – laßt uns unsere Vernunft feiern, aber nicht zu stolz auf sie sein und ihrer nicht zu sicher! Du, Isabelle, hast sie zurückbekommen, dieses Dauergeschenk, und oben sitzt Wernicke und freut sich und hat recht. Aber recht zu haben ist jedesmal ein Schritt dem Tode näher. Wer immer recht hat, ist ein schwarzer Obelisk geworden! Ein Denkmal!

Die Flasche ist leer. Ich werfe sie fort, so weit ich kann. Sie fällt mit einem dumpfen Laut in den weichen, aufgepflügten Acker. Ich stehe auf. Ich habe genug getrunken und bin reif für die Rote Mühle. Riesenfeld gibt dort heute einen vierfachen Abschieds- und Lebensretterabend. Georg wird dasein, Lisa, und dazu komme ich, der noch ein paar Privatabschiede zu erledigen gehabt hat, und wir alle werden außerdem noch einen mächtigen allgemeinen Abschied feiern – den von der Inflation.

Spät in der Nacht bewegen wir uns wie ein betrunkener Trauerzug die Große Straße entlang. Die spärlichen Laternen flackern. Wir haben das

Jahr etwas vorzeitig zu Grabe getragen. Willy und Renée de la Tour sind zu uns gestoßen. Willy und Riesenfeld sind in einen heftigen Kampf geraten; Riesenfeld schwört auf das Ende der Inflation und auf die Roggenmark – und Willy hat erklärt, daß er dann bankrott sei, schon deshalb könne es nicht sein. Renée de la Tour ist darauf sehr schweigsam geworden.

Durch die wehende Nacht sehen wir in der Ferne einen zweiten Zug. Er kommt die Große Straße entlang auf uns zu. »Georg«, sage ich. »Wir wollen die Damen etwas zurücklassen! Das dort sieht nach Streit aus.«

»Gemacht.«

Wir sind in der Nähe des Neumarkts. »Wenn du siehst, daß wir unterliegen, renne sofort zum Café Matz«, instruiert Georg Lisa. »Frage nach Bodo Ledderhoses Gesangverein und sag, wir brauchten ihn.« Er wendet sich zu Riesenfeld: »Sie stellen sich besser so, als gehörten Sie nicht zu uns.«

»Du türmst, Renée«, erklärt Willy an ihrer Seite. »Halte dich weit vom Schuß!«

Der andere Zug ist herangekommen. Die Mitglieder tragen Stiefel, die große Sehnsucht des deutschen Patrioten, und sie sind, bis auf zwei, nicht älter als achtzehn bis zwanzig Jahre. Dafür sind sie doppelt so viele wie wir.

Wir gehen aneinander vorbei. »Den roten Hund kennen wir doch!« schreit plötzlich jemand. Willys Haarkrone leuchtet auch nachts. »Und den Kahlkopf!« schreit ein zweiter und zeigt auf Georg. »Drauf!«

»Los, Lisa!« sagt Georg.

Wir sehen ihre wirbelnden Absätze. »Die Feiglinge wollen die Polizei holen«, ruft ein semmelblonder Brillenträger und will hinter Lisa hersetzen. Willy stellt ein Bein vor, und der Semmelblonde stürzt. Gleich darauf sind wir im Gefecht.

Wir sind fünf ohne Riesenfeld. Eigentlich nur viereinhalb. Der Halbe ist Hermann Lotz, ein Kriegskamerad, dessen linker Arm an der Schulter amputiert ist. Er ist im Café Central mit dem kleinen Köhler, einem anderen Kameraden, zu uns gestoßen. »Paß auf, Hermann, daß sie dich nicht umschmeißen!« rufe ich. »Bleib in der Mitte. Und du, Köhler, beiß, wenn du am Boden liegst!«

369

»Rückendeckung!« kommandiert Georg.

Der Befehl ist gut; aber unsere Rückendeckung sind im Augenblick die großen Schaufenster des Modehauses Max Klein. Das patriotische Deutschland stürmt gegen uns an, und wer will schon in ein Schaufenster gepreßt werden? Man reißt sich den Rücken an den Splittern auf, und außerdem ist da noch die Frage des Schadenersatzes. Sie würde an uns hängenbleiben, wenn wir in den Splittern säßen. Wir könnten nicht fliehen.

Vorläufig bleiben wir dicht beisammen. Die Schaufenster sind halb erhellt; wir können unsere Gegner dadurch recht gut sehen. Ich erkenne einen der älteren; er gehört zu denen, mit denen wir im Café Central schon einmal Krach gehabt haben. Nach dem alten Gesetz, die Führer zuerst zu erledigen, rufe ich ihm zu: Komm heran, du feiger Arsch mit Ohren!«

Er denkt nicht daran. »Reißt ihn raus!« kommandiert er seiner Garde.

Drei stürmen an. Willy schlägt einem auf den Kopf, daß er umfällt. Der zweite hat einen Gummiknüppel und schlägt mir damit auf den Arm. Ich kann ihn nicht erwischen, er aber mich. Willy sieht es, springt vor und kugelt ihm den Arm aus. Der Gummiknüppel fällt auf den Boden. Willy will ihn aufheben, wird dabei aber umgerannt. »Schnapp den Knüppel, Köhler!« rufe ich. Köhler stürzt sich in das Durcheinander am Boden, wo Willy im hellgrauen Anzug kämpft.

Unsere Schlachtordnung ist durchbrochen. Ich bekomme einen Stoß und fliege gegen das Schaufenster, daß es klirrt. Zum Glück bleibt es heil. Fenster öffnen sich über uns. Hinter uns, aus der Tiefe der Schaufenster, starren uns die elegant gekleideten Holzpuppen Max Kleins an. Sie tragen unbeweglich die neuesten Wintermoden und stehen da wie eine sonderbare, stumme Version der Weiber der alten Germanen, die von ihren Wagenburgen die Kämpfer anfeuerten.

Ein großer Bursche mit Pickeln hat mich an der Kehle. Er riecht nach Hering und Bier, und sein Kopf ist mir so nahe, als wollte er mich küssen. Mein linker Arm ist lahm von dem Schlag mit dem Knüppel. Mit dem rechten Daumen versuche ich, ihm ins Auge zu stoßen, aber er verhindert das, indem er seinen Kopf fest gegen meine Backe preßt, als wären wir zwei widernatürlich Verliebte. Da ich auch nicht treten kann, weil er zu dicht an mir steht, hat er mich ziemlich hilflos. Gerade als ich mich, ohne Luft, mit letzter Kraft nach unten fallen lassen will, sehe ich etwas, was mir bereits wie eine Illusion meiner schwindenden Sinne erscheint: eine blühende Geranie wächst plötzlich aus dem pickeligen Schädel, wie aus einem speziell potenten Misthaufen, gleichzeitig zeigen die Augen einen Ausdruck milder Überraschung, der Griff an meiner Kehle lockert sich, Topfscherben purzeln um uns herum, ich tauche, komme los, schieße wieder hoch und spüre ein scharfes Knacken – ich habe sein Kinn mit dem Schädel von unten erwischt, und er geht langsam in die Knie. Seltsamerweise haben die Wurzeln der Geranie, die von oben auf uns herabgeschleudert worden ist, den Kopf so fest umrahmt, daß der pickelige Germane mit der Blume auf dem Haupt in die Knie sinkt. Er wirkt so wie ein lieblicherer Nachkomme seiner Vorfahren, die Ochsen-hörner als Kopfzier trugen. Auf seiner Schulter ruhen, wie Reste des zer-schlagenen Helms, zwei grüne Majolikascherben.

Es war ein großer Topf; aber der Schädel des Patrioten scheint aus Eisen zu sein. Ich fühle, wie er, auf den Knien noch, versucht, mir mein Geschlecht zu beschädigen, und ich ergreife die Geranie samt Wurzeln und daran klebender Erde und schlage ihm die Erde in die Augen. Er läßt los, reibt sich die Augen, und da ich ihm so mit den Fäusten nichts tun kann, gebe ich ihm den Schlag ins Geschlecht mit dem Fuß zurück. Er knickt zusammen und fährt mit den Pfoten nach unten, um sich zu schützen. Ich haue ihm das sandige Wurzelgeflecht zum zweitenmal in die Augen und erwarte, daß er die Hände wieder hochbringt, um das Ganze noch einmal zu wiederholen. Er aber geht mit dem Kopf herun-ter, als wolle er eine orientalische Verbeugung machen, und im nächsten Augenblick dröhnt alles um mich herum. Ich habe nicht aufgepaßt und von der Seite einen mächtigen Hieb erhalten. Langsam rutsche ich am Schaufenster entlang. Riesengroß und teilnahmslos starrt eine Puppe mit gemalten Augen und einem Biberpelz mich an.

»Durchschlagen zur Pißbude!« höre ich Georgs Stimme. Er hat recht. Wir brauchen eine bessere Rückendeckung. Aber er hat gut reden; wir sind eingekeilt. Der Gegner hat von irgendwoher Verstärkung bekom-men, und es sieht aus, als würden wir mit zerschnittenen Köpfen zwi-schen Max Kleins Mannequins landen.

In diesem Augenblick sehe ich Hermann Lotz am Boden knien. »Hilf mir den Ärmel ausziehen!« keucht er.

Ich greife zu und streife den linken Ärmel seines Jacketts hoch. Der blinkende künstliche Arm wird frei. Es ist ein Nickelgerüst, an dem unten eine stählerne künstliche Hand in einem schwarzen Handschuh befestigt ist. Hermann hat danach den Beinamen »Götz von Berlichingen mit der eisernen Faust« bekommen. Rasch löst er den Arm von der Schulter ab, ergreift dann mit der natürlichen Hand seine künstliche und richtet sich auf. »Bahn frei! Götz kommt!« rufe ich von unten. Georg und Willy machen rasch Platz, so daß Hermann durch kann. Er schwingt seinen künstlichen Arm wie einen Dreschflegel um sich und erreicht mit dem ersten Schlag einen der Anführer. Die Angreifer weichen einen Augenblick zurück. Hermann springt unter sie, dreht sich im Kreise, den künstlichen Arm weit ausgestreckt. Gleich darauf wirbelt er den Arm herum, so daß er ihn jetzt am Schulterstück festhält und mit der künstlichen stählernen Hand zuschlägt. »Los! Zur Pißbude!« ruft er. »Ich decke euch!«

Es ist ein ungewöhnlicher Anblick, wie Hermann mit der künstlichen Hand arbeitet. Ich habe ihn schon öfter so kämpfen sehen; unsere Gegner aber nicht. Sie stehen einen Moment da, als ob der Satan zwischen sie gefahren wäre, und das kommt uns zugute. Wir brechen durch und stürmen zum Pissoir auf dem Neumarkt hinüber. Im Vorbeilaufen sehe ich, wie Hermann einen schönen Schlag auf der aufgerissenen Schnauze des zweiten Anführers landet. »Los, Götz« rufe ich. »Komm mit! Wir sind durch!«

Hermann dreht sich noch einmal. Sein loser Jackenärmel flattert um ihn herum, mit dem Rest des Armstummels macht er wilde Bewegungen, um das Gleichgewicht zu halten, und mit Staunen und Grauen glotzen zwei Stiefelträger, die im Wege stehen, ihn an. Einer bekommt einen Hieb gegen das Kinn, der andere, als er die schwarze künstliche Hand auf sich zusausen sieht, kreischt voll Grauen auf, hält sich die Augen zu und rennt davon.

Wir erreichen das hübsche viereckige Sandsteingebäude und verschanzen uns an der Damenseite. Sie ist leichter zu verteidigen. Bei der Herrenseite kann man durchs Pissoir einsteigen und uns in den Rücken fallen – bei den Damen sind die Fenster klein und hoch.

372

Die Gegner sind uns gefolgt. Es müssen jetzt mindestens zwanzig sein; sie haben Zuzug von anderen Nazis bekommen. Ich sehe ein paar ihrer scheißfarbenen Uniformen. Sie versuchen, auf der Seite, wo Köhler und ich stehen, durchzubrechen. Im Gedränge merke ich aber, daß Hilfe für uns von hinten kommt. Eine Sekunde später sehe ich, daß Riesenfeld mit zusammengelegter Aktentasche, in der, hoffe ich, Granitproben sind, auf jemand einschlägt, während Renée de la Tour einen hochhackigen Schuh ausgezogen und an der Vorderseite ergriffen hat, um mit dem Hacken loszudreschen.

Während ich das sehe, rennt mir jemand den Schädel in den Magen, daß mir die Luft mit einem Knall aus dem Munde springt. Ich schlage schwach, aber wild um mich und habe irgendwoher das sonderbare Gefühl einer vertrauten Situation. Automatisch hebe ich ein Knie, weil ich erwarte, daß der Rammbock wiederkommt. Gleichzeitig sehe ich eines der schönsten Bilder, das ich mir in dieser Lage vorstellen kann: Lisa, die wie die Nike von Samothrake über den Neumarkt heranstürmt, neben ihr Bodo Ledderhose und hinter ihm sein Gesangverein. Im gleichen Augenblick spüre ich den Rammbock aufs neue und sehe Riesenfelds Aktentasche wie eine gelbe Flagge niedergehen. Gleichzeitig macht Renée de la Tour eine blitzschnelle Bewegung nach unten, der ein Aufheulen des Rammbocks folgt. Renée schreit mit markiger Generalstimme: »Stillgestanden, Schweine!« Ein Teil der Angreifer fährt unwillkürlich zusammen. Dann tritt der Gesangverein in Aktion, und wir sind frei.

Ich richte mich auf. Es ist plötzlich still. Die Angreifer sind geflohen. Sie schleppen ihre Verwundeten mit. Hermann Lotz kommt zurück. Er ist dem fliehenden Gegner wie ein Zentaur nachgesprengt und hat noch einem eine eiserne Ohrfeige verabreicht. Wir sind nicht schlecht weggekommen. Ich habe eine birnenartige Beule am Kopf und das Gefühl, mein Arm sei gebrochen. Er ist es nicht. Außerdem ist mir sehr übel. Ich habe zuviel getrunken, um an Magenstößen Gefallen zu finden. Wieder quält mich die sich nicht erinnernde Erinnerung. Was war das doch? »Ich wollte, ich hätte einen Schnaps«, sage ich.

»Den kriegst du«, erwidert Bodo Ledderhose. »Kommt jetzt, bevor die Polizei erscheint.«

In diesem Moment ertönt ein scharfes Klatschen. Wir drehen uns überrascht um. Lisa hat auf jemand eingeschlagen. »Du verfluchter Saufbruder!« sagt sie ruhig. »So sorgst du für Heim und Frau –«

»Du –«, gurgelt die Gestalt.

Lisas Hand klatscht zum zweitenmal nieder. Und jetzt, plötzlich, löst sich mein Erinnerungsknoten. Watzek! Da steht er und hält sich merkwürdigerweise den Hintern fest.

»Mein Mann!« sagt Lisa ins allgemeine über den Neumarkt hin. »Mit so was ist man nun verheiratet.«

Watzek antwortet nicht. Er blutet stark. Die alte Stirnwunde, die ich ihm geschlagen habe, ist wieder aufgegangen. Außerdem rinnt Blut aus seinen Haaren. »Waren Sie das?« frage ich Riesenfeld leise. »Mit der Aktentasche?«

Er nickt und betrachtet Watzek aufmerksam. »Wie man sich manchmal so trifft«, sagt er.

Was hat er am Hintern?« frage ich. »Weshalb hält er den fest?«

»Ein Wespenstich«, erwidert Renée de la Tour und befestigt eine lange Hutnadel wieder in einem eisblauen Samtkäppchen auf ihren Locken.

»Meine Hochachtung!« Ich verneige mich vor ihr und trete auf Watzek zu. »So«, sage ich, »jetzt weiß ich, wer mir seinen Schädel in den Bauch gerannt hat! Ist das der Dank für meinen Unterricht in besserer Lebensart?«

Watzek starrt mich an. »Sie? Ich habe Sie nicht erkannt! Mein Gott!«

»Er erkennt nie jemanden«, erklärt Lisa sarkastisch.

Watzek bietet einen betrüblichen Anblick. Dabei bemerke ich, daß er meinen Ratschlägen tatsächlich gefolgt ist. Er hat sich seine Mähne kurz schneiden lassen – mit dem Erfolg, daß Riesenfeld ihm einen härteren Schlag versetzen konnte –, er trägt sogar ein weißes, neues Hemd – aber alles, was er damit erreicht hat, ist, daß sich das Blut nur noch deutlicher darauf abzeichnet als auf einem anderen. Er ist ein Unglücksrabe!

»Nach Hause! Du Saufaus und Raufbold!« sagt Lisa und geht. Watzek folgt ihr gehorsam. Sie wandern über den Neumarkt, ein einsames Paar. Niemand folgt ihnen. Georg hilft Lotz, seinen künstlichen Arm wieder halbwegs zurechtzubiegen.

374

»Kommt«, sagt Ledderhose. »In meinem Lokal können wir noch trinken. Geschlossene Gesellschaft!«

Wir sitzen eine Zeitlang mit Bodo und seinem Verein. Dann gehen wir nach Hause. Der Morgen schleicht grau herauf. Ein Zeitungsjunge kommt vorbei. Riesenfeld winkt ihm zu und kauft ein Blatt. Mit großen Lettern steht auf der Vorderseite:

Ende der Inflation! Eine Billion ist eine Mark!

»Nun?« sagt Riesenfeld zu mir.

Ich nicke.

»Kinder, es kann tatsächlich sein, daß ich pleite bin«, erklärt Willy. »Ich habe noch auf Baisse spekuliert.« Er sieht betrübt auf seinen grauen Anzug und dann auf Renée. »Na, wie gewonnen, so zerronnen – was ist schon Geld, wie?«

»Geld ist sehr wichtig«, erwiderte Renée kühl. »Besonders, wenn man es nicht hat.«

Georg und ich gehen die Marienstraße entlang. »Sonderbar, daß Watzek von mir und Riesenfeld Prügel bekommen hat«, sage ich. »Nicht von dir. Es wäre doch natürlicher gewesen, wenn du und er gekämpft hätten.«

»Natürlicher schon; aber nicht gerechter.«

»Gerechter?« frage ich.

»In einem verzwickten Sinne. Ich bin jetzt zu müde, es herauszufinden. Männer mit kahlen Köpfen sollten sich nicht mehr schlagen. Sie sollten philosophieren.«

»Da wirst du ein sehr einsames Leben vor dir haben. Die Zeit sieht nach Schlagen aus.«

»Ich glaube nicht. Irgendein scheußlicher Karneval ist zu Ende gegangen. Sieht es heute nicht nach einem kosmischen Aschermittwoch aus? Eine mächtige Seifenblase ist geplatzt.«

»Und?« sage ich.

»Und?« erwidert er.

»Irgend jemand wird eine neue, mächtigere blasen.«

»Vielleicht.«

Wir stehen im Garten. Grau rinnt der milchige Morgen um die Kreuze. Die jüngste Knopf-Tochter erscheint halb ausgeschlafen. Sie hat auf uns gewartet. »Vater sagt, für zwölf Billionen können Sie den Grabstein zurückkaufen.«

»Sagen Sie ihm, wir bieten acht Mark. Und auch das nur bis heute mittag. Geld wird sehr knapp werden.«

»Was?« fragt Knopf aus seinem Schlafzimmer heraus. Er hat gelauscht.

»Acht Mark, Herr Knopf. Und heute nachmittag nur noch sechs. Das Geld geht herunter. Wer hätte das je gedacht, was? Anstatt herauf.«

»Lieber behalte ich ihn in alle Ewigkeit, ihr verfluchten Leichenräuber!« krächzt Knopf und schlägt das Fenster zu.

25 Der Werdenbrücker Dichterklub gibt mir in der altdeutschen Stube der »Walhalla« einen Abschiedsabend. Die Dichter sind unruhig und tun, als wären sie bewegt. Hungermann tritt als erster auf mich zu. »Du kennst meine Gedichte. Du hast selbst gesagt, daß sie eines deiner stärksten dichterischen Erlebnisse waren. Stärker als Stefan George.«

Er sieht mich intensiv an. Ich habe das nie gesagt. Bambuss hat es gesagt; dafür hat Hungermann über Bambuss gesagt, daß er ihn für bedeutender als Rilke halte. Aber ich widerspreche nicht. Ich sehe den Dichter Casanovas und Mohammeds erwartungsvoll an.

»Also gut«, fährt Hungermann fort, wird aber abgelenkt. »Woher hast du übrigens diesen neuen Anzug?«

»Ich habe ihn mir heute von einem Schweizer Honorar gekauft«, erwidere ich mit der Bescheidenheit eines Pfauen. »Es ist mein erster neuer Anzug, seit ich Soldat Seiner Majestät wurde. Kein umgearbeiteter Militärrock. Echtes, richtiges Zivil! Die Inflation ist vorbei!«

»Ein Schweizer Honorar? Du bist also bereits international bekannt? Nun ja«, sagt Hungermann überrascht und sofort leicht verärgert: »Von einer Zeitung?«

Ich nickte. Der Autor Casanovas macht eine abschätzige Bewegung. »Dachte ich! Meine Sachen sind natürlich nichts für den Tagesverbrauch. Höchstens für literarische Zeitschriften ersten Ranges. Was ich vorher meinte, ist, daß ein Band Gedichte von mir unglücklicherweise vor drei Monaten bei Arthur Bauer in Werdenbrück erschienen ist! Ein Frevel!«

»Hat man dich dazu gezwungen?«

»Ja, moralisch. Bauer hat mich belogen. Er wolle enorme Reklame machen, den Verlag erweitern, Mörike, Goethe, Rilke, Stefan George, vor allem Hölderlin mit mir erscheinen lassen – und nichts davon hat er gehalten.«

»Er hat Otto Bambuss herausgebracht«, erwidere ich.

Hungermann winkt ab. »Bambuss – unter uns, ein Pfuscher und Nachempfinder. Hat mir nur geschadet. Weißt du, wieviel Bauer von meinem Werk verkauft hat? Nicht mehr als fünfhundert Exemplare!«

Ich weiß von Bauer, daß die Gesamtauflage zweihundertfünfzig Exemplare war; verkauft worden sind achtundzwanzig, davon heimlich von Hungermann angekauft neunzehn. Und zum Druck gezwungen wurde nicht Hungermann, sondern Bauer. Hungermann, als Deutschlehrer am Realgymnasium, hat Arthur erpreßt, da er sonst einen andern Buchhändler an seiner Schule empfehlen würde.

»Wenn du jetzt in Berlin an der Zeitung bist«, erklärt Hungermann, »du weißt, daß Kameradschaft unter Künstlern das edelste Gut ist!«

»Ich weiß es.« Hungermann zieht ein Bändchen seiner Gedichte aus der Tasche. »Hier – mit Widmung. Schreib darüber in Berlin. Und schick mir zwei Belegexemplare. Ich werde dir dafür hier in Werdenbrück die Treue halten. Und wenn du drüben einen guten Verleger findest – der zweite Band der Gedichte ist in Vorbereitung.«

»Gemacht.«

»Ich wußte, daß ich mich auf dich verlassen kann.« Hungermann schüttelt mir feierlich die Hand. »Bringst du nicht auch bald etwas heraus?«

»Nein. Ich habe es aufgegeben.«

»Was?«

»Ich will noch warten«, sage ich. »Ich will mich erst einmal in der Welt umsehen.«

»Sehr weise!« erklärt Hungermann nachdrücklich. »Wenn nur mehr Leute das machen würden, anstatt unreifes Zeug zu schmieren und den Könnern dadurch im Wege zu stehen!«

Er schaut scharf im Raume umher. Ich erwarte irgendein belustigtes Zwinkern von ihm; aber er ist plötzlich seriös. Ich bin für ihn eine

Geschäftsmöglichkeit geworden; da hat ihn der Humor sofort verlassen. »Sag den anderen nichts von unserer Abmachung«, schärft er mir noch ein.

»Sicher nicht«, erwiderte ich und sehe Otto Bambuss sich heranpirschen.

Eine Stunde später habe ich von Bambuss die »Stimmen der Stille« mit schmeichelhafter Widmung in der Tasche, dazu in Schreibmaschinendurchschlägen die exotischen Sonette »Die Tigerin«, die ich in Berlin anbringen soll – von Sommerfeld trage ich die Abschrift seines Buches vom Tode in freien Rhythmen bei mir – von anderen Mitgliedern ein Dutzend weitere Arbeiten in Kopien – und von Eduard den Durchschlag seines Päans auf den Tod eines Freundes, hundertundachtundsechzig Zeilen, die Valentin, dem Kameraden, Mitkämpfer und Menschen gewidmet sind. Eduard arbeitet schnell.

Es ist plötzlich alles weit weg.

Es ist so weit weg wie die Inflation, die vor zwei Wochen gestorben ist – oder die Kindheit, die von einem Tage zum andern in einem Militärrock erstickt wurde. Es ist so weit weg wie Isabelle.

Ich sehe die Gesichter an. Sind es noch die Gesichter staunender Kinder, die dem Chaos oder dem Wunder gegenüberstehen, oder sind es bereits die Gesichter betriebsamer Vereinsmeier? Ist in ihnen noch etwas von dem hingerissen und entsetzten Antlitz Isabelles, oder sind es nur die Imitatoren und geschwätzigen Wichtigtuer des Zehntel-Talents, das jede Jugend hat und dessen Verglimmen sie großsprecherisch und neidisch besingen, anstatt ihm schweigend zuzuschauen und einen Funken davon in ihr Dasein hinüberzuretten?

»Kameraden«, sage ich. »Ich trete hiermit aus eurem Klub aus.«

Alle Gesichter wenden sich mir zu. »Ausgeschlossen! Du bleibst korrespondierendes Mitglied des Klubs in Berlin«, erklärt Hungermann.

»Ich trete aus«, sage ich.

Einen Augenblick schweigen die Poeten. Sie sehen mich an. Irre ich mich, oder sehe ich in einigen Augen etwas wie Angst vor einer Entdeckung? »Du meinst das wirklich?« fragte Hungermann.

»Ich meine es wirklich.«

»Gut. Wir nehmen deinen Austritt an und ernennen dich hiermit zum Ehrenmitglied des Klubs.«

Hungermann blickt sich um. Er erhält rauschenden Beifall. Die Gesichter entspannen sich. »Einstimmig angenommen!« sagt der Dichter des Casanova.

»Ich danke euch«, erwidere ich. »Es ist ein stolzer Moment. Aber ich kann das nicht annehmen. Es wäre so, wie sich in seine eigene Statue zu verwandeln. Ich will nicht als Ehrenmitglied von irgend etwas in die Welt gehen, nicht einmal als das von unserem Etablissement in der Bahnstraße.«

»Das ist kein schöner Vergleich«, erklärt Sommerfeld, der Poet des Todes.

»Es sei ihm gestattet«, erwidert Hungermann. »Als was willst du dann in die Welt gehen?«

Ich lache. »Als kleiner Funke Leben, der versuchen wird, nicht zu erlöschen.«

»Du lieber Gott«, sagt Bambuss. »Steht das nicht ähnlich schon bei Euripides?«

»Möglich, Otto. Dann muß etwas daran sein. Ich will auch nicht darüber schreiben; ich will versuchen, es zu sein.«

»Es steht nicht bei Euripides«, erklärt Hungermann, der Akademiker, mit freudigem Blick auf den Dorfschulmeister Bambuss. »Du willst also –«, fragt er mich.

»Ich habe gestern abend ein Feuer gemacht«, sage ich. »Es brannte gut. Ihr kennt die alte Marschregel: leichtes Gepäck.«

Sie nicken alle eifrig. Sie kennen sie »nicht« mehr, das weiß ich plötzlich. »Also dann«, sage ich. »Eduard, ich habe hier noch zwölf Eßmarken. Die Deflation hat sie überholt; aber ich glaube, ich hätte noch ein legales Recht, wenn ich es vor Gericht durchfechten müßte, dafür mein Essen zu verlangen. Willst du sie in zwei Flaschen Johannisberger umtauschen? Wir wollen sie jetzt trinken.«

Eduard kalkuliert blitzschnell. Er kalkuliert auch Valentin ein und das Gedicht über ihn in meiner Tasche. »In drei«, sagt er.

Willy sitzt in einem kleinen Zimmer. Er hat es gegen seine elegante Wohnung getauscht. Es ist ein mächtiger Sprung in die Armut, aber Willy erträgt ihn gut. Er hat seine Anzüge gerettet, etwas Schmuck, und er wird dadurch noch lange Zeit ein eleganter Kavalier sein. Das rote Auto hat er verkaufen müssen. Er hatte zu waghalsig nach unten spekuliert. Die Wände seines Zimmers hat er selbst tapeziert – mit Geldscheinen und wertlosen Aktien der Inflation. »Es war billiger als eine Tapete«, erklärt er. »Und unterhaltender.«

»Und sonst?«

»Ich werde wahrscheinlich einen kleinen Posten bei der Werdenbrücker Bank bekommen.« Willy grinst. »Renée ist in Magdeburg. Großer Erfolg im ›Grünen Kakadu‹, schreibt sie.«

»Schön, daß sie wenigstens noch schreibt.«

Willy macht eine großzügige Geste. »Macht alles nichts, Ludwig. Weg ist weg und hin ist hin! Außerdem – in den letzten Monaten konnte ich Renée nie mehr dazu bringen, nachts einen General zu markieren. So war es nur noch halb der Spaß. Das erstemal, daß sie wieder kommandiert hat, war in der denkwürdigen Schlacht am Pissoir auf dem Neumarkt. Leb wohl, mein Junge! Als Abschiedsgeschenk –« Er öffnet einen Koffer mit Aktien und Papiergeld. »Nimm, was du willst! Millionen, Milliarden – es war ein Traum, was?«

»Ja«, sage ich.

Willy begleitete mich bis zur Straße. »Ich habe ein paar hundert Mark gerettet«, flüstert er. »Noch ist das Vaterland nicht verloren! Der französische Franc ist dran. Werde da auf Baisse spekulieren. Hast du Lust, mit einer kleinen Einlage mitzugehen?«

»Nein, Willy. Ich spekuliere nur noch auf Hausse.«

»Hausse«, sagt er, als sage er: Popokatepetl.

Ich sitze allein im Büro. Es ist der letzte Tag. Nachts werde ich fahren. Ich blättere in einem der Kataloge und überlege, ob ich zum Abschied noch den Namen Watzeks auf einem der von mir gezeichneten Grabsteine unterbringen soll – da klingelt das Telefon.

»Bist du der, der Ludwig heißt?« fragt eine rauhe Stimme. »Der, der die Frösche und Blindschleichen gesammelt hat?«

»Kann sein«, erwidere ich. »Kommt darauf an, wozu. Wer ist denn da?«

»Fritzi.«

»Fritzi! Natürlich bin ich es. Was ist los? Hat Otto Bambuss –«

»Das Eiserne Pferd ist tot.«

»Was?«

»Ja. Gestern abend. Herzschlag. Bei der Arbeit.«

»Ein schöner Tod«, sage ich. »Aber zu früh!«

Fritzi hustet. Dann sagt sie: »Ihr habt doch da bei euch ein Denkmalgeschäft, nicht? Ihr sagtet doch so etwas!«

»Wir haben das beste Denkmalgeschäft in der Stadt«, erwidere ich. »Warum?«

»Warum? Mein Gott, Ludwig, dreimal darfst du raten! Die Madame will den Auftrag natürlich einem Kunden geben. Und du hast doch auch auf dem Eisernen Pferd–«

»Ich nicht«, unterbreche ich sie. »Aber es kann sein, daß mein Freund Georg –«

»Einerlei, ein Kunde soll den Auftrag haben. Komm raus! Aber bald! Es war schon einer hier, ein Reisender von der Konkurrenz – er weinte dicke Tränen und behauptete, er hätte auch auf dem Pferd –«

Tränen-Oskar! Kein Zweifel! »Ich komme sofort!« sage ich. »Die Heulboje lügt!«

Die Madame empfängt mich. »Wollen Sie sie sehen?« fragt sie.

»Ist sie hier aufgebahrt?«

»Oben, in ihrem Zimmer.«

Wir gehen die knarrenden Treppen hinauf. Die Türen stehen offen. Ich sehe, daß die Mädchen sich anziehen.

»Arbeiten sie heute auch?« frage ich.

Die Madame schüttelt den Kopf. »Heute abend nicht. Die Damen ziehen sich nur an. Gewohnheit, verstehen Sie? Ist übrigens kein großer Verlust. Seit eine Mark wieder eine Mark ist, ist das Geschäft wie abgeschnitten. Kein Aas hat mehr Geld. Komisch, was?«

Es ist nicht komisch; es ist wahr. Die Inflation ist sofort zur Deflation geworden. Da, wo es vorher von Billionen gewimmelt hat, rechnet man jetzt wieder mit Pfennigen. Es herrscht überall Geldmangel. Der entsetzliche Karneval ist vorbei. Ein spartanischer Aschermittwoch ist angebrochen.

Das Eiserne Pferd liegt zwischen grünen Topfpflanzen und Lilien aufgebahrt. Es hat plötzlich ein strenges, altes Gesicht; und ich erkenne es nur wieder an einem Goldzahn, der an einer Seite kaum sichtbar zwischen den Lippen blinkt. Der Spiegel, vor dem es sich so oft zurechtgemacht hat, ist mit weißem Tüll verhängt. Das Zimmer riecht nach altem Parfüm, Tannengrün und Tod. Auf der Kommode stehen ein paar Fotografien und eine abgeflachte Kristallkugel, auf deren flacher Seite ein Bild klebt. Wenn man die Kugel schüttelt, sieht es aus, als seien die Leute auf dem Bilde in einem Schneesturm. Ich kenne das Stück gut; es gehört zu den schönsten Erinnerungen meiner Kindheit. Ich hätte es gern gestohlen, als ich noch in der Bahnstraße meine Schularbeiten machte.

»Für euch war sie ja fast wie eine Stiefmutter, was?« fragt mich die Madame.

»Sagen wir ruhig eine Art Mutter. Ohne das Eiserne Pferd wäre ich wahrscheinlich Biologe geworden. Sie liebte aber Gedichte so sehr – ich mußte immer neue mitbringen –, daß ich die Biologie links liegenließ.«

»Richtig«, sagt die Madame. »Sie waren ja der mit den Molchen und Fischen!«

Wir gehen hinaus. Im Vorbeigehen sehe ich auf dem Schrank die Kosakenmütze liegen. »Wo sind denn ihre hohen Stiefel?« frage ich.

»Die hat Fritzi jetzt. Fritzi hat keine Lust zu was anderm mehr. Prügeln strengt weniger an. Und es bringt mehr ein. Außerdem müssen wir ja eine Nachfolgerin haben. Wir haben einen kleinen Kundenkreis für eine strenge Masseuse.«

»Wie ist das mit dem Pferd eigentlich passiert?«

»Im Dienst. Sie hatte immer noch zu viel Interesse an der Sache, das war der eigentliche Grund. Wir haben einen einäugigen holländischen Kaufmann, einen sehr feinen Herrn, er sieht gar nicht so aus, aber der Mann will nichts als Prügel und kommt jeden Sonnabend. Kräht, wenn er genug hat, wie der beste Hahn, sehr drollig. Verheiratet, drei süße Kinder, kann natürlich von der eigenen Frau nicht verlangen, daß sie ihn durchhaut – ein Dauerkunde also, dazu die Devisen, er zahlte in

382

Gulden – wir haben den Mann fast angebetet, mit der hohen Valuta. Na, da ist es denn gestern passiert. Malwine hat sich zu sehr aufgeregt – und plötzlich fällt sie um, die Peitsche in der Hand.«

»Malwine?«

»Das ist ihr Vorname. Wußten Sie nicht, wie? Der Herr natürlich, so was an Schrecken! Der kommt nicht wieder«, sagt die Puffmutter wehmütig. »So ein Kunde! Reiner Zucker! Von den Devisen haben wir immer das Fleisch und den Kuchen für'n ganzen Monat kaufen können. Übrigens, wie ist das denn jetzt?« Sie wendet sich mir zu. »Das ist dann ja nun gar nicht mehr so viel wert, was?«

»Ein Gulden ungefähr soviel wie zwei Mark.«

»Ist das möglich! Und früher waren es Billionen! Na, dann ist es mit dem Kunden nicht so schlimm, wenn er wegbleibt. Wollen sie nicht noch irgendeine Kleinigkeit mitnehmen als Andenken an das Pferd?«

Ich denke einen Augenblick an das Glas mit dem Schneegestöber. Aber man soll keine Andenken mitnehmen. Ich schüttle den Kopf.

»Dann wollen wir unten eine Tasse guten Kaffee trinken und das Denkmal aussuchen.«

Ich habe auf einen kleinen Hügelstein gerechnet; aber es stellt sich heraus, daß das Eiserne Pferd durch den holländischen Kaufmann Devisen hat sparen können. Es hat die Guldenscheine in eine Kassette getan und nicht eingewechselt. Jetzt sind sie da, und es ist eine stattliche Summe. Der Kaufmann war seit Jahren ein treuer Kunde.

»Malwine hat keine Verwandten«, sagte die Madame.

»Dann natürlich«, erwidere ich, »können wir in die große Klasse der Grabdenkmäler einsteigen. In den Marmor und den Granit.«

»Marmor ist nichts für das Roß«, sagt Fritzi. »Das ist doch mehr für Kinder, was?«

»Längst nicht immer! Wir haben schon Generäle unter Marmorsäulen zur Ruhe gebracht!«

»Granit!« sagt die Puffmutter. »Granit ist besser. Paßt besser zu ihrer eisernen Natur.«

Wir sitzen im großen Zimmer. Der Kaffee dampft, es gibt selbstgebackenen Kuchen mit Schlagsahne und eine Flasche Curaço. Ich fühle mich fast in die alten Zeiten versetzt. Die Damen schauen mir über die Schultern in den Katalog, wie einst in die Schulbücher.

»Hier ist das Beste, was wir haben«, sage ich. »Schwarzer schwedischer Granit, ein Kreuzdenkmal mit zwei Sockeln. Es gibt davon nicht mehr als vielleicht zwei oder drei in der ganzen Stadt.«

Die Damen betrachten die Zeichnung. Es ist eine meiner letzten. Ich habe den Major Wolkenstein für die Inschrift verwendet – als 1915 an der Spitze seiner Truppe gefallen –, was mindestens für den ermordeten Tischler in Wüstringen besser gewesen wäre. »War das Pferd katholisch?« fragt Fritzi.

»Ein Kreuz ist nicht nur für die Katholiken«, erwidere ich.

Die Puffmutter kratzt sich den Kopf. »Ich weiß nicht, ob ihr so was Religiöses recht gewesen wäre. Gibt's nicht was anderes? So eine Art Naturfelsen?«

Mir setzt einen Augenblick der Atem aus. »Wenn Sie so etwas wollen«, sage ich dann, »dann habe ich etwas ganz Besonderes. Etwas Klassisches! Einen Obelisken!«

Es ist ein Schuß in die Nacht, das weiß ich; aber mit plötzlich vor Jagdfieber eifrigen Fingern suche ich die Zeichnung des Veteranen hervor und lege sie auf den Tisch.

Die Damen schweigen und studieren. Ich halte mich zurück. Es gibt manchmal ein Finderglück – im Anfang oder am Schluß, wo einem mit der Kinderhand Dinge gelingen, an denen Spezialisten verzweifelt sind. Fritzi lacht plötzlich. »Eigentlich nicht schlecht für das Pferd«, sagt sie.

Die Puffmutter grinst ebenfalls. »Was kostet das Ding?«

Der Obelisk hat, solange ich im Geschäft bin, nie einen Preis gehabt, da jeder wußte, daß er unverkäuflich war. Ich kalkuliere rasch. »Tausend Mark offiziell«, sage ich. »Für euch, als Freunde, sechshundert. Ich kann mir erlauben, diesen Schandpreis zu machen, da heute ohnehin mein letzer Tag im Büro ist – sonst würde ich entlassen. Barzahlung natürlich! Und die Inschrift extra.«

»Warum eigentlich nicht?« sagt Fritzi.

»Von mir aus!« Die Puffmutter nickt.

Ich traue meinen Ohren nicht. »Also abgemacht?« frage ich.

384

»Abgemacht«, erwidert die Puffmutter. »Wieviel sind sechshundert
Mark in Gulden?«

Sie beginnt, die Scheine abzuzählen. Aus der Kuckucksuhr an der
Wand schießt der Vogel und ruft die Stunde aus. Es ist sechs Uhr. Ich
stecke das Geld ein. »Ein Gedächtnisschnaps«, sagt die Puffmutter.
»Für Malwine. Morgen früh wird sie beerdigt. Wir brauchen das Lokal
wieder für morgen abend.«

»Schade, daß ich nicht zur Beerdigung bleiben kann«, sage ich.

Wir trinken alle einen Kognak mit einem Schuß Pfefferminzschnaps.
Die Puffmutter wischt sich die Augen. »Es geht mir nahe«, erklärt sie.

Es geht uns allen nahe. Ich stehe auf und verabschiede mich.

»Georg Kroll wird das Denkmal setzen lassen«, sage ich.

Die Damen nicken. Ich habe nie so viel Treu und Glauben gesehen
wie hier. Sie winken aus den Fenstern. Die Doggen bellen. Ich gehe
rasch den Bach entlang der Stadt zu.

»Was?« sagt Georg. »Unmöglich!«

Ich ziehe schweigend die Gulden hervor und breite sie auf dem
Schreibtisch aus. »Was hast du dafür verkauft?« fragt er.

»Warte einen Augenblick.«

Ich habe eine Fahrradklingel gehört. Gleich darauf ertönt ein gebiete-
risches Räuspern vor der Tür. Ich raffe die Scheine zusammen und
stecke sie wieder in die Tasche. Heinrich Kroll erscheint in der Tür, die
Hosensäume leicht mit Straßenschmutz bekleckert. »Nun«, frage ich.
»Was verkauft?«

Er starrt mich giftig an. »Gehen Sie mal raus und verkaufen Sie! Bei der
Pleite. Kein Mensch hat Geld! Und wer ein paar Mark hat, hält sie fest!«

»Ich war draußen«, erwidere ich. »Und ich habe verkauft.«

»So? Was?«

Ich drehe mich so, daß ich beide Brüder im Auge habe, und sage:
»Den Obelisken.«

»Quatsch!« sagt Heinrich kurz. »Machen Sie Ihre Witze doch in
Berlin!«

»Ich habe mit dem Geschäft hier zwar nichts mehr zu tun«, erkläre
ich, »da ich heute mittag um zwölf meinen Dienst beendet habe.

Trotzdem lag mir daran, Ihnen mal zu zeigen, wie einfach es ist, Denkmäler zu verkaufen. Direkt eine Ferienbeschäftigung.«

Heinrich schwillt an, hält sich aber mit Mühe. »Gottlob, wir brauchen diesen Unsinn nicht mehr lange anzuhören! Gute Reise! In Berlin wird man Ihnen schon die Flötentöne beibringen.«

»Er hat den Obelisken tatsächlich verkauft, Heinrich«, sagt Georg. Heinrich starrt ihn ungläubig an. »Beweise!« faucht er dann.

»Hier!« sage ich und lasse die Gulden flattern. »Sogar Devisen!«

Heinrich glotzt. Dann hascht er nach einem der Scheine, dreht ihn um und prüft, ob er echt sei. »Glück«, knirscht er schließlich hervor. »Blödes Glück!«

»Wir können das Glück brauchen, Heinrich«, sagt Georg. »Ohne diesen Betrag könnten wir den Wechsel nicht bezahlen, der morgen fällig ist. Du solltest lieber herzlichen Dank sagen. Es ist das erste wirkliche Geld, das wir hereinkriegen. Wir brauchen es verdammt nötig.«

»Dank? Fällt mir gerade ein!«

Heinrich verschwindet türenschmetternd, ein echter, aufrechter Deutscher, der niemandem jemals Dank schuldet.

»Brauchen wir den Zaster tatsächlich so dringend?« frage ich.

»Dringend genug«, erwidert Georg. »Aber jetzt laß uns abrechnen. Wieviel Geld hast du?«

»Genug. Ich habe das Reisegeld dritter Klasse geschickt bekommen. Ich fahre vierter und spare damit zwölf Mark. Mein Klavier habe ich verkauft – ich kann es nicht mitschleppen. Der alte Kasten hat hundert Mark eingebracht. Das sind zusammen hundertzwölf Mark. Davon kann ich leben, bis ich mein erstes Gehalt bekomme.«

Georg nimmt dreißig holländische Gulden und hält sie mir hin. »Du hast als Spezialagent gearbeitet. Damit hast du Anrecht auf eine Provision wie Tränen-Oskar. Für besondere Leistung fünf Prozent Zuschlag.«

Es entsteht ein kurzer Wettstreit; dann nehme ich das Geld als Rücklage für den Fall, daß ich im ersten Monat bereits aus meiner neuen Stellung rausfliege. »Weißt du schon, was du in Berlin machen mußt?« fragt Georg.

Ich nicke. »Feuer melden; Diebstähle beschreiben; kleine Bücher besprechen; Bier holen für die Redakteure; Bleistifte anspitzen; Druckfehler korrigieren – und versuchen, weiterzukommen.«

Die Tür wird mit einem Fußtritt geöffnet. Wie ein Gespenst steht der Feldwebel Knopf im Rahmen. »Ich verlange acht Billionen«, krächzt er.

»Herr Knopf«, sage ich. »Sie sind aus einem langen Traum noch gar nicht ganz aufgewacht. Die Inflation ist vorbei. Vor vierzehn Tagen hätten Sie acht Billionen für den Stein bekommen können, den Sie für acht Milliarden gekauft haben. Heute sind es acht Mark.«

»Ihr Lumpen! Ihr habt das absichtlich getan!«

»Was?«

»Mit der Inflation aufgehört! Um mich auszuräubern! Aber ich verkaufe nicht! Ich warte auf die nächste!«

»Was?«

»Die nächste Inflation!«

»Gut«, sagt Georg. »Darauf wollen wir einen trinken.«

Knopf greift als erster nach der Flasche. »Wetten?« fragt er.

»Um was?«

»Daß ich schmecken kann, woher die Flasche kommt.«

Er zieht den Korken heraus und riecht. »Ausgeschlossen, daß Sie das rausfinden«, sage ich. »Bei Korn vom Faß vielleicht – wir wissen, daß Sie darin der beste Kenner der Provinz sind –, aber nie bei Schnaps in der Flasche.«

»Um wieviel wetten Sie? Um den Preis des Grabsteins?«

»Wir sind plötzlich verarmt«, erwidert Georg. »Aber wir wollen drei Mark riskieren. Auch in Ihrem Interesse.«

»Gut. Geben Sie mir ein Glas.«

Knopf riecht und probiert. Dann verlangt er ein zweites und ein drittes Glas voll. »Geben Sie es auf«, sage ich. »Es ist unmöglich. Sie brauchen nicht zu zahlen.«

»Dieser Schnaps ist aus dem Delikatessengeschäft vom Brockmann an der Marienstraße«, sagt Knopf.

Wir starren ihn an. Es stimmt. »Her mit dem Zaster!« krächzt er. Georg zahlt die drei Mark, und der Feldwebel verschwindet. »Wie war das möglich?« sage ich. »Hat die alte Schnapsdrossel übersinnliche Kräfte?«

Georg lacht plötzlich. »Er hat uns reingelegt!«

»Wie?«

Er hebt die Flasche. Auf die Rückseite ist unten ein winziges Schildchen geklebt: J. Brockmann, Delikatessen, Marienstraße 18. »So ein Gauner!« sagt er vergnügt. »Und was für Augen er noch hat!«

»Augen!« sage ich. »Übermorgen nacht wird er daran zweifeln, wenn er nach Hause kommt und den Obelisken nicht mehr findet. Auch seine Welt wird für ihn einstürzen.«

»Stürzt deine ein?« fragt Georg.

»Täglich«, erwidere ich. »Wie sollte man sonst leben?«

Zwei Stunden vor der Abfahrt glauben wir draußen Trappeln, Stimmen und Töne zu hören.

Gleich darauf geht es auf der Straße vierstimmig los:

»Heil'ge Nacht, o gieße du

Himmelsfrieden in dies Herz –«

Wir treten ans Fenster. Auf der Straße steht Bodo Ledderhoses Verein. »Was ist denn das?« frage ich. »Mach Licht, Georg!«

Im matten Schein, der vom Fenster auf die Straße fällt, erkennen wir Bodo. »Es gilt dir«, sagt Georg. »Ein Abschiedsständchen deines Vereins. Vergiß nicht, daß du dort Mitglied bist.«

»Schenk dem müden Pilger Ruh,

holde Labung seinem Schmerz –«

tönt es mächtig weiter.

Fenster öffnen sich. »Ruhe!« schreit die alte Konersmann. »Es ist Mitternacht, ihr besoffenes Gesindel!«

»Hell schon erglühn die Sterne,

leuchten in blauer Ferne –«

Lisa erscheint im Fenster und verneigt sich. Sie glaubt, das Ständchen gelte ihr.

Kurz darauf ist die Polizei da. »Gehen Sie auseinander!« kommandiert eine markige Stimme.

Die Polizei hat sich mit der Deflation geändert. Sie ist scharf und energisch geworden. Der alte Preußengeist ist wieder da. Jeder Zivilist ist ein ewiger Rekrut.

»Nächtliche Ruhestörung!« schnauzt der amusische Uniformträger.
»Verhaftet sie!« heult die Witwe Konersmann.

Bodos Verein besteht aus zwanzig handfesten Sängern. Dagegen stehen zwei Polizisten. »Bodo«, rufe ich besorg. »Rührt sie nicht an! Verteidigt euch nicht! Ihr kommt sonst für Jahre ins Zuchthaus!«

Bodo macht eine beruhigende Geste und singt mit weit offenem Munde:

»Möchte mit dir so gerne ziehn – himmelwärts.«

»Ruhe, wir wollen schlafen!« schreit die Witwe Konersmann.

»Heda!« ruft Lisa den Polizisten zu. »Laßt doch die Sänger in Ruhe! Warum seid ihr nicht da, wo gestohlen wird?«

Die Polizisten sind verwirrt. Sie kommandieren noch ein paarmal: »Alles zur Polizeistation!« – aber niemand rührt sich. Bodo beginnt die zweite Strophe. Die Polizisten tun schließlich, was sie können – sie verhaften jeder einen Sänger. »Verteidigt euch nicht!« rufe ich. »Es ist Widerstand gegen die Staatsgewalt!«

Die Sänger leisten keinen Widerstand. Sie lassen sich abführen.

Der Rest singt weiter, als wäre nichts geschehen. Die Station ist nicht weit. Die Polizisten kommen im Laufschritt wieder und verhaften zwei weitere Sänger. Die andern singen weiter; aber der erste Tenor ist recht schwach geworden. Die Polizisten verhaften von rechts; beim drittenmal wird Willy abgeführt, und damit ist der erste Tenor zum Schweigen gebracht. Wir reichen Bierflaschen aus den Fenstern. »Halte aus, Bodo!« sage ich.

»Keine Angst! Bis zum letzten Mann!«

Die Polizei kommt wieder und verhaftet im zweiten Tenor. Wir haben kein Bier mehr und stiften unsern Korn. Zehn Minuten später singen nur noch die Bässe. Sie stehen da, ohne hinzuschauen, wie verhaftet wird. Ich habe einmal gelesen, daß Walroßherden so unbeteiligt bleiben, während Jäger unter ihnen mit Keulen die Nachbarn erschlagen – und gesehen habe ich, daß ganze Völker im Kriege dasselbe tun.

Nach einer weiteren Viertelstunde steht Bodo Ledderhose allein da. Die schwitzenden, wütenden Polizisten kommen zum letztenmal angaloppiert. Sie nehmen Bodo in die Mitte. Wir folgen ihm zur Station.

Bodo summt einsam weiter. »Beethoven«, sagt er kurz und summt wieder, eine einzelne musikalische Biene.

Aber plötzlich ist es, als ob Windharfen ihn aus unendlicher Ferne begleiteten. Wir horchen auf. Es klingt wie ein Wunder – aber Engel scheinen tatsächlich mitzusummen, Engel im ersten und zweiten Tenor und in den beiden Bässen. Sie umschmeicheln und umgaukeln Bodo und werden deutlicher, je weiter wir kommen, und als wir um die Kirche biegen, können wir die fliegenden, körperlosen Stimmen sogar verstehen. Sie singen »Heil'ge Nacht, o gieße du –«, und an der nächsten Ecke erkennen wir, woher sie kommen: aus der Polizeiwache, in der Bodos verhaftete Kameraden furchtlos stehen und weitersingen, ohne sich um etwas zu kümmern. Bodo als Dirigent tritt zwischen sie, als wäre das die alltäglichste Sache der Welt, und weiter geht es: »Schenk dem müden Pilger Ruh –«

»Herr Kroll, was soll das?« fragt der Vorsteher der Wache perplex.

»Es ist die Macht der Musik«, erwidert Georg. »Ein Abschiedsständchen für einen Menschen, der in die Welt hinausgeht. Harmlos und eigentlich zu fördern.«

»Das ist alles?«

»Das ist alles.«

»Es ist nächtliche Ruhestörung«, erklärt einer der Verhafter.

»Wäre es auch nächtliche Ruhestörung, wenn sie ›Deutschland, Deutschland über alles‹ sängen?« frage ich ihn.

»Das wäre was anderes!«

»Wer singt, stiehlt nicht, mordet nicht und versucht nicht, die Regierung zu stürzen«, erklärt Georg dem Vorsteher der Wache. »Wollen Sie den ganzen Chor einsperren, weil er das alles nicht tut?«

»Werft sie raus!« zetert der Vorsteher. »Aber sie sollen jetzt ruhig bleiben.«

»Sie werden ruhig bleiben. Sie sind kein Preuß, wie?«

»Franke.«

»Das dachte ich mir«, sagt Georg.

Wir stehen am Bahnhof. Es ist windig, und niemand ist außer uns auf dem Perron. »Du wirst mich besuchen, Georg«, sage ich. »Ich werde alles daransetzen, die Frauen deiner Träume kennenzulernen. Zwei bis drei werden für dich dasein, wenn du kommst.«

»Ich komme.«

Ich weiß, daß er nicht kommen wird. »Du bist es allein schon deinem Smoking schuldig«, sage ich. »Wo sonst könntest du ihn anziehen?«

»Das ist wahr.«

Der Zug bohrt ein paar glühende Augen in das Dunkel.

»Halte die Fahne hoch, Georg! Du weißt, wir sind unsterblich.«

»Das sind wir. Und du, laß dich nicht unterkriegen. Du bist so oft gerettet worden, daß du die Verpflichtung hast, weiter durchzukommen.«

»Klar«, sage ich. »Schon der andern wegen, die nicht gerettet wurden. Schon Valentins wegen.«

»Unsinn. Einfach, weil du lebst.«

Der Zug braust in die Halle, als warteten fünfhundert Leute auf ihn. Aber nur ich warte. Ich suche ein Abteil und steige ein. Das Abteil riecht nach Schlaf und Menschen. Ich ziehe das Fenster im Gang auf und lehne mich hinaus. »Wenn man etwas aufgibt, braucht man es nicht zu verlieren«, sagt Georg. »Nur Idioten tun das.«

»Wer redet schon von Verlieren«, erwidere ich, während der Zug anzieht. »Da wir sowieso am Ende verlieren, können wir uns erlauben, vorher zu siegen wie die gefleckten Waldaffen.«

»Siegen die immer?«

»Ja – weil sie gar nicht wissen, was das ist.«

Der Zug rollt bereits. Ich fühle Georgs Hand. Sie ist zu klein und zu weich, und in der Schlacht an der Pißbude hat sie Schrammen bekommen, die noch nicht heil sind. Der Zug wird schneller, Georg bleibt zurück, er ist plötzlich älter und blasser, als ich dachte, ich sehe nur noch seine blasse Hand und seinen blassen Kopf, und dann ist nichts mehr da als der Himmel und das fliegende Dunkel.

Ich gehe in das Abteil. Ein Reisender mit einer Brille röchelt in einer Ecke; ein Förster in einer andern. In der dritten schnarcht ein fetter Mann mit einem Schnurrbart; in einer vierten gibt eine Frau mit Hängebacken und einem verrutschten Hut seufzende Triller von sich.

Ich spüre den scharfen Hunger der Traurigkeit und öffne meinen Koffer, der im Gepäcknetz liegt. Frau Kroll hat mich mit belegten Butterbroten bis Berlin versehen. Ich fingere danach, finde sie aber nicht und hole den Koffer aus dem Netz. Die Frau mit dem verrutschten Hut und den Trillern erwacht, sieht mich wütend an und trillert gleich darauf herausfordernd weiter. Ich sehe, weshalb ich die Butterbrote nicht gefunden habe. Georgs Smoking liegt darüber. Er hat ihn wahrscheinlich eingepackt, während ich den Obelisken verkauft habe. Ich sehe eine Weile auf das schwarze Tuch; dann hole ich die Butterbrote. Das ganze Abteil wacht einen Augenblick vom Geruch des Brotes und der herrlichen Leberwurst auf. Ich kümmere mich um nichts und esse weiter. Dann lehne ich mich zurück auf meinen Sitz und sehe in das Dunkel, durch das ab und zu Lichter fliegen, und ich denke an Georg und den Smoking, und dann denke ich an Isabelle und Hermann Lotz und an den Obelisken, der angepißt wurde und zum Schluß die Firma gerettet hat, und zuletzt denke ich an gar nichts mehr.

26 Ich habe keinen von allen wiedergesehen. Ich wollte ab und zu einmal zurückfahren, aber immer kam etwas dazwischen, und ich glaubte, ich hätte noch Zeit genug, aber plötzlich war keine Zeit mehr da. Die Nacht brach über Deutschland herein, ich verließ es, und als ich wiederkam, lag es in Trümmern. Georg Kroll war tot. Die Witwe Konersmann hatte weiterspioniert und herausbekommen, daß Georg ein Verhältnis mit Lisa gehabt hatte – 1933, zehn Jahre später, hat sie es an Watzek verraten, der damals Sturmführer der SA war. Watzek ließ Georg in ein Konzentrationslager sperren, obschon er schon fünf Jahre vorher von Lisa geschieden worden war. Ein paar Monate später war Georg tot.

Hans Hungermann wurde Kulturwart und Obersturmbannführer der neuen Partei. Er feierte sie in glühenden Versen und hatte deshalb nach 1945 etwas Sorgen, da er seine Position als Schuldirektor verlor – inzwischen sind aber seine Pensionsansprüche vom Staat längst anerkannt worden, und er lebt, wie unzählige andere Parteigenossen, sehr behaglich davon, ohne arbeiten zu müssen.

Der Bildhauer Kurt Bach war sieben Jahre im Konzentrationslager und kam als arbeitsunfähiger Krüppel zurück. Heute, zehn Jahre nach dem Zusammenbruch der Nazis, kämpft er immer noch um eine kleine Rente, ebenso wie unzählige andere Opfer des Regimes. Er hofft, wenn er Glück hat, auf eine Rente von siebzig Mark im Monat – etwa einem Zehntel dessen, was Hungermann als Pension bezieht, und auch etwa einem Zehntel dessen, was der Staat dem ersten Chef der Gestapo seit Jahren an Pension bezahlt – dem Mann, der das Konzentrationslager gegründet hat, in dem Kurt Bach zum Krüppel geprügelt wurde –, ganz zu schweigen natürlich von den noch wesentlich höheren Pensionen und Schadenersatzabfindungen, die an Generäle, Kriegsverbrecher und hohe frühere Parteibeamte gezahlt werden. Heinrich Kroll, der gut durch die Zeit gekommen ist, sieht darin mit viel Stolz einen Beweis für das unerschütterliche Rechtsbewußtsein unseres geliebten Vaterlandes.

Der Major Wolkenstein machte eine ausgezeichnete Karriere. Er wurde Mitglied der Partei, war bei der Judengesetzgebung beteiligt, lag nach dem Krieg einige Jahre still und ist heute mit vielen anderen Parteigenossen im Auswärtigen Amt beschäftigt.

Bodendiek und Wernicke hielten in der Irrenanstalt für lange Zeit einige Juden versteckt. Sie brachten sie in die Zellen für die unheilbaren Kranken, schoren sie und lehrten sie, wie sie sich als Verrückte benehmen mußten. Bodendiek wurde später in ein kleines Dorf versetzt, weil er sich darüber ungebührlich aufgeregt hatte, daß sein Bischof den Titel eines Staatsrates angenommen hatte von einer Regierung, die den Mord als heilige Pflicht pries. Wernicke wurde abgesetzt, weil er sich weigerte, tödliche Einspritzungen an seinen Kranken vorzunehmen. Es gelang ihm, die versteckten Juden vorher noch herauszuholen und fortzuschaffen. Man schickte ihn ins Feld, und er fiel 1944. Willy fiel 1942, Otto Bambuss 1945, Karl Kroll 1944. Lisa wurde bei einem Bombenangriff getötet. Ebenso die alte Frau Kroll.

Eduard Knobloch überstand alles; er servierte Gerechten und Ungerechten gleich erstklassig. Sein Hotel wurde zerstört, ist aber wieder aufgebaut worden. Gerda hat nicht geheiratet, und niemand weiß, was aus ihr geworden ist. Auch von Geneviève Terhoven habe ich nie wieder etwas gehört.

Eine interessante Karriere machte Tränen-Oskar. Er kam als Soldat
nach Rußland und wurde zum zweiten Male Friedhofskommandant.
1945 wurde er Dolmetscher bei den Besatzungstruppen und schließlich
für einige Monate Bürgermeister von Werdenbrück. Danach ging er ins
Geschäft zurück, zusammen mit Heinrich Kroll. Sie gründeten eine
neue Firma und hatten große Erfolge – Grabsteine waren damals fast so
gesucht wie Brot.

Der alte Knopf starb drei Monate, nachdem ich Werdenbrück verlassen hatte. Er wurde von einem Auto nachts überfahren. Seine Frau heiratete ein Jahr später den Sargtischler Wilke. Niemand hätte das erwartet. Es wurde eine glückliche Ehe.

Die Stadt Werdenbrück wurde während des Krieges durch Bomben
so zertrümmert, daß fast kein Haus unbeschädigt blieb. Sie war ein
Eisenbahn-Knotenpunkt; deshalb wurde sie so oft angegriffen. Ich war
ein Jahr später einmal einige Stunden auf der Durchreise da. Ich suchte
nach den alten Straßen, aber ich verirrte mich in der Stadt, in der ich so
lange gelebt hatte. Nichts war mehr da als Trümmer, und ich fand auch
niemand von früher wieder. In einem kleinen Laden, der sich nahe dem
Bahnhof in einer Bretterbude befand, kaufte ich ein paar Postkarten mit
Ansichten der Stadt aus der Zeit vor dem Kriege. Das war alles, was
übriggeblieben war. Wenn jemand früher sich seiner Jugend erinnern
wollte, ging er an den Ort zurück, wo er sie verbracht hatte. Heute kann
man das in Deutschland kaum noch. Alles ist zerstört und neu aufgebaut worden und fremd. Postkarten müssen es ersetzen.

Die einzigen beiden Gebäude, die völlig unbeschädigt sind, sind die
Irrenanstalt und die Gebäranstalt – hauptsächlich deshalb, weil sie etwas
außerhalb der Stadt liegen. Sie waren sofort wieder voll belegt und sind
es noch. Sie mußten sogar beträchtlich erweitert werden.

Unser Golgatha

Nachwort von Tilman Westphalen

I. »Wer immer recht hat, ist ein schwarzer Obelisk geworden.«[1]

Remarque, von seinem Verleger Joseph Caspar Witsch gefragt, worum es in seinem neuen Buch gehe, antwortet in einem Brief vom 1. Juli 1956 aus Porto Ronco:

> Den Inhalt des Buches kann ich Ihnen nicht beschreiben. Könnte ich es, bräuchte ich nicht ca. 380 Seiten dazu.

Mit diesem Antwortbrief sendet Remarque einen weiteren Manuskriptteil von *Der schwarze Obelisk,* der mit Kapitel XI endet. Den Umfang und die voraussichtliche Zahl der Kapitel kannte Remarque aus seiner Rohfassung.[2] *Der schwarze Obelisk* als Titel dieses Romans stand für ihn von Anfang an fest.[3]

Was ist »der schwarze Obelisk«? Wofür steht er? Ist er ein verbindendes Symbol für eine Gesamtdeutung der verwirrenden Vielfalt von Themen und Perspektiven in diesem Roman?

In einer Besprechung kurz nach Erscheinen des Romans heißt es:

> Der schwarze Obelisk steht als dunkler Spiegel in diesem Werk, leibhaftig und rätselhaft, wie dieses reiche Buch selbst.[4]

Die *Basler Nachrichten* formulieren im August 1957:

> ... das Prunkstück [des Grabsteingeschäfts], der schwarze Obelisk, ist Zeichen und Fanal für eine verlogene, prunkende und völlig tote bürgerliche Ideologie.[5]

Der seit den Schultagen mit Remarque bekannte Osnabrücker Hanns-Gerd Rabe betitelt seine Kritik in der Osnabrücker *Neuen Tagespost* mit: »Dunkles Spiegelbild des Osnabrück von 1923«.[6]

Das Rätseln in der Kritik über den Sinn des Obelisk-Symbols, soweit es überhaupt als solches zur Kenntnis genommen wird, führt zu keinen schlüssigen Lösungen. Die Zitate ließen sich in großer Vielfalt und Widersprüchlichkeiten ergänzen.

Was bedeutet der schwarze Obeliks als das titelgebende, den Roman durchziehende Zentralsymbol, als möglicher Eckpfeiler der Romanstruktur? Auf welche Weise mag der schwarze Stein den Autor inspiriert haben, der ihm schon früh beim Schreiben als ein Leitelement des Romans diente? Was fängt der heutige Leser damit an? Was war seine Funktion für die Lektüre in den 50er Jahren?

›Schwarze Obelisken‹ stehen für Remarque überall in einer Welt, die in seinen Augen auf dem Höhepunkt des ›Kalten Krieges‹ in den 50er Jahren den Dritten Weltkrieg als unausweichlich zu akzeptieren scheint:

> Die Welt liegt wieder im fahlen Licht der Apokalypse, der Geruch des Blutes und der Staub der letzten Zerstörung sind noch nicht verflogen, und schon arbeiten Laboratorien und Fabriken aufs neue mit Hochdruck daran, den Frieden zu erhalten durch die Erfindung von Waffen, mit denen man den ganzen Erdball sprengen kann (S. 9).

So wie die Menschen es nicht vermocht hatten, den Zweiten Weltkrieg nach der Katastrophe des Ersten Weltkriegs zu verhindern, so bedrohlich ist die Lage 1956 beim Erscheinen des Romans. Zahllose Interkontinentalraketen stehen auf ihren Abschußrampen für den Knopfdruck zum atomaren Holocaust bereit. Die Wasserstoffbombe hat bei Amerikanern und ›Sowjets‹ (wie Adenauer die Russen zu nennen pflegte) die dagegen recht ›harmlosen‹ Hiroshima- und Nagasaki-Bomben von 1945 abgelöst. Die deutsche Bundeswehr ist im ›Aufbau‹, bereit für den nächsten ›Ostlandfeldzug‹! Da ist Remarques konkrete *Angst*. Der Korea-Krieg stand kurz vor der atomaren Eskalation, bevor er 1953 endete. Das wirkt nach.

Der schwarze Obelisk wird im Roman an einer Stelle als der »finstere

Steinfinger, der aus der Erde in den Himmel zeigt« (S. 326) beschrieben. Ein vielleicht ›prophetisch‹ zu nennendes Bild Remarques für Interkontinentalraketen mit atomaren Sprengköpfen? Natürlich steht das Symbol des Schwarzen Obelisken für vieles andere mehr, aber vielleicht doch zentral für den fortdauernden, todbringenden ›Rüstungswahn‹ der Menschheit.

Der Obelisk ist der »dunkle Ankläger«, den »bereits zwei Generationen von Krolls«, d. h. von Grabsteinhändlern, die für die Toten Mahnmale verschachern, nicht »verkaufen haben [...] können.« (S. 326), und zwar zu Zeit der Reichseinigungskriege 1863–1871 unter Bismark und zur Zeit des Ersten Weltkrieges 1914–1918.

Mitte der 50er Jahre ist das ›Raketen- und Waffen-Grabsteinlager‹ der Toten-Gedenker auch wieder in der vierten Generation (so belegt der Vorspruch des Romans) gut gefüllt, nachdem die noch viel fürchterlichere Katastrophe des Zweiten Weltkriegs (über 50 Millionen Tote) offensichtlich kein ›Einsehen‹ gebracht hatte.

Somit klagt der »dunkle« Obelisk die vom Rüstungswahn befallenen Menschen vor dem »Himmel« an, auf den der Obelisk drohend »zeigt«.

Der Erzähler des Romans, der wohl zugleich als der seine Leser direkt ansprechende und mahnende Autor Erich Maria Remarque zu begreifen ist, erinnert mit bitter-sarkastischer Ironie im Vorspruch des Buches an seine Erfahrung der Unbelehrbarkeit deutscher Mitmenschen in den frühen 20er Jahren. Als Teilnehmer am Ersten Weltkrieg hatte ihn das Kriegserleben zum unbedingten und in dieser Frage zu keinen Kompromissen bereiten Friedensfreund gemacht, wie seine Romane *Im Westen nichts Neues* (1929) und *Der Weg zurück* (1931) bezeugen. Deshalb blendet der Autor/Erzähler im Vorspruch zurück

zu den sagenhaften Jahren, als die Hoffnung noch wie eine Flagge über uns wehte und wir an so unverdächtige Dinge glaubten wie Menschlichkeit, Gerechtigkeit, Toleranz – und auch daran, daß *ein* Weltkrieg genug Belehrung sein müsse für eine Generation.

Das faschistische Deutschland und die Verbrechen des Zweiten Weltkriegs sind aus der »Tiefe der deutschen Reichsgründung von 1871«[7]

hervorgegangen, aus dem Großmachtstreben und der Rechthaberei des
deutschen Nationalismus, vielleicht auch aus einer verdeckten Katastro-
phensehnsucht der schwerblütig-metaphysisch träumenden, der kom-
promiß- und alltagsunwilligen, der immer so grundsätzlichen, kaum je
pragmatischen, sich für groß haltenden Deutschen.[8]

Im 11. Kapitel geraten die Brüder Georg Kroll, der lebensfreudige Rea-
list und Liberale, und Heinrich Kroll, der verbissene Nationalist und
gläubige Revanchist – gemeinsam Inhaber der »Grabdenkmalfirma
Heinrich Kroll & Söhne« – über den Totschlag des Arbeiters bei der Einweihung des Kriegerdenkmals in Wüstringen in einen heftigen Streit
über die Allgemeingültigkeit der Humanität einerseits und die nationale
Frage andererseits (S. 161).

Georg beklagt, daß in Wüstringen »ein Leben untergegangen«, »eine
Welt für jemand zerstört worden« ist. Und er fährt fort:

Jeder Mord, jeder Totschlag ist der erste Totschlag der Welt. Kain und
Abel, immer wieder! Wenn du und deine Genossen das einmal begreifen
würden, gäbe es nicht so viel Kriegsgeschrei auf dieser an sich gesegneten Erde!

Darauf Heinrichs wutverzerrte Antwort:

Sklaven und Knechte gäbe es dann! Kriecher vor dem unmenschlichen
Vertrag von Versailles!

Das gibt Georg Gelegenheit, Heinrich die aggressiven Kriegsziele des
Deutschen Reichs vorzuhalten:

Hätten wir den Krieg gewonnen, dann hätten wir unsere Gegner natürlich mit Liebe und Geschenken überhäuft, was? Hast du vergessen, was
du und deine Genossen alles annektieren wollten? Die Ukraine, Brie,
Longwy und das gesamte Erz- und Kohlenbecken Frankreichs? [...]
Frankreich sollte ein Staat dritten Ranges werden, riesige Stücke Rußlands mußten annektiert werden, und alle Gegner hatten zu zahlen und
Sachwerte abzuliefern bis zum Weißbluten!

398

Abschließend richtet sich Georgs ganze Empörung gegen die Selbstgerechtigkeit, das »Selbstmitleid« und das »Rachegeschrei« der nationalen »Pharisäer«, die nicht bereit sind, einzustehen für das, was sie angerichtet haben.

Diese anscheinend unbeirrbare Selbstgewißheit, die der Held des Romans, Ludwig Bodmer, auch im unerschütterlichen Glauben des Pastors Bodendiek sieht und die er bei dem kühl kalkulierenden Wissenschaftler und Arzt Wernicke erfährt, diese Art, »recht zu haben, ist jedesmal ein Schritt dem Tode näher«, wie er sagt. Bodmer fährt fort: »Wer immer recht hat, ist ein schwarzer Obelisk geworden.«

II. Das zwanzigste Jahrhundert – »unser Golgatha«?

Der »verdammte Obelisk« wurde »vor 60 Jahren bei der Gründung des Geschäfts« vom Firmengründer Heinrich Kroll eingekauft, »der Überlieferung zufolge« (S. 19). Da der Roman 1923 spielt, wäre dies im Jahre 1863 gewesen. Bismarck war 1862 preußischer Ministerpräsident und etwas später Außenminister geworden. Die ›Blut- und Eisen‹-Phase der Gründungspolitik des Deutschen Reichs begann um diese Zeit: 1863 – der Dänische Krieg, 1866 – der Preußisch-Österreichische Krieg, 1870-71 – der Deutsch-Französische Krieg, und dann die Reichsgründung mit dem ersten deutschen Reichskanzler Fürst Otto von Bismarck.

Die Grabdenkmäler stehen im Hof der Firma Kroll »wie eine Kompanie«, die angeführt wird »von dem Obelisken Otto«! (S. 23) Ein Zufall der Namensgleichheit? Wohl kaum.

Die alte Frau Kroll wirft »ab und zu einen wehmütigen Blick auf den Obelisken« – »das einzige, was von den Einkäufen ihres toten Gemahls übriggeblieben ist« (S. 100).

Was ist, so scheint die Frage des Autors zu lauten, im Inflationsjahr 1923, im Elend der Kriegsfolgen – aufgezeigt von Remarque insbesondere an den Kriegskrüppeln und den bis zum Verhungern ehrlichen einfachen Leuten – übriggeblieben von einer Reichsidee, die dem deutschen Volk eine Führungsstellung unter den Völkern der Welt versprach, die die Deutschen einigen und Wohlstand bringen sollte? Ein unverkäuflicher Ladenhüter der Geschichte, mit »Wehmut« zu betrachten, und ein »dunkler Ankläger« für eine ungewisse Zukunft?

Zugleich ist der schwarze Obelisk das ›Freiluft-Pissoir‹ (S. 203–4) des Quartalssäufers und kaiserlichen Feldwebels Knopf, unübertroffen in seiner Treue zum Kaiser und den alten Werten. Ihm gegenüber bezeichnet Bodmer den Obelisken als eine »heilige Sache«, woraufhin Knopf ungerührt antwortet: »Das wird erst ein Grabstein auf dem Friedhof« (S. 68).

Der unverkäufliche Ladenhüter bedarf zu seiner Wirksamkeit, um eine »heilige Sache« zu werden, also der Aktivierung im Totenkult. Die »menschliche Trauer verlangt nun einmal nach Monumenten [...] und, wenn das Schuldgefühl oder die Erbschaft beträchtlich ist«, nach dem »Kostbarsten« überhaupt, dem »schwarzen schwedischen Granit, allseitig poliert«. So heißt es schon im dritten Satz des Romans (S. 11).

Auf die hervorragende Stellung dieses Werkstoffs, aus dem der schwarze Obelisk besteht, weist vor allem auch der Denkmalsfabrikant Riesenfeld hin, der im Roman 56 Jahre alt ist, d.h. etwa im Alter Remarques bei der Arbeit an diesem Roman, der 1898 geboren wurde.

Der Obelisk hat nur scheinbar ausgedient. Der Obelisk ist der Ort, an dem der Pferdeschlächter und Früh-Nazi Watzek das alter ego Remarques, Ludwig Bodmer, abzuschlachten sucht.

Was Nazi-Deutschland mit Remarque gemacht hätte, wenn er nicht rechtzeitig emigriert wäre, kommt der Watzek-Szene sehr nahe. Remarque hätte im KZ kaum eine Überlebenschance gehabt. Seine Schwester Elfriede Scholz wurde am 16. Dezember 1943 durch das Beil hingerichtet, nachdem der Volksgerichtshof unter Roland Freisler sie wegen Wehrkraftzersetzung und unter Anspielung auf ihren Bruder geschmäht und ›Im Namen des Deutschen Volkes‹, wie über dem Urteil steht, zum Tode verurteilt hatte.

Zurück zum Obelisken.

Heinrich Kroll stellt – eher zufällig, so scheint es – die Verbindung her zu dem kommenden Symbol des Todes, der Vernichtung, der Perversion, des düster-glänzenden Pompes, des potenzstrotzenden Männlichkeitswahns, des Schwarzen und Schauerlichen der SS des Hitlerreichs und ihrer Todesernte. In großer Sorge um den kostbaren Obelisken versucht Heinrich Kroll den Feldwebel Knopf »als Mann, Kameraden, Soldaten und Deutschen« dazu zu bringen, das Idol der Firma loszulassen, um es vor einem evtl. Sturz zu schützen. Heinrichs Begründung, von Ludwig Bodner genau notiert, lautet:

> Es sei wertvoller hochpolierter S.-S.-Granit, der beim Fallen bestimmt beschädigt würde (S. 309).

Für Heinrich ist dies nur eine Abkürzung für ›schwarz‹ und ›schwedisch‹, aber wohl kaum für den Autor, der diese Abkürzung nur an dieser einen Stelle verwendet. Der Sturz des Symbols der Reichsidee von 1871 durch den seiner Sinne nicht mehr mächtigen und als unzeitgemäß längst pensionierten Feldwebel der Kaiserzeit kann vermieden werden – und der »S.-S.-Granit« bleibt unangekratzt für das, was folgen sollte, das deutsche Nazi-Reich.

Natürlich ist der schwarze Obelisk auch ein gewaltiges Phallus-Symbol. Ludwig Bodmer offeriert den »Steinfinger« im Bordell als »klassisches« Grabmal für die »strenge Masseuse«, das »Eiserne Pferd« mit hohen Lederstiefeln, schwarzer Reizwäsche und Peitsche, für Malwine, die Männer versorgt, die nichts als Prügel wollen. Sex, Sadismus und Masochismus traut vereint. Fritzi, die »Jugendfreundin« Bodmers, meint zu der Abbildung des Obelisken, die Ludwig vorzeigt: »Eigentlich nicht schlecht für das Pferd«. Und »die Puffmutter grinst ebenfalls« und fragt: »Was kostet das Ding?« (S. 384).

Mit hintergründigem, aber durchaus bitterem Humor entlarvt Remarque die finstere Feierlichkeit heroischer Totenkulte im SS-Stil als pervertierten Sex-Ersatz.

Durch das Symbol des Obelisken, der als schwarzer Granit-Grabstein, der gehobener Bürgerlichkeit im Tode Bedeutsamkeit und Würde verleihen soll – wie tausendfach auf Osnabrücker und deutschen Friedhöfen zu besichtigen –, stellt der Autor die assoziative, historisch nicht abzustreitende enge Verbindung zwischen Bürgertum, deutschem Nationalismus und Nationalsozialismus her – und er warnt auch den heutigen Leser: »Der Schoß ist fruchtbar noch, aus dem das kroch« (Brecht). Auch heute stehen immer noch zahllose Interkontinentalraketen auf

ihren Abschußrampen für den Knopfdruck zum angedrohten atomaren Holocaust bereit, sozusagen als ›Schutzschild‹, hinter denen die
grausigen nationalen und religiösen Kriege an der Wende zum 21. Jahrhundert unvermindert ausgetragen werden, sei es auch als ›Terroris-
mus‹ oder ›Bürgerkrieg‹. Immer dasselbe, wie Remarque es schon in *Im
Westen nichts Neues* gesagt hat: »Zerstampfen, Zerfressen, Tod [...]
Würgen, Verbrennen, Tod [...] Massengrab« (S. 190).

Zurück zum Obelisken.

Wenn Knopf den Obelisken nach seiner Aufstellung zur neuen
Bestimmung als Grabstein für das »Eiserne Pferd« nicht mehr findet, so
mutmaßt Bodmer, wird »seine Welt ... für ihn einstürzen« (S. 388), die
alte Welt des Kaiserreiches, die der SS-Welt weichen muß. Als Gerda
Schneider Ludwig zum ersten Mal besucht, verharrt sie angesichts des
Grabsteinlagers neben dem Obelisken »und blickt auf unser Golgatha«,
wie Ludwig Bodmer formuliert (S. 107).

Die »Grabdenkmalsfirma Heinrich Kroll & Söhne«, im ersten Satz
des Romans so benannt, mit einem Firmengründer, der den Vornamen
des faustischen deutschen Übermenschen trägt und der diesen an seinen
national gesonnenen Sohn weitergegeben hat, mit dem Obelisken
»Otto« als Anführer der »Kompanie« der Grabdenkmäler, legt dem
Leser die Assoziation mit der deutschen Reichsidee nahe. Ludwig Bodmer, der viele biographische Züge Remarques trägt, verweist nicht ohne
Grund auf die ›Schädelhöhe‹ des Neuen Testaments und den Kreuzi-
gungsort Christi, den Ort, an dem der »Frieden der Welt« auf grausame
Weise zu Tode gemartert wurde und immer noch wird. Entsprechend
heißt es im Vorspruch:

Den Frieden der Welt! Nie ist mehr darüber geredet und nie weniger
dafür getan worden als in unserer Zeit; nie hat es mehr falsche Propheten
gegeben, nie mehr Lügen, nie mehr Tod, nie mehr Zerstörung und nie
mehr Tränen als in unserem Jahrhundert, dem zwanzigsten, dem des
Fortschritts, der Technik, der Zivilisation, der Massenkultur und des
Massenmordens.

Das zwanzigste Jahrhundert – »unser Golgatha«!

III. Geschichte einer verspäteten Jugend.

Der schwarze Obelisk trägt den Untertitel *Geschichte einer verspäteten Jugend*. Es geht offenkundig um die Jugend des Protagonisten Ludwig Bodmer und zugleich des Autors Erich Maria Remarque, denen die eigentliche Jugend durch die bittere Erfahrung des Ersten Weltkriegs genommen wurde. Es geht um das Denken, Fühlen und Handeln bzw. Nicht-Handeln der »verlorenen Generation«, über die Remarque in allen seinen Romanen der zwanziger Jahre anklagend, aber zugleich resignativ berichtet.[9] Frühe Entwürfe zu einzelnen Szenen für den erst 1956 erschienenen Roman finden sich in Nachlaßmanuskripten vom Ende der zwanziger, Anfang der dreißiger Jahre, parallel zu Manuskripten zu *Drei Kameraden*.

Der Roman *Der schwarze Obelisk* spielt im Jahre 1923. Er war wohl zunächst als Fortsetzung zu *Der Weg zurück* geplant. Aus welchen Gründen auch immer bleibt diese Idee liegen, als Remarque dann die Berliner Phase seiner Biographie in *Drei Kameraden* verwendet. Von dem Titel *Der schwarze Obelisk* gibt es allerdings noch keine Spur.[10]

Die Übereinstimmung zwischen dem Lebenslauf des Autors und der Biographie des Helden Bodmer ist allzu offenkundig. Bodmer war »siebzehn«, als er in den Krieg »hineinging«, jetzt (1923) ist er »fünfundzwanzig« (S. 57). Genau wie Remarque, der 1898 geboren wurde. Bodmer wurde verwundet, nicht lebensgefährlich, und kam ins Hospital, genau wie Remarque. Er wurde »schließlich Schulmeister«, seine »kranke Mutter hatte das gewollt«, und er »hatte es ihr versprochen, bevor sie starb«, und zwar vor Kriegsende. Bodmer machte trotzdem seine Lehrerprüfung nach dem Kriege »und wurde auf ein paar Dörfer in der Heide geschickt«, bis er »genug davon hatte, Kindern Sachen einzutrichtern«, an die er »selbst längst nicht mehr glaubte« (S. 33).

Das liest sich fast wie ein authentischer autobiographischer Bericht des Autors. Die Beispiele ließen sich vielfältig vermehren.

Am 6. August 1956 schreibt Remarque an seinen Verleger:

Für den Publicity Vermerk auf dem Buchumschlag ist es vielleicht interessant, daß ich während der Inflation in einem Grabdenkmalsgeschäft gearbeitet habe und auch einige Zeit Organist an einer Irrenanstalt war.

Remarque wollte also durchaus den Hinweis auf sein eigenes Leben für die Buchwerbung.

Die Stadt »Werdenbrück« im Roman ist das kaum verhüllte Osnabrück der zwanziger Jahre, allerdings ein »dunkles Spiegelbild«, wie H.-G. Rabe meint.[11] Die Osnabrücker lesen den Roman auch heute immer noch als einen ›Schlüsselroman‹ über ihre Stadt und ihre Bürger – und das mit Recht. Hier sei nur ein Beispiel genannt: Eduard Knoblochs Vorbild hieß Eduard Petersilie und war Hotelier des im Zweiten Weltkrieg zerstörten »Hotel Germania«[12] (nicht des »Walhalla«, eines noch heute in Osnabrück existierenden Hotels in der Altstadt). Wie Knobloch im nach dem germanischen Götterhimmel benannten »Walhalla«, so dichtet Petersilie in der Realgeschichte. Das nachfolgende Schmähgedicht veröffentlichte er 1931 im *Stahlhelm*:

Chaplin.

In den Straßen eine Menschenmenge!
Schubsen, Hälserecken und Gedränge.
Seht: Hier steht das geistige Berlin
und erwartet ungeduldig I h n.

Tschakoblitzend steht die Schupomauer.
Photographen liegen auf der Lauer.
Weiber kreischen voller Hysterie:
Hurra, Charlie! Hoch und Kikriki!

E r umhüllt von einer Weihrauchwolke,
zeigt sich huldvoll dem entzückten Volke.
Seht doch! Seht doch, wie sein Auge glüht:
Jeder Zoll ein kleener Flimmerjüd'.

Peter Silie[13]

404

Der Verweis auf die historische Figur des Eduard Petersilie verdeutlicht die Intention Remarques, die Wurzeln des Nationalsozialismus im Kleinbürger- und Bürgertum seiner eigenen Heimatstadt, typisch für zahllose Mittelstädte dieser Art, bloßzulegen.

Dazu dient ihm u. a. der »Werdenbrücker Dichterclub«, der im Hotel mit dem Namen der germanischen Götterburg »Walhalla« tagt. Nach der von Richard Wagner ausgestalteten hinlänglich bekannten Version des Mythos geht ›Walhalla‹ in der ›Götterdämmerung‹, das heißt dem Weltuntergang, zugrunde. Auch ein mögliches Bild des Untergangs des Deutschen Reiches von 1871? – oder der Welt ...

Die ›Werdenbrücker Intelligenz‹ wie der ›Akademiker‹ und »markige Runendichter« Hans Hungermann, später »Kulturwart und Obersturmbannführer der neuen Partei« (S. 392), berauscht sich am Weltschmerz, am nationalen Pathos und nicht zuletzt am Bordellbesuch.

Der Eduard Petersilie der Realgeschichte begrüßt am 24. Juli 1932 Adolf Hitler bei seiner Landung in Osnabrück auf dem Klushügel.[14] Am 4. Januar 1919 hatte er im *Osnabrücker Tageblatt* unter dem Titel *Den heimkehrenden Kriegern* gedichtet:

> Jubelnd grüßt die Heimat ihre Söhne:
> Seid willkommen Niedersachsenhelden!
> Was der übermächt'ge Feind auch höhne,
> Euren Ruhm wird die Geschichte melden.
>
> Habt die Wacht so löwenstark gehalten,
> Standet treu und fest im Schlachtengrauen,
> Stürmtet gegen höllische Gewalten,
> Helft uns nun, ein neues Deutschland bauen![15]

Das ist die Mentalität, die für Remarque in ›Götterdämmerung‹ endet und die das alte ›Golgatha‹ zu neuem Leid wiederbelebt.

Der schwarzpolierte Obelisk und Grabstein für das gehobene Bürgertum war für Remarque ebenfalls ein sehr reales Objekt der Osnabrücker Zeit, als er bei den »Bildhauer- und Steinmetz-Werkstätten« Hermann Vogt [im Roman »Kroll & Söhne«] tätig war. Im Nachlaß findet sich ein Postkartenphoto mit der rückseitigen Aufschrift, vermutlich als Erinnerung an Remarque nach seinem Weggang von Osnabrück nach Hannover oder Berlin gesandt:

> Obelisk v. schwarz. schwed. Granit poliert ... 2,10 hoch./MK 2800/ zur Erinnerung an den Wäschepfahl./H.V.[16]

Hinweise dieser Art auf realgeschichtliche Hintergründe sollen die Remarqueschen Fiktionen keinesfalls auf historische Faktizitäten reduzieren. Die Analyse der Arbeitstechnik Remarques ergibt, daß dies vom Autor auch nicht gewollt ist. Bewußt integriert er tatsächliche Namen, fiktive Namen und neue Namensbildungen durch Abwandlung realhistorischer Namensformen (z. B. Hungermann statt Hungerland, Bodendiek statt Bodensiek bzw. Biedendiek etc.)[17]. Er verlagert Handlungsschauplätze und geht im fiktiven Handlungsort Werdenbrück nicht mit der geographischen Präzision vor, die ein historisch genau nachgestellter Handlungsort Osnabrück verlangen müßte. Dieses ist allerdings Absicht, Remarque schafft eine neue fiktive Wirklichkeit, in der das Typische der Figuren und Handlungsorte abstrahierend getroffen werden soll, bei der zugleich aber so viel Realhistorisches anklingt, daß es zumindest den Osnabrücker Leser verführt nachzuspüren, was oder wer denn gemeint sein könnte.

Das Beispiel des realen Grabsteins durchschnittlicher Art, wie er dutzendfach auf den Friedhöfen Osnabrücks und seiner Umgebung zu finden ist, macht klar, daß hier die gestaltende Kraft des Autors eine völlig neue Symbolik schafft. Allerdings, so ist einzugestehen, ist der in Osnabrück arbeitenden Remarque-Forschung noch nicht gelungen, zu entschlüsseln, was mit dem auf der Rückseite des Photos genannten »Wäschepfahl« gemeint sein könnte.

Auffällig ist, daß Ludwig Bodmer, schon im Zuge sitzend auf der Reise von Osnabrück nach Berlin, einen Zusammenhang zwischen dem Obelisken und Georgs Smoking herstellt. Während Ludwig den Obelisken verkauft, hat Georg in Ludwigs Koffer den Smoking gepackt.

Vielleicht ist das so zu deuten, daß Remarque mit seinem Abschied von Osnabrück und dem später folgenden Exil endgültig alles das, wofür der Obelisk steht, hinter sich läßt, um der Welt des Smokings zukünftig mehr zugetan zu sein als einem Deutschen Reich, das der Autor mit bissigem Spott und bitterer Ironie als ein ›Vaterland‹ besonderer Art beschreibt, in dem die ›schwarzen Obelisken‹ blühen und gedeihen – und das ihn notwendig zum ›Weltbürger‹ gemacht hatte, wenn er denn überleben wollte.

IV. »Völlig unbeschädigt sind … die Irrenanstalt und die Gebäranstalt«

Remarques Romane der fünfziger Jahre (*Der Funke Leben*, 1952 – *Zeit zu leben und Zeit zu sterben*, 1954 – *Der schwarze Obelisk*, 1956) bemühen sich um die Aufarbeitung deutscher Geschichte mit der Intention, die Leser zu einem wirklichen Neuanfang zu bewegen. Sie lesen sich zugleich auch als ständige Überprüfung der Grundgesetzwirklichkeit der neuen Republik und der Verankerungen der Menschenrechte an der Spitze der Verfassung im Umgang mit der Bewältigung der Vergangenheit.

Remarques Mittel, die Schilderung der Vergangenheit als Prüfstein für die Gegenwart zu verwenden – aus deren Differenz sich die Aufgaben der Zukunft herleiten – wird besonders deutlich in *Der schwarze Obelisk*.

Im letzten Kapitel berichtet der Ich-Erzähler aus der Sicht von »heute, 10 Jahre nach dem Zusammenbruch der Nazis«, das heißt aus der Sicht des Jahres 1955. Dieser Roman trägt zudem, zum zweiten Mal nach *Im Westen nichts Neues*, einen Vorspruch. Dort gibt Remarque die Position des bloßen Berichterstatters auf und appelliert nachdrücklich an seine Leser mit einer unüberhörbaren Warnung vor der möglichen Wiederholung der Geschichte.

Diese Warnung, die Remarque Mitte der fünfziger Jahre niedergeschrieben hat, geht einher mit der Bestandsaufnahme der Entwicklung der Bundesrepublik aus seiner Sicht. Trotz des Neubeginns mit einem die Erwartungen Remarques erfüllenden Grundgesetz im Hinblick auf Menschenrechte und Menschenwürde, unterblieb die von ihm schon früh geforderte Aufarbeitung der Vergangenheit.[18]

So heißt es noch in einem Brief vom 15. Juni 1961 an seinen Verleger:

> Zunächst einmal völlig reinen Tisch zu machen – leeren Tisch – und
> dann vorsichtig prüfend und noch einmal prüfend an alles heranzuge-
> hen, das scheint mir keine schlechte Grundlage zu sein.

In dem einzigen Romantext Remarques, den er deutlich auf einen Zeit-
raum 10 Jahre nach dem Ende des Zweiten Weltkriegs datiert, daß heißt
im Schlußkapitel des *Schwarzen Obelisk*, sieht Remarque nichts von
der Bereitschaft, »völlig reinen Tisch zu machen« und wirklich neu
anzufangen.

Er schildert, wie die ›Liberalen‹ wie Georg Kroll und die einfachen
Arbeiter wie Kurt Bach in der Nazizeit ermordet oder zum Krüppel
gemacht wurden. Lakonisch zählt er die Opfer des neuen »Golgatha«
auf:

> Wernicke [...] fiel 1944, Willy fiel 1942, Otto Bambus 1945, Karl Kroll
> 1944. Lisa wurde bei einem Bombenangriff getötet. Ebenso die alte Frau
> Kroll.

Im Kontrast hierzu spricht er von den »Pensionen und Schadenersatzabfindungen, die an Generäle, Kriegsverbrecher und hohe frühere Par-
teibeamten bezahlt werden«.

Er fährt fort:

> Heinrich Kroll, der gut durch die Zeit gekommen ist, sieht darin mit viel
> Stolz einen Beweis für das unerschütterliche Rechtsbewußtsein unseres
> geliebten Vaterlandes (S. 393).

Der sarkastisch-satirische Ton Remarques über das »unerschütterliche
Rechtsbewußtsein« in Deutschland ist das Ergebnis der Negativbilanz,
die Remarque in Sachen Aufarbeitung der NS-Zeit Mitte der fünfziger
Jahre ziehen mußte. In dem einzigen ausgesprochen politischen Artikel,
den Remarque publiziert hat, »Be Vigilant« (Seid wachsam)[19], erschienen 1956 im gleichen Jahr wie *Der schwarze Obelisk*, zitiert er diesbe-

zügliche Skandalfälle aus der *Basler Nationalzeitung*, einem seriösen Blatt, wie er ausdrücklich anmerkt (»Der Bonner Rehabilitationsskandal«).

Remarques Versuch, auf die ungebrochene Kontinuität des ›milden‹ Umgangs mit nationalgesinnten, später nazistisch eingestellten Tätern von Weimar bis in die Nachkriegszeit der Bundesrepublik hinzuweisen und an das überwiegend konservative »unerschütterliche Rechtsbewußtsein« zu erinnern, wird immer wieder deutlich in seinen Schriften der fünfziger Jahre.

Mit *Der schwarze Obelisk*, so scheint es, erkennt Remarque das Scheitern seines aufklärerischen Programms und resigniert. Die Bilanz des ersten Nachkriegsjahrzehnts im Schlußkapitel von *Der schwarze Obelisk* ist negativ. Daher die Mahnung, ein letzter Versuch, mit erhobenem Zeigefinger auf das Versäumte und Drohende aufmerksam zu machen. Danach kehrt Remarque mit seinem folgenden Roman *Der Himmel kennt keine Günstlinge* (zunächst als *Geborgtes Leben* 1959 als Fortsetzungsroman in *Kristall*) zu seinen Anfängen als Schriftsteller zurück. Mit dieser Rennfahrer- und Liebesgeschichte knüpft Remarque unmittelbar an seinen 1927/28 veröffentlichten Fortsetzungsroman *Station am Horizont* an.

Vielleicht erklärt dies die zugleich heitere und schwermütige Rückkehr zur ›Lebensphilosophie‹ seiner frühen Schaffensperiode vor *Im Westen nichts Neues*. Dies ist verbunden mit einer scharfen Absage an die Rationalität und Vernunft. Gleich zu Beginn von *Der schwarze Obelisk* heißt es:

Der Mensch lebt zu 75 Prozent von seiner Phantasie und nur zu 25 Prozent von Tatsachen – Das ist seine Stärke und seine Schwäche [...] (S. 21).

Zum Schluß sagt Bodmer resignativ, er habe einmal gelesen,

daß Walroßherden so unbeteiligt bleiben, während Jäger unter ihnen mit Keulen die Nachbarn erschlagen – und gesehen habe [er], daß ganze Völker im Krieg dasselbe tun (S. 389).[20]

Daher der Rückzug Bodmers in die »Irrenanstalt«, in der Isabelle die ›wahre Vernunft‹ repräsentiert.

Alfred Antkowiak bemerkt hierzu:

Isabelle verkörpert von ihrem Wesen her den Mythos der Lebensphilosophie, die schlichte, tiefe mitreißende Gewalt des Lebens, von der auch der Held des *Schwarzen Obelisken* gepackt wird. Am Beginn des Romans fragt Bodmer noch: »Wozu lebe ich?« Am Ende weiß er es: »Um zu leben.« Er hat erfahren, was das Leben ist, und er spürt es durch Isabelle [...]

Er erfaßt dieses »Eigentliche«, das Leben, intuitiv, im Zusammensein mit Isabelle. Auch das ist typisch lebensphilosophisch: Die Erkenntnis wird durch die Intuition ersetzt.[21]

Isabelle hat den wahren Zugang zum Sein. Dies ist der Traum von Ludwig Bodmer und die wahre Geschichte der »verspäteten Jugend«. Remarque allerdings weiß, daß dies eine »verspätete« Reaktion auf die Geschichte ist. Er lebt in der Jetztzeit, und er will als ›politischer Schriftsteller‹ etwas bewirken. Daher verknüpft er die Rückerinnerung an die Jugendzeit zugleich mit einer Absage, die auf raffinierte Weise die Wirklichkeit der fünfziger Jahre der Bundesrepublik Deutschland immer wieder durchbrechen läßt.

Der durch die zahlreichen zu überbringenden Todesbotschaften irregewordene Briefträger Roth verkündet, »die Totgeglaubten seien noch am Leben [...] Bald kämen sie heim« (S. 313).

Aber wenn er dann sagt: »Sie kommen jetzt bald heim aus Rußland, unsere Soldaten«, so weist Remarque auf die Realität der Jahre 1955–56 hin: Adenauers Moskaureise und die Entlassung der letzten Gefangenen aus russischer Gefangenschaft im Jahre 1956.

Natürlich ist *Der Schwarze Obeliks* neben der Bürgersatire, der Schilderung des Verlustes der ersten Deutschen Demokratie – der Weimarer Republik –, neben der Warnung vor deutschem Revanchismus und der deutschen Wiederbewaffnung im ›Kalten Krieg‹ auch eine große Liebesgeschichte zwischen Ludwig und Isabelle. Es ist ein Versuch, die unmögliche ›absolute Liebe‹ in der Traumwelt Isabelles und der ›Irrenanstalt‹ als »himmlische Liebe« zu konstratieren mit der »irdischen Liebe« Ludwigs zu Gerda, die materielle Sicherheit bei Eduard Knobloch findet. Bodmer kann in der irrsinnigen ›Realwelt‹ der Inflation nichts vergleichbares bieten. Auf Isabelles Vorwurf, daß er, Ludwig, sie nicht *genug* liebe, antwortet er: »Es ist soviel ich kann.« Isabelles Antwort ist ein Anklage gegen die reale Welt der Stadt Werdenbrück und ihren etwas hilflosen ›Repräsentanten‹. Sie sagt »Nicht genug ... Nie genug! Es ist nie genug!« (S. 178).

In der Verflechtung und Integration der unterschiedlichsten Motive ist *Der schwarze Obelisk*, alles in allem, eines der besten Bücher Remarques, ein »Meisterwerk der Zeitgeschichte«, das die »dumpfe Enge deutscher Metaphysik und Teutonenhaftigkeit« mit der Hoffnung auf eine andere Lebensform verknüpft.[22]

Remarque beendet sein Buch mit einem Hinweis »auf die Irrenanstalt und die Gebäranstalt«, die beide im Krieg unzerstört geblieben sind (es ist die Gebäranstalt, in der Remarque selber geboren wurde):

Sie waren sofort wieder voll belegt und sind es noch. Sie mußten sogar noch beträchtlich erweitert werden (S. 394).

Dies ist der letzte Satz des Romans, der mit einem Ausspruch Valentins, des Lebensretters von Eduard Knobloch und jetzigem ständigen Gast für Essen und Trinken im »Walhalla«, zu kontrastieren wäre:

Führt man auch mehr Kriege, weil mehr Menschen geboren werden? (S. 175).

Eine gute Frage, eine böse Frage des ›militanten Pazifisten‹ Erich Maria Remarque.

Anmerkungen

1 Zitate aus *Der schwarze Obelisk* werden mit Angabe der Seitenzahlen dieser Ausgabe nachgewiesen. Hier: S. 368.

2 Remarque pflegte zunächst eine erste handschriftliche Fassung seiner Romane zu erstellen, die dann, in ein Typoskript umgesetzt, so lange korrigiert wurde, bis er die für den Druck vorgesehene Fassung beim Verlag ablieferte. In der Zeit der Publikationen seiner neuen Romane bei Kiepenheuer & Witsch (1952–1962) erfolgte dies immer nur in Kapitelpartien, so daß der Satz bei den knappen Fristen bis zur vorgesehenen Publikation schon beginnen konnte. *Der schwarze Obelisk* erschien im Oktober 1956. (Näheres über Remarques Arbeitsweise siehe: Thomas F. Schneider: »Der unbekannte Remarque. Der Erich-Maria-Remarque-Nachlaß in der Fales-Library, New York – Ergebnisse und Aufgabenstellungen«. In: *Erich Maria Remarque 1898–1970*. Hrsg. von Tilman Westphalen. Redaktion: Angelika Howind, Thomas F. Schneider. Bramsche: Rasch 1988, besonders S. 31f).

3 Dies ergibt sich eindeutig aus dem Nachlaß. Bei anderen Romanen wurde die Titelfestlegung häufig erst kurz vor der Publikation im Zusammenwirken mit den jeweiligen Verlagen entschieden (z. B. bei *Liebe Deinen Nächsten, Zeit zu leben und Zeit zu sterben, Der Himmel kennt keine Günstlinge*).

4 *Die Leih-Bücherei*, Frankfurt, November/Dezember 1956.

5 *Basler Nachrichten*, 9.8.1957.

6 *Neue Tagespost*, Osnabrück 13.11.1956.

7 Vgl. Ralph Giordano: *Die zweite Schuld oder Von der Last Deutscher zu sein*. Hamburg 1987, S. 42 (in dem Kapitel: »Absage an das Deutsche Reich 1871-1945. Zur Geschichte des Verlustes der humanen Orientierung«).

8 Giordano spricht von »jener fatalen Mischung aus nationalem Größenwahn und weinerlichen Minderwertigkeitskomplexen, die den niederschmetternden Geschichtsverlauf, bar jeder realistischen Einsichtsfähigkeit, allein dem Neid und der Mißgunst der Gegner zuschrieb« (S. 42).

9 *Im Westen nichts Neues* (1929), *Der Weg zurück* (1931), *Drei Kameraden* (1938).

10   Remarque-Collection 1.84/003 (nach Numerierung des 1989 in Osna-
     brück erschienenen dreibändigen Verzeichnisses des 62.000 Blatt um-
     fassenden Remarque-Nachlasses in der Fales Library, New York). Eine
     mögliche Notiz für einen Titelentwurf ist »Staub im Winde«, eine andere
     »S. d. L.« (»Stadt der Liebe«?).

11   Siehe Anmerkung 6.

12   Vgl. Die Zerstörung des Hotels »Germania« in *Zeit zu leben und Zeit zu
     sterben* in der in diesem Roman »Werden« genannten Stadt mit vielen topo-
     graphischen Ähnlichkeiten zu Osnabrück. S. hierzu: Peter Junk: »Ort zu
     leben und Ort zu sterben: Osnabrück 1943. Fiktion und Realität am Bei-
     spiel eines Romans«. In: *Erich Maria Remarque 1898-1970* (s. Anm. 2).

13   Abgedruckt in: *Man kann alten Dreck nicht vergraben – er fängt immer
     an zu stinken.* Materialien zu einem E.-M.-Remarque-Projekt. Hrsg. von
     Lothar Schwindt und Tilman Westphalen. Osnabrück 1984 (Schriften-
     reihe des E. M. Remarque-Archivs, No. 2), S. 209. Dieser Band enthält ein
     »Werdenbrück- und Osnabrück-Register zu der *Der schwarze Obelisk*«,
     das Personen, Lokalitäten und Sachbegriffe aus dem *Schwarzen Obelis-
     ken* den realen Namen und Bezugsobjekten gegenüberstellt und diese
     erläutert. Die im Roman mehrfach genannte »Rote Mühle« befand sich
     allerdings nicht in Osnabrück, sondern in Hannover, wohin Remarque als
     Werbetexter und Redakteur zu den Continental-Gummiwerken im
     Oktober 1922 ging.

14   Abbildung in: *Man kann alten Dreck nicht vergraben,* S. 213.

15   *Im Osnabrücker Tageblatt* sind insgesamt 4 Strophen dieses Gedichtes
     abgedruckt. Die letzte lautet: »Was die Zeit auch sende: unverdrossen/
     Wirket, daß das Blut der Heldenscharen/Nicht umsonst im Kampfe ward
     vergossen,/Trage reiche Frucht in späten Jahren!«

16   Vorder- und Rückseite abgebildet in: *Erich Maria Remarque 1898-1970,*
     S. 20 (s. Anm. 3). Die genaue Datierung dieses Dokuments steht noch aus.

17   Vgl. die ausführlichen Notizen in: *Man kann alten Dreck nicht vergraben,*
     S. 203, 214–16 (Anm. 13).

18   Vgl. hierzu das Nachwort zu *Der Funke Leben* (KiWi 473).

19   In: *Daily Express* (London), 30.04.1956. Abgedruckt in: Erich Maria
     Remarque: *Ein militanter Pazifist.* Texte und Interviews 1927–1966. Hrsg.
     mit einer Einleitung von Thomas F. Schneider (KiWi 495).

20   Dieses Motiv wird schon in *Arc de Triomphe* (1946) verwendet. Vgl.
     hierzu das Nachwort zu *Arc de Triomphe* (KiWi 472).

21   *Erich Maria Remarque. Leben und Werk,* Berlin/DDR 1980, S. 132

22   *Telegraf,* Berlin 13.1.1957.

Im Weltbild Verlag ist außerdem erschienen:

**Meisterwerke
der Weltliteratur
50 Bände**

23.332 Seiten,
Format je Band 12 x 19 cm,
Best.-Nr. 532 603
ISBN 3-8289-7925-4
99,90 €

50 Bände: Meisterwerke der Weltliteratur

Eine neue Auswahl von Meisterwerken in edler Schmuckausgabe: mit farbenprächtigen Struktureinbänden und Goldprägung! Ein wahrer Schatz für alle Bücher- und Literaturfreunde. Ein Blickfang in Ihrer Bibliothek.

Dante Alighieri, Die göttliche Komödie
Gottfried von Straßburg, Tristan und Isolde
Abbé Prévost, Manon Lescaut
Henry Fielding, Tom Jones, 2 Bände
Jean-Jacques Rousseau, Julie oder Die neue Héloïse
J. W. Goethe, Die Leiden des jungen Werther
Novalis, Heinrich von Ofterdingen
Jan Potocki, Die Handschriften von Saragossa
Jane Austen, Stolz und Vorurteil
Walter Scott, Ivanhoe
Edgar Allan Poe, Die Erzählung des Arthur Gordon Pym
Emily Brontë, Sturmhöhe
George Sand, Die kleine Fadette
Harriet Beecher Stowe, Onkel Toms Hütte
Gustave Flaubert, Madame Bovary
Adalbert Stifter, Der Nachsommer
Fjodor Dostojewski, Schuld und Sühne
George Eliot, Middlemarch, 2 Bände
August Strindberg, Das rote Zimmer
Oscar Wilde, Das Bildnis des Dorian Gray
Theodor Fontane, Frau Jenny Treibel
Und viele andere mehr ...